LA MALÉDICTION DE MARCO POLO

DU MÊME AUTEUR
DANS LA MÊME COLLECTION

L'Ordre du Dragon, 2007
La Bible de Darwin, 2009

JAMES ROLLINS

LA MALÉDICTION DE MARCO POLO

Traduit de l'anglais (États-Unis) par Paul Benita

Fleuve Noir

Titre original :
The Judas Strain

ISBN : 978-2-265-08071-3

À Carolyn McCray
qui n'a pas trop ri quand elle a lu
mes premiers gribouillages

Remerciements

Trop de gens, pas assez de place.

D'abord, à vous tous chez HarperCollins. Ces remerciements, je vous les dois depuis trop longtemps, une bonne décennie de conseils, de travail et de savoir-faire :

Aux grands chefs, Michael Morrison et Lisa Gallagher, merci pour votre soutien et votre confiance. Passés, présents et futurs.

Aux directeurs artistiques, Richard Aquan et Thomas Egner, qui ont su fabriquer d'aussi beaux livres. J'en suis fier.

Aux directrices du marketing, Adrienne DiPietro et Tavia Kowalchuk, qui se sont battues pour qu'ils soient lus... et remarqués !

À la meilleure équipe de relations publiques du monde, Pam Spengler-Jaffe et Buzzy Porter. Grâce à eux, je ne me suis pas jeté d'un avion au-dessus de l'Antarctique.

Aux trois femmes qui ont installé ces livres chez les libraires – Lynn Grady, Liate Stehlik et Debbie Stier –, un immense merci (et j'écris ceci à genoux).

À l'indomptable force qui anime le service des ventes, Carla Parker, Brian Grogan, Brian MsSharry et Mark Gustafson, qui n'ont pas lésiné sur les efforts.

À Mike Spradlin, merci à la fois pour les ventes et les zombies (dans l'ordre que tu veux).

Et aux cent et un autres que j'ai oublié de mentionner mais que je n'apprécie pas moins... MERCI !

Pour revenir plus près de la maison, je dois reconnaître le rôle de mon gang occulte qui démonte chaque chapitre et le remonte parfois beaucoup mieux que je ne l'avais fait : Penny Hill, Steve et Judy Prey, Chris Howe, Lee Garrett, Michael Gallowglass, Leonard Little, Kathy L'Écluse, Debbie Nelson, Rita Rippetoe, Dabe Murray, Dennis Grayson, Jane O'Riva et Caroline Williams. J'aimerais saluer tout spécialement Steve Prey pour le plan du livre et Penny Hill pour les repas de travail. Cherei McCarter pour la supersérie d'articles. Et David Sylvian qui m'a écouté *ad nauseam* quand je lui lisais à haute voix des pages entières (tes oreilles vont arrêter de saigner).

Et, encore une fois, je remercie les quatre personnes indispensables à tous les niveaux de production : mon fantastique éditeur, Lyssa Keuch et sa loyale collègue, May Chen, ainsi que mes intrépides agents, Russ Galen et Danny Baror.

Enfin, je dois souligner que toute erreur de fait ou de détail n'incombe qu'à moi.

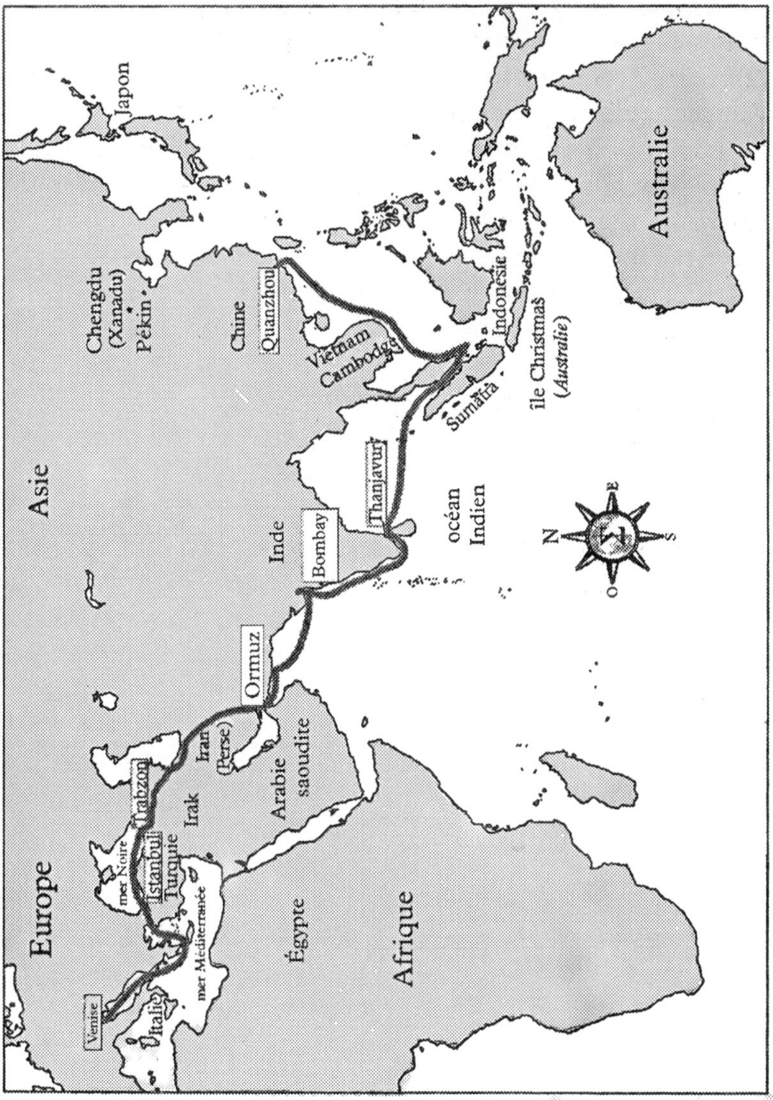

Trajet de retour de Marco Polo (1292-1295)

Notes historiques

Commençons par un mystère. En l'année 1271, un jeune Vénitien âgé de dix-sept ans nommé Marco Polo entame, en compagnie de son père et de son oncle, un long voyage vers la Chine et les palais de Kubilai Khan. Cette expédition à l'extrême-orient du monde connu allait durer vingt-quatre ans et son récit devenir l'un des plus célèbres jamais contés : fabuleuses descriptions de déserts infinis et de fleuves couleur de jade, de cités fourmillantes et d'immenses flottes de guerre, de pierres noires qui brûlent et de monnaie de papier, d'animaux et de plantes improbables, de cannibales et de shamans.

Après avoir servi dix-sept ans à la cour de Kubilai Khan, Marco est revenu à Venise en 1295 où son histoire a été compilée par Rusticien de Pise, un écrivain de langue française mais d'origine italienne. *Le Divisament dou Monde (*en vieux français) ou *Le Devisement du Monde* connut immédiatement un succès extraordinaire à travers toute l'Europe. Christophe Colomb lui-même en emporta un exemplaire lors de sa traversée vers le Nouveau Monde.

Mais il est un épisode que Marco Polo a toujours refusé de raconter, se contentant d'y faire référence de façon très voilée dans le texte. À son départ de Chine, Kubilai Khan lui avait fourni quatorze navires et six cents hommes d'escorte. À son arrivée à Venise, deux ans plus tard, il n'avait plus que deux bateaux et dix-huit compagnons.

Le sort de la flotte et de la troupe disparues reste à ce jour un mystère. Que s'est-il passé ? Tempêtes, naufrages ou pirates ? Marco ne l'a jamais dit. Même sur son lit de mort, alors qu'on lui demandait de préciser ou d'abjurer son récit, il répondit : « Je n'ai pas raconté la moitié de ce que j'ai vu. »

La pestilence s'insinua d'abord dans la ville de Caffa sur les rives de la mer Noire, là où les puissants Tartares assiégeaient marchands et négociants génois. Quand la peste frappa les armées mongoles de furoncles et de sécrétions sanglantes, leurs chefs, faisant preuve d'une abominable malice, envoyèrent les cadavres à l'aide de catapultes au-delà des remparts, semant la peste et la désolation dans la cité. En l'an 1347 de l'Incarnation du Fils du Seigneur, les Génois s'enfuirent à bord de douze galères et gagnèrent le port de Messine, ramenant ainsi la Mort Noire sur nos rives.

Duc M. Giovanni (1356),
trad. par Reinhold Sebastien dans
Il Apocalypse (Milan : A. Mondadori, 1924), p. 34-35

À ce jour, nous ignorons la raison pour laquelle, au Moyen Âge, la peste bubonique a surgi du désert de Gobi pour massacrer le tiers de la population mondiale. En fait, nul ne sait pourquoi tant de pestes et de grippes du siècle dernier – Sras, grippe aviaire – ont pris naissance en Asie. Mais une chose est cependant relativement certaine : la prochaine grande pandémie viendra d'Orient.

Centre de prévention et de contrôle
des maladies des États-Unis,
Rapport sur les maladies infectieuses, mai 2006

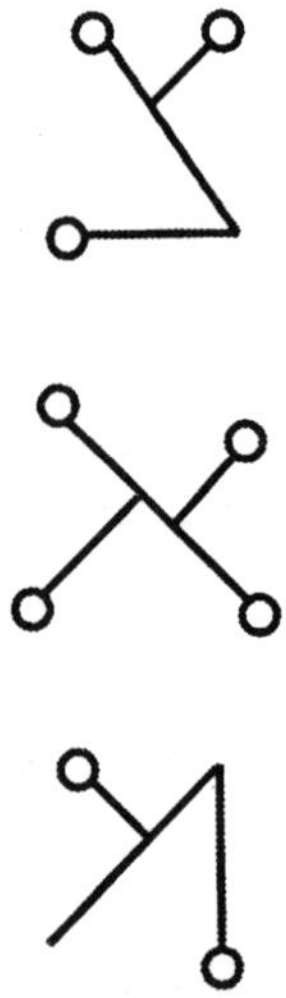

1293

Minuit
Île de Sumatra
Asie du Sud-Est

Les hurlements avaient enfin cessé.

Douze incendies illuminaient la baie.

— *Il dio, li perdona*... murmura son père à ses côtés, mais Marco savait que le Seigneur ne leur pardonnerait pas ce péché.

Seule une poignée d'hommes restait près des deux grands canots tirés sur le sable, uniques témoins des bûchers funéraires qui se reflétaient sur le lagon noir. Quand la lune s'était levée, ils avaient mis le feu aux douze puissantes galères... et à tous ceux qui se trouvaient à leur bord, aussi bien les morts que les rares malheureux encore vivants. Les mâts des bateaux pointaient, tels des doigts accusateurs vers les cieux. Des flocons de cendres embrasées flottaient vers la plage. La nuit empestait la chair brûlée.

— Douze navires, marmonna son oncle Masseo, serrant le crucifix d'argent dans son poing. Comme les apôtres du Seigneur.

Au moins, les cris des derniers torturés avaient enfin cessé. Seuls les craquements et le sourd grondement des flammes atteignaient maintenant la plage. Marco ne voulait pas fuir cette vision. D'autres, au cœur moins vaillant, étaient agenouillés sur le sable, dos à la mer, aussi pâles que des ossements.

Tous étaient entièrement nus. Chacun avait cherché sur son voisin une marque quelconque, le plus infime signe de la pestilence. Même la fille du grand Khan, à l'abri derrière une voile tendue, ne portait que sa tiare. Marco remarqua sa silhouette gracile se découpant sur le tissu en ombre chinoise. Ses suivantes, nues elles aussi, l'avaient examinée. Kokejin, la Princesse bleue, n'avait que dix-sept ans, l'âge de Marco quand il avait entamé son voyage depuis Venise. Les Polo avaient reçu pour mission de l'escorter jusqu'à son promis, le Khan de Perse, petit-fils du frère de Kubilai.

Une mission reçue dans une autre vie.

Quatre mois seulement s'étaient-ils écoulés depuis l'apparition des premières pustules sur le corps d'un matelot ? La maladie s'était ensuite répandue comme de l'huile bouillante, décimant les équipages des galères et les obligeant à accoster sur ce rivage peuplé de bêtes étranges et de cannibales.

En ce moment même, les tambours résonnaient dans la sombre jungle. Mais les sauvages savaient qu'il valait mieux ne pas approcher du campement. Tels des loups qui, alertés par l'odeur de putréfaction, évitent les moutons malades. Seuls les crânes prévenaient de leur présence, des crânes suspendus aux lianes et aux branches, accrochés par des liens passés dans leurs orbites vidées.

La maladie les tenait à l'écart.

Mais plus pour longtemps.

Avec ces feux cruels, le mal était enfin vaincu, ne laissant qu'une poignée de survivants.

Ceux qui ne portaient pas les furoncles rouges.

Sept nuits auparavant, tous les hommes atteints avaient été emmenés, enchaînés, à bord des bateaux avec des vivres et de l'eau. Les autres étaient restés sur la plage, guettant avec anxiété le moindre signe d'affection parmi eux. Pendant ce temps, les bannis n'avaient cessé de les implorer depuis les navires, suppliant, maudissant, pleurant et hurlant. Le pire avait été les rires qui retentissaient parfois.

Il aurait mieux valu leur trancher la gorge, leur accorder l'ultime et rapide caresse d'une lame mais tous avaient peur de toucher le sang des pestiférés. Voilà pourquoi on les avait relégués à bord des bateaux en compagnie des morts.

Mais aujourd'hui, alors que le soleil tombait, une étrange lueur était apparue dans l'eau, d'abord autour de la quille de deux navires avant de s'étendre comme si on avait jeté du lait dans les eaux noires. Cette lueur, ils l'avaient déjà vue dans les bassins et les canaux au bas des tours de la cité maudite qu'ils avaient fuie.

La maladie cherchait à s'évader de sa prison de bois.

Et ne leur laissait plus le choix.

Tous les bateaux, à l'exception de ceux qui avaient été préservés pour leur permettre de repartir, avaient été incendiés.

Masseo, l'oncle de Marco, se déplaçait parmi les survivants, leur faisant signe de masquer à nouveau leur nudité. Mais ni la laine ni le tissu ne pourraient dissimuler leur honte.

— Ce que nous avons fait... murmura Marco.

— Nous ne devons pas en parler, dit son père en lui tendant une robe. Souffle un mot de cette pestilence et plus personne ne voudra de nous. Aucun port n'acceptera de nous recevoir. Le feu salvateur nous a débarrassés de cette infection. Nous pouvons rentrer chez nous.

Et tandis que Marco enfilait son vêtement, son père remarqua ce qu'il avait dessiné un peu plus tôt dans le sable avec un bâton. Plissant les lèvres, il s'empressa de l'effacer avec son pied avant de fixer son fils.

— Jamais, Marco... jamais... dit-il d'une voix presque suppliante.

Mais les souvenirs étaient beaucoup plus tenaces qu'un dessin sur le sable.

— Nul ne doit jamais savoir ce que nous avons découvert. Cette... malédiction.

Marco ne répondit que par un murmure.

— *La Città dei Morti.*

Son père, déjà pâle, devint livide. Mais Marco savait que sa peur n'était pas simplement due à la peste.

— Jure-le-moi, Marco, insista-t-il.

Marco contempla son visage ridé. Son père avait autant vieilli au cours de ces quatre derniers mois que pendant les décennies passées auprès du Khan à Chengdu.

— Jure sur l'âme bénie de ta mère que tu ne parleras jamais de ce que nous avons découvert, ni de ce que nous avons fait.

Marco hésita.

Une main lui saisit l'épaule, la broyant jusqu'à l'os.

— Jure, mon fils. Pour ton salut.

Il vit la terreur dans les yeux qu'illuminaient les feux… et la supplique.

— Je garderai le silence, promit-il enfin. Jusqu'à mon lit de mort et au-delà. Je te le jure, père.

Son oncle, qui les rejoignait, entendit son serment.

— Nous n'aurions jamais dû y pénétrer, Niccolò, dit-il à son frère, mais son accusation visait Marco.

Un silence lourd de secrets tomba entre les trois hommes.

Son oncle avait raison.

Marco repensa au delta du fleuve tel qu'ils l'avaient découvert quatre mois plus tôt : des eaux noires se déversant dans la mer, chargées de branches mortes et de feuillages. Ils cherchaient simplement à reconstituer leurs réserves d'eau douce tandis qu'on effectuait des réparations sur certains navires. Ils n'auraient jamais dû s'aventurer plus loin, mais Marco avait entendu parler d'une grande cité au-delà des montagnes. Les travaux nécessitant une dizaine de jours, il était parti à l'assaut des collines avec deux brigades des hommes du Khan. Depuis le sommet de l'une d'entre elles, il avait repéré une tour de pierre au cœur de la forêt, dressée vers le ciel, illuminée par les premiers rayons du soleil. Pour un homme aussi curieux, cette vision était plus qu'un appel.

Le silence dans la jungle tandis qu'ils progressaient vers cette tour aurait dû l'avertir. Pas de tambour, comme maintenant. Pas de chants d'oiseaux, ni de hurlements de singes. La cité des morts se contentait de les attendre.

Et ils avaient commis la terrible erreur d'y pénétrer.

Cela leur avait coûté bien plus que du sang.

Les navires incendiés sombraient. L'un des mâts s'écroula comme un arbre qu'on abat. Vingt ans plus tôt, le père, le fils et l'oncle avaient quitté le sol italien, en tant qu'ambassadeurs du pape Grégoire X en pays mongol. Si le voyage jusqu'à Chengdu avait été long, leur séjour dans le palais et les jardins du Khan avait été interminable. À vrai dire, les trois Polo s'étaient retrouvés emprisonnés... non par des chaînes, mais par l'immense et étouffante amitié du grand Kubilai. Pendant toutes ces années, il leur aurait été impossible de partir sans offenser leur bienfaiteur. Voilà pourquoi ils s'étaient estimés si heureux quand le Khan leur avait demandé d'escorter dame Kokejin vers son fiancé persan avant de regagner Venise.

Si seulement ils n'avaient jamais quitté Chengdu...

— Le soleil ne va pas tarder à se lever, dit son père. Partons. Il est temps de rentrer chez nous.

— Et si, par chance, nous y parvenons, que dirons-nous à Teobaldo ? demanda Masseo, utilisant le nom de naissance du vieil ami de la famille Polo qui était devenu le pape Grégoire X.

— Nous ignorons s'il est encore vivant, répondit son père. Cela fait si longtemps que nous sommes partis.

— Mais s'il l'est, Niccolò ? insista son oncle.

— Nous lui dirons tout ce que nous avons appris sur les Mongols, leurs coutumes et leurs forces. Comme il nous l'a demandé il y a si longtemps. Mais de cette peste ici... il n'y a rien à dire. Tout est terminé.

Masseo poussa un soupir qui n'exprimait aucun soulagement. Marco entendit la phrase qu'il ne prononça pas.

Tous les disparus n'ont pas été emportés par la peste.

Son père répéta, plus ferme, comme pour s'en convaincre :

— Tout est terminé.

À la lueur des dernières braises dans le ciel nocturne, Marco contempla les visages de ses deux aînés. Ce ne serait jamais terminé, pas tant qu'ils auraient une mémoire pour se souvenir.

Il baissa les yeux. Même si le dessin sur le sable avait disparu, il le voyait encore. Une carte tracée sur un bout d'écorce qu'il avait volée. Peinte avec du sang. Des temples et des tours perdus dans la jungle.

Tous déserts.

Mais remplis de cadavres.

Le sol était jonché d'oiseaux, étalés sur les pierres comme s'ils avaient été fauchés en plein vol. Nul ne semblait avoir été épargné. Hommes, femmes, enfants. Bœufs et bêtes. Même les grands serpents pendaient, inertes, sur les branches, leur chair bouillonnant sous les écailles.

Seules les fourmis avaient survécu.

Des fourmis de toutes tailles et couleurs.

Grouillant autour des morts, les dévorant lentement.

Il avait cru l'endroit abandonné mais il se trompait... quelque chose attendait encore que le soleil se couche.

Marco repoussa les souvenirs.

Après avoir découvert la carte qu'il avait dérobée dans l'un des temples, son père l'avait brûlée et en avait dispersé les cendres dans le vent. Au moment même où le premier homme d'équipage tombait malade.

— Il faut tout oublier, les avait-il prévenus. Cela ne nous concerne en rien. Laissons le temps tout effacer.

Marco respecterait sa parole. Il ne romprait pas son serment. Il ne raconterait jamais cette histoire, lui qui en avait tant compilé... mais avait-il le droit de laisser se perdre à jamais un tel savoir ?

Si seulement il existait un autre moyen de le préserver...

Comme s'il lisait dans ses pensées, son oncle Masseo exprima à haute voix ce qu'ils redoutaient tous :

— Et si l'horreur revenait, Niccolò, si jamais elle atteignait nos rivages ?

— Alors, cela signifierait la fin de la tyrannie de l'homme sur ce monde, répondit avec amertume son père en montrant le crucifix d'argent sur la poitrine nue de Masseo. Le frère le savait mieux que quiconque. Son sacrifice...

La croix avait autrefois appartenu à frère Agreer. Là-bas dans la cité maudite, le dominicain avait donné sa vie pour les sauver tous. Un pacte ignoble avait été scellé. Ils l'avaient laissé là-bas, ils l'avaient abandonné, à sa propre demande.

Le neveu du pape Grégoire X.

Et tandis que les dernières flammes disparaissaient sous les eaux, Marco murmura :

— Quel Dieu nous sauvera la prochaine fois ?

22 mai, 18 h 32
Océan Indien
10° 44' 07.87" S / 105° 11' 56.52" E

— Qui veut une autre bière pendant que je suis en bas ? lança Gregg Tunis depuis la cabine.

Le Dr Susan Tunis sourit en entendant la voix de son mari tandis qu'elle gravissait l'échelle de plongée et se hissait sur le pont du navire de recherche scientifique. Elle accrocha son masque au rack derrière le poste de pilotage avant de se débarrasser de ses bouteilles.

Libérée de leur poids, elle s'empara d'une serviette pour sécher ses cheveux blonds, décolorés par le soleil. Cela fait, elle dézippa sa combinaison jusqu'à la taille.

— *Boum-badaboum... badaboum...* fit le type allongé sur la chaise longue derrière elle.

Elle ne se retourna même pas.

— Professeur Applegate, vous êtes vraiment obligé de faire ça à chaque fois ?

Le géologue grisonnant remonta une paire de lunettes sur son nez, oubliant le traité d'histoire maritime posé sur son ventre.

— Il serait peu galant de ma part de ne pas saluer comme elles le méritent les formes ravissantes d'une belle jeune femme à chaque fois que celle-ci se débarrasse d'un équipement trop encombrant.

Elle fit glisser sa combi sur ses épaules pour la baisser jusqu'à la taille. Elle avait revêtu un maillot une pièce, ayant appris à ses dépens qu'un bikini avait tendance à provoquer des manifestations encore plus bruyantes. Si le voyeurisme du professeur à la retraite, de trente ans son aîné, ne la gênait pas, elle ne tenait pas non plus à l'encourager.

Son mari réapparut avec trois bouteilles de Foster coincées entre les doigts d'une seule main. Dès qu'il l'aperçut, son sourire s'élargit.

— Je pensais bien t'avoir entendue.

Il émergea de l'écoutille et étira sa longue carcasse. Il ne portait qu'un short blanc Quicksilver et une chemise déboutonnée. Employé en tant que mécanicien bateau sur le port de Darwin, il avait rencontré Susan durant des réparations effectuées en cale sèche sur une autre des embarcations de l'université de Sydney. Il y avait huit ans de cela. Trois jours plus tôt, ils avaient fêté leur cinquième anniversaire de mariage à bord de ce yacht, ancré à une centaine de milles nautiques de l'atoll Kiritimati, plus connu sous le nom d'île Christmas.

Il lui tendit une bouteille.

— Tu as trouvé quelque chose ?

Elle but une longue gorgée de bière. Après avoir sucé un embout salé tout l'après-midi, c'était un vrai bonheur.

— Non, rien, répondit Susan. Je ne comprends toujours pas ce qui les a poussés à faire ça.

Dix jours plus tôt, quatre-vingts dauphins, des *Tursiops aduncus*, une espèce de l'océan Indien, s'étaient échoués sur la côte de Java. Ses recherches étaient centrées sur les effets à long terme des interférences sonar sur les cétacés, source de nombreux « suicides » par échouage. En général, elle travaillait avec toute une équipe d'assistants, d'étudiants en thèse ou en postdoc, mais cette fois ils effectuaient une croisière de loisir avec son vieux mentor. Cet échouage massif dans la région était une pure coïncidence... qui les avait conduits à prolonger leur séjour.

— Se pourrait-il que ce soit dû à autre chose qu'à un sonar humain ? demanda Applegate, dessinant des cercles du bout du doigt sur la buée de condensation de sa bouteille. Cette zone est constamment parcourue de microtremblements de terre. Il est possible qu'une secousse en eaux très profondes ait produit la bonne note tonale, déclenchant chez eux une panique suicidaire.

— Il y a eu cette énorme secousse, il y a quelques mois, renchérit son mari en s'installant aux côtés du professeur et en tapotant la chaise voisine à l'intention de sa femme. Ça pourrait être des répliques ?

Susan ne pouvait les contredire. Après les nombreux tremblements de terre mortels des deux dernières années et le gigantesque tsunami, les fonds marins étaient grandement perturbés. Il y avait là de quoi effrayer n'importe qui. Mais elle n'était pas convaincue. Le récif, là en dessous, était étrangement désert. Le peu de vie qui y subsistait semblait avoir battu en retraite au fond de niches rocheuses ou de trous sablonneux. Comme si la faune sous-marine retenait son souffle.

Ces créatures si sensibles réagissaient peut-être à des microsecousses.

Elle fronça les sourcils et rejoignit son mari. Elle allait passer un appel radio à l'île Christmas pour savoir s'ils avaient enregistré une activité sismique inhabituelle. D'ici là, elle avait une nouvelle à lui annoncer qui allait sûrement l'expédier dans l'eau dès les premières heures le lendemain matin.

— Par contre, j'ai découvert les restes d'une vieille épave.

— Sans blague ?

Depuis le port de Darwin, Gregg organisait des visites de bâtiments de guerre coulés lors de la Seconde Guerre mondiale. Ceux-ci jonchaient la côte nord-est de l'Australie. De telles découvertes l'excitaient au plus haut point.

— Où ça ?

Elle fit un signe nonchalant du pouce par-dessus son épaule.

— À une centaine de mètres environ à tribord. Quelques poutres, toutes noires, qui se dressent hors du sable. Probablement libérées par le dernier séisme ou alors quand la vague du tsunami a balayé les fonds marins. Je n'ai pas eu trop le temps d'y regarder de plus près. Et puis, valait mieux laisser ça à un expert.

Elle le pinça sous les côtes avant de s'affaler contre lui.

Ils regardèrent le soleil tomber derrière la mer. C'était leur rituel. Sauf en cas de tempête, ils ne rataient jamais ce spectacle. Le bateau tanguait gentiment. Au loin, les lumières d'un tanker clignotèrent quelques minutes. Cela mis à part, ils étaient seuls.

Un aboiement retentit. Susan sursauta violemment. Sa propre réaction la surprit. Elle ne pensait pas être aussi tendue. Apparemment, l'étrange comportement des habitants du récif avait déteint sur elle.

— Oy ! Oscar ! fit le professeur.

Susan remarqua alors l'absence du quatrième membre de leur petit équipage. Le heeler, un chien de berger australien, appartenait à Applegate. Il aboya à nouveau avec une énergie surprenante pour une bête accablée par l'âge et l'arthrose. En général, il passait le plus clair de son temps étalé dans une flaque de soleil.

— Je vais voir ce qu'il a, annonça le professeur. Je vous laisse, les amoureux.

Il se leva en grognant et se dirigea vers la proue... avant de s'arrêter soudain pour contempler la mer.

Oscar aboyait de plus belle.

Cette fois, Applegate ne le gronda pas. Il se tourna vers Gregg et Susan.

— Vous devriez venir voir ça, dit-il d'une voix sourde et grave.

Ils le rejoignirent.

— Bon Dieu... marmonna Gregg.

— J'ai bien l'impression qu'on vient de trouver ce qui a conduit ces dauphins à fuir la mer, dit Applegate.

À quelque distance, une vaste étendue d'océan brillait, comme illuminée. Cette étrange luminescence formait dans la houle une immense nappe argentée qui se froissait avant de se lisser à nouveau sous le regard méfiant du vieux chien qui se tenait tout près du bastingage à bâbord. Ses aboiements se muaient en grondements sourds.

— Qu'est-ce que c'est que ce truc ? demanda Gregg.

Susan lui répondit :

— J'ai entendu parler de tels phénomènes. On les appelle des *mers de lait*. Des navires ont fait état de lueurs semblables dans l'océan Indien. Même Jules Verne en a parlé. En 1995, un satellite a photographié une tache semblable qui s'étalait sur des centaines de kilomètres carrés. Celle-ci, en comparaison, est minuscule.

— Minuscule, mon cul, grommela son mari. Mais c'est quoi, au juste ? Une espèce de marée rouge ?

— Pas exactement. Les marées rouges sont dues à des algues. Cette luminosité est provoquée par des bactéries bioluminescentes, qui se nourrissent probablement d'algues ou d'un autre substrat. Il n'y a aucun danger. Mais j'aimerais...

Soudain, un choc se produisit sous le bateau, comme si un objet massif avait heurté la coque. Oscar était de plus en plus nerveux. Il dansait à présent sur le pont, allant et venant, essayant de glisser sa gueule entre les plots du bastingage.

Ils vinrent à ses côtés.

La nappe de mer de lait léchait la quille du yacht. Des profondeurs, une immense silhouette surgit, ventre à l'air, mais se tortillant toujours. C'était un énorme requin-tigre de plus de six mètres. Autour de lui, les eaux laiteuses écumaient, comme portées à ébullition, et se transformaient en vin rouge.

Susan comprit soudain que ce n'étaient pas les *eaux* qui bouillonnaient autour du ventre du requin, mais sa propre *chair*. L'horrible vision dériva et s'éloigna. Mais, un peu partout sur la mer luisante, d'autres silhouettes apparaissaient, se débattant furieusement ou bien déjà mortes : marsouins, tortues de mer, poissons par centaines.

Applegate eut un geste de recul.

— Ces bactéries-là ne se nourrissent pas que d'algues.

Gregg se tourna vers sa femme.

— Susan...

Elle ne parvenait pas à détacher son regard de cette scène de mort, fascinée, sa curiosité scientifique en éveil.

— Susan...

Elle se tourna enfin vers lui.

— Tu as plongé, dit-il en montrant la mer. Là-dedans. Toute la journée.

— Et alors ? Nous avons tous nagé à un moment ou à un autre. Même Oscar.

Son mari ne répondit pas. Au lieu de cela, il fixait son avant-bras qu'elle grattait depuis un moment. La combi de plongée provoquait parfois des démangeaisons. Mais l'angoisse qu'elle lut dans le regard de Gregg lui fit à son tour baisser les yeux. De grosses plaques rougeâtres ornaient sa peau, et les gratter n'arrangeait rien.

Soudain, des zébrures violacées firent leur apparition.

— Susan…

— Dieu du ciel, murmura-t-elle, incrédule.

Elle avait enfin compris l'horrible vérité.

— C'est… c'est *en* moi.

CONTACT

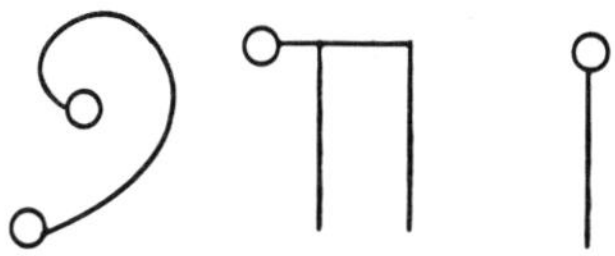

1

La madone noire

1er juillet, 10 h 34
Venise, Italie

On le traquait.

Stefano Gallo accéléra le pas. Le soleil cuisait déjà la place Saint-Marc et les touristes, toujours aussi nombreux, cherchaient des coins d'ombre ou bien se réfugiaient dans les bars à *gelati* si nombreux autour de la basilique. Mais l'impressionnant édifice, avec sa façade byzantine, ses énormes chevaux de bronze et ses coupoles, n'était pas sa destination.

Même un tel sanctuaire ne pouvait lui offrir la moindre protection.

Il ne lui restait plus qu'un seul espoir.

Sans ralentir, il s'enfonça dans la nuée de pigeons qui avaient fait de cette place leur demeure. Certains s'envolèrent bruyamment. Il n'y prêta pas garde. Il ne cherchait plus à se cacher. C'était inutile désormais. Quelques instants plus tôt, il avait repéré le jeune Égyptien aux yeux noirs et à la barbe impeccablement taillée. Leurs regards s'étaient croisés. L'homme portait aujourd'hui un costume chatoyant qui flottait sur ses larges épaules comme une nappe de pétrole. Lors de leur première rencontre, il s'était présenté à Stefano comme un étudiant en archéologie de Budapest, envoyé par un vieil ami et collègue de l'université d'Athènes.

Il était venu au Museo Archeologico pour y retrouver un objet antique. Un trésor mineur. Un petit obélisque. Représentant son gouvernement, il souhaitait le rapporter dans son pays. Il s'était présenté avec une importante somme en bons au porteur. Stefano, en tant que conservateur du musée, n'avait pas trop hésité à accepter ce pot-de-vin ; les traitements médicaux toujours plus chers de sa femme menaçaient de leur faire perdre leur petit appartement. Et puis, il ne commettait rien de véritablement fâcheux : depuis deux décennies, le gouvernement égyptien rachetait ses trésors nationaux à des collectionneurs privés ou bien faisait pression sur de nombreux musées pour récupérer ce qui appartenait de plein droit à l'Égypte.

Stefano avait donc accepté, promettant d'effectuer la livraison. Après tout, que représentait ce petit obélisque assez anodin ? Selon les archives, il était resté dans une caisse depuis près d'un siècle. Et sa description sommaire en expliquait la raison : *obélisque de marbre anonyme, déterré à Tanis, daté de la dernière période dynastique (XXVIe dynastie, 615 avant J.-C.).* Il n'avait rien de très original ni de très intrigant, si ce n'est qu'il avait autrefois fait partie d'une collection d'un des musées du Vatican à Rome : le Musée grégorien égyptien.

Comment il avait fini par échouer ici à Venise demeurait un mystère.

Puis, la veille, Stefano avait reçu une coupure de journal, adressé par courrier spécial dans une enveloppe portant un unique symbole gravé dans un sceau de cire.

Σ

La lettre grecque sigma.

Il ne comprenait toujours pas la signification de ce sceau, mais il saisissait toute l'importance de l'article contenu dans l'enveloppe. Datant de trois jours, il évoquait la découverte d'un cadavre échoué sur une plage de la mer Égée. Le corps gonflé avait servi de festin à des anguilles de mer. Une tempête particulièrement féroce l'avait exhumé de sa tombe sous-marine. Les dossiers dentaires avaient permis de l'identifier : il s'agissait de son collègue, celui qui aurait, paraissait-il, envoyé l'Égyptien.

Il était mort depuis plusieurs semaines.

Le choc avait poussé Stefano à agir de façon radicale. Il serra l'objet enveloppé dans son sac en tissu contre son ventre.

Il avait volé l'obélisque, conscient que cet acte allait les mettre, sa famille et lui, en grand danger.

Il n'avait pas eu le choix. L'enveloppe scellée ne contenait pas que cette coupure de presse. Il y avait aussi trouvé un message, non signé, visiblement griffonné à la hâte par une main de femme. Un avertissement. Ce que disait ce mot semblait impossible, incroyable, mais il avait lui-même vérifié cette affirmation. Elle était vraie.

Un sanglot lui obstrua la gorge alors qu'il courait.

Pas le choix.

L'obélisque ne devait pas tomber entre les mains de l'Égyptien. Mais c'était un fardeau qu'il refusait de porter plus longtemps qu'il n'était nécessaire. Sa femme, sa fille… il pensa au cadavre gonflé de son collègue.

Oh, Maria, qu'ai-je fait ?

Une seule personne pouvait l'aider. Celle qui avait envoyé l'enveloppe, ce message scellé par une lettre grecque. À la fin du mot, un endroit était proposé et une heure.

Il était déjà en retard.

D'une façon ou d'une autre, l'Égyptien avait découvert son vol, il avait dû sentir que Stefano s'apprêtait à le trahir. Voilà pourquoi il était venu ce matin à l'aube. Stefano lui avait échappé de justesse. Il avait fui à pied.

Mais pas assez vite.

Il jeta un regard derrière lui mais la foule de touristes était trop dense. Il ne vit pas son poursuivant.

Stefano se glissa dans l'ombre du Campanile di San Marco. Autrefois, ce grand clocher de brique avait servi de tour de guet, dominant les quais voisins et gardant le port. Pourrait-il le protéger aujourd'hui ?

Son but se trouvait de l'autre côté d'une *piazzetta*. Édifié au XVIe siècle, le palais des Doges était la demeure des anciens maîtres de Venise. Ses deux niveaux d'arches gothiques en marbre rose et blanc luisaient sous le soleil.

Serrant son trophée contre lui, il traversa la petite place.

Serait-elle encore là ? Allait-elle le débarrasser de cette chose ?

Il se précipita sous les arches, se réfugiant lui aussi, mais pour des raisons différentes, sous leurs ombres. Le dédale du palais était sa chance. Outre les appartements du doge de Venise, le Palazzo Ducale abritait autrefois les bureaux du gouvernement, un tribunal, la chambre du conseil et même une vieille prison. Plus tard, une autre prison avait été bâtie de l'autre côté du canal, derrière le palais, auquel elle était reliée par le célèbre pont des Soupirs. À ce jour, seul Casanova avait réussi à s'en évader.

Tandis que Stefano se glissait sous les arches de la loggia, il pria pour que le fantôme de Casanova le protège. Il s'autorisa même un bref soupir de soulagement quand il pénétra dans le palais. Il le connaissait mieux que quiconque. Il lui serait facile de semer son poursuivant dans ce labyrinthe, un lieu propice aux rendez-vous clandestins.

Voilà, du moins, ce qu'il espérait.

Il franchit la porte ouest, au milieu d'un flot de touristes. Devant lui s'ouvrait la cour intérieure avec ses deux anciens puits et son magnifique escalier de marbre, la Scala dei Giganti, l'escalier des Géants. Il ne s'avança pas dans la cour, évitant de s'exposer à la lumière crue, mais poussa une petite porte pour traverser une série de pièces réservées à l'administration. Elles aboutissaient à l'ancien bureau de l'Inquisiteur que trop de malheureux avaient eu la douleur de connaître. Sans s'y arrêter, il continua dans la salle de torture voisine.

Une porte claqua derrière lui, le faisant sursauter.

Il serra l'obélisque encore plus fort.

Les instructions étaient très précises.

Empruntant un escalier étroit, il s'enfonça vers les donjons du palais, les Pozzi, les puits. C'était ici qu'on enfermait les prisonniers les plus célèbres.

C'était ici aussi qu'on lui avait fixé rendez-vous.

Stefano repensa au symbole grec.

Σ

Que signifiait-il ?

Il pénétra dans un couloir humide, flanqué de cellules de pierres noires, trop basses pour qu'un homme puisse y tenir debout. Dans ces culs-de-basse-fosse, les détenus gelaient en hiver ou mouraient de soif pendant le long été vénitien, oubliés de tous, sauf des rats.

Stefano alluma une petite lampe stylo.

Ce dernier niveau des Pozzi semblait désert. Il s'y enfonça, poursuivi par l'écho de ses pas. La peur lui serrait la poitrine. Il ralentit. Arrivait-il trop tard ? Il se rendit compte qu'il retenait son souffle. Déjà, il regrettait la lumière et la chaleur du soleil qu'il fuyait quelques instants plus tôt.

Il s'arrêta, tremblant.

Comme si elle avait senti son hésitation, une silhouette apparut dans la dernière cellule.

— Qui ? *Chi è là ?*

Le frottement d'un talon sur la pierre, suivi par une voix basse, en italien, à l'accent subtil.

— C'est moi qui vous ai envoyé le message, signore Gallo.

La femme élancée s'avança dans le couloir. Malgré sa lampe, il ne pouvait discerner ses traits avec netteté. Elle était vêtue de cuir noir très moulant, mais son visage était enveloppé dans une écharpe qu'elle avait nouée à la façon d'un Bédouin. Seul l'éclat de ses yeux était visible. Elle se déplaçait avec une grâce lente qui eut un effet apaisant sur Stefano.

Elle semblait émerger des ombres comme une madone noire.

— Vous avez l'objet ? demanda-t-elle

— Ou... oui, dit-il en ouvrant le sac et en le lui tendant. Je ne veux plus rien avoir à faire avec ça. Vous avez dit que vous pourriez vous en charger.

— Ne vous inquiétez pas.

Elle lui fit signe de poser l'objet au sol.

Il lui obéit, trop heureux de s'en débarrasser. L'obélisque d'une quarantaine de centimètres, taillé dans du marbre noir, se dressait sur sa base carrée, de dix centimètres de côté pour s'achever par une pointe en pyramide.

La femme s'accroupit près de lui, parfaitement équilibrée sur la pointe de ses bottes. Elle examina la surface du marbre dans le rayon de sa lampe. La pierre était ébréchée, très mal préservée. Une longue lézarde la balafrait. Il était évident que cet artefact avait longtemps été oublié.

Pourtant, il avait déjà provoqué la mort d'un homme.

Et Stefano savait pourquoi.

Elle tendit la main vers lui, lui faisant signe d'éteindre tout en lui montrant une lampe qu'elle venait de sortir. Du pouce, elle actionna un bouton. Une lueur violacée jaillit. Les grains de poussière sur le pantalon de Stefano s'illuminèrent. Les rayures blanches de sa chemise se mirent à briller.

De la lumière noire.

Le rayon baignait l'obélisque.

Stefano avait déjà fait cette expérience pour vérifier l'assertion de cette femme et assister lui-même au miracle. Tout comme elle, il se pencha en avant pour examiner les quatre faces de l'obélisque.

Les surfaces n'en étaient plus vierges. Des colonnes d'inscriptions les recouvraient.

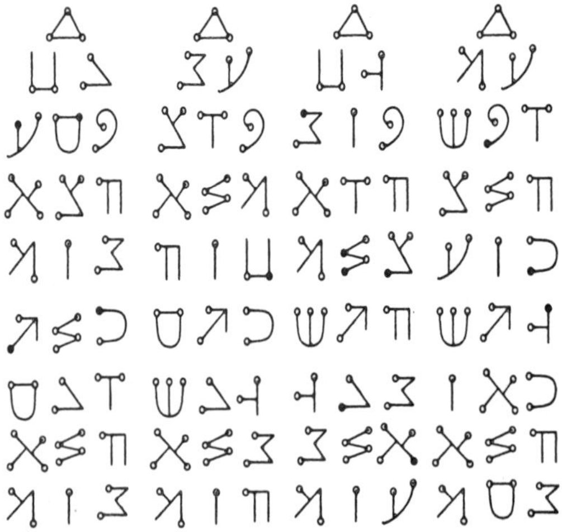

Ce n'étaient pas des hiéroglyphes... mais un langage antérieur à celui des anciens Égyptiens.

— Est-ce vraiment l'écriture des... commença Stefano, aussi émerveillé qu'angoissé.

Derrière lui, un murmure lui parvint du niveau supérieur. Un bout de pierre descellé ricocha dans l'escalier.

Il fit volte-face, le ventre glacé.

Il avait reconnu la voix qui avait murmuré.

L'Égyptien.

Derrière lui, la femme, alertée elle aussi, éteignit sa lampe à ultraviolet.

Stefano leva la sienne, cherchant un espoir dans le visage de la madone noire. Au lieu de cela, il découvrit un pistolet, prolongé par un silencieux, braqué droit entre ses deux yeux. Il comprit enfin et perdit tout espoir. Il avait été à nouveau trompé.

— *Grazie, Stefano.*

Au moment où apparut la flamme au bout du canon, il eut le temps d'une dernière pensée.

Maria, pardonne-moi.

3 juillet, 13 h 16
Cité du Vatican, Italie

Monsignor Vigor Verona gravissait les marches à contrecœur, hanté par des images de flammes et de fumée. Son cœur était trop lourd pour une si longue ascension. Il se sentait bien plus vieux que ses soixante ans. S'arrêtant sur un palier, il leva la tête, une main soutenant ses reins.

Au-dessus de lui, l'escalier circulaire disparaissait sous un enchevêtrement d'échafaudages. Acceptant son malheur, Vigor passa sous l'échelle d'un peintre et continua à gravir la Torre dei Venti, la tour des Vents.

Les relents de peinture fraîche lui piquaient les yeux. Mais d'autres odeurs fantômes s'immisçaient aussi, qu'il aurait préféré oublier.

Chairs carbonisées, fumée âcre, cendres brûlantes.

Deux ans auparavant, une explosion et un incendie avaient ravagé la célèbre tour qui s'élevait au cœur du Vatican. Grâce à un travail acharné, elle commençait à retrouver sa gloire d'antan. Vigor attendait avec impatience sa réouverture le mois suivant. Sa Sainteté en personne viendrait couper le ruban.

Mais il voyait surtout dans cette cérémonie l'occasion de laisser enfin le passé derrière lui.

Même la célèbre chambre de la Méridienne, où Galilée avait tenté de prouver que la Terre tournait autour du Soleil, était presque entièrement restaurée. Il avait fallu dix-huit mois de labeur à des artisans émérites et à des historiens d'art pour faire ressurgir les fresques emprisonnées sous la suie et les cendres.

Si seulement il suffisait d'un peu de peinture et de quelques pinceaux pour tout faire renaître.

En tant que nouveau préfet des Archives secrètes du Vatican, Vigor savait le lourd tribut payé aux flammes, à la fumée et à l'eau. Des milliers de livres anciens, de textes enrichis d'enluminures, et de *regestra* – des archives de parchemins et de papiers sous des reliures en cuir. Depuis un siècle, on conservait dans la tour tout ce qui ne trouvait plus de place dans le *carbonile,* le bunker destiné aux archives.

À présent, tristement, ce manque de place n'était plus gênant.

— *Prefetto* Verona !

Il revint au présent en grimaçant. Cette voix qui l'appelait lui en remémorait une autre. Son assistant, un jeune séminariste nommé Claudio, l'attendait déjà devant la Méridienne, ayant atteint leur but bien avant lui. Le jeune homme soulevait une bâche en plastique transparent qui séparait l'escalier de la pièce proprement dite.

Une heure plus tôt, Vigor avait reçu un message aussi urgent qu'énigmatique de la part du directeur de l'équipe de restauration. *Venez vite. Nous avons fait une découverte horrible et merveilleuse.*

Il avait donc quitté ses bureaux en hâte, sans même prendre le temps d'enlever sa soutane revêtue un peu plus tôt pour une entrevue avec le secrétaire d'État du Vatican. Il le regrettait à présent, ce vêtement ne convenait pas pour une telle ascension. Il rejoignit enfin son assistant, s'épongeant le front avec un mouchoir.

— Par ici, *prefetto,* dit Claudio en lui tenant la bâche.

— *Grazie,* Claudio.

La pièce était une véritable fournaise, comme si les pierres de la tour gardaient encore en elles la chaleur de l'incendie qui l'avait ravagée deux ans plus tôt. Mais ce n'était que le soleil d'été qui réchauffait l'édifice le plus élevé de la cité vaticane. Une canicule exceptionnelle régnait sur Rome et Vigor aurait aimé qu'une petite brise vienne justifier son nom de Torre dei Venti.

Un endroit qu'il évitait, préférant diriger les travaux de rénovation depuis son bureau. Même maintenant, il tournait le dos à l'une des pièces.

Il avait autrefois eu un autre assistant.

Jakob.

Les livres n'avaient pas été les seuls à disparaître dans les flammes.

— Ah, vous voilà ! tonna une voix.

Le Dr Balthazar Pinosso, responsable de la restauration de la Méridienne, traversa la chambre circulaire. Culminant à plus de deux mètres, l'homme était un véritable géant tout habillé de blanc, comme un chirurgien. Ses pieds étaient protégés par des espèces de chaussons en papier et un masque respiratoire était repoussé sur le sommet de son crâne. Les deux hommes se connaissaient bien. Balthazar était doyen du département d'histoire de l'art à l'université grégorienne, où Vigor avait autrefois enseigné en tant que directeur de l'Institut pontifical d'archéologie chrétienne.

— Préfet Verona, merci d'avoir si promptement répondu à mon appel, fit Balthazar en consultant ostensiblement sa montre.

Vigor ne se formalisa pas de cette moquerie à peine déguisée. Depuis qu'il avait endossé la lourde responsabilité des Archives, tout le monde s'adressait à lui avec trop de révérence.

— Si j'avais eu vos jambes, Balthazar, je serais arrivé plus vite.

— Dans ce cas, mieux vaut nous dépêcher. Je ne voudrais pas vous priver de votre petite sieste.

En dépit de sa jovialité, Vigor sentait la tension qui l'habitait. Il remarqua aussi que Balthazar avait renvoyé tous ceux qui travaillaient habituellement ici avec lui. Il se tourna vers son jeune assistant.

— Vous pourriez nous laisser un instant, Claudio, s'il vous plaît ?

— Bien sûr, *prefetto*.

Vigor attendit qu'il eût disparu derrière la bâche.

— Balthazar, qu'y a-t-il donc de si urgent ?

— Venez, je vais vous montrer.

Le géant repartit vers le fond de la pièce. Tout en le suivant, Vigor remarqua que la restauration de la Méridienne était pratiquement terminée. Tout autour des murs circulaires et au plafond, les fameuses fresques de Niccolò Circignani représentaient des scènes de la Bible, surmontées de chérubins et de nuages. Certaines d'entre elles étaient encore recouvertes de treillis de soie, attendant d'être achevées. Mais l'essentiel avait déjà été accompli. Même la sculpture du zodiaque sur le sol de marbre avait été nettoyée. Un rayon de lumière passant à travers un trou de la taille d'une pièce de monnaie dans l'un des murs venait se planter dans le sol, illuminant la ligne méridienne qui le traversait, faisant de cette pièce un observatoire solaire du XVIe siècle.

Balthazar souleva un rideau pour révéler une porte qui semblait intacte, malgré les traces noires de combustion qui recouvraient le bois.

Le grand historien tapota un des gonds métalliques.

— Nous nous sommes aperçus que cette porte possédait un cœur de bronze. C'est une chance. Elle a préservé ce qui se trouvait dans cette pièce.

— Et qu'y avait-il donc dans cette pièce ? s'enquit Vigor, curieux.

Balthazar tira le battant, révélant un réduit confiné, dépourvu de la moindre ouverture et dans lequel pouvaient à peine tenir deux personnes. Deux étagères, couvertes d'ouvrages reliés de cuir, s'élevaient de chaque côté du sol au plafond. Malgré les odeurs de peinture, Vigor perçut un courant d'air froid et humide.

— Nous avons dressé l'inventaire dès que nous nous sommes mis au travail ici, expliqua Balthazar. Mais nous n'avons rien trouvé de particulièrement important. Pour l'essentiel, des textes astronomiques ou des traités de navigation qui ne possèdent qu'un intérêt historique.

Il poussa un long soupir tout en pénétrant dans le cabinet.

— J'aurais sans doute dû être plus méticuleux, reprit-il, mais, à vrai dire, je me concentrais sur la Méridienne. Un garde suisse était posté ici la nuit. Je croyais que tout était en sécurité.

Vigor entra à son tour.

— Nous utilisions aussi cette pièce pour ranger certains de nos outils, continuait Balthazar en montrant les étagères les plus proches du sol qui avaient été vidées. Pour éviter de marcher dessus.

— Si vous m'expliquiez pourquoi vous m'avez fait venir jusqu'ici ? demanda Vigor qui commençait à s'impatienter.

Quelque chose qui ressemblait à un grondement émergea de la poitrine du géant.

— La semaine dernière, dit-il, un des gardes a surpris quelqu'un qui fouinait ici. Dans ce réduit.

— Pourquoi n'en ai-je pas été informé ? A-t-on volé quelque chose ?

— Non. Il n'y a pas eu vol. Vous étiez à Milan et l'intrus s'est enfui, sans doute effrayé par le garde. J'ai pensé qu'il devait s'agir d'un petit voleur qui tentait de profiter de la confusion régnant dans la tour, avec tous mes collègues allant et venant. Après l'incident, j'ai simplement doublé la garde, au cas où.

Vigor lui fit signe de continuer.

— Mais ce matin, un des restaurateurs est venu ranger une lampe. Elle était encore allumée quand il est entré.

Balthazar tendit la main par-dessus l'épaule de Vigor pour refermer la porte et plonger la pièce dans l'obscurité. Il alluma ensuite une petite torche qui baigna la pièce d'unc lueur violette et fit luire sa combinaison blanche.

— Nous utilisons la lumière noire pour certains travaux. Elle fait ressortir des détails imperceptibles à l'œil nu.

Il braqua le rayon sur le sol de marbre.

Mais Vigor avait déjà remarqué ce qui était apparu à la lueur de la lampe. Une forme, peinte de façon grossière, brillait au centre de la pièce.

Un dragon enroulé sur lui-même comme s'il cherchait à se mordre la queue.

Le cœur de Vigor rata un battement. Soudain, d'autres souvenirs horribles et sanglants ressurgirent.

Balthazar, sentant son trouble, lui prit le bras pour le soutenir.

— Qu'y a-t-il ? Vous allez bien ?

Vigor se dégagea.

— Oui.

Pour le prouver, il s'agenouilla pour inspecter la marque phosphorescente, une marque qu'il ne connaissait que trop. Le symbole de l'Ordinis Draconis. La Cour du Dragon impérial.

Balthazar croisa son regard, le blanc de ses yeux luisant sous la lumière noire. C'était la Cour du Dragon qui avait incendié la tour deux ans auparavant, avec la complicité d'un traître, l'ancien préfet des Archives secrètes, le *prefetto* Alberto, mort depuis. Vigor avait cru cette histoire définitivement terminée, enfouie dans le passé, surtout maintenant que la Torre dei Venti émergeait des cendres tel un phœnix.

Pourquoi cette marque se trouvait-elle ici ?

Vigor l'examina de plus près. Elle avait été dessinée à la hâte. Grossièrement.

— Je l'ai étudiée à la loupe, annonça Balthazar. Et j'ai trouvé une goutte de peinture que *nous* utilisons *sous* cette peinture fluorescente. Ce qui signifie que ceci a été peint récemment. Au cours de cette dernière semaine, je dirais.

— Ce voleur... marmonna Vigor.

— ... n'était peut-être pas un simple voleur.

Vigor se massa un genou douloureux. Cette marque n'avait pas été laissée là par hasard. *Une menace ou un avertissement, peut-être un message pour une autre taupe de la Cour du Dragon au sein du Vatican.* Il se souvint du mot de Balthazar : une découverte horrible et merveilleuse. Fixant le dragon, Vigor comprenait la nature horrible de ce message.

— Vous avez aussi parlé d'une merveille.

Balthazar acquiesça. Il tendit le bras derrière lui pour ouvrir la porte, laissant à nouveau la lumière du jour pénétrer dans le réduit. Le dragon phosphorescent disparut, comme balayé par le rayon de soleil.

— Regardez ceci, déclara alors Balthazar. Sans le dragon, nous ne l'aurions peut-être jamais trouvé.

Il posa une paume sur le sol et tendit l'autre main.

— Il a fallu la loupe pour la révéler. Je l'ai découverte en examinant la peinture fluorescente. En vous attendant, j'ai nettoyé un peu de la crasse qui, avec les siècles, s'était accumulée sur la gravure.

— Quelle gravure ?

— Approchez-vous. Passez les doigts dessus.

Se concentrant, Vigor obéit. Il sentit plus qu'il ne vit, avec la pulpe de ses doigts, comme un aveugle lisant du braille. Une inscription avait été gravée dans la pierre.

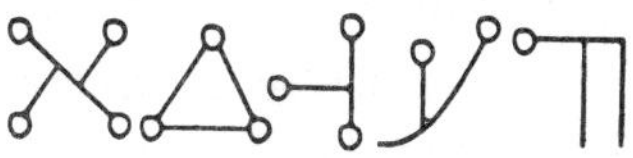

Oui, cette inscription était très ancienne. Les symboles étaient tracés de façon aussi précise que dans une formule scientifique, mais ce n'était pas là l'œuvre d'un physicien. En tant qu'ancien directeur de l'Institut pontifical d'archéologie chrétienne, il en réalisait l'importance.

Balthazar avait dû sentir sa réaction. Sa voix se transforma en murmure de conspirateur.

— Est-ce vraiment ce que je crois ?

Vigor se redressa en essuyant la poussière sur ses doigts.

— Une écriture antérieure à l'hébreu, marmonna-t-il. Le premier des langages, si l'on en croit certains.

— Pourquoi ici ? Et qu'est-ce que cela signifie ?

Vigor secoua la tête en étudiant le sol, une autre question surgissant en lui. À nouveau, le dragon réapparut, comme révélé par son angoisse et non par la lumière noire. Sur la pierre, il encerclait l'inscription, comme pour la protéger.

Il repensa à ce qu'avait dit son ami. *Sans le dragon, nous ne l'aurions peut-être jamais trouvée.* Et si ce dragon ne protégeait pas cette inscription ? Et s'il avait été peint là justement pour la *révéler* ?

Mais à quels yeux cette révélation était-elle destinée ?

Tandis que Vigor se représentait le dragon enroulé sur lui-même, il sentit à nouveau le poids du corps de Jakob dans ses bras, fumant et carbonisé.

À cet instant, il comprit. Le message n'était *pas* envoyé à un autre agent de la Cour du Dragon, un autre traître comme le préfet Alberto. Il était adressé à quelqu'un qui connaissait la Cour du Dragon, à quelqu'un qui était susceptible de comprendre son importance.

Ce message avait été laissé là à *son* intention.

Mais dans quel but ? Et que signifiait-il ?

Il se leva lentement. Il savait qui pourrait l'aider à répondre à ces questions, un homme qu'il évitait d'appeler depuis un an. Jusqu'à présent, il n'y avait eu aucune nécessité à garder le contact avec lui, surtout depuis qu'il avait rompu avec sa nièce. Mais Vigor savait que sa réticence n'était pas seulement due à ce chagrin d'amour. L'homme, autant que cette tour, lui rappelait un passé sanglant qu'il aurait préféré oublier.

À présent, il n'avait plus le choix.

Le dragon représentait une trop grave menace.

4 juillet, 11 h 44
Takoma Park, Maryland

— Gray, tu peux vider la poubelle de la cuisine ?

— J'arrive, m'man.

Dans le living-room, le commandant Gray Pierce ramassa une canette vide de Sam Adams, un autre cadavre victime de la célébration familiale de la fête nationale. Mais la soirée commençait à s'épuiser, faute de combattants.

Il consulta sa montre. Presque minuit.

Il récupéra deux autres bouteilles de bière vides près de l'entrée et s'arrêta devant la porte ouverte pour apprécier la brise nocturne à travers la moustiquaire. La nuit sentait le jasmin, une odeur à peine gâchée par celle de poudre qui se dissipait. Au loin, quelques sifflets et pétards retentissaient encore. Un chien hurlait dans une cour, agacé par tout ce vacarme.

Les derniers invités traînaient sur la véranda du bungalow de ses parents, adossés à la rambarde ou bien paressant dans la banquette à bascule, jouissant de la fraîcheur nocturne après une étouffante journée d'été dans le Maryland. Ils n'avaient pratiquement pas bougé depuis trois heures, depuis le feu d'artifice. Certains avaient disparu dans la nuit mais les plus tenaces restaient.

Comme le patron de Gray.

Crowe, le directeur, discutait avec l'assistant de la mère de Gray, un jeune homme austère, originaire du Congo, qui avait obtenu une bourse à la George Washington University. Painter Crowe l'interrogeait sur le déroulement des hostilités qui ravageaient son pays. Même dans un moment de détente, le patron de la Force Sigma gardait un doigt sur le pouls du monde.

C'était sans doute cela qui faisait de lui un si bon directeur.

La Force Sigma était une émanation secrète du DARPA, la division recherche et développement du département de la Défense. Ses équipes étaient envoyées sur le terrain pour sauvegarder ou neutraliser des technologies vitales pour la sécurité des États-Unis. Elles étaient composées d'anciens membres des Forces spéciales soigneusement sélectionnés et ayant suivi une formation scientifique rigoureuse de haut niveau, des programmes de troisième cycle universitaire, formant ainsi des agents possédant une double compétence, à la fois militaire *et* technique. En d'autres termes, et comme aimait souvent le dire Monk, un ami de Gray : des *savants tueurs*.

Avec une telle responsabilité, la seule distraction de Crowe semblait être la bouteille de single malt posée en équilibre sur la rambarde du porche. Il ne l'avait pas quittée de la soirée. Comme s'il avait senti son regard, Crowe se tourna vers Gray et lui adressa un petit signe de tête à travers l'écran grillagé.

À la lueur des bougies des lanternes, la silhouette du directeur paraissait taillée dans la pierre. Ses traits rugueux trahissaient son héritage indien.

Gray étudia ce visage, y cherchant un signe quelconque de lassitude, sachant la pression que son chef devait supporter. Sigma venait de subir un audit interne de la part de la NSA et du DARPA, et voilà qu'une crise sanitaire se déclenchait en Asie du Sud-Est. C'était donc une bonne chose de voir cet homme émerger des bureaux souterrains de Sigma.

Ne serait-ce que le temps d'une soirée.

Comme si cette courte pause avait déjà été trop longue, Painter s'étira et le rejoignit.

— Je ferais mieux d'y aller, dit-il à Gray. Je veux passer au bureau voir si Lisa et Monk sont bien arrivés.

Les deux scientifiques, les Dr Lisa Cummings et Monk Kokkalis, avaient été envoyés enquêter sur cet incident dans l'archipel indonésien. En tant que collaborateurs de l'Organisation mondiale de la santé, ils étaient partis le matin même.

Gray repoussa la porte grillagée pour serrer la main de son patron. Il savait que l'intérêt de Painter pour les circonstances du voyage des deux agents n'était pas dû à son seul statut de chef des opérations. Son inquiétude était celle d'un homme amoureux.

— Je suis sûr que Lisa va bien, le rassura Gray. À condition qu'elle n'ait pas oublié ses bouchons d'oreilles. Quand Monk ronfle dans un avion, on a l'impression d'être assis à côté du réacteur. Et puisqu'on parle du monstre, si vous avez des nouvelles, je suis sûr que Kat...

Painter leva la main.

— Elle m'a déjà envoyé deux messages sur mon BlackBerry ce soir. Dès que je sais quelque chose, je l'appelle aussitôt.

— Je suis prêt à parier que Monk vous devancera. Il a *deux* femmes à rassurer maintenant.

Painter sourit, malgré sa lassitude.

Trois mois auparavant, Kat et Monk avaient ramené à la maison un bébé de trois kilos deux, prénommé Penelope Anne. En recevant sa mission, Monk avait ricané en disant qu'il avait l'excuse parfaite pour échapper aux couches et aux biberons de nuit, mais Gray savait que cela lui déchirait le cœur de devoir abandonner sa femme et sa fille.

— Merci d'être passé, monsieur le directeur. À demain.

— S'il vous plaît, remerciez vos parents pour moi.

Gray lança un regard vers le petit garage où son père s'était réfugié depuis un moment. Ces derniers temps, il lui était de plus en plus pénible de se retrouver en société : avec la progression de son Alzheimer, il oubliait les noms, répétait des questions auxquelles on avait déjà répondu. Sa frustration avait conduit à une brève dispute avec son fils. À la suite de quoi, il s'était barricadé dans son garage-atelier.

Il s'y terrait de plus en plus souvent. Gray soupçonnait que ce n'était pas tant pour fuir le monde que pour tenter de préserver ce qu'il restait de ses facultés, trouvant un réconfort dans la courbe d'un planeur en bois ou dans l'efficacité d'une vis bien placée. Mais en dépit de cette méditation déguisée, il n'était pas difficile de percevoir l'angoisse qui l'habitait.

— Oui, je le leur dirai, marmonna Gray.

Le départ de Painter donna le signal d'une fuite généralisée. Certains invités rentrèrent dans la maison pour en saluer l'hôtesse, tandis que d'autres serrèrent la main de Gray sur le porche. Il ne tarda pas à se retrouver seul.

— Gray ! La poubelle !

Avec un soupir, il fourra encore quelques bouteilles, gobelets et canettes dans une corbeille en plastique. Il comptait aider sa mère à faire le ménage avant de rentrer chez lui à vélo. Il éteignit la lumière du porche avant de se diriger vers la cuisine. Il entendit le bourdonnement du lave-vaisselle et un tintement de couverts dans l'évier.

— Laisse, maman, je m'en occupe. Va te reposer.

Sa mère se retourna. Elle portait un pantalon bleu marine, un chemisier en soie blanche et un tablier de cuisine trempé. De la voir ainsi, fatiguée après une longue soirée, il fut soudain frappé par son âge. Qui était cette femme aux cheveux blancs dans la cuisine de sa mère ?

Puis elle fit claquer un torchon mouillé et il revint à la réalité.

— Occupe-toi juste des poubelles. J'ai presque fini ici. Et va dire à ton père de rentrer. Les Edelmann n'apprécient pas trop ses bricolages nocturnes. Oh, et j'ai emballé les restes de poulet frit. Tu pourrais les ranger dans le frigo du garage ?

— Va falloir que je fasse deux voyages, dit Gray en empoignant deux énormes sacs en plastique, la corbeille coincée sous un bras. Je reviens.

Il poussa la porte de derrière avec les fesses et descendit les marches. Les poubelles étaient alignées le long d'un des murs du garage. Il se dirigea vers elles avec prudence mais une bouteille abandonnée par Dieu sait qui le trahit.

Elle roula bruyamment tandis qu'il trébuchait. Le terrier écossais des voisins manifesta son mécontentement en aboyant férocement.

Merde…

— Merde ! jura son père dans le garage. Gray ? Si c'est toi… j'aurais bien besoin d'un coup de main ici !

Gray hésita. Ils avaient déjà une engueulade à leur actif ce soir, il ne tenait pas à remettre ça. Ces deux dernières années, ils s'étaient plutôt bien entendus, se trouvant enfin quelques points communs après une vie de méfiance. Mais, depuis un mois, les résultats des tests cognitifs de son père recommençaient à baisser et sa mauvaise humeur habituelle reprenait le dessus.

— Gray !

— Deux secondes !

Il jeta les sacs et vida la corbeille. Prêt au pire, il s'avança dans la lumière jaillissant par la porte ouverte du garage.

L'odeur de sciure et d'huile le frappa, lui rappelant des jours bien pires. *Attrape cette foutue lanière, espèce de... Je vais t'apprendre à utiliser mes outils... Si tu veux bien te sortir les doigts du cul...*

Son père était agenouillé devant une boîte de café qui avait contenu des clous. Il était en train de les ramasser. Gray remarqua les traces de sang par terre, provenant de sa main gauche.

Sous la lumière crue des néons, impossible de nier leur ressemblance. Le même acier brillait dans leurs yeux bleus, le même sang gallois coulait dans leurs veines. Pas moyen d'y échapper : Gray était en train de devenir son père. Même si sa chevelure était encore d'un noir de jais, quelques cheveux blancs étaient déjà là pour le prouver.

Gray montra la main blessée, puis l'évier dans un coin.

— Va te laver.

— C'est pas à toi de me dire ce que je dois faire.

Il ouvrit la bouche pour répliquer avant de se raviser et de s'accroupir pour aider son père.

— Qu'est-ce qui s'est passé ?

— Je cherchais une vis.

— Mais c'est une boîte de clous.

Une étincelle de fureur passa dans le regard de son père.

— Sans blague ?

Gray comprit que cette colère n'était pas dirigée contre lui. Il continua à ramasser les clous en silence. Son père, lui, fixait ses mains, l'une ensanglantée, l'autre non.

— P'pa ?

Celui-ci secoua lentement la tête avant de lâcher d'une voix sourde :

— Bon Dieu...

Gray ne trouva rien à lui répondre.

Autrefois, son père travaillait sur les champs de pétrole au Texas, jusqu'à ce qu'un accident lui arrache la jambe au niveau du genou et transforme un cow-boy en maîtresse de maison. Gray avait alors dû encaisser toute sa frustration, essayant toujours mais ne parvenant jamais à devenir l'homme que son père aurait voulu qu'il soit.

Mais, ce soir, tandis qu'il le regardait contempler ses mains, une autre vérité s'imposait à lui. Une vérité plus amère encore. Peut-être que pendant tout ce temps, la colère du vieux n'avait eu que lui-même pour cible. Comme maintenant. Cette rage n'était peut-être pas celle d'un père vis-à-vis de son fils mais celle d'un homme vis-à-vis de lui-même, celle d'un homme qui ne pouvait être celui qu'il voulait être.

Gray cherchait des mots.

C'est alors que le rugissement d'une moto interrompit toute réflexion. Un peu plus bas dans la rue, des pneus hurlèrent.

Son père injuria le pilote. Encore un ivrogne. Mais Gray se releva et éteignit la lumière du garage.

— Qu'est-ce que... ?

— Reste à terre, ordonna Gray.

La moto apparut, une grosse Yamaha V-Max noire. Elle rugissait, dérapant sur son énorme pneu arrière, et roulait tous phares éteints. C'était cela qui avait alerté Gray. L'absence de faisceau lumineux pour annoncer l'approche de l'engin. Le motard fonçait dans le noir le plus total.

Sans ralentir, il se lança dans un long dérapage. Le pneu arrière se mit à fumer tandis qu'il essayait de négocier le virage brutal menant à leur allée. L'engin hésita, se cabra puis se lança en avant.

— Bon Dieu de merde ! aboya son père.

Le pilote accentua son contre-braquage. La machine lui obéit enfin avant de cogner le rebord du trottoir. Déjà sur l'angle, le choc acheva de la déséquilibrer. Le pilote tenta de retrouver le contrôle mais la béquille heurta à son tour le trottoir.

La moto se coucha dans une gerbe d'étincelles dignes des illuminations de ce 4 Juillet. Éjecté de sa selle, le motard roula plusieurs fois sur lui-même avant de s'immobiliser non loin du garage ouvert.

Un peu plus loin dans l'allée, le moteur du V-Max toussa une dernière fois et cala.

Les étincelles moururent.

Les ténèbres revinrent.

— Putain de Dieu ! s'exclama son père.

Gray leva une main pour lui faire signe de rester dans le garage. De l'autre, il sortit un Glock 9 mm de son holster à la cheville. Il s'avança vers la silhouette prostrée, toute de noir vêtue : cuir, écharpe et casque.

Un petit gémissement révéla deux choses : le pilote était encore vivant et c'était une femme. Elle gisait sur le côté, sa combinaison déchiquetée.

La mère de Gray apparut dans l'encadrement de la porte de la cuisine.

— Gray... ?

— Ne t'approche pas !

Tandis qu'il s'avançait, il remarqua quelque chose qui gisait non loin de la moto, la forme sombre et nette se découpant sur le ciment blanc de l'allée. On aurait dit un petit pilier de pierre noire, lézardé par l'impact. Sous la faille, un reflet métallique brillait au clair de lune.

Mais ce fut un autre reflet qui attira son œil quand il arriva près de la femme.

Celui d'un petit pendentif autour de son cou.

En forme de dragon.

Gray le reconnut immédiatement. Il portait le même autour de son propre cou, cadeau d'une vieille ennemie, en guise d'avertissement et de promesse au cas où leurs chemins se croiseraient à nouveau.

Il braqua son arme.

La femme roula sur le dos avec un autre gémissement. Du sang ruissela sur le ciment, une rivière sombre s'écoulant vers la pelouse récemment tondue. Gray reconnut une blessure de sortie.

On lui avait tiré dans le dos.

Une main se leva pour enlever le casque. Un visage tordu par un rictus de souffrance apparut, encadré par des cheveux noirs. Des yeux en amande très familiers le fixèrent.

— Seichan... dit-il.

Une main se tendit vers lui, fébrile, tâtonnante.

— Commandant Pierce… aidez-moi…

Il perçut la douleur dans sa voix, mais aussi quelque chose qu'il n'aurait jamais cru entendre dans la bouche de cette impitoyable ennemie.

De la terreur.

2

Bloody Christmas

5 juillet, 11 h 02
Île Christmas

Juste une petite journée à la plage...

Monk Kokkalis suivait son guide le long de l'étroite bande de sable. Les deux hommes étaient vêtus de combinaisons Bio-3 identiques. Pas le costume le plus adapté pour une balade sur une plage tropicale. Dessous, Monk ne portait que son caleçon. Ce qui ne l'empêchait pas de cuire à petit feu dans son armure hermétique de plastique scellé. Se protégeant les yeux du soleil de la mi-journée, il contemplait l'horreur qui les entourait.

Une bouillie de cadavres recouvrait toute la baie occidentale de l'île Christmas, comme si l'enfer lui-même avait débordé des profondeurs pour venir se répandre ici. Des empilements de carcasses de poissons marquaient la ligne de marée de la nuit précédente. Des tas plus imposants de requins, de dauphins, de tortues, auxquels s'ajoutait même une baleine naine, jonchaient la plage. À vrai dire, il était difficile de savoir où commençait celle-ci et où finissait l'amas purulent de chairs, d'écailles, d'arêtes... et de plumes. Les oiseaux étaient morts eux aussi, sur le rivage ou dans l'eau, sans doute attirés par ce charnier, ne se doutant pas qu'ils allaient succomber à leur tour au même empoisonnement.

Un trou dans un rocher dégueulait une fontaine d'eaux fétides en gémissant, comme si l'océan lui-même rendait son dernier souffle.

Les deux hommes durent passer sous cette cascade immonde. Ils marchaient vers le nord, le long de la plage, veillant à rester sur la mince bande de sable qui s'étalait entre la zone contaminée et la jungle.

— Rappelez-moi d'éviter les fruits de mer ce soir au dîner, marmonna Monk dans son respirateur.

Il était content d'avaler de l'air en bouteille. Il n'osait imaginer la puanteur qui devait s'élever de ce cimetière marin.

Il était aussi soulagé que sa partenaire, le Dr Lisa Cummings, soit restée à bord du paquebot de croisière. Le *Mistress of the Seas* avait jeté l'ancre dans Flying Fish Cove, de l'autre côté de l'île, par bonheur à l'abri des vents qui charriaient les relents de cet immense charnier.

Mais d'autres n'avaient pas eu cette chance.

À son arrivée à l'aube, Monk avait vu des centaines d'hommes, de femmes et d'enfants qu'on évacuait de l'île, tous contaminés à des degrés divers : certains aveugles, d'autres seulement couverts de cloques, tandis que d'autres encore perdaient leur peau par plaques entières couvertes de pustules. Si les relevés toxiques déclinaient rapidement, l'île était évacuée par mesure de précaution.

Le *Mistress of the Seas*, un paquebot géant de croisières de luxe effectuant son voyage inaugural parmi les îles indonésiennes, avait été transformé en navire-hôpital d'urgence et centre opérationnel pour l'Organisation mondiale de la santé, appelée sur place afin de découvrir les causes de ce soudain empoisonnement.

C'était aussi la raison pour laquelle Monk était là ce matin, cherchant des réponses après la tragédie. À bord du bateau, les talents de médecin de Lisa étaient mis à rude épreuve tandis qu'il crapahutait dans ce marécage immonde. Sa spécialisation en médecine légale avait fait de lui le candidat idéal pour cette mission classée sans risque : après tout, il ne s'agissait que de surveillance. Elle était aussi bienvenue pour un agent de retour au travail après un congé de paternité de deux mois.

Il grimaça, ne voulant pas penser à son petit bébé alors qu'il pataugeait dans cette soupe mortelle. Mais c'était plus fort que lui. Les yeux bleus de Penelope surgirent dans son esprit, ses joues rebondies et l'impossible diadème de cheveux blonds, si différents du crâne rasé et des vilains traits de son père. Comment quelque chose d'aussi beau avait-il pu naître à partir de ses gènes ? Cela dit, sa femme avait sans doute fourni l'essentiel dans ce domaine. Cela ne faisait pas vingt-quatre heures qu'il les avait quittées et déjà il avait comme une boule dans la poitrine, à la fois un peu douloureuse mais aussi incroyablement agréable. Comme si on lui avait greffé un diffuseur de bonheur.

Devant, le Dr Richard Graff, un océanologue de l'université du Queensland, venait de s'agenouiller. Il ignorait tout de la véritable identité de Monk, croyant être accompagné par une autre scientifique de l'OMS. Graff posa sa boîte à échantillons sur un rocher plat. À travers la visière de son masque, son visage barbu était tendu par la concentration et l'inquiétude.

Il était temps de se mettre au travail.

Ils avaient été déposés sur la plage par un Zodiac insubmersible, piloté par un matelot de la Royal Australian Navy. Celui-ci était resté avec le canot, tiré sur la plage à bonne distance de la zone contaminée. Une vedette des gardes-côtes était arrivée un peu plus tôt pour superviser l'évacuation.

Cette île isolée, située à près de deux mille cinq cents kilomètres au nord-ouest de Perth, était cependant territoire australien. Découvert le jour de Noël en 1643, ce bout de terre inhabité avait fini par être colonisé par les Britanniques en raison de ses dépôts de phosphate. Ils y avaient développé une importante activité minière, surexploitant pendant quelques décennies des travailleurs indonésiens. Si les mines restaient encore en activité, la principale industrie locale était désormais le tourisme. Les trois quarts de l'île, couverts de forêt tropicale, avaient été déclarés réserve nationale.

Mais aucun touriste n'allait s'y risquer pendant un bon bout de temps maintenant.

Monk rejoignit le Dr Richard Graff.

Le scientifique leva une main gantée pour englober la scène qui s'étalait devant eux.

— Ça a commencé il y a un peu plus de quatre semaines, selon des témoignages de pêcheurs, expliqua Graff. Ils retrouvaient leurs pièges à crabes remplis de coquilles vides, la chair s'étant dissoute à l'intérieur. Les filets de pêche provoquaient soudain des ampoules et des cloques quand ils les retiraient de la mer. Et ça n'a fait qu'empirer.

— Que s'est-il passé selon vous ? Un déversement toxique ?

— Pour être toxique, c'est toxique, mais il ne s'agit pas d'un déversement.

Il déplia un sac noir de prélèvements, portant un sigle d'alerte aux déchets chimiques, avant de montrer la mer. Les eaux étaient couvertes d'une écume jaunâtre et poisseuse, une sorte de bouillabaisse immonde faite d'arêtes et de chairs corrompues.

— Tout ça, c'est Mère Nature au boulot.

— Que voulez-vous dire ?

— Ce que vous voyez là, mon vieux, c'est de la *slime mold,* des moisissures visqueuses. Composées de cyanobactéries, lointains ancêtres de nos bactéries et algues modernes. Il y a trois milliards d'années, cette vase grouillait dans tous les océans du monde. Et voilà qu'elle réapparaît. Ce qui explique ma présence ici. Ces petites bêtes sont ma spécialité. J'étudie de telles formations près de la Grande Barrière de corail, surtout l'une que l'on nomme *fireweed.* Un mélange d'algues et de cyanobactéries qui peut recouvrir un terrain de foot en moins de temps qu'il ne vous en faut pour avaler votre déjeuner. Cette satanée créature relâche dix biotoxines différentes, assez puissantes pour vous filer des cloques sur tout le corps. Une fois séchée, elle peut se transformer en gigantesque aérosol aussi brûlant que du gaz poivre.

Monk imagina la dévastation qu'une telle formation provoquerait au Settlement, la plus grande commune de l'île, qui se trouvait non loin de cette baie, sur le chemin des alizés.

— Selon vous, c'est ce qui est en train de se passer ici ?

— Ou alors quelque chose qui y ressemble beaucoup. Les *fireweed* et autres cyanobactéries sont en train de se développer sur tous nos océans. Depuis les fjords de Norvège jusqu'à la Grande Barrière de corail. Poissons, coraux et mammifères marins crèvent à petit feu, tandis que ces limons d'un autre âge, accompagnés de méduses venimeuses, prolifèrent. C'est comme si l'évolution repartait en marche arrière, les océans redevenant des mers primordiales. Et nous sommes les seuls responsables. Les rejets de fertilisants, de produits chimiques et d'égouts ont empoisonné les deltas et les estuaires. La surpêche des cinquante dernières années a provoqué une baisse de quatre-vingt-dix pour cent de la population des grands poissons. Le changement climatique est en train d'acidifier et de réchauffer les eaux, réduisant leur capacité à retenir l'oxygène, étouffant peu à peu toute vie marine. Nous sommes en train de tuer les océans.

Secouant la tête, il se tourna vers la plage.

— À la suite de quoi, nous assistons au retour de mers disparues depuis cent millions d'années, grouillantes de bactéries, d'algues toxiques et de méduses venimeuses. Ces endroits très peu accueillants sont en train de se multiplier tout autour du globe.

— Mais qu'est-ce qui a provoqué ce phénomène ?

C'était la question qui les avait tous amenés ici.

— Une nouvelle moisissure visqueuse inconnue. Quelque chose que nous n'avons encore jamais vu. Et c'est bien ce qui me fait peur. Les biotoxines et neurotoxines marines sont déjà les poisons les plus puissants du monde. Au point que nous ne sommes toujours pas parvenus à les dupliquer. Saviez-vous que la saxitoxine, produite par une bactérie qu'on trouve chez certains crustacés, a été classée par les Nations unies arme de destruction massive ?

Monk grimaça sous sa visière.

— Mère Nature est une sacrée salope parfois.

— La pire des terroristes, mon vieux. Vaut mieux pas trop la chatouiller.

La conférence de biologie terminée, Monk s'accroupit pour aider à la collecte des échantillons. Une tâche rendue peu aisée par les gants de sa combinaison. Surtout que sa main gauche constituait déjà un sacré handicap. Mutilé lors d'une mission, le scientifique arborait maintenant une prothèse à cinq doigts, véritable merveille de technologie fournie par le département gadgets de luxe du DARPA... mais les plastiques de synthèse et la bio-électronique n'étaient pas de la chair. Il poussa un juron quand il laissa tomber une seringue dans le sable.

— Attention, le prévint Graff. Évitez de percer votre combinaison. Même si les relevés sont en baisse, mieux vaut se montrer très prudents.

Monk grimaça. Il aurait, de beaucoup, préféré rester à bord du navire où il s'était fait livrer un véritable laboratoire. Mais, pour l'utiliser, il fallait d'abord se procurer des échantillons. Des tas. Du sang, des tissus et des arêtes. De poissons, de requins, de dauphins.

— C'est bizarre, marmonna soudain Graff.

Il se releva pour contempler la plage.

— Quoi donc ? demanda Monk.

— Il existe sur cette île un animal omniprésent, *Geocarcoidea natalis*.

— Mais encore ?

— Je fais référence au fameux crabe rouge de l'île Christmas.

Monk examina à son tour le rivage souillé. Pendant le voyage en avion, il s'était documenté sur la faune et la flore de l'île. Le crabe en question était la star locale, grosse comme une assiette. La migration annuelle de cette population était une des merveilles de l'endroit. Tous les mois de novembre, en phase avec les cycles lunaires, une centaine de millions de crabes entamaient un fol exode à travers la jungle jusqu'à la mer, afin de s'y reproduire non sans risquer de se faire décimer par les attaques de mouettes.

— Les crabes sont des charognards notoires. Une telle profusion de cadavres aurait dû les attirer. Tout comme les mouettes. Mais je n'en vois pas un seul, mort ou vivant.

— Ils ont peut-être senti la toxine et préféré rester à l'abri dans la jungle.

— Si tel est le cas, cela pourrait nous fournir un indice sur l'origine de la toxine ou sur la bactérie qui l'a produite. Peut-être l'ont-ils déjà rencontrée ? Et ont développé une résistance. Quoi qu'il en soit, plus vite nous parviendrons à isoler la source, mieux ce sera.

— Pour les habitants de l'île...

Graff haussa les épaules.

— Oui, pour eux. Mais pas seulement. À vrai dire, je pensais surtout à empêcher cet organisme de se répandre.

Il étudia le jus jaunâtre et sa voix devint soudain très sourde.

— Cela pourrait être le présage de ce que les océanologues redoutent depuis un moment.

Monk se contenta de le fixer, attendant la suite.

— Une bactérie hors norme, un agent si puissant qu'il stériliserait toute vie dans les mers du globe.

— C'est possible ?

Graff s'agenouilla pour reprendre son travail.

— C'est peut-être ce qui est déjà en train de se passer.

Sur ces sinistres paroles, Monk passa l'heure qui suivit à remplir flacons, poches et récipients en plastique de déchets organiques. Le soleil ne cessait de monter sur les montagnes, jetant des reflets impitoyables sur l'eau... et achevant de le cuire dans sa combinaison. Il se prit à rêver d'une douche froide et d'une boisson glacée avec une ombrelle en papier rose.

Les deux hommes remontaient lentement le long de la plage. Près de la falaise, Monk remarqua plusieurs bâtons d'encens enfoncés dans le sable. Ils formaient une sorte de barrière devant un autel dédié à Bouddha. La statue, depuis longtemps érodée par le vent et la mer, n'était rien de plus qu'une silhouette assise, dépourvue de visage. Imposante, elle reposait sous un dais de fortune maculé de fientes d'oiseaux. Quelqu'un avait peut-être allumé ces bâtons d'encens pour invoquer une protection divine contre cette dévastation.

Il passa son chemin, avec la sale impression que leurs efforts ici risquaient fort de se révéler inutiles.

Un grondement de moteur le fit se retourner vers la mer. Tout à leur travail, Graff et lui avaient franchi une sorte d'éperon rocheux. Leur Zodiac se trouvait sur l'autre plage, hors de vue.

Monk se protégea les yeux. Leur matelot australien avait-il décidé de se rapprocher d'eux ?

Graff le rejoignit.

— Il est trop tôt pour rentrer.

Une rafale de coups de feu retentit tandis que le carénage bleu d'un hors-bord apparaissait au bout de la pointe. Monk repéra sept hommes à l'arrière, le visage enveloppé dans des foulards. Le soleil faisait luire leurs fusils d'assaut.

— Des pirates... murmura Graff, choqué.

Monk secoua la tête.

Manquait plus que ça...

Le nez du hors-bord se tourna droit vers eux.

Monk saisit Graff par le col pour l'entraîner à l'abri.

La piraterie se développait à nouveau un peu partout à travers le monde, mais les eaux indonésiennes avec leurs nombreuses îles et atolls, leurs milliers de ports secrets et leurs jungles lui avaient toujours été propices. Après le récent tsunami dans la région, le nombre de pirates locaux avait soudain explosé, ces hommes tirant avantage du chaos régnant et des maigres ressources des autorités.

Chaque nouvelle tragédie semble toujours provoquer les mêmes effets.

Les époques désespérées suscitent le désespoir chez les hommes.

Mais qui était assez désespéré pour prendre le risque d'écumer des eaux aussi dangereuses ? Monk remarqua que ces pirates étaient enveloppés de la tête aux pieds dans leurs propres combinaisons de survie, faites de foulards et de linges entortillés.

Tout en s'éloignant du rivage, il pensa à leur Zodiac. Dans les parages, une telle embarcation insubmersible se vendrait une belle somme au marché noir, sans parler de tout leur équipement resté à bord. Leur matelot n'avait pas réagi. Pris par surprise, il avait dû être touché dès la première salve et c'était lui qui détenait leur unique radio. À présent, ils étaient coupés du monde. Ils allaient devoir se débrouiller seuls.

Monk pensa à Lisa à bord du paquebot. La vedette des gardes-côtes australiens patrouillait dans le petit port. Au moins, elle était en sécurité.

Pas comme eux.

Les falaises leur coupaient toute retraite et, de chaque côté, s'étalaient d'immenses plages désertes.

Monk tira Graff derrière un gros rocher, leur unique abri.

Le hors-bord fonçait vers eux. Les pirates tiraient toujours, les impacts de balles hachant le sable et les amas pourrissants qui le jonchaient.

Monk força Graff à se baisser un peu plus.

Ouais, une bien belle journée à la plage.

11 h 42

Le Dr Lisa Cummings étalait la crème anesthésiante sur le dos de la petite fille en larmes. Sa mère lui tenait la main. La femme était mal à l'aise et ne cessait de parler d'une voix très douce, ses yeux en amande crispés d'inquiétude. Le mélange de lidocaïne et de prilocaïne ne tarda pas à apaiser les brûlures. Les pleurs de la petite se transformèrent en sanglots.

— Ça devrait aller, dit Lisa, sachant que la mère, employée comme serveuse dans un des hôtels locaux, parlait anglais. Assurez-vous qu'elle prenne bien ses antibiotiques trois fois par jour.

La femme inclina la tête.

— *Terima kasih.* Merci.

Lisa lui montra un groupe d'hommes et de femmes en uniformes bleu et blanc, l'équipage du *Mistress of the Seas.*

— Quelqu'un va vous conduire à une cabine où vous pourrez vous reposer, votre fille et vous.

La femme s'inclina à nouveau, mais Lisa se détournait déjà, enlevant ses gants en latex qui claquèrent. La salle à manger du Pont Lido du *Mistress of the Seas* était devenue la principale zone de triage du navire. Chaque ilien évacué y était examiné, son état évalué : critique ou pas. Lisa, qui avait peu d'expérience en médecine de crise, avait été assignée aux premiers soins. Pour l'assister, elle disposait d'un étudiant infirmier venu de Sydney, un garçon maigre nommé Jesspal, d'origine indienne et engagé volontaire auprès de l'OMS.

Ils formaient un couple bizarre – la blonde au teint pâle et le brun à la peau couleur café – mais une bonne équipe.

— Jessie, avons-nous assez de céphalexine ?

— Ça devrait aller, docteur Lisa.

Il agita la grosse bouteille d'antibiotiques d'une main tout en remplissant un formulaire de l'autre. Le jeune homme était capable d'effectuer deux tâches à la fois.

Remontant son pantalon médical vert sur ses hanches, Lisa regarda autour d'elle. Plus personne n'attendait de soins immédiats. Une pagaille déprimante, ponctuée de pleurs et de cris, régnait dans le reste de la salle à manger, mais pour le moment leur poste était un îlot de calme.

— La plupart des gens ont dû être évacués, maintenant, dit Jessie. Les deux derniers canots sont arrivés à moitié vides. Nous ne recevons plus que les derniers habitants des villages les plus isolés.

— Dieu merci.

Elle avait déjà traité plus de cent cinquante patients pendant cette interminable matinée : des cas de brûlures, de cloques, de toux, de dysenterie, de nausées et même une entorse au poignet à la suite d'une chute. Pourtant, elle n'avait vu qu'une fraction des personnes atteintes. Le paquebot était arrivé la veille et l'évacuation était déjà largement entamée quand, à l'aube, un hélicoptère l'avait déposée à bord. La petite île comptait un peu plus de deux mille habitants. Le navire devait pouvoir recevoir toute cette population, d'autant plus, hélas, que le nombre de morts avait dépassé les quatre cents... et ne cessait d'augmenter.

Elle resta là un moment, se serrant dans ses propres bras en regrettant que ce ne soient pas ceux de Painter. Fatiguée, elle ferma les yeux, imaginant qu'elle se blottissait contre lui.

Tout au long de la matinée, alors qu'elle travaillait, il lui avait été facile de rester détachée, de se contenter de soigner.

Mais maintenant, pendant cette accalmie, l'énormité du désastre la frappait. Les premiers signes avaient été relativement bénins, quelques brûlures dues à une exposition directe. Puis, en deux jours à peine, la mer s'était mise à bouillonner, émettant un nuage toxique digne d'une explosion volcanique. Ce gaz avait tué un cinquième de la population et contaminé les quatre autres.

Après sa dissipation, des effets secondaires étaient apparus : grippes, fièvres brûlantes, méningites, pertes de la vision. La rapidité de la propagation était inquiétante. On avait dû transformer tout un pont du navire, le troisième, en zone de quarantaine.

Que faisait-elle ici ?

Quand ils avaient appris l'existence de cette crise sanitaire, elle avait insisté auprès de Painter pour être envoyée sur place. Après ses études de médecine, elle s'était spécialisée en physiologie. Plus décisif encore, elle possédait une importante expérience de terrain, ayant passé la moitié de la dernière décennie à bord d'un navire de sauvetage, le *Deep Fathom,* à effectuer des recherches.

Elle avait donc de solides arguments à faire valoir.

Mais il y avait autre chose.

Depuis quelques mois, elle ne quittait plus Washington et la vie de Painter phagocytait lentement la sienne. Même si elle appréciait cette intimité, ce partage, elle savait aussi qu'elle avait besoin de prendre un peu de distance, aussi bien pour elle-même que pour leur relation.

Sauf que là, la distance est peut-être un peu trop grande...

Un hurlement la fit se retourner vers la porte d'entrée de la salle à manger. Deux marins transportaient un homme sur un brancard. Le malheureux semblait avoir été écorché vif, sa peau s'étant presque entièrement détachée de son corps. Il était rouge vif, comme si on l'avait plongé dans un bain d'eau bouillante. On l'amenait au poste de soins intensifs.

Machinalement, Lisa songea au traitement qu'il fallait lui donner. *Diazépam et morphine.* Mais, au fond d'elle-même, elle savait la vérité. Ces soins seraient uniquement palliatifs, destinés à lui offrir un maigre confort. Cet homme était déjà mort.

— Voilà les ennuis qui arrivent, marmonna Jessie derrière elle.

Lisa se retourna pour découvrir le Dr Gene Lindholm qui venait vers eux. L'homme, tout en jambes et en cou, ressemblait à une autruche. Même sa tignasse blanche se dressait en mèches pointues comme des plumes sur son crâne. Le chef de l'équipe de l'OMS lui adressa un signe de tête, indiquant ainsi qu'elle était bien sa cible.

Quoi encore ?

Elle n'appréciait pas particulièrement le clinicien issu d'Harvard, dont l'ego était proportionnel au nombre de ses diplômes. Dès son arrivée, au lieu d'aider, il s'était enfermé en compagnie du propriétaire du paquebot, l'excentrique milliardaire australien, Ryder Blunt. Le personnage, célèbre pour son approche « décontractée » des affaires, avait été à bord du navire pour son voyage inaugural. Il aurait, bien sûr, pu le quitter dès qu'il avait été réquisitionné mais il avait préféré rester, sans doute pour transformer cette opération de secours en événement marketing.

Et Lindholm lui avait offert sa coopération.

Le chef de l'équipe de l'OMS sur place avait cependant dû céder devant certaines pressions et accepter la présence de Monk et Lisa dans son équipe. Il n'avait pas eu le choix... mais cela ne lui plaisait guère et il ne se gênait pas pour le faire savoir.

— Docteur Cummings, je suis heureux de voir que vous n'avez rien à faire.

Lisa se mordit les joues pour ne pas répliquer.

Jessie émit un bruit déplaisant.

Lindholm considéra un instant le jeune homme comme s'il venait à peine de prendre conscience de son existence… avant de se tourner à nouveau vers elle :

— On m'a ordonné de partager avec votre partenaire et vous toute découverte relative à l'épidémiologie de ce désastre. Le Dr Kokkalis se trouvant sur le terrain, il semble donc que je doive porter ceci à votre connaissance.

Il lui tendit un épais dossier médical. Elle reconnut le logo du petit hôpital de l'île Christmas. Ne disposant que d'une équipe de médecins venant à tour de rôle du continent et de deux infirmières à temps complet, l'établissement avait rapidement été débordé, les cas les plus graves ayant dû être transportés par avion à Perth. Mais cela aussi s'était vite révélé insuffisant quand la crise avait atteint son stade critique. Dès l'arrivée du paquebot, on y avait d'abord transféré l'hôpital.

Ouvrant le dossier, Lisa vit que le patient avait été enregistré sous le nom de John Doe, autrement dit non identifié. Elle parcourut rapidement son histoire, le peu qu'il y avait en tout cas. L'homme, ayant largement dépassé la soixantaine, avait été retrouvé cinq semaines plus tôt, errant nu dans la jungle, souffrant à l'évidence de démence et d'hypothermie. Incapable de parler, il était complètement déshydraté. Il semblait avoir glissé dans un état infantile, incapable de prendre soin de lui-même, ne mangeant que si on le nourrissait à la main. On avait cherché à l'identifier grâce à ses empreintes et en effectuant des recherches dans les archives des personnes disparues, mais cela n'avait rien donné. Il était resté un John Doe.

Lisa releva les yeux.

— Je ne comprends pas… quel rapport avec la situation à laquelle nous sommes confrontés ?

Poussant un soupir exagéré, Lindholm tapota le dossier.

— Sous la liste des symptômes présentés. En bas.

— « Signes d'hypothermie modérés à graves », lut-elle avant d'arriver tout en bas de la liste.

La dernière ligne disait : *Coups de soleil prononcés, brûlures au second degré sur les mollets, avec œdèmes résultants, ampoules et cloques.*

Lisa grimaça. Elle avait traité des symptômes similaires toute la matinée.

— Ce n'étaient pas de simples coups de soleil.

— Les cliniciens locaux ont été un peu trop vite en besogne, dit Lindholm avec un mépris évident.

Linda n'avait aucun reproche à faire aux médecins et infirmières de l'île Christmas. À ce moment-là, nul n'avait la moindre idée de la catastrophe environnementale qui se préparait. Elle vérifia à nouveau la date.

Cinq semaines plus tôt.

— Je pense que nous avons sans doute trouvé le patient zéro, déclara pompeusement Lindholm. Ou au moins un des tout premiers cas.

— Puis-je le voir ?

Il acquiesça.

— C'était la seconde raison de ma venue ici.

Elle attendit qu'il s'explique un peu mieux mais il se contenta de tourner les talons.

— Suivez-moi.

Le chef de l'équipe de l'OMS traversa la salle à manger vers un des ascenseurs du paquebot. Il poussa le bouton du pont-promenade, le troisième niveau.

— Le quartier d'isolement ? demanda Lisa.

Lindholm haussa les épaules.

Un instant plus tard, les portes s'ouvrirent sur une salle stérile de fortune. Lindholm lui fit signe d'enfiler une combinaison semblable à celle que Monk avait revêtue pour aller chercher des échantillons.

Dès qu'ils furent tous les deux équipés, il la conduisit le long d'un couloir jusqu'à une cabine. La porte en était ouverte et d'autres médecins étaient rassemblés devant l'entrée.

Lindholm rugit pour qu'on lui laisse le passage. Les autres s'éparpillèrent aussitôt. La petite pièce était une cabine intérieure dépourvue de fenêtre. L'unique lit était posé contre la paroi du fond.

Une silhouette gisait sous une mince couverture. L'homme était inerte, cadavérique. Seul un maigre souffle haletant le faisait parfois frissonner. Plusieurs perfusions pénétraient un bras dont la peau était si blême qu'elle en paraissait translucide.

Machinalement, Lisa regarda le visage. On l'avait rasé, un peu trop vite. Quelques petites écorchures étaient encore visibles. Sa chevelure grise et clairsemée évoquait celle d'un patient sous chimio, mais ses yeux étaient grands ouverts, fixés sur elle.

Sa main se leva faiblement. Toujours vers elle.

Mais Lindholm s'interposa entre eux. Sans se soucier du patient, il releva la moitié inférieure de la couverture pour exposer ses jambes. Elle s'attendait à voir de la peau couverte de croûtes, cicatrisant après des brûlures au deuxième degré, comme elle en avait soigné toute la matinée, mais au lieu de cela elle découvrit une immense et étrange ecchymose violacée qui s'étendait du bas-ventre aux orteils et parsemée de cloques noirâtres.

— Si vous aviez lu tout le rapport, dit Lindholm, vous auriez découvert que ces nouveaux symptômes sont apparus il y a quatre jours. L'équipe de l'hôpital a diagnostiqué une gangrène tropicale, suite à une infection après les brûlures. Mais il s'agit en fait...

— ... de fasciite nécrosante, le coupa-t-elle.

Lindholm haussa les épaules et rabaissa la couverture.

— Oui, c'est ce que nous avons pensé.

La fasciite nécrosante, ou gangreneuse, est causée par des bactéries, parfois appelées *mangeuses de chair,* le plus souvent des streptocoques du groupe B hémolytiques.

— Que donne l'examen ? s'enquit-elle. Une infection secondaire après ses premières blessures ?

— J'ai demandé à notre bactériologiste de s'en occuper. Une coloration de Gram faite hier soir a révélé une prolifération massive de *Propionibacterium.*

Elle fronça les sourcils.

— Mais cela n'a aucun sens. Il s'agit d'une banale bactérie de l'épiderme. Absolument non pathogène. Êtes-vous sûr que ce n'était pas simplement un contaminant ?

— Pas avec le nombre retrouvé dans ces cloques. Les colorations ont été répétées sur d'autres échantillons de tissu. Les résultats ont été identiques. C'est durant cette deuxième série de tests qu'a été remarquée une curieuse nécrose sur les tissus environnants. Une pathologie locale et assez rare. Qui peut ressembler à la fasciite nécrosante.

— Causée par quoi ?

— La piqûre d'un poisson-pierre. Très toxique. Il s'agit d'un poisson qui ressemble à s'y méprendre à un rocher et dont les épines dorsales distillent un venin assez terrible. Un des pires qui soient. J'ai demandé au Dr Barnhardt de tester les tissus.

— Le toxicologue ?

— Oui.

Le Dr Barnhardt, un expert mondial en toxines et poisons environnementaux, était venu tout droit d'Amsterdam. Painter avait personnellement requis son intégration à l'équipe.

— Les résultats sont tombés il y a moins d'une heure. Il a trouvé du poison actif dans les tissus du patient.

— Je ne comprends pas. L'homme aurait été empoisonné par un poisson-pierre alors qu'il errait en pleine jungle ?

— Non.

La voix avait retenti derrière eux.

Elle se retourna. Une immense silhouette occupait tout l'encadrement de la porte. L'homme, taillé comme un ours, était engoncé dans une combinaison trop petite pour lui. Son visage barbu s'accordait bien à sa taille, mais pas à la finesse de son esprit. Le Dr Henrick Barnhardt entra dans la pièce.

— Je ne pense pas que cet homme ait jamais été piqué par un poisson-pierre. Mais c'est bien le venin de cet animal qui est en train de le détruire.

— Comment est-ce possible ?

Barnhardt préféra ignorer la question pour le moment et se tourna vers le chef de l'équipe de l'OMS :

— C'est bien ce que je soupçonnais, docteur Lindholm. J'ai emprunté au Dr Miller ses cultures de *Propionibacterium* pour les analyser. Il n'y a plus aucun doute.

Lindholm pâlit.

— Quoi ? fit Lisa.

Le toxicologue se pencha pour lisser gentiment la couverture sur le patient inconnu, un geste étonnamment tendre de la part d'un homme aussi massif.

— La bactérie, dit-il, la *Propionibacterium*... est en train de produire une réplique du venin du poisson-pierre, en quantités suffisantes pour provoquer la mort des tissus de ce malheureux.

— C'est impossible.

— C'est ce que j'ai dit, gronda Lindholm.

Linda l'ignora.

— *Propionibacterium* ne produit *aucune* toxine. C'est une bactérie bénigne.

— Je ne peux pas expliquer comment ni pourquoi, répliqua Barnhardt. Et pour aller plus loin dans mon évaluation, il me faudrait au moins un microscope à balayage. Mais je peux vous assurer, docteur Cummings, que cette bactérie bénigne s'est transformée, d'une manière ou d'une autre, en une des plus vilaines sales bêtes de la planète.

— Comment ça, *transformée* ?

— Je ne pense pas que notre patient ait attrapé une nouvelle bactérie. Je crois au contraire qu'il s'agit de sa flore bactérienne normale. J'ignore à quoi il a été exposé, mais cela a changé la biochimie de la bactérie, altéré sa structure génétique de base et l'a rendue virulente. Ça a fait d'elle une mangeuse de chair.

Lisa refusait encore de le croire. Pas sans preuve plus concluante.

— Mon partenaire, le Dr Kokkalis, a fait installer un laboratoire médicolégal dans notre suite. Si vous pouviez...

Elle sentit soudain comme une caresse sur le dos de sa main gantée. Elle faillit sursauter. Mais ce n'était que le vieil homme dans le lit qui tentait à nouveau de l'atteindre. Son regard s'accrocha au sien, désespéré. Ses lèvres, gercées et craquelées, tremblaient.

— Sue... Susan...

Elle lui serra doucement les doigts pour le rassurer. Le malheureux était en plein délire, la prenant pour une autre.

— Susan… où est Oscar ? Je l'entends qui aboie dans la forêt…

Ses yeux roulèrent en arrière.

— … il aboie… il faut l'aider… mais… ne… ne va pas dans l'eau…

Elle sentit ses doigts mollir dans sa main. Ses paupières retombèrent.

Une infirmière s'approcha pour vérifier ses constantes. Il était à nouveau inconscient.

Lisa replaça doucement sa main sous la couverture.

Lindholm s'avança, encore une fois trop près d'elle.

— Ce labo du Dr Kokkalis, nous devons y avoir accès au plus vite. De façon à confirmer ou infirmer les folles hypothèses du Dr Barnhardt.

— Je préférerais que nous attendions le retour de Monk, dit Lisa en s'écartant. Une partie de cet équipement est de conception très spéciale. Nous avons besoin de lui pour l'utiliser sans faire de dégâts.

Lindholm se renfrogna… non pas à cause d'elle mais de la vie en général.

— Bien, dit-il en tournant les talons. Votre partenaire devrait être de retour d'ici une heure. D'ici là, docteur Barnhardt, prélevez tous les échantillons dont vous aurez besoin.

Lisa remarqua comment Barnhardt levait les yeux au ciel en recevant cet ordre inutile. Elle s'apprêta à suivre Lindholm hors de la pièce.

— Vous me préviendrez au retour du Dr Kokkalis, *ja* ? lui demanda le Dr Barnhardt.

— Bien sûr.

Tout autant que lui, elle voulait découvrir la vérité. Elle avait la désagréable impression que, pour le moment, ils ne faisaient que gratter la surface. Quelque chose de terrible était en train de couver ici.

Mais quoi ?

Elle espérait que Monk n'allait plus tarder.

En partant, elle songea aux derniers mots qu'avait prononcés le patient.

Ne va pas dans l'eau...

11 h 53

— Va falloir y aller à la nage, dit Monk.

— Vous... vous êtes malade ? répliqua Graff tandis qu'ils se tapissaient derrière leur rocher.

Quelques secondes plus tôt, le bateau des pirates s'était échoué sur un des nombreux récifs immergés disséminés dans la baie. La fusillade avait cessé, remplacée par les rugissements du moteur de l'embarcation qui tentait de se dégager.

Monk avait risqué un coup d'œil pour évaluer la situation et avait failli abandonner une oreille à la balle d'un sniper. Ils étaient toujours coincés ici, pris au piège, avec nulle part où aller... sauf au-devant de l'ennemi.

Il remonta la jambe de sa combinaison pour dégainer un Glock 9 mm logé dans un holster de cheville.

Graff écarquilla les yeux en découvrant le pistolet.

— Vous pensez pouvoir les avoir ? En tirant dans le réservoir ou un truc de ce genre ?

— Vous allez trop au cinéma. Ce jouet va juste les obliger à se planquer. Le temps qu'on plonge dans la flotte et qu'on nage jusqu'à ces gros cailloux.

Il montrait une ligne de rochers qui formait une sorte de digue naturelle les séparant de la plage voisine. S'ils parvenaient à les franchir, s'ils parvenaient à atteindre l'autre plage avant que les pirates ne libèrent leur bateau et ne contournent cette pointe rocheuse... et s'ils trouvaient là-bas un chemin qui s'enfonçait à l'intérieur de l'île...

Ce qui fait pas mal de si...

Mais s'ils restaient cachés là, comme une paire de lapins tremblants, il n'y avait qu'une seule certitude.

La mort.

— Il faudra nager sous l'eau aussi longtemps que possible, prévint-il. Avec l'air emprisonné dans nos combinaisons, on devrait pouvoir peut-être respirer une fois ou deux.

Graff ne parut guère réconforté par cette idée. Si le pire du désastre était passé, la baie demeurait un cloaque empoisonné. Même les pirates préféraient éviter de quitter leur bateau. Ils se servaient d'avirons pour libérer leur embarcation coincée dans les rochers, plutôt que de sauter dans l'eau pour l'alléger.

Et si même eux refusaient de se baigner...

Monk douta subitement de la sagesse de son propre plan. En plus, il détestait la flotte. Il venait des Bérets verts, pas des Navy SEAL.

— Quoi ? demanda Graff qui avait perçu son hésitation. Vous pensez que ça ne va pas marcher, c'est ça ?

— Laissez-moi réfléchir !

Monk se tourna vers la plage derrière lui, comme attiré par la vieille statue de Bouddha sous son abri de fortune, protégée par toutes ces rangées de bâtons d'encens à moitié consumés. Il n'était pas bouddhiste, mais il était prêt à prier n'importe quel dieu qui les sortirait de ce merdier.

Son regard s'arrêta encore une fois sur les bâtons d'encens.

— Comment ces gens sont-ils venus prier ? demanda-t-il à Graff. Le village le plus proche le long de la côte est à des kilomètres, la plage est protégée par des récifs et ces falaises sont trop abruptes pour qu'on descende par là.

— Quelle importance ? fit Graff.

— Quelqu'un a allumé ces bâtons de prière. Et ça ne remonte pas à plus d'une journée. Regardez la plage. Aucune trace de pas en dehors des nôtres. Près de l'autel, on voit bien que quelqu'un s'est agenouillé pour allumer les bâtons, or il n'y a aucune trace qui mène vers l'eau ou qui s'éloigne le long de la plage. Cela signifie qu'ils ont dû venir par en haut. Il doit y avoir un chemin.

— Ou peut-être qu'ils se sont juste servis d'une échelle de corde pour descendre et remonter la falaise.

Monk soupira, regrettant de ne pas avoir un compagnon plus stupide, quelqu'un qui ne pointerait pas systématiquement les failles de son raisonnement.

— On n'a pas le choix, dit-il. C'est l'eau ou Bouddha.

Le bruit du moteur enfla. Les pirates étaient près de se libérer.

Graff se tourna vers Monk :

— Ça... ça porte chance, non, de frotter le ventre d'un Bouddha ?

— Ouais, je crois bien avoir lu ça dans un emballage de bonbons. J'espère que notre Bouddha aime les bonbons.

Il se positionna, revolver braqué.

— Je compte et vous vous mettez à courir. Je serai juste derrière vous, à tirer sur le bateau. Ne vous occupez que d'une chose : atteindre ce Bouddha et trouver le chemin.

— Ça fait deux choses.

— Vous allez finir par nous porter la poisse.

Cette fois, Graff la ferma.

— C'est parti, reprit Monk.

Il effectua plusieurs flexions sur place pour faire circuler le sang dans ses jambes engourdies.

— Trois... deux... un...

Graff fila, bondissant comme un lièvre. Une balle ricocha sur le rocher juste derrière ses talons.

Monk poussa un juron et se dressa.

— Vous étiez censé attendre *go !* marmonna-t-il en ouvrant le feu sur le hors-bord encore piégé.

Il arrosa le bateau, obligeant les tireurs à se coucher à plat ventre. Il vit l'un d'entre eux se saisir la gorge avant de basculer par-dessus bord. Un coup de chance de sa part. Les pirates répliquèrent de façon désordonnée, tirant au hasard.

Là-bas, Graff, qui allait atteindre le Bouddha, se jeta dans le sable devant les bâtons d'encens. Rampant avec frénésie, il parvint à passer derrière la statue.

Monk emprunta une route plus directe et plongea dans un buisson épineux, atterrissant juste à côté de Graff.

— On a réussi ! s'exclama celui-ci, très surpris.

— Ouais, et on les a aussi énervés pour de bon.

Monk pensait à l'homme qui était tombé dans ce véritable bouillon de culture.

Comme pour confirmer sa remarque, un feu nourri déchiqueta l'abri et vint hacher la paroi de la falaise couverte de lianes et de feuilles. Monk et Graff se blottirent derrière l'ample ventre de pierre du Bouddha. Ce qui, symboliquement, devait sans doute signifier quelque chose.

Mais c'était tout ce que Bouddha avait à leur offrir.

Monk étudia la paroi rocheuse derrière eux.

Abrupte et impossible à escalader.

Pas de chemin.

— L'un d'entre nous aurait peut-être dû frotter ce ventre avant de se planquer ici, dit-il d'une voix sourde.

— Votre arme ? demanda Graff.

— Il me reste une seule balle. Après ça, j'aurai plus qu'à leur balancer mon flingue au visage. Ça marche... dans les films.

Là-bas, le bateau se libéra enfin dans un rugissement de moteur. Pis encore, il avait franchi le récif de corail et se trouvait du côté de l'île, fonçant vers la plage sur une mer de cadavres.

À laquelle, bientôt, deux autres allaient s'ajouter.

Une nouvelle rafale arrosa la statue et l'abri. D'autres lianes tombèrent, sectionnées. Un ricochet passa sous le nez de Monk... qui ne broncha pas. Il regardait ce qui venait d'apparaître sous le rideau de végétation brusquement clairsemée. L'entrée d'une grotte.

Il se mit à ramper, veillant à garder la statue entre les pirates et lui. Il repoussa quelques lianes. Une marche apparut, puis une autre...

— Un tunnel ! Vous aviez presque raison avec votre échelle de corde, Graff !

Il se retourna pour voir le docteur s'affaisser sur le côté, une main pressée contre son épaule. Du sang suintait entre ses doigts.

Merde...

Il revint à toute allure vers lui.

— Venez. On n'a pas le temps de soigner ça maintenant. Vous pouvez marcher ?

— Tant qu'ils ne me mettent pas une balle dans la jambe, répliqua Graff, les dents serrées.

Ils rampèrent ensemble vers le rideau de lianes avant de s'engouffrer dans le tunnel. La température tomba aussitôt d'une bonne dizaine de degrés. Monk tenait Graff par le coude. Celui-ci tremblait, mais il suivait sans protester le rythme rapide imposé.

Derrière eux, ils entendirent le crissement d'une coque qu'on tirait sur le sable et les cris de victoire des pirates, persuadés que leurs proies étaient prises au piège. Monk continua à monter, tâtonnant dans le noir.

Les pirates n'allaient pas tarder à découvrir l'entrée du tunnel. Que feraient-ils alors ? Les poursuivraient-ils ou bien renonceraient-ils ? La réponse à cette interrogation ne tarda pas.

De la lumière brilla en bas… avant que ne retentissent des ordres aboyés de façon plus furtive.

Monk accéléra l'allure.

Il sentait la colère dans les voix en bas.

Il les avait vraiment énervés.

Peu à peu, les ténèbres virèrent au gris. Il discernait enfin les parois. Ils purent grimper plus vite. Graff marmonnait dans sa barbe mais Monk ne comprenait pas ce qu'il disait. Une prière… ou alors des bordées d'injures.

Enfin, le sommet de l'escalier apparut. Les deux hommes jaillirent du tunnel à la lisière de la jungle qui couronnait la falaise. Monk fonça aussitôt vers la forêt où ils n'auraient aucun mal à se cacher. Au moment où il y pénétrait, il se rendit compte que la zone mortelle ne se limitait pas à la plage en contrebas. Il était entouré de cadavres d'oiseaux. À ses pieds, gisait une roussette, démantibulée comme un avion de chasse après un crash.

Mais tous les habitants de la forêt n'étaient pas morts.

Un peu plus loin, le sol de celle-ci grouillait et bouillonnait, inondé par une marée rouge d'un genre très particulier : des millions et des millions de crabes recouvraient chaque centimètre carré de jungle, certains s'accrochant même aux troncs et aux lianes.

Voilà donc où étaient passés les célèbres crustacés de l'île Christmas.

Monk repensa à ce qu'il avait lu à leur sujet. Tout au long de l'année, ils demeuraient assez dociles. Sauf si on s'en prenait à eux. Cependant, durant leur migration annuelle, pris par le besoin de se reproduire, ils ne supportaient pas le moindre obstacle sur leur route. Leurs pinces, tranchantes comme des rasoirs, pouvaient lacérer les pneus des voitures se trouvant sur leur chemin.

Prudent, il recula d'un pas.

Pour l'heure, ils n'avaient absolument rien de docile. Ils se grimpaient avec fureur les uns sur les autres, faisant claquer leurs pinces. Pris d'une frénésie dévorante.

Monk comprenait maintenant leur absence de la plage. Pourquoi descendre là-bas quand il y avait tant de nourriture ici ?

Ils ne se repaissaient pas simplement des cadavres d'oiseaux et de chauve-souris... mais aussi, dans une rage cannibale, de leurs propres congénères. À l'apparition des deux hommes, plusieurs centaines de pinces rouges se dressèrent vers eux, claquant férocement comme un immense champ de flammes.

Bienvenue au festin !

Derrière eux, des voix excitées retentirent dans le tunnel.

Les pirates venaient de découvrir la sortie.

Graff s'avança, se tenant toujours l'épaule. Un gros crabe, caché sous une fougère, se jeta vers ses orteils et trancha le plastique de sa combinaison d'un seul coup de pinces.

Le docteur battit en retraite, maugréant de plus belle. Il récitait toujours le même mantra qu'un peu plus tôt dans le tunnel. Monk comprit enfin ce qu'il disait... et il était bien d'accord avec lui.

— On aurait dû frotter le ventre de ce Bouddha.

3

Embuscade

5 juillet, 0 h 25
Takoma Park, Maryland

— Qu'est-ce qui se passe, bon sang ?

— Je ne sais pas, papa. Pas encore.

Gray se dépêchait de refermer avec son père les portes du garage.

À eux deux, ils y avaient traîné la moto de la tueuse. Gray préférait éviter de la laisser dehors, au vu et au su de tous. En fait, il voulait qu'*aucune* trace de Seichan ne subsiste ici. Pour l'instant, celui ou ceux qui lui avaient tiré dessus ne s'étaient pas encore manifestés mais cela ne signifiait pas qu'ils n'allaient pas le faire.

Il retourna auprès de sa mère. En tant que professeur de biologie à la George Washington University, elle avait enseigné à beaucoup d'étudiants en médecine en première et deuxième années ; elle savait comment bander la blessure de Seichan de façon à prévenir toute hémorragie supplémentaire.

Celle-ci errait à la lisière de la conscience, parfois éveillée, parfois non.

— La balle a entièrement traversé, dit sa mère. Et elle a perdu beaucoup de sang. Tu as appelé l'ambulance ?

Quelques instants plus tôt, Gray avait passé un appel d'urgence sur son portable, mais il n'avait pas composé le 911. Pas question d'emmener Seichan dans un hôpital. Une blessure par arme à feu provoquerait trop de questions. Il devait pourtant l'éloigner d'ici et lui procurer des soins médicaux au plus vite.

Un peu plus bas dans la rue, une porte claqua. Il sursauta, tendu comme une corde de piano.

— Gray, l'ambulance ? répéta sa mère d'une voix plus sèche.

Il se contenta de hocher la tête, refusant de lui mentir ouvertement. Il se tourna vers son père qui les avait rejoints. Ses parents le croyaient employé en tant que technicien dans un laboratoire de recherches à Washington. Une situation assez médiocre due à sa condamnation en cour martiale pour avoir frappé un officier supérieur quand il était chez les rangers.

Mais cela non plus n'était pas la vérité.

Juste une couverture.

Son père et sa mère ne savaient rien de son véritable emploi chez Sigma et Gray comptait bien que cela demeure ainsi. Ce qui signifiait qu'il devait filer d'ici au plus vite.

— Papa, je peux t'emprunter la T-Bird ? C'est le 4 Juillet, tous les services d'urgence doivent être débordés. On sera plus vite à l'hôpital si je l'emmène moi-même.

Suspicieux, son père plissa les yeux mais lui montra la porte de la cuisine.

— Les clés sont à leur place.

Gray partit en courant et sauta les marches du porche d'un bond. Entrouvrant la porte, il trouva les clés pendues à leur crochet. Son père avait restauré une Thunderbird décapotable de 1960, noire avec intérieur de cuir rouge. Il y avait ajouté un nouveau carburateur Holly, une bobine « Flame-Thrower » et même un starter électrique. Elle avait été sortie pour la soirée.

Elle était garée le long du trottoir, capote baissée. Gray bondit par-dessus la portière et s'installa au volant. Le moteur ne tarda pas à rugir. Il remonta l'allée en marche arrière, rebondissant un peu trop quand il escalada le trottoir. Son père rencontrait encore quelques problèmes avec la suspension.

Il laissa le moteur tourner avant de rejoindre ses parents agenouillés auprès de Seichan. Son père commençait déjà à la soulever.

— Laisse-moi faire, dit Gray.

— On ne devrait peut-être pas la déplacer, dit sa mère. Elle a déjà fait une sacrée chute.

Le père de Gray les ignora tous les deux. Il se redressa, portant Seichan dans ses bras. Il avait peut-être perdu une jambe et une bonne partie de son esprit, mais il restait toujours fort comme un bœuf.

— La porte, ordonna-t-il. On va l'étendre sur le siège arrière.

Renonçant à discuter, Gray obéit. Il replia le siège avant. Son père grimpa à l'arrière, déposant la jeune femme avec douceur avant de s'asseoir à ses côtés, soutenant sa tête.

— Papa…

Sa mère s'installa à l'avant, à la place du passager.

— J'ai fermé la maison. On peut y aller.

— Il vaut mieux que je l'accompagne sans vous, dit Gray en leur faisant signe de sortir.

Il ne comptait pas se rendre dans un hôpital. Son coup de téléphone avait été un appel d'urgence à Crowe, son directeur. *Dieu merci, il était encore au bureau.*

Il avait reçu l'ordre de se rendre dans une planque où une équipe médicale ne tarderait pas à les rejoindre. Painter ne voulait courir aucun risque. Au cas où tout cela serait un piège, Seichan ne devait pas être conduite à l'intérieur du Q.G. de Sigma. Cette femme se trouvait sur la liste des terroristes les plus recherchés d'Interpol et de bon nombre d'agences de renseignements à travers le monde. Le bruit courait que les agents du Mossad avaient reçu pour consigne de l'abattre à vue.

Ses parents n'avaient pas leur place dans une histoire pareille.

Gray vit l'acier dans les yeux de son père. Sa mère avait déjà croisé les bras. Il n'allait pas être facile de les déloger.

— Vous ne pouvez pas venir. Ça... ça pourrait être risqué.

— Parce qu'ici c'est moins risqué, peut-être ? répliqua son père. Qui sait si les voyous ou les dealers qui lui ont tiré dessus ne sont pas déjà en train de rappliquer ?

Gray n'avait pas le temps d'expliquer. Le directeur avait déjà envoyé une équipe de protection pour veiller sur ses parents. Elle devait arriver dans moins de deux minutes.

— Ma voiture... mes règles, conclut son père d'un ton définitif. Maintenant, *roule,* avant qu'elle ne mette du sang partout sur mes nouveaux sièges en cuir.

Seichan gémit et s'agita. Elle toucha son bandage, le griffant malgré elle. Son père lui saisit les doigts et les écarta, à la fois rassurant et l'empêchant de faire davantage de dégâts.

— Démarre, dit-il.

La tendresse étonnante qu'il y avait dans ce seul mot brisa la réticence de Gray.

Il s'installa au volant.

— Attachez vos ceintures, dit-il, sachant que plus tôt il déposerait Seichan dans cette planque, mieux ce serait pour eux tous.

Il s'occuperait des conséquences plus tard.

Au moment où il enclenchait une vitesse, il surprit le regard de sa mère.

— Nous ne sommes pas idiots, tu sais, Gray, dit-elle sans plus d'explications avant de détourner les yeux.

Il fronça les sourcils avant de démarrer en trombe. Il négocia le virage dans la rue assez sèchement.

— Du calme ! aboya son père. C'est des pneus Kelsey tout neufs ! Si tu me les abîmes...

Gray fonça dans la rue. Aux virages suivants, il essaya d'épargner les pneus. Le V8 de trois cent quatre-vingt-dix chevaux grondait comme une bête. Un peu malgré lui, il devait reconnaître que son père avait fait du sacré bon boulot.

Sa mère contempla ostensiblement la rue derrière eux quand il tourna dans la direction opposée à l'hôpital le plus proche, mais elle resta silencieuse.

Tandis que Gray fonçait dans la nuit, ils entendaient encore exploser çà et là quelques derniers pétards. Ce jour de fête nationale se terminait, mais Gray commençait à craindre que d'autres explosions ne tardent à se produire.

0 h 55
Washington DC

Sacrée fête nationale...

Painter Crowe, le directeur, se dirigeait vers son bureau. Du personnel appelé en renfort gonflait à vue d'œil les rangs de l'équipe de nuit réduite. Une alerte générale avait été déclenchée. Il avait déjà reçu deux appels de la Sécurité du Territoire : ce n'est pas tous les jours qu'une terroriste mondialement connue vous tombe entre les mains. Et plus encore qu'une terroriste, un agent haut placé de la Guilde.

Souvent en concurrence avec Sigma, cette organisation clandestine traquait et volait les technologies émergentes : militaires, biologiques, chimiques, nucléaires. Dans le monde actuel, le vrai pouvoir, c'était la connaissance... plus encore que le pétrole ou que toute autre arme. La Guilde vendait les fruits de ses méfaits au plus offrant, y compris à Al-Qaida, au Hezbollah, à l'Aum Shinrikyo au Japon ou au Sentier lumineux au Pérou. Son fonctionnement la rendait impénétrable : elle était cloisonnée en cellules strictement séparées œuvrant dans le monde entier et possédait des taupes au sein des gouvernements, des agences de renseignements, des principaux *think tank*, ou même des laboratoires de recherches.

Et, autrefois, au sein même du DARPA.

Painter sentait encore la brûlure de cette trahison.

Et voilà qu'un de ses agents venait se jeter dans leurs bras.

Son aide et secrétaire, Brant Millford, semblait l'attendre. Dès qu'il l'aperçut, il fit pivoter sa chaise roulante. Un éclat de shrapnel lui avait sectionné la colonne vertébrale en Bosnie.

— Chef, j'ai un appel satellite du Dr Cummings.

Surpris, Painter s'immobilisa. Il n'attendait pas le rapport de Lisa si tôt.

— Je la prends dans mon bureau. Merci, Brant.

Painter franchit la porte. Trois écrans plasma étaient accrochés aux murs. Ils étaient encore éteints, mais à mesure que la nuit avancerait, ils allaient déverser des flots et des flots de données. Pour l'instant, tout cela pouvait attendre. Il s'empara du téléphone et appuya sur quelques boutons qui clignotaient.

Lisa devait l'appeler à l'aube. Le soir en Indonésie. Painter avait prévu un débriefing complet après sa première journée de travail, avant qu'elle n'aille se coucher. C'était aussi le moment idéal pour lui souhaiter une bonne nuit.

— Lisa ?

La connexion se révéla de mauvaise qualité avec des blancs.

— Seigneur, Painter, ça fait du bien d'enten... voix. Je sais que tu es occupé. Brant a parlé... crise, sans... détails.

— Ne t'inquiète pas. C'est moins une crise qu'une opportunité. Pourquoi appelles-tu si tôt ?

— Il se passe quelque chose ici. J'ai transmis pas mal de données techniques à examiner. Je voulais que quelqu'un de chez nous vérifie les résultats de notre toxicologue, le Dr Barnhardt.

— Je vais m'assurer que ce soit fait. Mais pourquoi cette urgence ?

Il sentait la tension dans sa voix.

— La situation à laquelle nous faisons face est peut-être bien plus grave que nous ne le pensions.

— Je sais. J'ai entendu parler des effets secondaires dûs au nuage toxique.

— Non... Oui. C'était horrible, bien sûr... mais il se peut que ce soit encore pire. Nous avons isolé d'étranges anomalies génétiques intervenant lors d'infections secondaires. C'est inquiétant. J'ai pensé qu'il valait mieux nous coordonner au plus vite avec les chercheurs et labos de Sigma, tandis que le Dr Barnhardt achève ses tests préliminaires.

— Monk travaille avec lui ?

— Il est toujours sur le terrain, en train de prélever des échantillons. Nous aurons besoin de tout ce qu'il pourra nous ramener.

— J'alerte Jennings. Pour qu'il rassemble son équipe. C'est lui qui prendra le relais ici.

— Parfait. Merci.

Un silence, puis :

— Et *toi,* comment vas-tu ? demanda-t-il.

Un petit rire fatigué mais amusé, et qu'il connaissait bien, retentit au bout de la ligne.

— Pas trop mal. Mais après ça, faudra plus jamais me demander de partir en croisière.

— J'ai essayé de te prévenir. Ça ne rapporte jamais rien de se porter volontaire. *Je veux aider. Je crois avoir les compétences,* dit-il en l'imitant avec un petit sourire. Et regarde où tu te retrouves. En plein épisode de *La croisière ne s'amuse pas.*

Elle eut la gentillesse de s'esclaffer mais sa voix redevint vite grave… et hésitante.

— Painter, c'était peut-être une erreur… que je vienne ici. Je sais que je n'appartiens pas officiellement à Sigma. Je ne suis peut-être pas à ma place.

— Si j'avais pensé que c'était une erreur, je ne t'aurais pas confié cette mission. En fait, j'aurais pris n'importe quel prétexte pour t'empêcher de partir. Mais, en tant que directeur, j'avais le devoir d'envoyer les meilleurs et les plus aptes à surveiller une crise sanitaire. Avec tes diplômes, tes recherches en physiologie, ton expérience sur le terrain… tu es la personne la plus compétente.

Un long silence suivit. Pendant un instant, il crut que la communication avait été coupée.

— Merci, murmura-t-elle enfin.

— Alors, ne me laisse pas tomber. Ma réputation est en jeu.

Elle rit à nouveau, cette fois plus franchement.

— Tu n'es pas très doué pour conclure tes causeries d'avant-match.

— Qu'est-ce que tu dis de ça : Fais attention à toi et reviens le plus tôt possible.

— C'est déjà mieux.

— Bon, fit-il, je tente le tout pour le tout. Tu me manques. Je t'aime. Je te veux dans mes bras.

Elle lui manquait vraiment, au point qu'il en avait mal dans la gorge.

— Tu vois, dit-elle. Avec un peu de pratique, tu te débrouilles bien mieux.

— Je sais. Ça a aussi très bien marché hier, quand je l'ai dit à Monk.

Un vrai rire lui répondit et le rassura. Elle s'en sortirait. Il avait confiance en elle. Sans compter que Monk saurait veiller sur elle. À condition, bien sûr, que le bonhomme daigne remontrer sa vilaine tête...

Avant qu'il ne puisse ajouter quelque chose, son adjoint apparut à la porte, frappant doucement sur le battant. Painter lui fit signe de parler.

— Navré de vous déranger, monsieur le directeur. Mais j'ai un autre appel en attente. Sur votre ligne privée. De Rome. Monsignor Verona. Cela semble assez urgent.

Painter fronça les sourcils.

— Lisa...

— J'ai entendu. Tu es occupé. Dès que j'aurai revu Monk, nous ferons le point avec Jennings. Au boulot.

— Sois prudente.

— Ne t'inquiète pas, dit-elle. Et... Je t'aime, moi aussi.

Un déclic.

Painter respira un bon coup avant de passer sur sa ligne privée. *Pourquoi monsignor Verona l'appelait-il ?* Bien sûr, le commandant Pierce avait eu une liaison avec sa nièce, mais ils avaient rompu depuis près d'un an.

— Monsignor Verona. Painter Crowe...

— Monsieur Crowe, merci de prendre mon appel. Cela fait deux heures que je tente en vain de joindre Gray.

— Voulez-vous que je lui fasse parvenir un message ?

Même si monsignor Verona avait autrefois aidé Sigma, il n'était pas nécessaire de lui expliquer la situation dans laquelle se trouvait Gray. Cette affaire devait demeurer top secret.

— Il s'est produit un incident ici au Vatican... aux Archives secrètes pour être précis. Je ne suis pas tout à fait sûr de son importance, mais je crains qu'il ne s'agisse d'un message ou d'un avertissement. Destiné à moi et peut-être au commandant Pierce.

— Quelle sorte de message ?

— Quelqu'un s'est introduit dans une pièce secrète ici la semaine dernière et a peint le symbole de la Cour du Dragon impérial sur le sol.

La coïncidence était troublante. Deux ans auparavant, Gray et monsignor Verona avaient fait équipe pour détruire une secte brutale de la Cour du Dragon. Ils avaient réussi... mais il leur avait fallu pour y parvenir l'aide d'une ancienne ennemie, agent de la Guilde.

Seichan.

Et voilà que la tueuse réapparaissait ici.

Painter ne croyait guère aux coïncidences. Il n'y avait jamais cru et encore moins depuis qu'il dirigeait Sigma.

— Quelqu'un aurait-il aperçu cet intrus ? s'enquit-il.

— Hélas, non. Il a même réussi à éviter les caméras de surveillance, ne laissant qu'une seule image très floue et très sombre sur l'une d'entre elles. Il ne s'agissait pas d'un vulgaire voleur. Je ne connais qu'une seule personne capable de s'introduire ainsi au cœur du Vatican et d'en ressortir en ne laissant qu'une image inutilisable derrière elle. Celle-là même à laquelle nous avons eu affaire lors de nos précédents démêlés avec la Cour du Dragon.

Monsignor n'était pas moins méfiant que Painter.

— Quant à ce dragon peint sur le sol, continua Vigor, c'était à l'évidence un message, peut-être le rappel d'une ancienne dette.

— Vous croyez donc qu'il s'agit de Seichan ?

— Exactement. Si nous pouvions la contacter d'une manière ou d'une autre...

— Seichan est ici, le coupa Painter. Elle est entre nos mains.

— Quoi ?

Painter lui fit un bref récit des événements de la soirée. Comment la tueuse avait surgi de nulle part, grièvement blessée.

— Il faut l'interroger, déclara Vigor dès qu'il eut terminé. Ne serait-ce que pour savoir pourquoi elle a peint ce message sur le sol.

— Nous nous en occuperons. Dès qu'elle aura été soignée, nous la conduirons en salle d'interrogatoire, derrière de très épais barreaux.

— Vous ne comprenez pas. Il se passe quelque chose de plus important. Plus important peut-être que la Guilde elle-même.

— Que voulez-vous dire ?

— Le symbole du dragon a été tracé de façon à entourer une très ancienne inscription gravée dans le sol de cette pièce des Archives. Il est possible que cette gravure remonte à l'époque de la construction du Vatican, du temps de Galilée. Ces symboles sont des caractères de ce que certains estiment être le plus ancien langage écrit. Plus ancien que le protohébreu. Une écriture qui pourrait même être antérieure à l'humanité.

— Comment cela, *antérieure* à l'humanité ? Comment cela pourrait-il être possible ?

Vigor lui répondit.

Painter se garda de montrer son étonnement… et son incrédulité. Mais quand l'appel se termina, une réelle inquiétude l'avait gagné. Si ce qu'affirmait Vigor était de toute évidence impossible, il n'en comprenait pas moins sa détresse. Ils devaient interroger Seichan toute affaire cessante.

Il se fit confirmer l'arrivée de l'équipe médicale dans quelques minutes avant de demander à Brant de faire transmettre les images des caméras de surveillance de la planque sur les écrans de son bureau.

Qui était de service là-bas ?

Tandis qu'il attendait, il repensa aux derniers mots de Vigor.

Ces symboles… gravés dans la pierre…

Painter secoua la tête.

Impossible.

… *C'est le langage des anges.*

1 h 04

Gray fonçait sur Greenwich Parkway dans le quartier chic de Foxhall Village. Au bout de l'avenue, il tourna à gauche dans une rue bordée d'arbres. Il ralentit. La planque apparut, une maison en brique Tudor à un étage avec des volets verts, aussi verts que la forêt du Glover-Archibold Park, auquel la demeure était adossée.

Avec la capote baissée, il sentait l'odeur humide des bois.

Approchant, il remarqua que la lumière du porche était allumée, ainsi que celle d'une fenêtre d'angle au premier étage.

Le signal que tout allait bien.

Il s'engagea dans l'allée. La voiture rebondit sur la marche du trottoir, ce qui provoqua un gémissement de leur passagère blessée.

— Où sommes-nous ? demanda sa mère.

Gray se gara sous un porche à gauche de la maison. Une porte y menait directement. À mesure qu'il devenait évident qu'ils ne se rendaient pas dans un hôpital, la méfiance de sa mère n'avait cessé de croître. Quant à son père, il restait toujours aussi buté.

À ce stade, il serait ridicule de leur mentir.

— Dans un endroit où elle sera en sécurité, expliqua-t-il. Une équipe médicale ne devrait pas tarder à arriver. On y sera tranquilles pour l'instant.

Il coupa le moteur et sortit de la voiture.

La porte donnant dans la maison s'ouvrit. Une immense silhouette emplit l'encadrement.

— C'est vous, Pierce ? demanda une voix bourrue.

— Oui.

L'homme s'avança dans la lumière, une main posée sur une arme dans son holster à la hanche. Il était bâti comme un gorille avec des bras épais et interminables. La chevelure taillée en brosse, il portait un pantalon treillis et le tee-shirt réglementaires. Pas vraiment discret. Il dévisageait avec suspicion les autres passagers de la voiture.

— Moi, c'est Kowalski, se présenta-t-il. Crowe veut vous causer.

Il leva son autre main et dut l'ouvrir pour que le téléphone apparaisse.

Gray contourna la voiture. Il n'était pas ravi de cette conversation avec son directeur. Il allait devoir lui expliquer comment il avait bousillé sa couverture en entraînant ses parents dans cette histoire.

Même le gars posté ici semblait abasourdi de voir ces deux personnes âgées assises dans la décapotable. Il les étudiait, en proie à un puissant effort de réflexion... s'il fallait en croire le nœud que formaient ses sourcils sur son front obtus.

— Trois cinquante-deux ? demanda-t-il à Gray.

Celui-ci n'avait pas la moindre idée de ce dont il parlait.

— Non, répondit son père. *Trois quatre-vingt-dix*. Un V8 retapé piqué sur une Ford Galaxie.

— Pas mal.

Bon, ce n'étaient pas ses parents qui l'intéressaient, mais la voiture.

Seichan remua sur la banquette arrière, peut-être troublée par l'absence de vent et de mouvement. Elle tenta faiblement de se redresser.

— Vous pouvez aider à la transporter à l'intérieur ? demanda Gray au garde.

Il venait de remarquer la partie inférieure d'une ancre de l'U.S. Navy tatouée sur son biceps. Un ancien matelot. Nostalgique, qui plus est.

Sa mère ouvrit la portière côté passager.

— Où est l'aide médicale ?

L'apparence martiale de leur hôte ne semblait guère la rassurer. Elle serrait son sac à main contre son ventre comme si elle craignait qu'il ne le lui vole.

Gray leva la main pour implorer sa patience.

— M'dame, dit Kowalski en montrant la cuisine. Il y a un kit de soins sur la table. Avec de la morphine et des sels. J'ai préparé le matériel de suture.

Sa mère le considéra, nettement plus approbatrice.

— Merci, jeune homme.

Gray eut droit à un coup d'œil beaucoup moins chaleureux avant qu'elle ne disparaisse dans la maison.

Il s'éloigna de quelques pas.

— Monsieur Crowe, commandant Pierce à l'appareil.

— C'est bien votre mère qui vient de sortir de la voiture ?

Comment...

Gray chercha autour de lui et repéra la caméra cachée sous le porche. Elle devait être reliée en direct avec le Q.G. Il fut pris d'une soudaine bouffée de chaleur.

— Monsieur...

— Peu importe. Vous m'expliquerez plus tard. Nous venons de recevoir des infos de Rome, à propos de notre prisonnière. Comment va-t-elle ?

Gray se tourna vers la voiture. Le garde et son père débattaient de la meilleure façon de déplacer Seichan. Il remarqua la tache de sang frais qui s'épanouissait sur son pansement de fortune.

— Elle a besoin de soins au plus vite.

— L'équipe médicale ne devrait plus tarder.

Le ronronnement d'un véhicule lourd retentit. Gray fit volte-face. Un gros van noir remontait la rue.

— Je pense qu'elle arrive, dit-il avec un soupir de soulagement.

L'engin braqua et s'arrêta à l'entrée de l'allée dont il occupait toute la largeur. N'aimant pas se sentir bloqué, Gray éprouva un vague sentiment de gêne, mais il reconnut le van. C'était bien l'équipe médicale de Sigma. L'ambulance déguisée était similaire à celle qui suivait le président dans tous ses déplacements et qui disposait même d'une petite unité chirurgicale d'urgence en cas de besoin.

— Tenez-moi au courant dès qu'ils auront établi un diagnostic, dit Painter.

Il avait dû repérer le van lui aussi.

Les portes de côté du véhicule glissèrent. Trois hommes et une femme, tous en tenue médicale et gros bombers noirs identiques, en sortirent avec une coordination parfaite. Deux hommes déplièrent un brancard avant d'emboîter le pas aux deux autres qui se dirigeaient vers Gray.

— Dr Amen Nasser, dit le troisième homme.

Gray serra la main offerte, appréciant la poignée ferme. Calme et maître de lui. Le médecin devait avoir trente ans à peine, mais il faisait preuve d'une réelle autorité. Il avait un teint d'acajou poli quand celui de la femme tenait davantage du miel chaud.

Gray l'étudia.

Elle cherchait de toute évidence à masquer son ascendance asiatique. Ses cheveux coupés en brosse étaient teints en blond presque blanc. Des tatouages d'origine celtique enlaçaient ses poignets. Le tout donnait une impression de sévérité étrangement séduisante. Peut-être l'émeraude de ses yeux. Mais peut-être aussi sa façon de se déplacer, souple, féline. Comme la plupart des agents de Sigma, elle avait dû recevoir une formation militaire.

En guise de salut, elle se contenta d'incliner la tête.

— J'ai été informé de la situation, enchaîna le chef d'équipe, s'exprimant de façon précise mais avec un léger accent. Je vous demanderai de rester à l'écart pour nous laisser travailler. Nous allons transférer la patiente au bloc chirurgical d'urgence à l'intérieur du van. Je vous enverrai Anni avec un rapport dans très peu de temps.

Il avait enfin présenté son adjointe.

Les deux autres les dépassèrent avec le brancard. Le médecin les suivit. Anni ne bougea pas.

Le portable de Gray se mit à vibrer dans sa main. Le chef d'équipe donnait rapidement ses instructions aux autres. Gray reconnut enfin son accent.

Dr Amen Nasser.

Il était égyptien.

1 h 08

Painter se tenait devant le moniteur placé juste derrière son bureau. Les autres écrans plasma montraient ce que filmaient les caméras disposées à l'intérieur de la maison.

— Décrochez ce téléphone, Gray ! hurla-t-il à l'écran.

Le système de contrôle des caméras se trouvait dans une autre pièce. Painter ne pouvait pas les faire pivoter. Il avait vu le van médical se garer au bord de l'écran, mais il venait à peine de découvrir ceux qui en étaient descendus.

Aucun ne travaillait pour Sigma.

Painter connaissait tout son personnel.

Le van était peut-être celui de Sigma, mais pas cette équipe.

Un piège.

Sur l'écran, Gray ouvrit le téléphone et le porta à son oreille.

— Monsieur Crowe… ?

Avant que Painter ne puisse répondre, un pied mince écrasa le téléphone contre le visage de Gray. Celui-ci, pris par surprise, s'écroula.

— Gray…

L'image sur l'écran sauta… puis devint noire.

1 h 09

La première balle détruisit la caméra.

La tête en feu, Gray entendit la détonation étouffée et l'appareil qui explosait.

— Qu'est-ce que c'est que ça ? rugit son père tandis que les débris de la caméra lui pleuvaient dessus.

Il était toujours accroupi à l'arrière de la voiture avec Seichan.

Le garde, Kowalski, se trouvait de l'autre côté, figé comme un daim dans la lueur des phares. Un daim de plus de cent kilos. Mais le pistolet sur sa nuque était un argument solide contre toute envie de s'ébattre.

Les deux infirmiers ne s'occupaient plus de leur brancard. L'un braquait Kowalski, l'autre faisait signe au père de Gray de sortir de la voiture.

— Ne bougez pas.

Gray jeta un regard par-dessus son épaule. La femme, Anni, tenait un Sig Sauer pointé sur son visage, juste assez éloignée pour ne pas risquer un coup de pied mais assez proche pour être certaine de lui mettre une balle entre les deux yeux.

Acceptant son sort, Gray fit face à la Thunderbird.

Le Dr Nasser portait un pistolet identique.

Gray eut soudain la certitude que c'était l'arme qui avait blessé Seichan.

Nasser s'approcha du père de Gray. Il regarda Seichan affalée avant de secouer la tête avec tristesse. Il se tourna vers un de ses sbires.

— Fais sortir le vieux de la voiture. Regarde si la salope a l'obélisque, puis emmenez-la au van.

L'obélisque ?

Gray vit son père être traîné hors de la T-Bird. Il pria le ciel pour que celui-ci ne rende pas la situation plus pénible encore. Mais sa prière fut inutile. Son père était complètement abasourdi. Il ne résista pas.

— Elle ne l'a pas, dit enfin l'homme qui avait fouillé Seichan.

Nasser se pencha vers la voiture pour en examiner lui-même l'intérieur. Il ne trouva pas ce qu'il cherchait. Une fine ride apparut entre ses yeux.

Il se tourna vers Gray.

— Où est-il ?

Gray le fixa droit dans les yeux.

— Où est quoi ?

L'autre soupira.

— Elle vous l'a sûrement dit, sinon vous n'aideriez pas ainsi une ennemie mortelle.

Sans se retourner, il fit signe à l'homme qui avait fouillé Seichan. Celui-ci posa le canon de son arme sur le front de son père.

— Je ne pose jamais la même question deux fois, déclara alors Nasser.

Gray remarqua l'expression de panique dans le regard de son père.

— L'obélisque, dit-il. Celui dont vous parlez. Elle l'avait avec elle, mais il est tombé et s'est cassé quand elle a fait une chute de moto devant chez nous. Elle s'est évanouie avant de pouvoir dire quoi que ce soit à son sujet. Pour ce que j'en sais, il est toujours là-bas, par terre.

Ce qui était sans doute vrai.

Dans la précipitation, il l'avait complètement oublié.

L'homme ne le quittait pas des yeux.

— Je crois que vous dites la vérité, commandant Pierce.

Il n'en fit pas moins signe à son sbire.

Le coup de feu claqua, assourdissant.

1 h 10

Une minute auparavant, Painter avait remarqué un mouvement sur l'écran à sa gauche. Les caméras de surveillance à l'intérieur de la maison fonctionnaient toujours. Il découvrit Mme Harriet Pierce accroupie derrière la table de la cuisine.

Les agresseurs ne semblaient pas avoir conscience de son existence.

Nul, en dehors de Gray, ne savait qu'il venait à la planque en compagnie de deux passagers supplémentaires. Le van était arrivé *après* qu'elle était entrée à l'intérieur. Kowalski en leur pouvoir, les nouveaux venus pensaient avoir sécurisé les lieux.

Painter se dit qu'il tenait son unique chance.

Il demanda qu'une alarme silencieuse soit déclenchée dans la maison et une ligne téléphonique ouverte. Il fixait la lumière près du combiné qui clignotait, clignotait...

Regardez la lumière...

Que ce soit à cause du voyant lui-même ou bien du besoin instinctif d'appeler à l'aide, Harriet rampa jusqu'au téléphone, le décrocha et le porta à son oreille.

— Ne dites rien, ordonna-t-il aussitôt. C'est Painter Crowe. Ils ne doivent pas savoir que vous êtes à l'intérieur. Je peux vous voir. Hochez la tête si vous comprenez.

Elle acquiesça.

— Bien. J'ai envoyé des renforts. Mais je ne sais pas s'ils arriveront à temps. Vos agresseurs doivent s'attendre à une réaction de notre part. Ils seront cruels et rapides. Il faut que vous soyez plus cruelle encore. Le pourrez-vous ?

Un hochement de tête.

— Très bien. Il y a un pistolet dans le tiroir sous le téléphone.

1 h 11

Le coup de feu claqua, assourdissant.

Assourdissant.

Pas étouffé par un silencieux comme tout à l'heure.

Gray comprit ce qui se passait une fraction de seconde avant que l'homme qui braquait une arme contre le front de son père ne s'écroule, la moitié de son cerveau éclaboussant le capot de la T-Bird.

Il savait qui avait tiré.

Sa mère.

Elle avait été élevée au Texas par un gars qui travaillait lui aussi sur les champs de pétrole. Si elle était une fervente adepte du contrôle des armes, elle n'avait pas peur d'en faire usage.

Gray avait à la fois craint et espéré qu'elle intervienne. Il s'y était préparé. Avant même que le cadavre ne heurte le sol, il bondit en arrière. Il surveillait le reflet de l'Asiatique dans le pare-chocs chromé.

La détonation et la réaction de Gray la prirent au dépourvu. Il verrouilla son bras, celui qui portait le Sig Sauer, sous le sien. Dans le même temps, il écrasait son talon sur son cou-de-pied et l'arrière de son crâne sur son front.

Il entendit un petit *crunch* derrière lui.

Devant, Kowalski avait déjà flanqué son coude dans le sternum de son propre garde, avant de lui écraser le visage sur le coin de la portière de la décapotable.

— Bouffe, connard.

L'autre s'écroula comme un sac de riz.

Sans s'arrêter, Gray saisit le poignet et la main d'Anni pour les tourner vers le Dr Nasser. Il pressa les doigts de la femme contre la détente. Elle se débattit. Le tir de Gray rata sa cible. La balle fit éclater une brique de la maison.

Mais elle ne fut pas inutile. Le Dr Nasser plongea dans les buissons qui longeaient le mur, disparaissant.

Gray arracha le pistolet et, d'un coup de pied arrière, repoussa la femme. Elle tituba mais ne perdit pas l'équilibre. Le nez en sang, elle fit volte-face pour courir vers le van, sprintant comme une gazelle malgré sa cheville abîmée.

Pour aller y chercher une arme.

Gray ne tenait pas à assister au retour d'Anni la Flingueuse.

Il leva son pistolet mais, avant qu'il ne puisse tirer, une balle siffla juste devant son nez. Venue des buissons.

Nasser.

Surpris, Gray recula à l'abri du porche. Il ouvrit le feu à l'aveuglette sur les buissons, ne sachant pas où l'autre se cachait. Il tira aussi à deux reprises vers le van.

Mais Anni avait disparu à l'intérieur.

Ses tirs ricochèrent sur la carrosserie. Comme l'ambulance du président, elle était blindée.

— Tout le monde dans la voiture ! hurla Gray. Vite !

Sa mère apparut à la porte de la cuisine, tenant un pistolet fumant… et son sac à main, comme si elle sortait faire des courses.

— Vite, Harriet, dit son père en l'entraînant vers la voiture.

Kowalski plongea tête la première à l'arrière. Gray se demanda s'il n'allait pas écraser Seichan et l'achever plus vite que Nasser n'espérait le faire.

Il sauta derrière le volant et tourna la clé, toujours dans le contact. Le moteur rugit.

La portière passager claqua. Ils étaient tous à bord.

Gray jeta un coup d'œil dans le rétro.

Anni sortait du van… avec un lance-roquettes !

Anni la Flingueuse ne lésinait pas sur l'équipement.

Gray écrasa l'accélérateur. Trois cents chevaux martyrisèrent les pneus, les faisant hurler et fumer.

Son père gémit, plus préoccupé par ses pneus neufs que par sa propre sauvegarde.

Les roues trouvèrent enfin du grip et la Thunderbird bondit en avant, défonçant la palissade qui fermait le porche. L'obstacle franchi, Gray dut braquer aussitôt pour éviter un gros chêne centenaire. Les pneus creusèrent une tranchée dans la pelouse. La T-Bird dérapa dangereusement.

Derrière, un *whoosh* sonore fut suivi d'une terrible explosion.

Le missile avait frappé l'arbre, le transformant en torche squelettique tandis que des débris enflammés s'envolaient en tous sens.

Sans un regard derrière lui, Gray accéléra encore.

La Thunderbird défonça la barrière au fond du jardin pour foncer à travers les bois du Glover-Archibold Park.

Mais Gray était sûr d'une chose.

La traque venait à peine de commencer.

4

Piraterie en haute mer

5 juillet, 12 h 11
Île Christmas

Un caleçon et des bottes.

Voilà tout ce qui séparait Monk d'une mer de crabes cannibales. Toujours possédés par la même frénésie, ils continuaient à s'entredévorer, se battant, se dépeçant mutuellement. Le sol de la jungle grouillait tandis que les craquements de pinces saturaient l'air.

Sa combinaison à la main, Monk revint vers le Dr Richard Graff. Le scientifique était accroupi à la lisière de la jungle. Malgré son épaule blessée, il s'était lui aussi déshabillé comme son compagnon le lui avait demandé. Au moins, il était mieux habillé : un short et une chemise hawaiienne.

Monk grimaça en le rejoignant. Quand on quittait l'abri de la canopée, l'atmosphère était étouffante, la puanteur abominable.

— C'est le moment, dit-il.

Un cri retentit dans le tunnel qui donnait accès à la plage. Les pirates progressaient beaucoup plus prudemment. Cela faisait un moment que Graff leur balançait des morceaux de roche... mais, surtout, ils se méfiaient de l'arme de Monk, ignorant qu'il ne lui restait plus qu'une seule balle. Cela étant, la peur et les rochers ne les retiendraient pas longtemps.

Pour la centième fois, Monk s'interrogea sur leur curieuse obstination. Certes, la faim et le désespoir pouvaient pousser certains hommes à commettre des actes stupides. Mais si les pirates avaient voulu s'emparer du Zodiac et de l'équipement qu'il contenait pour les fourguer au marché noir, rien ne les en empêchait maintenant. De façon générale, les pirates locaux, si brutaux et impitoyables qu'ils soient, se contentaient de prendre ce qui se trouvait à leur portée.

Alors, pourquoi cette insistance ? Pour les réduire au silence ? Pour effacer toutes les traces ? À moins qu'ils n'obéissent à un motif plus personnel. Cherchaient-ils à venger l'homme que Monk avait abattu ?

Quoi qu'il en soit, ces types ne se contentaient pas du butin… ils voulaient du sang.

Graff hoqueta dans l'air brûlant en se redressant.

— Où allons-nous ?

Monk le ramena vers la lisière de la jungle. À quelques mètres d'eux, la marée écarlate bouillonnait et claquait. Les crabes semblaient encore plus nombreux, attirés par le son de leurs voix ou bien par le sang frais coulant de la blessure de Graff.

L'océanologue se figea.

— On ne peut pas passer là-dedans. Ces pinces géantes peuvent couper le cuir le plus épais. Je les ai vues trancher des doigts.

Et ils étaient rapides.

Monk bondit en arrière tandis qu'une paire de crustacés, noués dans un combat mortel, filait devant ses pieds, leurs pattes se mouvant si vite qu'elles en paraissaient floues.

— C'est pas comme si on avait le choix, dit-il.

— Et il y a quelque chose qui cloche chez ces bêtes. J'ai assisté à certaines de leurs attaques pendant leur migration, mais je n'ai jamais rien vu de comparable à ceci.

— Vous les psychanalyserez plus tard, dit Monk en lui montrant un arbre géant, un noisetier tahitien. Vous pouvez grimper ?

Graff plaqua son bras blessé contre son ventre pour éviter de trop le bouger.

— Je crois, oui. Mais pourquoi ? Les pirates nous verront là-haut. On fera de très jolies cibles.

— Grimpez, c'est tout.

Monk l'accompagna jusqu'à l'arbre pour l'aider à atteindre les premières branches. Celles-ci étaient solides et faciles d'accès. Graff ne tarda pas à se débrouiller tout seul.

Monk sauta de l'arbre, atterrissant près d'un crabe. Qui se dressa vers lui. *M'en veux pas si j'te serre pas la pince.* D'un coup de pied, il le renvoya dans la horde de ses semblables avant de demander à Graff :

— Vous voyez l'ouverture du tunnel ?

— Attendez... oui, dit Graff après s'être déplacé sur sa branche. Vous n'allez pas me laisser ici, hein ?

— Sifflez quand vous verrez les pirates.

— Qu'est-ce que vous...

— Contentez-vous de le faire, bordel !

Monk regretta sa dureté. Il devait sans cesse se souvenir que le scientifique n'était pas un militaire. Mais il avait bien d'autres soucis en tête. Il pensait à sa femme et à son bébé. Il ne tenait pas du tout à ce qu'elles apprennent qu'il avait été tué par des pirates ou, pis encore, par un gigantesque plat de fruits de mer.

Il revint vers la lisière de la horde. Il leva son pistolet, se servant de sa prothèse pour équilibrer sa visée. Il respirait lentement par le nez.

Il entendit un bruit en provenance du noisetier derrière lui. Comme un ballon de baudruche qui se dégonfle.

— Ils arrivent ! chuchota l'océanologue, visiblement incapable de siffler.

Monk visa à travers la clairière. Il avait une seule balle. Une seule chance.

Là-bas, par terre, brillaient les deux bouteilles d'oxygène qui équipaient leurs combinaisons. Construites dans un alliage d'aluminium, elles étaient légères. Il les avait attachées l'une à l'autre en se servant de son holster de cheville avant de lancer ce paquet le plus loin possible au beau milieu des crabes, en écrasant quelques-uns et provoquant une certaine panique parmi leurs voisins.

— Ils sont là ! gémit Graff.

Monk pressa la détente.

La détonation figea le temps pendant une fraction de seconde... puis l'une des bouteilles pressurisées cracha une petite flamme. Le paquet se mit à danser tandis que retentissait un sifflement strident. Puis le nez de la deuxième bouteille éclata et la danse devint folle. Les deux bouteilles tourbillonnaient et rebondissaient parmi la nappe rouge.

Cela suffit.

Monk s'était parfois baladé sur des plages peuplées de crabes. Dès qu'une mouette ou un étranger apparaissaient, ceux-ci s'enfuyaient en un clin d'œil, s'enfonçant à nouveau dans leurs tanières sablonneuses. Il en fut de même ici. Les bêtes les plus proches des bouteilles s'enfuirent, grimpant sur leurs voisines, leur communiquant leur panique. Le mouvement d'abord localisé devint général. Les crustacés, déjà excités, s'affolèrent.

La mer de crabes devint une véritable marée déferlante, chaque vague écrasant la précédente, des rouleaux de pinces claquant... et fonçant droit sur Monk.

Il courut jusqu'au noisetier, la horde sur ses talons.

Il bondit parmi les branches et se mit à grimper. Un crustacé atterrit sur une de ses bottes. Il l'écrasa contre le tronc. L'animal retomba. Une de ses pinces était toujours enfoncée dans sa botte et avait traversé toute la semelle à hauteur du talon. Il sentait la pointe sur sa peau.

Bon Dieu.

En dessous, la marée rouge dépassait l'arbre. Peut-être obéissaient-ils à un instinct quelconque lié à leur migration annuelle. Ils fuyaient vers la mer.

Monk rejoignit Graff qui avait noué son bras autour du tronc. Le scientifique le regarda avant de se tourner vers l'ouverture du tunnel.

Les pirates – ils étaient six – venaient d'en sortir et commençaient à se déployer. Mais, par crainte du pistolet, ils restaient accroupis ou commençaient à peine à se redresser, ne sachant pas trop à quoi s'attendre.

C'est alors que, de la jungle, déferla une immense vague écarlate.

Elle atteignit d'abord celui qui s'était le plus avancé. Avant qu'il ne puisse réagir, comprendre ce qu'il voyait, les crabes grimpèrent le long de ses jambes jusqu'à ses cuisses. Soudain, il hurla en titubant. Puis une de ses jambes céda.

Monk avait déjà vu un de ses camarades se faire sectionner le tendon d'Achille au combat. Il était tombé exactement comme ce pirate.

L'homme se retrouva à terre, hurlant toujours.

Très vite, il fut tout entier recouvert par une seconde peau cramoisie. Mais ses gémissements continuèrent un instant, étouffés par la masse grouillante. Soudain, dans un effort surhumain, il parvint à s'asseoir. La chair de son visage avait été arrachée, ainsi que son nez, ses lèvres et ses oreilles. Sa tête n'était plus qu'un moignon sanglant. Il hurla une dernière fois et sombra à nouveau dans le flot frénétique.

Les autres pirates, terrorisés, s'enfuirent, replongeant dans le tunnel. L'un d'entre eux ne parvint pas à atteindre l'ouverture dans le sol. Les crabes le cernaient.

Poussant un dernier cri, il fit volte-face et se jeta du haut de la falaise.

D'autres hurlements retentirent dans le tunnel.

Comme de l'eau dans une canalisation, la marée animale coulait dans le conduit, se transformant en torrent de pinces coupantes.

Graff contemplait cette scène, les yeux écarquillés. Il avait du mal à respirer.

Il tressaillit quand Monk lui toucha le bras.

— Faut y aller. Avant que les crabes ne décident de retourner dans leur forêt.

Graff se laissa entraîner vers le sol. Il y avait encore des centaines de bêtes ; ils les contournèrent avec prudence.

Monk brisa une branche de noisetier et se servit des feuilles comme d'un balai pour éloigner les crustacés qui s'approchaient un peu trop.

— Je... je veux un de ces crabes, dit soudain Graff.

— Je vous paierai des moules frites quand nous serons sur le bateau.

— Non. Pour les étudier. Ils ont réussi à survivre au nuage toxique. Ça pourrait être important.

Sa voix était redevenue calme, précise.

— D'accord, dit Monk. Vu qu'on a perdu tous nos échantillons, autant ne pas rentrer les mains vides.

Il se baissa et ramassa un des plus petits crabes avec sa prothèse, l'attrapant par sa carapace. La bête tenta de l'atteindre avec ses pinces.

— Hé, faut pas gâcher la marchandise, mon gars. C'est une main toute neuve.

Il allait l'écraser contre un tronc d'arbre quand Graff tendit son bras valide.

— Non ! Il nous le faut vivant. Je me répète, mais il y a quelque chose de bizarre dans leur comportement. Cela aussi, il faut l'étudier.

Irrité, Monk serra les mâchoires.

— D'accord, mais si ce sushi à pinces bouffe un de mes doigts en plastique, c'est vous qui paierez.

Ils continuèrent à parcourir la forêt, traversant une bonne partie de l'île.

Après quarante minutes de marche, les arbres s'espacèrent et ils se retrouvèrent soudain au sommet d'une autre falaise leur offrant une vue panoramique. Le village principal de l'île – The Settlement – s'étalait en bord de mer avec son petit port. Plus loin, dans la baie de Flying Fish Cove, le *Mistress of the Seas* flottait tel un château blanc.

Home, sweet home.

Un mouvement attira le regard de Monk vers un groupe de bateaux nettement plus petits qui doublaient Rocky Point, chacun laissant un long sillage blanc derrière lui. Cette flotte avançait en V, comme des jets en formation d'attaque.

Une flotte similaire apparut de l'autre côté de la baie.

Même à cette distance, Monk reconnut la forme et la couleur des embarcations.

Des hors-bord.

— C'est pas vrai, gémit Graff. Encore des pirates...

Monk regarda entre les deux groupes convergents, entre les tenailles de cette pince bien plus mortelle que celle d'un crabe. Et comprit ce qu'elle prenait au piège.

Le *Mistress of the Seas.*

13 h 05

Lisa examinait une radio.

La table lumineuse portable était installée sur un bureau dans la cabine. Derrière elle, une silhouette gisait sur le lit, entièrement recouverte par un drap.

Le patient était mort.

— On dirait une tuberculose, dit-elle.

Le cliché des poumons montrait de nombreuses taches blanches.

— Ou alors un cancer, ajouta-t-elle.

Le Dr Henrick Barnhardt, le toxicologue hollandais, se tenait à ses côtés, un poing appuyé sur la table. Il lui avait demandé de venir.

— *Ja*, mais sa femme affirme qu'il n'a jamais montré le moindre signe de détresse respiratoire avant ces dix-huit dernières heures. Pas de toux, pas d'expectorations. Il ne fumait pas. Et il n'avait que vingt-quatre ans.

Lisa se redressa. Ils étaient seuls dans la cabine.

— Vous avez fait une culture de ses poumons ?

— J'ai aspiré un peu de liquide d'une des masses. Le contenu est sans conteste purulent. Farci de bactéries. Il s'agit d'un abcès, pas d'un cancer.

Elle étudia le visage barbu de Barnhardt. Il se tenait un peu voûté comme embarrassé par sa taille.

— Ce qui semble confirmer une tuberculose, dit-elle.

Une maladie provoquée par une bactérie, *Mycobacterium tuberculosis*. Le passé clinique très inhabituel pouvait signifier que l'affection était restée dormante pendant très longtemps. Le patient l'avait sans doute contractée des années auparavant – devenant une sorte de bombe biologique à retardement – jusqu'à ce que l'exposition au gaz toxique provoque le déclenchement foudroyant de la maladie. À ce stade, il était effroyablement contagieux.

Et ni le Dr Barhnardt ni elle ne portaient de combinaison de protection.

Pourquoi avaient-ils fait preuve d'une telle négligence ?

— Ce n'est pas la tuberculose, répondit-il. Le Dr Miller, notre expert en maladies infectieuses, a identifié cet organisme. Il s'agit de *Serratia marcescens,* un agent non pathogène.

Lisa repensa à leur première discussion un peu plus tôt à propos de cette bactérie de la peau qui s'était muée en dévoreuse de chairs.

Le toxicologue confirma la comparaison.

— Encore une fois, nous sommes en présence d'une bactérie bénigne, non opportuniste, qui devient virulente.

— Mais, docteur Barnhardt, ce que vous suggérez…

— Appelez-moi Henrick. Et je ne suggère rien. J'ai passé ces dernières heures à chercher des cas similaires. J'en ai trouvé deux. Une femme en proie à une dysenterie effroyable, se vidant littéralement. Provoquée par *Lactobacillus acidophilus,* une bactérie du yaourt qui, en temps normal, ne fait que du bien à nos intestins. Et ensuite, le cas d'un enfant en proie à de violentes attaques. Une ponction lombaire a montré que sa moelle épinière grouille d'*Acetobacter aceti,* un organisme bénin du vinaigre. Qui est en train lui ronger le cerveau, et je ne parle pas au sens figuré.

Tout en l'écoutant, Lisa se concentrait sur les implications.

— Et ces cas ne peuvent pas être isolés, conclut Henrick.

Elle secoua la tête, non pour exprimer un désaccord mais devant la terrifiante perspective.

— Donc, quelque chose est en train de transformer ces bactéries bénignes en poisons.

— Tout à fait, de transformer des amies en ennemies. Et si cela tourne à la guerre, notre infériorité numérique est telle qu'elle en devient grotesque.

Lisa le regarda.

— Le corps humain, expliqua-t-il, est composé d'une centaine de trillions de cellules, mais seulement *dix* trillions de ces cellules sont les nôtres. Les autres quatre-vingt-dix pour cent sont des bactéries et quelques autres organismes opportunistes. Nous vivons en osmose avec cet environnement étranger. Mais si cet équilibre venait à être rompu, si ces petites bêtes se retournaient contre nous... ?

Il ne termina pas sa phrase.

— Il faut arrêter ce qui se passe ici.

— C'est pour cela que je vous ai demandé de descendre. Pour vous convaincre. Le Dr Miller et moi avons besoin d'un accès au laboratoire de médecine légale de votre collègue. Il faut commencer à trouver des réponses. S'agit-il d'une altération toxique ou chimique de ces bactéries ? Si oui, comment traiter ce problème ? Et si c'était contagieux ? Comment pouvons-nous nous protéger ? Par quarantaine ?

Il grimaça.

— Il nous faut des réponses. Et vite.

Lisa consulta sa montre. Monk avait déjà une heure de retard. Soit il était trop pris par son travail, soit il appréciait la beauté de l'île et de ses plages. Le moment était mal choisi pour faire du tourisme.

— Je vais demander à ce qu'on lance un appel radio au Dr Kokkalis. Pour qu'il revienne au plus vite. En attendant, vous avez raison : mettons-nous au travail.

Ils quittèrent la cabine. Le labo avait été installé cinq ponts plus haut. Sigma avait réservé une des suites les plus spacieuses pour y installer son matériel. Des membres d'équipage avaient même dû dévisser lits et mobilier pour faire de la place. La suite possédait aussi un grand balcon donnant sur la mer à tribord. Lisa se dit qu'un bon bol d'air frais et quelques rayons de soleil lui feraient du bien... pour l'aider à chasser la peur qui montait.

Tout en se dirigeant vers l'ascenseur, elle savait qu'elle allait devoir rappeler Painter. Elle ne pouvait pas porter cette responsabilité toute seule, elle avait besoin du soutien de toute l'équipe recherche et développement de Sigma.

Et puis, elle avait encore envie d'entendre sa voix.

Elle appuya sur le bouton pour appeler l'ascenseur.

Comme si celui-ci était relié à un détonateur, une puissante déflagration retentit à l'autre bout du navire, en direction de l'aire de chargement, là où s'amarraient les embarcations amenant les évacués.

Un accident ?

— Qu'est-ce que c'était ? demanda Henrick.

Une seconde explosion encore plus forte ébranla cette fois la zone du bâtiment où ils se trouvaient, près de la proue. Ils perçurent des cris et des hurlements étouffés. Puis Lisa entendit des bruits qu'elle n'eut aucun mal à identifier : des rafales d'armes automatiques.

— On nous attaque, dit-elle.

13 h 45

Monk lança le vieux Land Rover dans la pente. Il l'avait « emprunté » sur un parking près de la mine de phosphate abandonnée depuis l'évacuation. Ils dévalaient une piste cabossée qui descendait vers le village en bord de mer.

Le Dr Richard Graff était ceinturé dans son siège à ses côtés et se tenait au toit de l'engin.

— Vous n'allez pas un peu trop vite ?

Monk l'ignora.

Ils s'étaient introduits dans un des baraquements de la mine pour essayer un téléphone. La ligne était coupée. L'île était totalement déserte maintenant. Mais ils avaient néanmoins trouvé une trousse de premiers secours. L'épaule de Graff était désormais enduite de baume antibiotique et bandée dans de la gaze.

L'océanologue s'était soigné tout seul tandis que Monk trafiquait le démarreur du véhicule. Graff serrait toujours la trousse de soins contre son ventre avec son bras blessé. Vidée de son contenu, elle renfermait le seul échantillon qu'ils ramenaient : le crabe.

Un virage serré obligea Monk à rétrograder. Mais pas à ralentir. Il négocia le tournant sur deux roues. Quand les deux autres retouchèrent le sol, les amortisseurs gémirent.

Graff les imita.

— Ça serait un peu dommage d'avoir échappé aux pirates et à ces bêtes pour se tuer dans un accident de la route.

Cette fois, Monk ralentit... pas à cause de Graff mais parce que la piste s'achevait. Ou plus exactement venait croiser l'unique route goudronnée de l'île, un étroit ruban à deux voies en bord de mer. Ils se trouvaient juste au sud de Flying Fish Cove. Au nord, se trouvait le village, un mélange d'hôtels, de restaurants chinois, de bars minables et de pièges à touristes.

Mais le regard de Monk restait braqué sur la baie. Le *Mistress of the Seas* était entouré d'embarcations incendiées, de yachts détruits et par la carcasse de la vedette des gardes-côtes australiens. Des colonnes de fumée noire montaient dans le ciel bleu de cette mi-journée. Tels des requins à l'affût, les hors-bord tournaient autour du paquebot.

Un hélicoptère rouge et jaune, un Eurocopter Astar, survolait cette scène, bourdon malveillant qui crevait la fumée pour cracher des flammes par son sas ouvert.

Monk avait pu suivre l'attaque navale tandis qu'ils descendaient des hauteurs de l'île : explosions, fusillades, éruptions de débris incandescents. À cette distance, ces bruits évoquaient ceux d'un feu d'artifice.

Boum... boum... boum...

Au nord, une déflagration sonore provoqua une gerbe de fumée et de flammes dans le village. Assez proche pour faire trembler le Land Rover.

— La station Telstra, annonça Graff. Ils coupent tous les moyens de communication.

D'autres parties du Settlement étaient déjà en feu.

Ces gens-là n'étaient pas des pirates ordinaires.

Monk enclencha une vitesse et tourna dans la direction opposée au village, le long de la route côtière.

— Où allez... ? commença Graff.

Ils franchirent un virage. Un petit hôtel, isolé au milieu d'un hectare de forêt domestiquée, apparut un peu plus loin. The Mango Lodge and Grille, comme l'annonçait une pancarte. Monk s'engagea sur l'allée poussiéreuse qui y menait. Ils ne tardèrent pas à arriver devant un bâtiment allongé qui se prolongeait par quelques bungalows éparpillés ici et là parmi les arbres. Une piscine luisait sous le soleil.

L'endroit semblait abandonné.

— Vous serez en sécurité ici, dit Monk tout en s'immobilisant sous l'immense manguier qui devait donner son nom à l'endroit.

Il sauta hors du véhicule.

— Attendez !

Graff se débattait avec sa portière qu'il réussit enfin à ouvrir. Il manqua de tomber avant de se lancer à la poursuite de Monk.

Celui-ci ne l'attendait pas. Il trottinait vers la plage. Comme tous les hôtels de bord de mer, le Mango Lodge and Grille offrait toutes les activités propres à satisfaire un vacancier : plongée sous-marine, kayak, voile. Un petit bâtiment cylindrique recouvert d'un toit de palmes abritait le magasin aux souvenirs et le centre d'activités. Il était fermé et barricadé en raison de l'évacuation.

Au passage, Monk rafla une perche servant à nettoyer la piscine. Quelques secondes plus tard, il s'en servait pour démonter des planches et défoncer la porte vitrée.

Graff le rattrapa enfin.

Monk le tira sans ménagement à l'intérieur. L'hélicoptère passa en rugissant, ses rotors fouettant les palmes au-dessus d'eux. L'engin s'éloigna, continuant sa patrouille sur le front de mer.

— Restez planqué ! prévint Monk.

Graff acquiesça avec vigueur.

Monk passait déjà derrière le comptoir offrant serviettes de plage, lunettes de soleil et autres huiles de bronzage. L'endroit sentait la noix de coco et les pieds mouillés. Il franchit un rideau de perles.

Et trouva ce qu'il cherchait.

Un équipement de plongée contre le mur du fond.

Ainsi que diverses embarcations destinées aux plaisirs de la plage et rassemblées devant une porte à bascule. Il ignora les barques et les kayaks, s'arrêtant devant l'unique scooter des mers. Celui-ci était posé sur une remorque, prêt à être mis à l'eau.

De ce côté de l'île, la mer était propre, non souillée par la soupe toxique.

En enlevant ses bottes, il se tourna vers Graff.

— Je vais avoir besoin de vous.

Quelques minutes plus tard, Monk frottait avec son coude la vitre graisseuse qui s'ouvrait dans la porte à bascule. Sa combinaison de plongée couina sur le verre. Se tordant le cou, il guetta l'hélicoptère qui décrivait des cercles au-dessus d'eux, se rapprochant lentement de Flying Fish Cove. La baie était cachée par Smith Point. La zone de combats était invisible, à la différence des colonnes de fumée qui montaient au-dessus de l'éperon rocheux.

Enfin, l'appareil parut se diriger vers le paquebot.

— On y va !

Monk se baissa et remonta la porte. Derrière lui, Graff souleva l'arrière de la remorque. À eux deux, ils transportèrent le jet-ski dans l'eau. Les gros pneus facilitaient la manœuvre sur le sable.

Graff, ne se servant que d'une main, libéra le scooter de la remorque tandis que Monk se chargeait des bouteilles de plongée. Quand il eut terminé, il enfila par-dessus un coupe-vent souvenir *Mango Lodge.*

Lourdement équipé, il pataugea dans l'eau et grimpa sur le scooter.

— Ne vous montrez pas, dit-il à Graff. Mais si vous trouvez un quelconque moyen de communication, une radio par exemple, essayez de joindre les autorités.

Graff acquiesça.

— Soyez prudent.

Monk lança le moteur et prit la direction de Smith Point tandis que Graff ramenait la remorque dans son garage.

Penché sur le guidon, aspergé de sel et d'écume, Monk bloquait la poignée de gaz à fond. Son coupe-vent claquait. Il ne tarda pas à arriver au bout de la pointe qu'il contourna sans ralentir.

Au centre de la baie, le *Mistress of the Seas* se dressait tel un château assiégé. Plus près, les eaux jonchées de flaques d'essence incandescentes et de débris fumants semblaient en feu. Même la jetée était en ruine. Partout, les hors-bord des pirates rugissaient.

À nous deux.

Telle une torpille, Monk fonça dans la mêlée.

14 h 08

— On devrait pouvoir faire quelque chose, dit Lisa.

— Pour le moment, on ne bouge pas, répondit Henrick Barnhardt.

Ils s'étaient réfugiés dans une cabine vide. Lisa se tenait devant un des deux hublots, Henrick montait la garde près de la porte.

Une heure plus tôt, ils avaient fui à travers le navire, découvrant le chaos qui y régnait. Membres d'équipage en uniforme et passagers affolés, les bien-portants comme les malades, couraient en tous sens tandis que résonnaient, stridentes et agaçantes, les sirènes d'alerte. Celles-ci ne parvenaient cependant pas à couvrir le bruit des explosions et des rafales de pistolets-mitrailleurs. Geste volontaire ou processus automatisé, la sécurité anti-incendie s'était déclenchée : les portes coupe-feu s'étaient baissées, isolant chaque section du navire.

Pendant ce temps, des hommes armés et masqués nettoyaient les coursives, abattant quiconque résistait ou ne se déplaçait pas assez vite à leur goût. Lisa et Henrick avaient entendu les hurlements, les coups de feu, le martèlement des pieds sur le pont supérieur. Eux-mêmes s'étaient fait tirer dessus et en avaient réchappé de justesse. Les balles avaient déchiqueté une paroi à l'intersection de deux couloirs derrière eux.

Ils ignoraient combien de temps ils allaient pouvoir rester terrés ici.

La rapidité avec laquelle le *Mistress of the Seas* avait été pris d'assaut suggérait que des membres d'équipage étaient complices des pirates.

Depuis son hublot, Lisa regardait la mer en feu. Un peu plus tôt, elle avait vu quelques passagers sauter dans l'eau depuis les ponts supérieurs dans l'espoir d'atteindre la plage.

Mais les hors-bord sillonnaient la baie, semant la mort autour d'eux.

De nombreux cadavres flottaient parmi les épaves.

Il n'y avait pas d'issue.

Pourquoi cette attaque ? Que se passait-il ?

Enfin, les sirènes se turent après une dernière plainte lancinante. Le silence tomba, lourd, tel une masse physique. Même l'air semblait plus dense.

Quelque part, quelqu'un sanglota et gémit.

Henrick regarda Lisa.

Du haut-parleur de la chambre, jaillit une voix sèche s'exprimant en malais, langue que Lisa ne comprenait pas. Henrick secoua la tête. Lui aussi était perdu. Peu après, ce qui avait été dit fut répété en chinois. C'étaient les deux langues les plus parlées sur l'île.

Enfin, la voix passa à un anglais teinté d'un fort accent.

— Le bateau est maintenant à nous. Chaque pont est patrouillé par des gardes. Quiconque sera surpris dans les couloirs sera abattu à vue. Tant que vous nous obéirez, personne ne sera blessé. C'est tout.

Le discours s'arrêta dans un grésillement.

Henrick s'assura que la porte de la cabine était bien verrouillée avant de revenir vers Lisa.

— Le bateau a été piraté. Cette attaque a dû être préparée avec soin.

Lisa repensa à l'*Achille Lauro,* un ferry italien détourné par des terroristes palestiniens en 1985. Plus récemment, en 2005, des pirates somaliens avaient attaqué un autre bâtiment au large des côtes occidentales de l'Afrique.

Elle regarda à nouveau par le hublot pour observer les hors-bord qui patrouillaient dans la baie, manœuvrés par des équipages masqués. Ils ressemblaient à des pirates, mais elle n'était plus sûre de rien.

La paranoïa de Painter était contagieuse.

Cette attaque était trop bien coordonnée pour être l'œuvre de simples pirates.

— Ils vont sûrement mettre le navire à sac, continua Henrick, voler tout ce qu'il y a à voler avant de repartir se perdre parmi les îles. Si nous parvenons à éviter toute confrontation, nous devrions...

Le haut-parleur grésilla à nouveau et une nouvelle voix retentit. Celle-ci s'exprima en anglais et ne répéta pas ses instructions en chinois ni en malais.

— Les passagers suivants sont attendus sur le pont principal. Ils ont cinq minutes. Ils devront se présenter les mains sur la tête, doigts croisés. Tout retard provoquera la mort de deux otages. Et ainsi à chaque minute supplémentaire. Nous abattrons les enfants d'abord.

Les noms furent cités.

Dr Gene Lindholm.

Dr Benjamin Miller.

Dr Henrick Barnhardt.

Et pour finir :

Dr Lisa Cummings.

— Vous avez cinq minutes.

La radio se tut à nouveau.

Lisa regardait toujours par le hublot.

— Ce n'est pas un détournement.

Et ce ne sont pas des pirates ordinaires.

Elle aperçut soudain un jet-ski qui fonçait sur les eaux dans leur direction. La gerbe d'écume qu'il soulevait dans son sillage le rendait d'autant plus facile à repérer. Il slalomait avec habileté entre les débris. Elle ne pouvait distinguer les traits de son pilote penché sur son guidon, fonçant à une allure démentielle.

Il avait de bonnes raisons pour cela.

Deux hors-bord l'avaient pris en chasse. De longues flammes jaillissaient des canons braqués dans sa direction.

Elle secoua la tête devant la témérité de l'inconnu.

Soudain, un hélicoptère surgit au-dessus du navire, fondant vers le scooter des mers. Elle ne voulait pas voir ce qui allait arriver, mais ne put se résoudre à détourner le regard. Comme si elle devait bien ça à la tentative suicidaire de cet homme.

L'hélicoptère décrivit une sorte d'arc de cercle, sa porte latérale ouverte.

Un jet de fumée jaillit de la cabine.

Un lanceur de grenade.

Grimaçant, Lisa baissa les yeux à temps pour voir le jet-ski exploser dans une boule de feu et de morceaux de métal tordus.

Elle se détourna, tremblante. Et regarda Henrick. Ils n'avaient pas le choix.

— Allons-y.

14 h 12

Monk plongea, se laissant emporter par sa ceinture lestée et ses bouteilles. Il ne chercha pas à lutter, retenant son souffle. Au-dessus de lui, le bleu de l'eau luisait de feux jaunâtres. Des shrapnels du jet-ski explosé tranchaient les eaux. À deux mètres de lui, la carcasse du scooter sombrait vers les profondeurs.

Tout en le suivant, Monk se débarrassa de son coupe-vent *Mango Lodge*. Il n'avait plus besoin de cacher ses bouteilles. Il récupéra son masque et trouva son embout d'air. Il se servit du régulateur pour souffler l'eau de son masque et l'abaissa.

Les eaux devinrent cristallines.

Il régla le régulateur, avalant sa première gorgée d'air comprimé.

Ouf.

Son petit subterfuge avait-il fonctionné ?

Quand l'hélicoptère avait foncé sur lui tel un faucon sur une souris, Monk avait aperçu le tireur à l'intérieur de la cabine. Au moment où celui-ci avait levé son lance-grenades, il avait cabré le scooter, présentant la quille dans sa direction tout en plongeant. L'explosion l'avait quand même sacrément secoué. Comme s'il avait heurté un mur à pleine vitesse.

Il descendait toujours. Ici, les eaux étaient profondes, plus de trente mètres… mais inutile d'aller si bas.

Il ajusta ses compensateurs, emplissant sa veste d'air que lui fournissaient ses bouteilles. Sa descente ralentit puis s'arrêta. Regardant au-dessus de lui, il observa les hélices des hors-bord qui mâchaient l'eau. Ceux-ci restaient au-dessus de lui, décrivant des cercles, cherchant le pilote du jet-ski, prêts à l'abattre s'il réapparaissait.

Mais Monk ne comptait pas remonter et, si sa ruse avait fonctionné, personne ne savait qu'il portait un équipement de plongée. Il consulta sa boussole pour prendre le cap qu'il avait déjà calculé.

En direction du *Mistress of the Seas.*

Il avait toujours rêvé d'une petite croisière dans les îles.

5

Objets perdus

5 juillet, 1 h 55
Washington DC

— On s'arrête ici, dit Gray.

Ils venaient de passer les dernières minutes à cahoter sur une vieille piste de service du Glover-Archibold Park, les fourrés raclant la carrosserie de la Thunderbird. Le pneu avant gauche était crevé, en loques, ce qui les ralentissait mais rendait aussi toute manœuvre quasi impossible.

La plupart des gens imaginent Washington comme une ville peuplée de bâtiments historiques, de musées et de longues esplanades, mais elle est aussi entièrement traversée par un immense réseau de parcs, plus ou moins reliés les uns aux autres et couvrant une surface totale de plus de cinq cents hectares. Le Glover-Archibold Park, quant à lui, descendait jusqu'au Potomac.

Gray avait cherché à s'éloigner du fleuve et de ses rives trop exposées. Remontant vers le nord, tous phares éteints, il avait fini par tomber sur cette piste anti-incendie qui s'enfonçait encore plus profondément dans les bois. Il l'avait prise. Mais maintenant la Thunderbird rendait l'âme.

Il ralentit.

Ils se trouvaient au fond d'un ravin, entre deux pentes abruptes couvertes d'arbres. Plus loin, un vieux pont de chemin de fer abandonné surplombait la piste. Gray avança encore et immobilisa la voiture sous les poutrelles rouillées et les traverses de bois, contre une des parois de ciment qui permettaient encore à l'ouvrage de tenir debout. Le mur était couvert de graffitis.

— Tout le monde descend. On continue à pied.

Un peu plus loin, éclairée par les étoiles et un croissant de lune, une pancarte en bois indiquait un chemin de randonnée. Celui-ci ressemblait plutôt à un tunnel creusé dans la végétation étonnamment dense.

Tant mieux, ils risqueraient moins d'être repérés là-dedans.

Derrière eux, les sirènes des véhicules d'urgence gémissaient. Gray repéra une lueur orangée dans le ciel nocturne. La roquette avait dû provoquer un début d'incendie.

Mais, entre cette lueur et eux, les bois étaient sombres, comme peints en différentes teintes de noir.

Gray savait que Nasser et son équipe de tueurs pouvaient être n'importe où.

Derrière, devant, se rapprochant déjà.

Gray avait peur... pas pour lui-même mais pour ses parents. Il devait les emmener en lieu sûr, mettre de la distance entre eux et les dangers qui les guettaient. La seule façon d'y parvenir était de faire soigner Seichan.

Sans que quiconque l'apprenne.

Même s'il avait encore sur lui son téléphone portable équipé d'un système de brouillage, il n'osait contacter Sigma ou le directeur Crowe. Les lignes de communication étaient compromises, comme l'avait prouvé l'embuscade à la planque. Dans un cas pareil, le protocole exigeait qu'il fasse le mort. Il y avait une fuite quelque part, et tant que ses parents n'étaient pas à l'abri, pas question de donner le moindre signe de vie.

Ce qui signifiait qu'ils allaient devoir s'occuper de Seichan de façon clandestine. Sa mère avait suggéré une possibilité et avait déjà mis son plan en branle, passant deux appels avec son propre téléphone. Après cela, Gray lui avait fait enlever la batterie de son appareil pour éviter qu'on ne les repère.

— La morphine semble lui avoir fait du bien, dit-elle depuis le siège arrière.

Durant un bref arrêt, elle s'y était installée avec Kowalski. Seichan gisait entre eux. Elle lui avait injecté une seringue prédosée, prélevée sur les fournitures médicales disponibles à la planque.

— Il va falloir la porter, dit Gray.

— Je m'en occupe.

Kowalski ne semblait pas disposé à ce qu'on l'en empêche ni qu'on lui donne un coup de main.

Le père de Gray aida son épouse à sortir de la décapotable. Une fois dehors, il contempla l'état de la voiture et secoua la tête, jurant dans sa barbe.

Kowalski apparut, Seichan dans ses bras. Malgré l'obscurité, Gray remarqua la tache sombre sur son bandage. Le mouvement la réveilla. Elle se débattit un moment dans les bras de l'ex-marine, poussant un cri et le frappant de la paume de la main à la joue.

— Hé... ! s'exclama-t-il, évitant un nouveau coup.

Elle se mit à hurler, dans un mélange incompréhensible d'anglais et d'une langue asiatique.

— Calmez-la, dit le père de Gray en guettant la forêt.

Kowalski voulut la bâillonner mais faillit se faire trancher un doigt à coups de dents.

— Salope !

Seichan devenait de plus en plus féroce.

— J'ai une autre dose de morphine, annonça la mère de Gray.

Celui-ci secoua la tête.

— Attends.

Avec tout le sang qu'elle avait perdu, une autre injection risquait de provoquer des problèmes respiratoires. Ou même de la tuer et il avait besoin d'elle.

— Les sels.

Kowalski avait dit qu'il y en avait dans la trousse de secours.

Sa mère acquiesça. Elle fouilla dans son sac et finit par en sortir plusieurs capsules. Gray en prit une et revint vers Kowalski.

Celui-ci arborait une longue griffure sanglante sur la joue.

— Faites quelque chose, bon Dieu !

Gray saisit Seichan par les cheveux, l'obligeant à relever la tête avant de casser la capsule sous son nez. Elle se débattit de plus belle mais il ne la lâcha pas. Les cris délirants cessèrent, remplacés par des hoquets.

Une main se leva pour le repousser.

Il tint bon.

— Assez...

Seichan toussa et lui saisit le poignet.

Il fut surpris par sa force.

— Laissez-moi respirer. Reposez-moi.

Gray fit signe à Kowalski. Qui ne se le fit pas dire deux fois. Mais Seichan avait surestimé ses propres forces. Dès qu'elle posa les pieds à terre, ses jambes cédèrent. Heureusement, Kowalski, prévoyant, la tenait sous les aisselles.

Grimaçant, elle regarda autour d'elle. Gray vit la confusion dans son regard, derrière le combat entre la douleur et la morphine. Elle se tourna très vite vers lui.

— Je... l'obélisque...

Gray en avait assez de ce foutu obélisque.

— On s'en occupera plus tard. Il s'est cassé dans votre chute. Je l'ai laissé à là-bas.

Cette réponse parut provoquer une douleur bien plus insupportable que la blessure.

Sa mère s'avança.

— Vous parlez de cet objet en pierre noire, dit-elle en tapotant son grand sac. Je l'ai ramassé quand je suis entrée chercher des bandages. Il avait l'air très ancien. Je me suis dit qu'il avait peut-être de la valeur.

Fermant les yeux de soulagement, Seichan laissa échapper un soupir épuisé.

— Dieu merci.

— Qu'a-t-il de si important ? demanda Gray.

— Il… il pourrait sauver le monde. S'il n'est pas déjà trop tard.

Gray jeta un regard vers le sac de sa mère avant de revenir sur Seichan.

— De quoi parlez-vous ?

Elle agita un bras trop faible, perdant à nouveau conscience.

— Trop compliqué. J'ai besoin de vous… peux pas… seule… il faut, il faut partir.

Son menton tomba sur sa poitrine tandis qu'elle s'évanouissait. Kowalski la récupéra avant qu'elle ne s'effondre.

Gray fut tenté d'utiliser une autre capsule mais il craignait de l'épuiser. Du sang frais maculait son bandage.

Sa mère semblait être parvenue à la même conclusion. Elle montra le sentier.

— On ne doit plus être loin de l'hôpital.

Gray se tourna dans la direction qu'elle indiquait. C'était l'autre raison pour laquelle il avait engagé la Thunderbird dans les bois vers le nord. À l'autre extrémité du Glover-Archibold Park, à la lisière de la forêt, se trouvaient le campus de Georgetown University et son hôpital. D'anciens étudiants de sa mère y travaillaient.

S'ils parvenaient à s'y rendre sans se faire repérer…

Sauf que cette destination était peut-être un peu trop évidente.

Les parcs devaient posséder un bon millier de sorties, mais Nasser savait qu'ils transportaient une femme gravement blessée ayant besoin d'une assistance médicale immédiate.

Ils allaient prendre un risque immense, mais Gray ne voyait pas comment l'éviter.

Il se souvenait du regard de Nasser quand il avait mentionné l'obélisque. Insatiable, impitoyable. L'Égyptien l'avait cru quand il avait dit avoir abandonné l'obélisque sur place… parce que Gray lui-même le croyait. Qu'est-ce qui était le plus important pour cet homme : récupérer cet objet ou bien se venger ?

Gray contempla le petit groupe autour de lui.

Leur vie à tous dépendait de la réponse à cette question.

2 h 21

Une demi-heure plus tard, Painter arpentait son bureau, un casque téléphonique fixé sur l'oreille.

— Ils sont tous morts ?

Derrière lui, l'écran plasma montrait en direct l'incendie de trois maisons et d'une bonne partie de la forêt voisine. L'été avait été très sec, transformant les arbres en torches potentielles. Camions de pompiers et véhicules d'urgence ne cessaient de converger vers la zone bouclée. Les équipes de télévision dressaient déjà leurs antennes satellites. Un hélicoptère de la police planait au-dessus de tout ça, projecteur allumé, fouillant les environs.

Mais il était arrivé trop tard.

Ni la décapotable de Gray ni l'ambulance détournée ne se trouvaient au voisinage de la fournaise. Les flammes empêchaient qu'on s'approche trop de la planque.

La seule information confirmée était mauvaise. On avait retrouvé les membres de l'équipe d'urgence envoyés sur place. Tous avec une balle dans la tête. Il avait quatre dossiers sur son bureau. Et quatre appels à passer avant l'aube. À leurs familles.

Son secrétaire, Brant, apparut à la porte dans sa chaise roulante.

— Je suis navré, monsieur.

Painter hocha la tête.

— J'ai le Dr McKnight en ligne. Vous pouvez le prendre par téléphone ou par visioconférence.

Painter montra l'écran dévoré par l'incendie.

— J'en ai assez de voir ça. Passez-moi Sean là-dessus.

Il enleva son casque téléphonique, se disant qu'il ferait aussi bien de s'en faire greffer un. Il pivota vers le moniteur où le visage de son supérieur remplaça les flammes.

C'était Sean McKnight qui avait fondé Sigma. Depuis, il avait été promu à la tête du DARPA. Painter l'avait fait prévenir dès que Seichan avait surgi dans le jardin des Pierce.

— Ainsi, la Guilde se montre à nouveau, dit Sean en se passant les doigts dans ses cheveux roux grisonnants.

Ils étaient décoiffés, comme si on l'avait tiré du lit. Sa chemise blanche était néanmoins repassée. Une veste bleu marine à rayures était repliée sur le bras de son fauteuil. Il était prêt pour une longue journée.

— Elle ne se contente pas de se montrer, dit Painter. Les informations dont nous disposons indiquent qu'elle a pénétré nos barrières de défense. Vous avez lu le rapport ?

Du pouce, il montra un dossier derrière lui.

— Oui. Il est évident que la Guilde connaissait l'existence de la planque. Savait que Gray s'y rendait avec leur agent blessé. Ce qui tendrait à indiquer que nous avons une fuite quelque part.

— J'en ai bien peur.

Painter secoua la tête. Si c'était vrai, c'était désastreux. La Guilde avait déjà réussi à infiltrer Sigma une fois, mais il aurait juré que son organisation était désormais à l'abri. Après la découverte de la taupe, il avait réorganisé le service de fond en comble, mettant en œuvre des centaines de mesures de précaution.

Tout ça pour rien.

Si cette fuite existait, cela signifiait que les fondations mêmes de Sigma étaient suspectes. Ce qui risquait d'entraîner sa dissolution. Un audit interne était déjà en cours, une analyse coût-profit exigée au nom du regroupement des services de renseignements américains au sein de la Sécurité du Territoire.

Mais, pis encore que tout cela, il y avait le coût humain.

Les quatre dossiers sur son bureau étaient là pour le lui rappeler.

— Nous ne sommes pas les seuls à être infestés par ce réseau terroriste. Il y a deux mois, le MI6 a nettoyé une cellule qui avait infiltré un projet secret de British Aerospace, près de Glasgow. Ils ont perdu cinq agents au cours de l'opération. La Guilde est partout et nulle part. Ici, chez nous, la NSA et la CIA en sont encore à tenter de découvrir l'identité de son chef. Nous ne savons pratiquement rien de lui ni de ses principaux lieutenants. Nous ne savons même pas si la Guilde est leur véritable nom. Son utilisation vient d'un surnom qui lui a été donné par un agent des SAS, à présent décédé. Il semble que certaines cellules aient repris ce patronyme à leur compte, d'abord pour se moquer, puis de façon plus innocente, si je puis dire. Tout cela pour indiquer le *peu* que nous savons sur cette organisation.

Il se tut, laissant planer cette dernière phrase.

Painter comprit où il voulait en venir.

— Et voilà que nous tenons une transfuge...

Sean poussa un soupir.

— Cela fait des années que nous essayons d'infiltrer ce réseau. J'ai proposé plusieurs scénarios. Mais aucun qui ne vaille de faire parler un de leurs agents – un des meilleurs, de surcroît. Nous devons nous assurer d'elle, coûte que coûte.

— Et la Guilde tentera, coûte que coûte elle aussi, de nous en empêcher. C'est évident. Pour l'éliminer, elle a déjà choisi de révéler l'existence de son informateur. Un choix qui a dû être difficile. Et elle a envoyé un autre de ses meilleurs agents à ses trousses. Un tueur on ne peut plus insaisissable.

— Je l'ai vu sur la vidéo de surveillance à la planque. Et j'ai lu son dossier.

Sean grimaça.

Painter en avait fait autant. Le Boucher de Calcutta. On ignorait tout de ses origines. Par le passé, l'homme s'était présenté comme indien, pakistanais, irakien, égyptien ou lybien. Si Seichan possédait un équivalent masculin, c'était lui.

— Nous avons une piste, assez maigre, j'en conviens, dit Painter. Nous avons réussi à capter un nom sur l'enregistrement. *Nasser.* Mais c'est tout ce que nous avons.

Sean balaya cette information d'un geste de la main.

— Ses noms d'emprunt sont aussi nombreux que ses assassinats. Ce type n'a laissé que du sang derrière lui, un peu partout à travers le monde, surtout en Afrique du Nord et au Moyen-Orient. Ces derniers temps, il semble s'être aventuré en Méditerranée. Il a étranglé un archéologue en Grèce. Et abattu un conservateur de musée en Italie.

— En Italie ? Où ça ? demanda aussitôt Painter.

— À Venise. Ce conservateur a été retrouvé dans les prisons situées sous le palais des Doges. Nasser – ou quel que soit son vrai nom – a été repéré par les caméras de surveillance.

— Je viens de recevoir un appel de monsignor Verona au Vatican. Les détails devraient se trouver dans le rapport que nous vous avons envoyé. Il semble probable que Seichan ait tenté quelque chose en Italie à peu près au même moment.

Sean plissa lentement les yeux.

— Intéressante coïncidence. Deux maîtres assassins de la Guilde en Italie. Et maintenant, ici. L'un aux trousses de l'autre. On dirait bien que Nasser a poussé Seichan dans nos bras.

Ou plutôt, dans les bras de Gray, pensa Painter.

— Il nous faut cette femme. Au plus tôt. Perdre cette opportunité n'est pas acceptable.

Painter comprenait la gravité de la situation, mais il connaissait aussi Gray, savait comment son esprit fonctionnait. Si quelqu'un pouvait se montrer aussi paranoïaque que lui, c'était bien Gray. Récupérer cette femme risquait de ne pas être si simple.

— Monsieur, le commandant Pierce a disparu. Après l'embuscade à la planque, il se doute forcément qu'il y a une fuite chez nous. Il va se cacher. Jusqu'à ce qu'il soit certain qu'il n'y a plus aucun risque.

— Il se peut qu'on n'ait pas à attendre si longtemps. Pas si le Boucher de Calcutta les traque.

— Que voulez-vous que je fasse ?

— Le commandant Pierce et cette femme doivent être retrouvés et ramenés. Je n'ai pas d'autre choix que de lancer un avis de recherche et de contacter les autorités locales et le FBI. J'ai déjà ordonné une fouille de tous les hôpitaux et centres médicaux. Nous ne pouvons pas nous permettre de les perdre.

— Monsieur, je préférerais laisser une certaine liberté au commandant Pierce. Plus nous attirons l'attention sur lui, plus Nasser en profitera.

— Si c'est le cas, alors nous tenterons de mettre la main sur *deux* agents de la Guilde.

Painter fut incapable de masquer son choc.

— Vous voulez utiliser Gray comme appât ?

Sean détourna les yeux. Painter ne se trompa pas sur la raideur de son attitude. Il remarqua à nouveau la chemise repassée et la veste. Et comprit soudain qu'il n'avait pas été le seul cette nuit à être entré en contact avec son supérieur.

— La décision a été prise par la Sécurité du Territoire. Contresignée par le président lui-même. Il n'y a plus à discuter. Gray et cet agent de la Guilde doivent être retrouvés et ramenés, en faisant usage de la force si nécessaire.

Painter se le tint pour dit. Il n'avait, de toute manière, pas le choix. Il devait coopérer.

Mais Gray ne serait pas aussi conciliant.

En fuite, traqué de toutes parts, l'homme pouvait faire preuve de capacités formidables.

S'il décidait de se cacher, ils allaient avoir beaucoup de mal à le trouver.

3 h 04

— J'ai repéré un Starbucks, marmonna Kowalski. Il est peut-être encore ouvert. Quelqu'un veut un café ?

— On ne bouge pas, dit Gray.

Kowalski secoua la tête.

— Sans dec'. Je blaguais, c'est tout.

L'ignorant, Gray continua à examiner l'obélisque de Seichan. Ils se trouvaient dans la salle d'attente d'un cabinet dentaire. Près de son coude, une lampe éclairait la petite pièce au décor assez typique : magazines vieux de six mois, aquarelles déprimantes, ficus anémique et télévision à écran plat.

Quarante minutes plus tôt, le petit groupe était arrivé au bout du sentier dans les bois. Celui-ci débouchait sur une rue qui séparait le parc du campus de Georgetown University. À cette heure, il n'y avait eu personne, pas la moindre circulation. Ils avaient traversé la chaussée en courant, avant de se glisser entre deux bâtiments destinés à la recherche pour atteindre l'annexe dentaire de l'université. L'hôpital lui-même se trouvait un peu plus loin, tout illuminé. Ils n'avaient pas osé s'y risquer.

Ils avaient pris d'autres dispositions.

Kowalski poussa un juron étouffé et croisa les bras, visiblement agacé mais encore inquiet. Ils attendaient des nouvelles.

— Pourquoi ça prend si longtemps ? grommela-t-il.

Tandis que leur attente se prolongeait, Gray avait appris qu'il appartenait autrefois à l'U.S. Navy. Il avait été recruté par Sigma lors d'une opération au Brésil à laquelle il avait participé, non en tant qu'agent, mais comme gros bras. Il avait proposé à Gray de lui montrer ses cicatrices suite à cette mission, mais celui-ci avait décliné l'offre. Ce type ne savait pas la fermer. Pas étonnant qu'il ait été assigné à la garde de la planque. Seul.

Mais tout le monde n'était pas resté sourd au bavardage de Kowalski.

Le père de Gray était allongé en travers de trois chaises, les yeux fermés, mais il ne dormait pas.

— Donc, tu es une sorte d'espion scientifique, avait-il dit un peu plus tôt. Tout s'explique...

Gray ne savait toujours pas ce qu'il avait voulu dire par là, mais le moment était mal choisi pour régler ses problèmes familiaux. Plus tôt Seichan serait soignée, plus tôt il pourrait l'éloigner de ses parents... et mieux cela vaudrait pour tout le monde.

Il poursuivit son examen, étudiant chaque face de l'obélisque. La pierre noire semblait ancienne. Piquetée et éraflée certes, mais sinon banale. L'objet paraissait égyptien, mais il n'aurait pu en jurer, ne possédant aucune connaissance particulière en ce domaine.

Mais un détail, lui, n'avait rien de banal.

En retournant l'obélisque cassé, on apercevait une barre d'argent qui en sortait, à peu près de la taille de son petit doigt. Il la toucha. Quelque chose avait été dissimulé au cœur de la pierre. En l'examinant plus attentivement, il remarqua un vieux sceau de ciment, invisible de l'extérieur. L'obélisque était en réalité fait de deux pièces de marbre collées ensemble, dissimulant quelque chose.

Il pensa à la phrase de Seichan.

Il pourrait sauver le monde… s'il n'est pas déjà trop tard.

Quoi qu'elle ait voulu dire, c'était assez important pour qu'elle soit venue le trouver… et pour trahir la Guilde.

Une porte couina. La mère de Gray apparut, un masque chirurgical sur le visage.

— Elle a eu beaucoup de chance. Nous avons cautérisé la plaie et lui avons injecté une deuxième unité de sang. Mickie pense qu'elle s'en sortira. Il est en train de la rhabiller.

Mickie était le Dr Michael Corrin, un de ses anciens assistants qui avait, par la suite et grâce à ses recommandations, fait sa médecine. Leur amitié et leur confiance mutuelles avaient permis ce rendez-vous secret au cœur de la nuit à la clinique dentaire voisine de l'hôpital. Une brève échographie avait révélé la première nouvelle pas trop catastrophique de la nuit. La balle n'avait pas percé la cavité abdominale de Seichan. Et avait frôlé son os pelvien.

— Quand pourra-t-on la déplacer ? s'enquit Gray.

— Mickie préférerait qu'elle passe quelques heures ici, au moins.

— C'est impossible.

— Je le lui ai dit.

— Est-elle réveillée ?

— Oui. Elle a commencé à réagir après la première perfusion de sang. Elle arrive déjà à s'asseoir.

— Alors, il faut partir.

Gray contourna sa mère. Il avait assisté à l'échographie mais le médecin l'avait chassé de la pièce avant de travailler sur la blessure.

Gray aurait préféré ne pas perdre de vue Seichan. À défaut, il avait pris l'obélisque. Elle n'irait nulle part sans lui.

Les deux morceaux de l'objet en main, il franchit la porte. Sa mère le suivit. Ils traversèrent un premier cabinet dentaire. Le Dr Corrin sortait du suivant. Le jeune médecin était aussi grand que Gray mais beaucoup plus maigre. Une ligne de barbe blonde taillée avec soin longeait ses mâchoires. Il montra la pièce derrière lui avec un geste de découragement.

— Elle a arraché sa perfusion et a demandé à vous voir. Elle veut aussi une lampe à lumière noire, annonça-t-il en se tournant vers un placard. Mon frère en a une quelque part pour nettoyer des composites. Je vous l'amène.

Gray pénétra dans le cabinet.

Lui tournant le dos, Seichan était assise dans un fauteuil de dentiste, torse nu, essayant d'enfiler un tee-shirt des Redskins emprunté sans doute au docteur. Même sans voir son visage, Gray devina l'effort qu'elle devait fournir. Elle se tenait au bras du fauteuil.

Sa mère le dépassa.

— Laissez-moi vous aider. Vous ne devriez pas faire ça toute seule.

Seichan résista.

— Ça ira.

Elle leva une main pour la repousser avant de grimacer de douleur.

— Ça suffit, jeune dame.

Sa mère lui passa le tee-shirt sur la tête et le baissa sur ses seins nus et son bandage. Se retournant, Seichan découvrit Gray. Son teint s'assombrit. Son embarras, il en était conscient, ne venait pas du fait d'avoir été surprise nue, mais d'avoir montré un signe de faiblesse.

Elle se leva avec peine, les traits durcis pour masquer sa souffrance. Adossée au fauteuil, elle reboutonna son pantalon, toujours aussi moulant sur ses hanches.

— Il faut que je parle à votre fils, dit-elle à Mme Pierce d'une voix rauque mais ferme.

Celle-ci se tourna vers Gray qui hocha la tête.

— Je vais voir ton père, dit froidement sa mère avant de quitter la pièce.

Ils entendirent le son étouffé d'un téléviseur. Kowalski avait dû trouver la télécommande.

Seuls à présent, Gray et Seichan se dévisageaient. Ils ne parlaient pas, prenant le temps de s'évaluer l'un l'autre.

Le Dr Corrin apparut à la porte.

— C'est tout ce que nous avons, dit-il en montrant une petite lampe à ultraviolet.

— Ça ira, dit Seichan en voulant s'en saisir, mais son bras tremblait.

Gray la devança.

— Si vous pouviez nous laisser une minute... ?

— Bien sûr.

Le Dr Corrin tourna les talons, sentant la tension dans la pièce.

Les yeux de Seichan n'avaient jamais quitté le visage de Gray.

— Commandant Pierce, je suis désolée d'avoir mis votre famille en danger. J'ai sous-estimé Nasser. Une erreur que je ne commettrai plus, fit-elle en touchant sa blessure. Je croyais l'avoir semé en Europe.

— Vous vous trompiez, rétorqua Gray.

— Parce qu'il y a une taupe au Q.G. de Sigma, répliqua-t-elle aussitôt. La Guilde a utilisé vos propres ressources pour me retrouver. La faute ne m'incombe pas entièrement.

Gray n'avait pas d'argument contre ça.

Elle se toucha le front comme si elle avait oublié de dire quelque chose, mais il devina qu'il s'agissait d'une petite comédie, destinée à gagner du temps.

— Vous devez avoir un millier de questions, dit-elle.

— Une seule. *Qu'est-ce qui se passe, bordel ?*

Elle haussa le sourcil gauche. Un geste qui parut étrangement familier à Gray, souvenir de leurs précédentes rencontres.

— Pour vous répondre, il faut commencer par ça, dit-elle en montrant l'obélisque. Si vous voulez bien le poser sur la table...

Gray obéit.

— La lampe... dit-elle.

Un instant plus tard, le plafonnier éteint, Gray se penchait pour découvrir les rangées de symboles gravés sur les quatre faces.

Il ne reconnut pas cette écriture qui ne ressemblait en rien aux hiéroglyphes ou aux runes qu'il avait déjà vus. Il regarda Seichan. Le blanc de ses yeux brillait dans la lumière noire.

— Il s'agit de l'écriture *angélique,* dit-elle. La langue des archanges.

Le front de Gray se creusa.

— Je sais, reprit-elle. C'est de la folie. L'origine de cette écriture remonte à la fois aux débuts du christianisme et à d'anciens courants mystiques du judaïsme. Si vous voulez en savoir plus...

— Pas pour l'instant. Je préférerais savoir pourquoi cet obélisque est censé sauver le monde.

Elle se redressa. Son regard s'échappa un instant avant de revenir sur lui.

— Gray, j'ai besoin de votre aide. Je dois les arrêter mais je n'y arriverai pas seule.

— Vous n'arriverez pas à quoi ?

— À lutter contre la Guilde. Ce qu'elle est en train de tenter...

À nouveau, il y eut cette lueur de peur dans ses yeux.

Gray fronça les sourcils. Lors de sa première « rencontre » avec Seichan, elle cherchait à faire exploser une bombe à l'anthrax sur Fort Detrick. Qu'est-ce qui pouvait bien terroriser une telle femme ?

— Je vous ai aidé dans le passé, lui rappela-t-elle, tentant d'utiliser une éventuelle culpabilité.

— Pour vaincre un ennemi commun, répliqua-t-il. Et pour sauver votre propre peau.

— Et c'est tout ce que je cherche encore aujourd'hui. Une coopération pour vaincre un ennemi commun. Sauf que ce n'est pas seulement ma vie qui est en jeu cette fois. Mais des centaines de millions. Et ça a déjà commencé. Les graines ont été semées.

Du menton, elle montra les inscriptions sur l'obélisque.

— Tout ce qui retient encore la Guilde se trouve dans cette énigme. Si nous parvenons à la résoudre avant elle, il y a peut-être un espoir. Mais j'ai fait tout ce que j'ai pu seule. J'ai besoin d'un regard nouveau, quelqu'un qui possède davantage de connaissances.

— Et vous espérez qu'à nous deux, nous allons réussir là où la Guilde et ses immenses ressources ont échoué. Si nous faisons appel à Sigma...

— Vous donneriez la victoire à la Guilde. Il y a une taupe chez Sigma. Ce que Sigma découvre, la Guilde le sait.

Elle avait raison.

— Donc, vous proposez que nous nous lancions là-dedans rien que tous les deux.

— Pas rien que tous les deux. Mais avec l'aide d'une troisième personne... si elle veut bien coopérer.

— Qui ?

— Quand il est question d'anges et d'archéologie... commença-t-elle sans finir sa phrase.

Gray devina aussitôt à qui elle faisait allusion.

— Vigor.

— Oui. J'ai laissé à monsignor Verona une sorte de carte de visite, un premier petit mystère à résoudre. Si vous coopérez, nous pourrons rejoindre, dit-elle en touchant l'obélisque, notre prochaine étape sur le chemin des anges.

— Qui se trouve ?

Elle secoua la tête. Elle n'allait pas lui rendre les choses aussi simples.

— Je vous le dirai quand nous serons loin d'ici. À vrai dire, nous devrions partir sur-le-champ. Plus nous restons au même endroit, plus nous risquons d'être repérés.

Elle tendit la main vers l'obélisque.

Gray la devança encore une fois. Il rafla l'objet et le souleva au-dessus de sa tête. Il en avait assez.

— Détruisez-le, si ça vous amuse, dit-elle. Je ne vous en dirai pas plus pour autant. Pas avant que nous soyons en sécurité loin d'ici et que vous ayez accepté de coopérer.

— Je présume que vous avez déjà fait des copies de ces inscriptions, peut-être même des photos.

— Plusieurs.

— Bien.

Il écrasa l'obélisque sur le sol. Celui-ci se brisa en plusieurs morceaux qui roulèrent sur le linoléum. Une petite exclamation de surprise échappa à Seichan. Elle ne se doutait pas que la statue dissimulait quelque chose.

— Que… qu'avez-vous fait ?

Gray récupéra le morceau d'argent parmi les débris. Il se redressa, tenant ce qui avait été caché dans la pierre. Et qui le laissa quelques secondes bouche bée.

Il brandissait un crucifix en argent.

Seichan ouvrait de grands yeux. Plus que stupéfaite, elle semblait émerveillée. Elle se rapprocha, oubliant sa douleur.

— C'est impossible. Vous l'avez trouvée.

— Trouvé quoi ?

— La croix de frère Agreer. Je l'avais depuis le début, enchaîna-t-elle d'une voix sourde et mortifiée.

— Qui est frère Agreer ?

— Frère Antonio Agreer. Le confesseur de Marco Polo.

Marco Polo ?

Fatigué de toutes ces énigmes et de ces demi-révélations, Gray s'exclama :

— Seichan, que se passe-t-il, bon Dieu ?

Elle tituba vers une chaise où avait été jeté son blouson de cuir déchiré.

— Il faut filer d'ici.

Il refusa de bouger, lui bloquant le passage.

Elle baissa le menton, le regard dur.

— Gray, décidez-vous. Il n'y a plus une seconde à perdre.

Elle essaya de le repousser.

Il lui saisit le bras.

— Et qu'est-ce qui m'empêche de vous livrer à Sigma ?

Elle se libéra. Tout le sang frais qu'on venait de lui transfuser lui était monté au visage.

— Parce que ce serait une erreur... et vous le savez, Gray ! Si la Guilde me trouve, je suis morte. Si votre gouvernement me capture, je me retrouve derrière des barreaux jusqu'à la fin de mes jours sans pouvoir arrêter ce qui est sur le point de se passer. C'est pour cela que je suis venue vous trouver. Mais, d'accord ! Je veux bien faire une concession. Je vous propose un marché. Aidez-moi, persuadez Vigor d'en faire autant et je vous livrerai le nom de la taupe. Puisque sauver des vies ne vous suffit pas... Votre fin est programmée, Gray. Vous ne le savez peut-être pas, mais vos autorités en ont assez de Sigma et maintenant qu'une autre taupe – une *deuxième* taupe – se cache parmi vous, elles n'auront aucun mal à vous supprimer, à vous faire disparaître une bonne fois pour toutes. Fin de Sigma. Bye bye.

Les certitudes de Gray chancelaient. Il avait en effet entendu certaines rumeurs, engendrées par l'audit conduit par la NSA et le DARPA. Mais il se souvenait aussi d'une autre Seichan, penchée sur lui, braquant une arme entre ses deux yeux. Elle avait tenté de le tuer lors de leur première rencontre. Comment lui faire confiance ?

Avant qu'il ait pu prendre une décision, un cri retentit dans la salle d'attente.

— Commandant Pierce ! Venez voir ça !

Gray réprima un juron. Pourquoi ce Kowalski braillait-il son nom et son grade à tue-tête ?

Il croisa le regard de Seichan. Elle écumait toujours de rage mais sans pouvoir dissimuler ce qu'il avait senti lorsqu'il l'avait récupérée blessée dans l'allée de ses parents.

La terreur.

Il prit son blouson et le lui tendit.

— Pour le moment, on va faire comme vous dites. Mais je ne promets rien de plus.

Elle acquiesça.

— Commandant !

Secouant la tête, Gray sortit du cabinet. On venait de monter le son de la télévision. Il pressa le pas, glissant le crucifix en argent dans sa poche avant d'entrer dans la salle d'attente.

Tout le monde regardait l'écran. Gray aperçut le logo familier de CNN… et trois maisons qui brûlaient au bord d'une forêt en flammes.

— … sans doute un incendie volontaire, disait le reporter. Je répète, la police recherche cet homme. Grayson Pierce.

Une photo de Gray apparut dans un coin de l'écran, en uniforme, les cheveux noirs rasés, le regard féroce, les lèvres serrées. C'était sa photo d'incarcération avant son séjour à Leavenworth. Pas très flatteuse. Une vraie tête de criminel.

— Quand on fait des conneries, un jour ou l'autre, ça vous revient à la gueule, grommela son père.

Gray préféra se concentrer sur ce que disait le journaliste.

— Pour le moment, la police considère cet ancien ranger comme un *témoin.* C'est tout. Elle ne veut que l'interroger. Mais demande néanmoins à quiconque l'aurait aperçu de prendre contact avec elle.

Kowalski coupa le son.

Le Dr Corrin eut un geste de recul.

— Après ça, je ne peux pas garder le silence sur…

Kowalski braqua la télécommande vers lui.

— Vous êtes trempé jusqu'au cou, doc. Complicité et recel. Fermez-la ou sinon vous pouvez dire adieu à votre carrière médicale.

Le Dr Corrin blêmit et recula encore.

La mère de Gray vint vers lui, posant un bras rassurant sur le sien.

— Ne soyez pas ridicule, dit-elle à Kowalski. Et arrêtez de lui faire peur.

Le gros bonhomme haussa les épaules.

— On veut nous obliger à faire surface, dit Gray.

— Mais ça n'a aucun sens, riposta sa mère. J'ai parlé avec M. Crowe tout à l'heure dans cette maison. Il sait que nous sommes tombés dans une embuscade. Pourquoi laisse-t-il ces mensonges se répandre ?

La réponse vint de Seichan.

— Parce que c'est moi qu'ils veulent. Ils ne tiennent pas à ce que je leur file entre les doigts.

— Elle a raison, renchérit Gray. Ils sont à nos trousses. Il faut partir.

Kowalski lui apporta une confirmation malvenue. Après la réprimande de la mère de Gray, il s'était posté à la fenêtre.

— On a de la compagnie.

Gray le rejoignit. La fenêtre faisait face à l'hôpital. Quatre voitures de police étaient en train d'y arriver, silencieuses mais gyrophares allumés. Les autorités commençaient à fouiller tous les hôpitaux de la ville.

Il se tourna vers l'ancien assistant de sa mère.

— Docteur Corrin, nous vous avons déjà beaucoup demandé, mais j'ai peur de devoir vous demander plus encore. Pouvez-vous conduire mes parents dans un endroit sûr ?

— Gray, dit sa mère.

— Maman, ne discute pas.

Il continuait à fixer le médecin.

Celui-ci hocha lentement la tête.

— Je possède un appartement du côté de Dupont Circle. Il est vacant en ce moment. Personne ne songera à les chercher là-bas.

C'était un bon choix.

— Papa, maman... Pas de communication avec qui que ce soit. Et n'utilisez pas vos cartes de crédit. Vous pouvez veiller sur eux ? demanda-t-il à Kowalski.

Celui-ci soupira, l'air déçu.

— J'en ai un peu ma claque de jouer les baby-sitters.

Gray allait lui donner un ordre quand sa mère le coupa.

— Gray, nous pouvons nous débrouiller tout seuls. Seichan est encore très faible. Tu auras peut-être plus besoin d'aide que nous.

— Et l'immeuble dispose d'une sécurité de haut niveau, ajouta le Dr Corrin avec un peu trop d'empressement. Caméras de surveillance et gardes, vingt-quatre heures sur vingt-quatre.

Il était clair que le Dr Corrin préférait se passer des services de Kowalski.

D'un autre côté, se dit Gray, sa mère avait raison. Seichan n'étant pas en état, il aurait peut-être besoin des muscles de l'ancien soldat.

Kowalski comprit que sa décision était prise.

— Il était temps, dit-il en se frottant les mains. Que la fête commence. D'abord, il nous faut des armes.

— Non, d'abord, il nous faut une voiture.

Gray se tourna à nouveau vers le Dr Corrin.

Celui-ci n'hésita pas et sortit un trousseau de clés.

— Dans le parking des médecins. Place 104. Un Porsche Cayenne blanc.

Il était plus que ravi de se débarrasser d'eux.

Une autre ne l'était pas.

Sa mère serra très fort Gray dans ses bras.

— Sois prudent. Et, ajouta-t-elle dans un murmure, ne fais pas confiance à cette femme... pas complètement.

— Ne t'inquiète pas...

— Une mère s'inquiète toujours.

Il lui chuchota alors une dernière instruction, destinée à elle seule. Elle acquiesça et le libéra enfin.

Gray se retourna pour découvrir la main de son père tendue. Il la serra. C'était leur habitude. On ne s'enlaçait pas entre père et fils. Pas quand on vient du Texas. Son père se tourna vers Kowalski.

— Ne le laissez pas faire de bêtises, lui dit-il.

— Je ferai de mon mieux, répondit Kowalski en montrant la porte. On y va ?

Au moment où Gray se retournait, son père lui saisit l'épaule, la serra avant de le gratifier d'une petite tape. Dans son vocabulaire gestuel, cela devait signifier *Je t'aime.* Et Gray en fut plus touché qu'il n'aurait voulu l'admettre.

Sans un mot, il sortit le premier.

3 h 49

— Toujours rien à propos du commandant Pierce, annonça Brant au téléphone.

Painter était assis à son bureau. Ce manque de nouvelles le décontenançait et le soulageait à la fois.

— Et le Dr Jennings vient d'arriver, continua Brant.

— Faites-le entrer.

Le Dr Malcolm Jennings, chef du département recherche et développement, avait appelé une demi-heure plus tôt, demandant un entretien, mais Painter avait dû le faire patienter en raison de la crise à la planque. Même maintenant, il ne pouvait lui accorder guère plus de cinq minutes.

La porte s'ouvrit et Jennings entra, la main levée.

— Je sais… je sais, vous êtes occupé… mais ceci ne peut attendre.

Painter lui montra le siège devant son bureau.

L'ancien spécialiste en médecine légale installa sa longue carcasse sur la chaise, mais il resta perché au bord du siège, de toute évidence anxieux. Il serrait un dossier dans sa main. Proche de la soixantaine, Jennings travaillait pour Sigma depuis un bon bout de temps, avant même que Painter en prenne la direction. Il ajusta ses lunettes dont les demi-lunes étaient légèrement teintées de bleu afin d'éviter toute gêne oculaire quand il travaillait sur un ordinateur. Avec sa peau noire et ses cheveux grisonnants, elles lui donnaient un air à la fois sérieux et branché. Mais pour l'instant, le pathologiste semblait surtout épuisé par une longue nuit, même si une lueur d'excitation brillait dans ses yeux.

— Je présume que vous voulez me parler des données transmises par Lisa depuis l'île Christmas, commença Painter.

Jennings acquiesça et ouvrit son dossier. Il lui tendit deux photographies, des clichés assez hideux des jambes d'un homme rongées par ce qui ressemblait à la gangrène.

— J'ai examiné les notes du toxicologue et du bactériologiste. C'est le patient dont les bactéries de l'épiderme sont soudain devenues virulentes, consumant les tissus de ses jambes. Je n'avais encore jamais rien vu de tel.

Painter étudia les photos, mais avant qu'il ne puisse poser la moindre question, le scientifique s'était déjà levé pour arpenter la pièce.

— Je sais que nous avons dans un premier temps classé cette affaire en Indonésie comme étant de priorité mineure, une simple opération de collecte de données. Mais, après cela, il faut réévaluer ce classement. Je suis venu en personne demander de lui affecter le statut critique de niveau 2.

Painter se redressa sur son siège. Un tel classement signifierait qu'il devrait y consacrer d'importantes ressources. Des ressources dont il avait besoin ailleurs.

— Deux personnes sur place ne suffisent pas, continua Jennings. Je veux toute une équipe scientifique sur le terrain au plus tôt, même s'il nous faut demander des renforts aux services adéquats de l'armée.

— Vous n'allez pas un peu trop vite en besogne ? Monk et Lisa devraient nous faire un rapport...

Painter consulta sa montre.

— ... dans un peu plus de trois heures. Nous pourrons alors procéder à une nouvelle évaluation stratégique. Attendons d'avoir davantage de données.

Jennings enleva ses lunettes et se frotta un œil.

— Vous ne comprenez pas. Si les conclusions préliminaires du toxicologue sont avérées, nous nous trouvons peut-être en face d'un désastre écologique, d'un événement qui pourrait altérer toute la biosphère de la planète.

— Malcolm, vous n'exagérez pas un peu ? Ces résultats sont, comme vous venez de le dire, préliminaires. Peut-être même de simples conjectures. Cet événement est sans doute juste local.

— Même si c'était le cas, je recommanderai de bombarder l'île entière au napalm et d'interdire toute navigation dans les mers avoisinantes pendant plusieurs années.

Jennings fixa Painter dans les yeux.

— Et si cette menace se révèle d'une façon ou d'une autre transmissible, nous sommes en train de parler d'un effondrement environnemental mondial.

Painter en resta sidéré. Jennings n'avait jamais été du genre à crier au loup.

— J'ai compilé toutes les données nécessaires et écrit un bref résumé. Lisez-le et rappelez-moi. Le plus tôt sera le mieux.

— Je le lis tout de suite et je vous contacte d'ici une demi-heure.

Jennings acquiesça. Il se dirigea vers la porte mais non sans lancer un dernier avertissement.

— Gardez bien ceci à l'esprit : nous ne savons toujours pas avec certitude ce qui a tué les dinosaures.

Sur cette phrase réconfortante, il quitta le bureau. Le regard de Painter retomba sur les photos épouvantables. Il pria pour que Jennings se trompe. Avec tout ce qui venait de se passer, il avait failli oublier la situation dans cette île.

Failli seulement.

Toute la nuit, Lisa n'avait jamais été loin de ses pensées.

Mais voilà que de nouvelles inquiétudes surgissaient. Il essaya de ne pas se laisser gagner par l'angoisse. Lisa ne l'avait pas rappelé depuis leur dernier point. Ce qui signifiait qu'il ne devait pas y avoir eu d'aggravation significative.

Pourtant...

Il décrocha son téléphone.

— Brant, vous pouvez joindre Lisa sur son téléphone satellite ?

— Tout de suite.

Painter ouvrit le dossier. À mesure qu'il lisait, une sensation glacée lui remontait le long du dos.

Brant le rappela.

— Monsieur, le téléphone ne fait que sonner et me renvoyer à sa boîte vocale. Voulez-vous que je laisse un message ?

Painter consulta sa montre. Il avait plusieurs heures d'avance. Lisa devait être occupée par une tâche quelconque. Il lutta contre la sensation de panique.

— Demandez juste au Dr Cummings de rappeler le plus tôt possible.

— Oui, monsieur.

— Et, Brant, vérifiez aussi le standard du paquebot.

C'était de la paranoïa, il le savait. Il essaya de se replonger dans le rapport mais il avait du mal à se concentrer.

Brant le rappela :

— Monsieur... j'ai joint l'opérateur radio. Ils doivent faire face à quelques problèmes de communication sur le bâtiment lui-même et à des pertes de liaison satellite. Ils ont encore quelques bugs à régler sur ce navire flambant neuf.

Painter acquiesça. Quand il avait été réquisitionné, le *Mistress of the Seas* effectuait sa croisière inaugurale, c'est-à-dire son premier test en conditions réelles.

— En dehors de cela, ils n'ont aucun problème majeur, conclut Brant.

Painter soupira. C'était bien de la paranoïa. Il laissait ses sentiments pour Lisa obscurcir son jugement. S'il s'était agi d'un autre agent, aurait-il même appelé ?

Il retourna à sa lecture.

Lisa allait bien.

De plus, Monk était là-bas avec elle. Elle ne risquait rien.

6

Pestilence

5 juillet, 15 h 02
À bord du Mistress of the Seas

Que se passait-il ?

Lisa se trouvait en compagnie des trois autres scientifiques. Ils étaient tous réunis dans la suite présidentielle du paquebot. Un maître d'hôtel en grande tenue versait du single malt dans une rangée de verres tulipe alignés sur un plateau d'argent. Grâce au goût de Painter pour le whisky, elle reconnut l'étiquette de la bouteille : un Macallan soixante ans d'âge. Rare. Les mains du maître d'hôtel tremblaient, ratant leur cible, gaspillant le précieux liquide.

Ce service défaillant pouvait être mis sur le compte des deux types armés et masqués qui les tenaient en joue avec leurs fusils d'assaut. Ils montaient la garde devant la double porte donnant accès à la suite. L'autre bout de la pièce s'ouvrait sur un balcon assez large pour y garer un car de ramassage scolaire. Pour l'instant, il n'était occupé que par un garde, armé lui aussi.

À l'intérieur, parquet en teck et canapés en cuir ajoutaient au grandiose du décor. Une sonate de Mozart émise par des haut-parleurs invisibles se glissait entre les vases décorés de miniatures et les scientifiques réunis au centre de la pièce. On aurait pu croire au début d'un cocktail universitaire.

Si tous n'avaient été terrorisés.

Lisa Cummings et Henrick Barnhardt avaient obéi à l'ordre de monter sur le pont supérieur. Que pouvaient-ils faire d'autre ? Ils y avaient trouvé le chef de l'OMS, le Dr Lindholm, essuyant son nez en sang. On l'avait de toute évidence frappé. Benjamin Miller, le spécialiste des maladies infectieuses, était arrivé peu après.

Ils avaient été accueillis par le chef des pirates, un type immense qui aurait pu être grotesque s'il n'avait paru aussi effrayant. Lourdement charpenté, avec des muscles et des mains énormes, il avait un gabarit de deuxième ligne. Il portait un uniforme kaki, un pantalon camouflage jungle enfoncé dans les bottes. Il ne se souciait pas de dissimuler ses traits derrière un foulard. Sa chevelure, coupée court, avait la couleur de la boue, sa peau celle du bronze poli à l'exception du tatouage vert et noir sur le côté gauche de son visage. C'était un motif maori tout en volutes connu sous le nom de Moko.

Il leur avait ordonné d'entrer dans la suite et d'attendre.

Lisa avait été heureuse de quitter le pont ravagé. Fenêtres et parois étaient criblées de balles. Le sol était maculé par une large traînée de sang, là où on avait tiré un cadavre.

Et elle avait eu la surprise de découvrir un dernier prisonnier dans la suite présidentielle.

Le propriétaire du paquebot de croisière, Ryder Blunt, se tenait auprès de son maître d'hôtel. Vêtu d'un jean et d'un maillot de rugby, il ressemblait à s'y méprendre à Sean Connery, jeune.

Il se chargea lui-même de distribuer les verres de dégustation aux scientifiques.

— Je pense que nous avons tous besoin d'un petit remontant, dit-il, un cigare allumé au coin des lèvres. Ne serait-ce que pour nous calmer les nerfs. Et, à défaut, je préfère boire mes meilleures bouteilles avant que ces salopards ne les découvrent.

Comme beaucoup, Lisa connaissait sa légende. Âgé seulement de quarante-huit ans, l'Australien avait fait fortune pendant le boom Internet, développant des logiciels de cryptage permettant de télécharger des fichiers sous copyright. Il avait ensuite fait fructifier ses profits grâce à de judicieux investissements immobiliers et quelques affaires commerciales, dont cette ligne de croisière. Célibataire endurci, il était aussi réputé pour ses excentricités : nager avec les grands blancs, se faire déposer en hélicoptère pour dévaler à ski les montagnes les plus reculées, sauter en base-jump depuis le sommet des gratte-ciel de Kuala Lumpur et de Hong-Kong. Sa générosité aussi était célèbre : il consacrait une part non négligeable de sa fortune à des œuvres philanthropiques.

Il n'était donc pas surprenant qu'il ait prêté son navire durant cette crise sanitaire. Maintenant, peut-être, regrettait-il son geste.

Quand il arriva devant elle, elle secoua la tête.

— Ma petite, ne vous fâchez pas, grommela-t-il en continuant à lui tendre le verre. Qui sait quand nous en aurons à nouveau l'occasion ?

Elle accepta, surtout pour qu'il s'éloigne. La fumée de son cigare lui piquait les yeux. Elle goûta le liquide ambré. Une délicieuse douceur lui réchauffa la bouche et le ventre. Oui, ce truc avait vraiment un effet apaisant.

Sa distribution effectuée, le milliardaire se laissa tomber sur une chaise. Les coudes sur les genoux, tirant sur son cigare, il lorgna les gardes armés.

Henrick posa la question que tous avaient en tête.

— Que nous veulent ces pirates ?

Lindholm renifla, les yeux rougis, n'ayant toujours pas récupéré du coup qu'il avait reçu.

— Nous utiliser comme otages, dit-il avec un regard mauvais en direction du milliardaire.

— Dans le cas de sir Ryder, je peux comprendre, acquiesça Henrick en baissant la voix, utilisant le titre de noblesse du magnat. Mais pourquoi nous ? À nous tous, nous ne gagnons même pas l'équivalent de son argent de poche.

Lisa chassa de la main la fumée du cigare.

— Il est clair qu'ils voulaient réunir les principaux scientifiques ici. Mais comment nous connaissaient-ils ?

— Ils ont pu obtenir un manifeste de la part de l'équipage, dit Lindholm avec amertume et toujours autant de rancœur à l'égard de Ryder. Nul doute qu'ils avaient des complices à bord.

— Si complices il y a, marmonna Ryder, je les ferai pendre aux vergues.

— Mais attendez... s'ils voulaient tous les principaux scientifiques, pourquoi le Dr Graff n'a-t-il pas été convoqué avec nous ? demanda Benjamin Miller avant de se tourner vers Lisa. Ou bien votre collègue, le Dr Kokkalis ? Pourquoi nous convoquer, nous, et pas les autres ?

Il but un peu de whisky et grimaça. Le bactériologiste d'Oxford n'était pas dépourvu de charme avec sa chevelure auburn et ses yeux verts. Il dépassait à peine le mètre soixante et paraissait plus petit encore en raison de ses épaules voûtées par des années passées penché sur un microscope.

— Le Dr Miller a raison, dit Henrick, pourquoi n'ont-ils pas été convoqués ?

— Peut-être parce que ces salauds savaient qu'ils n'étaient pas à bord, dit Lindholm. Ou alors, peut-être parce qu'ils ont déjà été capturés... ou tués, ajouta-t-il en se tournant vers Lisa comme pour s'excuser.

Elle ravala la boule qui se formait dans sa gorge. Elle avait espéré que Monk avait échappé au piège et – pourquoi pas ? – était déjà en train d'appeler des secours, mais c'était un rêve et elle le savait. Il aurait dû être de retour bien avant l'attaque.

Henrick secoua la tête et avala le contenu de son verre en une seule rasade.

— Il ne sert à rien de spéculer sur leur sort, dit-il. Mais si nos ravisseurs savaient qu'ils étaient sur le terrain, alors cela signifie que ce qui se passe ici n'a rien à voir avec une vulgaire prise d'otages.

— Mais alors que veulent-ils ? demanda Miller.

Le vrombissement d'un hélicoptère en approche les fit tous se retourner vers le balcon. Il était bien plus puissant que celui de l'Eurocopter qui avait servi de soutien aérien lors de l'assaut. Les scientifiques et Ryder se rapprochèrent du balcon.

Une brise nouvelle montait de la mer, portant une odeur de sel teintée d'une infime amertume due peut-être au nuage toxique ou alors simplement au pétrole qui brûlait sur l'eau. La vedette des gardes-côtes éventrée par un missile fumait encore, couchée sur le côté, à moitié immergée.

Soudain, au-dessus de la superstructure, surgit un hélicoptère gris avec double rotor, à l'avant et à l'arrière, un engin militaire à l'évidence. Il s'éloigna, crevant les colonnes de fumée, pour effectuer un passage au-dessus de la petite ville encore ravagée par plusieurs incendies… avant de faire demi-tour, sans doute satisfait de son observation. Il fonça vers le navire, disparaissant à nouveau au-dessus de leurs têtes, pour se poser sur l'héliport situé sur le pont supérieur derrière eux.

Le vrombissement des pales ralentit avant de s'arrêter.

C'est alors que, dans le silence qui suivit, Lisa sentit une sourde vibration sous ses pieds.

— On part, dit Henrick.

Ryder poussa un juron.

Lisa se tourna vers la ville en feu. Lentement, celle-ci s'éloignait.

— Ils emmènent le navire, dit Miller.

Lindholm serra un poing sur sa poitrine.

Lisa éprouvait une peur similaire. Le fait de se trouver dans un endroit connu avait quelque chose de rassurant. Mais cela aussi leur était enlevé. Quelqu'un allait bien finir par se rendre compte de ce qui se passait ici et viendrait enquêter. En fait, elle était censée rappeler Painter dans moins de trois heures. Et si elle ne le faisait pas…

Leur allure augmenta tout à coup tandis que le navire triomphait de sa propre inertie et commençait à tanguer sur les flots.

Elle vérifia sa montre avant de se retourner vers Ryder.

— Monsieur Blunt, quelle vitesse peut atteindre ce bateau ?

Il tapota son cigare sur le rebord d'un cendrier en cristal.

— D'après le Hales Trophy, le record de vitesse pour un paquebot transatlantique est de quarante nœuds. Ce qui est foutrement rapide.

— Et le *Mistress* ?

Ryder posa une main sur une paroi en teck.

— C'est la fierté de notre flotte. Moteurs allemands, monocoque. Il peut atteindre quarante-sept nœuds.

Elle fit un rapide calcul mental. Si elle ne téléphonait pas dans trois heures, quand Painter commencerait-il à s'inquiéter ? Dans quatre, cinq heures ? Non, Painter n'attendrait pas une minute de plus.

— Trois heures, marmonna-t-elle pour elle-même. Y a-t-il une carte ici ? demanda-t-elle à Ryder.

Il fit un geste.

— Dans la bibliothèque.

Il la conduisit vers une alcôve dans la pièce principale, où trônait un impressionnant globe en bois. Elle le fit tourner pour faire apparaître l'Indonésie. Elle mesura les distances avec ses doigts.

— Dans trois heures, nous serons perdus au milieu de l'archipel indonésien.

Tout autour des grandes îles de Java et Sumatra, s'étalait un véritable dédale d'atolls et d'îlots. Il y en avait plus de dix-huit mille, occupant une zone aussi vaste que les États-Unis. À l'écart des grandes villes, comme Jakarta et Singapour, le niveau technologique n'avait parfois guère évolué depuis l'âge de pierre. Le cannibalisme était encore pratiqué sur certaines îles isolées. Il n'existait pas de meilleur endroit au monde pour faire disparaître un paquebot.

— Ils ne peuvent pas espérer voler ce navire ! s'exclama Lindholm. Il y a des satellites de surveillance. On ne peut pas cacher un bâtiment aussi gros.

— Ne sous-estimez pas nos ravisseurs, dit Henrick. De toute manière, toutes ces spéculations ne mènent à rien tant que nous ne savons pas ce qui nous arrive.

Il avait raison, se dit Lisa. L'attaque éclair, la complicité probable de certains membres d'équipage, tout cela indiquait que ce détournement avait été planifié avec le plus grand soin. Quelqu'un avait su ce qui se passait sur l'île Christmas bien avant le reste du monde. Lisa pensa au patient dans le quartier d'isolement, ce John Doe victime de bactéries mangeuses de chair. On l'avait retrouvé errant dans l'île *cinq* semaines auparavant.

Leurs ravisseurs étaient-ils déjà au courant à ce moment-là ?

Le bruit de la double porte qui s'ouvrait les fit tous se retourner. Deux hommes entraient. Lisa reconnut le chef des pirates avec son visage tatoué.

Un grand étranger précédait le guerrier maori. Il se débarrassa d'un panama à large bord qu'il tendit à une femme jusque-là cachée par le pirate. Le nouveau venu semblait vêtu pour une garden-party, avec son costume de lin blanc et sa canne assortie, sa chevelure poivre et sel qui lui tombait sur les épaules. Son teint foncé suggérait qu'il devait être indien ou pakistanais.

Il s'avança vers le groupe, martelant le sol de sa canne alors qu'il était évident qu'il n'en avait nul besoin pour se déplacer. Son regard brillait de gaieté.

— *Namaste,* les salua-t-il en hindi, inclinant légèrement la tête. Merci à vous tous de vous joindre à moi.

Il se tourna vers le propriétaire du *Mistress of the Seas.*

— Sir Ryder, j'apprécie votre hospitalité et le prêt de votre superbe navire. Nous ferons de notre mieux pour vous le rendre intact.

Ryder se contenta de grogner, essayant d'évaluer l'inconnu.

Celui-ci s'adressa aux scientifiques.

— Alors que nous embarquons pour cette grande aventure, c'est un privilège de voir réunis dans cette pièce certains des meilleurs experts de l'Organisation mondiale de la santé.

Lisa remarqua le froncement de sourcils d'Henrick.

Les yeux de l'étranger se posèrent enfin sur elle.

— Et, bien sûr, n'oublions pas notre collègue des opérations spéciales américaines. La Force Sigma, si je ne m'abuse ?

Ébahie, elle le fixa. Comment pouvait-il… ?

L'homme s'inclina à nouveau vers elle, très gentleman. Il ne semblait pas moqueur le moins du monde.

— Je suis navré que votre partenaire n'ait pu nous rejoindre. Il semble qu'il ait été victime d'un malheureux incident tandis que nous tentions de le récupérer. Un petit souci avec des crabes indigènes. Les détails demeurent vagues. Nous-mêmes avons perdu plusieurs hommes. Un seul a survécu.

Une sensation glacée envahit Lisa.

Monk.

Une main lui toucha l'épaule. C'était Ryder Blunt. Il se planta face à l'étranger.

— Vous êtes qui, bon Dieu ?

— Bien sûr. Pardonnez-moi.

L'homme leva une paume et se présenta formellement.

— Dr Devesh Patanjali, spécialiste en biotechnologies et chef du département Acquisitions de la Guilde.

Lisa se pétrifia. Painter lui avait parlé de la Guilde… et des flots de sang que cette organisation terroriste laissait derrière elle.

L'homme tapa sur le sol avec sa canne comme pour les rappeler à l'ordre.

— Et j'ai bien peur que nous ne puissions perdre davantage de temps. Nous avons beaucoup de travail devant nous avant d'arriver au port demain matin.

— Quel travail ? se força à demander Lisa.

Il haussa un sourcil, comme surpris par cette question.

— Mais, ma chère, ensemble nous devons sauver le monde.

15 h 45

Monk pressa sa paume sur la bouche de l'homme. Les doigts de son autre main, sa prothèse, se refermèrent sur sa gorge, juste sous la mâchoire, serrant la carotide, arrêtant le sang qui montait au cerveau. L'autre se débattit, mais les doigts synthétiques pouvaient tordre une pièce de monnaie. Il attendit que les jambes du pirate mollissent... avant de le déposer doucement à terre.

Il le traîna dans un petit placard.

Monk nota la vibration sous ses semelles, et la plainte aiguë des moteurs. Il se redressa. Le navire s'était mis en route. Il avait embarqué juste à temps.

Il était monté à bord via la chaîne d'une des ancres de mouillage à la poupe, après s'être débarrassé de ses bouteilles. Il avait eu de la chance : à ce moment-là, personne ne montait la garde près du treuil. De là, il était monté sans difficulté sur le pont-promenade.

Et s'y était caché.

Dans ce réduit, il avait attendu un bon quart d'heure que passe un garde isolé : l'homme à présent inconscient à ses pieds. Monk troqua sa combinaison contre le pantalon et la chemise du pirate. Il ne put, malheureusement, en faire autant avec ses bottes.

Trop petites.

Pas le choix, il partit pieds nus mais les mains pleines.

Le poids du fusil d'assaut Heckler & Koch lui paraissait assez agréable.

Se glissant dans un couloir, il baissa son turban sur son visage, masquant ses traits à la manière des autres pirates. Il connaissait le navire car il avait mémorisé le plan durant le voyage depuis les États-Unis. Il descendit au pont inférieur, croisant deux gardes au bas de l'escalier. Il se contenta de les bousculer, l'air pressé.

L'un d'eux lui cria quelque chose, agacé sans doute par son impolitesse. Monk ne reconnut pas la langue mais comprit qu'on l'insultait. Il leva son arme dans un vague geste d'excuse, mais sans s'arrêter.

Il rejoignit la coursive de tribord.

Lisa et lui y occupaient des chambres adjacentes. Il avait décidé de commencer à la chercher ici. Il fallait qu'il la retrouve. Il dut enjamber deux cadavres dans le couloir, deux malheureux abattus dans le dos et abandonnés sur place. Oui, il fallait qu'il la retrouve.

Plus loin, il entendit quelqu'un pleurer derrière une porte mais il continua son chemin.

La porte de sa cabine était verrouillée... et sa clé électronique était restée avec son sac d'affaires dans le Zodiac. Il avança jusqu'à la porte suivante, celle de Lisa. Le loquet refusa de bouger... mais il entendit quelqu'un derrière le battant.

Lisa.

Dieu soit loué.

Il tapa le plus légèrement possible en chuchotant contre la porte :

— Lisa... c'est moi.

L'œilleton s'assombrit : quelqu'un regardait à travers. Monk recula et abaissa son foulard pour révéler son visage. Une fraction de seconde plus tard, la chaînette tinta contre la porte et le verrou fut tiré.

Monk remonta son turban en regardant de part et d'autre dans le couloir.

— Vite, murmura-t-il.

La porte s'ouvrit.

— Lisa, il faut que nous...

Reconnaissant son erreur, il leva son arme.

Ce n'était pas Lisa.

Mais un jeune homme.

— Ne... ne tirez pas, s'il vous plaît, bredouilla celui-ci.

Monk garda son arme braquée tandis qu'il examinait la cabine inondée de soleil. Elle avait été littéralement mise à sac : tiroirs ouverts et renversés, placards vidés. Mais son attention se concentra sur l'autre occupant de la pièce : un homme, à plat ventre sur le lit. Un des pirates. À en juger d'après la quantité de sang qui imprégnait la literie, on lui avait tranché la gorge.

Écarquillant les yeux, Monk contempla le jeune homme.

— Qui êtes-vous ?

Le garçon fit un geste pour montrer la cabine.

— J'étais venu chercher le Dr Cummings.

Monk reconnut enfin le jeune infirmier qui aidait Lisa. Il ne se souvenait plus de son nom.

— Jesspal, monsieur... Jessie, marmonna le garçon, voyant sa confusion.

Baissant son arme, Monk acquiesça et pénétra enfin dans la cabine, refermant la porte derrière lui.

— Où est Lisa ?

— Je ne sais pas. J'étais au triage, expliqua Jessie avec peine, sans doute encore en état de choc. Puis il y a eu les explosions... quatre membres d'équipage se sont mis à tirer dans la salle de soins. Je me suis enfui. Le Dr Cummings était partie discuter avec le toxicologue. J'ai prié Vishnu pour qu'elle ait pu regagner sa cabine.

Il jeta un regard vers le lit souillé et s'en détourna aussitôt.

— Le Dr Cummings avait laissé son sac au triage. Je l'ai pris et j'y ai trouvé sa clé. Mais cet homme l'attendait déjà à l'intérieur. Il est devenu furieux en voyant que c'était moi et pas elle. Il m'a fait agenouiller sur le sol. Il avait une radio.

Jessie montra un appareil portable par terre.

— Et qu'est-il arrivé à sa gorge ? s'enquit Monk.

— Je ne pouvais le laisser faire son rapport. Et le Dr Cummings n'avait pas laissé que sa clé dans son sac.

De sa ceinture, Jessie sortit un scalpel.

— Je... je n'avais pas le choix.

Monk lui serra le bras.

— Vous avez bien fait, Jessie.

Le jeune homme s'effondra sur l'autre couchette.

— Ils ont passé une annonce sur la radio du bateau. Pour convoquer plusieurs scientifiques. Dont le Dr Cummings.

— Où ça ?

— Sur le pont supérieur.

— Ont-ils répété cet ordre ?

Jessie resta un moment les yeux dans le vide avant de secouer la tête.

Donc, Lisa avait dû obéir...

Monk savait où chercher désormais.

Il gagna la porte qui séparait les deux pièces. Elle avait été laissée entrouverte. Un rapide regard lui révéla que sa cabine n'était pas en meilleur état. Quelqu'un y avait prélevé tout son matériel personnel, y compris son téléphone satellite. Il fouilla néanmoins pour s'en assurer. Sans résultat.

Monk examina aussi le cadavre et découvrit une petite surprise. La teinte sombre de sa peau ne s'étendait qu'à son visage et à ses mains. Le reste de son corps était aussi rose qu'un bon jambon... parsemé de taches de rousseur. Cet homme ne venait pas des îles du coin... C'était un mercenaire déguisé.

Que se passait-il ici ?

Il retourna dans sa chambre enfiler une paire de baskets.

— On peut pas rester, dit-il à Jessie. Quelqu'un finira bien par venir chercher notre belle au bois dormant. On va trouver un coin où te planquer.

— Et vous ?

— Je vais chercher Lisa.

— Alors, je viens avec vous.

Jessie se dressa... un peu tremblant.

Il enroula sa chemise autour de sa tête, dans l'intention de la transformer en turban de pirate. Sa cage thoracique dévoilée était d'une maigreur impressionnante mais Monk se dit qu'il devait y avoir aussi quelques muscles cachés parmi ces os. Jessie avait éliminé un homme qui faisait deux fois son poids.

Néanmoins...

— J'y vais seul, dit Monk avec fermeté.

Jessie réussit enfin à nouer son foulard de fortune et marmonna quelque chose.

— Quoi ? fit Monk.

L'infirmier se tourna vers lui, exaspéré.

— Je suis ceinture noire de jujitsu et de karaté.

— Je me fous que tu sois la réincarnation hindoue de Jackie Chan, mon pote. Tu viens pas.

Un coup sur la porte les fit tous les deux sursauter. Quelqu'un se mit à crier en malais, leur posant à l'évidence une question. Que Monk ne pouvait pas comprendre. Il leva son arme. Il avait d'autres moyens de communication.

Jessie s'interposa, écartant le canon de son fusil au passage. Il parla à travers la porte, sur un ton irrité, répliquant en malais. Un échange s'ensuivit puis celui qui était à la porte s'en fut, apparemment satisfait.

Jessie se retourna en haussant un sourcil.

— Bon, d'accord, tu peux peut-être être utile, concéda Monk.

16 h 20

Le groupe de prisonniers avait été conduit sur le pont avant du navire. Le gros hélicoptère reposait sur ses patins. Ses sas étaient tous ouverts et il régnait autour de l'appareil une activité frénétique. De lourdes caisses en étaient déchargées.

Lisa remarqua les noms et les logos ornant celles-ci : SYNBIOTIC, WELCH SCIENTIFIC, GENECORP. L'une portait même un drapeau américain et l'inscription USAMRIID. L'Institut de recherche de l'U.S. Army sur les maladies infectieuses.

Tout cela était du matériel médical.

Qui disparaissait dans la gueule d'un gros monte-charge.

Elle échangea un regard avec Henrick Barhnardt. Le toxicologue avait lui aussi compris ce que contenaient ces caisses. Un peu plus loin, Miller et Lindholm avaient le regard vitreux tandis que Ryder Blunt tentait d'allumer un autre cigare malgré le vent.

Debout sous les rotors, le Dr Devesh Patanjali supervisait en personne le déchargement. Il n'avait pas pris la peine de leur expliquer son étrange déclaration à propos du monde qu'ils devaient sauver. Au lieu de cela, il leur avait ordonné à tous de monter ici.

Le Maori, chef des pirates, se tenait à ses côtés, une main posée sur un énorme pistolet glissé dans un holster de ceinture. Les yeux plissés, il surveillait lui aussi l'activité sur le pont, tel un sniper observant sa cible sur un champ de bataille. Lisa sentait que rien ne lui échappait, et en tout cas pas la jeune femme qui accompagnait le Dr Devesh Patanjali.

Cette femme demeurait un mystère, n'ayant toujours pas prononcé le moindre mot et demeurant si impassible qu'on aurait dit une statue. Elle se tenait là, les pieds joints et enserrés dans des bottes noires, les mains croisées à la taille, dans une posture d'attente et de servitude. Si son visage restait indéchiffrable, ses formes n'avaient pas laissé indifférent le guerrier maori.

Lisa avait entendu son nom quand le Dr Patanjali avait quitté la suite présidentielle. *Surina.* Le docteur l'avait gratifiée d'un chaste baiser sur la joue qui avait été accepté sans la moindre émotion. Elle semblait d'origine indienne, vêtue d'un long sari de soie orange et rose, sur lequel tombait une épaisse natte noire. Si on l'avait dénouée, ses cheveux auraient sans doute balayé le sol à ses pieds. Fidèle à son héritage, elle portait un point rouge, le traditionnel *bindi,* sur le front. Mais son teint, bien plus clair que celui du Dr Patanjali, suggérait qu'elle pouvait avoir du sang européen dans les veines.

Lisa était incapable de dire si elle était la sœur de Devesh, son épouse ou juste une compagne. Mais il y avait quelque chose de menaçant dans son silence et plus encore dans la froideur de son regard. Sans parler de son bras gauche : celui-ci était ganté de noir avec un matériau extrêmement moulant dont on ne savait si c'était du cuir ou du latex. On aurait dit que le membre avait été plongé dans de l'encre de Chine.

Lisa se retourna vers le rivage. En quelques minutes, celles qu'il leur avait fallues pour monter ici, l'île avait rétréci au point de n'être plus qu'une vague forme verte lâchant une fumée noire dans le ciel. Mais qui était là pour voir ce signal ? Painter allait sans doute s'alarmer s'il ne recevait aucune nouvelle. Pour le moment, elle plaçait tous ses espoirs dans sa paranoïa.

Ce n'était pas un pari très audacieux.

Un cri attira son attention vers l'hélicoptère.

Deux hommes en tenue chirurgicale sortaient un brancard de l'appareil. Des pieds munis de roues se déployèrent. Devesh se porta à leur rencontre, étudiant le patient attaché et relié à un équipement de contrôle médical portable. Le malade se trouvait sous une tente à oxygène. À en juger par les mouvements de sa poitrine, il devait s'agir d'une femme. Ses traits étaient dissimulés derrière un masque respiratoire et une pieuvre de tuyaux et de fils.

Devesh pointa sa canne et les deux infirmiers poussèrent le brancard vers les ascenseurs. Puis il se tourna vers ses prisonniers :

— Les laboratoires et l'équipement médical seront prêts d'ici une heure. Fort heureusement, le Dr Cummings et son partenaire ont eu la bonté d'amener un matériel que je n'aurais su me procurer. Qui aurait pu se douter que le service recherche et développement du département de la Défense avait réussi à concevoir un microscope à balayage portable ? Ainsi qu'un équipement d'électrophorèse et un séquenceur de protéines ? Quelle chance que de tels outils nous soient tombés du ciel.

Il flanqua un coup de canne sur le sol.

— Venez. Laissez-moi vous montrer le vrai visage de notre ennemi.

Lisa le suivit avec les autres. En l'occurrence, elle l'aurait suivi même sans les fusils braqués sur elle. Les mystères s'accumulaient et elle voulait des réponses, un indice quelconque sur les raisons de cette attaque et pouvant expliquer la déclaration de Devesh.

Mais ma chère, ensemble nous devons sauver le monde.

On les conduisit trois niveaux plus bas. Sur le chemin, elle remarqua de nombreuses équipes vêtues de combinaisons de protection qui aspergeaient les couloirs de désinfectant.

Devesh se dirigeait vers l'avant du navire. La coursive se terminait par un vaste espace circulaire, d'où rayonnaient les couloirs menant aux cabines les plus luxueuses. Monk avait transformé l'une d'entre elles en laboratoire. Devesh semblait avoir réquisitionné toutes les autres.

Passant sous un rideau d'isolation, il leur fit signe d'entrer dans une grande salle de travail.

— Nous y sommes, dit-il.

Des hommes ouvraient des caisses, se débarrassant de la paille et du polystyrène, en extrayant du matériel de laboratoire enveloppé dans du papier bulle. L'un d'eux déballait une caisse remplie de boîtes de Petri, destinées à la culture des bactéries. La porte de la suite de Monk était ouverte. Lisa remarqua un homme à l'intérieur, écritoire à la main, qui dressait l'inventaire du matériel fourni par Sigma.

Devesh les précéda vers une cabine voisine. Il glissa une carte magnétique dans la serrure et poussa la porte.

Se retournant, il s'adressa au mercenaire tatoué.

— Rakao, conduisez, s'il vous plaît, le Dr Miller au laboratoire de bactériologie... Docteur Miller, nous avons pris la liberté d'amener ici votre matériel et d'y ajouter quelques éléments. Nouveaux fours à incubation, milieux anaérobies, plaques de culture. J'aimerais que vous vous coordonniez avec le Dr Éloïse Chénier, notre virologue, afin de monter un labo de maladies infectieuses.

Le chef maori fit signe à un de ses hommes d'escorter Miller. Celui-ci regarda ses collègues, visiblement peu désireux de les quitter, mais le canon du fusil dans son dos le dissuada de protester.

— Et Rakao, reprit Devesh, voudriez-vous accompagner en personne sir Ryder et le Dr Lindholm à la salle radio ? Nous vous rejoindrons dans un moment.

— Chef.

Ce mot était un véritable avertissement. Le tatoué n'appréciait pas cette décision et lorgnait Lisa et Henrick avec suspicion.

— Ne vous inquiétez pas, dit Devesh. Je crois que le Dr Cummings et le Dr Barnhardt désirent entendre ce que j'ai à leur dire. Et puis Surina sera avec moi, ajouta-t-il en s'inclinant vers la jeune Indienne.

Lisa et Henrick furent poussés dans la cabine.

Devesh les y rejoignit, faisant mine de fermer la porte avant de s'arrêter.

— Ah ! Et Rakao… rassemblez les enfants, si vous le voulez bien. Ceux que j'ai sélectionnés. Je vous en saurais gré.

Cette fois, Devesh poussa le battant, mais Lisa eut le temps de voir le visage du Maori s'assombrir. Ses tatouages n'en furent que plus visibles, une carte indéchiffrable.

Devesh se dirigea vers le bureau de la cabine. Il s'agissait en fait de deux tables réunies, dont l'une avait été prélevée dans une autre pièce. Elles supportaient trois écrans LCD reliés à deux tours d'ordinateurs HP. C'étaient les seuls ajouts à ce confortable salon meublé de teck et faisant face à un balcon ombragé.

Se contentant de plier les genoux, Surina s'installa sur le bras d'un des fauteuils. Malgré la modestie et l'humilité de ce geste, Lisa lui trouva quelque chose de glaçant et de menaçant : peut-être à cause du regard fixe et vide, de l'économie de mouvements… et surtout des deux dagues fixées à ses chevilles qui apparurent quand elle s'assit.

Lisa détourna les yeux. Une chambre à coucher s'ouvrait derrière le bureau. Deux grandes malles de voyage étaient posées au pied du lit. Cela devait être la chambre personnelle de Devesh Patanjali. Mais pourquoi les avait-il amenés ici ?

Devesh brancha les ordinateurs. Les trois écrans s'allumèrent.

— Dr Barnhardt… ou *Henrick*, si je peux me permettre… ?

Le toxicologue haussa les épaules.

— Henrick, reprit Devesh, je dois vous féliciter pour votre juste évaluation de la vraie menace qui se cachait derrière ce nuage toxique. Il a fallu des semaines à nos scientifiques pour s'assurer de ce que vous avez discerné en moins de vingt-quatre heures.

Une sensation de froid envahit Lisa. *Des semaines.* Donc, leurs ravisseurs avaient conscience de la menace qui planait sur l'île bien avant que la crise n'éclate. Mais en quoi tout cela concernait-il la Guilde ?

— Bien sûr, nous étions moins favorables à l'alerte générale que vous vouliez déclencher, notamment à Washington.

Il nous a donc fallu accélérer nos préparatifs... improviser quelque peu et mettre à profit tous les talents scientifiques réunis ici. Mais, après tout, pourquoi pas ? Nous devons agir vite si nous voulons garder un espoir.

— Un espoir de quoi ? demanda Lisa.

— Laissez-moi vous montrer, ma chère.

Devesh tapota une des deux chaises, l'invitant à s'asseoir.

Elle resta debout, mais il ne parut pas s'en offenser, s'affairant déjà sur un clavier. Sur le moniteur du centre, une vidéo démarra. Elle montrait un champ de culture de bactéries en forme de bâtonnets.

— Que savez-vous au juste à propos de l'anthrax ? demanda Devesh en levant les yeux vers elle.

À nouveau, elle eut l'impression que son ventre se liquéfiait.

— *Bacillus anthracis,* répondit Henrick. Cette bactérie s'attaque surtout aux ruminants. Vaches, chèvres, moutons. Mais les spores peuvent aussi infecter les humains. Souvent de façon fatale.

C'était un avis clinique, dépourvu d'émotion, mais Lisa remarqua la tension des épaules de son collègue.

Devesh acquiesça.

— On trouve diverses espèces de bacilles dans le sol un peu partout dans le monde. Voici, par exemple, un de ces organismes bénins, *Bacillus cereus.*

L'image sur l'écran se mua en gros plan d'une seule bactérie. En forme de bâtonnet doté d'une fine paroi membraneuse. Les brins d'ADN de la cellule étaient colorés pour être visibles en son centre.

— Comme d'autres membres de ces espèces, cette petite bestiole se trouve dans pas mal de jardins du globe. Se nourrissant de micro-organismes et autres nutriments dans le sol. Elle ne provoque aucun mal à quoi que ce soit plus grand qu'une amibe. Mais sa sœur, *Bacillus anthracis...*

Nouveau clic, nouvelle image apparaissant juste à côté de la première, montrant une seconde bactérie qui semblait identique.

— Voici ce qui provoque l'anthrax, continua-t-il, une des bactéries les plus dangereuses de la planète. Elle partage le même code génétique que sa paisible sœur résidant dans nos jardins.

Devesh montra les brins d'ADN teintés des deux cellules.

— Gène par gène, quasi identiques. Mais l'une tue et l'autre pas. Pourquoi ?

Il regardait Lisa et Henrick.

Elle secoua la tête. Il resta muet.

Ce silence parut réjouir Devesh. Il manœuvra une touche pour zoomer sur la bactérie d'anthrax. La masse d'ADN emplit l'écran. À l'intérieur du cytoplasme, séparés de la chaîne principale d'ADN, flottaient deux anneaux de matériel génétique parfaitement circulaires, comme une petite paire d'yeux qui les fixaient.

— Des plasmides, dit Henrick, nommant les anneaux.

Lisa dut faire appel à ses souvenirs de première année de fac. Autant qu'elle s'en rappelait, les plasmides étaient des brins d'ADN circulaires séparés de l'ADN chromosomique. Ces morceaux de code génétique flottant librement se retrouvent surtout chez les bactéries, leur rôle étant encore assez mal compris.

— Ces deux plasmides, continua Devesh, pX01 et pX02, sont ce qui transforme un *Bacillus* ordinaire en super-tueur. Enlevez ces deux anneaux, et l'anthrax redevient un organisme innocent baguenaudant tranquillement dans un jardin. Mettez ces mêmes plasmides dans n'importe quel *Bacillus* ami et la bestiole se transformera en redoutable tueuse.

Il se retourna enfin pour leur faire face.

— Donc, je vous le demande, d'où viennent ces petits machins mortels ?

Intriguée malgré elle, Lisa répondit :

— Les plasmides ne peuvent-ils pas être directement partagés d'une bactérie à une autre ?

— Tout à fait. Mais ce que je voulais dire, comment cette bactérie a, *à l'origine,* acquis ces bouts de matériels génétiques étrangers ? Quelle est leur source *originelle* ?

Henrick s'approcha de l'écran.

— L'origine évolutionnaire des plasmides reste un mystère, mais le consensus actuel est qu'ils proviennent de virus. Et en particulier des *bactériophages,* une catégorie de virus qui ne s'attaquent qu'aux bactéries.

— Exact ! fit Devesh en regardant lui aussi le moniteur. On a émis l'hypothèse que, dans un lointain passé, un bactériophage viral a injecté cette paire de plasmides mortels dans un paisible bacille, créant un nouveau monstre dans la biosphère, transformant une gentille petite bête de jardin en semeuse de mort.

Il se mit à taper sur le clavier. Les images sur l'écran changèrent.

— Et l'anthrax n'est pas la seule bactérie à avoir été ainsi infectée. Celle qui provoque la peste noire, *Yersinia pestis*... sa virulence est aussi dopée par un plasmide.

Lisa commençait à comprendre où il voulait en venir. Cette conversation sur des bactéries qui se transformaient lui faisait penser aux patients du navire. L'enfant qui avait des attaques à cause d'une bactérie du vinaigre, la femme affligée d'une dysenterie cholérique provoquée, semble-t-il, par une bactérie du yaourt, le John Doe dont les bactéries de l'épiderme lui dévoraient les jambes...

— Suggérez-vous que c'est ce qui est en train de se passer ici ? Une corruption semblable des bactéries ?

— Oui. Quelque chose a surgi des profondeurs de la mer, quelque chose qui possède la capacité de les rendre toutes mortelles.

Lisa repensa à ce qu'avait dit Henrick à propos de la prédominance des bactéries qui composaient quatre-vingt-dix pour cent de nos propres corps. Si cette multitude se retournait contre l'homme...

— En étudiant les propriétés génétiques de l'anthrax et d'autres bactéries toxiques, enchaîna Devesh, des microbiologistes ont prédit l'existence d'une très ancienne souche de virus. Une souche qui a créé les lointains ancêtres de l'anthrax et autres bacilles de la peste. Les scientifiques ont forgé un nom pour cette ancienne souche de virus qui transforme des amis en ennemis : la souche Judas.

Henrick fixa Devesh, remarquant sa fièvre et son excitation.

— Quelque chose me dit que vous avez isolé l'agent à l'origine de cette crise. C'est cela, n'est-ce pas ? Cette souche Judas. Sinon, vous ne seriez pas ici.

— Oui, nous pensons avoir réussi.

Devesh tapota sur deux touches. La bactérie disparut, remplacée par une image en rotation, une micrographie électronique toute en tons argentés. L'organisme représenté en paraissait plus mécanique que biologique. On aurait dit un module lunaire. La carcasse principale était géométrique, un icosaèdre, formé de vingt pièces triangulaires et plates. À chaque intersection, se déployaient de fines vrilles, pointues au bout, faites pour s'accrocher et percer.

Lisa avait vu de nombreuses images semblables pendant ses études.

Un virus.

— Nous l'avons découvert dans un échantillon des cyanobactéries de la marée toxique. Il a transformé une inoffensive bactérie marine phosphorescente en poison qui fait bouillir les chairs. Ces ébullitions ont provoqué des nuages qui ont été poussés par les vents. Le virus a ainsi atteint les terres et entamé la lente altération des bactéries de l'île, les métamorphosant en monstres.

— Et maintenant, nous voyons ce même phénomène à l'œuvre sur les patients, dit Henrick. Leur propre corps se retourne contre eux.

Devesh tapota l'écran.

— Le traître ultime. Cet organisme possède la capacité de voyager à travers la biosphère et de transformer chaque bactérie de la planète en destructrice de vie. C'est la bombe à neutrons de la nature, une explosion virale susceptible de détruire toute forme de vie évoluée, ne laissant derrière elle qu'une bouillie bactérienne mortelle. Ce qui s'est passé sur la côte exposée aux vents de l'île Christmas, c'est ce qui risque d'arriver à la Terre entière.

— S'il devait se répandre... murmura Henrick en pâlissant. Nous n'aurions aucun moyen de l'arrêter.

Récupérant sa canne, Devesh se leva enfin.

— Peut-être. Mais nous venons à peine de commencer à analyser cet organisme. La bonne nouvelle, c'est que pour l'instant, ce virus semble doté d'une durée de vie assez brève ; par ailleurs, il n'infecte pas les cellules humaines. Seulement les bactéries. Donc, le virus en lui-même ne représente que peu de risques *directs*. Il détourne une cellule bactérienne, l'utilise pour produire à la chaîne des copies de lui-même qui sèment ensuite derrière elles les plasmides toxiques. En dehors de la cellule bactérienne, ce nouveau virus est fragile. Il est facile de l'éliminer avec de simples désinfectants et de le contrôler grâce à une bonne hygiène.

Lisa repensa aux membres d'équipage qui se déplaçaient dans des nuages de désinfectant. Ils stérilisaient le navire.

— Mais malheureusement, le virus sème aussi une horde de tueuses dans son sillage. Des bactéries mortelles qui se divisent et se multiplient, chaque nouveau monstre s'ajoutant au monde microbien, contaminant la biosphère pour toujours avec des formes de vie encore jamais vues.

Henrick posa une paume inquiète sur son front.

— Si cette explosion virale contamine la biosphère de la planète... nous devrons faire face à un millier de nouvelles maladies frappant le monde simultanément. Une peste capable de changer d'aspect plus vite que nous ne pourrons réagir. L'humanité n'a jamais rien connu de tel.

— Voilà qui n'est pas si sûr, le contredit Devesh.

Henrick le fixa avec stupeur.

— Mes employeurs et moi croyons qu'il ne s'agit pas là de la première apparition de cette souche Judas. Il existe des récits historiques relatant une crise semblable dans la région. Ils remontent à un millénaire. Ces récits, enchaîna-t-il d'une voix plus sourde, presque un murmure, s'accompagnent d'étranges et troublantes affirmations.

— De quels récits parlez-vous ? demanda Lisa.

Devesh balaya sa question d'un geste.

— Peu importe. D'autres que nous enquêtent sur cet aspect de la question et s'occupent de suivre la piste historique. Nous devons rester concentrés sur notre but. Notre mission à bord de ce navire n'a rien à voir avec le passé, mais doit traiter du présent. Mes employeurs ont orchestré l'évacuation de l'île, faisant en sorte que le navire de M. Blunt se retrouve ici. Il fallait isoler les personnes atteintes en un seul lieu. Ici, nous avons l'occasion rare d'étudier comment cette maladie se déploie. Son épidémiologie, sa pathologie, ses effets physiologiques. Nous disposons d'un navire rempli de sujets tests.

Lisa fut incapable de masquer l'horreur que ces propos lui inspiraient.

— Je sens votre dégoût, docteur Cummings. Maintenant, vous comprenez les raisons pour lesquelles la Guilde s'est impliquée. Face à un organisme d'une telle virulence, il ne peut y avoir de demi-mesure. Le politiquement correct n'est pas la réaction adaptée face à un tel massacre. Il faut agir vite et faire des choix pénibles. À Tuskegee, votre propre gouvernement n'a-t-il pas laissé mourir des gens atteints de syphilis tandis que des scientifiques se contentaient d'enregistrer les souffrances, l'avancement des symptômes et les morts ? Pour survivre à cela, nous devons faire preuve du même sang-froid et de la même brutalité. Parce que, croyez-moi, il s'agit d'une guerre pour la survie de l'espèce humaine.

Lisa, trop choquée, s'apprêtait à le contredire.

Henrick intervint, mais pas du tout comme elle s'y attendait.

— Il a raison.

Elle se tourna vers le toxicologue.

Le regard d'Henrick restait rivé sur l'écran montrant une image microscopique de la souche Judas.

— Ce truc peut anéantir la planète. Et il est déjà à l'œuvre. Rappelez-vous à quelle vitesse la grippe aviaire a fait le tour du monde. Nous avons une semaine, peut-être moins. Si nous ne trouvons pas un moyen de l'arrêter, toute vie – ou, plus exactement, toute vie pluricellulaire – sera balayée de la surface de la Terre.

— Je suis ravi que nous soyons parvenus à une compréhension mutuelle, déclara Devesh en inclinant la tête en direction d'Henrick avant de se tourner vers Lisa. Et il est possible que lorsque j'aurai montré son rôle dans cette épreuve au Dr Cummings, celle-ci y verra tout aussi clair.

Lisa fronça les sourcils.

Devesh se dirigea vers la porte.

— Mais d'abord, nous devons rejoindre nos amis dans la salle radio. Nous avons quelques inquiétudes à dissiper.

7 h 02
Washington DC

Painter suivait les trois chaînes de télévision sur ses trois écrans : Fox, CNN et NBC. Toutes diffusaient des reportages sur l'explosion près de Georgetown.

— Donc, tout va bien, dit-il debout derrière son bureau. Tu as effrayé le Dr Jennings. Il était prêt à faire rayer cette île de la carte.

— Navrée pour cette fausse alerte, dit-elle d'une voix faible, venant du bout du monde. Il s'agissait simplement de contamination en laboratoire. Tout va bien ici... enfin, aussi bien qu'on peut l'être sur un navire rempli de patients victimes de brûlures. L'hypothèse sur laquelle nous travaillons désormais est la floraison inattendue d'une algue nommée *fireweed*. Cela fait des années qu'elle contamine ces eaux, émettant un nuage corrosif, rongeant les plages. Le problème devrait être résolu d'ici un jour ou deux, ensuite Monk et moi nous pourrons rentrer.

— C'est la première bonne nouvelle de la journée, répondit Painter.

Ses yeux ne cessaient de passer d'un écran à l'autre. Les reportages montraient les incendies en train d'être enfin maîtrisés.

Dans son oreille, il entendit le murmure de Lisa.

— Je sais que tu es occupé. Je te contacterai dans douze heures pour un nouveau rapport comme prévu.

— Super. Dors un peu. J'imagine que les couchers de soleil là-bas sont magnifiques.

— Magnifiques, oui. Si seulement tu étais là pour en profiter avec moi.

Sur un des écrans, un hélicoptère de la presse prenait de la hauteur pour révéler les débris calcinés de la planque. Il avait déjà reçu le rapport de l'équipe scientifique. Les traces de pneus dans le jardin à l'arrière de la maison avaient mené à la découverte de la Thunderbird abandonnée. Gray avait fui dans les bois. Mais où était-il allé après cela ? Grayson Pierce, ses parents et l'agent blessé de la Guilde semblaient avoir purement et simplement disparu.

Où s'étaient-ils cachés ?

— J'ai du travail, ici, dit Lisa.

— Tu as besoin de quelque chose ?

— Non...

Il sentit l'hésitation dans sa voix.

— Lisa ? Qu'y a-t-il ?

— Rien, répliqua-t-elle un peu sèchement. Je dois être un peu fatiguée, c'est tout. Tu sais comment je suis à cette époque du mois.

Son aide de camp, Brant, roula dans le bureau avec un tas de fax sur les cuisses. Il remarqua le sigle sur celui du sommet : Washington PD. C'étaient les rapports de la police concernant la fouille des hôpitaux. Il accepta la pile de feuilles.

— Alors, fais en sorte de te reposer, dit-il, lisant déjà la première page. Sois prudente et n'oublie pas ton écran solaire. Ne reviens pas trop bronzée, je ne veux pas avoir l'air d'un vampire à côté de toi.

— Ne t'inquiète pas.

La voix de Lisa était devenue un murmure inaudible. La connexion satellite avec le navire était décidément mauvaise. Mais il sentit néanmoins la déception dans sa voix.

Elle lui manquait à lui aussi.

— On se revoit très bientôt, conclut-il. À ce soir. Maintenant, va te reposer.

La ligne fut coupée sans qu'il entende de réponse. Il enleva son écouteur et s'installa à son bureau. Organisant ses priorités, il décida d'étudier les rapports. Ensuite, il annoncerait à Jennings que tout allait bien.

Au moins, une catastrophe avait été évitée.

18 h 13
À bord du Mistress of the Seas

Lisa reposa le combiné téléphonique. Son cœur cognait. La ligne avait été coupée sur un signe de Devesh Patanjali. Il se tenait sur le seuil de la cabine de communication ultramoderne du paquebot, les deux paumes sur sa canne.

Il secouait la tête, agacé.

Une boule douloureuse serra le ventre de Lisa. Avait-il compris ce qu'elle avait tenté ? Elle se leva. Un des gardes la saisit par le coude.

— Vous deviez vous en tenir à ce qui était prévu, docteur Cummings, dit Devesh. C'était une requête assez simple et les conséquences d'un tel acte vous ont été très clairement expliquées.

La panique glaça le sang de Lisa.

— Je... j'ai dit mot pour mot ce que vous m'aviez ordonné de dire. Et rien d'autre. Painter pense que tout va bien. Comme vous l'avez ordonné.

— Oui. Et c'est fort heureux. Mais n'allez pas croire que votre tentative, si subtile fût-elle, m'a échappé.

Ô Seigneur... Elle avait pris un risque au cours de la communication. Il ne pouvait quand même pas savoir...

— Je ne comprends pas...

— « Tu sais comment je suis à cette époque du mois », cita Devesh. En fait, votre cycle s'est achevé il y a dix jours, docteur Cummings.

La sensation glacée s'étendit.

— Nous avons un dossier complet sur vous, docteur Cummings. Que j'ai lu. Et je possède une mémoire eidétique. Photographique. Je vous encourage à ne plus sous-estimer mes capacités.

Le garde la fit sortir de force de la pièce.

Elle avait été idiote de tenter de faire passer un message à Painter.

Mon Dieu.

Dans le couloir, d'autres prisonniers étaient alignés le long d'une paroi : le Dr Lindholm, Ryder Blunt et un capitaine australien en uniforme kaki ensanglanté. Chacun d'entre eux avait dû passer un appel, affirmant que tout allait bien, que la situation était sous contrôle sur la petite île, cela dans le but de faire gagner du temps aux pirates, d'ajouter de la distance entre le paquebot et l'île Christmas quand quelqu'un commencerait enfin à avoir des doutes.

Mais les trois hommes n'étaient pas les seuls captifs dans le couloir. Il y avait aussi quatre enfants terrifiés. Des garçons et des filles. Âgés de six à dix ans. Un pour chaque personne qui avait dû passer dans la salle radio. La vie de chacun de ces enfants dépendait de leur coopération. Lisa s'était vu confier la responsabilité d'une fillette de huit ans, aux grands yeux en amande, terrorisée, assise à même le sol, les genoux entre ses bras. Son frère, de deux ans son aîné, la serrait contre lui.

Le chef maori se dirigea vers l'enfant, arme à la main.

Devesh le rejoignit et se tourna face au groupe, un poing sur la hanche.

— Vous avez tous été prévenus que si vous vous écartiez un tant soit peu du scénario prévu, si vous tentiez le moindre subterfuge, il y aurait des conséquences. Mais, comme c'est le Dr Cummings qui a commis la première erreur, je serai indulgent avec elle.

— Je vous en prie, supplia-t-elle, ne supportant pas l'idée d'avoir le sang de cette enfant sur les mains.

Au téléphone, elle avait agi de façon instinctive. Elle avait été stupide.

Le regard de Devesh se posa sur elle.

— Au lieu de la petite fille, Dr Cummings, je vous autorise à choisir un autre enfant qui périra à sa place.

Elle en resta muette d'horreur.

— Je ne suis pas un homme cruel, juste pratique. Ceci est une leçon que vous retiendrez tous.

Il fit signe à Lisa.

— Choisissez.

Elle secoua la tête.

— Choisissez ou je les fais *tous* abattre. Que ceci soit très clair. Notre tâche ici est trop cruciale pour tolérer la moindre insubordination.

Le garde la poussa en avant sur un signe de son chef tatoué.

— Choisissez un enfant, docteur Cummings.

Lisa ravala un sanglot en contemplant les quatre visages levés vers elle. Aucun de ces gosses ne parlait anglais, mais ils avaient dû comprendre quelque chose, et ils en étaient terrifiés. Des larmes coulaient. Ils se serraient tous les uns contre les autres.

Lisa se tourna, suppliante, vers Devesh.

— Je vous en prie, docteur Patanjali. C'était mon erreur. Punissez-moi.

— C'est exactement ce que je suis en train de faire. Faites votre choix.

Lisa regarda à nouveau les quatre enfants. Elle ne pouvait pas désigner la petite fille, ni son frère. Elle leva un bras et un doigt tremblants vers un des autres garçons. Le plus âgé du groupe. Dix ans.

Que Dieu me pardonne.

— Très bien. Rakao, tu sais ce que tu as à faire.

Le guerrier tatoué s'avança vers le petit garçon qui leva d'immenses yeux vers lui.

Lisa poussa un gémissement. Elle voulut s'avancer, essayer de défaire ce qu'elle avait fait. Son garde la retint d'une poigne de fer. Elle sentit alors ses jambes céder sous elle... et se retrouva à genoux, épouvantée et accablée.

Le tueur braqua son pistolet vers la tête de l'enfant.

— Non... fit Lisa d'une voix étranglée.

Il appuya sur la détente… mais il n'y eut pas de coup de feu. Le chien du pistolet claqua sur un cylindre vide.

Rakao baissa son arme.

Dans le silence, un gargouillement retentit dans le couloir. Lisa se retourna à temps pour voir le Dr Lindholm tomber à genoux, tout comme elle. Il croisa son regard, choqué. Ses mains serraient sa gorge. Du sang giclait entre ses doigts.

Derrière lui, la compagne de Devesh, Surina, recula la tête baissée comme si elle venait de servir le thé et s'apprêtait à sortir. Ses mains étaient vides, mais Lisa ne doutait pas qu'elle avait égorgé le savant, cachant sa dague aussi vite qu'elle avait frappé.

Lindholm s'écroula en avant sur la moquette dans une posture grotesque. Une mare ne tarda pas à se former autour de lui. Le grand corps oscilla encore une fois ou deux avant de se figer.

— Fils de pute… gronda Ryder.

Devesh revint vers Lisa.

— P… pourquoi ? parvint-elle à articuler.

— Comme je l'ai déjà dit, nous savons tout, docteur Cummings. Y compris les talents du Dr Lindholm. Ou devrais-je dire son *absence* de talent quand il s'agit de recherche et de travail sur le terrain. Il a rempli son rôle en passant cet appel qui nous épargne la curiosité de l'OMS, mais après cela, il était davantage un boulet qu'un atout. Sa mort a au moins une utilité supplémentaire. C'est une démonstration. Elle ne sert pas qu'à vous montrer le coût de toute insubordination.

Devesh la fixa avec dureté.

— Puis-je croire que vous avez compris ce coût, docteur Cummings ?

Elle hocha lentement la tête, le regard fixé sur la mare de sang.

— Très bien, fit-il en se tournant vers les autres. Cette mort est aussi une leçon pour chacun d'entre vous. Afin de vous convaincre du sérieux de nos intentions. Vos vies dépendent de vos résultats. C'est aussi simple que cela. Soyez performants, sinon vous mourrez. Je vous encourage à transmettre cette leçon à vos autres collègues afin qu'ils évitent de rendre nécessaire toute nouvelle démonstration.

Devesh frappa dans ses mains.

— Maintenant que nous en avons fini avec ce déplaisant petit épisode, nous pouvons nous mettre au travail. Rakao, je vous prie, guidez chacun de nos hôtes vers son poste respectif. J'accompagnerai moi-même le Dr Cummings au chevet de son patient.

Rengainant son pistolet, Rakao dispersa ses hommes. Devesh conduisit Lisa un peu plus loin dans le couloir, à l'écart des autres. Elle passa devant les enfants. On était en train de les rassembler pour les envoyer Dieu seul savait où.

Surina, sur les talons de Devesh et Lisa, s'arrêta devant le petit garçon et sa sœur. Elle se pencha vers la fillette toujours blottie contre son frère et tendit une paume vide ; puis, dans un claquement de doigts, un petit bonbon emballé dans un papier brillant apparut dans sa main, comme par enchantement. Elle l'offrit à la fille terrifiée, mais celle-ci se serra encore un peu plus contre son grand frère. Le garçon, lui, rafla à toute vitesse le bonbon dans la paume de Surina, comme s'il s'agissait d'un jeu d'adresse et qu'il craignait qu'un échec de sa part se révèle fatal.

Surina se redressa dans un bruissement de soie, caressant du bout des doigts la joue de la fillette… et y récupérant une larme. Lisa se demanda si c'était cette même main qui avait tranché la gorge de Lindholm. Le visage de la femme demeurait tout à fait impassible.

Lisa se retourna pour suivre Devesh.

Il l'emmena dans la toute dernière cabine du couloir, déverrouillant la porte avec une clé magnétique. Une autre suite. Et un matériel impressionnant qu'on était en train de monter dans le salon. Ignorant les hommes qui s'affairaient, Devesh passa directement dans la chambre à coucher.

Lisa lui emboîta le pas.

À l'intérieur, elle découvrit une silhouette familière allongée sur le lit sous une tente d'isolement et reliée à tout un équipement de surveillance : une femme aux cheveux du même blond que les siens mais quasiment rasés. Lisa l'avait aperçue sur le brancard qui avait été déchargé de l'hélicoptère. Ses traits étaient encore cachés par le masque à oxygène qui lui recouvrait le visage.

Deux hommes, les mêmes infirmiers qui l'avaient transportée ici, étaient en train de brancher les derniers tuyaux et fils au poste de survie et de contrôle. Lisa l'évalua d'un seul coup d'œil : électroencéphalogramme, ECG, Doppler artériel et veineux. Un câble principal était déjà relié à la poitrine de la patiente, ainsi qu'un goutte-à-goutte. Un des hommes redressait le tuyau d'un cathéter urinaire.

Devesh leva la main vers la silhouette allongée.

— Puis-je vous présenter le Dr Susan Tunis, biologiste marine du Queensland. Une des premières personnes à avoir rencontré la floraison toxique des cyanobactéries. Je crois que vous connaissez déjà un de ses compagnons d'infortune. Le John Doe qui se trouve en bas dans le quartier d'isolement.

Encore un peu hébétée par l'exécution sanglante du Dr Lindholm, Lisa restait près de la porte, ne sachant pas trop pourquoi on l'avait amenée ici. Même si cette femme était une des premières victimes, en quoi cela la concernait-elle ? Elle n'était ni virologue ni bactériologiste.

— Je ne comprends pas, dit-elle. Il y a des médecins plus qualifiés à bord...

Devesh balaya son argument.

— Nous avons des techniciens qui peuvent s'occuper de ses besoins médicaux.

— Dans ce cas, pourquoi...

— Docteur Cummings, vous êtes une physiologiste très compétente. Possédant une grande expérience de recherche sur le terrain. Mais, plus important encore, vous vous êtes avérée pleine de ressources lors de vos missions passées pour le compte de Sigma. Nous aurons besoin de cette vivacité d'esprit et de cette expérience ici. Pour m'assister personnellement. Avec cet unique cas.

— Pourquoi elle ? Pourquoi ce cas précis ?

— Parce que cette patiente est la clé de tout.

Devesh fixa la femme dans le lit et, pour la première fois, ses yeux se plissèrent d'inquiétude.

— Elle détient une énigme, une énigme qui remonte très loin dans le passé, jusqu'à Marco Polo et à ses voyages parmi ces mers... et qui mène à un mystère plus ample encore.

— Marco Polo ?

Devesh fit un geste de la main.

— Comme je l'ai déjà dit, c'est une piste que suivent d'autres agents de la Guilde. Tous nos efforts ici, toute la recherche à bord de ce navire, tous les sacrifices à venir doivent se concentrer sur cette seule femme.

— Je ne comprends toujours pas. Qu'a-t-elle de si important ?

La voix de Devesh baissa d'une octave.

— Cette femme... est en train de changer. Comme les bactéries. La souche Judas est en train de se développer en elle.

— Mais n'avez-vous pas dit que ce virus n'affecte pas les cellules humaines ?

— Et c'est bien le cas. Mais c'est autre chose qui se passe en elle.

— Quoi donc ?

Devesh fixa Lisa droit dans les yeux.

— Elle est en train d'incuber.

INCUBATION

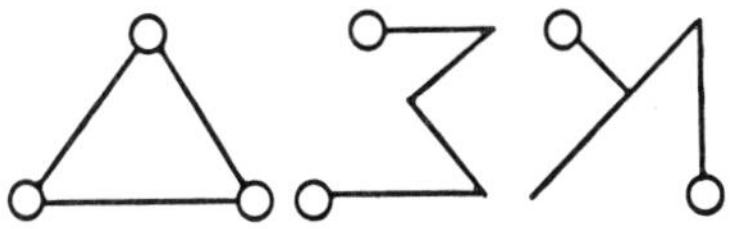

7

D'un voyage jamais conté

6 juillet, 6 h 41
Istanbul

En moins d'une journée, Gray avait traversé la moitié du globe... pour atterrir dans un autre monde. Des minarets des innombrables mosquées d'Istanbul montaient les appels à la prière du matin des muezzins. Le soleil levant creusait les ombres de la ville et incendiait les dômes et les tours.

Depuis le restaurant situé sur le toit, Gray avait une vue panoramique sur la cité. Seichan et Kowalski aussi mais aucun d'eux ne semblait en profiter. Ils étaient sur les nerfs et le décalage horaire n'arrangeait rien. Quant à la sourde migraine qui s'était logée entre ses deux yeux, elle devait plutôt son origine à ses propres soucis. Traqué par des tueurs, pourchassé par son propre gouvernement, Gray commençait à douter de la sagesse du pacte d'alliance qu'il avait passé.

Sans parler de cette étrange convocation à Istanbul. Pourquoi ? Cela n'avait aucun sens. Mais, pour une fois au moins, Seichan semblait aussi abasourdie que lui. Elle versa du miel dans sa tasse de thé turc. Le serveur, vêtu d'une veste traditionnelle brodée bleu et or, proposa sa théière à Gray.

Celui-ci secoua la tête, il en avait déjà trop bu.

L'employé ne se tourna pas vers Kowalski. Le bonhomme – en jean, tee-shirt noir et long pardessus gris – avait sauté le thé pour passer directement au *raki.* « On dirait de l'asphalte mélangé à de la réglisse », avait-il commenté avec un vilain rictus qui ne l'avait certes pas empêché d'en consommer déjà deux verres. Il avait aussi découvert le buffet, se beurrant une pile de tartines, enfournant olives et concombres comme des m&m's, le tout accompagné d'un peu de fromage et d'une demi-douzaine d'œufs durs.

Gray n'avait pas d'appétit. Il était trop rempli d'angoisse… et d'interrogations.

Il se leva pour gagner le muret qui fermait la terrasse, prenant soin de rester dans l'ombre d'un parasol. Istanbul, plaque tournante du terrorisme, restait en permanence sous surveillance satellite. Gray se demanda si ses traits avaient déjà été numérisés pour être introduits dans un programme de reconnaissance faciale.

Sigma ou la Guilde étaient-ils déjà sur ses traces ?

Seichan le rejoignit, posant sa tasse ourlée d'un filet d'or sur le rebord du muret. Elle avait dormi pendant tout le voyage en première classe. Avec le repos, elle avait retrouvé des couleurs, même si elle boitait encore. À bord du jet, elle s'était changée, enfilant un pantalon kaki et un ample chemisier bleu nuit, mais elle avait gardé ses bottes Versace.

— Pourquoi croyez-vous que monsignor Verona nous a fait venir jusqu'ici ? À Istanbul.

Gray se tourna vers elle.

— Quoi ? On se parle maintenant ?

Elle montra à peine son exaspération. Depuis qu'ils avaient quitté le cabinet dentaire, elle avait refusé de donner la moindre explication. Non qu'ils aient eu beaucoup de temps pour cela. Pendant leur fuite, elle s'était arrêtée une seule fois pour passer un unique appel. Au Vatican. Gray avait écouté la conversation. Vigor s'attendait visiblement à cet appel de sa part et n'était pas du tout surpris de la découvrir en sa compagnie.

— Le mot a été passé, avait-il dit. Interpol, Europol, tout le monde vous recherche. Je présume que c'est vous, Seichan, qui m'avez laissé ce petit message dans la tour des Vents.

— Vous avez trouvé l'inscription.

— Oui.

— Vous avez reconnu l'écriture.

— Oui.

Seichan avait paru soulagée.

— Alors, nous n'avons pas beaucoup de temps. De nombreuses vies sont en danger. Si vous pouviez mettre à profit vos ressources, déchiffrer ce qui...

— Je sais ce que signifie l'inscription, Seichan, la coupa Vigor. Et je sais ce qu'elle implique. Si vous voulez en savoir davantage, vous me retrouverez tous les deux à l'hôtel Ararat à Istanbul. J'y serai à 7 heures du matin. Au restaurant sur la terrasse.

Après cela, Seichan s'était procuré des faux papiers et avait fait réserver leurs sièges dans un avion avec une facilité ahurissante. Elle avait assuré à Gray que la Guilde ne savait rien de ces contacts. « Des services qu'on me doit », avait-elle expliqué.

Sa grimace de douleur le rappela au présent. Du coude, elle heurta la tasse de thé. Gray la rattrapa avant qu'elle ne s'écrase dans la rue en contrebas. Seichan fixa l'objet dans ses doigts avec une réelle consternation. Une telle maladresse devait être rare chez elle.

Tout aussi rapidement, son expression changea et se durcit.

— Je sais que je vous ai laissé dans le noir, dit-elle. Dès que monsignor Verona sera là, j'expliquerai tout. Mais, et vous ? Avez-vous déduit quelque chose de l'inscription sur l'obélisque ?

Il se contenta de hausser les épaules, lui laissant croire que c'était peut-être le cas.

Elle le fixa... puis soupira.

— D'accord.

Elle retourna à leur table.

Seichan lui avait fourni des clichés et une copie imprimée des inscriptions en écriture angélique. Pendant le voyage, il avait tenté de briser le code éventuel caché dans ces colonnes de signes, mais ceux-ci comportaient trop de variables. Il avait besoin de davantage d'informations. Et d'ailleurs, il pensait déjà savoir ce que disait le message crypté : *Brisez l'obélisque. Vous trouverez le trésor caché à l'intérieur.*

Ce qu'ils avaient déjà fait.

Il portait le crucifix en argent au bout d'une corde accrochée à son cou. Il l'avait déjà examiné. Il était ancien, aucun doute là-dessus. Même avec une loupe, il n'avait pu discerner la moindre inscription, le moindre indice qui aurait pu confirmer la folle affirmation de Seichan, selon laquelle cette croix aurait appartenu au confesseur de Marco Polo.

Gray observa la ville déjà bourdonnante d'activité malgré l'heure matinale. En bas, une compétition effrénée opposait bus, voitures et piétons. Les plaintes des klaxons tentaient de dominer les beuglements des colporteurs et le babillage incessant des touristes lève-tôt.

Il scruta les environs, cherchant le moindre signe de menace. Avaient-ils semé Nasser ? Ayant mis la moitié du monde entre eux, Seichan semblait assez confiante. Mais Gray refusait de baisser sa garde. En bas, dans la cour de l'hôtel, deux hommes ayant achevé leur prière repliaient leur tapis. Ils disparurent dans l'établissement. Désormais, seul un enfant jouait avec l'eau d'une fontaine.

Satisfait, il laissa son regard monter. L'hôtel Ararat était situé au cœur du plus vieux quartier d'Istanbul, le Sultanahmet. Jusqu'à la mer, d'anciens bâtiments émergeaient comme des îlots au-dessus du fouillis marécageux des rues. Juste en face de l'hôtel, les dômes de la Mosquée bleue frôlaient le ciel. Plus bas dans la rue, une imposante église byzantine disparaissait sous d'immenses échafaudages noirs et, au-delà, le palais du Topkapi étalait ses cours et ses jardins.

Gray sentait le poids du passé au milieu de ces chefs-d'œuvre architecturaux. Ses doigts tripotaient la croix à son cou. Elle aussi provenait du passé, s'il fallait en croire Seichan, mais en quoi pouvait-elle avoir un rapport avec une menace planétaire ? Une croix ayant appartenu au prêtre de Marco Polo !

— Hé, Ali Baba, l'appela Kowalski. Un p'tit verre de réglisse turque ?

Gray ravala un gémissement.

— Ça s'appelle du *raki*, corrigea une nouvelle voix.

Gray se retourna. Une silhouette familière et bienvenue quitta l'ombre de l'escalier pour s'avancer sur la terrasse. Monsignor Verona s'adressa au serveur en turc sur un ton d'excuse.

— *Bir şişe raki lütfen.*

Le serveur acquiesça et s'éloigna.

Vigor vint à leur table. Gray remarqua l'absence du col romain. Monsignor Verona préférait voyager incognito. Sans son col, il semblait beaucoup plus jeune. À moins que ce ne soit sa tenue : un jean, des chaussures de randonnée et une chemise noire aux manches roulées. Avec son vieux sac à dos sur une épaule, il semblait prêt à escalader le mont Ararat – d'où cet hôtel tirait son nom – pour entamer la recherche de l'Arche de Noé.

Ascension qu'il avait peut-être d'ailleurs déjà accomplie.

Avant d'être nommé préfet des Archives du Vatican, Vigor avait servi le Saint-Siège en tant qu'archéologue biblique. Une profession qui lui avait permis de rendre un autre genre de services au Saint-Siège. Des services très secrets. L'archéologie constituait une couverture idéale pour un espion, lui permettant de voyager partout à travers le monde et de s'intéresser à de multiples choses.

Vigor avait aussi collaboré avec Sigma dans le passé.

Sa contribution semblait à nouveau nécessaire.

Il se laissa aller dans son siège avec un long soupir. Le serveur revint avec une tasse de thé fumant pour le nouvel arrivant.

À nouveau, Vigor le remercia en turc.

Kowalski se redressa quand l'employé repartit, fixant tour à tour son verre vide et le dos de sa veste brodée. Il s'affala à nouveau, marmonnant quelque chose à propos du service minable.

— Commandant Pierce, Seichan, commença Vigor, merci d'avoir répondu à ma requête. Quartier-maître Joe Kowalski, ravi de faire votre connaissance.

Quelques amabilités furent échangées, Vigor mentionnant au passage sa nièce Rachel. Gray et elle avaient rompu d'un commun accord mais le sujet restait encore délicat, d'autant plus que Vigor avait toujours été très protecteur avec sa nièce. Qui n'avait nul besoin qu'on la protège. Rachel était lieutenant dans les *carabinieri*.

Gray fut cependant soulagé quand Seichan décida d'intervenir :

— Monsignor Verona, pourquoi nous avoir fait venir jusqu'ici, à Istanbul ?

Il prit le temps de boire une gorgée de thé avant de lui répondre.

— Oui, je vais vous le dire. Mais avant cela, je veux m'assurer de deux points. D'abord, où que cette affaire nous mène, je viens avec vous.

Il fixa un regard inflexible sur Gray… avant de passer à Seichan.

— Et deuxième point, mais non moins essentiel, je veux savoir en quoi cela concerne notre illustre Vénitien, Marco Polo.

Seichan sursauta.

— Comment… je n'ai jamais mentionné Marco Polo devant vous.

Avant que Vigor ne puisse répondre, le serveur revint. Kowalski leva deux yeux mornes vers lui. Des yeux qui se mirent à briller en découvrant la bouteille pleine de *raki* qu'on déposait devant lui.

— Je vous en ai commandé un demi-litre, expliqua Vigor.

Kowalski se leva pour lui étreindre le bras.

— *Padre*, vous êtes un prêtre selon mon cœur.

Gray se tourna vers Seichan.

— Donc… Marco Polo ?

Minuit
Washington DC

La BMW noire contourna Dupont Circle pour se glisser dans une rue sombre. Ses phares au xénon délimitaient un chemin bleuâtre sur l'avenue bordée d'ormes. Des rangées d'immeubles bloquaient la rue des deux côtés, la transformant en canyon urbain.

Celui-ci n'était en rien comparable aux canyons du pays de Nasser où seules erraient les chèvres et dont les grottes et tunnels servaient d'abri aux différentes tribus. Mais même ce pays n'était pas vraiment le sien. À l'âge de huit ans, il avait dû suivre son père quand celui-ci avait quitté Le Caire pour l'Afghanistan après la déroute de l'armée soviétique, afin de rejoindre ceux qui cherchaient un islam plus pur. Ils n'avaient pas eu le choix. La veille de leur départ, son père avait étranglé sa mère à l'aide du foulard de Nasser. Sa mère ne voulait pas partir d'Égypte, disparaître à jamais sous une burka. Elle en avait parlé, s'était plainte alors qu'elle aurait mieux fait de garder le silence.

Les enfants avaient dû assister à la scène, à genoux pour bien montrer leur obéissance tandis que les yeux de leur mère lui sortaient de la tête, punie qu'elle était par leur père.

C'était une leçon que Nasser n'avait jamais oubliée.

Rester froid. En toutes circonstances.

Les phares au xénon balayèrent un coin de rue. Depuis le siège passager, Nasser fit un signe.

— Arrête-toi ici.

Le conducteur, dont le nez cassé était bandé, stoppa la voiture le long du trottoir. Nasser se tourna vers le siège arrière et les deux personnes qui l'occupaient.

Annishen, toute de noire vêtue, semblait se fondre avec le revêtement de cuir. Elle portait même une capuche sur sa tête rasée. Seuls ses yeux brillaient dans l'obscurité. Un bras passé sur son épaule, elle serrait son compagnon contre elle, d'une façon très intime.

Celui-ci gémissait encore sous son bâillon. Du sang noircissait une de ses joues et son cou. Dans ses mains attachées, serrées entre ses genoux, il tenait encore son oreille. Nasser avait découvert son nom dans un Rolodex.

Un médecin.

— C'est ici ? demanda-t-il.

L'homme hocha vigoureusement la tête, fermant les paupières après avoir vérifié l'adresse.

Nasser étudia l'entrée de l'immeuble. Un gardien de nuit était posté derrière un bureau dans le hall. Une caméra de surveillance était braquée sur la porte en verre blindé. Haute sécurité. Du pouce, Nasser caressa la clé magnétique qu'avait bien voulu leur donner leur passager.

Il avait fallu une journée entière pour retrouver la piste de l'Américain et de la traîtresse. Hier soir, Nasser avait fouillé la petite maison dans Takoma Park et avait découvert la moto accidentée dans le garage. Mais il n'avait pas retrouvé l'obélisque, rien qu'un petit bout de marbre noir brisé dans l'allée.

Mais dans la maison, Allah l'avait récompensé.

Nasser avait trouvé ce Rolodex.

Avec plusieurs noms de médecins.

Il lui avait fallu le reste de la journée pour trouver le bon.

Il se retourna à nouveau.

— Merci, docteur Corrin. Votre coopération nous a été très utile.

Il n'eut pas besoin de faire signe à Annishen. Sa lame se glissa entre les côtes de l'homme et lui perça le cœur. Une technique que Nasser lui avait enseignée. Et qu'il avait lui-même employée une seule fois par le passé.

Alors que son père priait à genoux.

Pas une vengeance d'enfant. Mais un acte de justice.

Il ouvrit la portière. Il avait une dette envers son père – ne serait-ce que pour cette leçon donnée à un garçon de huit ans, agenouillé devant sa mère assassinée.

Cette leçon allait encore lui servir ce soir.

Rester froid. En toutes circonstances.

Sortant de la voiture, il ouvrit la porte arrière. Annishen émergea de la voiture, resplendissante dans son ensemble de cuir italien, parfaitement assorti à son propre costume Armani. Preuve de son talent, il n'y avait pas une seule goutte de sang sur elle. Il glissa un bras autour de sa taille.

Elle se serra contre lui.

— La nuit commence à peine, murmura-t-elle avec un soupir satisfait.

Il l'attira encore un peu plus contre lui. Deux amants rentrant après un bon dîner.

La nuit était chaude et humide mais le hall de l'immeuble était climatisé. La porte vitrée s'ouvrit sans bruit quand il inséra la clé magnétique du Dr Corrin dans la fente prévue à cet effet. Le gardien de nuit leva les yeux vers eux.

Nasser le salua d'un signe de tête tout en se dirigeant vers les ascenseurs. Se pressant contre lui, Annishen émit un petit gloussement, visiblement impatiente de retrouver leur appartement. Sa main se fraya un chemin sous sa veste, vers le Glock coincé dans sa ceinture.

Juste au cas où...

Mais le gardien se contenta de leur rendre leur salut en marmonnant « bonne nuit » avant de se replonger dans la lecture de son magazine.

Nasser secoua la tête. Typique. Ce qu'on appelait sécurité renforcée dans ce pays n'était en fait qu'une façade.

Quelques secondes plus tard, Annishen et lui se tenaient devant l'appartement 512. Il glissa la même carte dans la serrure. Le voyant passa du rouge au vert.

Il se tourna vers Annishen, vit la lueur dans ses yeux.

— Il nous en faut au moins un vivant, la prévint-il.

Elle feignit une moue boudeuse et baissa son arme.

Nasser baissa la poignée et poussa la porte qui pivota sans le moindre bruit. Il entra le premier, se glissant dans l'entrée. De la lumière provenait d'une chambre à coucher plus loin.

Nasser franchit le seuil et s'immobilisa aussitôt.

Il plissa un œil.

Tout était trop calme ici. Trop silencieux. Il n'avait pas besoin de fouiller l'appartement pour savoir que celui-ci était vide.

Il fit cependant signe à Annishen de se poster à ses côtés. En quelques secondes, ils inspectèrent toutes les pièces, y compris les toilettes.

Personne.

Annishen se tenait dans la chambre à coucher. Le lit était fait.

— Le docteur nous a menti, dit-elle avec irritation. Ils ne sont pas là.

Nasser était agenouillé. Il avait repéré un objet par terre qui avait roulé sous une commode.

Il le ramassa.

Un flacon de médicaments. Vide.

Il lut l'étiquette avec le nom du patient : Jackson Pierce.

— Ils étaient ici, marmonna-t-il en se redressant.

Le Dr Corrin n'avait pas menti. Il leur avait dit la vérité... du moins, ce qu'il croyait être la vérité.

— Ils sont partis, dit Nasser.

Il serra le flacon de pilules vide dans sa main, ravalant sa rage. Le commandant Pierce les avait encore trompés. D'abord avec l'obélisque, maintenant avec la disparition de ses parents.

— Et maintenant ? demanda Annishen.

Il montra le flacon.

Une dernière chance.

7 h 18
Istanbul

— Pour commencer, dit Seichan, que savez-vous au juste à propos de Marco Polo ?

Elle avait mis des lunettes teintées bleu. Le soleil s'était levé sur la terrasse et ils avaient préféré se déplacer jusqu'à une table à l'écart, protégée par un parasol.

Gray sentit l'hésitation dans sa voix... et peut-être aussi une trace de soulagement. Elle était tiraillée entre le désir de garder ce qu'elle savait et l'envie de partager ce savoir qui devenait un fardeau.

— Polo était un explorateur du XIIIe siècle, répondit-il après s'être un peu documenté pendant le voyage en avion. Son père, son oncle et lui ont passé deux décennies en Chine en tant qu'invités d'honneur de l'empereur mongol Kubilai Khan. Après son retour en Italie en 1295, il a raconté ses voyages à un écrivain, Rusticien de Pise, qui les a consignés par écrit.

Le livre de Marco, *Le Devisement du Monde,* avait aussitôt connu un immense succès à travers toute l'Europe en raison de ses descriptions fantastiques : déserts immenses en Perse, villes grouillantes en Chine, terres lointaines peuplées de sorciers et d'idolâtres nus, îles où cannibales et bêtes étranges faisaient régner la terreur. L'ouvrage enflammait l'imagination. Au point que même Christophe Colomb, croyant se lancer dans un voyage vers les contrées décrites par Marco Polo, en avait emporté une copie avec lui lors de sa traversée vers le Nouveau Monde.

— Mais en quoi cela a-t-il un rapport avec ce qui se passe aujourd'hui ? conclut Gray.

— En tout, répondit Seichan en dévisageant l'un après l'autre les trois hommes réunis autour de la table.

Vigor sirotait son thé. Kowalski, affalé dans son siège, une oreille sur un coude, semblait s'ennuyer prodigieusement, mais Gray avait remarqué son regard qui ne cessait de les scruter, essayant de saisir leurs rôles respectifs. Le gaillard jouait un peu trop volontiers les idiots, comme en ce moment : il balançait des miettes de gâteau aux pigeons.

— En fait, reprit Seichan, parler du livre de Marco Polo est un peu abusif. Il n'en existe aucune version originale, mais juste des copies de copies. Et plus les traductions et les rééditions s'accumulent, plus des différences apparaissent.

— Oui, je sais, la coupa Gray dans l'espoir qu'elle en vienne plus vite au cœur du sujet. Il y a tant de disparités que certains se demandent même si Marco Polo a réellement existé. Ou bien s'il n'est pas une invention de cet écrivain français.

— Il a existé, affirma Seichan.

Vigor hocha la tête pour confirmer.

— Je connais les arguments contre Marco Polo. Des omissions significatives dans son compte rendu. Comme, fit-il en levant sa tasse, la passion de l'Extrême-Orient pour le thé. Une boisson inconnue des Européens à l'époque. Ou la pratique consistant à bander les pieds ou l'usage des baguettes. Marco Polo ne mentionne pas non plus la Grande Muraille. Ces manques peuvent en effet nourrir le soupçon. Pourtant, il révèle de nombreux faits qui se sont avérés : la fabrication de porcelaine, le brûlage du charbon et même la première utilisation de monnaie en papier.

Gray sentit la certitude dans sa voix. Ce n'était peut-être là que simple fierté italienne, mais cette confiance reposait, il en était certain, sur des éléments plus profonds.

— Quoi qu'il en soit, dit-il, et je me répète, quel rapport avec nous ?

— Parce qu'il y a une autre, et très importante, omission dans les éditions du livre de Polo, dit Seichan. Elle concerne son voyage de retour en Italie. Kubilai Khan avait affecté aux Polo la tâche d'escorter vers son fiancé perse une princesse mongole nommée Kokejin. Pour une entreprise aussi importante, Kubilai leur avait fourni quatorze galères géantes et plus de six cents soldats. Mais quand ils ont touché terre en Perse, seuls *deux* navires et *dix-huit* hommes avaient survécu au voyage.

— Qu'est-ce qui est arrivé aux autres ? marmonna Kowalski.

— Marco Polo ne l'a jamais dit. Dans sa préface, Rusticello fait allusion à une tragédie qui serait survenue dans les mers du Sud-Est asiatique. Mais rien n'a jamais été écrit. Même sur son lit de mort, Marco Polo a refusé de dire ce qui s'était passé.

— Et tout cela est vrai ? demanda Gray.

— C'est un mystère qui n'a jamais été résolu, répondit Vigor. La plupart des historiens pensent qu'une maladie ou alors des attaques de pirates ont décimé la flotte. Tout ce que l'on sait avec certitude, c'est que les navires de Marco ont erré dans l'archipel indonésien pendant cinq mois, et que très peu en sont ressortis intacts.

— Donc, ajouta Seichan, pourquoi laisser dans l'ombre un épisode aussi tragique ? Pourquoi Marco a-t-il emporté ce secret dans sa tombe ?

Gray ne savait que répondre. Mais ce mystère provoquait chez lui un début d'inquiétude. Il se redressa sur son siège, commençant à comprendre où tout cela pouvait mener.

L'attitude de Vigor avait elle aussi changé.

— Vous savez ce qui s'est passé dans ces îles, n'est-ce pas ?

Elle inclina la tête.

— La première édition du livre de Marco Polo a été écrite en français. Mais, au cours même de la vie de Marco, il a commencé à être reproduit en dialecte italien. Dialecte élaboré par un célèbre contemporain de Marco Polo.

— Dante Alighieri, dit Vigor.

Gray lui lança un regard.

— *La Divine Comédie*, expliqua Vigor, y compris le fameux *Enfer*, ont été les premiers livres rédigés en italien. D'ailleurs, les Français disent souvent pour parler de l'italien : la langue de Dante.

Seichan acquiesça.

— Et Marco n'est pas passé à côté d'une telle révolution. Il est acquis qu'il a traduit une copie en français de son livre dans sa langue maternelle. Afin que ses compatriotes puissent en profiter. Il a aussi saisi cette occasion pour rédiger une copie secrète à sa seule intention. Et c'est dans cette version qu'il a enfin relaté ce qui était arrivé à la flotte du Khan. Il a rédigé un dernier récit.

— Impossible, marmonna Vigor. Comment un tel livre aurait-il pu rester dissimulé pendant si longtemps ? Où aurait-il été ?

— Au début, dans le domaine familial des Polo. Et, par la suite, dans un endroit beaucoup plus sûr, dit Seichan en fixant Vigor.

— Vous n'êtes pas sérieuse...

— L'expédition des Polo a été lancée sur ordre du pape Grégoire. Certains affirment même que le père et l'oncle de Marco ont été les premiers espions du Vatican, envoyés en Chine pour prendre la mesure des forces mongoles. Les véritables fondateurs de l'agence que vous servez, monsignor Verona.

Vigor se renfonça dans son siège, perdu dans ses propres pensées.

— Le journal secret a été caché parmi les archives, murmura-t-il.

— « Enterré » serait un mot plus juste. Il n'a pas été enregistré. Un exemplaire quelconque du livre de Marco aux yeux de ceux qui auraient eu la curiosité de s'y intéresser. Il aurait fallu un examen assez minutieux pour se rendre compte de l'existence d'un chapitre supplémentaire vers la fin du livre.

— Et la Guilde a mis la main sur cet exemplaire ? demanda Gray. Et y aurait appris quelque chose d'important ?

Seichan hocha la tête.

— Mais comment la Guilde a-t-elle pu se procurer ce texte ? s'étonna Gray.

Enlevant ses lunettes, elle le fixa droit dans les yeux, furieuse, accusatrice.

— Vous le lui avez donné, Gray.

7 h 30

Vigor vit la surprise sur les traits du commandant.

— De quoi parlez-vous, bon Dieu ? s'exclama Gray.

Vigor remarqua aussi la satisfaction dans les yeux de la tueuse de la Guilde. Elle semblait prendre un malin plaisir à les provoquer. Il nota aussi la maigreur de son visage, la pâleur de ses joues. Elle avait peur.

— Nous sommes tous à blâmer, ajouta-t-elle en indiquant aussi Vigor.

Celui-ci resta placide. Il était trop vieux pour entrer dans son jeu. De plus, il avait déjà compris.

— Le symbole de la Cour du Dragon, dit-il. Vous l'avez peint sur le sol. J'ai cru qu'il s'agissait d'un avertissement à mon intention, pour que je m'intéresse à l'inscription angélique.

Seichan opina.

— Mais c'était plus que cela, continua-t-il.

Il pensa à celui qu'il avait remplacé à la tête des Archives du Vatican : le Dr Alberto Menardi, un traître qui œuvrait en secret pour la Cour du Dragon impérial. L'homme avait subtilisé de nombreux ouvrages au cours de son mandat, les emportant dans la bibliothèque privée d'un château en Suisse. Gray, Seichan et Vigor avaient démasqué ce fourbe et détruit cette secte du Dragon impérial. Le château s'était avéré comme faisant partie de l'héritage Verona, un legs maudit par une longue histoire sanguinaire.

— La bibliothèque d'Alberto, dit Vigor. Au château. Après toutes ces horreurs et ce bain de sang, quand la police nous a enfin autorisés à pénétrer sur le site, nous avons découvert qu'elle avait disparu. Entièrement.

— Pourquoi n'ai-je pas été prévenu ? s'enquit Gray.

Vigor poussa un soupir.

— Nous avons supposé qu'il s'agissait de cambrioleurs de la région… ou même d'une possible corruption des forces de police italiennes. De nombreuses antiqués d'une valeur inestimable se trouvaient dans cette bibliothèque. Ainsi que de nombreux ouvrages occultes auxquels Alberto vouait un intérêt tout particulier.

Vigor était prêt à reconnaître le talent de l'ancien préfet, une sorte de génie à sa manière. À la tête des Archives pendant plus de trente ans, Alberto en connaissait tous les secrets. Il est évident qu'une telle édition du *Devisement du Monde* comprenant un chapitre supplémentaire aurait attiré toute son attention.

Mais qu'avait lu l'ancien préfet ? Pourquoi avait-il volé cette copie ? Et qu'est-ce qui avait piqué la curiosité de la Guilde dans cet ouvrage ?

Vigor fixa Seichan.

— Mais ce ne sont pas des voleurs ordinaires qui ont pillé cette bibliothèque, n'est-ce pas ? *Vous* avez expliqué à la Guilde les trésors qu'elle renfermait.

Elle ne broncha pas.

— Je n'avais pas le choix. Il y a deux ans, c'est grâce à cette bibliothèque que j'ai eu la vie sauve, après vous avoir aidés tous les deux. Je n'avais pas la moindre idée de l'horreur qu'elle recelait.

Gray était resté muet pendant leur échange, les observant. Vigor avait l'impression de voir les rouages de son esprit se mettre en branle. Comme Alberto, Gray possédait des capacités intellectuelles uniques, lui permettant de jongler avec des éléments disparates pour discerner une configuration nouvelle. Il n'était pas étonnant que Seichan ait fait appel à lui.

— Vous avez lu ce texte, Seichan, dit Gray. Le véritable récit du voyage de retour de Marco Polo.

En réponse, elle repoussa sa chaise, se pencha et baissa la fermeture Éclair d'une de ses bottes. Elle en sortit trois feuilles de papier rangées dans une poche secrète. Elle les déplia, les lissa sur la table avant de les faire glisser vers eux.

— Quand j'ai commencé à avoir des soupçons sur ce que tramait la Guilde, j'ai fait une copie du chapitre traduit.

Vigor et Gray se penchèrent, épaule contre épaule, pour lire ensemble les pages. Le grand quartier-maître s'approcha lui aussi, l'haleine sentant le *raki*.

Vigor entama la lecture à haute voix du titre et des premières lignes.

Chapitre LXII

Où il est question d'un Voyage jamais conté ; et d'une Carte proscrite

À présent, un mois entier après avoir quitté notre dernier port, il nous fallait restaurer nos réserves d'eau et réparer deux de nos navires. Nous avons touché terre dans de petites embarcations, ébahis par les oiseaux abondants et la profusion de la jungle. Nous étions aussi en manque de viande salée et de fruits. Quarante-deux hommes du Grand Kaan, armés de flèches et de lances, nous accompagnaient. Les îles voisines étant peuplées d'Idolâtres dénudés qui mangent la chair de leurs semblables, une telle protection nous semblait avisée.

Vigor continua à lire, trouvant rapidement la cadence de la prose archaïque du *Devisement du Monde*. Ces mots pouvaient-ils être ceux de Marco Polo ? Si oui, peu de regards avaient lu ce chapitre. Il regrettait amèrement de ne pouvoir lire l'original, n'accordant pas toute sa confiance à cette traduction... le dialecte original lui en aurait appris bien davantage sur le célèbre voyageur médiéval.

Il continua :

Après un méandre du fleuve, un des hommes du Kaan poussa soudain un grand cri en montrant une éminence surgissant de la toiture des arbres. Elle se trouvait à plusieurs lieues à l'intérieur des terres, enfoncée au cœur de l'épaisse forêt ; mais très vite il nous est apparu qu'il ne s'agissait point cette fois d'une montagne. On aurait dit une tour appartenant à une immense construction ; avec elle, d'autres apparurent à moitié perdues dans la brume. Dix jours étant nécessaires aux réparations et les hommes du Kaan, dans leur désir de viande fraîche, étant décidés à chasser les innombrables oiseaux et animaux peuplant cette luxuriance, nous nous sommes mis en route vers ces bâtisseurs de montagnes, un peuple inconnu et jamais croisé.

Après la première page, Vigor sentit la menace palpable qui croissait derrière le récit de Marco. Il relata comment « la forêt devint silencieuse, comme privée d'oiseaux et d'animaux ». Marco et les chasseurs avaient pourtant continué, suivant une piste qui s'enfonçait dans la jungle, « taillée par ces bâtisseurs de montagnes. »

Enfin, alors que le crépuscule approchait, la troupe de Marco était arrivée à une ville.

La forêt s'ouvrit sur une cité grandiose aux nombreuses tours, chacune recouverte des visages sculptés des Idoles. Quelle diabolique sorcellerie avait été employée par ce peuple, je ne l'ai jamais découvert ; mais Dieu dans Sa miséricordieuse vengeance avait châtié cette ville et la forêt qui l'entourait. Le fléau avait été féroce, la pestilence effroyable. Le premier cadavre fut celui d'un enfant nu. Ses chairs avaient bouilli jusqu'aux os et étaient à présent recouvertes de grandes fourmis noires. Partout où il se tournait, l'œil en découvrait d'autres et d'autres encore. Un compte de plusieurs centaines n'aurait pas suffi à rendre l'ampleur de ce massacre ; et la mort n'était pas circonscrite aux péchés des hommes. Les oiseaux eux-mêmes étaient tombés du ciel. Les bêtes de la forêt gisaient en tas immondes. De grands serpents pendaient des branches des arbres.

Les hommes l'ont baptisée la Cité des Morts. Redoutant la pestilence, nous avons tenté de partir au plus tôt. Mais notre passage n'avait pas manqué d'être observé. Ils ont jailli du plus profond de la jungle : leurs chairs nues n'étaient pas plus vigoureuses que celles de leurs semblables jonchant les marches de pierre et les rues rectilignes ou bien flottant dans les fossés verdâtres. Leurs membres étaient pourris à en dévoiler les chairs. D'autres étaient couverts de furoncles et bubons qui ne cessaient d'émettre d'infectes humeurs, et plus encore étaient affligés d'un ventre lourd de pus autour duquel les plaies crevées suintaient et fumaient. Certains étaient aveugles, d'autres ne pouvaient avancer qu'en grattant la terre de leurs doigts. On aurait dit qu'un millier de pestes avaient frappé cette contrée ; une légion de pestilences.

Des arbres luxuriants, ils ont surgi, grouillant, les dents nues telles des bêtes féroces. Certains brandissaient bras et jambes. Dieu me protège encore maintenant, beaucoup de ces membres étaient rongés.

En dépit de la chaleur de la matinée, un frisson ébranla Vigor. Il lut avec horreur comment Marco et les siens avaient dû fuir en s'enfonçant dans la cité avec l'espoir de trouver un refuge contre cette immonde armée. Le Vénitien décrivait dans un grand luxe de détails massacres et scènes de cannibalisme. Quand la nuit était tombée, Marco et les siens s'étaient abrités dans un des grands bâtiments, peuplé de sculptures de serpents enroulés et de rois morts depuis longtemps. Ces hommes s'étaient résolus à tenir une dernière fois leur position, certains de leur fin prochaine, sachant qu'ils finiraient par être submergés tandis que les cannibales ne cessaient d'affluer dans la ville.

Gray marmonna des mots incompréhensibles mais à l'évidence incrédules.

Maintenant que le soleil fuyait, il en allait de même de nos espoirs. Chacun selon sa coutume adressait ses prières aux cieux. Les hommes du Kaan brûlaient des morceaux de bois et se couvraient le visage avec les cendres. Je n'avais que mon confesseur. Frère Agreer s'agenouilla avec moi et offrit nos âmes au Seigneur, murmurant une ultime prière. Il serrait son crucifix et posa sur mon front la croix de souffrance du Christ. Il usa ensuite des mêmes cendres que les hommes du Kaan. Observant ces visages, je me suis interrogé : face à une telle épreuve, n'étions-nous pas tous les mêmes ? Païens et Chrétiens. Et, au bout du compte, quelles prières furent-elles écoutées ? Quelles prières ramenèrent la Vertu contre la pestilence qui nous accablait ; une sombre Vertu qui nous a tous sauvés.

Le récit s'arrêtait là.

Gray tourna la page, cherchant la suite.

Kowalski se renfonça dans son siège et apporta son commentaire.

— Pas assez de cul, dit-il en tentant en vain de retenir un rot dans son énorme poing.

Fronçant les sourcils, Gray montra la page.

— Ici… cette mention du frère Agreer.

Vigor opina, ayant repéré la même erreur aveuglante. Ce texte était sûrement un faux.

— Aucun ecclésiastique n'a accompagné les Polo en Orient, déclara-t-il. Selon les registres du Vatican, deux frères dominicains sont partis avec les Polo afin de représenter le

Saint-Siège, mais tous deux sont revenus au bout de quelques jours.

Seichan replia la première page.

— Comme ce chapitre secret, Marco a éliminé le frère de ses chroniques. En fait, ce sont *trois* Dominicains qui ont accompagné les Polo. Un pour chaque voyageur, comme c'était la coutume à l'époque.

Vigor savait qu'elle avait raison. C'était en effet la coutume.

— Seuls *deux* d'entre eux ont battu en retraite, dit Seichan. La présence du troisième est restée cachée... jusqu'à maintenant.

Gray enleva le crucifix d'argent qu'il portait au cou pour le poser sur la table.

— Et vous prétendez que ceci est en fait la croix de frère Agreer ? Celle qui est mentionnée dans le récit.

Le regard ferme de Seichan lui répondit.

Vigor, ébahi, examinait le crucifix. Celui-ci était très simple, sans le moindre ornement, et représentait de façon sommaire une crucifixion. Il était vieux, à n'en pas douter. Toute cette histoire pouvait-elle donc être véridique ? Il s'empara de l'objet avec délicatesse. Si c'était le cas, son poids même ajoutait de la substance au récit troublant de Marco.

— Mais je ne comprends pas, dit-il enfin. Pourquoi avoir éliminé frère Agreer de son livre ?

Seichan rassemblait les feuilles éparses.

— Nul ne le sait, dit-elle. La fin du livre avait été arrachée et remplacée par une fausse page, cousue à la reliure, mais la qualité et l'âge de cet ajout le datent de plusieurs centaines d'années après.

Vigor fronça les sourcils.

— Qu'y avait-il sur cette nouvelle page ?

— Je n'ai jamais pu la voir moi-même, mais on m'a raconté ce qui y était écrit. Elle contenait un récit délirant, rempli de citations bibliques et de références aux anges. Le rédacteur avait de toute évidence peur de l'histoire de Marco. Mais, plus important encore, il évoquait longuement une carte incluse dans le livre, une carte dessinée par Marco en personne. Une carte qu'ils considéraient comme démoniaque.

— Que lui est-il arrivé ?

— Même s'ils en avaient peur, ceux qui ont altéré le livre redoutaient de détruire la carte à jamais. Donc, le rédacteur, aidé par d'autres, l'a retranscrite selon un code qui la protégerait et la bénirait.

Gray avait saisi.

— En se servant de l'écriture angélique.

— Mais qui a inséré cette nouvelle page ? demanda Vigor.

Seichan haussa les épaules.

— Ils n'ont pas signé leur contrefaçon de leur nom, mais il demeurait assez de références pour suggérer que les descendants des Polo ont donné le livre secret de Marco à la papauté dans les années qui ont suivi les ravages causés par la peste noire au XIVe siècle. La famille craignait peut-être qu'il s'agisse du même fléau qui avait frappé la Cité des Morts, venu enfin détruire le reste du monde. C'est à ce moment-là que le livre a été ajouté aux archives.

— Intéressant, dit Vigor. Si vous avez raison, cela expliquerait pourquoi la famille Polo s'est évanouie dans la nature à la même époque. Même le corps de Marco Polo a disparu de sa sépulture dans l'église de San Lorenzo. Comme si on avait tenté d'effacer systématiquement toute trace de cette famille. Quelqu'un a-t-il daté cette nouvelle page ?

— Oui. On l'estime du début du XVIe siècle.

Vigor plissa les yeux.

— Hum... une autre peste bubonique de grande ampleur a frappé l'Italie à peu près à cette époque.

— Vous avez raison, dit Seichan. Et c'est aussi à cette époque qu'un Allemand nommé Johannes Trithemius, ou Jean Trithème, a développé pour la première fois l'écriture angélique. En dépit de ses affirmations selon lesquelles cette langue précédait l'apparition de l'homme sur terre.

Vigor acquiesça. Il avait effectué ses propres recherches sur cette écriture. Son créateur prétendait qu'en utilisant son alphabet angélique – selon lui, reçu après de profondes études méditatives –, on pouvait communiquer avec un chœur d'anges. Trithemius s'était aussi mêlé de cryptographie et de codes secrets. Son célèbre traité, *Steganographia,* longtemps considéré comme un manifeste occulte évoquant sans cesse les anges, était en fait un manuel de cryptologie.

— Donc, si vous vouliez cacher une carte à cette époque, conclut Gray, une carte considérée comme *démoniaque,* la transcrire en écriture angélique pouvait sembler un bon moyen de se protéger contre ses dangers.

— C'est exactement ce que la Guilde a pensé. Il y avait des indices dans cette page secrète quant à la localisation de cette carte codée, une carte désormais gravée sur un obélisque lui-même caché dans le Musée grégorien du Vatican. Mais l'obélisque avait disparu depuis très longtemps. Nasser et moi avons joué au chat et à la souris pour essayer de le retrouver. Et j'ai gagné. Je l'ai volé au nez et à la barbe de Nasser.

Vigor entendit l'amère fierté dans sa voix, mais il fronça les sourcils, dévisageant tous ceux qui étaient réunis autour de cette table.

— De quel obélisque parlez-vous ?

7 h 42

Gray lui expliqua en quelques mots comment l'obélisque avait été utilisé pour dissimuler le crucifix et décrivit le code inscrit avec un pigment phosphorescent.

— Voilà le texte, conclut-il en lui en tendant une copie.

Vigor étudia la suite complexe de code angélique avant de secouer la tête.

— Cela n'a aucun sens pour moi.

— Précisément, dit Seichan. La lettre délirante dans le texte de Marco fait aussi référence à une *clé* donnant accès à la carte. Une façon de déverrouiller son secret. Une clé cachée en trois parties. La première clé est liée à l'inscription dans la pièce où le texte secret a d'abord été caché.

— Dans la tour des Vents, dit Vigor. Une bonne cachette. La tour était en construction à cette époque. Elle a été bâtie pour abriter l'observatoire du Vatican.

— Et selon la fausse page du livre de Marco, continua Seichan, chaque clé mène à la suivante. Donc, pour commencer, il nous faut résoudre cette première énigme. L'inscription angélique du Vatican. Vous prétendiez y être parvenu, dit-elle à Vigor. Est-ce exact ?

Vigor ouvrit la main pour s'expliquer mais Gray lui fit signe d'attendre. Ils n'allaient pas offrir toutes leurs cartes à Seichan. Il leur fallait au moins garder un as dans leur jeu.

— Avant, dit-il, vous ne nous avez toujours pas dit pourquoi la Guilde est mêlée à cette histoire. Qu'espère-t-elle en suivant la piste de Marco Polo ?

Seichan hésita. Puis parut enfin se décider. Ce qu'elle annonça confirma les pires craintes de Gray.

— Parce que nous pensons que la maladie de Marco est à nouveau en train de frapper. Qu'elle s'est libérée des épaves des galères de Marco retrouvées dans l'archipel indonésien. La Guilde est déjà sur place, prête à explorer la piste scientifique. Nasser et moi devions suivre la piste historique. Comme c'est la coutume à la Guilde, le bras droit n'est pas censé savoir ce que fait le bras gauche.

Gray connaissait le fonctionnement en cellules autonomes de la Guilde, un fonctionnement repris par de nombreux réseaux terroristes.

— Mais j'ai volé certaines informations, dit-elle. Je connais la nature de la maladie et sa capacité à altérer la biosphère de façon irréversible.

Elle expliqua la découverte par la Guilde d'un virus – baptisé la souche Judas par ses chercheurs – capable de transformer toutes les bactéries en tueuses.

Elle cita le texte de Marco.

— « Une légion de pestilences. » C'est ce qui a frappé l'Indonésie. Mais je connais la Guilde, je sais ce qu'elle envisage. En cultivant et en exploitant cet agent pathogène, elle espère créer un véritable arsenal de nouvelles armes bactériologiques, une source inépuisable d'agents toxiques fabriqués par ce virus.

Quand Seichan avait détaillé les effets de la maladie, Gray avait serré les poings au point d'en avoir mal aux phalanges. La terreur s'était emparée de lui.

Avant qu'il ne puisse parler, Vigor intervint :

— Mais si les scientifiques de la Guilde sont déjà au travail sur ce virus, en quoi est-il si important de suivre la piste historique remontant à Marco Polo ?

Gray répondit, citant la dernière ligne du texte de Marco :

— « Une sombre Vertu qui nous a tous sauvés. » Voilà qui ressemble fort à un remède.

Seichan acquiesça.

— Marco a survécu pour raconter cette histoire. Même la Guilde n'oserait pas lâcher un tel virus sur le monde sans détenir le moyen de le contrôler.

— Ou, au moins, savoir d'où il provient, ajouta Gray.

Vigor contempla la ville, les yeux plissés en raison du soleil.

— Et ce ne sont pas les seules questions sans réponse. Qu'est devenu frère Agreer ? Qu'est-ce qui a tant effrayé la papauté ?

Gray avait lui aussi une question qu'il estimait plus urgente :

— Où exactement en Indonésie cette maladie a-t-elle frappé ?

— Sur une île isolée, par chance à l'écart de toute zone de fort peuplement.

— L'île Christmas, dit Gray.

Seichan écarquilla les yeux.

Cette confirmation lui suffit.

Gray se dressa. Tout le monde le regarda. Monk et Lisa étaient partis sur cette île pour enquêter sur une crise sanitaire. Ils n'avaient pas la moindre idée de ce à quoi ils allaient se trouver confrontés... pas plus que de l'intérêt de la Guilde. Il fallait prévenir Painter. Mais avec cette taupe chez Sigma, s'il donnait l'alerte, n'allait-il pas placer ses amis en plus grand danger encore ? Leur dessiner une cible dans le dos.

— Depuis quand la Guilde mène-t-elle cette opération en Indonésie ?

— Je ne sais pas. J'ai déjà eu du mal à apprendre ce que je sais.

— Seichan, gronda Gray.

— Je... je ne sais vraiment pas, Gray. Pourquoi ? Quel est le problème ?

Il détourna les yeux, hésitant à lui répondre.

Pour le moment, il n'était sûr que d'une chose.

Il devait contacter Washington.

1 h 04
Washington DC

Harriet Pierce tentait de calmer son mari. Chose difficile à faire dans la mesure où il s'était enfermé dans la salle de bains de l'hôtel. Elle pressait un linge humide sur sa lèvre éclatée.

— Jack ! Ouvre la porte !

Il s'était réveillé deux heures plus tôt, confus et désorienté. Elle connaissait cet état. Le syndrome du coucher de soleil. Commun chez les malades atteints d'Alzheimer. Une agitation extrême faisant son apparition au crépuscule, quand l'environnement familier se confond dans l'obscurité.

Et c'était pire ici. Loin de la maison.

Le fait que le Phoenix Park Hotel soit leur deuxième point de chute en moins de vingt-quatre heures n'arrangeait pas les choses. D'abord l'appartement du Dr Corrin et maintenant ici. Mais Gray avait été très ferme quand ils s'étaient dit au revoir et lui avait chuchoté une dernière instruction à l'oreille. Dès que le Dr Corrin les aurait laissés dans son appartement, ils devaient le quitter, traverser la ville, prendre une chambre dans un hôtel sous un faux nom et payer en liquide.

Une précaution supplémentaire.

Mais tous ces déplacements n'avaient fait qu'empirer l'état de Jack. Cela faisait plus d'une journée qu'il n'avait pas pris son Tegetrol, un stabilisateur d'humeur. Et il avait fini son Propranolol, un médicament pour la pression sanguine qui diminue l'anxiété.

Ce n'était donc pas une surprise si Jack s'était réveillé en proie à la panique, désorienté. Elle ne l'avait pas vu ainsi depuis des mois.

Ses cris et ses trépignements l'avaient réveillée à son tour. Elle s'était malgré elle endormie sur un fauteuil devant la petite télévision branchée sur Fox News. Elle avait baissé le volume au minimum, juste pour savoir si on mentionnait à nouveau le nom de Gray.

Réveillée en sursaut, elle s'était précipitée dans la chambre à coucher. Une erreur stupide. Il ne faut jamais surprendre un malade dans cet état. Jack l'avait giflée, sur la bouche. Il lui avait fallu trente bonnes secondes pour la reconnaître.

Il s'était alors enfermé dans la salle de bains et elle avait entendu ses sanglots. C'était pour cela qu'il avait verrouillé la porte.

Chez les Pierce, les hommes ne pleuraient pas.

— Jack, ouvre cette porte. Tout va bien. J'ai appelé la pharmacie au coin de la rue. Ils vont nous livrer des médicaments. Ça va aller.

Harriet savait que c'était un risque, cet appel à la pharmacie. Mais elle ne pouvait pas amener Jack dans un hôpital et, sans traitement, sa démence ne ferait qu'empirer. Par ailleurs, ses cris risquaient d'attirer l'attention des employés de l'hôtel. Et s'ils appelaient la police ?

N'ayant guère le choix, elle avait donc pris sa décision. Se servant de l'annuaire, elle avait appelé une pharmacie ouverte vingt-quatre heures sur vingt-quatre et effectuant des livraisons. Dès que les médicaments seraient là et que son mari serait traité, elle quitterait l'hôtel et en trouverait un autre.

La sonnette de la porte retentit.

Ah, Dieu merci.

— Jack, c'est la pharmacie. Je reviens tout de suite.

Elle se précipita vers la porte d'entrée. Au moment de saisir la poignée, elle s'immobilisa et, prise d'une crainte subite, regarda par l'œilleton. Elle découvrit une femme seule aux cheveux noirs coupés au carré, les traits légèrement déformés par la lentille. Elle portait une veste blanche avec le logo d'une pharmacie sur le revers et un sac en papier blanc auquel était agrafé un reçu.

Elle se pencha, disparaissant à moitié. La sonnette retentit à nouveau. La femme vérifia sa montre et commença à s'éloigner.

Harriet cria à travers la porte.

— Attendez !

— Pharmacie Swan, répondit la femme.

Préférant prendre une précaution supplémentaire, Harriet revint vers le téléphone posé sur un guéridon. Elle aperçut son reflet dans le miroir mural. Elle semblait hagarde, le teint cireux et la lèvre en sang. Elle décrocha.

On lui répondit immédiatement.

— Phoenix Park. La réception.

— Ici la chambre 334. Pourriez-vous me confirmer une livraison de médicaments ?

— Oui, madame. Je viens de voir la livreuse. Ses papiers étaient en règle. Y a-t-il un problème ?

— Non. Pas du tout. Je voulais juste...

Un craquement retentit dans la chambre à coucher derrière elle. Jack s'était enfin décidé à ouvrir la porte de la salle de bains.

— Désirez-vous autre chose, madame ? demanda le réceptionniste.

— Non, merci.

Elle raccrocha.

— Harriet ! appela son mari avec une certaine détresse malgré sa colère.

— Je suis là, Jack.

La sonnette, à nouveau.

À bout de nerfs, Harriet déverrouilla la porte, espérant que Jack accepterait de prendre ses médicaments. Elle tira le battant.

La livreuse leva les yeux, souriante... mais sans aucune chaleur. Elle semblait amusée, férocement amusée. Harriet, ébahie, la reconnut enfin. C'était la femme qui les avait attaqués la veille dans cette maison. Avant qu'elle ne puisse réagir, l'autre repoussa le battant d'un geste violent.

Celui-ci la heurta à l'épaule, la déséquilibrant. Dans un geste réflexe, Harriet tendit le bras pour amortir sa chute sur le carrelage... mais son poignet se tordit sous elle. Elle sentit quelque chose craquer. La douleur explosa dans son bras.

Jack sortit de la chambre, vêtu de son seul caleçon.

— Harriet... ?

Dans son état, il ne comprenait pas la situation.

La femme franchit le seuil, dégainant un pistolet à la crosse démesurée. Elle le braqua sur Jack.

— Voilà votre remède.

— Non, gémit Harriet.

La femme appuya sur la détente. Un claquement électrique surgit du canon. Quelque chose passa au-dessus d'Harriet... des fils qui vinrent frapper la poitrine nue de Jack. Des étincelles jaillirent, bleues dans la pénombre.

Un Taser.

Il tressaillit, se tétanisa et s'effondra.

Pour ne plus bouger.

Dans le silence qui suivit, la voix assourdie de la télévision se fit entendre :

— La police recherche toujours Grayson Pierce afin d'élucider l'explosion et l'incendie d'une maison à Washington.

8 h 32
Istanbul

Debout devant le muret de la terrasse, Gray essayait de réfléchir à un moyen sûr de prévenir Washington. À propos des dangers sur l'île Christmas. Il devait veiller à ne parler qu'à Painter. Mais comment ? Comment savoir si la Guilde n'espionnait pas tous les moyens de communication ?

Seichan reprit la parole derrière lui, mais elle s'adressait à Vigor.

— Monsignor, vous ne nous avez toujours pas expliqué pourquoi vous nous avez convoqués ici à Istanbul. Vous disiez avoir compris l'inscription angélique.

La curiosité ramena Gray à la table, mais il fut incapable de s'asseoir. Il resta debout entre Seichan et Vigor.

Celui-ci fouilla dans son sac à dos pour en extraire un carnet de notes qu'il ouvrit sur la table. Sur la page, s'étalait une ligne de lettres étranges.

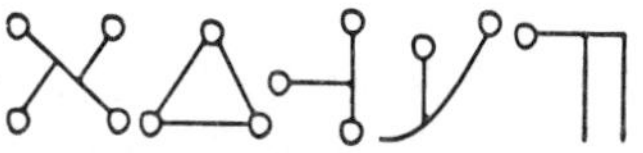

— Voilà l'inscription sur le sol de la tour des Vents, dit-il. Chaque lettre de cet alphabet correspond à un mot tonal spécifique. À en croire le père de l'écriture angélique, Trithemius, quand ils sont combinés selon la bonne séquence, de tels assemblages pourraient permettre de communiquer directement avec un ange.

— Ouais, comme un appel longue distance, marmonna Kowalski.

Contre toute attente, Vigor acquiesça avant de tourner la page.

— J'ai ensuite inscrit le nom de chaque lettre.

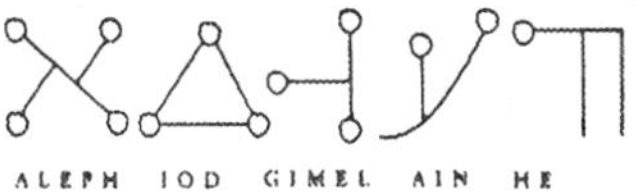

Gray secoua la tête, ne voyant là rien de significatif.

Vigor sortit un stylo et inscrivit une lettre sous chaque mot.

— A. I. G. A. H., dit-il.

— C'est le nom d'un ange, ça ? s'enquit Kowalski.

— Pas d'un ange, mais c'est bien un nom, dit Vigor. Ce que vous devez comprendre, c'est que Trithemius a basé son alphabet sur l'hébreu, persuadé que chaque lettre hébraïque recèle un pouvoir. Même de nos jours, les pratiquants de la Kabbale croient qu'une certaine forme de sagesse divine réside dans l'apparence même des lettres de l'alphabet hébreu. Trithemius a juste prétendu que son écriture angélique était la distillation la *plus pure* de l'hébreu.

Gray se pencha, commençant à voir où il voulait en venir.

— Et l'hébreu se lit de droite à gauche.

Seichan posa un doigt sur la feuille et lut à l'envers.

— H. A. G. I. A.

— *Hagia,* prononça Vigor. En grec, ce mot signifie « divin ».

Gray plissa les yeux puis...

Bien sûr.

— Quoi ? fit Seichan.

Kowalski se gratta la joue, tout aussi perdu.

Vigor se leva, les incitant tous à l'imiter. Il se dirigea vers le muret, leur montrant la ville.

— Lors de son voyage de retour, Marco Polo a traversé Istanbul qui s'appelait Constantinople à l'époque. C'est ici qu'il a quitté l'Asie pour enfin revenir en Europe, un carrefour significatif.

Il tendit un bras vers un des anciens monuments de la ville. Gray l'avait déjà remarquée : une basilique trapue et immense, à moitié cachée par des échafaudages noirs en raison de travaux de restauration.

— Sainte-Sophie, dit-il.

Vigor acquiesça.

— Ou Hagia Sophia en grec. Elle a été la plus grande église du monde chrétien. Marco lui-même s'est émerveillé de ses dimensions. On croit souvent que Sainte-Sophie est la traduction de Hagia Sophia mais, en fait, son nom véritable serait plutôt église de la Divine Sagesse. Ce qui peut aussi être interprété comme église de la Sagesse *angélique.*

— Alors, c'est là que nous devons aller ! dit Seichan. La première clé doit y être cachée.

Elle fit volte-face.

— Pas si vite, jeune dame, fit Vigor.

Il fouilla à nouveau dans son sac à dos pour en sortir cette fois un objet enveloppé dans un tissu. Le posant délicatement sur la table, il découvrit une petite barre en or. Le métal terni semblait très ancien. Un trou avait été percé à une extrémité et sa surface était couverte par une écriture cursive.

— Pas angélique, dit Vigor, remarquant l'intérêt de Gray pour les lettres. C'est du mongol. Il est écrit : « Par la force du ciel éternel, sacré soit le nom du Khan. Que celui qui ne lui témoigne pas sa révérence soit exécuté. »

— Je ne comprends pas, dit Gray. Ceci appartenait-il à Marco Polo ? Qu'est-ce que c'est ?

— En chinois, cela s'appelle un *paitzu.* En mongol, un *gerege.*

Trois regards vides le fixèrent.

— Dans le jargon moderne, ce serait un passe VIP. Un voyageur ayant sur lui ce passeport pouvait exiger des chevaux, des hommes, des bateaux, n'importe quoi sur les terres gouvernées par Kubilai Khan. Refuser une telle aide était punissable de mort. Le Khan accordait ces passes aux émissaires travaillant à son service.

— Sympa, fit Kowalski en sifflant.

— Et les Polo s'étaient vu remettre un de ces sauf-conduits ? demanda Seichan.

— Ils en avaient reçu trois, en fait. Un pour chacun d'entre eux. Marco, son père et son oncle. On raconte une anecdote à propos de ces sésames. Une histoire assez célèbre. Quand les Polo sont rentrés à Venise, on a dit que personne ne les a reconnus. Les trois hommes étaient arrivés épuisés, dans un seul navire. On aurait pu les prendre pour des mendiants. Nul ne voulait croire qu'ils étaient les Polo, depuis si longtemps partis. Après avoir posé un pied sur la terre ferme, les trois ont ouvert les ourlets de leurs vêtements et une énorme quantité d'émeraudes, de rubis, de saphirs et d'argent a jailli. Un véritable trésor qui comprenait aussi ces trois *paitzus* en or, décrits avec un luxe de détails. Mais, après cela, les passeports dorés se sont volatilisés. Tous les trois.

— Trois ? Comme les clés de la carte, commenta Gray.

— Où avez-vous trouvé celui-ci ? s'enquit Seichan. Dans un des musées du Vatican ?

— Non, dit Vigor en tapotant son carnet de notes avec l'écriture angélique. Avec l'aide d'un ami, je l'ai découvert sous la dalle de marbre sur laquelle se trouvait cette inscription. Dans une cache secrète taillée dans l'épaisseur du marbre.

Comme le crucifix du frère, pensa Gray. *Caché dans la pierre.*

Seichan poussa un petit juron. Encore une fois, la réponse s'était trouvée sous son nez.

— Je crois, enchaîna Vigor, que celui-ci est bien l'un des *paitzus* offerts aux Polo. Et je crois aussi que c'est la première clé.

— Donc, l'indice menant à Hagia Sophia... commença Gray.

— ... mène à la *deuxième* clé, conclut Vigor. Deux passeports manquants, deux autres clés manquantes.

— Mais comment pouvez-vous en être aussi sûr ? fit Seichan.

Vigor retourna le petit lingot d'or. Sculpté avec précision, un symbole unique ornait le verso. Un caractère angélique.

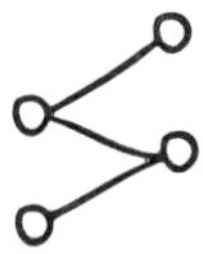

— Voilà la première clé, dit Vigor.

Gray savait qu'il avait raison. Il leva les yeux vers l'imposante basilique. Hagia Sophia. La deuxième clé devait y être cachée, mais le bâtiment était immense. Autant trouver une aiguille d'or dans une botte de foin. Ils en auraient pour des jours.

Vigor avait deviné son inquiétude.

— J'ai déjà envoyé quelqu'un à l'église. Un historien d'art du Vatican qui m'a aidé à la tour des Vents avec l'énigme angélique.

Gray hocha la tête. En étudiant la lettre, il ne pouvait se défaire d'une autre inquiétude. Pour ses deux amis. Monk et Lisa. Déjà en danger. S'il ne parvenait pas à contacter Washington en toute sécurité, il existait peut-être un autre moyen de les aider : en devançant la Guilde.

En trouvant la Cité des Morts pour découvrir le remède.

Avant la Guilde.

Dans le soleil matinal, Gray contempla Istanbul. En fait, depuis sa fondation, l'antique cité avait toujours été un carrefour culturel et géographique. Au nord, se trouvait la mer Noire, au sud la Méditerranée, reliées par le détroit du Bosphore, un axe majeur pour le commerce et la navigation. Mais plus important encore, Istanbul était à cheval sur deux continents : un pied en Europe et l'autre en Asie.

On pouvait en dire autant pour la place de la cité dans le temps.

Un pied dans le présent, un autre dans le passé.

Un carrefour.

Tandis qu'il réfléchissait à cela, un téléphone portable sonna. Vigor le récupéra dans une des poches latérales de son sac à dos. Il regarda l'identité de l'appelant et fronça les sourcils.

— C'est un numéro de Washington.

— Sans doute M. Crowe, le prévint Gray. Ne dites rien. Soyez aussi bref que possible pour éviter qu'on ne nous localise. Il faudrait même enlever la batterie après l'appel.

Devant tant de paranoïa, Vigor leva les yeux au ciel.

— *Pronto,* répondit-il.

Il écouta quelques secondes, de plus en plus sombre.

— *Chi parla ?* demanda-t-il avec une certaine colère.

Ce qu'il entendit lui fit tendre l'appareil à Gray.

— C'est le directeur ? chuchota celui-ci.

— Non. Vous feriez mieux de le prendre.

Il reconnut sur-le-champ l'accent égyptien. Les mots de Nasser le glacèrent.

— Je tiens votre mère et votre père.

8

Le patient zéro

6 juillet, 12 h 42
À bord du Mistress of the Seas

Bon, y a pas de honte à jouer les larbins...

Debout dans l'ascenseur, Monk équilibra le plateau-repas sur sa paume, son fusil d'assaut sur l'autre épaule. Un morceau d'ABBA tombait du plafond, une version acoustique. Le trajet depuis les cuisines du paquebot jusqu'au pont supérieur fut assez long pour qu'il se mette à le fredonner.

Arg !

Les portes s'ouvrirent enfin, le libérant face à un grand couloir au bout duquel deux gardes flanquaient une double-porte. Il s'avança vers eux, marmonnant dans sa barbe, répétant les mots de malais que Jessie lui avait appris. Le jeune homme avait aussi volé un peu de teinture pour lui foncer le visage et les mains à la manière des autres pirates. Comme le cadavre dans la cabine de Lisa que Monk avait discrètement flanqué par-dessus bord.

Un de moins.

Pour compléter son déguisement, il gardait son turban enroulé autour de la moitié inférieure de son visage.

Depuis la veille, Jessie tentait de lui enseigner quelques phrases courantes en malais, la langue officielle des pirates. Malheureusement, Monk n'en avait pas retenu assez pour passer le cordon de sécurité établi autour de Lisa. Toujours en compagnie de Jessie, il avait exploré le navire et découvert que tous les chercheurs avaient été réunis sur un seul pont, tandis que les équipes médicales continuaient à soigner les malades partout ailleurs.

Lisa faisait partie des scientifiques isolés sous bonne garde. Seule l'élite des pirates, placée sous la supervision immédiate de leur chef, un Maori tatoué nommé Rakao, était affectée à cette surveillance. La salle radio était gardée avec la même efficacité. Jessie l'avait appris en se glissant parmi les pirates, mettant à profit sa connaissance de la langue.

En fait, depuis la veille, Monk en était réduit à lui servir de garde du corps. Il ne pouvait pas faire grand-chose d'autre. Même s'il avait tenté un assaut à la John Wayne, il aurait eu peu de chance de s'en tirer avec Lisa. Et pour aller où ? Le paquebot fonçait de toute la puissance de ses moteurs. Sauter à la mer n'était pas la solution la plus sage.

Plus tôt dans la matinée, Monk avait pu se rendre sur un pont ouvert. Le *Mistress of the Seas* croisait désormais dans l'archipel indonésien. Ils étaient perdus au milieu d'un dédale d'atolls, des milliers d'ilots tapissés de jungle. Même s'ils parvenaient à s'évader, à nager jusqu'à une de ces îles, on les y retrouverait sans mal.

À condition, bien sûr, d'avoir échappé aux requins-tigres.

Il avait donc renoncé à jouer les cow-boys.

Mais cela ne signifiait pas qu'il devait rester sans rien faire.

Comme par exemple maintenant.

Il pouvait servir le déjeuner.

C'était un bon plan. Ne serait-ce que pour entrer en contact avec Lisa. Lui faire savoir qu'elle n'était pas seule, et surtout qu'ils devaient se tenir prêts quand le moment serait venu de passer à l'action. Comme il ne pouvait l'atteindre directement, il avait besoin d'un intermédiaire.

Il arriva à la double porte. Il montra son plateau aux deux gardes en marmonnant quelque chose qui devait signifier « ils ont demandé leur déjeuner ».

L'un d'entre eux se retourna pour cogner la crosse de son arme sur la porte. Un autre garde, posté à l'intérieur, l'ouvrit. Découvrant Monk, il lui fit signe d'entrer dans la suite présidentielle.

Un maître d'hôtel en queue-de-pie l'accueillit et essaya de lui prendre le plateau. Mais, jouant à fond le méchant pirate, Monk émit un *grrr* féroce qui ne nécessitait aucune traduction avant de le repousser sans ménagement. Le pauvre homme tituba, les bras battant l'air, ce qui provoqua un ricanement de la part du garde à la porte.

Monk pénétra dans le salon principal. Un nuage de fumée flottant au-dessus d'une chaise longue sur le balcon lui permit de découvrir son objectif.

Ryder Blunt prenait le soleil en peignoir éponge aux armes du bateau, maillot de bain à fleurs, chevilles croisées. Il fumait un barreau de chaise en contemplant les îlots qui défilaient. Plus loin, un amas de nuages noirs grimpait à l'horizon.

Quand Monk le rejoignit, le milliardaire ne lui accorda même pas un regard. Ah, les riches, jamais un œil pour le petit personnel. À moins que ce ne soit que du dédain pour ce pirate qui lui apportait son repas. Le maître d'hôtel avait déjà dressé la table.

Argent, cristal et nappe en tissu repassée.

Sympa d'être le roi.

Monk se pencha pour poser le plateau sur la table, lui murmurant à l'oreille.

— Restez calme. Je suis Monk Kokkalis.

La seule réaction du milliardaire fut un lâcher de fumée un peu plus prolongé.

— Le partenaire du Dr Cummings, chuchota-t-il en réponse. Nous vous croyions morts. Les pirates ont tenté de vous...

Monk n'avait pas le temps d'expliquer.

— Ouais, y en a qui n'ont pas digéré leur crabe.
Le maître d'hôtel se présenta à la porte du balcon.
Ryder le renvoya.
— Ce sera tout, Peter. Merci.
Monk déchargea son plateau avant de soulever une des deux cloches d'argent, révélant deux petites radios.
— Le plat de résistance, pour Lisa et vous. Et, n'oublions pas… ajouta-t-il en passant à l'autre, le dessert, bien sûr.
Deux pistolets de petit calibre.
Un pour Ryder et un pour Lisa.
Le milliardaire ouvrit de grands yeux. Monk vit qu'il avait compris.
— Quand… ?
— Nous nous coordonnerons avec les radios. Canal huit. Les pirates ne l'utilisent pas.
Jessie et lui avaient communiqué toute la journée sans dommage.
— Pourrez-vous transmettre la radio et le flingue à Lisa ?
— Je ferai de mon mieux, dit Ryder, mais il enchaîna par un hochement de tête déterminé.
Monk se redressa. Il ne pouvait s'attarder pour ne pas éveiller la suspicion des gardes.
— Oh, et il y a du pudding au riz dans le dernier plat.
Tandis qu'il s'éloignait, il entendit la réaction de Ryder.
— Dégueulasse… qui a eu un jour l'idée de foutre du riz dans le pudding ?
Monk soupira. Les riches n'étaient jamais aussi heureux que quand ils avaient à se plaindre. Il arriva à la double porte. Un des gardes lui demanda quelque chose en malais.
Pour toute réponse et l'air très occupé, Monk s'enfonça un doigt dans le nez en baragouinant une phrase incompréhensible tout en poursuivant son chemin vers l'ascenseur.
Par chance, la cabine était toujours là. Il plongea à l'intérieur, juste à temps pour entendre démarrer le nouveau morceau d'ABBA.
Il gémit.
La radio à sa ceinture grésilla. Il la porta à ses lèvres.
— Quoi ?

— Retrouvez-moi à la chambre, dit Jessie. Je suis en train d'y descendre.

Ils avaient trouvé une cabine vide dont ils avaient fait leur base d'opérations.

— Qu'est-ce qui se passe ?

— Je viens de l'apprendre. Le capitaine du navire pense arriver dans un port aujourd'hui. Ils poussent les moteurs pour y être avant la nuit. D'après la météo, un embryon de tempête se déplace sur l'Indonésie et devrait se transformer en typhon. Ils sont obligés de mouiller.

— D'accord, à tout de suite, dit Monk.

Il ferma les yeux. Voilà peut-être que la chance leur souriait enfin. Il effectua un petit calcul mental tandis que ses lèvres fredonnaient machinalement les paroles de *Take a Chance on me*.

Sympa, cette chanson.

13 h 02

Lisa contemplait sa patiente. La femme portait une chemise d'hôpital bleue d'où émergeaient tuyaux et fils électriques. Deux infirmiers attendaient dans l'autre pièce.

Lisa avait demandé un moment d'intimité.

Elle se tenait près du lit, luttant contre sa culpabilité.

Elle connaissait par cœur les données concernant la malade : un mètre soixante-sept, cinquante kilos, une cicatrice d'appendicectomie. Les radios avaient révélé une vieille fracture guérie à l'avant-bras gauche. Le dossier que la Guilde avait constitué révélait même les causes de cette fracture : une rencontre inopinée entre un skate et un trottoir à l'âge de dix-neuf ans.

Lisa avait aussi mémorisé les résultats d'analyses de sang : enzymes du foie, urée sanguine, créatinine, décompte des plaquettes et globules ; sans parler de ses dernières analyses d'urine et résultats de cultures fécales.

Près du lit, un plateau d'instruments impeccablement rangés : otoscope, ophtalmoscope, stéthoscope, endoscope. Elle les avait tous utilisés ce matin. Sur une table de chevet, étaient repliés à la manière d'un accordéon les électrocardiogrammes et électroencéphalogrammes de la nuit précédente. Elle les avait soigneusement examinés. Depuis la veille, elle avait lu tout l'historique de la patiente et l'essentiel de ce que les virologues et bactériologistes de la Guilde avaient trouvé.

La femme n'était pas dans le coma, mais plongée dans une stupeur catatonique. Elle présentait une *cerea flexibilitis*, une flexibilité cireuse, marquée. Quand on déplaçait un de ses membres, il restait dans cette position, comme un mannequin. Même si celle-ci était douloureuse... comme Lisa l'avait elle-même testé.

Désormais, elle savait tout de la physiologie de cette patiente.

Épuisée, elle prit un moment pour mieux l'observer.

Pas avec des instruments, pas avec des tests, mais avec de l'empathie.

Voir la femme derrière les résultats d'examen.

Le Dr Susan Tunis était une chercheuse reconnue, à la carrière prometteuse. Elle avait aussi trouvé l'homme de ses rêves. En dehors du fait qu'elle était mariée depuis cinq ans, sa vie semblait une réplique de celle de Lisa. Son état actuel ne faisait que lui rappeler la fragilité de leurs existences, de leurs attentes, de leurs espoirs et de leurs rêves.

Elle tendit ses doigts gantés pour serrer la main qui reposait sur les draps.

Pas de réaction.

Elle entendit la porte de la suite s'ouvrir dans l'autre pièce, puis la voix du Dr Patanjali.

Elle lâcha la main de Susan.

Et se retourna au moment où Devesh pénétrait dans la chambre. Son ombre, Surina, resta dans le salon, se glissant dans un fauteuil, les mains sagement croisées sur les cuisses. La parfaite compagne... soumise et fatale.

Devesh posa sa canne près de la porte avant de rejoindre Lisa.

— Je constate que vous avez fait plus ample connaissance avec notre patient zéro ce matin.

Lisa attendit la suite. C'était la première fois que Devesh s'adressait véritablement à elle depuis qu'il l'avait laissée à son étude de cas. Il avait passé davantage de temps avec Henrick au laboratoire de toxicologie et avec Miller à celui des maladies infectieuses. Lisa avait pris ses repas seule ici.

— Maintenant que vous vous êtes fait une image plus précise de ma patiente préférée, que pouvez-vous me dire à son sujet ?

S'il souriait, Lisa sentit la menace qui planait derrière cette question.

Elle pensa au meurtre de Lindholm. Ces gens avaient tué un homme dans l'unique but de leur donner une leçon : soyez utiles. Devesh attendait des résultats de sa part, des inspirations qu'aucun autre chercheur n'avait eues. Et s'il l'avait laissée seule aussi longtemps avec la patiente, c'était pour l'isoler de tout parti pris.

Il voulait son avis personnel sur la situation.

Mais elle n'oubliait pas ce qu'il avait dit à propos du virus et de la femme.

Elle est en train d'incuber.

Lisa se tourna vers la patiente et dévoila son avant-bras. Selon les rapports médicaux, celui-ci avait été couvert de cloques et d'éruptions sanglantes. Pourtant, maintenant, sa peau était absolument intacte. Il semblait que le virus faisait *plus* qu'incuber en elle.

— Cette souche Judas est en train de la soigner, dit-elle, consciente qu'on était en train de la tester. En fait, le virus a soudain décidé d'inverser ce qu'il avait commencé à faire. Pour une raison que j'ignore, il est en train de rendre à ses bactéries leur état originel bénin.

Il acquiesça.

— Il est en train de chasser les plasmides qu'il avait introduits dans les bactéries. Mais pourquoi ?

Elle secoua la tête. Elle ne le savait pas. Pas de façon certaine.

Devesh esquissa un sourire étonnamment chaleureux.

— Oui, nous aussi, nous collons là-dessus.
— Mais j'ai une hypothèse, dit-elle.
— Vraiment ?
Il semblait surpris.
Lisa se tourna face à lui.
— Son corps étant en train de guérir, je me suis demandé pourquoi elle restait plongée dans cet état catatonique. Une telle stupeur peut être due à un coup sur la tête, à une maladie cérébro-vasculaire ou métabolique, à une drogue ou alors à une encéphalite.
Elle avait insisté sur ce dernier mort.
Une *encéphalite.*
Une inflammation du cerveau.
— J'ai noté l'absence pour le moins curieuse d'un examen parmi tous les rapports que vous m'avez donnés. Une ponction lombaire avec analyse du fluide cérébrospinal. J'imagine pourtant qu'elle a bien été effectuée.
— *Bahut sahi.* Excellent. Oui, elle a été effectuée.
— Et vous avez trouvé la souche Judas dans ce fluide.
Nouveau hochement de tête.
— Vous disiez que le virus n'infecte que les bactéries, les transformant en bestioles mortelles, et qu'il ne peut envahir directement les cellules humaines. Mais cela ne signifie pas qu'il ne peut pas flotter dans le liquide céphalo-rachidien. C'est ce que vous vouliez dire en parlant d'*incubation.* Le virus se trouve à l'intérieur de sa tête.
— Oui, fit-il avec un soupir, c'est en effet là qu'il semble vouloir aller.
— Et pas juste chez cette patiente.
— Non, c'est le cas de toutes les victimes... du moins, toutes celles qui ont survécu à l'attaque bactérienne initiale.
Il se dirigea vers un coin de la pièce où avait été installé un ordinateur et se mit à taper sur un clavier, allumant divers écrans.
Lisa continua à parler tandis qu'il travaillait.
— Aucun organisme n'est méchant par nature. Pas même un virus. S'il transforme les bactéries en machines mortelles, c'est pour obéir à un besoin. Et si l'on considère l'immense

éventail de bactéries qu'il affecte, cela ne peut être un pur hasard. Je me suis donc demandé : que gagne-t-il en agissant ainsi ?

Devesh hocha la tête, l'encourageant à continuer. Mais il était clair que tout cela n'était en rien nouveau pour lui. Il continuait à la tester.

— Donc, reprit-elle, que gagne-t-il ? L'accès à un territoire interdit : le cerveau humain. Le Dr Barnhardt a mentionné le fait que quatre-vingt-dix pour cent de notre corps sont non humains. Pour l'essentiel, des cellules bactériennes. Notre crâne est un des rares endroits qui reste interdit aux infections virales ou bactériennes. Nos corps ont développé une barrière sang-cerveau quasi impénétrable. Un filtre qui ne laisse pratiquement que l'oxygène et les nutriments atteindre le cerveau.

— Donc, si quelque chose voulait pénétrer nos cerveaux... ?

— Il lui faudrait provoquer une attaque d'une ampleur considérable pour affaiblir nos défenses. En dressant nos propres bactéries contre nous-même, le virus nous affaiblit assez pour franchir cette barrière et se glisser dans notre fluide cérébral. Voilà l'avantage biologique qu'il trouve en rendant nos bactéries toxiques.

— Vous êtes stupéfiante, dit Devesh. Je savais qu'il fallait vous garder en vie.

En dépit du compliment contenu dans ces mots, Lisa n'en tira guère de réconfort. La menace était elle aussi trop explicite.

— Donc, la question ultime est *pourquoi,* continua Devesh. Pourquoi le virus veut-il s'introduire dans nos têtes ?

— La douve du foie, dit Lisa.

Le coq-à-l'âne fut assez bizarre pour surprendre Devesh.

— Je vous demande pardon ?

— La douve du foie est un exemple de la détermination de la nature. La plupart des parasites ont un cycle de vie qui implique trois hôtes. La douve du foie humain produit des œufs qui sortent du corps par les fèces qui sont chassées dans les égouts puis dans les canalisations et enfin consommées par des escargots. Ces œufs éclosent ensuite et donnent naissance à de petits vers qui quittent les escargots et cherchent ensuite leur hôte suivant : des poissons. Le poisson est ensuite attrapé, consommé par l'homme où les vers voyagent jusqu'au foie où ils croissent pour devenir des douves adultes qui dès lors vivent heureuses et en bonne santé.

— Tout cela pour en arriver où ?

— La souche Judas imite peut-être ce modèle. Surtout si vous considérez la *petite* douve du foie. *Dicrocoelium dendriticum.* Elle aussi utilise trois hôtes : mouton, escargot et fourmi. Mais le plus curieux, selon moi, c'est ce qu'elle fait quand elle en est à l'étape fourmi.

— C'est-à-dire ?

— À l'intérieur de la fourmi, la douve contrôle les centres nerveux de l'insecte, modifie son comportement. Par exemple, quand le soleil se couche, la douve incite la fourmi à grimper sur un brin d'herbe, à verrouiller ses mandibules pour attendre d'être mangée par une vache ou un mouton. Si elle n'est pas mangée, la fourmi retourne chez elle au lever du soleil… jusqu'à la fin de la journée suivante où elle recommence. La douve conduit littéralement la fourmi comme une voiture.

— Et vous pensez que c'est ce que fait le virus ?

— Peut-être, d'une certaine manière. Mais si j'ai parlé de cela, c'est surtout pour vous rappeler à quel point la nature peut être insidieuse face à un nouveau territoire à explorer. Et le cerveau, stérile et impénétrable, est sans doute un territoire vierge. La nature va tenter de l'explorer, de l'exploiter, comme la douve avec la fourmi.

— Brillant. C'est à n'en pas douter un axe de recherche. Mais le cycle que vous venez de décrire ne tourne peut-être pas si rond.

Devesh avait chargé une vidéo sur l'ordinateur.

— J'ai mentionné le fait que le virus avait pénétré le fluide cérébrospinal de tous les patients qui avaient survécu à l'attaque bactérienne initiale. Voici ce qui se passe quand il y parvient.

Il appuya sur le bouton *play*.

Une vidéo muette démarra. Deux infirmiers vêtus de blanc tentaient de maîtriser un homme nu pris de convulsions. Celui-ci avait la tête rasée et les électrodes implantées sur sa poitrine et son crâne étaient reliées à des appareils de mesure. Bavant, écumant, il se débattait avec férocité. Malgré son visible état de faiblesse – il était couvert de cloques noirâtres et sanglantes –, il parvint à libérer un de ses bras. Telle une serre, une main se referma sur l'avant-bras d'un des infirmiers... que le patient mordit jusqu'au sang.

La vidéo s'arrêta.

— Nous recevons déjà des rapports similaires de réactions maniaques de la part d'autres malades. Ceux qui ont été les premiers exposés.

— Il s'agit peut-être d'une autre forme de catatonie. La *stupeur* catatonique n'est que l'une d'entre elles, dit Lisa en montrant la patiente dans le lit. Mais la réaction inverse existe aussi, son image miroir : l'*excitation* catatonique. Caractérisée par une extrême hyperactivité, des rictus faciaux, des hurlements animaux et une violence psychotique.

— Deux faces de la même pièce, marmonna Devesh en étudiant la femme prostrée.

— L'homme dans ce film, demanda Lisa qui avait remarqué que la vidéo n'avait pas été tournée à bord du bateau, qui était-ce ?

Devesh hocha la tête en direction du lit.

— Son mari.

Cette révélation surprit et choqua Lisa. Elle fixa la femme inconsciente. *Son mari...*

— Ils ont été exposés en même temps, dit Devesh. On les a retrouvés sur un yacht venu s'échouer sur un récif près de l'île Christmas. Votre John Doe en bas, avec la maladie dévoreuse de chairs, a dû nager jusqu'au rivage. Nous avons récupéré ces deux-là à bord du yacht. Trop faibles, proches de la mort.

Voilà donc comment la Guilde avait découvert cette situation.

— Ce qui, bien sûr, enchaîna Devesh, appelle la question suivante : pourquoi son mari a-t-il subi cette attaque schizoïde, alors qu'elle est en voie de guérison de ses plaies externes en restant par chance plongée dans cette agréable stupeur ? Nous croyons possible que la réponse à cette question nous mette sur la voie d'un remède valable pour tous.

Lisa ne le contredit pas. Elle n'était pas idiote. En dépit de ce que racontait Devesh, elle savait que l'opération de la Guilde n'avait aucune visée altruiste. Ils n'avaient nullement l'intention de « sauver le monde ». À vrai dire, ils voulaient pouvoir se servir de ce virus et, pour cela, ils devaient le comprendre, le contrôler. Développer un antidote ou un remède. À cet égard, les buts de Lisa n'étaient pas si différents de ceux de la Guilde. Il *fallait* trouver un remède. Seul problème : comment faire sans l'offrir à la Guilde ?

Devesh se dirigea vers la porte.

— Vous avez fait de remarquables progrès, docteur Cummings. Je vous félicite. Mais demain est un autre jour. Et il nous faudra d'autres progrès.

Il se tourna vers elle, un sourcil haussé.

— Nous nous comprenons, j'espère ?

Elle acquiesça.

— Excellent.

Nouveau silence.

— Oh, et notre estimé hôte à bord de ce navire, sir Ryder Blunt, nous invite à un cocktail dans sa suite cet après-midi. Une petite célébration.

— En quel honneur ?

— En l'honneur de notre arrivée au port, expliqua Devesh. Nous sommes presque chez nous.

Voilà qui ne donnait guère envie à Lisa de trinquer.

— J'ai beaucoup de travail.

— Ridicule. Vous viendrez. Cela ne durera pas très longtemps et vous permettra de faire une pause bien méritée. Oui, l'affaire est réglée. Rakao viendra vous chercher. Veuillez, s'il vous plaît, revêtir une tenue appropriée.

Il s'en alla, toujours suivi par son ombre. Surina.

Lisa secoua la tête.

Et regarda vers le lit.

Le Dr Susan Tunis.

— Je suis désolée, murmura-t-elle.

Pour le mari de cette femme et pour tout ce qui risquait de survenir.

Lisa repensa à la comparaison qu'elle avait faite, comment la vie de cette femme et la sienne suivaient des voies parallèles. Elle revit le mari de Susan, en pleine crise de démence. Pour la millième fois, elle regretta de ne pas être restée à Washington auprès de Painter.

Elle lui avait encore parlé ce matin. Un autre de leurs débriefings obligatoires. Cette fois, elle n'avait rien tenté, racontant que tout allait bien. Mais elle avait fini la communication en larmes.

Elle voulait sentir ses bras autour d'elle.

Mais il n'y avait qu'un seul moyen pour que cela se produise.

Se rendre utile.

Elle s'empara de l'ophtalmoscope. Avant de se rendre à ce cocktail ridicule, elle voulait s'intéresser à une aberration, quelque chose dont elle n'avait pas parlé à Devesh.

Quelque chose qui était sûrement impossible.

2 h 02
Washington DC

Trop tard.

Incapable d'attendre l'ascenseur, Painter descendait deux par deux les marches du Phoenix Park Hotel. Une équipe scientifique de Sigma examinait la chambre 334 et il avait laissé une paire d'agents du FBI en pleine engueulade avec les flics du coin.

Tous s'accusant de piétiner leurs plates-bandes respectives.

C'était du délire.

Quoi qu'il en soit, il était peu probable qu'ils trouvent le moindre indice ici.

Une heure plus tôt, on l'avait réveillé alors qu'il venait de fermer l'œil sur un canapé du Q.G. Ils tenaient enfin un début de piste. Une ordonnance renouvelée pour Jackson Pierce. Le numéro de sécurité sociale correspondait. C'était le premier signe tangible depuis que Gray et son groupe avaient fui la planque incendiée. Painter avait introduit tous les alias connus de Gray, ainsi que les noms de ses parents, dans le réseau de surveillance de la NSA.

Il avait aussitôt envoyé une équipe à la pharmacie et pris la tête de la seconde pour se rendre à l'adresse de livraison des médicaments. Le Phoenix Park Hotel. La pharmacie avait confirmé la livraison mais leur livreur n'était toujours pas revenu. Une tentative pour joindre le jeune homme sur son portable avait échoué. La pharmacie avait même essayé d'appeler l'hôtel mais personne n'avait décroché dans la chambre.

À son arrivée, Painter n'avait pas tardé à en découvrir la raison. Celle-ci était déserte. Ceux qui avaient résidé là avaient quitté l'hôtel. Le registre avait été signé par Fred et Ginger Rogers, un couple de personnes assez âgées selon l'employée. Ils étaient seuls. Et avaient payé en liquide. Gray n'était, semble-t-il, pas avec eux. Ce qui n'avait rien d'étonnant : il n'aurait pas commis l'erreur de passer cette commande sachant qu'elle déclencherait automatiquement l'alerte.

Qu'est-ce qui avait poussé ses parents à prendre un tel risque ? Harriet était une femme brillante. Ce qui signifiait que le besoin pour ces médicaments était pressant. Dans ce cas, pourquoi n'avaient-ils pas attendu le livreur ? Pour les lancer sur une fausse piste ?

Painter n'en croyait rien. Gray n'utiliserait jamais ses parents ainsi. Au contraire, il les obligerait à se cacher et à ne plus bouger. Il y avait donc un problème. Personne n'avait vu le vieux couple partir.

Sans parler du livreur disparu.

Painter pénétra dans le hall de réception.

L'air mortifié, le responsable de nuit lui fit aussitôt signe.

— J'ai fait préparer la cassette de la vidéo de surveillance de la réception

Il le conduisit dans un bureau. Une télévision munie d'un magnétoscope était posée sur un placard de rangement.

— Réglez-la sur une heure du matin, demanda Painter en consultant sa montre.

L'homme fit avancer la cassette en marche rapide jusqu'au moment indiqué. La réception était déserte, à l'exception d'une femme derrière le bureau qui remplissait des papiers.

— Louise, la présenta le responsable. Elle est assez secouée par cette histoire.

Painter ne répondit pas, occupé par ce qui se passait sur l'écran.

La porte donnant sur la rue s'ouvrit et une silhouette en veste blanche s'avança vers la réception. Elle présenta quelques papiers avant de se diriger vers les ascenseurs.

Louise reprit son travail.

— Votre réceptionniste a-t-elle vu le livreur repartir ?

— Je peux le lui demander...

Painter pressa le bouton pause tandis que la silhouette rajustait sa veste.

Une femme.

Pas *le* livreur.

Le film était granuleux mais on distinguait le caractère asiatique des traits de l'inconnue. Painter la reconnut sur-le-champ. Il l'avait vue sur une autre vidéo de surveillance. À la planque.

Elle faisait partie de l'équipe de Nasser.

Il poussa le bouton d'éjection, récupéra la cassette et fit volte-face avec une telle soudaineté que le responsable eut un geste de recul. Painter brandit la cassette.

— Pas un mot de cela à quiconque, dit-il en fixant l'autre de son regard le plus intimidant. Ni à la police. Ni au FBI.

Le type hocha vigoureusement la tête.

Painter quitta la pièce avec des envies de meurtre.

Il savait ce qui s'était passé ici.

Nasser avait enlevé les parents de Gray.

Sous leurs nez.

Ce salopard avait devancé Sigma de quelques minutes. Et Painter ne pouvait tenir une taupe quelconque pour responsable. La raison de leur lenteur était évidente. La bureaucratie. Le passé de terroriste de Seichan avait mis tous les services en alerte, ce qui signifiait que chacun marchait sur les pieds de son voisin. Trop de commandants à la barre du navire… et tous aveugles.

À la différence de Nasser.

Toute la journée, Painter s'était retrouvé face à des barrages, la plupart dressés par telle ou telle agence fière de ses prérogatives. Sigma faisant l'objet d'un audit, les autres services se ruaient pour la curée. Celui qui ferait tomber la Guilde aurait droit à la reconnaissance éternelle du pays. À partir de là, une coopération réelle relevait du domaine du rêve.

Si Painter voulait coincer Nasser, il devait trancher le cordon rouge qui lui liait les mains. Il n'y avait qu'un seul moyen d'y parvenir. Il sortit son portable. Au diable, la diplomatie.

Il pressa une touche d'appel automatique.

À l'autre bout de la ligne, son secrétaire décrocha.

— Brant, mettez-moi en communication avec le directeur McKnight. Sur une ligne sécurisée.

— Bien sûr, monsieur. Mais j'allais justement vous appeler. Les Communications viennent de nous faire part de nouvelles curieuses. À propos de l'île Christmas.

Il fallut un moment à Painter pour passer d'un sujet à l'autre.

— Que se passe-t-il ? demanda-t-il devant la porte à tambour de l'hôtel.

— Les détails sont assez flous. Mais il semble que le navire de croisière qui a permis d'évacuer l'île a été détourné.

— Quoi ?

— Un des scientifiques envoyés par l'OMS a pu s'échapper. Il s'est servi d'une radio à ondes courtes qui lui a permis de joindre un tanker naviguant dans la zone.

— Lisa et Monk… ?

— Pas de nouvelles, mais nous en apprenons davantage à chaque seconde.

— J'arrive tout de suite.

Il poussa la porte. L'air frais de la nuit ne lui fit aucun effet. Son cœur cognait, il avait du mal à respirer.

Lisa...

Il repensa à sa dernière conversation avec elle. Elle avait paru fatiguée, peut-être un peu sur les nerfs, ce qu'il avait mis sur le compte du manque de sommeil. L'avait-on forcée à passer ces appels ?

Cela n'avait aucun sens.

Qui aurait l'audace de détourner un paquebot ? Un truc aussi énorme attirerait l'attention du monde entier. Surtout à l'ère des satellites de surveillance.

On ne pouvait pas cacher un navire de cette taille. Nulle part au monde.

15 h 48
À bord du Mistress of the Seas

Monk en resta bouche bée.

Doux Jésus...

Il se tenait sur le pont tribord, seul, attendant Jessie. Une île cernée de brume se dressait juste devant lui. Des falaises surgissaient de l'océan pour grimper droit vers le ciel, n'offrant ni plage ni port. Avec ses pics escarpés, l'endroit ressemblait à une grosse couronne de pierres dévorée par la jungle.

À l'arrière-plan, les cieux noirs la rendaient plus lugubre encore. Le navire s'était lancé dans une course de vitesse contre la tempête. Au loin, des paquets de pluie reliaient les nuages bas à l'océan couvert d'écume. Le vent se levait, giflant les drapeaux et l'obligeant à se tenir à la rambarde.

Le gros paquebot tanguait dans la houle, mettant à rude épreuve ses stabilisateurs.

Qu'est-ce qu'il foutait, le capitaine de ce rafiot ?

Ils avaient ralenti, mais leur cap restait identique : droit vers cette île inhospitalière. Elle ne semblait pas plus accueillante que les centaines qu'ils avaient déjà croisées. Pourquoi celle-ci plutôt qu'une autre ?

Toujours plein de ressources, Jessie avait glané quelques renseignements sur l'île auprès d'un des cuisiniers du navire, un natif de la région qui l'avait reconnue. Elle s'appelait Pusat, autrement dit Nombril. Selon lui, les bateaux l'évitaient. Une reine sorcière balinaise, Rangda, était née de ce nombril, et ses démons protégeaient encore son lieu de naissance, des bêtes qui surgissaient des abysses pour entraîner les malheureux qui ne se doutaient de rien vers son royaume des profondeurs.

Jessie avait aussi fourni une autre explication : *il est plus probable qu'elle soit entourée de vilains récifs et de courants traîtres.*

Était-ce si différent ?

Comme crachés par les parois rocheuses de l'île, trois hors-bord apparurent soudain. Bleus, bas sur l'eau et effilés.

D'autres pirates ?

Pas étonnant que les gens du coin n'osent pas venir ici, se dit Monk.

Il regarda autour de lui tandis que des hommes se précipitaient, braillant en malais. Il essaya de comprendre ce qu'ils disaient. Où était Jessie ? Une petite traduction ne serait pas inutile.

Il contempla à nouveau l'île.

L'archipel indonésien comptait des milliers et des milliers de criques secrètes. Pas étonnant si on considérait le fait qu'il était constitué de plus de dix-huit mille îles dont six mille seulement étaient peuplées, d'après ce que l'on savait. Ce qui laissait encore douze mille possibilités de planques.

Le trio d'embarcations venait vers eux. Puis elles se séparèrent, traçant d'élégantes courbes d'écume sur les flots. Deux d'entre elles se positionnèrent à bâbord et à tribord du navire, tandis que la troisième se postait à l'avant. Une fois en place, elles ralentirent et pointèrent leur nez vers l'île.

Une escorte.

Les hors-bord guidaient leur grand frère vers le port.

À mesure qu'ils approchaient, Monk découvrit une faille dans la façade de la falaise. En raison de son orientation, celle-ci était invisible depuis le large. Cette fente semblait étroite, trop étroite même pour permettre le passage du paquebot… autant essayer de faire passer un chameau par le chas d'une aiguille. Mais quelqu'un avait effectué les mesures et sondages appropriés, les avait comparés aux dimensions du bâtiment et à son tirant d'eau.

La proue s'inséra entre deux murs de roche noire. Le reste du paquebot n'eut d'autre choix que de la suivre. Le flanc bâbord gratta les rochers dans un hurlement qui se transforma en secousses. Monk sauta en arrière quand un éperon de falaise décrocha une paire de gilets de sauvetage et les déchiqueta.

Tout le bateau gémit.

Monk retint son souffle. Mais la passe était courte. Les falaises s'écartèrent à nouveau. Le *Mistress of the Seas* s'extirpa de la faille pour pénétrer dans un lagon de la taille d'un petit lac.

Monk se rapprocha du bastingage, éberlué. *Pas étonnant qu'ils appellent ça un nombril.*

L'île était en fait un vieux cône volcanique avec un grand lagon en son centre. Des parois déchiquetées la couronnaient. Les versants intérieurs étaient moins abrupts, tapissés de jungle et lézardés de cascades argentées au pied desquelles s'étalaient quelques plages de sable. Au fond du lagon, sur la rive, se dressaient des bâtiments couverts de palmes et des maisons en planches. Des embarcadères et des jetées en bois étaient visibles. Plusieurs bateaux étaient tirés sur le sable pour réparation ; d'autres se contentaient d'y pourrir.

Le repaire des pirates.

Quelques hors-bord fonçaient vers le grand navire pour lui souhaiter la bienvenue.

Monk ne pensait pas qu'ils venaient leur vendre des souvenirs.

Il leva les yeux, ayant remarqué comment la lumière s'était assombrie depuis qu'ils avaient franchi la passe.

Comme si les nuages de tempête s'étaient soudain rassemblés.

Mais ce n'étaient pas les nuages qui ombraient le lagon.

Waouh, ça, c'est du boulot...

Au-dessus du cône ouvert du volcan, un immense filet en toile d'araignée avait été tendu. Il semblait fait de bric et de broc, de pièces rapportées, sûrement vieilles de plusieurs décennies ou peut-être de quelques siècles. Si les sections principales étaient supportées par des câbles et des treillis d'acier tirés d'un sommet à l'autre, d'autres parties étaient formées de cordages et de filets alors que certaines, plus anciennes encore, n'étaient que palmes tressées et chaume. Cette structure recouvrait la totalité du lagon, comme un toit, une véritable merveille d'ingénierie, camouflée avec des feuilles, des lianes et des branches. Vu du ciel, le lac devait être invisible, l'île devait paraître comme une jungle continue.

Et maintenant, ce vaste filet avait capturé le *Mistress of the Seas* et l'avait caché aux yeux des curieux.

Pas bon, ça.

Les moteurs furent coupés et le navire se mit à dériver. Monk sentit la vibration au moment où les ancres étaient jetées.

Une soudaine activité à la proue attira son attention.

Il s'avança pour voir de quoi il s'agissait. D'autres pirates furent moins discrets et le dépassèrent en courant, brandissant leurs fusils d'assaut, lançant des acclamations.

— J'aime pas ça, marmonna-t-il.

Restant en retrait, il découvrit une foule réunie sur le pont avant, massée autour de la piscine. De la musique jamaïquaine explosa dans les haut-parleurs : Bob Marley et ses copains rastafariens. Les hommes s'échangeaient des bouteilles de bière, de whisky et de vodka, diversité de boissons qui témoignait du mélange de mercenaires et de pirates locaux. Une petite fête pour célébrer le retour à la maison.

Et pas de fête sans jeu.

Ils se rassemblaient à bâbord. Des fusils d'assaut se dressaient vers le ciel, accompagnés de cris d'encouragement.

On avait dévissé le plongeoir pour l'installer au-dessus du bastingage. Un malheureux était poussé sur la planche, les bras liés dans le dos. Le nez en sang, les lèvres éclatées, il avait subi un passage à tabac en règle.

S'avançant encore, Monk aperçut son visage au-dessus de la foule.

Oh non...

Jessie bredouillait désespérément en malais... mais ses paroles tombaient dans des oreilles de sourds. Un fusil l'obligea à avancer sur le plongeoir. Ces pirates-là semblaient du genre fondamentaliste et respectaient les anciennes traditions.

Monk fit un pas vers le jeune garçon.

Mais une centaine d'hommes armés le séparait de Jessie. Et que pouvait-il faire ? Se frayer un passage à coups de rafales de fusil-mitrailleur ? Ridicule.

Sa main tomba pourtant sur la crosse de son arme.

Il n'aurait jamais dû mêler ce gosse à cette histoire. Il s'était trop reposé sur lui. Jessie était parti une heure plus tôt pour dénicher une carte de la région. Monk lui avait dit de faire preuve de prudence, mais le gamin avait filé, les yeux brillants.

Un dernier gémissement et Jessie tomba de la planche. Le plongeon était long. Le choc avec l'eau fut violent. Monk se rua vers le bastingage, comme la plupart des pirates qui se tenaient là, épaule contre épaule, hurlant, sifflant et injuriant. Des paris furent lancés.

Il retint son souffle quand Jessie refit surface, moulinant avec les jambes, suffoquant. Une paire de pirates à la proue braquèrent leurs armes dans sa direction.

Bon Dieu...

Des coups de feu claquèrent, particulièrement sonores sous le filet.

Des gerbes marquèrent les impacts.

Autour de Jessie.

Les rires enflèrent.

Dans un effort désespéré, le gamin se mit sur le dos, tentant de s'éloigner du bateau en battant l'eau avec ses jambes.

Il n'avait aucune chance d'atteindre le rivage.

Un des hors-bord bleus fonçait droit vers lui, dans l'intention évidente de lui passer dessus. Mais, au dernier moment, il l'évita, le ballottant dans son puissant sillage.

Jessie cracha de l'eau. Il semblait plus furieux qu'effrayé.

Toujours sur le dos, il recommença à nager, se servant de ses bras attachés comme d'une planche et d'un gouvernail à la fois. Le gamin était solide et décidé.

Mais le hors-bord était plus rapide.

Il décrivit un demi-cercle serré sur le lagon et fonça à nouveau vers la silhouette émergée.

Un type ricanant à l'arrière de l'embarcation se dressa et leva son fusil d'assaut. Il arrosa l'eau de balles tandis que le hors-bord passait entre le paquebot et Jessie.

Monk serra les dents, sachant qu'il n'avait pu en réchapper cette fois.

Le hors-bord s'éloigna, toujours aussi rapide.

Et Jessie réapparut, toussant et crachant. Mais nageant toujours. Certains pirates l'acclamèrent.

Monk serrait la rampe de toutes ses forces. Ces fumiers s'amusaient, prolongeaient la torture.

Même s'il ne pouvait rien faire, il refusait de s'en aller.

C'est ma faute...

Jessie se dirigeait vers le rivage, sur le côté à présent, essayant de voir quelle distance il lui restait à franchir. Le hors-bord qui s'était éloigné fit demi-tour. Des rires résonnèrent sur le lagon.

Jessie moulina plus vite avec ses jambes. Soudain, il parut rebondir sur l'eau, ayant trouvé un fond sous ses pieds. Il tenta de marcher, tomba, se redressa, plongea vers la plage. Puis ses jambes trouvèrent un appui. Il se mit à courir de façon ridicule en levant les genoux au-dessus des vagues. Il fonçait vers la plage et l'épaisse jungle au-delà.

Cours, Jessie...

Le hors-bord effectua un autre passage. Des rafales d'armes automatiques retentirent. Du sable explosa, des feuilles furent déchiquetées. Mais Jessie franchit les derniers mètres et disparut, les bras toujours attachés, derrière le rideau de broussailles.

Nouvelles acclamations, accompagnées de geignements déçus.

De l'argent changea de mains.

Mais la plupart gloussaient encore, comme d'une blague connue d'eux seuls.

Monk donna un coup de coude à son voisin.

— *Apa ?*

La bande de pirates étant formée de locaux et de mercenaires étrangers, Monk pouvait sans risque utiliser une sorte de jargon.

Il manquait plusieurs dents au gentleman à ses côtés et celui-ci fut heureux de lui révéler leur nombre en souriant de tous ses trous. Il montra le rivage, mais son doigt ne pointait pas la plage mais, plus haut, la forêt. Quelques filets de fumée étaient visibles vers les sommets. Il devait y avoir un camp là-haut.

— *Pemakan daging manusia,* expliqua le pirate.

Comme tu dis, mon pote.

Remarquant sa confusion, qui ne fit qu'accroître son hilarité, le bonhomme montra ses dents de sagesse pourries. Il essaya à nouveau.

— *Kanibals.*

Monk se pétrifia. Voilà un mot qui n'avait pas besoin d'être traduit. Il regarda à nouveau la plage puis remonta vers la fumée. Les pirates partageaient donc cette île avec une tribu cannibale. Et, faisant preuve d'une exquise politesse, ils avaient offert un petit en-cas à leurs hôtes.

Son voisin continuait à baragouiner en montrant les eaux. Monk ne saisit que quelques mots au hasard.

— ... chance... la nuit... mauvais...

L'homme mima avec sa main une griffe se dressant et saisissant quelque chose.

— *Iblis.*

Ce mot était un juron malais.

Monk l'avait assez entendu, mais il sentait que cette fois il était utilisé dans son sens littéral.

Démon.

— *Raksasa iblis,* répéta-t-il avant de murmurer un dernier mot avec une grimace de douleur. *Rangda.*

Monk fronça les sourcils avant de contempler la surface du lagon. Jessie lui avait raconté quelques histoires de bonne femme. Rangda était le nom de la reine sorcière balinaise, dont les démons étaient censés hanter cette île.

— La nuit... marmonna l'homme en montrant les eaux. *Amat, amat buruk.*

Mauvais, très mauvais.

Monk soupira. Génial. Il tourna un regard soucieux vers le bout de jungle où Jessie avait disparu.

Des démons et des cannibales.

Et quoi, encore ? Le Club Med ?

9

Hagia Sophia

6 juillet, 9 h 32
Istanbul

Malgré le soleil éblouissant sur la terrasse du restaurant, Gray était glacé.

— Si vous ne suivez pas mes instructions à la lettre, je tue vos parents.

Il broyait le téléphone de Vigor dans sa main.

— Si vous leur faites quoi que ce soit...

— Oui, je vous le promets. Je vous les renverrai. Bout par bout. Par courrier. Pendant des mois.

Le ton de cette voix ne laissait planer aucun doute : il mettrait cette menace à exécution. Gray tourna le dos aux autres. Il avait besoin de se concentrer, de réfléchir.

— Si vous tentez de prévenir Sigma, continua Nasser sur le même ton indifférent, je le saurai. Vous serez puni. Avec le sang de votre mère.

— Espèce de salaud... je veux la preuve qu'ils sont vivants... et indemnes.

Nasser ne lui répondit même pas. Il entendit du bruit sur la ligne, des voix étouffées, puis celle de sa mère dans l'écouteur.

— Gray ? souffla-t-elle. Je suis désolée. Ton père. Il lui fallait ses pilules.

Elle s'interrompit dans un sanglot.

Gray tremblait de la tête aux pieds. De peur autant que de chagrin.

— Ne t'en fais pas pour ça. Tu vas bien ? Et papa ?

— Nous... oui... Gray...

Le téléphone lui fut enlevé et Nasser revint en ligne.

— Je les laisserai aux bons soins de ma collègue Annishen. Je crois que vous vous êtes déjà rencontrés ?

Gray repensa à l'Eurasienne aux cheveux teints.

Anni la Flingueuse et son lance-roquettes.

— Je viens vous rejoindre en Turquie, continua Nasser. Je serai là à 19 heures. Ne bougez pas de là où vous êtes.

Gray consulta sa montre. Dans un peu plus de neuf heures.

— J'ai des hommes qui convergent vers vous dans le Sultanahmet au moment même où je vous parle. Nous traçons le téléphone de monsignor Verona depuis qu'il a quitté l'Italie.

Le départ soudain de Vigor du Vatican avait dû déclencher une alerte automatique. Gray aurait voulu pouvoir lui reprocher son imprudence mais il savait que Vigor n'était pas aussi paranoïaque que lui. Peu de gens l'étaient. Et pour le moment, il était trop envahi par sa propre culpabilité.

Il avait abandonné ses parents.

— Maintenant, passez-moi Seichan, dit Nasser.

Gray fit signe à la jeune femme. Elle voulut prendre le téléphone mais il le garda en main, lui faisant signe qu'il voulait écouter.

Ils restèrent donc collés, oreille contre oreille.

— Amen, dit Seichan en utilisant le prénom de Nasser, qu'est-ce que tu veux ?

— Salope... pour cette trahison, je te ferai souffrir comme...

— Ouais, tu feras du mal à mon chien et tu seras méchant avec mon chat. J'ai saisi, mon cœur.

Elle soupira, son souffle venant caresser le cou de Gray.

— Mais j'ai bien peur de devoir te dire adieu maintenant. Je serai partie depuis longtemps quand tu arriveras.

Gray se raidit et se tourna légèrement vers elle. Elle leva la main pour l'obliger à se taire et secoua la tête. Elle ne comptait pas partir où que ce soit.

— Mes hommes vous ont déjà encerclés, prévint Nasser. Essaie de partir et ils te mettront une balle entre les deux yeux.

— Si tu le dis. Mais dès la fin de notre petite conversation, je sors de cette maudite *église.*

Seichan adressa un regard éloquent à Gray en lui montrant le toit d'Hagia Sophia.

Elle continua au téléphone.

— De toute manière, on n'arrivait à rien ici à Hagia Sophia. Trop de fresques. Maintenant, elles sont toutes à toi, chéri. Tu ne me reverras plus jamais.

Gray fronça les sourcils. Elle mentait, mais pour quelle raison ?

Nasser resta un moment silencieux avant de répliquer. La fureur lui faisait perdre son sang-froid.

— Tu ne feras pas dix pas ! J'ai fait mettre toutes les portes d'Hagia Sophia sous surveillance.

Seichan adressa un clin d'œil à Gray.

— J'en suis sûre, Amen, dit-elle. *Ciao baby.* Bons baisers de Turquie.

Elle s'éloigna du téléphone et leva un doigt en direction de Gray. À lui de jouer.

Il ne se fit pas prier.

— Qu'est-ce que vous lui avez dit ? aboya-t-il dans le combiné. Elle vient de prendre son flingue et s'apprête à quitter l'église. Qu'est-ce que vous manigancez, cette salope et vous ?

Seichan approuva avec un petit sourire.

Entendant Nasser pousser un juron, Gray réfléchissait à toute allure, cherchant un moyen de profiter du subterfuge de Seichan. Ses remords et sa colère n'aideraient en rien ses parents.

Il croisa le regard de Seichan. La Guilde suivait le téléphone de Vigor mais sa triangulation n'était pas parfaite. C'est ce que Seichan avait permis de révéler en prétendant se trouver dans la basilique. La Guilde savait qu'ils se trouvaient quelque part dans le vieux quartier d'Istanbul, mais pas où exactement.

Du moins pas encore.

Gray contempla un parc situé dans l'ombre de l'énorme masse d'Hagia Sophia avec son dôme géant et les quatre minarets pointus qui la flanquaient.

— Qu'est-ce que vous faites dans Hagia Sophia ? demanda Nasser.

Gray devait se montrer convaincant et le meilleur moyen d'y parvenir consistait à dire la vérité. Du moins, en partie.

— Nous cherchons la clé de Marco Polo. Monsignor Verona a décrypté l'écriture au Vatican. Ce qui nous a menés ici.

— Donc, Seichan vous a dit quoi chercher.

Un autre juron.

— Pour l'avoir laissée s'enfuir, je vais devoir vous montrer notre détermination.

— Seichan n'a plus aucune importance, intervint vivement Gray, tentant de protéger ses parents. J'ai ce que vous cherchez. Le code angélique qui se trouvait sur l'obélisque. J'en ai une copie.

Nasser resta silencieux. Gray l'imagina fermant les yeux de soulagement. Il avait besoin de ces inscriptions, bien plus que de punir Seichan.

— Très bien, commandant Pierce, reprit-il d'une voix à nouveau dépourvue de toute émotion. Continuez à coopérer ainsi et votre père et votre mère passeront le restant de leurs jours dans la paix et la grâce.

Promesse en laquelle Gray ne crut pas une seconde.

— Je vous retrouverai à l'intérieur d'Hagia Sophia à 19 heures, annonça Nasser. Fouillez la basilique pour retrouver la clé de Polo si ça vous chante. Mais j'ai des snipers à toutes les sorties.

Gray ravala un ricanement.

— Et, commandant Pierce... si vous songez à me tendre un piège, sachez que je devrai appeler Annishen toutes les heures. Si je suis en retard ne serait-ce que d'une minute, elle commencera par les orteils de votre mère.

Fin de la communication.

Gray referma le téléphone de Vigor.

— Nous devons nous rendre à Hagia Sophia. Avant que les hommes de la Guilde ne trouvent notre vraie position.

Ils rassemblèrent en vitesse leur matériel.

— C'était risqué, dit Gray à Seichan.

Elle haussa les épaules.

— Gray, si vous espérez survivre à cette histoire, il ne faut en aucun cas sous-estimer la Guilde. Elle est puissante et possède de nombreux alliés. Mais il ne faut pas non plus la *surestimer.* La Guilde se nourrit de votre peur, de votre croyance en son omnipotence. Elle les utilise pour vous affaiblir. Restez concentré, c'est tout. Soyez prudent, mais servez-vous de votre tête.

— Et si vous vous étiez trompée ? répliqua-t-il avec un début de colère.

— Je ne me trompais pas.

Gray serra les dents. Si elle s'était trompée, son père et sa mère en auraient payé le prix.

— D'ailleurs, dit-elle, j'avais besoin d'une bonne excuse pour ne pas être présente à l'arrivée de Nasser. Il ne vous tuera pas, ni monsignor Verona, ni vous. Il a trop besoin de vous deux. Quant à vos parents, Nasser va s'imaginer qu'il peut vous contrôler comme un cheval à qui on met une bride sur le cou. Par contre, il m'abattra à vue. Ou alors dans d'atroces souffrances. Il me fallait donc une bonne excuse pour sauver ma vie tout en gardant une certaine liberté de mouvements... Si je veux pouvoir vous aider.

Gray domina enfin sa colère. Ce n'étaient pas les parents de Seichan qui étaient menacés. Elle pouvait se permettre de prendre certains risques. Elle s'était décidée avec sang-froid, avait agi avec la célérité requise et le résultat pouvait leur être bénéfique à tous.

Néanmoins...

Seichan se tourna et tendit le doigt.

— Je vais avoir besoin de lui.

— Quoi ? Moi ? fit Kowalski.

— Comme je l'ai dit, Nasser m'abattra dès qu'il me verra. Et Kowalski probablement aussi.

Le gros bonhomme grimaça.

— Pourquoi moi ? Qu'est-ce que je lui ai fait ?

— Vous êtes inutile.

— Hé !

Seichan ignora sa protestation.

— Nasser n'a pas besoin d'un otage supplémentaire, pas tant qu'il tient M. et Mme Pierce. Pour lui, vous n'avez aucune valeur.

Gray leva la main.

— Et si Nasser sait déjà que Kowalski est ici avec nous ?

Seichan le fixa, exaspérée.

Il mit un moment à comprendre.

Ne pas surestimer la Guilde.

Fronçant les sourcils, il se rendit compte à quel point elle avait raison. Sa propre crainte de la Guilde l'empêchait de prendre la moindre initiative.

Il se tourna vers l'ancien matelot.

— Vous allez avec Seichan.

— Et je saurai me servir de lui, dit Seichan en flanquant une bonne claque sur les fesses du quartier-maître.

— Ah, enfin quelqu'un qui m'estime à ma juste valeur, gronda Kowalski en se frottant l'arrière-train.

Tandis que les deux autres partaient, Gray retint Seichan.

— Qu'allez-vous faire ? demanda-t-il une fois qu'ils furent seuls.

— Je ne sais pas. Pas encore.

Elle soutint son regard un tout petit peu trop longtemps avant de le détourner. Comme si elle voulait lui dire quelque chose mais n'osait pas.

— Qu'y a-t-il ?

Sa gentillesse parut l'agacer encore un peu plus. Mais elle soupira.

— Gray… je suis désolée… commença-t-elle sans le regarder. Vos parents…

Il n'y avait pas que de l'inquiétude dans ses yeux et son comportement. Un peu de culpabilité aussi. Pourquoi ? se demanda Gray. La culpabilité impliquait de la responsabilité. Mais si elle avait impliqué ses parents, c'était par accident. Gray l'avait accepté. Alors, d'où venaient ces remords si soudains ?

Il réfléchit à plusieurs possibilités, passant en revue les dernières conversations. Avec Nasser, avec Seichan. Qu'est-ce qui la troublait ainsi…

… soudain il sut.

C'était Seichan elle-même qui le lui avait pratiquement avoué un peu plus tôt.

Ne pas surestimer la Guilde.

Son étreinte sur son bras devint un étau. Il la poussa contre un mur et se pencha vers elle. Leurs lèvres se frôlaient.

— Ô bon Dieu… il n'y a *pas* de taupe à Sigma. Il n'y en a jamais eu.

Elle bafouilla, cherchant à s'expliquer.

Il ne lui en laissa pas le temps.

— Nasser m'a interdit d'appeler Sigma, il m'a même menacé. Pourquoi ? Il savait que je pensais qu'il y avait une taupe chez nous. Alors pourquoi prendre la peine de me menacer ?

Il la secoua.

— *Sauf s'il n'y a pas de taupe.*

Elle tenta de se libérer mais il la serrait jusqu'à l'os.

— Quand alliez-vous me le dire ?

Elle retrouva enfin sa voix… et sa colère.

— Je vous l'aurais dit. Une fois que tout cela aurait été terminé.

Un soupir irrité.

— Mais maintenant que vos parents ont été capturés, je ne pouvais plus garder le secret… pas s'il existe encore un espoir de les libérer. Je ne suis pas si insensible, Gray.

Elle essaya de s'en aller mais il la bloqua encore une fois.

— S'il n'y a pas de taupe, demanda-t-il, comment Nasser savait-il pour la planque ? Comment a-t-il pu nous piéger ?

— Un mauvais calcul de ma part, dit-elle tandis que son regard retrouva toute sa dureté. Et je n'en dirai pas plus. Vous allez devoir me croire : j'ai agi en toute bonne foi.

— Vous croire, répéta-t-il, sarcastique.

Elle eut un infime sursaut comme si sa réaction la blessait.

Il insista.

— Si j'avais pu compter sur le soutien de Sigma dès le début...

— Vous ne seriez nulle part, Gray. Et je serais enfermée derrière des barreaux. Incapable d'agir. Il fallait que nous soyons tous les deux libres de nos mouvements le plus vite possible. C'est pour cela que je vous ai laissé croire à l'existence de cette taupe.

Gray lui lança un regard noir.

— Je devrais laisser Nasser vous abattre.

— Et, dans ce cas, qui protégera vos arrières, Gray ? Qui avez-vous ici avec vous ? Kowalski ? Pff... En fait, vous n'avez que moi. Point. Alors, oublions ce petit désaccord. Nous pouvons continuer à nous disputer et perdre le peu de temps qu'il vous reste pour prévenir Sigma, ou bien vous pouvez mettre votre rancœur de côté pendant quelques heures.

Elle lui montra la porte.

— Il y a un téléphone dans le hall de l'hôtel. C'est une autre des raisons pour lesquelles je tenais à ce que Nasser nous croie ailleurs. À l'heure où nous parlons, il a déjà dû mettre sur écoute toutes les cabines publiques autour d'Hagia Sophia. Mais pas l'appareil de cet hôtel. Ce qui ne doit pas vous empêcher d'être bref. Nous manquons déjà de temps.

Il la lâcha en la repoussant.

À nouveau, il vit cette expression blessée sur son visage.

Qu'elle soit blessée.

S'il avait su que la taupe n'existait pas, il serait resté en contact avec Painter depuis le début. Il aurait pu au moins prendre des dispositions pour qu'on protège ses parents.

Comprenant la raison de sa colère, Seichan reprit la parole d'une voix douce :

— J'ai cru, moi aussi, qu'ils ne risquaient plus rien, Gray. C'est sincère.

Il voulut rétorquer quelque chose mais ne trouva pas les mots. À cause de sa fureur, mais aussi parce qu'il ne pouvait se décharger de toute sa culpabilité sur elle.

Il ne pouvait nier l'évidence.

C'était lui qui avait abandonné ses parents.

Lui et pas un autre.

3 h 04
Washington DC

— Monsieur Crowe, j'ai un appel d'Istanbul sur la ligne sécurisée.

Painter leva les yeux des données fournies par les satellites. Qui l'appelait de Turquie ?

Il avait passé la dernière heure à argumenter avec les pontes du National Reconnaissance Office et de la National Security Agency afin d'obtenir un accès illimité à ÉCHELON, leur système de surveillance par satellites, pour mettre en place une observation prioritaire autour de l'île Christmas. Mais ce territoire reculé, très peu peuplé, était considéré comme peu risqué et ne faisait pas l'objet d'une surveillance constante. Tentant sa chance à l'extérieur, il avait fini par convaincre l'Australian Joint Defense Facility à Pine Gap d'assigner un de ses satellites à la zone. Mais cela allait prendre encore quatorze minutes.

— C'est le commandant Pierce, monsieur, dit le chef des communications en lui tendant le combiné.

Painter fit pivoter sa chaise.

— Gray ? Ici, Painter Crowe. Qu'est-ce que vous fabriquez à Istanbul ?

— Monsieur, le temps me manque et j'ai beaucoup d'informations à vous communiquer.

— Je vous écoute.

— D'abord, mes parents ont été kidnappés par un agent de la Guilde.

— Amen Nasser. Nous le savons. Nous avons déclenché une recherche tous azimuts.

Un silence surpris puis Gray enchaîna :

— Vous devez aussi prévenir Monk et Lisa. Ils sont en danger en Indonésie.

— Nous sommes au courant. Au moment même où je vous parle, j'essaie d'obtenir une surveillance satellite. Quand vous aurez fini de me dire ce que je sais déjà, pourquoi ne pas reprendre du début ?

Inspirant un bon coup, Gray relata brièvement ce qui s'était passé depuis que Seichan s'était cassé la figure dans l'allée de ses parents. Painter posa quelques questions et les pièces du puzzle ne tardèrent pas à se mettre en place. Il avait déjà effectué plusieurs déductions en attendant la réponse de la NSA. Il soupçonnait la Guilde de jouer un rôle dans l'incident de l'île Christmas. Qui d'autre avait les moyens de faire disparaître toute la population d'une île ? Gray venait juste de confirmer cette hypothèse et d'expliquer la raison de tout cela en lui donnant un nom.

La souche Judas.

Une heure plus tôt, Painter avait fait rappeler le Dr Malcolm Jennings au Q.G., le tirant de son lit. Ayant repassé dans sa tête toutes ses dernières conversations avec Lisa, il avait acquis la certitude qu'elle agissait sous la contrainte. Proclamer que tout cela n'était qu'une fausse alerte alors qu'elle avait tant insisté auparavant pour obtenir des tests complémentaires ne lui ressemblait pas. Il s'était aussi souvenu de la panique de Jennings à propos de la menace d'une catastrophe environnementale. Et de son inquiétante déclaration. *Nous ne savons toujours pas ce qui a tué les dinosaures.*

Ce qui était en train de se passer était clairement de nature à intéresser la Guilde.

Painter avait même deviné que l'apparition soudaine de Seichan et la disparition de Gray pouvaient avoir un lien avec l'Indonésie. Deux initiatives de la Guilde simultanées.

Vilaine coïncidence. Il devait y avoir un lien. Mais il n'aurait jamais pu deviner qui était à l'origine de ce lien.

— Marco Polo ? fit-il.

— Oui. La Guilde opère sur deux fronts. Une équipe scientifique s'occupe de la crise sanitaire et cherche un remède et la source. Dans le même temps...

— ... une autre équipe suit la piste historique, le coupa Painter, sur les traces de Marco pour tenter de trouver la même chose : un remède et la source.

Oui, tout cela se tenait.

— Et maintenant, Nasser va venir à Istanbul, ajouta Painter.

— Il doit déjà être dans l'avion.

— Je peux mobiliser des ressources, vous faire parvenir des renforts d'ici deux heures.

— Non. La Guilde l'apprendra. Selon Seichan, Istanbul est un de ses principaux centres d'activité. Elle a infiltré tous les services de renseignements locaux. Si elle apprend que vous mobilisez des forces ici, elle saura que nous nous sommes parlé. Mes parents... Non, vous ne pouvez pas. Vous devez me laisser m'occuper de Nasser tout seul.

— Mais vous avez déjà pris un énorme risque, Gray. Sigma est compromise. Je ferai de mon mieux pour éviter les fuites, mais la taupe qui nous...

— Directeur, cette taupe n'existe pas.

Painter sursauta. Il se força à réfléchir quelques secondes, à envisager les conséquences d'une telle nouvelle.

— Vous en êtes sûr ?

— Assez pour être prêt à risquer la vie de mes parents.

Un petit silence puis :

— Je ne peux pas rester en ligne plus longtemps. Je dois vous quitter. Je ferai de mon mieux pour suivre cette piste, voir où elle mène.

Un autre silence, plus long, au point que Painter crut que Gray avait coupé la communication. Mais il l'entendit à nouveau.

— Je vous en prie, monsieur le directeur, retrouvez mes parents.

— Je les retrouverai, Gray. Vous pouvez en être certain. Et quand ce sera fait, dites à Vigor qu'il recevra un appel de sa nièce. Il y aura cinq sonneries puis on raccrochera. Ce sera le signal que vos parents sont en sécurité.

— Merci, monsieur.

Un déclic.

Painter se laissa aller dans son fauteuil.

— Monsieur, dit l'officier des communications, nous devrions recevoir les images dans deux minutes.

10 h 15
Istanbul

Malgré l'urgence, Gray ne put s'empêcher de ralentir le pas en arrivant devant Hagia Sophia.

— Impressionnant, n'est-ce pas ? fit Vigor, amusé par sa réaction.

Le mot était faible.

La monumentale basilique byzantine était considérée par beaucoup comme la huitième merveille du monde. Installée au sommet d'une colline sur l'emplacement d'un ancien temple voué à Apollon, elle dominait la mer si bleue de Marmara et la plus grande partie d'Istanbul. Son énorme dôme, culminant à une hauteur de vingt étages, luisait comme du bronze poli dans le soleil du matin. D'autres plus petits en renforçaient l'éclat à l'est et à l'ouest, tandis que des coupoles supplémentaires s'étalaient de chaque côté comme les dames de compagnie d'une reine, accroissant encore la majesté de la structure.

Vigor continua la petite leçon d'histoire qu'il avait entamée quelques instants plus tôt en montrant les arches gigantesques qui marquaient l'entrée d'Hagia Sophia.

— Les Portes impériales. C'est en passant dessous qu'en 537, l'empereur Justinien a consacré cette église et déclaré : « Ô Salomon, je t'ai surpassé. » Et c'est en franchissant ces mêmes portes, au XVe siècle, que Mehmet le Conquérant, qui avait mis à sac Constantinople, s'est déversé de la terre sur la tête en signe d'humilité avant d'entrer dans la basilique. Il était si impressionné qu'au lieu de détruire Hagia Sophia, il l'a transformée en mosquée.

Monsignor Verona tendit un bras pour montrer les quatre minarets effilés qui se dressaient aux quatre coins de l'ensemble.

— Et maintenant, c'est un musée, dit Gray.

— Depuis 1935, confirma Vigor en se tournant cette fois vers les échafaudages sombres plaqués contre la façade de l'édifice. Les travaux de restauration n'ont jamais cessé depuis cette date. Et pas juste à l'extérieur. Quand le sultan Mehmet a converti l'église en mosquée, il a fait recouvrir toutes les mosaïques chrétiennes, car la loi islamique s'oppose à la représentation de figures humaines. Mais, depuis quelques décennies, on tente de restaurer ces fresques byzantines d'une valeur inestimable. Dans le même temps, on désire avec tout autant de ferveur préserver l'art islamique des XVe et XVIe siècles, lui aussi inestimable... des calligraphies, des chaires décorées. Pour parvenir à un tel équilibre, pour réussir cet essai de restauration ici à Hagia Sophia, on a fait appel à de nombreux experts dans de nombreux domaines de l'art et de l'architecture. Et notamment ceux du Vatican.

Suivant le flot de touristes, Vigor s'engagea sur une esplanade qui menait à l'entrée principale.

— Il m'a donc paru judicieux d'envoyer ici un restaurateur reconnu, auquel les conservateurs d'Hagia Sophia ont souvent fait appel.

Oui, se souvint Gray, Vigor avait mentionné le fait qu'un de ses collègues était déjà en train de chercher l'aiguille d'or dans ce tas de foin byzantin.

Comme ils atteignaient les portes, il repéra un géant barbu, bloquant l'entrée des touristes. Les mains sur les hanches, il toisait ceux qui lui faisaient face. Mais quand il aperçut Vigor, il leva un bras en guise de salut.

Ce dernier lui fit signe de les accompagner dans les profondeurs de la basilique.

Gray les suivit, anxieux de se retrouver à l'intérieur, ne sachant pas si les sbires de la Guilde étaient déjà en position. Jusqu'à ce que ses parents soient en sécurité, il ne voulait pas provoquer Nasser ni lui donner la moindre raison de douter des affirmations de Seichan.

En franchissant le seuil, il se retourna vers l'esplanade. Il ne vit pas le moindre signe de Seichan ni de Kowalski. Leurs deux groupes s'étaient séparés dès la sortie de l'hôtel. Elle avait acheté un téléphone portable à carte prépayée dont Gray avait mémorisé le numéro. C'était son unique moyen d'entrer en contact avec elle.

— Commandant Gray Pierce, je vous présente Balthazar Pinosso, doyen du département d'histoire de l'art à l'université grégorienne.

La main de Gray se trouva engloutie dans celle du géant. Balthazar dépassait allègrement les deux mètres.

— C'est Balthazar qui a découvert le message de Seichan dans la tour des Vents. Il m'a aussi aidé pour la traduction de l'écriture angélique. C'est, de plus, un très bon ami du conservateur actuel d'Hagia Sophia.

— Ce qui ne va pas nous servir à grand-chose, gronda Balthazar d'une voix de baryton. Voyez par vous-même ce que nous avons à fouiller.

Il s'écarta et l'église principale apparut.

Gray en resta bouche bée. Amusé, Vigor lui tapota l'épaule.

Une longue voûte en berceau s'étirait à une hauteur impressionnante, un peu comme dans une immense gare. Au-dessus de leurs têtes, une série d'arches et de coupoles grimpaient vers l'énorme dôme central. Au deuxième étage, des colonnades bordaient chaque côté. Le plus extraordinaire ne se trouvait pas dans ces constructions de pierre... mais plutôt dans le jeu de lumière à travers ce gigantesque espace. Le long du dôme à sa base, des fenêtres perçaient les murs. Les rayons de soleil venaient frapper le marbre blanc et vert émeraude, ainsi que les mosaïques incrustées d'or. En l'absence de tout pilier intérieur, le volume vacant semblait tout simplement incroyable.

Muet de stupeur, Gray suivit les deux hommes le long de l'interminable nef.

Atteignant le cœur de l'église, il leva les yeux vers le dôme principal, vingt étages au-dessus de lui. Sa surface nervurée était décorée de calligraphies or et pourpre. Quarante fenêtres en arche réparties tout au long de sa circonférence à sa base laissaient entrer le soleil du matin, autant de fourreaux de lumière s'entrecroisant et créant l'illusion que le dôme flottait au-dessus d'eux.

— On dirait qu'il plane là-haut, marmonna Gray.

— Une illusion d'optique architecturale, expliqua Balthazar. Vous voyez ces nervures le long de la paroi interne du toit, comme les baleines d'un parapluie ? Elles distribuent le poids autour des fenêtres jusqu'aux piliers de soutènement. De plus, le toit lui-même est plus léger qu'il n'y paraît. On a utilisé des briques creuses cuites à Rhodes en raison de l'argile poreuse qu'on trouve là-bas. C'est un véritable chef-d'œuvre d'illusion. De pierre, d'air et de lumière.

Vigor acquiesça.

— Marco Polo a lui aussi été tout autant ébloui. Je cite : « L'apparente apesanteur du dôme et l'abondance stupéfiante d'effets de lumière aussi bien directs qu'indirects... »

Gray partageait le même avis. C'était étrange de se dire que Marco Polo s'était autrefois tenu au même endroit et que le même émerveillement devant le génie de ces anciens bâtisseurs les reliait à travers les âges.

La seule imperfection du lieu était le mur d'échafaudage qui grimpait, sur l'un des côtés, du sol de marbre au sommet du dôme.

Elle aida Gray à revenir à leur situation présente. Il consulta sa montre. Nasser arriverait peu avant la tombée de la nuit. Ils avaient moins d'une journée pour résoudre cette énigme.

Mais par où commencer ?

Vigor posait la même question à son ami.

— Balthazar, avez-vous pu interroger l'équipe du musée ? Quelqu'un a-t-il vu de l'écriture angélique, ou quoi que ce soit qui y ressemble ?

Le géant se gratta la barbe en soupirant.

— J'ai parlé au conservateur et à la plupart des restaurateurs. Le conservateur connaît la basilique depuis ses cryptes souterraines jusqu'au sommet du dôme. Il a été formel : aucune trace d'écriture angélique nulle part. Il a cependant émis un avis... qui risque de ne pas vous plaire.

— Lequel ? demanda Vigor.

— Vous n'ignorez pas que Hagia Sophia a été recouverte de plâtre quand elle a été transformée d'église en mosquée. Il se peut que ce que nous cherchons soit caché sous plusieurs centimètres de vieux plâtre. Ou alors, l'inscription peut avoir été faite sur du plâtre qui a été enlevé depuis, continua Balthazar en haussant les épaules. Il est donc tout à fait possible que l'objet de nos recherches ait à jamais disparu.

Gray se refusait à le croire. Tandis que les deux historiens d'art discutaient de ce problème, il s'éloigna. Il avait besoin de réfléchir. Par réflexe, il vérifia à nouveau sa montre. Nerveux et inquiet. Il ne vit même pas l'heure. Baissant le bras, il se dirigea vers l'échafaudage. Il n'aurait jamais dû laisser ses parents. Les mots de sa mère au téléphone le hantaient.

Je suis désolée. Ton père. Il lui fallait ses pilules.

Il avait dû se passer quelque chose. Gray avait refusé de tenir compte de la maladie de son père, de son besoin permanent de soins. Sa négligence était-elle un aveuglement inconscient, un refus d'accepter sa véritable condition ? Quoi qu'il en soit, au bout du compte, il avait mis leur vie en danger.

Il s'assit en tailleur pour contempler le dôme, essayant de faire le vide dans son esprit. Ses inquiétudes, ses peurs et ses doutes ne servaient à rien. Ni à lui ni à eux. Prenant une profonde inspiration, il expira lentement, laissant le bourdonnement produit par la foule des touristes passer en arrière-plan.

Il se représenta la basilique telle qu'elle avait dû paraître des centaines d'années plus tôt. Dans son esprit, il repeignit les murs, les enduisit à nouveau de plâtre. C'était un exercice de concentration extrême. De méditation. Si seulement, dans sa tête, l'ancienne mosquée pouvait revenir à la vie. Il entendit les appels des muezzins des quatre minarets. Il revit les fidèles agenouillés, se prosternant.

Dans un tel endroit, où la deuxième clé pouvait-elle être cachée ? Où dans cet immense espace avec ses innombrables antichambres, galeries et chapelles ?

Toujours assis, il fit basculer l'image de la basilique dans sa tête, comme un modèle tridimensionnel sur un écran d'ordinateur, l'étudiant sous tous les angles. Tout en se livrant à cet exercice mental, son index traçait quelque chose sur la poussière de plâtre recouvrant le sol. Il devint soudain conscient de ce qu'il dessinait : le glyphe d'écriture angélique, celui qui se trouvait sur le sauf-conduit en or de Marco.

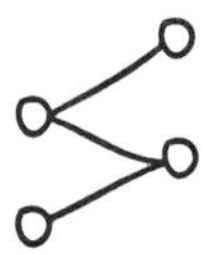

Il contempla la lettre tout en faisant tournoyer la structure architecturale d'Hagia Sophia dans sa tête.

— C'était déjà une mosquée, marmonna-t-il.

Il tapa les quatre cercles que Vigor avait appelés des *signes diacritiques.*

Quatre cercles, quatre minarets.

Et si ce symbole était plus que la première clé pour résoudre l'énigme de la carte codée ? Et si c'était aussi un indice menant à la deuxième clé ? Seichan n'avait-elle pas évoqué quelque chose comme ça ? Comment chaque clé devait conduire à la suivante...

Dans son esprit, il superposa un schéma d'Hagia Sophia au dessin, positionnant les minarets à la place des signes diacritiques. Quatre cercles, quatre minarets. Et si le symbole était aussi censé représenter Hagia Sophia ? Une carte grossière avec les minarets comme points de repère.

Dans ce cas, où commencer à chercher ?

Dans la poussière, Gray ajouta une ligne en pointillés.

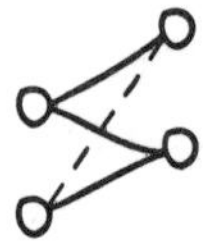

— Faire une croix à l'endroit indiqué, marmonna-t-il.

11 h 02

Vigor l'aperçut à quatre pattes, balayant le marbre du sol avec ses paumes.

Balthazar haussa un sourcil perplexe.

Les deux hommes rejoignirent Gray.

— Que faites-vous ? s'enquit Balthazar. Si vous comptez tâter le sol entier de la basilique, vous serez encore là à Noël.

Gray se redressa, leva les yeux vers le dôme comme pour jauger sa position puis continua à frotter le sol le long de l'échafaudage.

— Quoi ? demanda Vigor.

Gray lui montra l'endroit où il s'était accroupi précédemment. Vigor s'y rendit et découvrit le schéma tracé dans la poussière. Son front se plissa.

— C'est un plan sommaire d'Hagia Sophia, indiquant où nous devons chercher le prochain indice, expliqua Gray.

Vigor sentit aussitôt que c'était la vérité et, une fois de plus, l'extraordinaire capacité de synthèse de cet homme le stupéfiait. Et l'effrayait un peu.

Gray continuait à avancer à quatre pattes, explorant une zone précise, s'attirant quelques regards étonnés de la part des touristes.

Balthazar le suivait.

— Vous pensez que quelqu'un a gravé de l'écriture angélique par terre ?

Soudain, Gray s'arrêta tout près de l'échafaudage. Sa main revint vers un endroit qu'elle avait déjà tâté. Il se pencha et souffla sur le marbre.

— Pas de l'écriture angélique, dit-il en portant la main à son cou.

Balthazar et Vigor s'agenouillèrent à ses côtés. Ce dernier effleura la dalle du bout des doigts.

Imperceptibles sur la pierre, érodés par le temps et les innombrables passages, il sentit les contours d'une croix.

Gray sortait le crucifix d'argent. Celui de frère Agreer. Il le posa sur la marque dans le marbre. Il correspondait à la perfection.

— Vous l'avez trouvée ! s'exclama Vigor d'une voix étouffée.

Balthazar avait déjà sorti un petit maillet en caoutchouc. Il se mit à taper doucement sur le sol. Gray le regarda faire avec perplexité.

— C'est de cette manière, expliqua Vigor, que nous avons découvert qu'une des dalles de la tour des Vents était creuse. Par percussion.

Méticuleux, Balthazar martelait toute la dalle mais, à mesure qu'il avançait, ses sourcils épais se rejoignaient.

— Rien, marmonna-t-il enfin.

— Vous êtes sûr ? demanda Vigor. Elle doit être là.

— Non, dit Gray...

... avant de s'étendre de tout son long sur le dos en écartant les bras.

— Que regarde Jésus ?

Vigor fixa la vague silhouette du Christ sur le crucifix avant de lever les yeux.

— Il contemple le dôme, répondit Gray. Ce même dôme qui avait fasciné Marco Polo. Un dôme allégé grâce à l'utilisation de briques *creuses*. Si vous vouliez cacher quelque chose qui traverserait les âges...

— Bien sûr ! s'exclama Vigor. Mais... quelle brique ?

Balthazar se releva d'un bond.

— J'ai une idée.

Il courut vers le fond de l'église, bousculant au passage un groupe d'Allemands.

Gray récupéra le crucifix qu'il repassa autour de son cou.

— C'était brillant, dit Vigor.

— Nous n'avons pas encore trouvé le second *paitzu* en or.

Vigor n'avait pas manqué de remarquer le petit aparté entre Gray et Seichan un peu plus tôt à l'hôtel.

— Qu'y a-t-il de si urgent, Gray ? Nasser n'arrivera pas avant plusieurs heures. Pourquoi vouloir retrouver cette seconde clé à tout prix ?

— Parce que je veux que Nasser soit content, dit Gray. Et lui prouver notre utilité. Afin qu'il ne nous tue pas.

Vigor sentit qu'il ne lui disait pas tout mais il comprenait son angoisse pour ses parents. Avant qu'il ne puisse l'interroger davantage, Balthazar réapparut. Essoufflé, il leur montra un petit instrument.

— Avec tous ces travaux, je me suis dit qu'on aurait peut-être besoin d'un pointeur laser ou d'un niveau. C'est assez pratique quand on travaille dans des espaces d'une telle dimension.

Le collègue de Vigor s'agenouilla et plaça sa petite torche sur la croix gravée. Il la brancha. Rien ne se passa.

Balthazar ramassa une pincée de poussière de plâtre et la jeta devant la torche. Des scintillations couleur rubis illuminèrent les grains de poussière.

— Ça marche. Mais il va falloir que quelqu'un grimpe là-haut pour trouver la brique correspondante.

Le géant montrait l'échafaudage. Gray acquiesça.

— J'y vais.

Balthazar jeta un regard coupable autour de lui... avant de lui tendre un ciseau et un marteau.

— J'ai pris ça aussi, dit-il en lui faisant signe de cacher les outils. Il faudra vous montrer discret. Personne n'a le droit de monter là-haut sans un passe spécial délivré par le gouvernement turc. Le conservateur permet que l'un d'entre nous y aille. Pour prendre des photos. Le moins longtemps possible. Mais les gardes...

Il montra la sentinelle armée postée près de l'échelle menant à l'échafaudage.

— ... en ces temps d'attaques terroristes, ont tendance à tirer d'abord et à poser les questions ensuite. S'ils vous voient avec un ciseau à marbre près du dôme...

Il n'acheva pas sa phrase.

— Et il n'y a pas que le risque de vous faire abattre, ajouta Vigor. Nous ne pouvons pas nous permettre d'être découverts. Si jamais quelqu'un prévient la police...

Il vit que Gray avait compris son avertissement.

Nasser le saurait.

— Ce ne sont pas seulement nos vies qui sont en jeu, ajouta Vigor.

Mais aussi celles des parents de Gray.

— Dans ce cas, fit celui-ci à voix basse, il va nous falloir une petite diversion.

11 h 48

Il gardait la tête baissée pour éviter de se cogner. Atteignant une passerelle, il jeta un regard en bas et aperçut Balthazar. Le géant, en pleine discussion avec le conservateur, était facile à repérer. Gray se pencha un peu plus pour chercher le garde des yeux. Celui-ci avait changé de position pour pouvoir suivre sa progression sur l'échafaudage.

Sous la surveillance attentive de tous ces messieurs, il repartit. Il ne tarda pas à atteindre l'anneau de fenêtres à la base du dôme. Le soleil brillait à travers les arches vitrées. Il aperçut un bout de la mer de Marmara avant de poursuivre son ascension. Ici, régnait une certaine pénombre. Après deux minutes d'efforts supplémentaires, il atteignit le sommet de l'armature ; il pouvait toucher le plafond en coupole. En fait, il dut même s'accroupir encore une fois pour ne pas s'y cogner la tête.

D'immenses calligraphies en arabe cascadaient le long des murs festonnés. Juste au-dessus de lui, le sommet du dôme, son « vertex », couronnait une spirale de lettres dorées peintes sur un fond pourpre.

Gray examina les abords du sommet. Sur sa gauche, quelques grains de poussière semblaient enflammés, illuminés depuis le sol de la basilique par le pointeur laser. Il repéra sa cible... un rubis rond sur une section de plâtre d'un pourpre plus profond. Bien. La pierre était assez sombre pour qu'il soit difficile d'y repérer un trou.

Du moins, il l'espérait.

Atteindre la brique indiquée l'obligeait à progresser encore une fois à quatre pattes, le dôme s'arrondissant, réduisant l'espace entre lui-même et la passerelle.

Une fois arrivé, il tâta le plâtre. Et ne trouva rien. Rien qui soit gravé, pas d'écriture angélique. Aucune marque.

Il fronça les sourcils. Et s'il s'était trompé ?

Malheureusement, il n'y avait qu'une seule façon de s'en assurer. Gray passa la main sur le trajet du laser.

C'était le signal.

En bas, d'un geste naturel, Balthazar se baissa pour ramasser le pointeur dont le rayon traversa l'immense nef.

Comme si le laser avait frappé une sorte de gong, un coup de sifflet strident retentit là-bas, tout au fond de l'église, brisant le silence solennel. Son écho caverneux progressa dans l'immense salle, provoquant des murmures et des exclamations confuses.

Gray regarda dans la direction indiquée par le filet de lumière rouge et aperçut des flammes. Un cocktail Molotov rudimentaire, confectionné à partir de l'alcool utilisé pour nettoyer les mosaïques. Vigor l'avait jeté dans une poubelle.

Les cris enflèrent.

Gray se retourna, utilisant son propre corps comme écran entre le garde posté en bas et la profanation qu'il s'apprêtait à commettre. Il sortit ses outils et positionna la pointe du ciseau à l'endroit précis où était apparu le point rouge. Il attendit quelques secondes, puis un second coup de sifflet retentit.

Au même moment, il donna un coup fort et sec.

Un bout de brique éclata, lui frappant la poitrine avant de rebondir. Il le rattrapa de justesse, évitant ainsi que le morceau ne tombe à travers l'échafaudage pour aller s'écraser sur le sol de marbre. Poussant un soupir de soulagement, il le fourra sous sa chemise.

À l'aide du ciseau, il égalisa rapidement les rebords du trou dans la brique, veillant à ne pas provoquer de chute de débris. Enfin, il put glisser la main dans la cavité. Il s'attendait à tâter la surface rugueuse de l'argile et découvrit au contraire une surface lisse, comme vernie, à l'intérieur. Il sentit quelque chose.

Qu'il extirpa. Ce qui lui valut une deuxième surprise. Au lieu du *paitzu* en or, l'objet qu'il tenait était une sorte de tube de cuivre ou de bronze d'une vingtaine de centimètres, bouché aux deux extrémités, un peu à la manière d'un étui à cigare. Le tube rejoignit l'éclat de brique sous sa chemise.

En jetant un bref regard derrière lui, Gray se rendit compte qu'un extincteur avait déjà maîtrisé le feu dans la poubelle.

Très vite, il fouilla encore la cavité et sentit un autre objet, beaucoup plus lourd. Il lui fallut quelques secondes pour réussir à extirper son second trophée de sa cache secrète : un autre *paitzu* doré.

La lourde barre de métal lui glissa des doigts au moment où elle franchit l'ouverture. Elle tomba bruyamment sur la passerelle en ferraille. Le choc fut aussi sonore que celui d'une cloche. Comble de malchance, il retentit au moment même où le silence se faisait autour du feu maîtrisé.

Merde...

Gray récupéra le sauf-conduit en or pour le glisser lui aussi sous sa chemise. Des cris s'élevant en bas, il fit la seule chose possible. Du pied, il poussa son marteau par-dessus le rebord de l'échafaudage avant de trébucher derrière lui, les bras battant l'air.

11 h 58

Derrière une colonne au second étage, Vigor vit Gray basculer dans le vide.

Oh non...

Quelques instants auparavant, il avait poussé le coup de sifflet à l'autre bout de l'église, avant de déposer le cocktail Molotov allumé dans une grosse corbeille à ordures. Il avait bien failli se brûler. Filant à toute allure, il avait utilisé le sifflet une seconde fois avant de s'en débarrasser dans le pot d'une plante. Ayant remis son col romain, il avait l'air d'un prêtre surpris et égaré. Les gardes l'ignorèrent tandis qu'il gravissait l'escalier.

Il arrivait vers le centre de la nef au moment où Gray tomba du sommet de l'immense échafaudage. Des gens se mirent à courir en tous sens, certains pour s'approcher, d'autres pour éviter de recevoir quelque chose sur la tête. Un marteau heurta violemment le sol de marbre.

Là-haut, Gray exécuta une sorte de roue dans le vide et réussit à attraper un étai. Son élan le fit s'écraser contre les piliers de ferraille. Ses pieds se mirent à battre l'air, cherchant un appui qu'ils trouvèrent enfin. S'engageant dans l'entrelacs de poutrelles, il trouva une passerelle dans les profondeurs de l'échafaudage. Il s'y hissa et resta allongé sur le dos, se remettant de son numéro de haute voltige.

Le garde en bas lui hurla quelque chose et fit signe à un de ses collègues de grimper voir ce qui se passait.

Gémissant, Gray roula sur lui-même en se tenant le bras gauche.

Vigor battit en retraite et retourna dans la nef, rejoignant Balthazar et le conservateur en chef du musée. Le garde qui était monté aidait Gray à se relever. Ensemble, l'un soutenant l'autre, ils redescendirent avec prudence.

Tandis que Gray les rejoignait en boitant, le visage rouge de fureur, il montra le marteau, celui-là même que Balthazar lui avait confié.

— Vous trouvez ça normal que des ouvriers laissent traîner leurs outils ? s'exclama-t-il, l'air à la fois outré et effrayé. Quand il y a eu tout ce vacarme en bas, j'ai trébuché sur ce maudit marteau. J'aurais pu me tuer !

Le conservateur, un homme assez mince mais néanmoins bedonnant, ramassa l'outil incriminé.

— Oh, mon pauvre monsieur, je vous prie d'accepter mes excuses. Une telle négligence. C'est impardonnable. Je vous promets que nous prendrons des mesures. Votre bras...

Gray le serrait contre sa poitrine.

— Une entorse, peut-être une luxation.

— La police est déjà en route... à cause du feu, dit le conservateur.

Gray et Vigor échangèrent un regard.

Si Nasser apprenait que la police était venue ici...

Vigor s'éclaircit la gorge.

— Sûrement une cigarette jetée par un touriste imprudent. Ou peut-être une farce de très mauvais goût mais heureusement inoffensive.

Le responsable du musée parut ne pas l'entendre. Il s'était déjà tourné vers un des gardes à qui il adressait des instructions en turc.

Langue que Vigor comprenait très bien.

— Non, non, dit-il très vite en lançant un regard éloquent à Gray. Je suis certain qu'il est inutile de conduire notre jeune étudiant à l'hôpital. Il n'est pas nécessaire d'appeler une ambulance.

Gray tressaillit. Ils ne devaient pas quitter la basilique. Leur diversion n'avait fait qu'empirer les choses.

— Monsignor a raison, dit-il en pliant le bras. Ce n'est pas grand-chose. Ça va aller.

Vigor remarqua sa grimace : il s'était vraiment fait mal.

— Non, non, j'insiste. C'est d'ailleurs la politique du musée. Si quelqu'un se blesse sur le lieu des travaux, une visite à l'hôpital est obligatoire.

Il ne semblait y avoir aucun moyen de le dissuader.

Balthazar intervint :

— C'est la sagesse, même. Mais, en attendant, y aurait-il un endroit où nous pourrions nous reposer ? Votre bureau au sous-sol, par exemple ?

— Bien sûr. Personne ne vous y dérangera. Je m'occupe de la police et je viendrai vous chercher quand l'ambulance sera là. Et, docteur Pinosso, veuillez encore une fois accepter mes plus sincères excuses. Vous avez été si généreux de votre temps, vous nous avez fait partager tant de connaissances et voilà comment nous vous témoignons notre reconnaissance.

Balthazar lui prit le bras.

— Hasan, ne vous inquiétez pas. Tout va bien. Il y a eu plus de peur que de mal. Mon étudiant devrait lui aussi regarder où il met les pieds quand il se trouve sur un tel perchoir.

Des sirènes retentirent au loin.

— Par ici, dit le conservateur.

Peu de temps après, les trois hommes se retrouvèrent seuls dans son bureau au sous-sol. La pièce était chichement meublée. Divers plans de la basilique étaient punaisés contre le mur du fond, derrière un bureau recouvert d'un fouillis impressionnant. Une photo encadrée du conservateur, Hasan Ahmet, serrant la main du président turc ornait le mur au-dessus d'un impressionnant classeur à documents. Le mur opposé était, lui, occupé par une ancienne carte enluminée du Proche-Orient.

Balthazar tourna le verrou de la porte et se mit à arpenter la pièce.

— Ce sous-sol est un véritable labyrinthe. Vous pourriez vous y cacher jusqu'à l'arrivée de ce Nasser. Je dirai à Hasan que vous êtes partis.

— Nous n'avons pas le choix, dit Vigor en se laissant tomber dans un canapé aux côtés de Gray qui se massait l'épaule. Et le temps commence à manquer. Avez-vous trouvé quelque chose là-haut ?

Pour toute réponse, Gray déboutonna sa chemise pour en sortir un lingot d'or et un tube en bronze. Il fouilla encore sous son vêtement et retrouva le bout d'argile qu'il posa lui aussi sur la table.

Vigor faillit ne pas y prêter attention mais une tache de couleur attira son regard. Il le ramassa.

— C'est un morceau de brique, expliqua Gray. Je ne voulais pas le laisser là-haut. Dieu sait si les choses se sont assez mal passées comme ça.

Vigor étudiait le débris. Un peu de plâtre pourpre s'accrochait encore à une des faces mais l'autre était recouverte d'une laque bleu azur. Pourquoi prendre la peine de vernir la face interne d'une brique ?

— Avez-vous vu une inscription en écriture angélique ? demanda-t-il en reposant le bout d'argile sur la table.

— Non. Aucune inscription. Rien d'anormal.

Balthazar examinait, quant à lui, le *paitzu* doré.

— Mais il y en a une ici.

Vigor s'approcha. Comme il s'y attendait, une lettre unique décorait le verso du lingot. Un cercle grossier l'entourait.

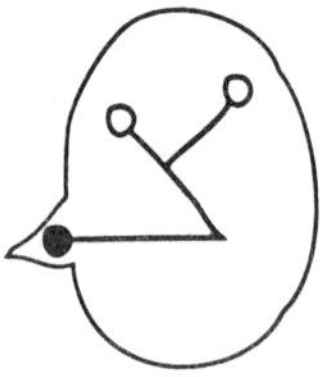

— La deuxième clé, dit-il.

— Mais ça, qu'est-ce que c'est ?

Balthazar montrait le tube.

Vigor le ramassa. Il était aussi épais que son pouce, sans la moindre décoration hormis les marques d'un marteau de forgeron.

— Peut-être un étui à parchemin.

Il examina une des extrémités qui avait été scellée par une pièce en bronze.

— Il faut l'ouvrir, dit Gray.

Cette suggestion mit Vigor mal à l'aise. En tant qu'archéologue, il redoutait toute mauvaise manipulation d'un artefact aussi ancien. Celui-ci devait d'abord être photographié, mesuré, référencé.

Gray sortit un canif de sa poche. Il l'ouvrit et le lui tendit.

— Nous n'avons pas le temps.

Vigor se décida à accepter le couteau. Toujours embarrassé, il s'en servit pour déloger la capsule. Elle sauta sans difficulté, comme si elle avait été insérée la veille.

Il renversa le tube et son contenu en sortit. Un rouleau de tissu blanc.

— Un parchemin, dit Gray.

Sans toucher l'objet, Vigor le corrigea.

— Ce n'est ni un parchemin ni du vélin, ni même du papyrus.

— Quoi alors ? demanda Balthazar.

Vigor regrettait de ne pas avoir de gants d'examen pour manipuler le vieux rouleau. Pour éviter de le souiller avec la graisse de ses doigts, il emprunta un crayon sur le bureau du conservateur et se servit du côté gomme pour le dérouler sur la table.

Ce qu'il fit sans mal.

— On dirait du tissu, dit Gray.

— De la soie, rectifia à nouveau Vigor en achevant d'étaler le rouleau. Elle est brodée, dit-il, montrant les nombreux fils noirs sur la soie blanche.

Mais ce minutieux travail de couture n'avait pas été fait pour dessiner un motif quelconque : c'était un texte en écriture cursive qui s'étalait sur le tissu, cousu à même la soie.

Gray essaya de lire mais son front se creusa de rides.

— C'est de la *lingua lombarda,* déclara Balthazar, ébahi.

Vigor ne parvenait pas à détacher ses yeux du texte qui venait de se révéler à eux.

— Le dialecte italien qu'on utilisait dans la région de Marco Polo.

Il tendit une main tremblante, suivant la première ligne avec le crayon à mesure qu'il traduisait à haute voix.

— « Il a été répondu à notre prière de la plus étrange des manières. »

Il leva les yeux vers Gray et vit que lui aussi avait compris.

— C'est la fin du récit de Marco Polo, dit Gray. La partie qui commence là où s'arrête la copie que détient la Guilde.

— Les pages manquantes, brodées sur de la soie.

Gray jeta un regard vers la porte, visiblement nerveux.

— Lisez le reste.

Vigor reprit alors le récit de Marco. Ils les avaient laissés, son groupe et lui, pris au piège dans la Cité des Morts, encerclés par une horde de cannibales. Il traduisit la suite, la voix vibrante de la puissance des mots mêmes de Marco.

« Il a été répondu à notre prière de la plus étrange des manières. Et voici ce qu'il advint :

La nuit tombait sur la Cité des Morts. Depuis notre sanctuaire en altitude, nous eûmes la stupeur de constater que les fosses et bassins de la cité en contrebas brillaient ! Ils luisaient d'une lumière sépulcrale ; la teinte et le lustre étaient ceux de la mousse et des champignons. Sous cet éclairage, la scène abominable qui se déroulait semblait jaillir des tréfonds de l'Enfer, tandis que les morts se nourrissaient des morts. Nous ne voyions aucun espoir de salut. Quel ange oserait s'aventurer sur ces terres blasphématoires ?

Mais vint le moment où trois silhouettes émergèrent de la sombre forêt. Telle était leur apparence : leur peau s'illuminait du même éclat que l'eau des fosses et des bassins, et les cannibales redoutés s'écartèrent devant eux comme si un vent soudain les avait séparés. Les trois s'avancèrent dans la cité avec peu de hâte mais un but précis. Parvenues au pied de la tour, ces étranges apparitions nous apparurent comme issues du même peuple que ceux qui festoyaient de chair. Pourtant leur peau resplendissait d'une lumière Bénie.

Pris d'une grande terreur, les hommes du Kaan jetèrent leurs armes à terre et cachèrent leurs visages contre la pierre. Les trois pénétrèrent dans notre abri et vinrent vers nous sans brutalité. Leurs traits étaient tirés par la fièvre ; mais ils paraissaient sains de chair à la différence de leurs frères restés en bas. Mais cette chair n'était semblable à celle d'aucun homme. La lumière de leur peau pénétrait au plus profond de leurs corps, et ainsi révélait le bouillonnement de leurs entrailles et les sombres palpitations de leurs cœurs. Il arriva alors que l'un des trois frôlât un des hommes du Kaan. Celui-ci hurla et s'effondra ; là où il avait été touché, sa peau se couvrait de cloques et noircissait.

Frère Agreer leva son crucifix contre eux ; mais le premier des trois s'avança sans peur aucune et toucha la croix du Dominicain. Il parla avec des mots que nul ne comprit ; mais à l'aide de maintes gesticulations leur désir fut entendu : que nous buvions à une moitié de coque de noix des Indes.

Un des soldats du Kaan, un homme de grande expérience, avait saisi assez de ce langage pour pouvoir communiquer. Une puissante vertu guérisseuse nous était offerte ; par sa consommation, nous serions protégés de la pestilence qui avait frappé ici. Mais que le Ciel nous pardonne tous pour le prix à payer, pour ce qu'il résulta de nous à la fin.

L'histoire s'arrêtait là.

— Il doit y avoir une suite, grommela Vigor, frustré.

— Cachée avec la troisième et dernière clé, suggéra Gray.

Vigor acquiesça avant de montrer le bout de soie.

— Mais même cela suffit à comprendre pourquoi ce récit n'a jamais été rapporté.

— Comment cela ? demanda Gray.

— La description des êtres étranges. Brillant d'une « lumière Bénie ». Offrant un salut.

— On dirait bien des anges, dit Balthazar.

— Mais des anges *païens,* répondit Vigor. Un tel concept aurait eu du mal à être accepté au Vatican à la fin du Moyen Âge. Et, souvenez-vous, celui qui a découpé le texte de Marco en tranches, l'a fait au XVIIe siècle, durant une autre épidémie de peste en Italie. Malgré son contenu troublant, le Vatican n'a, à l'évidence, pas osé détruire ce message. Certains mystiques au sein de l'Église ont dû diviser le texte à la fois pour le cacher et pour le préserver. Mais la grande question demeure : Que dit la partie que nous n'avons pas ?

— Pour le savoir, dit Gray, il va falloir trouver cette troisième clé. Mais où commencer à la chercher ? Il n'y a pas d'écriture angélique ici.

— Aucune, en tout cas, que nous puissions voir à l'œil *nu,* ajouta Vigor.

Gray fouilla aussitôt dans son sac à dos.

— J'ai pris une lampe à lumière noire. Au cas où nous rencontrerions d'autres obélisques phosphorescents.

Balthazar éteignit le plafonnier. Gray braqua sa lampe sur chaque artefact. Y compris le bout de brique.

— Rien, admit-il enfin.

Une impasse.

12 h 43

Gray s'était rarement senti aussi frustré et désespéré. Il devait renoncer à son plan initial.

— Impossible d'attendre davantage, annonça-t-il en consultant une nouvelle fois sa montre. Nous devons nous cacher. Rassemblons tout ça et trouvons un trou où nous terrer.

Ils venaient de passer plusieurs minutes à se torturer les méninges pour trouver un indice quelconque pouvant les mener à la troisième clé. Vigor avait tenté de chercher un sens caché dans le texte, le lisant et le relisant encore. Balthazar avait examiné en détail toutes les surfaces du *paitzu*. Ils étaient tous d'accord sur le fait que le cercle grossier dessiné autour du symbole avait une signification décisive, mais personne ne voyait laquelle.

Soupirant, Vigor commença à enrouler le morceau de soie.

— La réponse est là, sous nos yeux. Selon Seichan, la copie de la Guilde est très claire là-dessus : chaque clé doit mener à la suivante. C'est à nous de la trouver.

Gray récupéra le dernier objet : le bout de brique. Il gratta le plâtre qui s'accrochait encore à sa face extérieure.

— Le fait que le plâtre utilisé soit teint en rouge peut-il avoir une importance ? Cette fausse brique aurait pu être d'une autre couleur. Celles utilisées pour le dôme ont toutes sortes de nuances.

Glissant à nouveau le rouleau dans son étui de bronze, Vigor parut à peine l'entendre. Mais cela ne l'empêcha pas de marmonner.

— Le pourpre est la couleur de la royauté ou de la divinité.

Gray acquiesça. Il prit son sac pour y ranger le morceau d'argile. Son pouce effleura le vernis bleu à l'intérieur.

— Bleu, murmura-t-il. Bleu et la royauté.

C'est alors qu'il comprit.

Bien sûr.

Saisi par la même inspiration au même moment, Vigor sursauta.

— La Princesse bleue !

Balthazar tendait le lingot d'or à Gray pour qu'il le range.

— Vous parlez de Kokejin. La jeune Mongole qui voyageait avec Marco.

— Oui, répondit Vigor. On lui a donné ce surnom car son nom se traduit par *ciel bleu.*

— Mais que signifie cette référence à cette princesse en ce lieu ? demanda Gray.

— Revenons en arrière, répondit Vigor. La première clé se trouvait au Vatican, en Italie, où Marco a achevé son voyage. Un jalon majeur. Si nous remontons la route suivie par les Polo, nous arrivons au jalon suivant ici, à Istanbul, où Marco a quitté l'Asie pour enfin revenir en Europe.

— Et si nous remontons encore la route de Marco... dit Gray.

— L'étape suivante devrait être l'endroit où Marco a accompli la mission que lui avait confiée Kubilai Khan, le but de son voyage : la Perse où il devait amener Kokejin.

— Mais où exactement en Perse ?

— Ormuz, répondit Balthazar. Au sud de l'Iran. L'île d'Ormuz se situe à l'embouchure du golfe Persique.

Gray jeta un coup d'œil à la table. *Une île.* Il ramassa le *paitzu* en or et indiqua la ligne encerclant le symbole angélique.

— Cela pourrait-il être une représentation schématique de cette île ?

— Vérifions, dit Vigor en se dirigeant vers la carte accrochée au mur.

Gray le rejoignit.

Vigor montra une toute petite île dans le golfe Persique, proche des côtes iraniennes. Elle avait la même forme plus ou moins circulaire, avec une extrémité un peu pointue. La ligne tracée autour du glyphe en était une reproduction très fidèle.

— Nous l'avons trouvée ! s'exclama Gray. Nous savons où nous devons nous rendre maintenant.

Et cela signifiait que son plan pouvait encore fonctionner.

— Et Nasser ? fit Vigor.

— Je ne l'ai pas oublié, dit Gray en lui saisissant l'épaule. La première clé. Je veux que vous la donniez à Balthazar.

— Pourquoi ?

— Au cas où quelque chose tournerait mal ici, nous ne pouvons nous permettre que Nasser la détienne. Nous lui présenterons la seconde clé comme étant la *première.* Il ne peut pas savoir que nous en avons déjà trouvé une au Vatican.

Il s'interrompit pour dévisager les deux hommes.

— En présumant, reprit-il, que vous n'avez parlé de cette découverte à personne.

Tous deux acquiescèrent solennellement.

Bien.

Mais Vigor restait perplexe.

— Quand Nasser sera ici, il fouillera sans doute Balthazar et trouvera la clé.

— Pas si Balthazar est déjà parti, dit Gray. Il ignorait la présence de Kowalski avec nous. Je doute qu'il sache que votre collègue vous accompagnait. Pourquoi soupçonnerait-il que vous êtes venu ici avec le doyen du département d'histoire de l'art ? En traçant votre portable, Nasser sait juste que *vous* êtes venu ici nous rejoindre. Et nous allons en profiter. Balthazar va partir avec toutes les données nécessaires. Avec Seichan et Kowalski. Ils auront tous les trois un peu d'avance pour gagner l'île d'Ormuz. À eux de trouver la troisième clé. Quand Nasser sera là, nous le ralentirons le plus possible. Mais comme il tient mes parents, nous serons au bout du compte obligés de le mettre sur la bonne piste.

— En espérant que Seichan aura déjà trouvé la troisième clé, dit Vigor.

— Auquel cas, nous aurons de quoi passer un marché.

Gray savait cependant que ce plan ne pouvait tenir qu'à une seule condition.

Que Painter trouve un moyen de libérer ses parents.

13 h 06

Seichan attendait dans une chambre au cinquième étage d'un hôtel situé juste en face de la sortie ouest d'Hagia Sophia. Elle était assise à la fenêtre, la joue collée à la crosse d'un fusil à lunette, un Heckler & Koch. Elle fit le point sur l'esplanade en face de la basilique.

Elle avait vu la police arriver et repartir aussitôt.

Que s'était-il passé ?

Derrière elle, allongé sur le lit et mâchant des olives, Kowalski nettoyait cinq pistolets et un fusil d'assaut 5,56 mm OTAN A-91.

Ils avaient fait un peu de shopping, se limitant à l'essentiel.

Une pique à olives entre les dents, le bonhomme sifflotait d'une façon agaçante. Mais, au moins, il semblait savoir ce qu'il faisait avec les armes.

De son poste d'observation, Seichan avait une vue dégagée sur la rue, le parc et l'esplanade. Elle guettait quiconque faisant preuve d'un intérêt particulier pour la basilique… pas si simple avec tous ces touristes qui ouvraient des yeux ronds. Elle tentait aussi de repérer tout emballage susceptible de contenir un armement lourd.

Pour l'instant, tout allait bien.

À travers sa lunette télescopique, elle observait tous ceux qui franchissaient, dans un sens ou dans l'autre, les Portes impériales d'Hagia Sophia. Elle mémorisait chaque visage. Pour s'assurer qu'elle ne le revoyait pas *deux* fois.

Elle tenait à savoir le nombre exact d'agents ennemis présents ici.

Au cas où un assaut se révélerait nécessaire.

Pour l'instant, elle n'en avait pas repéré un seul. Ce qui n'avait pas de sens.

Où étaient les hommes de Nasser ? Ils auraient dû être sur place maintenant, chacun à son poste. La Guilde ne manquait ni de ressources ni de renforts à Istanbul. L'arsenal amoncelé sur le lit derrière elle en était la preuve. À moins que Nasser n'ait choisi d'opérer avec discrétion. Il était plus facile de mêler un ou deux hommes à la foule qu'une demi-douzaine.

Mais Seichan n'y croyait pas.

— Il y a un problème, marmonna-t-elle.

À quoi jouait Nasser ?

Soudain, un homme de haute taille quitta la basilique, traversant l'esplanade à longues enjambées, sans chercher à se dissimuler. Seichan braqua son viseur sur lui, faisant le point sur son visage barbu.

Oui, voilà qui était beaucoup mieux.

Elle ne connaissait pas son nom mais elle l'avait déjà vu, deux ans auparavant, quand il avait rencontré Nasser. Une épaisse enveloppe avait alors changé de mains. Nasser ignorait que Seichan l'avait suivi et qu'elle avait pris une série de clichés de cet agent inconnu, photographies actuellement enfermées dans le coffre d'une banque suisse.

— Je préfère ça, murmura-t-elle.

Elle comprenait mieux maintenant la discrétion dont faisait preuve Nasser : il avait déjà posté un homme à lui *à l'intérieur* d'Hagia Sophia. Ce qui n'annonçait rien de bon. Si ce type s'en allait, cela signifiait que quelqu'un d'autre l'avait déjà remplacé. Elle le vit s'immobiliser et sortir un téléphone portable de sa poche.

Probablement pour appeler Nasser et le prévenir que sa proie l'attendait tranquillement dans l'église.

Son propre téléphone sonna.

Bizarre.

L'œil toujours collé à sa lunette, elle récupéra son portable en tâtonnant.

— *Ciao*, dit-elle.

— Allô, répondit son correspondant d'une voix claire. Je cherche à joindre une femme nommée Seichan. On m'a dit d'appeler ce numéro. Un certain monsignor et un ami américain voudraient que nous nous rencontrions.

Un frisson ébranla Seichan tandis qu'elle regardait les lèvres du géant barbu bouger de façon tout à fait synchrone avec les mots qu'elle entendait.

— *Je m'appelle Balthazar Pinosso. J'appartiens au département d'histoire de l'art du Vatican.*

Elle connaissait enfin le nom de l'inconnu qu'elle avait photographié en compagnie de Nasser. Un agent de la Guilde. Nasser ne s'était pas contenté de placer un de ses sbires dans l'église... il l'avait infiltré au sein même de leur petit groupe.

Mentalement, elle se flanqua un coup de pied aux fesses. La taupe de la Guilde ne se trouvait pas chez Sigma mais... au Vatican.

— Allô, répéta l'homme avec un brin d'inquiétude.

Elle pressa la joue contre la crosse, assurant sa visée.

Il était temps de colmater les fuites.

— Kowalski... murmura-t-elle

— Ouais.

— C'est parti.

— Enfin !

Elle appuya sur la détente.

10

De pire en pire

6 juillet, 19 h 12
À bord du Mistress of the Seas

Dieu merci, la réception était enfin terminée.

Lisa déboutonna le manteau orné de perles qui recouvrait sa robe de cocktail noire, en soie plissée elle aussi. L'ensemble Vera Wang représentait quelques mois de son salaire : elle l'avait trouvé étalé sur son lit un peu plus tôt, quand elle était revenue se préparer pour la soirée de Ryder Blunt.

Le Dr Devesh Patanjali avait dû le choisir lui-même parmi les boutiques de luxe du paquebot installées sur le pont Lido. Ce qui était une bonne raison pour s'en débarrasser au plus vite. Elle aurait préféré se passer de prendre part à ces mondanités, mais Devesh ne lui avait pas laissé le choix. Elle avait donc dû se joindre aux autres invités.

Le champagne et le vin frappés avaient coulé à flots. Canapés, petits-fours et autres avaient circulé sur des plateaux d'argent manipulés par des serveurs en livrées. Des montagnes de caviar disposées sur des lits de glace et encerclées de toasts décoraient la table du buffet. Apparemment, assez de musiciens de l'orchestre du navire avaient survécu pour former un quatuor à cordes. Ils avaient joué sur le balcon dans le soleil couchant, mais avaient été forcés d'arrêter quand le vent s'était levé et la pluie avait commencé à tomber en gouttes lourdes et sonores.

Maintenant, le tonnerre grondait tandis que l'orage croissait en intensité. Au moins, le bateau ne tanguait pas, bien à l'abri dans la caldeira de ce volcan immergé. Néanmoins, l'arrivée probable d'un typhon avait mis un terme à la petite fête impromptue de Ryder.

Elle n'avait duré que deux heures.

Lisa enleva son soutien-gorge et sa culotte, soulagée d'en avoir fini avec cette mascarade. Elle remit son jean et enfila une ample chemise. Pieds nus, elle revint vers le lit et son petit sac de soirée. Un autre cadeau du Dr Patanjali, un machin Gucci avec fermoir en argent. L'étiquette du prix y était encore accrochée.

Plus de six mille dollars.

Mais ce qu'il contenait valait infiniment plus. Durant les festivités, Ryder lui avait offert avec discrétion deux petits cadeaux qu'elle avait aussitôt cachés dans son sac.

Une radio et un pistolet.

Et la nouvelle qui les avait accompagnés avait été encore mieux accueillie.

Monk était en vie !

Et à bord du bateau !

Elle cacha le pistolet sous la ceinture de son jean, le recouvrant avec sa chemise. Radio à la main, elle revint vers la porte et posa l'oreille contre le battant.

Il n'y avait pas de garde posté à l'extérieur, toute l'aile ayant été isolée depuis la cage d'escalier et les ascenseurs. Devesh lui avait assigné une cabine intérieure, à deux portes seulement de celle où gisait Susan Tunis.

Rassurée, elle brancha la radio sur le canal huit et enfila l'écouteur muni d'une tige micro.

— Monk, vous êtes là ? Terminé.

Elle attendit.

Un grésillement se fit entendre suivi par une voix familière.

— Lisa ? Dieu soit loué ! Ryder vous a donc filé la radio. Vous avez le flingue aussi ? Terminé.

Elle aurait voulu savoir comment il avait pu s'en sortir, comment il avait survécu mais ce n'était pas le moment.

— Oui. Il dit que vous avez un plan.

— Un plan, c'est beaucoup dire. Mon idée, c'est plutôt se barrer d'ici au plus tôt.

— Idée géniale, je trouve. Quand ?

— Je dois recontacter Ryder dans quelques minutes. Ça devrait être pour 21 heures. Soyez prête, vous aussi. Et gardez le pistolet sur vous.

Il résuma en peu de mots ce qu'il comptait faire pour la libérer.

Elle lui donna quelques détails nécessaires avant de consulter sa montre. *Moins de deux heures.*

— Dois-je le dire à quelqu'un d'autre ? s'enquit Lisa.

Long silence.

— Non. Je suis désolé. Si nous voulons garder le moindre espoir de nous évader, il faut filer avec le moins de monde possible, en mettant la tempête à profit. Ryder a un petit bateau privé dans une cale à bâbord. Votre ami Jessie m'a procuré une carte. Il y a une petite ville à environ trente milles nautiques d'ici. Notre seule chance est d'y arriver et de donner l'alerte.

— Jessie ? Il vient avec nous ?

Nouveau silence. Plus long encore.

— Monk ?

Un soupir emplit son oreille.

— Ils l'ont pris. Et jeté par-dessus bord.

— Quoi ?

Lisa repensa au visage souriant du jeune homme et à sa propension à abuser des blagues idiotes.

— Il… il est mort ?

— Je sais pas. Je vous expliquerai quand on se verra.

Elle éprouva une immense tristesse pour ce garçon qu'elle n'avait connu que quelques heures.

— 21 heures, répéta Monk. Gardez votre radio avec vous, mais planquez-la. Je vous rappellerai. Terminé.

Lisa retira l'écouteur et serra la radio entre ses deux mains. Le contact du plastique dur l'aidait à se recentrer. Ils se parleraient à nouveau dans deux heures.

Le tonnerre gronda.

Elle glissa l'appareil dans sa poche, repliant l'écouteur. Encore une fois, sa chemise cachait la bosse qu'ils formaient.

Elle se tourna vers la porte de la cabine. S'ils parvenaient à s'enfuir, elle ne voulait pas partir les mains vides. Il y avait tout un tas de données et de dossiers dans la chambre de sa patiente.

Ainsi qu'un ordinateur… muni d'un graveur de DVD.

Elle avait parlé avec Henrick et le Dr Miller à la réception. À mots couverts, ils lui avaient raconté comment Devesh et son équipe rassemblaient des échantillons des diverses bactéries toxiques produites par la souche Judas. Les pires d'entre elles, qu'ils stockaient dans des chambres d'incubation dans un labo interdit d'accès, dirigé par la virologue de Devesh.

— Je pense qu'ils effectuent aussi des expériences avec le virus sur des agents pathogènes connus, avait ajouté le Dr Miller. J'ai vu des tas de boîtes de Petri marquées *Bacillus anthracis* et *Yersinia pestis* disparaître dans ce labo secret.

Les bactéries de l'anthrax et de la peste noire.

Henrick avait émis l'hypothèse que Devesh cherchait à produire une supersouche de ces agents mortels. Durant leur discussion, un mot n'avait pas été prononcé… celui qui expliquait tout cela.

Bioterrorisme.

Si le monde voulait avoir une chance d'arrêter la myriade de pestes que la Guilde collectionnait et produisait, Lisa devait extraire le plus de données possible de sa patiente. Le corps de cette femme se guérissait tout seul, évacuant les bactéries toxiques de ses tissus, se nettoyant pour ainsi dire.

Comment et pourquoi ?

Devesh avait raison au sujet de Susan Tunis.

Elle seule détenait la clé de toute cette affaire.

Lisa ne pouvait pas partir sans emporter un maximum d'informations.

C'était un risque qu'elle devait courir.

Saisissant la poignée de la porte d'une main fébrile, elle sortit dans le couloir et accomplit les cinq pas qui la séparaient de la cabine de Susan. Plus loin, la salle circulaire donnant sur les différents labos grouillait encore d'activité avec des techniciens entrant et sortant. Une radio était branchée, déversant la plainte d'un crooner chinois. L'air sentait le désinfectant et une vague odeur de terre mouillée.

Lisa croisa un bref instant le regard du garde qui patrouillait la salle, contournant les caisses vidées et le matériel. Derrière elle dans le couloir, elle entendait d'autres gardes bavarder.

Se servant de la carte magnétique fournie par Devesh, elle pénétra dans la cabine de Susan Tunis. Comme toujours, deux infirmiers se trouvaient là. Devesh ne la laissait jamais sans surveillance.

L'un d'eux, affalé dans un fauteuil du salon, les pieds sur le lit, regardait la télé dont le volume était réglé au minimum. Un film hollywoodien diffusé sur la chaîne du paquebot. L'autre, dans la chambre avec la malade, dossier en main, enregistrait ses constantes.

— J'aimerais rester seule un instant avec elle, dit Lisa.

L'homme, massif et tête rasée, était le jumeau de son collègue du salon. Ne connaissant pas leurs noms, elle les avait baptisés Tweedledee et Tweedledum.

Mais, au moins, ils parlaient anglais.

Il haussa les épaules, lui tendit son porte-dossier et alla rejoindre son double.

Un éclair illumina la pièce à travers les portes du balcon et le tonnerre gronda. Le lagon et l'île couverte de jungle surgirent des ténèbres avant d'y retourner au moment où la foudre claquait.

La pluie devenait de plus en plus lourde.

Lisa enfila un masque et une paire de gants chirurgicaux avant de s'approcher du lit. À nouveau, elle s'empara de l'ophtalmoscope. Elle avait repéré une étrange anomalie dans les yeux de la femme, quelque chose qu'elle n'avait pas révélé à Devesh. Avant de partir, elle voulait vérifier une dernière fois.

Elle écarta un des battants de la tente d'isolement, se pencha et, du bout du doigt, releva avec délicatesse la paupière de l'œil gauche. Elle alluma la lumière de l'appareil et ajusta la netteté. Nez à nez avec la patiente, elle effectua un examen du fond de l'œil.

Toutes les surfaces rétiniennes semblaient normales et en bonne santé : macula, disque optique et vaisseaux sanguins. L'anomalie pouvait facilement échapper à un examen superficiel car elle n'était pas structurelle. Sans changer de position, Lisa éteignit la lumière de l'ophtalmoscope tout en continuant à regarder dans la lentille.

Le fond de l'œil de la patiente luisait d'un éclat laiteux. Une étrange phosphorescence touchait les tissus rétiniens. Elle avait pris naissance autour du disque optique, là où le réseau nerveux issu du cerveau se rattachait à l'œil. Mais, ces dernières heures, la lueur s'était répandue et touchait à présent toute la surface rétinienne.

Lisa avait lu l'historique de la malade et les rapports sur la floraison d'algues, comment la mer s'était mise à scintiller à cause des cyanobactéries phosphorescentes.

Et voilà que les yeux de cette femme luisaient à leur tour.

Ce qui devait bien signifier quelque chose. Mais quoi ?

À la suite de ces premières découvertes, Lisa avait, en cachette, effectué une seconde ponction lombaire. Elle voulait savoir si des changements s'étaient produits dans le liquide cérébrospinal. Elle avait fourni les données d'analyse à l'ordinateur situé dans la pièce : les résultats devraient être arrivés maintenant.

Elle retira gants et masque et se rendit auprès de la machine, qui n'était pas directement visible depuis l'autre pièce.

Elle appela le menu pour les tests. Ses résultats étaient en effet arrivés. Elle jeta un regard aux relevés chimiques. Les niveaux de protéines avaient monté, mais en dehors de cela, rien de significatif. Elle passa à l'examen microscopique. Des bactéries avaient été détectées et identifiées.

Des cyanobactéries.

Comme elle le suspectait.

Quand la barrière sang-cerveau avait été affaiblie, permettant le passage du virus dans le cerveau, la souche Judas avait amené de la compagnie avec elle.

Une compagnie qui croissait et se multipliait.

Anticipant ces résultats, Lisa avait entretemps effectué quelques recherches. Les cyanobactéries appartenaient à une des plus anciennes souches de bactéries. En fait, elles comptaient parmi les plus anciens fossiles du monde. Une des premières formes de vie sur terre, il y avait de cela près de quatre milliards d'années. Elles étaient aussi uniques, en ce sens que, comme les plantes, elles étaient capables de photosynthèse, produisant leurs propres substances nutritives grâce à la lumière du soleil. La plupart des scientifiques les considèrent comme les ancêtres des plantes modernes ; mais ces vieilles bactéries se sont aussi révélées douées d'adaptation, se répandant dans toutes sortes de niches environnementales : eau salée, eau douce, sol meuble, et même roche nue.

Et, avec l'aide de la souche Judas, elles venaient apparemment de pénétrer le cerveau humain.

La lueur dans les yeux de la patiente suggérait qu'elles étaient descendues à l'intérieur du fourreau du nerf optique depuis le cerveau jusqu'à l'œil, où elles étaient en train de s'installer.

Pourquoi ?

À partir de l'échantillon, Lisa découvrit qu'un des techniciens avait accompli un nouveau scan microscopique du virus de la souche Judas. Curieuse, elle fit apparaître l'image à l'écran. Une fois de plus, elle se retrouva face au véritable monstre : l'enveloppe icosaédrique avec les vrilles jaillissant à chaque coin.

Elle repensa à ce qu'elle avait dit plus tôt : *Aucun organisme n'est méchant par nature.* Il ne cherche qu'à survivre, se répandre et prospérer.

Le fichier était référencé avec le cliché original du virus. Elle l'afficha, lui aussi.

Ancien et nouveau. Côte à côte. Identiques.

Elle allait fermer la fenêtre mais son doigt resta en suspens au-dessus de la touche.

Non...

Sa main se mit à trembler.

Bien sûr...

Un éclair aveuglant jaillit à travers les portes-fenêtres, aussitôt suivi par un coup de tonnerre qui la fit sursauter. Tout le navire frémit. Les portes du balcon tremblèrent.

La foudre avait peut-être frappé le bâtiment.

Les lumières parurent hésiter. Lisa leva les yeux au moment où elles s'éteignirent. Les ténèbres envahirent la cabine.

Les infirmiers poussèrent un cri de protestation.

Lisa se retourna.

Ô mon Dieu.

L'éclairage revint soudain. L'ordinateur émit un bruit étrange avant de lâcher un *pop* sonore. Dans l'autre pièce, la télévision grésilla puis le dialogue du film reprit, imperturbable.

Lisa restait pétrifiée sur place, en état de choc.

Elle continuait à contempler la silhouette sur le lit. Pendant le bref instant d'obscurité, Lisa avait fait une autre découverte à propos de sa patiente. N'avait-on jamais éteint dans cette pièce ? Ou ce phénomène était-il récent ?

Ce n'étaient pas seulement les *yeux* de la femme qui luisaient.

Dans les ténèbres, alors qu'elle n'était vêtue que d'une mince robe, ses membres et son visage émettaient une lueur, une phosphorescence indiscernable à la lumière.

Les cyanobactéries s'étaient répandues partout.

Lisa était si ébahie qu'elle faillit rater un autre détail : les yeux de la patiente étaient ouverts et fixés sur elle.

Ses lèvres asséchées bougèrent.

Lisa lut ce qu'elles disaient avant d'entendre la question.

— Qu... qui êtes-vous ?

20 h 12

Monk avait vissé l'écouteur de la radio dans son oreille tandis qu'il remontait des ponts inférieurs. Il était allé vérifier l'accès à la cale privée de Ryder Blunt, là où se trouvait son bateau. Elle n'était pas gardée. Rares étaient ceux qui en connaissaient l'existence.

— J'ai la clé électronique de la porte de la cale, dit Ryder. Une fois libre, je fonce là en bas, je fais le plein du bateau, histoire d'être prêt à filer. Pourrez-vous libérer le Dr Cummings tout seul ?

— Oui, dit Monk dans le micro. Plus ce sera discret, mieux cela vaudra.

— Et vous avez tout préparé ?

— Oui, m'man. Je serai prêt dans une demi-heure. À mon signal, vous savez ce que vous avez à faire.

— Oui. Terminé.

Monk quitta l'escalier pour rejoindre un placard de rangement où, un peu plus tôt, il avait caché une couverture, un oreiller et des vêtements.

Son écouteur grésilla à nouveau.

— Monk ?

— Lisa ?

Il vérifia sa montre. Il était trop tôt.

— Un problème ?

— Non. Pas exactement. Mais nous devons changer nos plans. Il faut que nous emmenions une personne en plus.

— Qui ?

— Ma patiente. Elle est réveillée.

— Lisa...

— Nous ne pouvons pas la laisser ici, insista-t-elle. J'ignore ce qu'il lui arrive au juste mais cela a une importance cruciale. Nous ne pouvons courir le risque que la Guilde la fasse disparaître avant notre retour avec des renforts.

Monk réfléchissait déjà.

— À quel point est-elle mobile ?

— Faible mais assez mobile, je pense. Je ne peux pas trop en juger avec les infirmiers qui nous surveillent depuis la pièce voisine. Je me trouve dans ma chambre en ce moment où je peux parler librement. Je l'ai laissée là-bas. Elle fait semblant d'être encore catatonique.

— Et vous êtes certaine qu'elle a tant d'importance ?

— Absolument.

Monk posa encore quelques questions, régla quelques détails puis laissa Lisa se préparer de son côté.

— Ryder ?

— J'ai entendu, dit le milliardaire australien. Ma radio était toujours branchée.

— Il va falloir passer au plan B.

— Sans blague. Quand serez-vous là ?

Monk enleva la sécurité de son flingue.

— Je monte.

20 h 16

Après avoir enfilé un pull, Lisa revint dans la cabine de Susan. Elle s'était plainte d'avoir froid auprès des infirmiers, un prétexte pour retourner dans sa chambre et passer cet appel à Monk.

Tweedledee et Tweedledum étaient toujours absorbés par le film. Des cris émanaient de l'écran. La vie n'allait pas tarder à imiter la fiction.

Si tout se passait bien.

Lisa se dirigea vers la chambre… et se figea, pétrifiée.

Le Dr Devesh Patanjali se tenait au pied du lit, les mains croisées derrière le dos. Susan gisait toujours sous la tente, les yeux fermés, respirant de façon régulière.

Il n'était pas censé se trouver ici.

— Ah, dit-il sans se retourner, docteur Cummings, comment va notre patiente ?

20 h 17

Un charmant tintement retentit quand l'ascenseur s'arrêta au niveau de la suite présidentielle. Monk, fatigué et irritable, en sortit, portant un tas de couvertures et un oreiller.

Il s'avança vers la paire de gardes postés devant les doubles portes.

L'un était assis dans un fauteuil, l'autre quitta le mur auquel il était adossé.

— Go, dit Monk dans le micro de sa radio.

C'était son signal. Un coup de feu étouffé retentit dans la suite : Ryder avait dû éliminer le garde posté à l'intérieur.

Son collègue près du mur, surpris, se retourna.

Monk fut aussitôt sur lui, un pistolet dans chaque main, l'un caché sous un oreiller, l'autre sous une couverture. Il plaqua l'oreiller contre le dos du garde et lui tira dans la colonne vertébrale. Au moment où il tombait, il lui mit une balle dans la tête.

Avant que le corps ne heurte le sol, Monk levait déjà sa main enveloppée dans la couverture vers l'homme assis.

Il appuya sur la détente... deux fois.

20 h 19

Lisa pénétra dans la chambre.

— Docteur Patanjali, je suis contente de vous voir, mentit-elle avec difficulté.

Il fallait qu'il s'en aille au plus vite. Elle avait dit à Monk qu'il n'y aurait que les deux infirmiers avec elle.

Devesh se tourna vers elle.

Feignant l'épuisement, Lisa coinça une mèche de cheveux derrière son oreille.

— J'étais venue regarder les résultats d'une ponction que j'ai effectuée un peu plus tôt. Mais... ajouta-t-elle avec un geste vague vers l'ordinateur, la coupure de courant a éteint l'unité centrale. J'espérais examiner les données avant de me coucher.

— Pourquoi n'avez-vous pas demandé à un de mes hommes d'aller les chercher au labo du Dr Pollum ?

— Il n'y a personne là-bas. Peut-être pourriez-vous accélérer les choses ?

Devesh poussa un soupir.

— Bien sûr. J'allais justement me retirer dans ma chambre. Je vais appeler Pollum pour qu'on vous envoie une copie.

— Merci.

Devesh se dirigea vers la porte mais il s'immobilisa sur le seuil avant de se retourner vers elle.

Lisa se raidit.

— Vous étiez très séduisante à la réception. Radieuse, même.

Elle se força à rester impassible.

— M... merci.

Il disparut enfin.

Un peu secouée, elle se précipita aux côtés de Susan pour lui chuchoter à l'oreille :

— Je vais commencer à tout débrancher. Nous allons vous sortir d'ici.

Susan acquiesça. Ses lèvres bougèrent, soufflant un « merci » à peine audible.

Tandis qu'elle enlevait la perfusion, Lisa remarqua les traces de larmes au coin de ses yeux. Un peu plus tôt, elle lui avait dit ce qui était arrivé à son mari, mais sans lui révéler tous les détails qu'elle avait lus dans son rapport d'autopsie, fourni par Devesh.

Lisa lui serra l'épaule.

Heureusement, Devesh n'avait pas vu ses larmes.

20 h 25

Fouetté par la pluie, Monk courait sur le pont extérieur bâbord, évitant les rares flaques de lumière. Des nuages noirs bouillonnaient et roulaient au-dessus du filet géant tendu sur l'île. Des éclairs illuminaient le ciel en permanence, comme dans une zone de guerre. Le grondement du tonnerre était quasi constant.

Après sa première conversation avec Lisa, il avait repéré l'endroit approprié sur le pont et préparé tout ce dont il allait avoir besoin. Mais il n'avait pas eu le temps d'installer une seconde corde. Il allait devoir hisser les deux femmes en même temps.

Pour ce faire, il avait besoin de bras supplémentaires.

Ryder le suivait, vêtu comme lui de haillons à la manière des pirates.

Ils s'occuperaient plus tard de faire le plein de son bateau.

— Par ici ! hurla Monk pour se faire entendre dans la tempête.

Une chaise longue glissa près de lui. Le vent enflait encore. Ils devaient filer avant que le gros du typhon ne soit sur eux.

Le toit tissé de l'île se tendait, tanguait et craquait furieusement.

Monk arriva à l'endroit où il avait fixé une corde et un baudrier de pompier, volés dans l'équipement d'urgence du navire.

— Passez-la par-dessus le bastingage ! cria-t-il en se penchant au-dessus du vide.

Il scrutait les flancs du bateau. Il ne pouvait en être tout à fait certain en raison du renflement de la coque mais, deux niveaux plus bas, devait se trouver le balcon de la cabine où Lisa soignait cette femme.

Plus bas encore, le lagon noir reflétait les lumières du paquebot, parcouru par une douce houle, abrité de la tempête par les hautes parois volcaniques. Au moment où il allait se retourner vers Ryder, Monk remarqua d'autres lumières dans l'eau. Pas des reflets, quelque chose de plus profond. Des bleus éclatants et des rouges écarlates.

C'était quoi, ça ?

La foudre tomba sur le filet qui les surplombait. Instinctivement, il se baissa pour se protéger. Là où l'éclair avait frappé, des étincelles géantes léchaient les câbles métalliques, provoquant de brefs feux de Saint-Elme. Toute la structure devait être reliée à la terre, se comportant de fait comme un gigantesque paratonnerre.

Ryder le rejoignit au bastingage. Le rouleau de corde à l'épaule, il le jeta dans le vide. À le voir faire, on aurait dit un docker de métier. Le baudrier atteignit le niveau du balcon, se balançant dans le vent.

— Je descends, hurla Monk. Je sécurise la cabine. Ensuite, je reviens et, à nous deux, on remonte les femmes.

Ryder acquiesça. Il connaissait déjà le plan. Monk le lui avait exposé, au cas où il aurait eu envie de descendre à sa place.

Ryder ne s'était pas proposé.

Malin, le bonhomme. Pas étonnant qu'il soit milliardaire.

Monk s'empara de la corde, franchit le bastingage, coinça sa jambe et se laissa glisser le long de la corde humide. Contrôlant sa descente avec sa prothèse, il fila jusqu'à ce que ses pieds touchent le harnais.

Il se trouvait face au balcon, se balançant dans le vent. Les rideaux étaient à moitié fermés, mais il n'eut aucun mal à repérer Lisa. Un homme taillé comme un ours la plaquait contre les portes du balcon, les deux mains serrées autour de sa gorge, la soulevant sur la pointe des pieds.

Génial. Cette histoire commençait vraiment bien.

20 h 32

Twedledee l'étranglait et lui hurlait au visage, l'arrosant de postillons.

— Qu'est-ce que tu foutais avec cette perfusion, salope ?

Il l'avait surprise en train de débrancher les cathéters de Susan. Par malchance, leur film s'était terminé et Dee, pris d'un besoin jusque-là réprimé, était venu faire un tour aux toilettes, passant assez près du lit pour se rendre compte que quelque chose clochait.

Derrière, son frère Dum examinait la patiente. Il se retourna et parla très vite en russe. Une langue que Lisa ne comprenait pas, mais elle n'eut aucun mal à saisir le sens de son intervention.

Toujours plaquée contre la porte du balcon, elle sentit quelqu'un taper à la vitre derrière elle.

Mon Dieu, faites que ce soit Monk.

Elle passa la main dans son dos et réussit, du bout des doigts, à lever le loquet bloquant la porte.

Celle-ci s'ouvrit tout à coup en glissant. Lisa se trouva aspirée vers l'extérieur.

Surpris et déséquilibré, Dee tituba et la lâcha. Elle tenta de rester sur ses pieds mais se retrouva par terre.

Un bras jaillit des ténèbres, saisit Dee par le col et tira. Un coup de feu étouffé retentit, suivi par un hurlement qui s'éloignait.

Dee était bon pour un petit tour dans l'eau.

Dum, par contre, était déjà au pied du lit et dégainait l'arme coincée sous son épaule. Surpris, il n'avait pas encore songé à se mettre à hurler. Lisa voulut prendre son pistolet mais celui-ci se trouvait sous ses fesses.

Monk apparut sur le seuil, illuminé par un éclair. Son arme était braquée. Il hésitait encore, sachant que la détonation serait entendue, mais il n'y avait aucun moyen de l'éviter.

Soudain, une silhouette se dressa derrière Dum, agenouillée dans le lit. Encore faible.

Susan.

La femme frappa avec un scalpel, l'enfonçant dans la nuque jusqu'à ce qu'il émerge de l'autre côté. Oubliant son arme, le garde se prit la gorge à deux mains.

Monk se rua en avant, le saisit par la ceinture et le traîna à l'extérieur.

— Faut pas laisser ton frère tout seul.

Cette fois, il n'y eut même pas de hurlement.

Monk se retourna.

— Bon, on y va, oui ou... ?

Lisa courut à la porte de la cabine pour mettre la chaîne de sécurité tandis qu'il achevait de libérer Susan de ses derniers liens médicaux – câbles d'électroencéphalogramme, électrocardiogramme, Doppler.

Lisa enleva son pull et aida Susan à l'enfiler, ainsi qu'un pantalon chirurgical supplémentaire. Malgré sa faiblesse, Susan faisait preuve d'une impressionnante résistance après cinq semaines de catatonie.

C'était peut-être l'adrénaline, peut-être autre chose.

Quoi qu'il en soit, ils ne tardèrent pas à se retrouver sur le balcon dans la tempête. Monk attrapa le harnais qui rebondissait contre la coque. Il se tourna vers Susan et se figea.

— Ça vous dérangerait de me dire pourquoi votre amie brille dans le noir ?

D'un geste timide, Susan essaya de tirer le pull sur ses bras. Lisa lui avait déjà expliqué ce qu'il en était en éteignant la lumière dans la chambre un peu plus tôt.

Elle montra le harnais.

— On en parlera plus tard.

Monk fronça les sourcils mais se hissa le long de la corde à la force des bras et de sa prothèse.

Lisa aida Susan à s'installer dans le harnais.

— Vous pourrez vous tenir ? demanda-t-elle.

— Il le faudra bien, répondit Susan en frissonnant violemment.

Peu après, Monk et Ryder commencèrent à la tirer, se servant du bastingage comme d'une poulie.

Lisa attendit.

Un choc sonore la fit se pétrifier sur place.

Il provenait de la cabine.

Elle se figea tandis qu'un cri de colère retentissait.

Devesh Patanjali.

Il avait dû essayer de se servir de sa carte pour se rendre compte que la porte était bloquée par la chaîne. Il cogna à nouveau.

Lisa leva les yeux.

À temps pour voir les pieds de Susan disparaître. Les deux hommes l'aidaient à passer sur le pont.

Dégainant son pistolet, elle hurla :

— Vite ! Quelqu'un vient !

Un craquement retentit dans la cabine. Ils défonçaient la porte. Un coup de fusil suivit. Aussi assourdissant qu'un coup de canon.

Lisa entendit un cri au-dessus d'elle.

Au moins, Monk avait entendu la détonation.

Elle reçut le harnais sur l'épaule. Et l'ignora, se ruant vers la porte ouverte du balcon. Saisissant le rideau, elle le ferma complètement avant d'en faire autant avec la porte.

Qu'ils découvrent la pièce vide.

Sa ruse ne lui ferait pas gagner beaucoup de temps mais peut-être quelques précieuses secondes. Elle se retourna pour récupérer le harnais. Une rafale de vent le projeta contre sa main, lui faisant lâcher son arme.

Le pistolet tomba dans les ténèbres.

Merde...

Elle se glissa avec frénésie entre les lanières, grimpa sur la rampe du balcon et se jeta dans le vide.

Elle sentit la corde se tendre tandis que les deux hommes commençaient à la remonter.

Elle se retourna vers le balcon, au moment même où le rideau s'ouvrait. Un éclair troua l'obscurité. Elle vit les yeux de Devesh écarquillés de surprise et d'incompréhension tandis qu'il la découvrait là, se balançant dans la nuit.

Il s'écarta.

À sa place, Surina apparut en robe de soirée, ses longs cheveux noirs dénoués. Elle ouvrit la porte d'une main tandis que, de l'autre, elle arrachait sa canne à Devesh.

Lisa, toujours en train de se balancer, arrivait droit sur elle. Elle voulut la frapper du pied mais Monk et Ryder tirèrent et elle la manqua.

Le harnais s'éloigna à nouveau de la coque.

Surina sortit sur le balcon, sa chevelure battant follement l'air. Elle saisit la canne de Devesh à deux mains, la tourna et tira. Un fourreau de bois blanc s'envola vers la cabine, révélant une longue lame d'acier.

Telle une gymnaste, Surina bondit sur la rampe du balcon. Malgré le vent et la pluie, ses pieds parurent se souder à la mince poutrelle.

La foudre déchira le ciel. La lame brilla, un trait de feu.

Le baudrier, parvenu au sommet de son arc, repartit en sens inverse. Désarmée, Lisa revenait vers la femme qui l'attendait, épée en main.

20 h 46

Monk n'avait pas attendu. Dès qu'il avait entendu le coup de feu, il avait compris que Lisa avait besoin d'une aide plus directe ; il avait donc laissé le solide Australien la hisser tout seul.

À présent, il descendait en rappel sur une autre corde. Sa prothèse serrait celle-ci avec la force d'un étau. Sa main libre braquait un pistolet.

Pieds sur la coque, il était assez penché vers l'extérieur pour voir Lisa revenir vers une femme qui brandissait une épée. Il visa et tira.

Une rafale de vent lui fit rater sa cible.

La balle arracha un bout de bois de la rampe du balcon.

Déséquilibrée, la femme tomba mais se reçut en souplesse sur le sol du balcon, roulant sur elle-même à l'intérieur de la cabine.

Ryder rugit en tirant de toutes ses forces sur la corde de Lisa.

Au même moment, Lisa se hissa à la force des bras. Elle était à présent debout dans son harnais, et non assise dedans, et se trouvait plus haut désormais que le balcon. Elle heurta violemment la coque et rebondit.

Ryder la tira encore d'un bon mètre.

Monk vida le reste de son chargeur, trois balles, pour décourager quiconque de la suivre.

Ça devrait suffire.

Il se trompait.

La femme à l'épée réapparut et sauta à nouveau sur la rampe avec une agilité inouïe… puis elle bondit une nouvelle fois vers le haut, l'épée pointée vers le ciel.

Lisa hurla.

20 h 47

La lame glissa sur le talon de sa chaussure, trancha son jean à la cheville avant de s'enfoncer profondément dans son mollet.

Puis, obéissant à la gravité, l'épée se retira.

Lisa baissa les yeux. Surina se réceptionna sur le pont du balcon avant de disparaître, toujours aussi habile, dans le navire. Elle n'avait même pas regardé vers elle.

Ryder effectua une nouvelle traction.

Hors d'atteinte.

Lisa perdit le balcon de vue, caché par l'arrondi de la coque. Se cramponnant à la corde, elle tremblait. Du sang ruisselait de sa jambe, se glissant dans sa chaussure.

Elle repéra Monk non loin d'elle qui regrimpait vers le bastingage.

Quelques secondes plus tard, quelqu'un la saisit sous les épaules pour la hisser sur le pont. Elle s'écroula, toujours tremblante. Ryder apparut, déroulant son turban qui lui était tombé sur le cou.

— Ça va faire mal, dit-il, mais sa voix semblait très lointaine.

Il enroula son écharpe autour de son mollet blessé avant de serrer très vite et très fort. La douleur explosa en elle, lui arrachant un petit cri étranglé.

Et soudain, les sons revinrent du puits sans fond où ils étaient tombés. La tempête, la foudre, le vent...

Ryder l'aida à se lever.

— Il faut y aller. Ils vont monter ici d'une minute à l'autre.

— Oui... partir... oui.

Ce n'était pas du Shakespeare mais Ryder la comprit. Il la prit sous les aisselles pendant que Monk se chargeait de Susan. Ils étaient tous trempés.

Ils se dirigèrent vers la poupe.

— Où... ? demanda-elle, boitant aussi vite que possible.

— Nous n'arriverons jamais à mon bateau, expliqua Ryder. Ils vont bloquer les escaliers et les ascenseurs.

Comme pour le confirmer, une sirène se mit à mugir, grondant dans les entrailles du navire avant d'exploser sur le pont.

Monk montra le bastingage.

— Le pont d'embarcation des passagers, dit-il. Il y a une heure, quand j'ai vérifié si votre hangar privé était surveillé, j'ai repéré un hors-bord là en bas. Abandonné et non gardé.

— Ce pont est lui aussi tout en bas du paquebot.

Monk les entraîna vers le bastingage. Il se pencha au-dessus du vide.

— Il y a une route directe.

Il tendit le bras vers le bas.

Lisa se pencha à son tour. Elle distingua à peine le pont qui saillait un peu de la coque. Un hors-bord bleu y était amarré, le moteur relevé. Il devait servir aux pirates à faire la navette avec le rivage.

Il n'était pas gardé.

— Vous voulez qu'on saute ? demanda Susan, désemparée.

— Vous savez nager ?

— Je suis biologiste marine.

Lisa hésitait elle aussi. Ils se trouvaient à plus de quinze mètres au-dessus de l'eau. Des cris retentirent à la proue. Monk regarda la jambe de Lisa avant de la fixer dans les yeux.

Elle hocha la tête. Ils n'avaient pas le choix.

— Il va falloir y aller ensemble, dit Monk. Un seul gros splash attirera moins l'attention que quatre.

Ils grimpèrent sur le rail en se tenant.

Monk les dévisagea l'un après l'autre.

— Prêts ?

Ils l'étaient.

Lisa avait le ventre noué. Sa jambe l'élançait. La douleur lui faisait voir des étoiles dans l'eau noire, de brefs scintillements électriques.

Monk compta jusqu'à trois.

Les bras écartés pour s'équilibrer, Lisa sauta les pieds joints. Elle avait fait un peu de plongeon de falaise autrefois, pourtant quand elle heurta la surface, elle eut l'impression de cogner un sol dur. L'impact ébranla tous ses os. Elle eut l'impression que l'épée s'enfonçait à nouveau en elle. Ses genoux cédèrent… puis la mer s'ouvrit enfin. Elle s'enfonça profondément dans l'eau chaude. Après le froid de la pluie et du vent, le lagon lui fit un effet agréable.

Elle écarta les bras pour ralentir sa plongée.

Avant de commencer à remonter. Battant des jambes, elle refit surface, le souffle coupé. Tout autour d'elle, l'orage grêlait l'eau de mer. Des bourrasques fouettaient l'écume.

Elle repéra les trois autres. Monk nageait déjà vers le hors-bord.

Ryder aidait Susan. Il se tourna vers Lisa.

Elle lui montra le bateau.

Ses bottes et ses vêtements trempés ne facilitaient pas la nage mais elle les suivait.

Monk fut le premier à se hisser dans l'embarcation. Restant accroupi, il surveillait le pont d'embarquement.

Personne.

Les sirènes d'alerte résonnaient toujours sur le paquebot. Ils devaient tous être en train de monter sur le pont supérieur, là où les fugitifs avaient été aperçus pour la dernière fois.

Ryder arriva au bateau avec Susan.

Tandis que Monk les aidait, Lisa combla la distance.

Elle y était presque quand...

... quelque chose heurta sa jambe. Quelque chose de lourd.

Surprise, elle pataugea un peu. Une masse imposante frôla sa hanche... laissant une traînée de feu vert dans l'eau sombre, avant de disparaître.

Des mains la saisirent sous les épaules.

Elle faillit hurler, ne s'étant pas rendu compte qu'elle avait atteint le hors-bord. Ryder la souleva.

Elle s'effondra sur le pont du bateau. Des outils abandonnés lui firent mal au dos. Elle sentit une odeur de gasoil dans ses cheveux. Mais elle ne bougea pas. Elle respirait avec calme, essayant de ralentir les battements de son cœur.

Soudain, derrière elle, le moteur se mit à gronder. Ryder largua les amarres. Monk écarta le hors-bord du paquebot, lentement, s'efforçant d'être le plus discret possible.

Lisa s'assit et regarda vers le pont.

Une silhouette surgissait du navire pour s'avancer sur les planches. Malgré l'obscurité, elle n'eut aucun mal à distinguer ses tatouages. Rakao. Le Maori ne s'était pas laissé berner. Il savait qu'il y avait peu de possibilités de quitter le navire.

— Monk ! hurla-t-elle. À fond !

Le moteur s'ébroua, émit un hoquet avant de rugir.

Rakao leva le bras. Lisa se souvint de son énorme pistolet.

— À plat ventre ! Tout le monde !

Une flamme apparut au bout du canon. La balle ricocha sur le flanc métallique du hors-bord. Celui-ci prenait rapidement de la vitesse, soulevant une gerbe d'écume derrière lui.

Rakao tira une deuxième fois mais il devait déjà s'être rendu compte que cela ne servirait à rien. Il porta une radio à ses lèvres.

Monk fonçait.

Un autre hors-bord apparut, contournant le navire par l'arrière, encore assez éloigné. Il devait être en train de revenir du village sur l'île. Soudain, il accéléra l'allure, se dirigeant vers le pont d'amarrage.

Rakao avait dû le réquisitionner pour lancer la traque.

Mais ils avaient une bonne avance.

C'est alors que leur moteur décida de les lâcher. Un claquement retentit, accompagné d'une fumée grasse. Le horsbord frémit et ralentit soudain. Lisa regarda les outils sur lesquels elle s'était effondrée, le grand chiffon enduit de graisse...

L'engin n'attendait *pas* d'embarquer des passagers... il était en réparation.

Le rugissement du moteur se mua en râle.

Proférant un juron, Ryder l'enjamba pour ouvrir la trappe donnant accès aux machines.

Un nuage épais s'en échappa.

— Ce petit a eu sa dose, annonça Ryder.

Au paquebot, Rakao bondissait du pont sur l'autre horsbord... qui les prit en chasse.

— Pas le choix, dit Monk en tournant le volant alors que leur vitesse s'était considérablement réduite. Il faut aller sur l'île.

Après un raté, le moteur se remit un bref instant en route.

Lisa regarda la rive puis le bateau de Rakao.

Ça allait être très juste.

Monk tirait tout ce qu'il pouvait de leur engin agonisant. La forêt sombre se dressa devant eux. Au moins, elle semblait assez dense pour les cacher.

Une demi-minute plus tard, le moteur rendit l'âme pour de bon.

— À l'eau ! cria Ryder.

La plage n'était plus si loin. Cinquante mètres à peine.

— Abandonnez le navire, acquiesça Monk. Et magnez-vous les fesses.

Lisa se débarrassa de ses chaussures et suivit les autres dans le lagon. Elle entendait le vrombissement du hors-bord de Rakao.

Une fois dans l'eau, elle se souvint soudain de cette chose qui l'avait heurtée, de sa panique sur le moment. Mais pour l'instant, le Maori tatoué lui faisait plus peur encore. Ayant plongé toute sa vie, elle avait déjà souvent fait face à des requins curieux.

Rakao était beaucoup plus dangereux.

Elle nagea vers la rive.

Jetant un regard derrière elle, elle remarqua d'étranges éclairs dans l'eau.

Émeraudes, rubis et saphirs.

Des scintillations, comme des traînées de feu sous la surface.

Toutes se dirigeaient vers la rive, à leur poursuite.

Lisa comprit soudain ce qui l'avait heurtée tout à l'heure, ce qui fondait à présent vers eux. Une meute de chasseurs, communiquant entre eux grâce à des signaux lumineux, une sorte de morse pour prédateurs.

— Plus vite ! hurla-t-elle.

Elle battit des pieds de toutes ses forces.

Ils n'y arriveraient pas.

Il suit la piste du sang dans l'eau. Des ailerons latéraux ondulent et guident. Des muscles pompent l'eau et la rejettent derrière lui, propulsant sa masse de près de deux mètres. Il serre ses huit bras ensemble, une longue flèche gonflée de muscles. Ses deux tentacules les plus longs émettent une brillance à leur extrémité. Des raies de luminescence frissonnent le long de ses flancs.

Pour guider la meute.

De gros yeux globuleux lisent les messages de ses congénères.

Certains se déploient en largeur, d'autres plongent plus profond.

Le sang est là.

Lisa s'efforçait de se détendre, de nager avec calme.

La panique ne ferait que la ralentir.

La plage s'étalait devant elle, une mince traînée argentée entre les eaux et la forêt noires. Une ligne d'arrivée qu'elle avait bien l'intention de franchir.

Le bateau de Rakao grondait derrière elle.

Mais ce n'était plus le pirate maori qu'elle fuyait.

Des flèches de feu filaient vers elle.

Attirées par son mollet ouvert.

Le sang.

Quatre mètres devant elle, Monk et Ryder émergeaient de l'eau, traînant Susan entre eux.

— Monk ! cria Lisa.

Un dernier spasme musculaire le projette en avant. Il déploie ses membres au maximum. Les deux longs tentacules fendent l'eau, luisant d'une lumière jaune, tapissés de ventouses ornées de crochets chitineux.

21 h 05

Monk entendit son nom.

Lisa crawlait vers la plage, frénétique.

Plus que trois mètres.

Derrière elle, le hors-bord fonçait à toute allure. La pluie martelait le lagon. Sous la surface, des fils lumineux déchiraient la mer comme des balles traçantes dans la nuit, convergeant tous vers Lisa.

Monk repensa aux histoires qu'on racontait sur ce lagon.

Les démons des profondeurs.

Il retourna dans l'eau. Le fond descendait rapidement. En deux pas, il se retrouva immergé jusqu'à la taille.

— Lisa !

Elle leva les yeux. Leurs regards se croisèrent.

Puis, soudain, comme si elle avait heurté un mur invisible, elle s'arrêta, levant les bras hors de l'eau.

Elle écarquilla les yeux.

— Part...

Il plongea vers elle.

— Votre main !

Trop tard.

Une gerbe de tentacules explosa à la surface, enveloppant Lisa. Avec une violence et une vitesse ahurissantes, celle-ci fut soulevée, retournée puis emportée. Le monstre apparut brièvement, lisse et brillant, équipé de petites ailes latérales, parcouru de minces lignes d'éclairs électriques. Un gros œil noir fixa Monk avant de disparaître.

Un bras humain creva la surface, déjà deux mètres trop loin. Puis, à une vitesse improbable, il laboura l'eau, un poisson au bout d'une ligne. La main s'enfonça à nouveau dans les profondeurs.

Lisa...

Monk prit son élan pour la suivre.

Mais plusieurs détonations l'obligèrent à sortir de son état de choc. Les balles hachaient l'eau autour de lui, le forçant à battre en retraite vers la plage.

— Par ici ! hurla Ryder.

D'autres coups de feu soulevaient des gerbes de sable.

Il n'avait pas le choix.

Monk recula, tiré par Ryder.

Ils pénétrèrent dans la jungle.

Lisa...

Elle tentait de retenir son souffle, étouffée par plusieurs tentacules.

Des crochets géants lui mordaient les chairs. La panique estompait la douleur.

Elle luttait et se débattait.

Les yeux ouverts.

Des flashes de lumière zébraient les ténèbres.

Voilà donc comment elle allait mourir.

21 h 06

Monk se laissa entraîner plus profondément dans la jungle. Il n'avait pas le choix. Il ne pouvait rien faire.

À travers une trouée dans le feuillage, il regarda à nouveau le lagon.

Le bateau des pirates avait ralenti en approchant de la plage. Les fusils étaient braqués vers les arbres, cherchant des cibles. Mais Rakao, lui, était debout à la proue, silhouette massive brandissant une sorte de long harpon, guettant les eaux.

Soudain, le chasseur maori enfonça sa hampe d'acier dans la mer.

Des arcs électriques jaillirent là où il avait frappé, aveuglant dans l'obscurité, illuminant la nuit et les profondeurs du lagon. Les eaux sifflèrent et bouillonnèrent autour du harpon.

Que faisait-il ?

À peine consciente, Lisa hoqueta et lâcha sa dernière réserve d'air. Une secousse terriblement douloureuse venait de la frapper. L'étreinte du calmar géant se fit plus formidable encore, alors qu'il endurait la même souffrance.

Puis ses tentacules se relâchèrent dans un dernier spasme sauvage.

L'eau de mer lui brûla le nez.

Les yeux ouverts, elle vit la créature sombrer vers les profondeurs, une traînée de feu émeraude. D'autres la suivaient.

Elle remonta à la surface.

Des mains saisirent ses cheveux.

Elles furent trop lentes.

Lisa respira de l'eau, sa bouche s'ouvrant et se refermant comme celle d'un poisson asphyxié. Les ténèbres l'engloutirent.

21 h 07

À l'abri d'un rocher dans la jungle, Monk vit Lisa être extirpée du lagon par les cheveux. Désarticulée et inconsciente. Sa tête roula.

Rakao jeta son javelot dans le hors-bord.

— Ça doit être un truc à décharge électrique, déclara Ryder. Il a électrocuté cette bestiole.

Le Maori récupéra Lisa, la coucha en travers du bastingage et poussa sur son dos. De l'eau de mer jaillit du nez et de la bouche.

Un bras se leva pour le repousser faiblement.

Vivante.

Le pirate la souleva avant de la laisser s'effondrer sur place. Puis il se tourna vers la jungle, scrutant la forêt avant de lever les yeux vers les sommets de l'île. Une violente rafale de vent gifla le lagon.

Rakao fit un geste circulaire de la main.

Le bateau vira de bord dans une gerbe d'écume. Ils retournaient au paquebot.

Et emportaient Lisa avec eux.

Mais au moins, elle était en vie.

— Pourquoi partent-ils ? marmonna Susan.

Monk se tourna vers elle. Dans l'obscurité régnant dans la forêt, son visage et ses mains brillaient d'une lueur pâle, à peine perceptible, mais bien réelle. Comme la lune derrière des nuages.

— C'est pas comme si on pouvait aller quelque part, dit Ryder avec amertume. Demain matin, ils viendront nous chercher.

— Profitons-en pour filer d'ici, déclara Monk.

Aidant Susan à se remettre debout, il ne put s'empêcher de jeter un dernier regard vers le lagon.

— C'était quoi, ces trucs ?

— Des calmars prédateurs, dit Susan d'une voix faible mais pourtant assurée. Certains calmars luminescents chassent en meute. Des calmars de Humboldt du Pacifique ont attaqué et tué des gens, surgissant des profondeurs. Mais il existe aussi des spécimens plus gros. Comme le *Taningia danae.* Ce lagon isolé a dû servir d'abri à cette sous-espèce. Où elle a pu se développer. Et chasser. La nuit... quand elle peut au mieux se servir de sa communication et de sa coordination lumineuses.

Un des pirates avait parlé des sorcières et des démons du lagon. C'était sans doute là la source de cette croyance. Monk repensa aussi à une autre histoire qu'il avait entendue à propos de cette île.

Il leva les yeux vers les sommets déchiquetés qui se découpaient dans le ciel sombre. Derrière les roulements du tonnerre, des tambours cognaient.

Les cannibales.

— On va où maintenant ? demanda Ryder.

Monk se mit en marche.

— Je propose d'aller découvrir les plaisirs de la cuisine locale.

21 h 12

Soutenue par un pirate, Lisa reprit pied sur le pont d'amarrage. Elle était trop faible pour se débattre, trop fatiguée pour s'en soucier. Trempée jusqu'aux os, saignant de multiples plaies, elle attendait son sort.

Rakao était en pleine discussion avec Devesh.

En malais.

Elle ne les comprenait pas.

Mais elle se doutait que cette dispute avait pour motif le fait que les pirates n'avaient pas poursuivi Susan Tunis dans la jungle. Un mot, lui, était tout à fait compréhensible.

Kanibals.

Derrière les deux hommes, Surina, toujours en déshabillé, attendait à l'abri derrière la porte du navire, les bras croisés, le dos droit, patiente. Son regard ne quittait pas Lisa. Il n'était pas froid... ce qui aurait impliqué une émotion. Les yeux de Surina étaient dénués de toute expression.

Enfin, Devesh se retourna et désigna Lisa. Il s'exprima en anglais, par courtoisie pour sa captive.

— Tue-la.

Lisa se raidit et toussa.

Elle offrit au scientifique de la Guilde la seule chose possible.

Pour sauver sa vie.

— Devesh, la souche Judas. Je sais ce que fait le virus.

11

Verre brisé

6 juillet, 13 h 55
Istanbul

Choqués, ils restaient silencieux.

Depuis la fenêtre au deuxième étage d'Hagia Sophia, Gray avait vu la tête de Balthazar Pinosso exploser dans une gerbe de sang et d'os. L'impact ébranla sa carcasse de géant. Le téléphone portable qu'il tenait contre son oreille l'instant d'avant s'envola avant de glisser sur les dalles de l'esplanade.

Le grand corps s'effondra.

Vigor poussa enfin une sorte de gémissement qui les sortit de leur stupeur.

— Ô mon Dieu... non...

Puis le son les rattrapa, l'écho de la détonation, les hurlements sur la place.

Gray s'écarta de la fenêtre, saisissant les implications de cette scène. *Si Balthazar a été tué...*

— Nasser savait, acheva Vigor, formulant sa pensée et s'adossant à son tour au mur. Il savait que Balthazar était avec nous. Ce sont ses tueurs qui l'ont abattu.

Gray fut pris de remords. Il avait littéralement envoyé cet homme devant un peloton d'exécution.

Les cris enflaient au-dehors et commençaient à se propager à l'intérieur de la basilique. Les gens fuyaient... la plupart vers le sanctuaire le plus proche : Hagia Sophia.

Quelques minutes auparavant, Gray et Vigor étaient montés ici, où la foule était moins nombreuse, pour se cacher. Avant de quitter les lieux, Balthazar avait informé le conservateur du musée que ses collègues, n'ayant nul besoin d'une ambulance, étaient déjà partis. À cet étage, ils risquaient moins de faire des rencontres inopportunes.

— La police ne va pas tarder à investir les lieux, dit Gray. Nous devons nous cacher.

Vigor lui saisit le bras.

— Votre mère et votre père...

Gray secoua la tête. Nasser l'avait prévenu. À présent, ses parents allaient payer l'erreur qu'il avait commise.

Comment Nasser avait-il appris la présence de Balthazar ?

Vigor continuait à regarder par la fenêtre. Ses doigts se resserrèrent autour du poignet de Gray.

— Dieu Tout-Puissant... que fait-elle maintenant ?

Gray se tourna à nouveau vers l'esplanade. Tandis que les gens s'enfuyaient ou bien s'aplatissaient au sol, une seule silhouette traversait la place en courant, mettant à profit la confusion qui régnait. Elle boitait légèrement.

Seichan.

Pourquoi venait-elle ici ?

Soudain, des gerbes de pierres éclatées surgirent derrière ses talons. On lui tirait dessus. Les hommes de Nasser. Mais son apparition soudaine les avait surpris. Ayant pour ordre d'empêcher Gray et ses compagnons de quitter la basilique, ils ne s'attendaient pas à voir quelqu'un courir *vers* elle.

Seichan accéléra l'allure, courant contre la mort.

13 h 58

Elle poussa un juron. Donc, Nasser disposait bien d'un ou deux snipers dans les parages et elle ne les avait pas repérés. Cela dit, ils avaient largement eu le temps de se cacher bien avant. Elle n'avait pas prévu la présence du traître dans leur groupe. Balthazar se trouvait déjà à Hagia Sophia depuis le début de la matinée, préparant le piège.

Elle traversa les Portes impériales à toute allure et se jeta sur le côté, contre le mur intérieur. Y avait-il des tueurs ici aussi ?

Elle scruta l'immense nef. Les gens, terrorisés par la fusillade, se blottissaient dans les coins ou bien couraient en tous sens, égarés et paniqués. Elle devait retrouver Gray et Vigor.

Des sirènes retentirent au loin.

Quelqu'un saisit sa chemise. Dans un réflexe immédiat, elle enfonça son pistolet dans le ventre de l'imprudent.

Celui-ci ne broncha pas.

— Seichan, que s'est-il passé ?

C'était Gray, les traits tirés et pâles.

— Gray... il faut filer d'ici. Tout de suite. Où est monsignor Verona ?

Il montra une cage d'escalier toute proche : Vigor s'y tenait, à moitié caché dans l'ombre.

Seichan repoussa Gray vers lui.

Vigor leva les yeux vers la grande porte. Son regard s'emplit de tristesse.

— Nasser l'a tué. Il a tué Balthazar.

— Non, dit-elle. C'est moi.

Vigor eut un geste de recul. Gray fit volte-face.

— C'était un agent de Nasser, expliqua Seichan.

— Comment... ? fit Vigor avec colère.

— J'ai des photos qui datent de deux ans. On voit Nasser lui donner de l'argent. Balthazar travaillait pour lui depuis le début.

Seichan perçut l'incrédulité de Vigor. Elle durcit sa voix.

— Monsignor, qui a attiré votre attention sur l'inscription dans la tour des Vents ?

Vigor se tourna vers les portes, vers le mort qu'il ne pouvait voir.

— Avant de vous mêler tous les deux à cette histoire, enchaîna Seichan, je jouais au chat et à la souris avec Nasser à travers toute l'Italie, cherchant les premiers éléments de l'énigme angélique. Nul n'était censé découvrir mon message invisible au Vatican avant que je vous appelle, que je vous demande de fouiller cette cache dans la tour avec de la lumière noire. Croyez-vous que votre ami soit tombé dessus *par hasard* ?

— Il a dit... qu'un de ses étudiants...

— Il mentait. C'est Nasser qui le lui a dit. Cet enfoiré a eu la même idée que moi. Il s'est servi de Balthazar pour que vous l'aidiez à résoudre le mystère.

Vigor se détourna.

Seichan regarda Gray. Celui-ci se tenait un peu à l'écart, le regard vitreux, passant en revue tous les événements de la matinée à la lumière de cette révélation.

— Alors, Nasser savait que nous étions sur le point de le trahir, dit-il. Il sait que nous avons la première clé. Il sait tout.

— Pas nécessairement, dit Seichan en les entraînant dans l'église. C'est pour cette raison que je devais l'éliminer. Je ne pense pas qu'il ait eu le temps d'appeler Nasser après vous avoir quittés. Je l'ai descendu avant.

Furieux, Gray s'immobilisa, refusant de faire un pas de plus.

— Vous auriez pu le capturer. Nous aurions pu l'utiliser contre Nasser. Vous n'étiez pas forcée de le tuer. Vous aviez des milliers d'options.

— Toutes trop risquées ! répliqua Seichan en lui faisant face. Essayez de vous fourrer ça dans le crâne, Gray. Le plan de Nasser, nos plans... ils sont tous à la poubelle. On doit tout reprendre de zéro. Et on doit le faire tout de suite.

La colère prit le dessus.

— Quand ces fumiers sauront ce que vous avez fait... ce que nous avons fait... Vous venez de signer l'arrêt de mort de mes parents !

Elle lui flanqua une claque, qui le fit vaciller et reculer d'un bon pas. Un peu sonné, il fonça sur elle. Elle ne résista pas. Il la prit par le col, le poing levé.

Elle garda une voix calme.

— Nous devons mettre à profit la mort de ce traître. Elle va semer une certaine confusion chez eux. Nous devrions en tirer avantage.

— Mes parents...

Elle ne monta pas la voix.

— Gray, ils sont déjà morts.

Le poing qui serrait sa chemise trembla. Ses traits se tordirent dans un vilain rictus. Son regard la fouillait, cherchant un – ou une – responsable.

— Et s'ils ne sont pas morts, continua-t-elle, s'il les garde en vie pour se préserver une assurance, alors il ne nous reste qu'un seul espoir.

La main de Gray lâcha sa gorge mais resta fermée.

— Il nous faut quelque chose de solide à lui donner en échange, reprit-elle. Quelque chose qui vaille la vie de vos parents.

Dans ses yeux, elle vit la marée refluer, la rage se calmer. Il émergeait enfin de son état de choc.

— Et la deuxième clé seule ne suffit pas, murmura-t-il.

Elle secoua la tête.

— Il faut disparaître. Vigor doit retirer la batterie de son portable pour qu'on ne puisse nous pister.

— Mais comment Nasser entrera-t-il en contact avec nous ?

— Il est temps de reprendre le contrôle des opérations.

— Mais s'il essaie de nous appeler...

— Il sera furieux. Il fera peut-être du mal à l'un de vos parents, ou aux deux. Il en tuera peut-être un. Mais jusqu'à ce qu'il nous trouve, il en gardera un en vie. Il n'est pas idiot. Encore une fois, c'est notre unique espoir.

Le téléphone de Vigor se mit à sonner. Ils se figèrent. Puis Vigor le sortit de sa poche et regarda l'identité de l'appelant avant de le tendre à Gray.

— Nasser, confirma-t-il.

— Quand on parle du diable, marmonna Seichan. Un de ses tueurs a dû l'appeler. Pour de plus amples instructions. C'est probablement la seule raison pour laquelle ils n'ont pas encore investi la basilique. La mort de Balthazar les a surpris. C'est notre seule chance.

Gray fixait le téléphone.

Seichan attendit.

Cet homme était-il vraiment fort ?

14 h 04

La main de Gray, crispée autour du téléphone, refusait de bouger.

Il vibrait et sonnait en même temps.

Il sentait presque la fureur qui en émanait, une colère prête à se déchaîner sur son père et sa mère. Il voulait à tout prix y répondre : hurler, implorer, maudire, marchander.

Mais il n'avait rien à proposer en échange.

Pas encore.

— Nasser doit toujours être dans l'avion, marmonna-t-il enfin.

— Son atterrissage est prévu dans cinq heures, confirma Seichan.

— Tant qu'il sera là-haut, il hésitera à prendre une décision majeure. Il attendra d'avoir les pieds sur terre avant de donner un ordre définitif.

— Et s'il n'a pas reçu de vos nouvelles à ce moment-là...

Incapable de prononcer les mots, Gray se contenta d'acquiescer. Nasser n'attendrait pas davantage. Il se vengerait de lui en tuant ses parents. Quitte à chercher ensuite une nouvelle stratégie.

Cinq heures.

— Il nous faudra plus que la deuxième clé que nous avons trouvée ici. Plus même que la troisième.

Seichan acquiesça.

Il la fixa droit dans les yeux.

— Nous devrons avoir résolu l'énigme de l'obélisque. Il nous faut la carte de Marco.

Elle se contenta de le regarder, attendant.

Gray sut ce qu'il devait faire. Il retourna le téléphone. Les doigts gourds – comme s'ils rechignaient à coopérer –, il enleva le cache arrière.

La main de Vigor se posa sur la sienne.

— Gray, êtes-vous sûr ?

Il leva les yeux.

— Non... je ne suis pas sûr. Je ne suis sûr de rien...

Il le repoussa avec fermeté et retira la batterie.

— ... mais cela ne veut pas dire que je ne ferai rien. Et maintenant ? demanda-t-il à Seichan.

— Vous venez de lui jeter le gant. Il va battre le rappel de ses sbires. Nous avons peut-être une minute, ou deux, grand maximum. Par ici, dit-elle en montrant les profondeurs de la basilique. Kowalski a une voiture. Il doit nous prendre à la sortie est.

Elle s'enfonça dans la nef. Les gens se rassemblaient, incertains. Les sirènes se rapprochaient. Elle sortit un objet de sa poche.

— Des hommes à Nasser doivent aussi nous attendre là-bas, dit Gray en la rattrapant.

Elle lui montra ce qu'elle tenait.

— Une grenade choquante. Une flash-bang. On la jette au milieu de l'église. Et on profite de la pagaille pour sortir.

Gray fronça les sourcils tandis qu'ils passaient devant un groupe d'écoliers, tous serrés les uns contre les autres, les yeux écarquillés d'angoisse.

Vigor formula ses craintes :

— Si les hommes de Nasser repèrent l'un d'entre nous, ils tireront quand même... dans la foule.

— C'est le seul moyen, dit Seichan en accélérant l'allure. Nous devons courir ce risque. Ils sont peut-être déjà à nos trousses...

Un coup de feu éclata dans la basilique, assourdissant.

Gray sentit quelque chose couiner tout près de son oreille. Un bout de mosaïque éclata dans une gerbe dorée.

Et ce fut la panique. Les gens se mirent à courir en tous sens.

Vigor, bousculé, se retrouva à genoux. Gray l'aida à se relever tandis qu'une deuxième balle ricochait sur une colonne de marbre. L'écho s'éternisa dans la nef.

Plié en deux, le trio fila le long d'une des parois. Ils arrivaient près du centre de l'immense salle quand Seichan saisit la goupille de la grenade.

Gray l'empêcha de la retirer.

— Non.

— On n'a pas le choix. Il y a sûrement d'autres tireurs qui nous attendent.

Et s'ils nous repèrent dans la foule, combien d'innocents seront tués ?

Il tendit le bras.

— Il y a un autre moyen.

Il les entraîna vers l'échafaudage qu'il avait escaladé un peu plus tôt.

— Montez !

Ils avaient cependant encore un obstacle à franchir.

Le garde n'avait pas déserté son poste. Accroupi derrière une barrière en bois, il se tenait prêt à tirer, fusil braqué.

Gray enleva sa grenade à Seichan, la dégoupilla et la jeta derrière la barrière.

— Fermez les yeux ! cria-t-il à Vigor en l'entraînant à terre. Couvrez-vous les oreilles.

Seichan s'accroupit, la tête enveloppée dans ses bras.

La déflagration leur fit l'effet d'un coup de pied dans le ventre. Comme si un avion avait franchi le mur du son à l'intérieur même de la basilique. Un éclair s'insinua entre les paupières fermées de Gray.

Puis ce fut terminé.

Il remit Vigor sur pied. Des hurlements emplissaient la nef, étrangement étouffés après l'explosion. Gray se précipita vers l'immense échafaudage. Derrière eux, la foule se séparait, gagnant les deux sorties, est et ouest.

Le garde gisait sur le dos, gémissant.

Il souffrirait d'une bonne migraine mais il survivrait.

Gray lui prit son fusil en faisant signe à ses deux compagnons de monter. Ils devaient faire vite. La cohue ne ralentirait pas longtemps ceux qui les traquaient.

Il rattrapa les deux autres sur les marches.

— Où allons-nous ? demanda Seichan. On sera des cibles idéales là-haut !

— Plus vite ! se contenta-t-il de répliquer en les dépassant.

Ils grimpaient les marches deux par deux, tournant et tournant encore.

Ils étaient parvenus à mi-hauteur quand une rafale d'arme automatique arrosa les poutrelles. Tirée d'en bas, elle avait peu de chance de les atteindre mais elle les engagea à disparaître dans les entrailles de la charpente. Ils arrivèrent sur une passerelle en planches.

— Suivez-moi ! dit Gray.

Ils se trouvaient à la base du dôme. Là où se déployait le cercle de fenêtres en voûtes qui avait suscité l'émerveillement de Marco. Et le sien.

Levant son fusil, il cribla de balles celle qui se trouvait au bout du couloir improvisé. Elle éclata. Atteignant la vitre brisée, il se servit de sa crosse pour chasser les derniers éclats de verre.

— Sortez !

Ils le dépassèrent tandis que de nouveaux coups de feu les cherchaient, ricochant sur les montants d'acier et lacérant le plancher.

Gray sortit à son tour et se retrouva perché sur un rebord qui se prolongeait tout autour du dôme.

Le soleil brillait, aveuglant.

Istanbul s'étalait à leurs pieds dans toute sa confuse beauté, mélange chaotique d'ancien et de moderne. La mer de Marmara était un immense saphir. Plus loin, s'étalait le pont du Bosphore suspendu au-dessus du détroit qui menait à la mer Noire.

Mais ils n'étaient pas là pour admirer le paysage.

Gray montra la façade sud de la basilique, là où on effectuait d'autres travaux sur Hagia Sophia, là où un autre échafaudage s'accrochait à ses flancs.

— On descend par là ! Allez-y.

Obéissant, Vigor les précéda, contournant prudemment le dôme le long de l'étroit rebord. Arrivé à hauteur de l'échafaudage, Gray montra l'exemple. Il quitta leur perchoir et se laissa glisser sur l'arrondi du toit. Se ralentissant avec les pieds, il resta sur le dos, levant son fusil au-dessus de sa tête.

Se cognant à une poutrelle, il l'utilisa pour se retourner au vol. Seichan le suivait déjà, préférant rester debout, mi-courant mi-skiant, insouciante des risques. Vigor, plus prudent, dérapa sur le dos par à-coups.

Se retenant d'une main à l'échafaudage, Seichan ouvrait déjà son portable, hurlant dans le micro.

Gray rattrapa Vigor et l'aida à prendre pied sur la passerelle. Ils dévalèrent les marches. Heureusement, il n'y avait plus de garde de ce côté. La fusillade avait dû tous les attirer sur l'esplanade.

Une fois en bas, Seichan les précéda à travers un petit jardin dans une ruelle transversale. Un taxi jaune apparut au carrefour suivant, pneus hurlants, avant de foncer droit sur eux. Seichan eut un geste de recul, surprise et méfiante.

La bagnole cabossée freina au dernier moment, exécutant un impeccable demi-tour sur place.

Le conducteur se pencha vers la portière côté passager.

— Vous attendez quoi, au juste ?

Kowalski.

Gray grimpa à l'avant. Seichan et Vigor à l'arrière. Les portes claquèrent.

Kowalski démarra, oubliant pas mal de gomme sur la chaussée.

Seichan lutta contre l'accélération pour se pencher en avant.

— Ce n'est pas la voiture que nous avons louée !

— Ce tacot made in Japan, m'en parlez pas ! Regardez-moi ce bijou : une Peugeot 405 Mi16. Début des années quatre-vingt-dix. Ça, ça roule !

Prouvant ses dires, il écrasa l'accélérateur, avant de rétrograder pour négocier le prochain carrefour, les projetant tous sur la gauche. La voiture émergea du virage comme une roquette.

— Où… commença Seichan.

Des sirènes éclatèrent derrière eux.

— Vous l'avez volée, dit Gray.

Penché en avant, le nez sur le volant, Kowalski haussa les épaules.

— Le mot c'est : *empruntée.*

Gray se retourna. Le véhicule de police s'éloignait, distancé.

Kowalski prit un nouveau virage, les expédiant tous de l'autre côté, tout en énonçant les particularités de leur engin.

— Un équilibre poids-puissance idéal, une direction qui se raidit avec la vitesse… oh, et en plus, y a le toit ouvrant. Sympa, non ?

Gray se laissa aller contre son siège.

Kowalski sema définitivement les flics deux virages plus loin. Ils s'insérèrent dans l'abondante circulation qui quittait les vieux quartiers d'Istanbul, perdus dans une mer de taxis plus ou moins semblables.

Retrouvant enfin son calme, Gray se tourna vers Seichan.

— Il nous reste cinq heures. Et nous devons aller à Ormuz.

— L'île d'Ormuz, précisa Vigor, à l'embouchure du golfe Persique.

Seichan se tenait le flanc. Pâle, elle semblait souffrir mais elle acquiesça.

— Je connais l'endroit. Un repaire de contrebandiers et de bandits. Ça ne devrait pas poser de problème.

— Combien de temps ?

— Trois heures. En jet privé et hydravion. Je connais quelqu'un.

Gray consulta sa montre. Cela ne leur laissait que deux heures pour trouver la troisième clé et déchiffrer l'énigme. Son cœur se remit à battre à toute allure. Maintenant, pendant ce bref répit, la peur pour ses parents revenait. Plus forte que jamais…

Il tendit la main vers Seichan.

— J'ai besoin de votre portable.

— Pour appeler Sigma ?

— Je dois les mettre au courant de ce qui vient de se passer.

Il esquivait la vraie raison de cet appel et elle le savait. Mais elle lui donna le téléphone.

Quelques secondes plus tard, il parlait au directeur, Painter Crowe, lui faisant un bref rapport, depuis la découverte de la deuxième clé jusqu'à leur évasion.

— Donc, c'était le Vatican qui était infiltré par une taupe, dit Painter.

Un silence, puis :

— Gray, cette île se trouve en territoire iranien. Je ne pense pas pouvoir faire grand-chose. Surtout dans un laps de temps aussi court. Pas sans alerter tous les autres services de renseignements du Moyen-Orient.

— Je ne veux pas que vous interveniez, dit Gray. Mais… s'il vous plaît… mes parents…

— Je sais, Gray. Nous les retrouverons.

En dépit de la promesse, Gray sentit l'hésitation dans la voix de son supérieur, les mots évités.

S'ils sont toujours en vie.

8 h 02

Arlington, Virginie

On les déplaçait une nouvelle fois.

Harriet maintint un verre d'eau contre les lèvres de son mari. Vêtu d'un pantalon de survêtement et d'un sweat-shirt, il était attaché à une chaise.

— Jack, il faut que tu boives.

Il refusa.

— Avale cette pilule, aboya la femme, ou je te la fous dans le cul.

Les mains d'Harriet tremblèrent.

— S'il te plaît, Jack. Bois.

Toujours vêtue de cuir noir, Annishen était en train de perdre patience. Elle avait reçu un appel quelques minutes auparavant et avait convoqué tous les gardes, y compris ceux postés dans la rue. Harriet avait été traînée hors de la vieille chambre froide où elle était restée enfermée toute la nuit. Un endroit effrayant. Une seule ampoule nue brillant au-dessus de deux rangées de crochets à viande suspendus à des rails fixés au plafond. Des traces de sang frais maculaient le sol ; on n'avait même pas pris la peine de les asperger vers un siphon central.

Puis il y avait eu l'appel.

Ils avaient besoin d'elle pour qu'elle s'occupe de Jack. On les avait séparés depuis la veille. Toute la nuit, elle avait craint qu'ils ne l'aient tué. Après le coup de Taser dans la chambre d'hôtel, il était resté à peine conscient. Elle avait été horrifiée de le découvrir bâillonné et attaché sur cette chaise, même si, en dehors de cela, il semblait à peu près indemne.

Dès qu'il l'avait vue, il s'était débattu contre ses liens. Mais il ne l'avait pas vraiment reconnue, pas tout à fait. Il restait dans le même état de trouble, provoqué par le stress, l'électrocution et son réveil dans ce lieu inconnu, ligoté à cette chaise.

— Laissez tomber, dit à la fin Annishen en la saisissant par l'épaule. De toute manière, les pilules que vous lui avez données hier n'ont eu aucun effet.

— Il était déjà agité, dit-elle, suppliante. Cela prend du temps… et il faut toujours garder le même dosage. Il a besoin de ces pilules.

— Encore un essai et après on arrête.

Harriet se pencha vers son mari, lui maintenant la tête d'une main, le verre dans l'autre. Il se débattit mais elle le tenait bien.

— Jack, je t'aime. S'il te plaît, bois. Pour moi.

Elle versa de l'eau sur ses lèvres. Elles se séparèrent, par pur réflexe. Il devait avoir soif. Il se décida à boire, avalant d'un trait l'eau offerte. Cela parut même l'apaiser.

Harriet poussa un soupir de soulagement.

— Il l'a prise ? demanda Annishen.

— Ça devrait faire effet d'ici une heure.

— Nous n'avons pas une heure.

— Je comprends... mais...

Harriet savait qu'on devait être en train de les rechercher. Plus ils restaient longtemps au même endroit, plus grandes étaient les chances qu'on les repère. Plus ils se déplaçaient, plus leur piste serait difficile à suivre.

— Emmenez-le ! ordonna Annishen aux gardes.

Saisissant Harriet par le col, elle la força à se relever. Elle était forte. Elle la repoussa vers la sortie du fond, pendant que ses sbires détachaient Jack. Deux d'entre eux le soulevèrent sans ménagement tandis qu'un troisième pressait le canon de son arme sur son dos.

Il se mit à gronder quand ils commencèrent à le déplacer.

— Nooooon.

— Va p'têt' falloir le zapper encore une fois, dit un des gardes doté d'un fort accent étranger.

— Non, s'il vous plaît, supplia Harriet. Je peux le calmer.

Les gorilles ne parurent même pas l'entendre.

Annishen semblait peser le pour et le contre.

— Il fait jour, insista Harriet. S'il est inconscient, cela attirera l'attention...

— Y a des bars dans la rue, dit un des gardes. On l'arrose de vodka et tout le monde croira que c'est un poivrot.

L'idée n'eut pas l'air de plaire à Annishen. Surtout, pensa Harriet, parce qu'elle ne l'avait pas eue. La femme la poussa vers Jack.

— Faites en sorte qu'il se tienne tranquille ou je le tase jusqu'à ce qu'il bave comme un bébé.

Harriet se précipita auprès de son mari. Elle remplaça un des gardiens, passant son bras autour de sa taille. De l'autre main, elle lui frotta la poitrine.

— Tout va bien, Jack. Tout va bien. Il faut qu'on parte.

Il la regarda d'un air soupçonneux, mais la colère dans ses yeux s'adoucit.

— Je veux... rentrer à la maison.

— On va rentrer... calme-toi.

Il les laissa l'emmener dans une ruelle, à peine assez large pour la poubelle débordante qui s'y trouvait. Le soleil brillait... douloureusement.

Ils gagnèrent la rue principale.

Harriet découvrit qu'ils avaient passé la nuit dans une boucherie abandonnée dont la vitrine avait été remplacée par des planches. Elle chercha autour d'elle un repère quelconque. Après l'enlèvement, elle avait senti qu'ils traversaient le Potomac. Ils se trouvaient quelque part dans Arlington.

Mais où ?

Un van noir, un Dodge, était garé à un demi-bloc de là.

La circulation commençait déjà à se faire dense. Quelques sans-abri étaient réunis devant l'entrée d'une laverie automatique. Près d'eux, un chariot de supermarché était rempli de sacs en plastique.

Ignorant les SDF, Annishen les précéda vers le van. Elle déverrouilla les serrures avec sa commande à distance, la porte de côté s'ouvrit en glissant.

Jack semblait dans un état de stupeur, remarquant à peine son entourage.

Harriet attendit qu'ils soient au niveau du groupe d'hommes réunis autour du chariot. Sa main droite était toujours posée sur le ventre de Jack.

Pardonne-moi.

Elle le pinça violemment à travers la chemise.

Il sursauta, émergeant de sa passivité.

— Noooon !

Il bouscula son garde.

— J'te connais pas, toi ! rugit-il. Me touche pas !

Harriet lui tapota le dos.

— Jack... Jack... Jack. Calme-toi.

Il la repoussa, elle aussi.

— Hé ! fit un des sans-abri. Qu'est-ce que vous lui faites, à ce pauvre gars ?

Il était d'une maigreur squelettique et serrait une bouteille dans un sac en papier contre lui.

Quelques visages à l'intérieur de la laverie se tournèrent vers la rue.

Annishen revint sur ses pas. Elle souriait, le regard braqué sur Harriet. Une main était restée dans la poche de son blouson. La menace.

Harriet frotta le ventre de Jack et se tourna face au clochard.

— C'est mon mari. Il a la maladie d'Alzheimer. Nous... nous l'emmenons à l'hôpital.

Ses mots parurent le rassurer.

— J'suis désolé pour vous, m'dame.

— Merci.

Harriet conduisit Jack dans le van. Ils y furent bientôt enfermés, les portes closes. Annishen s'installa à la place du passager. Comme ils démarraient, elle se retourna vers Harriet.

— Il vaudrait mieux que ces pilules fassent effet, dit-elle. Sinon, la prochaine fois, on le laissera accroché à un de ces crochets de boucherie.

Harriet hocha la tête.

Un des hommes lui enfila alors une capuche noire. Elle entendit le gémissement de protestation à ses côtés quand il fit de même avec Jack.

Elle tendit la main pour saisir celle de son mari. Elle sentit ses doigts serrer les siens. Un réflexe, d'amour celui-ci.

Pardonne-moi, Jack...

Elle glissa son autre main dans la poche de son gilet. Ses doigts effleurèrent le tas de pilules... les pilules qu'elle avait fait *semblant* de lui donner. Avant et maintenant. Pour que Jack reste agité ; pour qu'il soit assez désorienté pour agir de façon imprévisible.

Pour qu'on le voie... qu'on se souvienne de lui.

Désespérée, elle ferma les yeux.

Pardonne-moi, Seigneur.

12

D'une carte oubliée

6 juillet, 16 h 44
Détroit d'Ormuz

L'hydravion russe, un Beriev Be-103, quitta l'aéroport international de l'île de Qeshm pour filer au-dessus des eaux bleues du détroit d'Ormuz.

Gray était impressionné par la brièveté de leur escale. Leur jet en provenance d'Istanbul avait touché terre à peine dix minutes plus tôt. L'engin amphibie les attendait, le plein fait, les moteurs chauds. L'hydravion ne pouvait transporter que six personnes, pilote compris, sur trois rangées de sièges jumeaux.

Mais il était rapide.

La traversée jusqu'à l'île d'Ormuz ne prendrait guère plus de vingt minutes. Ils avaient fait vraiment vite. Malgré cela, il ne leur resterait que deux heures pour trouver la troisième clé et déchiffrer le code d'écriture angélique sur l'obélisque.

Gray avait mis à profit le temps passé à bord du jet privé obtenu par Seichan grâce à un de ses nombreux contacts pour étudier les inscriptions. Chaque minute comptait. Il avait à nouveau sorti son carnet couvert de notes et avait tenté de convertir les caractères en lettres, comme Vigor l'avait fait avec ceux du Vatican pour trouver *HAGIA*. Sans parvenir au moindre résultat probant.

Même avec l'aide de Vigor.

Ses vastes connaissances en langues anciennes s'étaient révélées inutiles. Le décryptage était rendu d'autant plus difficile qu'ils ignoraient laquelle des quatre faces de l'obélisque servait de point de départ et dans quel sens les inscriptions devaient être lues. Celui des aiguilles d'une montre ou le contraire.

Ce qui donnait huit possibilités.

Se frottant les yeux, Vigor avait fini par admettre la défaite.

— Sans la troisième clé, nous n'y arriverons pas.

Ce que Gray s'était refusé à croire. Du coup, les deux hommes s'étaient brièvement disputés, avant de décider, d'un commun accord, d'y réfléchir chacun de son côté. Gray savait que sa mauvaise humeur était surtout due à l'angoisse qui lui nouait le ventre.

Et lui donnait la nausée. Il avait envie de vomir en permanence. Dès qu'il fermait les yeux, il voyait le visage de sa mère. Les reproches dans le regard de son père.

Il avait donc choisi de continuer à travailler.

C'était tout ce qu'il pouvait faire.

Il fixa à nouveau une des inscriptions, à laquelle ils avaient ajouté les lettres de substitution.

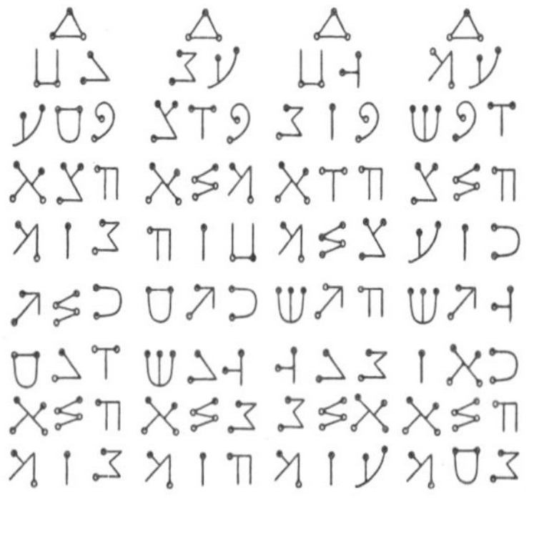

I	I	I
C N	B A	C G
A S P	Z Z P	B V P
A Z H	A L M	A Z H
M V B	H V C	M L Z
T L C	S T C	S T H
S N Z	S N G	G N B
A L H	A L B	B L A
M V B	M V H	M V A

Sept autres possibilités couvraient les pages suivantes.

Laquelle était la bonne ? Par où commencer ?

À l'avant de la cabine, un ronflement sonore se fit entendre. Kowalski s'était déjà rendormi. Sans doute avant même que les roues ne quittent le tarmac.

Installé à ses côtés, Vigor examinait à nouveau le journal brodé dans la soie. Il jeta un regard courroucé vers l'ancien quartier-maître et déboucla sa ceinture. Il vint rejoindre Gray à l'arrière de l'avion, se laissant tomber à ses côtés.

Un silence gêné régna.

Gray referma son carnet de notes.

— Tout à l'heure… j'étais…

— Je sais, le coupa Vigor avec gentillesse. Nous sommes tous inquiets. Essayons de ne pas penser à cela mais à ce qui nous attend.

Gray acquiesça.

— Je comprends que vous teniez à décrypter le code de l'obélisque, reprit Vigor, mais comme nous sommes sur le point d'arriver, il serait judicieux de découvrir où sur cette île cette troisième clé pourrait se trouver.

— Je pensais que nous savions déjà où la chercher, dit Gray.

Incapable de résister, il rouvrit son carnet et montra le symbole angélique trouvé sur le troisième *paitzu* en or.

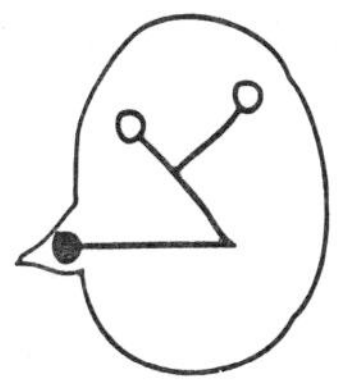

Ils l'avaient comparé à une carte de l'île et découvert que le cercle noirci marquait l'emplacement des ruines d'un vieux bastion portugais, construit environ un siècle avant que les clés ne soient dissimulées. À cette époque, cette place forte avait une importance stratégique. Bâtie sur un isthme et isolée par des douves, elle dominait la ville d'Ormuz et le port. Pour les mystiques du Vatican qui cherchaient à mettre une de ces clés à l'abri pendant plusieurs siècles, ce château avait dû paraître l'endroit idéal.

C'était vers ces ruines qu'ils se dirigeaient à présent.

— Oui, acquiesça Vigor. Le fortin portugais. Mais *que* devons-nous chercher dans ces ruines ?

— D'accord, je vous écoute.

Vigor montra le hublot près de Gray. L'île était déjà en vue.

— Ormuz était un important lieu de négoce. On s'y livrait à toutes sortes de trafics : joyaux, épices ou esclaves. Au point que les Portugais ont envahi l'île au XVIe siècle pour y bâtir ce château. Mais, déjà à l'époque de Marco, celle-ci était assez importante pour que Kubilai Khan y envoie une jeune princesse de sa propre maison s'y marier.

— Kokejin, la Princesse bleue.

— Cette union était un arrangement purement commercial, dirions-nous aujourd'hui. En fait, le roi de Perse à qui elle était promise est mort durant le voyage de Marco et de Kokejin. Elle a fini par épouser son fils. Là aussi, il s'agissait d'un mariage de convenance. La pauvre fille est morte trois ans après seulement. Certains disent de sa propre main, car elle se languissait d'un autre amour.

Gray se tourna vers lui.

— Vous voulez dire...

— Marco ne s'est marié qu'après avoir appris le décès de Kokejin. Et, sur son lit de mort, il gardait deux trésors dans sa chambre : le *paitzu* que Kubilai Khan lui avait donné et... un diadème en or, incrusté de pierres précieuses. Un diadème de *princesse.*

Gray se redressa, songeant au long voyage de retour de Marco. Il était encore assez jeune en partant du palais du Khan, trente-cinq ans environ. Kokejin en avait elle dix-sept quand elle avait quitté la Chine et donc dix-neuf à son arrivée en Perse. Il n'était pas inconcevable qu'ils soient tombés amoureux l'un de l'autre, d'un amour qui ne pouvait durer au-delà d'Ormuz.

Gray se massa le front. Sa migraine empirait. Il repensa à la brique dans la basilique d'Hagia Sophia, dont la face interne vernie d'un bleu royal abritait un secret dissimulé dans la pierre. Cette brique représentait-elle aussi le cœur de Marco, le symbole de son amour caché pour Kokejin ?

— Si c'est bien le cas, nous avons négligé de tenir compte d'un autre indice qui nous a été laissé, continua Vigor en montrant le rouleau. Cette histoire a été brodée sur de la soie. Pourquoi de la soie ?

Gray haussa les épaules.

— C'est un tissu que Marco a découvert lors de ses voyages en Extrême-Orient.

— Oui, mais ne pourrait-il pas signifier autre chose ?

Gray fixa Vigor, les yeux plissés.

— Que voulez-vous dire ?

Monsignor Verona leva le rouleau.

— Cette soie n'était pas neuve quand on y a brodé le texte. Elle était déjà usée, élimée, d'une texture inégale. J'ai même trouvé des taches de graisse.

— Bon, donc c'était de la soie usée.

— Mais *usée* par quoi ? Étant donné sa valeur et sa rareté, on utilisait souvent la soie pour confectionner des linceuls, notamment ceux des membres des familles royales.

Vigor attendit. Songeant à une brique bleue et creuse, Gray comprit enfin.

— Vous croyez que ce pourrait être le linceul de *Kokejin* ?

— C'est possible. Et si j'ai raison, alors je sais ce que nous devons chercher dans ce vieux château.

Gray le savait, lui aussi.

— La tombe de Kokejin.

16 h 56

Assise à la place du copilote, Seichan avait une vue imprenable sur l'île. Celle-ci n'était pas grande, à peine six kilomètres de long. De rares taches de verdure ornaient le centre rocheux et vallonné. Les falaises des côtes étaient déchiquetées par des calanques isolées, abritant les repaires d'autant de contrebandiers. Cependant, au nord, les collines les plus hautes descendaient plus paisiblement vers la mer. Ici, la terre était plus fertile avec des dattiers et des champs labourés au milieu desquels se nichait un petit village de huttes au toit de chaume.

Vue du ciel, la preuve de l'existence d'une ville plus ancienne, plus étendue, était indéniable : fondations massives, pierres extraites des carrières de sel gemme, ainsi que quelques maisons écroulées qui faisaient plutôt penser à des tas de gravats, sans oublier un minaret haut et solitaire, que les Portugais avaient autrefois converti en phare.

L'hydravion vira pour se diriger vers l'isthme qui prolongeait l'ancienne cité au nord. Les restes du château se dressaient sur cette langue de terre. Les douves qui le séparaient autrefois de la ville étaient désormais complètement asséchées.

Tandis qu'ils survolaient les ruines, Seichan examina leur destination. Le fort était entouré par plusieurs murs de protection contre la mer, mais la face ouest, battue en permanence par les vagues et le vent, avait depuis longtemps perdu la bataille contre l'érosion. La façade orientale, face à la baie abritée, avait mieux supporté les outrages du temps.

L'hydravion se positionna pour un amerrissage dans cette crique, volant au ras des vagues. Quelques canons rouillaient sur le toit du fortin ; six autres sur la plage servaient désormais à amarrer les bateaux de pêche. Dans une barque attachée à l'un d'entre eux, une petite silhouette nue à l'exception d'un long short leva un bras à leur approche

Ce devait être le guide qu'elle avait demandé. Avec pas plus de deux heures devant eux, ils avaient besoin de quelqu'un qui connaissait le château.

L'hydravion amerrit dans une gerbe d'écume. Seichan fut propulsée contre le harnais de sa ceinture de sécurité, ce qui réveilla la douleur de sa blessure. Elle avait vérifié son pansement un peu plus tôt, dans les toilettes de l'aéroport. Il était humide mais plus rose que rouge.

Elle survivrait.

Le pilote effectua un demi-tour dans la baie tandis que la petite embarcation venait à leur rencontre, rebondissant sur les vagues de son sillage. Leur guide était assis à l'arrière, la main sur la barre.

Peu après, les portes furent ouvertes et le groupe passa de l'avion au bateau. Celui qui allait leur servir de guide dans ces ruines ancestrales se révéla être un gamin de douze ou treize ans, tout en os et en sourire. Et qui mourait d'envie de pratiquer son anglais, si fruste soit-il.

— Bons messieurs, belle dame, bienvenue à Ormuz ! Je suis Fee'az !

Gray qui aidait Seichan à grimper sur le bateau haussa un sourcil.

— C'est lui, notre guide expérimenté ?

— On m'a assuré que, pour le prix, il n'y en avait pas de meilleur.

Elle avait déjà dépensé une belle somme pour les amener ici aussi vite.

Seichan observa Gray tandis qu'il prenait place dans la barque. Il examinait déjà le château. Elle remarqua la tension dans ses épaules. De profil, ses traits étaient durs, tout en angles, du menton aux pommettes. Mais cette solidité n'était qu'apparente. Il était mortellement touché, brisé et affaibli.

Dans sa chair.

Elle se détourna. Seichan ne connaissait pas ses propres parents. En fait, un seul souvenir subsistait : celui d'une femme qu'on traînait dehors, en larmes, et qui essayait de tendre les bras vers elle, avant de disparaître. Elle n'était même pas sûre que cette femme était sa mère.

Fee'az fit couiner le moteur poussif de son engin et ils se dirigèrent vers la plage et ses palmiers, dominés par les ruines du fortin. Kowalski laissait traîner sa main dans l'eau. Vigor contemplait le village où avait lieu une fête ou une célébration quelconque. On percevait des échos de musique.

Gray se tourna vers elle. Cette fois avec une expression familière, les sourcils haussés, comme pour demander : *Êtes-vous prête ?*

Elle acquiesça.

Sous le soleil accablant, il se débarrassa de sa veste. Dessous, il ne portait qu'un tee-shirt kaki. Elle remarqua un reflet à son cou. Dans un geste inconscient, sa main droite replaça le bijou d'argent sous le vêtement.

Un petit dragon porte-bonheur.

Un cadeau ironique qu'elle lui avait fait deux ans plus tôt. Mais Gray l'avait gardé et le portait encore sur lui. Pourquoi ? Cela la remplissait d'une chaleur inexplicable... Pensait-il qu'elle le lui avait offert comme symbole d'une espèce d'attirance qu'elle éprouverait pour lui ? Cette idée aurait dû l'amuser, mais bizarrement elle l'irritait.

Le fond du bateau racla le sable.

Ils avaient atteint la plage.

Seichan tendit à Kowalski un sac contenant de l'équipement supplémentaire, dont un ordinateur portable, plusieurs grenades étourdissantes et six boîtes de munitions pour leurs quatre pistolets.

Gray tendit la main pour l'aider à descendre.

Elle la dédaigna et sauta dans l'eau.

Fee'az attacha la barque à un des canons rouillés et leur montra une petite esplanade donnant sur l'entrée du fort. Plus haut, d'étroites meurtrières perçaient les remparts, là où autrefois les Portugais défendaient leur bastion.

Le groupe passa sous un mur pour pénétrer dans une cour abandonnée. Des herbes épineuses crevaient les dalles tandis qu'une vieille citerne ouverte menaçait de s'écrouler. Un couple de dattiers difformes tenait encore debout dans un jardin à l'abandon. Partout ailleurs, le sable chuchotait sur la roche avec la voix sifflante des fantômes.

Fee'az leva le bras vers le corps principal du château. Celui-ci culminait à une hauteur de six étages couronnés par des créneaux édentés.

— Je vais montrer tout ! déclara-t-il. Beaucoup à voir !

Il allait partir quand Vigor lui toucha l'épaule.

— Le château a-t-il une chapelle ?

Le garçon fronça les sourcils avant de retrouver son sourire éclatant.

— Une chamelle ? Pour aller où ?

Vigor sourit à son tour.

— Non. Une église.

Le front du gamin se plissa encore mais son sourire refusa de disparaître.

— Ah, vous chrétiens. Pas grave. Tout bien. Les musulmans aiment la Bible. Un livre sacré, aussi. Chez nous aussi, il y a des saints. Des saints musulmans. Mais le prophète Mohammed est le meilleur.

Il haussa les épaules, partagé entre son désir d'être un bon guide pour touristes et celui d'être un bon musulman.

— L'église ? lui rappela Vigor.

Le garçon hocha vigoureusement la tête.

— La salle des croix.

Il pénétra dans le château par une ouverture béante, continuant à baragouiner à toute allure.

Kowalski secoua la tête devant une telle avalanche verbale.

— Faudrait qu'il arrête la caféine.

Pour une fois, Gray sourit.

— Allons-y, murmura-t-il à Seichan en passant près d'elle.

Il la frôla. Leurs mains se touchèrent.

Elle faillit saisir la sienne. Au lieu de cela, fâchée contre elle-même, elle serra les poings. Mais sa réaction n'était pas que fureur ou frustration.

Elle éprouvait aussi des remords.

Elle détestait mentir à cet homme.

17 h 18

— Oh merde, ça va être la croix et la bannière, déclara Kowalski.

Gray ne le contredit pas.

La chapelle se trouvait au rez-de-chaussée, à l'autre extrémité de la bâtisse. Après avoir franchi le hall d'entrée, il leur avait fallu allumer leurs torches pour traverser les couloirs qui s'enfonçaient au cœur de l'édifice. Plus ils avançaient, plus le silence était palpable. L'air lui-même semblait se figer. Les seuls mouvements provenaient des nids de rats que leurs lumières effrayaient.

Ils étaient enfin arrivés devant une porte très basse. Baisser la tête ne suffisait pas, il fallait carrément se plier en deux pour la franchir. Après leur guide, Vigor avait été le premier à pénétrer dans la pièce. Une petite exclamation de surprise lui avait échappé quand il s'était redressé à l'intérieur. Gray l'avait suivi.

À présent, il se tenait là, balayant les murs avec le rayon de sa lampe.

La seule autre source de lumière était une fenêtre en forme de croix percée dans le mur du fond. Il s'agissait à vrai dire de deux fentes perpendiculaires et très étroites. Impossible de se glisser à travers. Sans doute un autre poste de défense du château.

La fenêtre projetait une croix de lumière sur un bloc de pierre arrivant à hauteur de taille.

L'autel.

La chapelle ne comportait que ce seul objet mais était pourvue d'une décoration foisonnante.

Sur chaque surface – les murs, le sol, le plafond et même l'autel –, des croix avaient été gravées dans la pierre. Des centaines, si ce n'était des milliers. De toutes tailles, certaines pas plus grandes qu'une empreinte de pouce quand d'autres, ornées de motifs, étaient gigantesques.

— Pas étonnant qu'ils l'appellent la salle des croix, remarqua Vigor.

— Ouais, c'est plus sympa que le cimetière du tueur en série, marmonna Kowalski.

Gray contemplait toutes ces croix en songeant à celle qu'ils avaient trouvée sur la dalle de marbre d'Hagia Sophia. Il sortit le crucifix d'argent de frère Agreer.

— On n'a plus qu'à trouver celle qui correspond.

Vigor demanda à Fee'az de les laisser seuls.

Devant sa perplexité, Vigor lui montra la croix que tenait Gray.

— Nous devons prier. Nous sortirons dès que nous aurons terminé.

Le garçon acquiesça et détala très vite. De toute évidence, il ne tenait pas à se retrouver embringué dans une cérémonie chrétienne.

Une fois qu'ils furent seuls, Gray prit la parole, trop conscient du temps qu'ils n'avaient pas :

— Une de ces croix doit être une exacte réplique du crucifix.

Il divisa le travail.

Quatre personnes, quatre murs.

Ils s'occuperaient du sol et du plafond après.

Gray posa le crucifix sur l'autel, accessible à tous pour pouvoir le comparer. Il déchira aussi quatre pages de son carnet sur lesquelles il en traça les contours. Chacun eut droit à son croquis.

Tandis qu'ils cherchaient, Gray ne cessait de guetter le changement de lumière sur l'autel, tandis que le soleil descendait lentement mais sûrement, témoin inexorable du temps qui passait. Il finit son mur. Rien. Il était en nage, ses vêtements lui collaient à la peau. Il s'attaqua au sol. Un par un, les autres le rejoignirent. Seichan s'occupa de l'autel.

La croix la plus visible – celle que formaient les rayons du soleil – continuait à s'allonger dans la pièce.

— Rien sur le sol non plus, dit Vigor, le visage rouge.

Il se redressa, une main sur les reins.

Derrière l'autel, Seichan secoua la tête.

Rien pour elle non plus.

Gray leva les yeux.

Le plafond était bas mais pas assez pour qu'il puisse le toucher. Il allait falloir porter quelqu'un pour tester chaque croix qui pourrait correspondre.

— J'avais peut-être tort, dit Vigor. La tombe de Kokejin se trouve peut-être ailleurs. Toutes ces croix sont peut-être une fausse piste.

Gray secoua la tête. *Non.* Ils avaient déjà perdu une heure entière. Ils n'avaient pas le temps de fouiller tous les coins et recoins de ce fortin. Ils avaient choisi la chapelle, ils devaient s'y tenir. Pas moyen de revenir en arrière.

— La tombe de Kokejin est ici, insista-t-il.

— Alors, fit Vigor avec un soupir, il ne reste que le plafond.

Gray ordonna à Kowalski de porter Vigor. Il se dirigea vers Seichan.

— On pourrait au moins tirer au sort, se plaignit Kowalski.

L'ignorant, Vigor montra les parois.

— Nous commencerons par les bords. Vous deux, occupez-vous du centre.

Seichan grimpa sur l'autel.

— Pour celles-là, je peux me débrouiller seule.

Tandis qu'elle se dressait, une croix de lumière apparut sur son dos. Elle avait enlevé son blouson et ne portait qu'un tee-shirt noir. Lorsqu'elle leva les bras, Gray remarqua ses courbes, la tension du coton sur ses seins.

Il secoua la tête. Ce n'était vraiment pas le moment de...

— Peut-être celle-là... marmonna Seichan en se mettant sur la pointe des pieds pour toucher le plafond.

Soudain, elle grimaça et retomba sur les talons, se tenant le côté. Elle avait rouvert sa blessure.

Gray grimpa à ses côtés.

— Laissez-moi vous aider.

Il lui fit la courte échelle.

Elle prit le crucifix avant de poser le pied sur ses mains croisées.

Tandis qu'il la soulevait, elle s'équilibra en posant une main sur sa tête pour tendre le crucifix vers le plafond. Sa fesse gauche était pressée contre la joue de Gray.

De toute manière, il finirait en enfer.

— Je crois... je crois... murmura Seichan. Oui ! Elle correspond ! L'entaille est profonde et le crucifix y entre à la perfection. C'est bien elle.

Gray leva les yeux mais tout ce qu'il vit c'était le renflement de ses seins.

— Pouvez-vous nous dire ce que regarde le Christ ? demanda-t-il, suivant le même processus qu'à Hagia Sophia.

— L'autel, répondit-elle d'une voix distraite. La croix est gravée dans un morceau de pierre circulaire. Quand j'ai inséré le crucifix, j'ai cru sentir un déclic. La pierre ne semble pas scellée. Je dois pouvoir la faire tourner…

— Vous ne devriez peut-être pas…

Il entendit un raclement de pierre, suivi par un énorme craquement. Mais ces bruits ne provenaient pas d'en haut. Il regarda entre ses pieds.

L'autel était en train de tomber à travers le plancher, l'entraînant dans sa chute.

Et Seichan avec lui, qui se retrouva dans ses bras.

Le bloc de pierre heurta le sol avec violence, le forçant à s'agenouiller. Un épais nuage de poussière s'envola. Une des briques du sol se brisa sous l'impact et les débris explosèrent dans les ténèbres qui les entouraient.

Gray leva les yeux. Si cette chute lui avait coupé le souffle, il constata qu'ils n'avaient chuté que d'un mètre à peine. Vigor et Kowalski les contemplaient.

— Bien joué, Indiana, ricana ce dernier en lui tendant une lampe électrique.

Gray accepta la torche pendant que Seichan se décrochait de lui, chassant la poussière de ses vêtements. Toujours accroupi, il éclaira la pièce qu'ils venaient de découvrir sous la chapelle.

Il descendit de l'autel, imité par Seichan.

Vigor et Kowalski les rejoignirent.

Deux arches croisées formaient le plafond d'une petite salle, deux fois moins grande que la chapelle. Le rayon de la lampe révélait une sorte d'alcôve ou de niche creusée dans le mur du fond, elle aussi encadrée par une voûte.

— Un *loculus,* dit Vigor. Une tombe.

Dans le renfoncement, un corps gisait sur la pierre nue, recouvert d'un long tissu blanc.

— La tombe de Kokejin, murmura Vigor. Nous l'avons trouvée.

Malgré leur excitation, ils s'en approchèrent avec solennité. Comme pour se faire pardonner cette profanation, Vigor murmura une prière et se signa.

Il tendit la main vers le linceul mortuaire.

— Si ce truc se met à bouger, chuchota Kowalski, je vous préviens, je me barre.

Vigor l'ignora et souleva lentement un coin de tissu.

— De la soie, murmura-t-il.

Il la releva davantage, soulevant à nouveau un nuage de poussière.

Le sommet d'un crâne apparut. Sur lequel reposait un diadème en or incrusté de rubis et de saphirs luisant sous la lumière de la torche. Des diamants étincelèrent.

— Le diadème de la princesse, déclara Vigor d'une voix rauque.

Gray repensa à l'histoire qu'il lui avait racontée : Marco avait ce diadème en sa possession sur son lit de mort.

Les mains de Vigor tremblaient.

— Marco a dû vouloir qu'il lui soit rendu. Il a peut-être même fait en sorte que son corps soit déplacé et gardé dans un endroit tenu secret, avant qu'elle trouve enfin son dernier repos ici.

Gray s'avança.

— Le troisième *paitzu*... la troisième clé.

Ils avaient peu de temps.

Il écarta un peu le linceul, découvrant les ossements.

Vigor poussa une exclamation de surprise et recula.

Même Gray se figea, stupéfait.

Il y avait *deux* corps sous le drap de soie.

Deux squelettes gisaient dans cette tombe, enlacés dans la mort.

Selon Vigor, Marco Polo avait été enterré dans l'église de San Lorenzo en 1324, mais une rénovation ultérieure avait révélé que le cadavre avait disparu.

— Ce n'est pas seulement la tombe de Kokejin, dit Vigor.

— Mais aussi celle de Marco Polo, ajouta Gray.

Il contempla le couple enlacé.

Ce que ces deux-là n'avaient pu connaître au cours de leur vie, ils l'avaient accompli dans la mort.

Être ensemble.

Pour toujours.

Gray se demanda s'il connaîtrait jamais un tel amour. Et cette question lui fit aussitôt penser à ses parents, unis malgré tant de difficultés, luttant côte à côte contre la maladie et maintenant la démence... sans qu'aucun jamais n'abandonne l'autre.

11 h 01
Washington DC

Painter aurait préféré se trouver sur place, mais cela n'aurait fait que retarder l'intervention. Depuis le centre opérationnel de Sigma, il surveillait la vidéo retransmise par la caméra dont était équipé le casque d'un des membres du groupe d'assaut.

Dix minutes plus tôt, ils avaient enfin eu leur première vraie piste.

Il avait passé la matinée à harceler tous les services concernés afin d'obtenir la liste des appels vers le téléphone de monsignor Verona depuis les États-Unis. Gray avait mentionné le fait que Nasser avait joint Vigor sur son portable. Pour obtenir la trace de cet appel, Painter avait dû parlementer aussi bien avec la curie du Vatican qu'avec le directeur des opérations de la Sécurité du Territoire. Du fait de l'implication de Seichan, il avait au moins pu faire jouer la carte terroriste. Ce qui avait ouvert des portes en principe fermées.

Même si cela avait pris trop longtemps à son goût, il avait enfin appris d'où l'appel avait été émis. Une équipe d'intervention attendait son ordre pour lancer l'attaque.

Il se pencha vers le micro.

— Allez-y.

Les portes du van s'ouvrirent. L'image de la caméra sauta. Les hommes se déployèrent dans toutes les directions, devant, derrière, fusil d'assaut en main.

L'intervention fut brutale et décidée.

Un bélier défonça la porte d'entrée.

L'image devint sombre tandis que le cameraman suivait ses camarades dans le bâtiment.

Painter attendit.

Incapable de rester assis, il se tenait debout devant l'écran, les poings serrés. Dans la salle des communications, les techniciens grouillaient, surveillant d'autres écrans nourris d'images venant du satellite en orbite au-dessus de l'Indonésie. Une forte tempête, de la catégorie d'un ouragan, frappait la région, empêchant de repérer le *Mistress of the Seas*. Les vents violents forçaient les avions de recherche à rester au sol, y compris en Australie.

Le manque de progrès ne faisait qu'accroître la frustration de Painter. Sa peur pour Lisa, pour Monk, le mettait au supplice.

Par chance, il y avait eu le repérage de cet appel téléphonique.

Il avait besoin d'un succès.

Si minime soit-il.

Dans son écouteur, il entendait les directives échangées par les membres de l'équipe d'intervention, les instructions... Finalement, une voix claire résonna, celle du cadreur. Il se trouvait dans ce qui ressemblait à la chambre froide d'une boucherie. Des crochets pendaient du plafond.

— Monsieur Crowe, nous avons fouillé tout le périmètre. Rapport négatif sur les cibles. L'endroit est désert.

L'image trembla tandis que le cameraman se baissait... puis se redressait, exposant ses doigts devant l'objectif.

Ils étaient humides.

— Monsieur, nous avons du sang.

Oh non...

Un des techniciens se tourna vers Painter, vit sur son visage quelque chose qui lui fit peur et se détourna aussitôt.

Une voix traversa son désespoir, venant du seuil de la salle des communications.

— Monsieur Crowe...

Une femme se tenait dans l'entrée, vêtue de bleu marine. Ses cheveux auburn étaient tirés en queue de cheval, dégageant son visage. Ses traits étaient rongés d'inquiétude.

— Kat... dit-il en se redressant.

L'épouse de Monk.

— Ma tante garde Penelope. Je ne pouvais plus rester à la maison sans rien faire.

Il la comprenait.

— Votre aide nous sera utile.

Elle acquiesça en soupirant.

C'était tout ce qu'ils pouvaient faire.

Continuer à avancer, à se battre.

Par n'importe quel moyen.

18 h 04

Vigor contemplait les corps enlacés.

Marco et Kokejin.

Cette découverte le stupéfiait encore. Les autres n'étaient pas aussi émus. Seichan s'avança entre Gray et lui.

— Le troisième sauf-conduit en or, dit-elle en tendant le bras.

Gray retira tout le linceul funéraire. Niché entre les deux squelettes, couvert par les os des deux mains, un reflet doré apparut.

Le troisième *paitzu.*

Auprès duquel reposait un tube familier en bronze.

Le troisième et dernier rouleau.

Avec une délicatesse mêlée de respect, Gray récupéra les deux objets. Il s'empara aussi du diadème.

— Ce pourrait être un indice, se justifia-t-il.

Vigor ne discuta pas. La chambre mortuaire étant désormais ouverte, il ne s'écoulerait pas longtemps avant qu'elle soit pillée.

Ils remontèrent tous dans la chapelle.

Quand ils furent réunis dans un coin de la pièce, Gray retourna le lingot d'or pour révéler le troisième glyphe angélique.

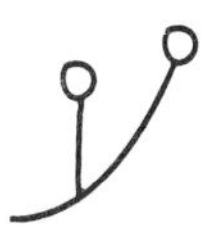

— Nous les avons tous, dit Seichan.

— Mais nous ne connaissons pas toute l'histoire, dit Gray en sortant son carnet de notes. Racontez-la-nous, demanda-t-il à Vigor.

Celui-ci ne se le fit pas dire deux fois. Il ouvrit le tube de bronze pour en extraire le rouleau

— De la soie, encore.

Qu'il déroula avec d'infinies précautions.

La dernière partie du récit était plus longue, s'étalant sur un quart de la longueur du sol de la chapelle. Vigor traduisit le dialecte italien utilisé par Marco. Les trois personnages luisants l'avaient rejoint alors qu'il était piégé avec ses hommes dans la tour.

« Ces fabuleuses apparitions tendirent un calice grossier ; et de façon évidente et vigoureuse insistèrent pour que nous y buvions. Ainsi nous serions préservés contre la terrible pestilence qui avait fait de la Cité des Morts une émanation de l'Enfer où l'homme consomme la chair de son frère.

Avec une telle promesse, nous avons tous accepté notre part de la boisson qui, après que nous y eûmes goûté, s'avéra être du sang. Nous avons aussi été pressés de manger un morceau de viande crue qui s'avéra être une sorte de ris. Ce ne fut qu'après les avoir ingérées que l'idée m'a traversé de m'enquérir de l'origine de telles offrandes. L'homme du Khan a répondu et il est alors apparu que nous étions nous-mêmes devenus cannibales car ce sang et ce ris avaient été prélevés sur un être humain.

Ainsi, nous avions été traités par le plus maléfique des remèdes qui par la suite se révéla des plus vertueux car il nous protégea à la perfection de la pestilence. Mais il demeurait un prix à payer pour un tel remède. Frère Agreer ne fut pas autorisé à partager le sang et la chair. La croix et l'homme qui la portait avaient suscité murmures et conciliabules et, finalement, nous n'avons été autorisés à repartir qu'à la condition de laisser notre prêtre derrière nous.

Dans son immense Grâce, Frère Agreer a insisté pour que nous nous échappions. Malgré mes larmes, j'ai obéi à mon confesseur

qui, avec ses derniers mots, m'a confié son crucifix afin que celui-ci retourne au Saint-Siège. Enfin, j'ai vu le saint homme emmené dans la direction opposée et j'ai deviné la destination vers laquelle il était dirigé. Éclairée par la plénitude de la lune, une montagne dominait la forêt. Elle était gravée d'un millier de visages de démons.

— Seigneur Dieu, marmonna Vigor.

Il lut lentement la suite.

Après avoir échappé à la Cité des Morts, Marco Polo racontait comment la peste avait frappé sa flotte dont les navires avaient fini par s'échouer sur une île isolée. Seuls ceux qui avaient consommé les offrandes prodiguées par les hommes luisants avaient été épargnés. Marco avait ramené avec lui assez de cette extravagante médecine pour traiter son père et son oncle, ainsi que Kokejin et deux de ses suivantes. Ils avaient dû brûler les navires et les corps des malades, alors que beaucoup d'entre eux étaient encore vivants.

« Que le Seigneur me pardonne de désobéir à une promesse faite à mon père, aujourd'hui défunt. Je dois confesser un dernier aveu. Dans ce lieu maudit, j'ai découvert une carte de la cité, un plan que j'ai détruit pour obéir à la volonté paternelle... mais que je n'ai pu oublier. Je l'ai reproduit, afin qu'un tel savoir ne se trouve à jamais perdu. Que celui qui lira ceci comprenne cet avertissement : dans cette cité, la porte de l'Enfer a été ouverte et j'ignore si elle a été refermée. »

18 h 22

Tandis que Gray écoutait ce récit et sa fin sibylline, il réfléchissait à une autre énigme : celle figurant dans son carnet. Écouter Vigor l'aidait à se concentrer. Cela le distrayait de la terreur qui lui broyait le cœur.

Et, à mesure que l'histoire se déroulait, il commençait à comprendre.

Il avait été idiot.

Il contemplait ses notes, les yeux plissés, découvrant la réponse cachée dans le code. Et avec l'aide des trois clés, peut-être un moyen de la déchiffrer.

Il consulta sa montre.

Moins d'une demi-heure… Est-ce que j'aurai le temps ?

Une rafale d'arme automatique le fit sursauter. *Pop, pop, pop, pop…*

Il se dressa d'un bond.

Seigneur, non… Nasser, déjà ?

Il courut jusqu'à l'entrée de la chapelle pour surveiller le couloir plongé dans la pénombre.

— Ramassez tout, ordonna-t-il sans se retourner.

Une maigre silhouette apparut à contre-jour à l'autre extrémité du couloir. Des pieds nus giflaient les pierres… puis une voix retentit, à la fois chuchotante et impérieuse.

— Vite !

Fee'az.

Le gamin courait droit vers eux.

Plus loin, dans la cour du château, résonnaient des cris furieux en farsi.

Gray saisit le garçon hors d'haleine par les épaules.

— Vite ! dit celui-ci. Des bandits.

Fee'az n'attendit pas davantage et repartit à toute allure, empruntant cette fois un couloir qui longeait l'arrière du château.

Gray se tourna vers les autres.

— Prenez ce que vous avez… laissez le reste !

Ils se mirent à courir derrière le gamin.

Ce dernier les attendit à une intersection puis repartit, parlant tout en sprintant. Même la menace des bandits ne suffisait pas à le faire taire.

— Vous trop longs. Avec vos prières. Je dors. Sous un palmier.

Il leva le pouce derrière lui en direction de la cour.

— Ils me voient pas. Et pourtant je suis sous leur nez. Je me réveille et je cours. Ils tirent. Bang, bang. Mais Fee'az plus rapide qu'une balle.

Pour le prouver, il accéléra l'allure.

Derrière eux, les cris changeaient de sonorité, indiquant que leurs poursuivants avaient pénétré à l'intérieur du château.

Fee'az les guida vers un escalier grossièrement taillé dans la pierre.

— Par ici, dit-il avant de descendre.

Peu après, ils atteignaient un étroit tunnel, tout juste assez haut pour qu'ils puissent s'y glisser à quatre pattes. Fee'az, aussi à l'aise ainsi que sur ses deux pieds, filait à une vitesse ahurissante.

Au bout d'une cinquantaine de mètres, ils atteignirent une vieille grille. Quelques moignons de fer rouillé montraient que les barreaux avaient depuis longtemps été sciés. Ils se faufilèrent entre eux pour émerger dans les douves ensablées du château. Des murs de pierre écroulés en marquaient les rebords.

Gray jeta un coup d'œil derrière lui. Le tunnel avait dû faire partie des égouts du château.

Leur faisant signe de rester baissés, Fee'az les conduisit dans le fossé, en direction de la baie. Des cris résonnaient toujours dans les couloirs du fortin. Les bandits n'avaient pas encore compris qu'ils s'étaient enfuis.

Quand ils atteignirent le rivage, Gray vit que l'hydravion les attendait toujours, intact.

Fee'az expliqua :

— Petits bandits. Jamais voler un avion. Trop gros pour eux, dit-il en écartant à peine son index du pouce pour caractériser le manque d'ambition de ces malfrats. Ils tuent parfois. Jettent les corps aux requins. Mais jamais ils prennent un avion. Trop gros. Le gouvernement envoie des avions plus gros. Des armes plus grosses.

Prendre un tel risque ne valait pas la peine.

Toujours prudents, ils se servirent des rames du bateau de Fee'az pour gagner l'appareil. Le gamin les salua quand ils embarquèrent.

— Revenez ! Revenez ! dit-il tout en pompant vigoureusement chaque main.

Gray se sentit obligé de lui offrir un petit bonus pour les avoir fait sortir vivants de ce tombeau. De son sac, il cxtirpa le diadème en or de la princesse et le lui donna.

Le garçon ouvrit des yeux gigantesques, contemplant le trésor dans ses mains… avant de le rendre à Gray.

— Je peux pas prendre.

Gray lui serra les mains sur le diadème.

— Ça ne te coûtera qu'une promesse.

Fee'az le dévisagea, perplexe.

— Il y a deux corps, deux squelettes dans le château. Sous la salle des croix.

Il montra le château puis les collines derrière le village.

— Emporte-les loin d'ici, creuse un grand trou et enterre-les. Ensemble.

Fee'az sourit, se demandant si Gray plaisantait.

— Tu promets ?

Le gamin hocha la tête.

— Je demanderai à mes frères et mes oncles de m'aider.

Gray repoussa le diadème vers lui.

— Alors, il est à toi.

— Merci, monsieur.

Il serra le bras de Gray avec toute la solennité d'une bénédiction.

— Revenez.

Gray grimpa dans l'avion.

Quelques minutes plus tard, ils étaient en l'air, survolant la baie en direction de l'aéroport international.

Gray rejoignit Vigor au fond de l'appareil.

— Vous avez donné le diadème de la princesse à ce garçon ? demanda celui-ci en contemplant la frêle barque de Fee'az qui retournait vers la côte.

— Pour qu'il enterre Marco et Kokejin.

Vigor le dévisagea.

— Mais une telle découverte. L'histoire…

— Marco a déjà assez fait pour l'histoire. C'était son dernier souhait d'être enterré auprès de la femme qu'il aimait. Je pense que nous lui devons bien ça. Et d'ailleurs, nous n'avons pas besoin du diadème.

— Mais vous disiez qu'il pourrait nous fournir un indice. C'est pour cette raison que vous l'avez pris... Ô Seigneur, Gray, ne me dites pas que vous avez résolu l'énigme angélique.

Gray sortit son carnet de notes.

— Pas tout à fait. Mais presque.

— Comment ?

Seichan, qui les avait entendus, se rapprocha, debout dans l'allée, tandis que Kowalski se retournait sur son siège.

— En oubliant toutes nos anciennes suppositions. Le code de l'obélisque ne repose pas sur une substitution des lettres.

— Montrez-nous, dit Seichan.

Gray consulta sa montre. Plus que huit minutes.

— Je n'ai pas encore tout déchiffré. Mais commençons par les trois clés. Des clés organisées dans un certain ordre.

Il ouvrit son carnet et inscrivit les trois symboles angéliques.

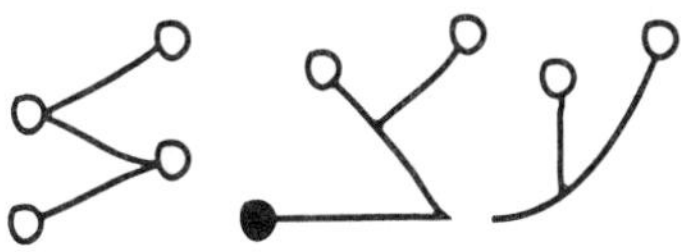

Gray enchaîna :

— Le code de l'obélisque étant à la vue de tous, les clés ne servaient qu'un seul but. Révéler la manière correcte de le lire. Par quelle face commencer ? Dans quelle direction le lire ?

Il feuilleta son carnet et trouva la page sur laquelle il avait retranscrit pour la première fois la séquence fournie par Seichan.

— Si les symboles gravés dans l'or sont si importants, alors on doit les retrouver quelque part sur l'obélisque. Et c'est le cas.

Gray les entoura.

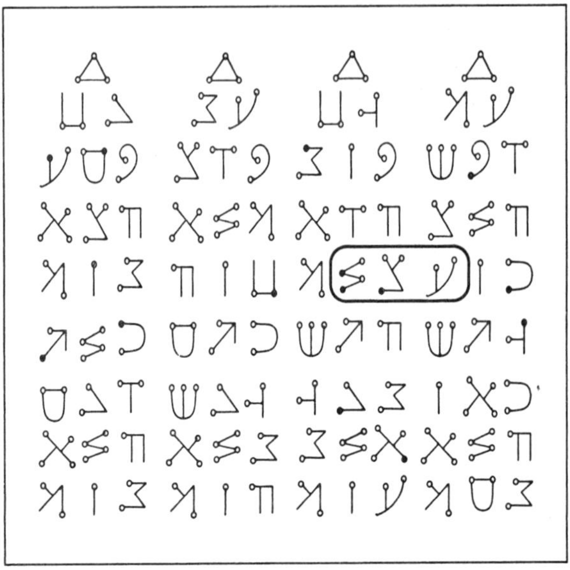

— Cette séquence n'apparaît qu'une seule fois. Elle est unique. Remarquez comment elle se déploie depuis un des côtés de l'obélisque jusqu'au suivant. Déterminant ainsi où il faut commencer à lire et dans quel sens.

Il ajouta une flèche.

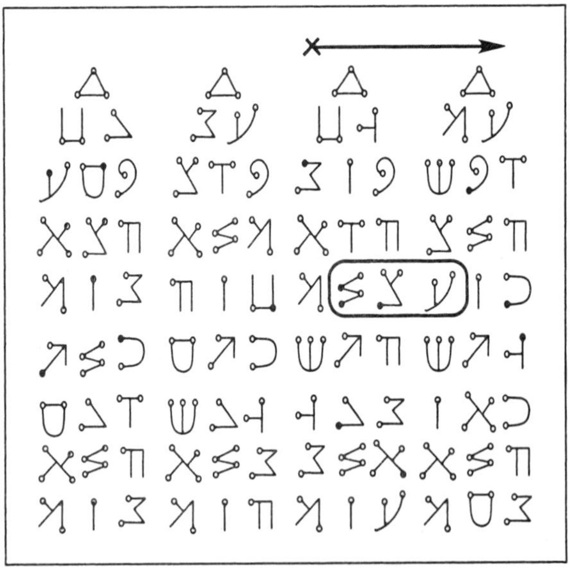

— Il faut donc réorganiser la séquence pour la faire correspondre aux clés.

Il chercha dans le carnet, parmi les huit variations que Vigor et lui avaient établies un peu plus tôt. Il trouva la bonne et entoura les trois symboles.

— Voici la façon correcte dont la carte doit être présentée pour être lue correctement.

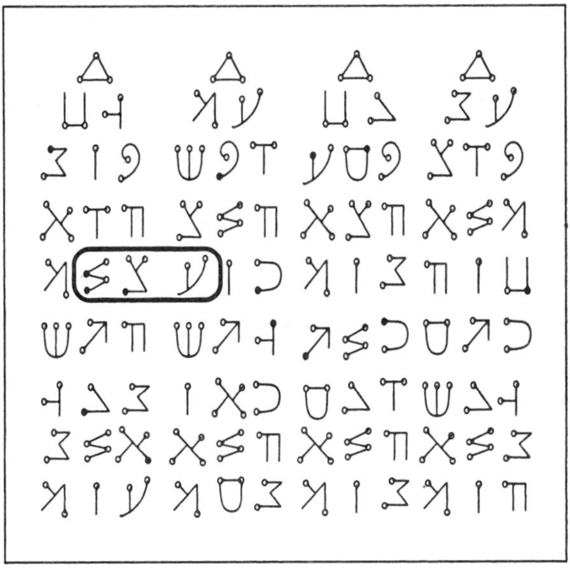

Seichan s'approcha.

— De quelle carte parlez-vous ?

— C'est ce que j'ai remarqué à la chapelle, dit-il. Regardez.

À l'aide de la pointe d'un crayon, il se mit à percer des trous dans la page pour marquer la suivante.

— Que faites-vous ? demanda Vigor.

— Observez, répondit Gray, comme certains de ces points diacritiques – ces petits cercles dans l'écriture angélique – sont sombres et d'autres non. Nous savons, grâce à la deuxième clé, que le point diacritique sombre servait en fin de compte à indiquer l'emplacement du château portugais. J'en déduis donc que les cercles sombres sur l'obélisque sont eux aussi des marqueurs. Mais des marqueurs de quoi ? Si vous reproduisez chacun de ces points sur une feuille vierge, en vous débarrassant de tout le reste, voici ce que vous obtenez.

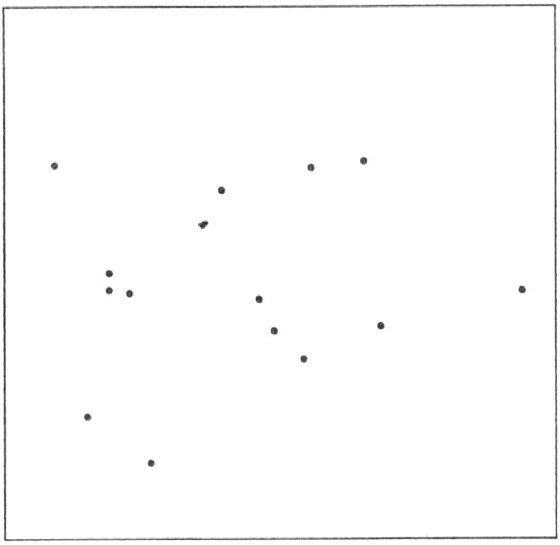

— Alors là, tout devient clair, fit Kowalski, sarcastique.

Gray se massa le menton couvert d'une barbe de deux jours.

— Ce motif doit signifier quelque chose. Je le sens.

— Faut relier les points, reprit Kowalski, toujours aussi moqueur. Et peut-être bien que ça fera une belle grosse flèche clignotante.

Seichan fronça les sourcils.

— Et peut-être que vous pourriez fermer votre gueule.

Cet échange agaça Gray. Le moment était mal choisi. Kowalski était peut-être bon dans un rôle de chauffeur ou de garde du corps, mais ce dont Gray avait besoin, c'était d'un conseil sensé, pas d'un jeu de gamin. Relier les points. Ridicule.

C'est alors qu'il le vit.

— Bon Dieu ! Kowalski a raison !

— J'ai raison ?

— Il a… ?

Gray se tourna vers Vigor, lui saisissant l'avant-bras.

— Le premier indice ! Dans la tour des Vents !

Vigor fronça les sourcils… puis ses yeux s'écarquillèrent.

— Où se trouve l'observatoire astronomique du Vatican… où Galilée a prouvé que la Terre tournait autour du Soleil !

Il indiqua la feuille.

— Ce sont des étoiles !

Gray reprit son crayon. Il avait reconnu un motif.

— Oui, une constellation.

Il la dessina.

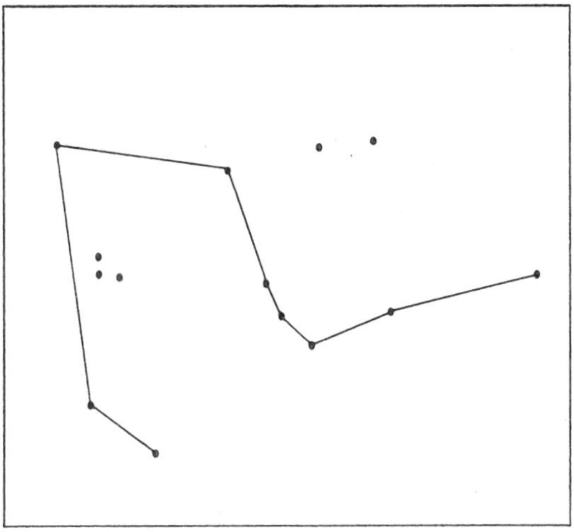

Vigor la reconnut à son tour.

— C'est la constellation de Draco, le dragon en latin.

Seichan pencha la tête.

— Vous pensez qu'il s'agit d'une carte de navigation d'après les étoiles ?

Gray se gratta le crâne avec la gomme de son crayon.

— Ça y ressemble. Mais comment une constellation pourrait-elle nous dire où aller ?

Personne ne lui répondit.

— C'est impossible, finit-il par concéder.

Son cœur battait à tout rompre. Ils allaient perdre cette course contre le temps. Les avait-il tous entraînés dans une mauvaise direction ?

Vigor se laissa aller dans son siège.

— Attendez, marmonna-t-il. Rappelez-vous le récit de Marco. Le dernier paragraphe. Marco a dit qu'il avait dessiné une carte *de* la cité, pas une carte *vers* la cité.

— Et ? demanda Gray.

Vigor lui prit la feuille de papier et la retourna.

— Il ne doit pas s'agir d'étoiles. Il faut que ce soit le *plan* de la Cité des Morts. C'est ce que dit le texte de Marco. Il est possible que le Vatican ait commis la même erreur que nous à l'instant. Ils ont pris la carte de Marco pour ce qu'elle n'est pas : une carte de navigation stellaire.

Gray secoua la tête.

— Ce serait une coïncidence assez étrange qu'une ville soit dessinée selon le motif exact de la constellation Draco. Si je ne me trompe, même les points qui ne se trouvent pas sur la ligne du dragon marquent l'emplacement d'étoiles.

Vigor acquiesça.

— Mais, n'oubliez pas... Parmi les anciennes civilisations, depuis les Égyptiens jusqu'aux Mésoaméricains, il était fréquent de bâtir monuments et villes en cherchant à reproduire la position des étoiles.

— Oui, concéda Gray, comme les trois pyramides d'Égypte sont censées représenter les étoiles de la Ceinture d'Orion.

— Exactement ! Quelque part en Asie du Sud-Est, existe une ville qui reproduit la constellation Draco.

Seichan se retourna soudain.

— *Choi mai !* jura-t-elle. Ça me rappelle... quelque chose dont j'ai entendu parler... des ruines au Cambodge. Ma famille a des racines là-bas. Au Vietnam et au Cambodge.

Elle fonça vers son sac pour en sortir l'ordinateur.

— Il y a une encyclopédie là-dedans.

Elle revint s'accroupir entre les genoux de Vigor et Gray. Elle ouvrit le programme et cliqua sur une icône. Une carte emplit l'écran.

— Voici le temple d'Angkor, construit par le peuple khmer au IXe siècle.

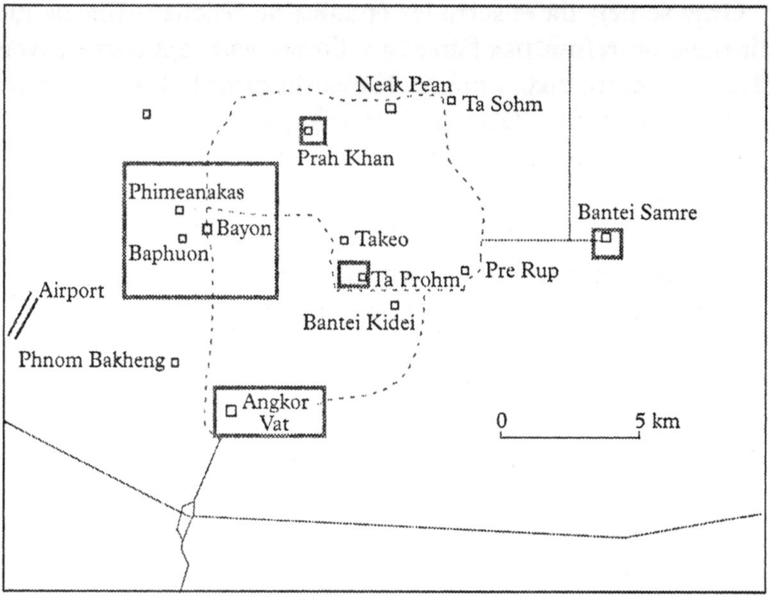

— Remarquez l'emplacement des temples, dit-elle. On dit qu'ils ont été implantés de façon à reproduire la position de certaines étoiles.

Avec son doigt, Gray dessina une ligne reliant certains des temples. Il récupéra la première carte de la constellation et la posa à côté de l'écran.

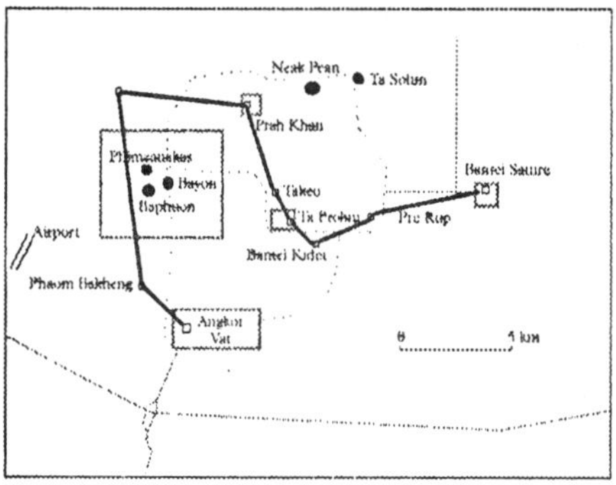

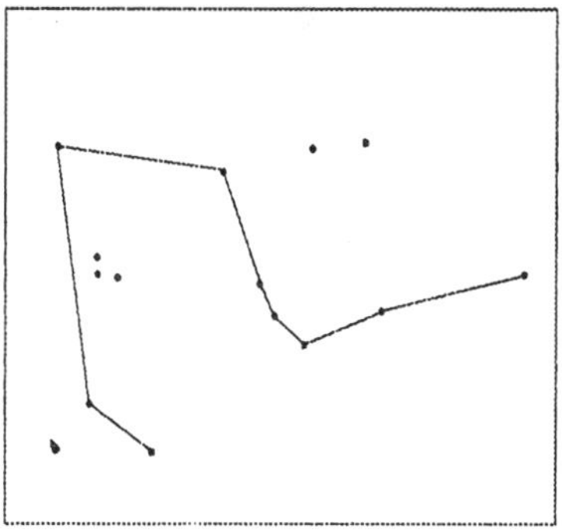

— Cela correspond parfaitement, dit Vigor, ébahi. La Cité des Morts de Marco. Il s'agit de l'ancienne cité d'Angkor Vat.

Gray se pencha et serra les épaules de Seichan. Elle se raidit mais ne refusa pas l'étreinte. Gray avait une dette envers chacun d'entre eux... même Kowalski dont le bon sens simpliste avait permis de trouver la solution.

Il consulta sa montre.

Plus une seconde à perdre.

Il tendit la main vers Vigor.

— Il est temps de passer un marché.

Vigor lui donna son téléphone et la batterie.

Gray la remit en place avant de composer le numéro de Nasser, fourni par Seichan.

On décrocha à la première sonnerie.

— Commandant Pierce, gronda une voix.

Gray inspira profondément pour calmer son cœur. Il devait se montrer ferme.

— Mon avion est sur le point d'atterrir, poursuivit Nasser, sans même attendre de réponse. Pour votre trahison, je vais vous permettre de décider lequel de vos parents va mourir en premier, votre mère ou votre père. Je vous ferai écouter leurs hurlements. Et ce parent, je vous le jure, sera le plus chanceux des deux.

Cette menace apportait malgré tout à Gray un certain réconfort. Si Nasser ne mentait pas, ils étaient tous les deux encore vivants.

— Je vous offre quelque chose en échange de leurs vies.

— Il n'y a rien que vous puissiez m'offrir, aboya Nasser.

— Même si je vous dis que j'ai décrypté le code de l'obélisque ?

Un silence lui répondit.

— Nasser, continua Gray, je sais où se trouve la Cité des Morts de Marco Polo.

Redoutant que même cela ne suffise pas à le convaincre, il articula la phrase suivante très lentement, afin qu'il n'y ait pas le moindre malentendu :

— Et je sais comment guérir la souche Judas.

Vigor sursauta.

Au téléphone, c'était toujours le silence.

Gray attendit. Il fixait la carte d'Angkor Vat sur l'écran de l'ordinateur. Il sentait que les deux bras de la tenaille de la Guilde – celui qui suivait la piste scientifique et celui qui suivait la piste historique – étaient sur le point de se rejoindre.

Qui se ferait écraser entre eux ?

Nasser répondit enfin, la voix tremblant de rage :

— Que voulez-vous ?

EXPLOSION

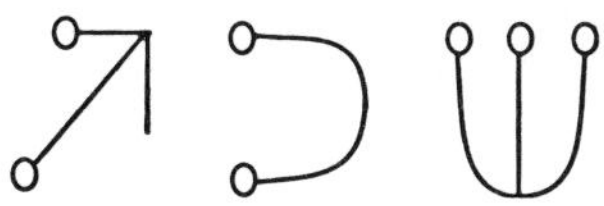

13

La reine sorcière

7 juillet, minuit
Île de Pusat

Les tambours cognaient plus fort que le tonnerre. Les éclairs déchiraient le ciel, illuminant soudain la jungle de reflets aveuglants.

Torse nu, Monk tenait Susan par la main pour l'aider à franchir un passage abrupt. Cela faisait deux heures qu'ils suivaient cette piste dans le noir, attendant parfois le prochain éclair pour savoir où mettre les pieds. La pluie continuait à ruisseler à travers la canopée, transformant le chemin escarpé en véritable torrent. Mais le reste de la jungle était un fouillis inextricable de végétation, de lianes, de buissons épineux et de troncs enlisés dans la boue.

Ils n'avaient pas le choix. Ils devaient rester sur ce sentier et continuer à monter. Monter, toujours.

Ryder les suivait, portant le seul pistolet dont ils disposaient. Un Sig Sauer 9 mm P228 recouvert de Teflon. Malheureusement, il n'avait pas de chargeur de rechange. L'arme ne contenait que treize balles.

Pas terrible.

Monk savait que, dès la fin de la tempête, les hommes de Rakao investiraient la jungle. Cette île était leur base d'opérations, ils connaissaient le terrain. Il ne se faisait pas d'illusions : ils n'avaient aucune chance de leur échapper.

Il jeta un coup d'œil derrière lui à travers une trouée dans la forêt. Ils se trouvaient à une centaine de mètres d'altitude. Le navire géant était ancré au centre du lagon qui, d'ici, ressemblait à un lac cerné de montagnes. Quelque part à bord, se trouvait Lisa, arrachée des eaux noires et à l'étreinte d'une sale bestiole.

Était-elle encore en vie ?

Tant qu'il n'avait aucune certitude, il préférait le croire.

Et il espérait se trouver des alliés.

Les tambours continuaient à retentir, plus forts et plus déterminés que jamais, comme s'ils cherchaient à repousser le typhon. Ils étaient arrivés assez haut désormais pour que chaque coup porté sur les peaux tendues résonne dans leur cage thoracique, ébranle leurs os.

Monk repoussa un rideau de branches chargées d'eau. Une lueur apparut, un peu plus loin, vacillante.

Un feu de camp.

Il fit encore un pas avant de s'arrêter.

Il venait seulement de se rendre compte qu'ils n'étaient plus seuls. De chaque côté du sentier, se tenaient des sentinelles, à moitié dissimulées par la végétation, mais néanmoins bien visibles et désirant l'être. Des hommes, torse nu, portant de larges chapeaux de feuilles nouées sur le crâne. Leurs visages, peints avec un mélange de graisse et de cendres, semblaient noirs. Des défenses de sangliers et des os jaunis perçaient leurs nez. Des plumes brillantes et des coquillages ornaient leurs avant-bras.

Avec un cri, Ryder se précipita, levant son arme.

Les sentinelles muettes ne parurent pas impressionnées.

Monk le força à baisser le bras et se plaça devant lui, les paumes en avant et écartées.

— Ne les effrayez pas, murmura-t-il.

Un des indigènes s'avança sur le sentier. Il portait un plastron d'ossements maintenus par des lanières de cuir. Sa taille était ceinte d'une sorte de kilt fait de longues plumes. Ses jambes et ses pieds étaient nus eux aussi, recouverts par le même mélange de graisse et de cendres. Sa hache semblait faite avec une omoplate aiguisée provenant de quelque animal.

Du moins, Monk l'espérait-il.

Entendant un froissement derrière eux, il comprit que toute retraite leur était coupée. Devant, les tambours cognaient toujours. Le feu de camp cracha un court instant une longue flamme.

L'homme sur le sentier leur tourna le dos pour partir en direction de la lumière.

— On dirait qu'on est invités à la fête, dit Monk, passant son bras sous les aisselles de Susan.

Ryder leur emboîta le pas, pistolet à la main.

Si les choses tournaient mal, ils auraient peut-être besoin des treize balles du milliardaire pour se frayer un chemin. Mais, pour l'instant, leur meilleure chance était de coopérer.

Le sentier se terminait devant une falaise de roche volcanique, là où une sorte d'amphithéâtre naturel avait été creusé dans la pierre rouge et noir. L'endroit avait été recouvert par un épais toit de palmes incliné sur lequel la pluie ruisselait, avant de venir en franchir le rebord, formant un rideau d'eau.

Derrière celui-ci, éclairés par un grand feu, des hommes alignés le long des parois battaient leurs tambours avec force. Deux énormes caisses, au diamètre équivalent à l'envergure de ses deux bras tendus, pendaient du plafond pour être martelées par des marteaux d'os. Chaque coup faisait trembler la fine chute d'eau qui cascadait du toit végétal.

Ils continuèrent à avancer.

Un sanglier qui fouillait la boue avec son groin devant la caverne se redressa et couina à l'approche des étrangers.

Monk fit traverser le rideau liquide à Susan. Il frissonna quand l'eau ruissela sur sa poitrine nue. La chaleur du feu à l'intérieur fut la bienvenue, mais la fumée étouffait et piquait les yeux, ayant du mal à s'échapper tant le conduit dans le toit était étroit.

Autour du feu, une foule était réunie. Monk l'estima à une centaine d'individus, certains debout, d'autres accroupis. Des hommes et des femmes, tous torse nu. Mais des grottes s'ouvraient dans les parois et d'autres visages y apparaissaient. Quelques enfants nus, les yeux écarquillés de curiosité. L'un tenait un minuscule marcassin dans ses bras.

Soudain, les tambours s'arrêtèrent sur une dernière note résonnante. Le silence était intimidant.

Une voix le brisa :

— Monk !

Surpris, celui-ci se retourna. Une mince silhouette se pressait contre les barreaux en bambou d'une cage construite dans un renfoncement. Elle portait une chemise déchirée et un short boueux.

— Jessie ?

Le jeune infirmier était vivant !

Avant qu'ils ne puissent se réjouir d'être de nouveau réunis, un homme à la stature imposante traversa la foule ; en l'occurrence, il devait mesurer plus d'un mètre cinquante, ce qui faisait de lui presque un géant parmi ses semblables. C'était un vieil homme à la barbe grise qui donnait l'impression d'avoir acheté un costume en peau deux fois trop grand pour lui. Lui aussi était couvert de graisse et de cendres. Il portait une sorte de gourde tordue sur ses parties intimes et une masse impressionnante de plumes écarlates sur le crâne, toutes dressées vers le ciel, comme électrisées. Et rien d'autre.

Monk comprit qu'il devait s'agir du chef de la tribu.

Le moment était venu de faire un peu de spectacle… pour *ne pas* servir de repas.

Il leva le bras vers l'ancien.

— *Boogla-boogla rah !* déclara-t-il solennellement, avant de tendre l'avant-bras vers son autre main pour qu'elle actionne l'interrupteur à son poignet.

Libérée de ses contacts électromagnétiques, sa main-prothèse tomba sur la pierre volcanique boueuse.

Un cri étouffé monta dans l'assistance.

Le chef recula et ne fut arrêté que par le feu.

Monk baissa le bras, fixant sa main baladeuse.

En dehors du fait qu'elle semblait vraiment faite de chair et d'os, la prothèse était une merveille d'ingénierie, incorporant un contrôle nerveux périphérique direct grâce à ses points de contact en titane sur le poignet. Elle était aussi équipée de mécanismes et d'actionneurs complexes, lui conférant un retour sensoriel et une précision de mouvement extraordinaire.

Mais l'histoire ne s'arrêtait pas là.

Le moignon au poignet était enveloppé dans une calotte polysynthétique, chirurgicalement reliée aux nerfs et tendons. De fait, c'était la seconde moitié de la prothèse, la main étant la muscle et le poignet le cerveau.

Avec ses autres doigts, il manœuvra les contacts sur la calotte. C'était le truc que Monk préférait dans sa main artificielle. Il s'en servait parfois pour faire l'intéressant pendant des soirées. Alors, pourquoi pas ce soir ?

La calotte et la main étaient reliées sans fil, une interface radio digitale.

Quand il tapa une certaine séquence sur son poignet, sa main coupée se dressa sur les doigts pour se mettre à danser sur la pierre, telle une araignée à cinq doigts.

Cette fois, le chef se retrouva dans les flammes, se brûlant assez les fesses pour pousser un petit cri et bondir à l'abri.

Monk envoya la main à sa poursuite.

Un grand cercle vide s'était créé dans la foule.

Ryder avait tiré Susan à l'écart, dans l'ombre de la falaise, laissant la scène à Monk.

— Chers amis, maintenant que j'ai votre attention... rugit ce dernier.

Il s'avança vers le feu.

Nul ne parlant anglais ici, il devait se montrer expressif et... persuasif. Se frapper la poitrine ne suffirait pas, malgré la superstition qui animait ces gens. Il avait besoin de les gagner à sa cause.

Se retournant soudain, il tendit sa main intacte vers Susan.

À son signal, elle enleva la chemise de Monk qu'elle portait enroulée autour de la tête. Ryder écarta la robe d'hôpital sur ses épaules et la fit tomber. Susan leva les bras, torse nu comme toutes les autres femmes présentes ici.

Sauf qu'elle brillait dans le noir.

Un silence stupéfait tomba sur les indigènes.

Monk, lui-même, était ébahi. La lueur qui émanait de Susan était maintenant beaucoup plus forte. Elle brillait. Littéralement. Sa peau semblait éclairée de l'intérieur par une lueur lunaire et en devenait presque translucide.

Ryder fit un signe discret à Monk, le pressant de continuer.

Rappelé à l'ordre, celui-ci se dirigea vers Susan avant de tomber à genoux devant elle et de crier le seul mot qu'il connaissait dans la langue des cannibales, un mot enseigné par un pirate édenté.

— *RANGDA !* s'exclama-t-il, prononçant le nom de la reine de l'île, la maîtresse des démons *luisants* du lagon.

Luisants, comme Susan.

Il s'inclina.

— Saluez la reine sorcière !

1 h 04

Flanquant un coup de canne sur le chambranle de la porte, Devesh pénétra dans la cabine de Lisa.

Allongée sur le lit, reliée à une perfusion, elle savait qu'elle ne pouvait plus se dérober. Plus tôt, alors qu'on l'escortait depuis le pont d'amarrage, elle s'était effondrée dans les bras de son garde, le prenant par surprise. Il n'avait pu l'empêcher de heurter violemment le sol.

Elle s'était ouvert la lèvre, mais sa petite comédie était nécessaire si elle voulait les convaincre. Cela n'avait pas été difficile. Avec le mollet transpercé par une épée, le corps déchiqueté et lacéré des centaines de fois par les ventouses griffues des calmars prédateurs, les poumons encore douloureux après sa quasi-noyade, elle ne tenait debout que grâce à l'adrénaline.

Elle s'était donc écroulée, perdant même conscience pendant quelques instants.

Ce qui lui avait valu de se faire très vite soigner par le médecin du paquebot et un des membres de l'OMS. Sa jambe avait été nettoyée et suturée, ainsi que ses plus vilaines plaies. On l'avait mise sous perfusion, lui injectant sérum, antibiotiques et antalgiques. Elle gisait maintenant dans son ancienne chambre, une cabine d'intérieur sans fenêtre ni hublot, sous bonne garde. Sous le drap mince, son corps était un patchwork de pansements et de bandes de gaze.

Ces soins n'avaient pas été administrés par pitié ou compassion, mais dans un seul et unique but : qu'elle accomplisse la promesse faite à Devesh.

La souche Judas. Je sais ce qu'elle fait.

Après une telle révélation, il n'était pas prêt à la perdre, d'autant moins que Susan Tunis avait disparu quelque part sur cette île ravagée par la tempête. Il avait besoin d'elle. Lisa avait donc profité de cet avantage, cherchant à gagner du temps. Elle avait fait demander quelques travaux et examens divers aux chefs de ses labos cliniques.

Sa justification : tester et confirmer ses hypothèses.

Mais cela ne pouvait pas durer *ad vitam aeternam.*

— Bien, dit Devesh, les résultats sont en train d'être compilés. Cette petite conversation n'a déjà que trop tardé. Si ce que j'entends ne me plaît pas, nous commencerons par inverser peu à peu vos soins. J'imagine que rouvrir vos plaies avec des pinces devrait vous persuader de coopérer.

Il se retourna pour faire signe à une infirmière.

Sa perfusion lui fut aussitôt enlevée.

Lisa s'assit dans le lit. La chambre tournoya un peu avant de se stabiliser.

Très gentleman, il lui tint une épaisse robe de chambre en coton ornée du logo du paquebot. Elle se leva, uniquement vêtue d'une mince chemise d'hôpital. Elle toléra sa politesse, se couvrant avec le peignoir mais effectuant un double nœud à la ceinture.

— Par ici, docteur Cummings.

Pieds nus, elle le suivit hors de la cabine. Il se dirigea vers la suite convertie en labo des maladies infectieuses.

La porte s'ouvrit. Elle entendit des voix.

À l'intérieur, Lisa reconnut aussitôt deux visages familiers : le bactériologiste, Benjamin Miller, et son confident depuis son arrivée à bord, le toxicologue hollandais, Henrick Barnhardt. Les deux cliniciens étaient assis du même côté d'une étroite table.

Elle regarda autour d'elle. La majeure partie de la pièce avait été vidée de son mobilier, remplacé par du matériel scientifique, pour l'essentiel volé dans l'équipement de Monk : microscope à fluorescence, spectromètres auto-gamma et à scintillation, incubateur au dioxyde de carbone, centrifugeuses réfrigérées, lecteurs ELISA, plaques microtitres et, le long d'un mur, un petit collecteur de fraction.

Certaines universités n'étaient pas aussi bien équipées.

Le Dr Éloïse Chénier, la virologue de la Guilde, se tenait face aux deux scientifiques, de l'autre côté de la table, vêtue d'une blouse qui lui descendait jusqu'aux chevilles. Approchant la soixantaine, avec sa chevelure poivre et sel et ses lunettes de lecture pendues à une chaîne autour du cou, elle ressemblait à une maîtresse d'école.

Pour le moment, elle contemplait deux écrans d'ordinateurs. Sur l'un, ruisselaient des données tandis que l'autre affichait sans cesse de nouveaux fichiers qui venaient se chevaucher. Elle était en train de terminer une explication à l'intention de Miller et Henrick, la voix teintée d'un fort accent français.

— Nous avons obtenu une excellente charge virale en faisant passer un échantillon de fluide cérébrospinal à travers des tampons au phosphate, puis en le fixant avec du glutaraldéhyde, avant de le passer à la centrifugeuse.

Remarquant leur arrivée, elle leur fit signe de s'installer autour de la table.

Devesh rejoignit sa collègue tandis que Lisa se glissait auprès d'Henrick. Son ami posa une main rassurante sur son genou. Il lui lança un coup d'œil : *Vous allez bien ?*

Elle hocha la tête, soulagée d'être assise.

Devesh se tourna vers elle :

— Nous avons effectué tous les examens complémentaires que vous nous avez demandés, docteur Cummings. Peut-être pourriez-vous maintenant nous éclairer ?

Lisa respira un bon coup. Elle avait gagné autant de temps qu'il lui était possible. Son seul espoir de survie était de lui offrir la vérité et de prier pour que celle-ci ait plus de valeur à ses yeux que sa trahison.

Elle se souvenait de la première leçon de Devesh : *soyez utile.*

Elle commença lentement, relatant sa découverte de l'étrange phosphorescence rétinienne chez Susan. À mesure qu'elle parlait, elle voyait briller autre chose dans les yeux de Devesh : de l'incrédulité.

Cherchant un soutien, elle se tourna vers Henrick :

— Avez-vous pu accomplir le test de fluorescence sur l'échantillon de fluide spinal ?

— *Ja.* L'échantillon a, en effet, montré une légère fluorescence.

Chénier renchérit :

— J'ai réduit l'échantillon. Le résidu bactérien luisait lui aussi. Et nous avons eu la confirmation qu'il s'agissait de cyanobactéries.

Miller hocha la tête à son tour.

Le scepticisme de Devesh se transforma en intérêt. Il fixa Lisa.

— Et, à partir de là, vous avez déterminé que la bactérie avait migré depuis le cerveau, le long du nerf optique, pour coloniser les fluides de l'œil. Vous avez donc demandé une seconde ponction.

Elle acquiesça.

— Je vois que le Dr Pollum n'est pas là. A-t-il pu effectuer le test de protéines sur la coque virale ?

Elle avait aussi demandé ce test. Il n'était pas à vrai dire nécessaire mais nécessitait deux bonnes heures de labeur.

— Un instant, dit Chénier en se tournant vers les écrans, j'ai les résultats quelque part. Vous serez sans doute intéressée d'apprendre que nous avons pu classifier le virus grâce à nos tests génétiques, il appartient à la famille des *Bunyaviridae.*

— C'est ce dont nous discutions avant votre arrivée, enchaîna Henrick. Les *Bunyaviridae* infectent en général des espèces aviaires ou mammifères, provoquant des fièvres hémorragiques, mais les vecteurs de transmission sont des arthropodes. Mouches, tiques et autres moustiques.

Il fit glisser son carnet de notes vers elle.

Lisa jeta un coup d'œil sur la page. Henrick avait effectué un diagramme du schéma d'infection.

Humain (infecté) → Insecte (arthropode) (porteur sain) → Humain (infecté)

Henrick tapota la feuille avec la pointe d'un stylo.

— Les *insectes* sont nécessaires pour diffuser la maladie. Les *Bunyaviridae* eux-mêmes sont rarement transmissibles directement d'un humain à l'autre.

Lisa se frotta les tempes.

— À la différence de la souche Judas.

Elle lui prit son stylo et changea le diagramme.

— À la place des insectes, il suffit d'une cellule *bactérienne* pour transmettre le virus d'une personne à l'autre.

Humain (infecté) → Bactérie → Humain (infecté)

Henrick fronça les sourcils.

— Oui, mais pourquoi…

Des coups de feu dans le couloir lui coupèrent la parole. Tout le monde sursauta.

Même Devesh en fit tomber sa canne. Marmonnant un juron, il la récupéra et se dirigea vers la porte.

— Que personne ne bouge.

D'autres détonations suivirent, accompagnées de cris gutturaux.

Lisa se dressa. Que se passait-il ?

1 h 24

Devesh prit deux gardes stationnés dans l'aile scientifique avant de se précipiter vers le poste de sécurité installé à mi-pont près des ascenseurs. Dans cet espace confiné, les rafales de coups de feu étaient aussi assourdissantes que des explosions.

Quand elles s'interrompaient, elles étaient remplacées par des râles et des hurlements.

Obligeant ses gardes à marcher devant lui, Devesh s'avança avec prudence vers le poste. Six hommes le tenaient. Leur chef, un grand mercenaire somalien, l'aperçut.

— Monsieur, dit-il aussitôt en malais, une douzaine de malades se sont échappés d'un des blocs. Ils nous ont attaqués.

Il montra un de ses pirates, assis à l'écart, tenant son bras blessé. Sa manche remontée montrait une profonde blessure, due à l'évidence à une morsure.

Devesh le regarda à peine.

— Mettez-le à l'isolement, ordonna-t-il.

Au-delà du poste de sécurité, le couloir se prolongeait vers la poupe. Certaines portes étaient ouvertes, d'autres non. La moquette était trempée de sang. Plusieurs corps jonchaient le sol, criblés de balles. Les deux plus proches – une femme obèse et nue et un adolescent torse nu – étaient tombés l'un sur l'autre. Devesh remarqua les cloques noires qui recouvraient les deux cadavres.

Il devait prendre sur lui pour ravaler sa colère. La portion arrière de ce pont abritait les patients les plus atteints, de façon à les rendre immédiatement disponibles aux équipes de recherche. Il avait instauré un protocole très strict quant à la façon de gérer ces malades. De tels manquements ne pouvaient être tolérés. Pas quand il était si proche de la réussite.

— J'ai appelé des renforts, dit le Somalien. Quand nous avons commencé à ouvrir le feu, certains malades se sont cachés dans les pièces ouvertes. Nous devons les déloger un par un.

Un gémissement s'éleva dans le couloir.

Un homme se dressa sur un coude. Son autre épaule n'était plus qu'une bouillie sanglante. Il portait une tenue médicale. Un membre de l'OMS. Touché par une balle perdue.

— Aidez-moi, coassa-t-il.

Par la porte ouverte juste derrière lui, une main jaillit pour le saisir par le col. Une autre s'accrocha à ses cheveux. Traîné en arrière, il se mit à hurler. Il disparut, ses jambes dépassant encore dans le couloir, ses talons battant frénétiquement le sol.

Le mercenaire se tourna vers Devesh, quêtant la permission d'aller aider le malheureux.

Devesh secoua la tête.

Les hurlements du médecin cessèrent tout à coup... mais ses talons continuaient à s'agiter en rythme avec son agonie.

Devesh n'éprouvait pas la moindre sympathie. Quelqu'un avait oublié de verrouiller une serrure ou de fixer solidement un lien. Il entendit les bottes des hommes appelés en renfort cogner dans la cage d'escalier.

Il se retourna avec un geste pour balayer tout le couloir.

— Exterminez-les.

— Monsieur ?

— Nettoyez tout le pont. Cabine par cabine.

1 h 54

Dans le laboratoire de virologie, Lisa écoutait les rafales d'armes automatiques.

Et les hurlements.

Personne ne parlait.

Devesh revint enfin. Le visage impassible, peut-être un peu plus cuivré qu'à l'ordinaire. Il braqua sa canne sur elle.

— Suivez-moi. Je veux vous montrer quelque chose.

Il tournait déjà les talons.

Lisa se leva précipitamment pour le rejoindre.

Devesh la conduisit au-delà du poste de sécurité dans le couloir.

C'était un véritable abattoir. Les murs étaient maculés de sang, la moquette en était imbibée. Les cadavres, hachés par les balles, avaient été repoussés contre les parois, formant un défilé macabre.

La puanteur était effroyable.

Impitoyable, Devesh continuait à avancer. De chaque côté, les portes des cabines étaient toutes ouvertes. Au passage, Lisa ne pouvait s'empêcher d'y jeter un coup d'œil pour découvrir d'autres corps sans vie, tordus, sanguinolents. Certains avaient été abattus alors qu'ils étaient menottés à leur lit.

Des coups de feu sporadiques retentissaient encore... De brèves rafales précises.

Plus loin, deux mercenaires sortirent d'une cabine, armes fumantes à la main... pour entrer dans la suivante.

— Vous... massacrez les patients, dit-elle.

— Disons plutôt que nous trions le bon grain de l'ivraie, répliqua Devesh. C'est le second incident. Il y a une heure de cela, deux malades se sont libérés de leurs liens, se tranchant eux-mêmes les doigts à coups de dents. Ils ont attaqué leur médecin, le tuant avant qu'on ne puisse intervenir. Dans l'état qui est le leur, ces patients sont redoutables, bourrés d'adrénaline et insensibles à la douleur.

Lisa se souvint de la vidéo montrant le mari de Susan Tunis en pleine crise de démence.

Devesh se tourna vers elle.

— D'après les relevés EEG, il semble que vous aviez raison. Cette pathologie paraît être une forme d'excitation catatonique, s'accompagnant de graves épisodes psychotiques.

Une nouvelle série de coups de feu la fit sursauter.

Excédé, il soupira.

— Cela est nécessaire pour la sécurité de tous. Nous observons un rapide déclin de la condition des patients. Partout dans le navire. Nos ressources médicales diminuant rapidement, nous devons faire preuve d'efficacité. Quand les patients atteignent cet état de folie furieuse, ils ne servent plus à grand-chose et représentent une menace réelle pour nous tous.

Lisa comprenait ce qui était en jeu derrière ce raisonnement. Devesh et la Guilde utilisaient les malades du paquebot comme autant de sources de culture de la souche Judas, récoltant les agents pathogènes mortels à l'œuvre dans chacun d'eux pour se constituer une réserve d'armes biologiques potentielles. Ayant récolté sa moisson, Devesh fauchait son champ.

— Pourquoi m'avez-vous fait venir ici ? demanda-t-elle, atterrée.

— Pour vous montrer ceci.

Il se dirigea vers la seule porte de cabine encore fermée qu'il ouvrit avec une carte magnétique. Il lui tint la porte.

Une puanteur encore plus forte frappa Lisa.

Elle franchit le seuil, ne sachant plus trop à quoi s'attendre. La pièce était plongée dans l'obscurité mais la lumière du couloir révélait une cabine semblable à la sienne : une petite salle de bains, un canapé, une télévision et un lit une place dans le fond.

Derrière elle, Devesh alluma la lumière.

Lisa se pétrifia.

Un corps gisait sur le lit. Ses deux jambes nues étaient attachées aux montants, de même que ses bras. Mais on aurait dit qu'une bombe avait explosé sur son ventre, lui ravageant l'abdomen. Du sang et des résidus de tissus organiques éclaboussaient le plafond et les murs.

Pour se protéger de l'horreur, Lisa essaya de se concentrer sur l'examen clinique.

Où étaient passés ses organes internes ?

— Ils étaient en train de le dévorer... expliqua Devesh. Des patients dont l'esprit a pourri au-delà de toute mesure.

Lisa frémit violemment. Elle eut soudain conscience de ses pieds nus, de son corps presque nu lui aussi sous le peignoir.

— Ce n'est pas la première fois que nous assistons à cela, continuait Devesh. Dans cet état d'excitation catatonique, le virus semble stimuler un terrible appétit. Insatiable, serait le mot juste. Nous avons observé une victime se gaver au point que son estomac a éclaté. Et même après cela, elle continuait à manger.

Seigneur...

Une fois le choc passé, Lisa eut encore besoin d'un moment pour comprendre le sens des mots qu'elle venait d'entendre.

— Vous avez *observé*... où... ?

— Docteur Cummings, vous ne pensez pas que nous nous contentions d'étudier le Dr Susan Tunis. Par méthode, nous nous devons de comprendre toutes les facettes de la maladie. Même ce cannibalisme. Cette faim insatiable me fait irrésistiblement penser au syndrome de Prader-Willi. Le connaissez-vous ?

Hébétée, Lisa secoua la tête.

— Il s'agit d'un dysfonctionnement de l'hypothalamus, provoquant un appétit effréné. Une sensation de faim permanente. Un défaut génétique très rare. La plupart des gens touchés meurent jeunes en raison de ruptures d'estomac dues au gavage.

La description froide et clinique de Devesh lui permettait de s'accrocher à quelque chose mais elle avait du mal à respirer.

— L'autopsie du cerveau d'un de nos patients a révélé des dommages dans l'hypothalamus, similaires à ceux observés dans le syndrome de Prader-Willi. Couplés à l'excitation catatonique et à la surcharge en adrénaline, voici le résultat...

Devesh montra le lit.

L'estomac de Lisa se révolta. Tandis qu'elle se détournait, elle remarqua enfin le visage de la victime : le rictus, les yeux vitreux et la couronne de cheveux blancs.

Elle devina de qui il s'agissait : c'était le patient inconnu, celui qui souffrait de la maladie mangeuse de chairs. Grâce au dossier médical de Susan, elle connaissait désormais son nom.

Applegate.

Elle se rua hors de la chambre.

Devesh la suivit, une lueur amusée dans le regard. Lisa comprit qu'il l'avait conduite ici exprès, à moitié nue, encore faible, sachant qu'elle reconnaîtrait cet homme. Une démonstration de sadisme.

— Ainsi, maintenant vous savez vraiment ce à quoi nous sommes confrontés, dit-il. Imaginez cette situation prenant une ampleur mondiale. Voilà la catastrophe que je tente d'empêcher.

Lisa ravala la réplique qui lui montait aux lèvres. *Empêcher, mon cul.*

— Nous sommes face à une pandémie, continua Devesh tandis qu'ils retournaient vers l'aile scientifique. Avant que l'Organisation mondiale de la santé ne réagisse à ce qui s'est passé sur l'île Christmas, certains premiers patients avaient déjà été transportés par avion à Perth en Australie. Avant cela, des touristes ayant séjourné ici sont repartis aux quatre coins du monde. Londres, San Francisco, Berlin, Kuala Lumpur. Nous ignorons si certains d'entre eux ont été infectés à ce moment-là, comme le Dr Susan Tunis, mais il n'en faudrait pas beaucoup. Sans les mesures de désinfection que nous employons ici, le virus est peut-être déjà en train de se répandre.

Il s'arrêta devant la porte du laboratoire de virologie.

— J'espère donc que désormais vous vous montrerez plus coopérative.

Des regards interrogateurs accueillirent Lisa dans la pièce.

Elle se contenta de secouer la tête et de reprendre sa place. Dès qu'ils furent installés, le Dr Eloïse Chénier se posta devant un de ses ordinateurs.

— Pendant votre absence, j'ai chargé les dossiers du Dr Pollum. Voilà le schéma que vous avez demandé. Du virus dans la soupe toxique.

Elle s'écarta de l'écran afin qu'ils puissent tous voir l'image en rotation, tournoyant comme une toupie.

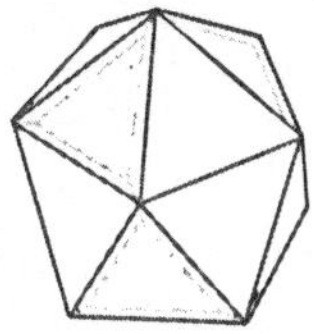

Elle représentait l'enveloppe icosaédrale du virus : vingt sections triangulaires formant une sphère, comme un ballon de football. Sauf que certains de ces triangles saillaient en raison des protéines alpha, tandis que d'autres s'affaissaient à cause des protéines bêta. Lisa avait voulu ce schéma pour mieux tester son hypothèse.

Elle tendit le doigt.

— Pouvez-vous interrompre la rotation ?

Chénier fit un clic avec sa souris et le tourbillon s'arrêta, figeant l'image sur l'écran.

Lisa se leva.

— Maintenant, sur l'autre moniteur, pouvez-vous afficher le schéma protéique du virus trouvé dans le liquide rachidien de Susan Tunis ?

Un instant plus tard, un second ballon de foot apparut, tournoyant. Lisa se rapprocha pour l'étudier. Elle manipula elle-même le bouton de la souris, arrêtant l'image là où elle le désirait.

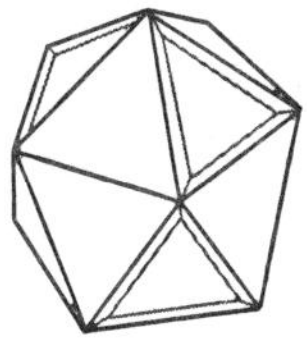

Elle se tourna vers les autres.

Devesh haussa les épaules.

— Et alors ? C'est le même.

Elle s'écarta.

— Placez-les côte à côte.

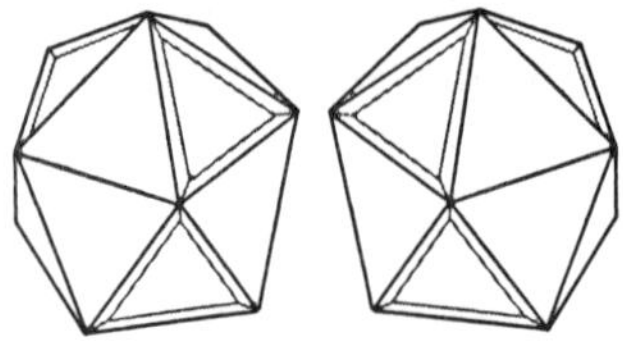

Henrick se dressa, ouvrant de grands yeux.

— Non, ce ne sont *pas* les mêmes !

Elle acquiesça.

— Ils sont l'image miroir l'un de l'autre. À première vue, ils semblent identiques, mais ce sont en fait des opposés parfaits. Isomérie géométrique. Deux représentations de la même forme, mais en miroir l'une de l'autre.

— *Cis* et *trans,* dit Chénier, usant du terme technique pour désigner les deux faces d'une même pièce.

Lisa montra le premier écran.

— Voici la forme *trans,* autrement dit la vilaine forme du virus. Elle infecte les bactéries et les transforme en monstres.

Elle passa au second écran, montrant le virus se trouvant dans le crâne de Susan.

— Voici la forme *cis,* le bon virus qui guérit.

— *Cis* et *trans,* marmonna Miller. Le bon et le méchant.

Lisa élabora sa théorie.

— Comme nous le savons déjà, le virus *trans* rend les bactéries toxiques afin d'affaiblir la barrière sang-cerveau, lui permettant ainsi de pénétrer ce territoire vierge à l'intérieur du crâne. Il y a même amené de la compagnie avec lui.

— Les cyanobactéries, dit Miller. Les bactéries luisantes.

— Dans ce cas, les toxines produites par les bactéries corrompent le cerveau et provoquent l'excitation catatonique accompagnée de psychose. Mais, dans celui de Susan, il s'est produit autre chose. Le virus, en pénétrant dans son fluide cervical, s'est altéré. Il a mué de sa méchante forme *trans* en sa bonne forme *cis.* Une fois altéré, le nouveau virus s'est répandu et a commencé à inverser tous les dégâts infligés par son jumeau, guérissant la patiente et la plongeant dans une profonde stupeur régénératrice, elle aussi l'exact contraire de l'excitation des autres patients.

— Même si vous avez raison, dit Henrick, ce que je crois, qu'y avait-il de si spécial dans la biochimie de Susan pour déclencher une telle réaction ?

Lisa haussa les épaules.

— Je suis prête à parier que, dans les prochains jours ou semaines, nous verrons une poignée d'autres patients développer la même transformation. Susan a été infectée il y a cinq semaines. Il est donc peut-être trop tôt pour le savoir. Mais je pense qu'il s'agit néanmoins d'un événement très rare. Une bizarrerie aléatoire présente dans ses gènes. Comme par exemple le phénomène Eyam survenu pendant la peste noire. En avez-vous entendu parler ?

Chénier leva le doigt, comme dans une salle de classe.

— Oui.

Ce qui n'avait rien d'étonnant de la part d'une spécialiste des maladies infectieuses.

— Eyam, expliqua celle-ci, était un petit village anglais qui, au XVIIe siècle, a été frappé par la peste noire. Pourtant, au bout d'un an, la plupart de ses habitants vivaient encore. Des études génétiques actuelles ont donné l'explication. Une mutation rare présente chez les villageois. Dans un gène nommé Delta 32. Un défaut bénin se transmettant au sein d'une même famille. Dans un environnement aussi isolé, au fort taux de consanguinité, une bonne portion du village avait acquis cette mutation. Quand la peste a frappé, cette particularité génétique qui traînait là depuis on ne sait quand les a sauvés. Elle les a immunisés.

Devesh prit la parole :

— Suggérez-vous que notre patiente possède l'équivalent de ce Delta 32 contre la souche Judas ? Une protéine quelconque capable de faire passer le virus de sa forme *trans* à sa version *cis* ?

— Peut-être n'est-elle pas si quelconque, marmonna Lisa.

Elle se débattait avec cette question depuis sa découverte du virus altéré.

— Seul un très petit pourcentage de notre ADN est fonctionnel, enchaîna-t-elle. Trois pour cent, tout au plus. Les autres quatre-vingt-dix-sept pour cent sont considérés comme des déchets génétiques. Qui ne codent rien. On appelle cela le *junk* ADN, l'ADN poubelle. Mais une partie de cet ADN poubelle présente une remarquable ressemblance avec un code *viral*. Beaucoup croient désormais que ce codage pourrait avoir un rôle protecteur, pour nous aider à survivre à des maladies futures.

Tout en parlant, elle repensait au corps de l'ami de Susan, attaqué et dévoré.

— Comme le cannibalisme, par exemple.

Cette étrange affirmation attira les yeux de tous les présents vers les écrans.

— Les marqueurs génétiques retrouvés un peu partout à travers le monde montrent que la plupart des humains possèdent une série spécifique de gènes protecteurs contre des infections qui ne peuvent être acquises qu'en mangeant de la chair humaine. Ce qui tendrait à suggérer que nos lointains ancêtres ont sans doute tous été cannibales. Susan Tunis possédait peut-être un marqueur semblable destiné à protéger son cerveau contre les attaques du virus de la souche Judas. Quelque chose laissé là au cours de notre longue histoire génétique. Quelque chose enfoui dans notre passé collectif.

— Intrigant, comme toujours, docteur Cummings, commenta Devesh, visiblement excité. Mais que la transformation soit le fait d'un pur hasard ou bien ait été provoquée par un marqueur génétique issu de notre passé... cela n'a aucune réelle importance. Maintenant que nous connaissons ce nouveau virus, nous pouvons utiliser cette connaissance pour produire un remède !

Chénier paraissait moins sûre.

— Peut-être, dit-elle. Cela exigera de nouvelles études. Heureusement, nous disposons d'un bateau entier de patients malades sur lesquels tester des traitements potentiels. Mais, d'abord, nous devons en savoir davantage sur ce virus *cis*.

Elle jeta un regard éloquent en direction de Devesh.

— Pas d'inquiétude, dit-il. Rakao et ses hommes fouillent déjà l'île. Nous ne tarderons pas à récupérer Susan Tunis et les autres. Mais cette affaire étant réglée...

Il se tourna vers Lisa.

— ... il reste à discuter de votre châtiment.

Comme si cette phrase avait été un signal, une silhouette apparut, portant une sacoche de médecin.

Ses cheveux noirs étaient à nouveau tressés en une longue natte.

Surina.

3 h 14

Monk grimpait la piste abrupte, suivant le postérieur nu d'un des indigènes. Une douzaine d'autres les précédaient sur le sentier tortueux. Et une quarantaine crapahutaient derrière.

Sa petite armée cannibale.

La pluie se déversait du ciel noir. Mais, au moins, le vent s'était calmé, se limitant à quelques rafales occasionnelles sur les sommets escarpés. Monk avait fait en sorte de synchroniser cette ascension avec l'arrivée de l'œil du cyclone sur l'île. Attendre avait été une véritable souffrance, mais il espérait que sa patience leur permettrait d'entrevoir une chance de s'en sortir.

Même si le sentier, taillé entre deux parois, se trouvait à l'abri, l'eau rendait les roches glissantes, traîtresses, les obligeant parfois à progresser sur les mains et les genoux.

Il se retourna.

Ryder et Jessie lui collaient aux basques. Derrière eux, s'étirait une longue file d'hommes vêtus de plumes, de coquilles, d'écorce, de griffes d'oiseaux et d'os.

Des tas d'os.

Cette section d'assaut improvisée était armée de courtes lances, d'arcs et de casse-tête aiguisés. Mais la moitié d'entre eux portaient aussi des fusils et quelques armes automatiques – des AK47 russes ou des M16 américains – ainsi que les bandoulières supportant les cartouches ou les chargeurs de rechange. Apparemment, les cannibales ne s'étaient pas contentés d'échanger que du gibier bipède avec les pirates qui partageaient leur île.

De cette hauteur, Monk avait une vue plongeante sur le lagon noir. Au beau milieu, le bateau brillait comme une pièce montée illuminée. Une pièce montée que les cannibales comptaient bien s'approprier.

Pour le compte de Rangda. Les indigènes hypnotisés étaient prêts à tout pour satisfaire leur reine sorcière.

Et Randga voulait ce navire.

Ses souhaits et ses ordres étaient traduits par le jeune Jessie. Il parlait le malais, la langue officielle des pirates que comprenaient la plupart des cannibales. Ceux-ci éprouvaient désormais un respect mêlé de crainte à l'égard du jeune infirmier qui connaissait la langue étrange de leur reine et était capable de transmettre ses désirs. Bénédiction suprême, elle avait même gratifié son interprète d'un baiser sur la joue.

Nul n'osait plus lui désobéir.

Mais si Jessie avait expliqué l'attaque, c'était Monk qui l'avait organisée.

Il tourna le dos au navire. L'attaquer par la voie des eaux était impossible : des bateaux se feraient aussitôt repérer et nager n'était pas envisageable. Même à cette altitude, il avait remarqué les éclairs qui filaient parfois sous la surface. La tempête avait énervé les habitants des profondeurs et ceux-ci écumaient le lagon.

Ce qui ne laissait donc plus qu'un choix.

Monk grimpa encore... jusqu'au toit du monde. Ils atteignirent enfin les gigantesques piliers de support et l'énorme câblage qui maintenaient cette section du filet de l'île.

Il étudia la face interne du réseau d'acier et de palmes.

La pluie le traversait, trempant la végétation servant de camouflage. Quelqu'un avait fait en sorte de maintenir cette illusion et Monk devinait que ce n'étaient pas seulement les pirates.

Comme pour le prouver, un des cannibales grimpa sur un des câbles, ses pieds nus propulsant son corps mince avec agilité vers le toit artificiel. Il ne tarda pas à y disparaître. Une échelle de corde tomba.

D'autres le rejoignirent.

Monk se tourna vers Jessie.

— Vous pouvez encore redescendre, rejoindre Susan sur la plage. Nous viendrons vous prendre tous les deux plus tard.

Jessie chassa une mèche trempée sur son front.

— Je viens. Sinon, qui traduira pour vous ?

Avant que Monk ne puisse discuter, il se saisit d'une échelle de corde et grimpa.

Ryder l'imita, flanquant une claque sur l'épaule de Monk au passage. Une fois que le milliardaire eut disparu parmi les branches, Monk posa un pied sur le premier barreau avant de se retourner vers le reste de sa sombre armée. Emplumés, armés jusqu'aux dents, prêts à tout pour leur reine.

Il éprouvait quelques remords à abuser de leur crédulité. Beaucoup d'entre eux allaient mourir. Mais si Lisa avait raison, le monde entier était menacé. Il n'avait pas d'autres choix que d'utiliser toutes les ressources à sa disposition.

Ils devaient atteindre le bateau de Ryder. Mettre Susan en lieu sûr... et, avec un peu de chance, secourir Lisa. Il refusait de croire à sa mort.

Il gravit l'échelle de corde.

Et traversa le camouflage. Même dans l'œil du cyclone, le vent ici était très violent, menaçant de le chasser de son perchoir. Il s'assura en se couchant sur un étroit ruban de planches, fixé au-dessus du filet. C'était une grossière passerelle de service, une sorte de pont qui permettait de traverser l'ouvrage, de l'entretenir, de le réparer en cas de besoin.

Déjà, l'avant-garde de son armée progressait vers le centre du toit, dans son ventre, s'accrochant aux lattes de la passerelle.

Sous la pluie qui tombait, piquante, Monk partit derrière eux. Les bourrasques secouaient le filet qui tanguait et roulait sous lui. Il avait l'impression de chevaucher le tapis volant d'Aladin.

Il regarda autour de lui. Juste au-dessus d'eux, la couverture nuageuse s'était assez levée pour qu'on distingue quelques étoiles mais, tout autour, de gros nuages noirs bouillonnaient furieusement. L'œil du cyclone était plus étroit qu'il ne l'avait espéré. De tous côtés, le ciel s'embrasait d'éclairs, le tonnerre grondait.

Monk accéléra l'allure. Ils devraient avoir quitté le filet avant que l'œil de la tempête s'éloigne de l'île. Il songeait aux éclairs qu'il avait vus plus tôt, aux cascades d'électricité qui ruisselaient le long de l'armature métallique.

Ce serait la mort assurée pour eux tous.

Au moins, se dit-il en regardant entre les lattes, Susan était-elle en sécurité en ce moment.

4 h 02

Le visage couvert de graisse pour masquer son éclat, Susan était assise sur un rocher caché dans la jungle mais pas trop loin du lagon. Elle avait passé la dernière heure à redescendre ici sur une des plages, pour attendre Monk.

Elle n'était pas seule.

Une douzaine d'indigènes, son escorte royale, montaient la garde autour d'elle. Seule une femme, une certaine Tikal, osait rester près d'elle, agenouillée à côté du rocher, le front pressé contre la boue. Elle n'avait pas bougé depuis leur arrivée.

Susan avait tenté de lui parler, mais aussitôt la femme s'était mise à trembler.

Elle avait donc renoncé à tenter de la rassurer et se contentait d'attendre, assise sur son rocher. Elle portait un manteau en peau de sanglier séchée, orné de plumes, de coquillages et de petites pierres polies. Sur sa tête, une couronne d'os du thorax était attachée à son front par des fibres d'écorce. Tous étaient recourbés vers l'extérieur, telle une fleur macabre. Elle s'était vu offrir un bâton, sur lequel était empalé un crâne humain.

Une parure digne de la reine sorcière de Pusat.

En dépit de leur élégance discutable, le manteau était chaud et le bâton s'était révélé utile lors de la descente à pied dans la jungle. Son escorte avait aussi tissé un abri temporaire avec des feuilles de palmiers pour que leur maîtresse ne se mouille pas.

Susan leva les yeux vers l'immense filet. Elle savait qu'elle était trop faible pour traverser là-haut avec les autres. Elle n'avait donc pas protesté quand Monk lui avait ordonné de redescendre sur la plage, de rester cachée et d'attendre l'issue de l'assaut de l'armée cannibale sur le paquebot.

Mais elle savait que cela allait être une longue veille.

Trop longue.

Seule et consciente, elle commençait à absorber l'impact de tout ce qui s'était passé depuis son réveil à bord du navire. Si elle était là, pas un seul de ses proches n'avait survécu.

Gregg...

Le visage de son mari envahit son esprit : son sourire moqueur, son rire communicatif, ses yeux sombres, l'odeur de sa peau, le goût de ses lèvres...

Comment tout cela pouvait-il avoir disparu ?

Elle savait qu'elle était encore loin de saisir toute l'étendue de son malheur. Mais elle en comprenait assez. La douleur qu'elle ressentait était physique, profonde, touchant jusqu'à la moelle de ses os. Sa gorge se ferma et elle se mit à trembler. Des larmes étincelantes gonflèrent avant de ruisseler sur ses joues noircies par la cendre.

Gregg...

Oscillant sur place, elle s'abandonna à son chagrin. Comment faire autrement ? Cette tristesse était aussi inexorable qu'une marée.

Mais, au bout d'un moment, même la marée elle-même doit se retirer. Dans son sillage douloureux, une autre sensation primaire demeurait, surgie de profondeurs encore plus enfouies, quelque chose qu'elle avait évité de reconnaître jusqu'à maintenant. Mais elle était là, aussi inexorable que son chagrin.

Susan tendit son bras hors du manteau, fixant sa peau qui brillait, à cause des cyanobactéries présentes dans sa transpiration, dans ses pores. Elle tourna la main, paume vers le ciel. La lueur ne la brûlait pas, mais elle ressentait une étrange chaleur… plus comme une fièvre que comme la caresse d'un rayon de soleil.

Que lui arrivait-il ?

En tant que biologiste, Susan avait une parfaite connaissance de l'organisme. Les cyanobactéries, plus communément appelées *algues bleu-vert,* étaient aussi répandues que les mers elles-mêmes. Elles se regroupaient par myriades pour former de minces filaments, des draps plats, des bulles creuses. Ancêtres de nos plantes modernes, elles jouaient un rôle essentiel dans l'évolution. Très tôt dans l'histoire de la Terre, les cyanobactéries avaient généré la première atmosphère riche en oxygène de la planète, rendant le monde vivable. Et, depuis, elles s'étaient adaptées à des millions de niches écologiques.

Alors, que signifiait la colonisation de son corps ? Quel rapport avec son exposition au virus de la souche Judas ? Cela n'avait aucun sens.

En dépit de toutes ces questions, Susan était néanmoins sûre d'une chose.

Quelque chose était en train d'arriver.

Au plus profond d'elle-même… une sensation débordante qui défiait toute description.

Aussi inexorable que n'importe quelle marée montante.

Elle regarda au-delà de la forêt, au-delà du lagon, au-delà de l'île. Aussi sûrement qu'elle pouvait sentir le soleil se lever au-delà de la courbe de la planète, Susan savait qu'elle n'avait pas fini de changer.

4 h 18

À une centaine de mètres de là, Rakao épiait sa proie. Caché sous un poncho étanche, il la fixait à travers ses jumelles à infrarouge. Puis il balaya les abords du lagon, comptant les taches rouges, les signatures de chaleur corporelle dispersées le long de la plage. Ses chasseurs étaient deux fois plus nombreux que les cannibales.

Le poing levé, il fit signe à son équipe de se déployer en tenaille et de garder ses distances. Ses hommes savaient se déplacer en se synchronisant avec les grondements de tonnerre. Les indigènes possédaient des sens aiguisés. Il ne voulait pas les alerter. Ni effrayer sa proie.

Rakao étudia à nouveau Susan Tunis. Où se trouvaient ses compagnons, les deux Occidentaux ? Ils ne devaient pas être bien loin.

Il aurait pu la capturer sur-le-champ, mais Rakao était un chasseur patient. Tandis que ses hommes refermaient le piège, il savait qu'il existait une meilleure manière d'utiliser cette femme.

Comme appât.

14

Ruines d'Angkor

7 juillet, 5 h 02
Siem Reap, Cambodge

Six heures de voyage avaient déposé Gray dans un autre siècle et d'autres cultures. Au pluriel. Il sortit du taxi au cœur du vieux quartier français de Siem Reap, un petit village perdu du Cambodge, coincé entre des rizières et un vaste lac. Une heure avant l'aube, l'atmosphère était pesante et humide. Les sifflements des lampes à gaz accompagnaient le bourdonnement des moustiques. De la rivière voisine, montaient les croassements des crapauds qui ajoutaient à la douce somnolence de ce début de journée.

Deux longues barques remontaient le courant, des lampes suspendues au bout de longues perches tandis que des pêcheurs portant de larges chapeaux de bambou vérifiaient leurs pièges à crabes et à poissons ou bien assommaient des grenouilles imprudentes, afin de fournir en viande fraîche les nombreux cafés et restaurants de l'endroit.

Le reste du groupe émergea du taxi, chacun réagissant à sa façon à l'épuisement. Vigor, les épaules voûtées et les yeux larmoyants, semblait sortir du tambour d'un lave-linge tandis que Seichan, une main posée sur sa blessure, s'étirait comme une chatte. Kowalski se gratta les aisselles avant de s'étirer à son tour et de siffloter... ce qui effraya un chien errant qui se mit à couiner.

Nasser avait pris toutes les dispositions.

C'était ici qu'ils devaient attendre son arrivée.

Dans deux heures.

Au bout d'une allée en arc-de-cercle, l'hôtel colonial déployait ses ailes au bord de la rivière, tout en plâtre et poutres jaunes, coiffé d'un toit de pierres rouges, ancré dans un impeccable jardin à la française. Vieux de soixante-quinze ans, le bâtiment qui s'était appelé le Grand Hôtel des Ruines accueillait autrefois les touristes français et britanniques désireux de visiter le complexe voisin d'Angkor, à moins de dix kilomètres de là. L'hôtel et le village étaient tous deux tombés en décrépitude sous le règne des Khmers rouges, auteurs d'un génocide qui avait vu l'annihilation d'un quart de la population cambodgienne, les victimes se comptant par millions. Ces atrocités avaient mis un sérieux coup de frein au tourisme. Cependant, avec la chute du régime, les gens étaient revenus. L'hôtel s'était relevé de ses cendres, méticuleusement rénové pour retrouver sa gloire d'antan et se voir rebaptiser Grand Hôtel d'Angkor.

Siem Reap avait connu un regain similaire... mais moins luxueux. Les hôtels s'étaient multipliés sur les deux rives de la rivière, de même que les restaurants, les bars, les cybercafés, les agences de voyages, les échoppes de fruits et épices et une multitude d'autres vendant toutes sortes de curiosités : cartes postales, bijoux gravés, tee-shirts et autres babioles.

Mais à cette heure matinale – alors que ni les touristes ni le soleil n'étaient levés –, un peu de charme et de mystère demeuraient dans ce mélange de cultures française et asiatique. Un chariot tiré par un bœuf se traînait sur la route en direction du Vieux Marché, tandis qu'un employé en veste blanche balayait sans se presser le porche de l'hôtel.

Quand Gray grimpa les marches, l'homme lui sourit timidement et abandonna sa tâche pour leur ouvrir la porte.

La réception, toute en marbre et bois polis, était parfumée par d'immenses arrangements floraux de roses, d'orchidées, de jasmins et de lotus. Une antique cage d'ascenseur, emballée dans une grille en fer forgé, attendait avec grâce aux côtés d'un escalier qui s'élevait en tournant majestueusement.

— L'Elephant Bar est au fond, annonça Seichan en tendant le bras.

C'était là-bas qu'ils devaient retrouver Nasser.

Gray consulta sa montre pour la centième fois.

— Je vais nous enregistrer, dit Vigor.

Tandis qu'il se dirigeait vers la réception, Gray scruta le hall. Les hommes de la Guilde étaient-ils déjà là ? C'était la question qu'il ne cessait de se poser depuis qu'ils avaient fait escale à Bangkok avant de prendre un autre vol jusqu'ici. Seichan avait confirmé la solide implantation de l'organisation dans cette région si proche de la Chine et de la Corée du Nord. Ils se trouvaient pour ainsi dire dans le jardin de la Guilde.

Gray ne doutait pas que les espions de Nasser les avaient surveillés tout au long de leur voyage depuis Ormuz. Il avait dû révéler où s'achevait la piste de Marco : dans les ruines d'Angkor. Cela avait convaincu Nasser de retarder l'exécution immédiate de ses parents. Mais, comme Gray l'avait craint, cela n'avait pas suffi à acheter leur liberté.

Cette menace planant toujours au-dessus de leurs têtes, il avait refusé de donner le moindre détail à propos de la seconde bombe qu'il avait lâchée : le remède à la souche Judas. Pour cela, il attendait d'avoir Nasser en face de lui et que celui-ci lui fournisse une preuve concrète que ses parents était sains, saufs et libres.

Rendez-vous avait donc été pris pour négocier.

Un échange.

Des informations contre la liberté de ses parents.

Mais Gray n'était pas idiot. Il savait que l'assassin de la Guilde ne les relâcherait jamais. Tout cela n'était qu'un piège de la part de Nasser… et une stratégie pour gagner du temps de la part de Gray. Les deux hommes en étaient tout à fait conscients. Ni l'un ni l'autre n'avaient d'autre choix que de poursuivre ce simulacre.

Se servant du téléphone à carte prépayée de Seichan, Gray avait pris le risque de passer un bref appel aux États-Unis après avoir parlé avec Nasser. Craignant que celui-ci ne soit rapidement alerté par l'activation d'une antenne relais à destination des États-Unis depuis cette région reculée, il avait dû abréger sa conversation avec Painter Crowe. Après l'avoir mis au courant des derniers développements, il n'avait reçu en échange que de sinistres nouvelles. Sigma n'avait aucune piste pour ses parents et n'avait toujours pas reçu le moindre message de Monk ou de Lisa. La frustration et la fureur étaient perceptibles dans la voix du directeur.

Il avait à nouveau proposé d'envoyer des renforts sur place, mais tant que ses parents n'étaient pas en sécurité, Gray n'osait les accepter. Comme l'en avait prévenu Seichan, ils se trouvaient ici dans le jardin de la Guilde. Toute activité suspecte l'avertirait qu'il était en contact secret avec Washington. C'était un maigre avantage, mais Gray ne voulait pas le perdre. De plus, et c'était là l'essentiel, si Nasser apprenait qu'il communiquait avec Sigma, il tuerait aussitôt ses parents. Il était nécessaire de le persuader que Gray et son équipe étaient livrés à eux-mêmes.

Gray avait cependant pris un petit risque et demandé une concession à Painter.

Il avait encore deux heures devant lui.

L'ascenseur tinta avant que la porte de la cabine ne s'ouvre avec un bruit désuet.

— Je vois que vous êtes tous bien arrivés, déclara une voix calme.

Gray se retourna.

Nasser sortait de la cabine, vêtu d'un élégant costume sombre, sans cravate.

— Nous pouvons donc nous mettre au travail plus tôt que prévu.

Des hommes en uniforme kaki et béret noir surgirent des couloirs de tous côtés. Gray entendit des bruits de bottes sur les marches du porche. D'autres soldats dévalaient le grand escalier incurvé. Si aucune arme n'était braquée, c'était tout comme.

D'ailleurs, Kowalski avait déjà levé les mains.

Scichan se contenta de secouer la tête.

— Adieu, mon bain chaud.

Vigor revint se placer aux côtés de Gray.

— Il est grand temps, déclara Nasser, de discuter de ce remède.

18 h 18
Washington DC

— D'après ce que vous venez de me dire, fit le Dr Malcolm Jennings, Gray n'a rien à offrir à la Guilde. Rien de décisif, en tout cas.

Painter l'écoutait en silence. Il avait convoqué le chef du département recherche et développement de Sigma dans son bureau pour avoir son avis. Par chance, celui-ci était déjà en route pour venir le voir.

— Si on en croit le récit de Marco, reprit Jennings qui faisait les cent pas devant le bureau de Painter, Polo et une poignée d'autres ont été protégés de la souche Judas en consommant du sang et une glande, dont je parierais qu'il s'agissait du thymus, comme dans les ris de veau. Du sang et une glande qui provenaient d'un autre homme.

— Du cannibalisme, en somme.

— Ou bien, comme Gray l'a déduit – et je pense qu'il a raison –, une forme grossière de *vaccination*. Le thymus est une source majeure de globules blancs, les défenses du corps contre les maladies. Et le sang est le vecteur *majeur* de distribution de ces anticorps. Consommer ces tissus pourrait en théorie correspondre à une immunisation.

— Gray croit que c'est ce qui a protégé Marco Polo et ses compagnons, renchérit Painter.

— Mais une telle révélation n'a pas de réelle importance, riposta Jennings. Elle n'offre aucun remède. D'où venaient le sang et le thymus ? Pas d'un malade. Ils auraient été infectés comme les autres. C'est la pièce manquante du puzzle. Pour qu'un tel remède fonctionne, il faut prélever les cellules et les anticorps sur quelqu'un qui a *déjà* guéri, quelqu'un qui a survécu à la souche Judas. C'est un cercle vicieux. Il faut un remède pour trouver le remède.

— Et vous ne voyez rien dans le récit de Marco Polo qui pourrait offrir la moindre piste ?

Le scientifique secoua lentement la tête.

Comme Painter le redoutait, Gray était en train de tenter un bluff dangereux. Amen Nasser n'était pas un imbécile. Il finirait bien par se rendre compte qu'on ne lui donnait aucune vraie réponse. Gray ne cherchait en fait qu'à gagner encore un peu de temps. Mais, après l'échec de la descente à la boucherie, c'était un effort qui semblait vain, un risque inutile. Painter avait espéré que Jennings lui apporterait un élément quelconque.

C'était raté.

— Donc, le récit de Marco Polo mène à une impasse, fit-il, résigné.

— Pas nécessairement, fit Jennings avant d'hésiter une fraction de seconde. Monsieur Crowe, je voulais vous parler d'autre chose. C'est pour cette raison que je venais vous voir. Il se peut que cela ait un rapport avec tout cela. En fait, si vous avez quelques minutes à me consacrer, il vaudrait mieux que vous assistiez à cela par vous-même.

Painter ne disposait pas de ces quelques minutes. Il jeta un regard aux piles de papiers qui s'amoncelaient sur son bureau, une pléthore de rapports. Dans une autre pièce, Kat s'occupait désormais de la reconnaissance satellite au-dessus de l'archipel indonésien. Avec son passé dans des agences de renseignements, elle avait déjà prouvé son habileté à gagner la coopération de services étrangers et à orchestrer des plates-formes de surveillance croisées mettant en œuvre plusieurs satellites. Mais la tempête empêchait toujours de localiser le paquebot.

Par ailleurs, il avait confiance en Jennings : le chercheur ne lui ferait pas perdre son temps avec des futilités.

— Que voulez-vous me montrer ?

Jennings montra un des écrans plasma.

— J'aimerais que nous entrions en conférence avec Richard Graff en Australie. Il attend mon appel… si vous êtes d'accord.

— Graff ? Le chercheur avec qui Monk travaillait sur l'île Christmas ?

— Exactement.

C'était le Dr Graff qui avait passé un appel radio à un tanker croisant près de l'île et alerté le monde sur le détournement du *Mistress of the Seas*. L'océanologue se trouvait à l'heure actuelle à Perth, en isolement.

— Vous avez lu son débriefing avec les autorités australiennes ?

— Oui.

— Sauf que, depuis, il a découvert un curieux phénomène.

Painter hocha la tête vers le moniteur.

— D'accord. Allez-y.

Jennings contourna son bureau et établit rapidement la liaison. Le Dr Graff apparut, en tenue d'hôpital et un bras en écharpe. Ses yeux clignaient derrière ses lunettes.

Jennings présenta Painter… comme un de ses collègues chercheurs associés au Smithsonian.

— Pouvez-vous refaire la démonstration que vous m'avez montrée tout à l'heure ? demanda-t-il. Je pense que mon ami devrait voir ça.

— J'ai gardé le spécimen sous la main.

Graff disparut de l'écran. L'angle de prise de vue s'élargit et changea pour révéler une table de conférence blanche.

Graff réapparut, portant un gros objet écarlate d'une seule main.

— C'est bien un crabe ? demanda Painter en se redressant sur son siège.

— *Geocarcoieda natalis,* expliqua Jennings. Le crabe rouge de l'île Christmas.

Sur l'écran, Graff acquiesça et posa l'animal près d'un des bords de la table. Ses grosses pinces étaient maintenues fermées par du ruban adhésif.

— Cette bestiole – ou plus exactement une horde de ses semblables – m'a sauvé la vie là-bas sur l'île.

Curieux, Painter se leva pour se rapprocher de l'écran.

Dès que Graff lâcha le crabe, celui-ci pivota sur lui-même et partit en ligne droite sur la table. Graff se dépêcha de contourner celle-ci pour le récupérer.

Painter secoua la tête.

— Je ne comprends pas. Qu'essayez-vous de me montrer ?

Graff expliqua :

— Le Dr Kokkalis et moi trouvions très étrange que ces crabes n'aient pas été tués par le nuage toxique. De plus, et cela ne fait aucun doute, leur comportement a été affecté. Ils s'attaquaient les uns les autres, s'entredévoraient. J'ai donc voulu étudier ce comportement pour voir s'il pouvait nous éclairer sur cet agent toxique.

Tout en parlant, Graff avait reposé deux fois le crabe sur la table mais, quel que soit l'endroit où il le plaçait, quelle que soit l'orientation qu'il lui donnait, le crustacé pivotait et fonçait tout droit vers le même coin de table.

Une expérience qu'il renouvela encore plusieurs fois.

Avec le même résultat.

Étrange.

Graff expliqua sa théorie :

— Le crabe de l'île Christmas possède un système nerveux très particulier qui le guide lors de chacune de ses migrations annuelles. C'est le cas de la plupart des crustacés. Mais l'exposition à cet agent toxique semble l'avoir reprogrammé pour en faire une sorte de boussole fixe. Le crabe rampe toujours dans la même direction, vers le même cap.

— Il s'agit là, assurément, d'une anomalie fascinante, docteur Graff, dit Jennings. Mon collègue et moi-même allons nous consulter et je vous rappellerai. Merci de nous avoir consacré un peu de votre temps.

L'appel prit fin et l'écran devint noir. Mais Jennings continua à taper sur un clavier. Une nouvelle image apparut, un globe terrestre.

— Quand j'ai entendu parler de cette anomalie, j'ai rassemblé les données du Dr Graff et calculé la trajectoire du crabe.

Une ligne pointillée apparut.

— Je ne pensais pas que ces résultats serviraient à quoi que ce soit, jusqu'à ce que vous envoyiez cette mise à jour des rapports du commandant Pierce.

Le globe tournait sur lui-même et grandissait sur l'écran. La vue finit par s'arrêter sur l'Asie du Sud-Est. La ligne pointillée traversait l'Indonésie, le golfe de Thaïlande et, pour finir, le Cambodge.

Jennings tapota sur l'écran, montrant un endroit se trouvant sur la trajectoire du crabe.

— Angkor Vat.

— Êtes-vous en train de dire…

— Une coïncidence plutôt bizarre, non ? Je me suis demandé si le crabe n'avait pas été reprogrammé pour venir tout droit ici.

Painter fixa l'écran, pensant à Gray Pierce et au bluff qu'il était en train de monter.

— Si vous avez raison, alors la piste de Marco Polo ne mène peut-être pas à une impasse, après tout. Il doit y avoir quelque chose, là-bas.

Jennings hocha la tête.

— Oui. Mais quoi ?

5 h 32
Siem Reap

Vigor se rappela de ne jamais jouer au poker avec Gray.

Le commandant était assis dans un fauteuil lounge en osier dans le bar de l'hôtel. Celui-ci était fermé à cette heure de la journée, mais Nasser l'avait loué pour ses besoins personnels. L'Elephant Bar devait son nom à la paire de grandes défenses qui ornaient son entrée. Perpétuant le motif, la salle était décorée de meubles en bambou tapissés de tissus tigrés et zébrés.

Gray, assis à une petite table face à Nasser, se livrait à un jeu dangereux.

Seichan était affalée dans un sofa, les chevilles croisées. Kowalski avait préféré s'installer au bar, lorgnant sur les bouteilles qui brillaient comme des pierres précieuses. Mais Vigor remarqua qu'il ne cessait d'espionner Gray et Nasser dans le miroir du bar.

Comme si l'un d'entre eux aurait pu faire quoi que ce soit.

Les hommes de Nasser s'étaient postés à toutes les issues et le long des deux murs.

Avec un claquement de métal sur le verre, Nasser reposa un des *paitzus* sur la table. Avant d'entamer toute discussion sur le remède, il avait tenu à vérifier que c'était bien dans les ruines d'Angkor que Marco Polo avait pour la première fois croisé la souche Judas. Gray lui avait tout expliqué, accomplissant à nouveau la démonstration effectuée à bord de l'hydravion.

Vigor était lui aussi à la table, étudiant l'écriture angélique, la carte des étoiles, celle des ruines. Il avait réécouté tout le processus de décryptage.

Nasser accepta enfin la vérité. Il se laissa aller contre le dossier de son siège.

— Et ce remède ?

Vigor se força à rester impassible. Pendant le vol, Gray leur avait expliqué son interprétation de la dernière partie du récit de Marco Polo : sa théorie d'une vaccination grâce au cannibalisme. C'était intrigant, certes, mais au bout du compte, cela n'offrait aucune solution réelle quant à l'obtention d'un remède.

En raison du risque qu'il allait courir, Gray avait même tenté de persuader Vigor de prendre un autre vol lors de leur escale à Bangkok.

— C'est trop dangereux. Retournez en Italie.

Vigor avait refusé. En dehors du fait que Nasser leur avait à *tous* ordonné de venir au Cambodge, il avait une autre raison de continuer. Quelque part parmi ces ruines, frère Agreer avait disparu, se sacrifiant pour sauver Marco Polo et les autres. Vigor ne pouvait tourner le dos à une telle bravoure désintéressée. Mais il avait aussi un argument plus important à offrir à Gray.

— Les étranges personnages qui ont offert le remède ont reconnu quelque chose en frère Agreer, avait-il expliqué. Pourquoi l'avoir choisi lui, en particulier ? S'il y a une réponse à trouver là-bas, il se peut que la présence d'un autre frère dans la foi, ou d'un autre membre du clergé, soit nécessaire.

Gray avait acquiescé à contrecœur.

Vigor avait encore une autre raison de continuer, une raison qu'il avait tue jusqu'à présent. Quelque chose qu'il avait remarqué dans le regard de son jeune compagnon. Le désespoir. Maintenant qu'il étalait ses dernières cartes, Gray devenait téméraire. À l'image de ce bluff qu'il tentait, l'obligeant à foncer droit dans un piège sans la moindre stratégie de secours. Tous les espoirs de Gray reposaient sur Painter Crowe, persuadé qu'il finirait par trouver un moyen de libérer ses parents.

Mais lui-même était-il apte au jeu qui se déroulait ici, alors qu'il était dévoré d'inquiétude ? Il était évident que son esprit n'était plus aussi aiguisé.

Vigor contempla l'étalage de cartes et d'inscriptions angéliques.

Par exemple, comment Gray avait-il pu manquer cela ?

— Le remède, insista Nasser, forçant Vigor à revenir à la situation présente. Dites-moi ce que vous savez.

De l'autre côté de la table, Gray resta calme et froid, pas la moindre goutte de sueur sur le front.

— Je vais vous donner le numéro d'un casier de consigne. À Bangkok. Vous dire où trouver la clé qui confirmera ce que je vais vous dire. Le troisième et ultime rouleau se trouve dans ce casier. Dans ce dernier document, Marco Polo décrit le remède. C'est en deux parties. Je vous révélerai la première, gratuitement.

Un des yeux de Nasser se plissa.

— Cela fait, en gage de bonne volonté, vous relâcherez un de mes parents. Il faudra que j'en reçoive une confirmation indubitable. Après, je vous donnerai le numéro du casier et l'endroit où se trouve la clé. Vous pourrez vérifier mes dires. Cela vous convient-il ?

— Cela dépend de ce que j'entendrai.

Gray le fixa droit dans les yeux.

Vigor savait qu'il s'agissait encore d'une tactique pour gagner du temps. Le rouleau se trouvait bien à l'aéroport de Bangkok, mais il ne servirait à rien. Cette deuxième partie n'existait pas.

Gray poussa un soupir, comme s'il se laissait fléchir.

— Voici donc ce que dit le troisième rouleau. Selon Marco...

Tandis qu'il relatait ce que révélait le rouleau brodé, Vigor étudiait les documents sur la table, n'écoutant que d'une oreille. Le commandant restait fidèle à la vérité, sachant qu'elle leur serait plus utile que des mensonges. Quand il aurait terminé, Nasser effectuerait les appels nécessaires, ferait en sorte que le rouleau soit récupéré et traduit. Tout cela allait prendre quelques heures. La découverte du rouleau apporterait du crédit à l'histoire de Gray et inciterait davantage Nasser à croire tout ce qu'il lui raconterait par la suite. Et même si cette suite, bien sûr inexacte, ne parvenait pas à le convaincre, il aurait au moins réussi à faire libérer un de ses parents.

Tel était son plan.

Gray conclut son récit :

— Il est donc clair que le cannibalisme a permis une sorte de vaccination contre la maladie. Mais pour savoir exactement comment cela a été possible, il vous faudra attendre qu'un de mes parents soit en sécurité.

Il croisa les mains devant lui.

Nasser resta un moment silencieux avant de prendre lentement la parole :

— Donc, il suffit de trouver quelqu'un qui a survécu à la souche Judas, quelqu'un qui a guéri. Nous pourrons alors élaborer un vaccin à partir de ses globules blancs et de ses anticorps.

Gray se contenta de hausser les épaules. Il était clair qu'il ne répondrait plus à aucune question tant qu'un de ses parents n'aurait pas été libéré.

Nasser soupira, fouilla dans sa poche, en sortit son téléphone et appuya sur un des boutons.

— Annishen. Choisis un des otages. Celui que tu veux.

Nasser écouta.

— Oui, c'est très bien… vas-y, tue-le.

5 h 45

Gray plongea par-dessus la table.

Il n'avait aucun plan, réagissant par pur instinct.

Mais Nasser avait dû envoyer un signal à un de ses hommes. La douleur explosa dans la tête de Gray, cognée par-derrière. Un voile d'une blancheur éclatante tomba devant ses yeux, aussitôt remplacé par les ténèbres. Il s'effondra sur la table avant de rouler à terre.

La vision lui revint presque immédiatement. Il était resté inconscient à peine une seconde.

Cinq armes étaient braquées sur lui.

Et beaucoup d'autres sur Seichan et Kowalski.

Vigor était debout.

Nasser n'avait pas bougé, son téléphone toujours à l'oreille.

— Attends, Annishen. Pour le moment.

Il baissa l'engin, le couvrant d'une main.

— Il semble que ce soit la fin, commandant Pierce. De nombreuses pistes. Le dernier rouleau de Marco Polo ne fait que confirmer ce que j'ai appris du contingent de la Guilde en Indonésie. L'équipe scientifique est parvenue aux mêmes conclusions. Un remède potentiel réside dans le corps d'un survivant. Quelqu'un qui *brille*, comme le décrit l'histoire de Polo.

Gray secoua la tête. Pas pour nier, mais simplement parce qu'il avait du mal à saisir ce que disait Nasser. Le sang battait à ses oreilles, le rendant à moitié sourd. Son plan avait échoué.

Nasser leva à nouveau son téléphone.

— Il semble que notre piste historique s'arrête là où commence la piste scientifique. C'est donc la fin de la route. Pour vous. Pour votre père et pour votre mère.

Gray eut l'impression que le monde se refermait sur lui. Même son champ de vision se rétrécit. Les voix lui semblaient plus distantes.

Jusqu'à ce que Vigor s'approche.

— Assez, aboya celui-ci avec l'autorité d'un professeur dans son amphithéâtre.

Tous les regards se tournèrent vers lui. Même Nasser ne dit rien.

Vigor le fixait.

— Vous faites de nombreuses suppositions, jeune homme. Des suppositions qui ne vous serviront pas, ni vous ni vos associés.

— Comment cela, monsignor ?

Nasser gardait un ton poli.

— Ce remède. Vos scientifiques l'ont-ils déjà testé ?

Vigor le toisa quelques secondes avant de s'esclaffer.

— Bien sûr que non. Et voilà que vous échafaudez tout une théorie, peut-être étayée par le récit de Marco Polo. Mais cela ne constitue en rien une certitude. Et je suis navré de contredire votre assertion selon laquelle la piste historique ne mène à rien. Il se peut, en effet, qu'elle rejoigne la piste scientifique, mais loin de s'interrompre, il serait plus juste de dire que les deux pistes se *mêlent*. Vous êtes trop pressé d'oublier les leçons de l'histoire, jeune homme. La piste historique continue.

Gray essayait de comprendre où Vigor voulait en venir. Mentait-il, tentait-il un bluff à son tour ou bien était-il sincère ?

Nasser se posait apparemment les mêmes questions.

— J'apprécie votre tentative, monsignor. Mais je ne vois rien là qui appelle de plus amples investigations. Les scientifiques peuvent désormais prendre le relais.

Ce fut au tour de Seichan de ricaner :

— Voilà pourquoi tu ne t'élèveras jamais dans la hiérarchie de la Guilde, Amen. Tu ne cesses de transmettre tes responsabilités à d'autres. Je te suggère d'écouter monsignor.

Nasser lui lança un regard noir, mais il se tourna néanmoins vers Vigor.

— La carte de Marco désigne les ruines. Le voyage s'achève ici.

Vigor lui montra le plan de l'immense complexe des temples d'Angkor.

— Des ruines qui s'étendent sur une superficie de plus de deux cent cinquante kilomètres carrés. Une zone plutôt vaste. Où comptez-vous au juste *achever* votre voyage ?

Nasser plissa les yeux.

— Vous voudriez qu'on fouille toute la zone ? Dans quel but ? Nous avons le remède.

Vigor secoua la tête.

— Il n'est pas nécessaire de fouiller tout le complexe. Marco nous a déjà indiqué le site qui nous concerne.

Nasser se tourna vers Gray, le regard menaçant.

Vigor s'interposa entre eux.

— Le commandant Pierce ne vous a rien caché. Il ne possède pas cette réponse. Je le jure sur mon âme.

Nasser fronça les sourcils.

— Mais vous, vous la connaissez.

— Oui. Et je vous la donnerai. Mais seulement si vous me donnez votre parole que les parents du commandant Pierce auront la vie sauve.

Les traits de Nasser se durcirent.

Vigor leva la main.

— Je ne vous demande pas de les relâcher. Écoutez-moi et je pense que vous comprendrez la nécessité de suivre cette piste jusqu'à son terme.

Gray remarqua l'incertitude qui gagnait Nasser.

Mon Dieu, je t'en prie, fais que Vigor le persuade.

Ce dernier continuait :

— Une fois que vous serez arrivé au terme de cette piste, *alors* vous prendrez votre décision. À propos d'eux, à propos de nous. Ce serait une folie de vous priver d'otages et de ressources avant d'avoir découvert ce qui se trouve réellement au bout de la route.

Nasser se rassit.

— Alors, montrez-moi où elle mène. Convainquez-moi, monsignor.

— Et si j'y parviens, ai-je votre parole d'homme que vous laisserez vivre les parents de Gray ?

Nasser eut un geste de la main.

— Oui. Pour l'instant. Mais si vous mentez, monsignor…

— Je ne mens pas, dit Vigor en s'agenouillant devant la table basse.

Gray le rejoignit.

Vigor étala trois feuilles : le plan d'Angkor, le code de l'obélisque et la ligne des trois symboles des clés. Il commença par montrer le code angélique.

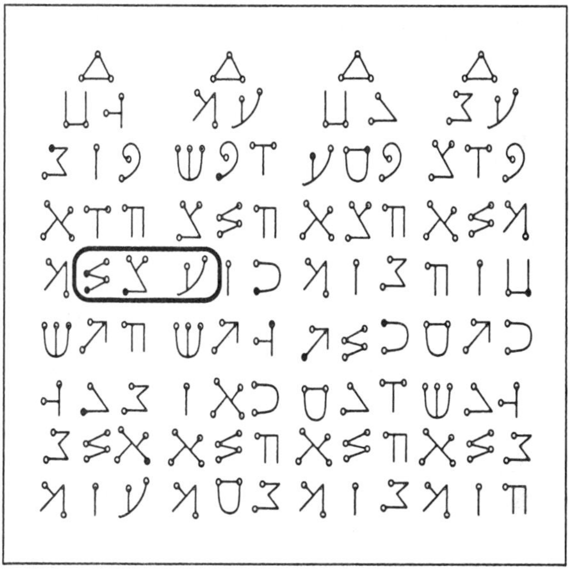

— Comme l'a déjà dit le commandant Pierce, tous les points diacritiques noircis – ces cercles qui accentuent l'écriture – représentent les sites de temples à Angkor.

Nasser acquiesça.

— Et voici à nouveau les trois symboles trouvés sur les clés.

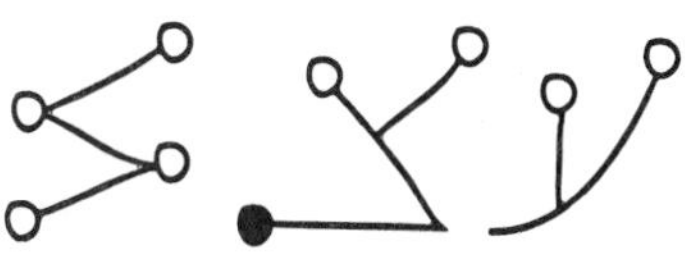

— Maintenant, comparez ces trois symboles avec leurs équivalents sur l'obélisque. Voyez-vous une différence ?

Nasser se pencha, tout comme Gray.

— Il y a trois cercles noircis sur l'obélisque, dit Nasser.

— Représentant les temples, dit Vigor. Combien en voyez-vous parmi les symboles trouvés sur les clés ?

— Un seul, dit Gray.

Il comprenait à présent. Il avait été si certain d'avoir résolu l'énigme qu'il n'avait pas tenté d'aller plus loin.

— Un temple, reprit-il. Ce cercle noirci ne représente pas simplement le château portugais… mais aussi l'un des temples !

Il passa au plan des ruines d'Angkor et, à l'aide d'un crayon, y reporta les correspondances.

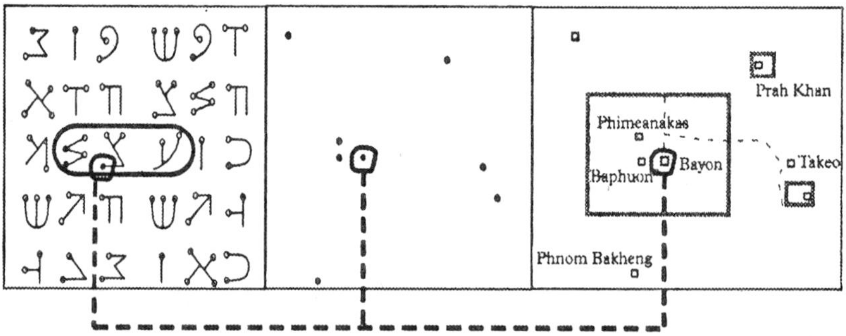

— Bayon, lut Nasser. Mais comment pouvez-vous être certain qu'il soit aussi important ?

— Le Bayon a été le dernier temple jamais bâti à Angkor, dit Vigor. Il date à peu près de l'époque où Marco est venu dans la région. La chose étrange à propos de ce temple, c'est qu'après son édification, on n'a plus jamais rien construit ici.

— Mais qu'y a-t-il là-bas ? demanda Nasser.

Vigor haussa les épaules.

— Je n'en ai aucune idée. Peut-être la source de la souche Judas et peut-être autre chose, une autre réponse… Tout ce que je sais, c'est que Marco Polo jugeait essentiel de préserver cette carte. Et, même si je me trompe, après avoir traversé la moitié du monde pour suivre cette piste, pourquoi s'arrêter alors que nous ne sommes plus qu'à quelques pas de son terme ?

Nasser regarda autour de lui dans la pièce.

Seichan s'étira.

— Nous pouvons y être dans une demi-heure, Amen. Ça vaut le dérangement.

Gray se taisait, par crainte de provoquer la colère de Nasser.

Vigor n'avait pas les mêmes appréhensions.

— Marco s'est donné beaucoup de mal pour transmettre cette information. Les mystiques du Vatican se sont donné beaucoup de mal pour la cacher dans ce code. Même la population locale ici affirme que ce temple cache de nombreux trésors. Il faut y aller.

Kowalski leva la main.

— Il faut que je pisse.

Nasser fronça les sourcils, mais se leva.

— D'accord, nous y allons. À ce temple. Mais si nous n'avons rien découvert d'ici midi, c'est terminé.

Il parla à nouveau dans le téléphone.

— Annishen, suspends l'ordre d'exécution.

Gray serra le genou de Vigor sous la table.

Merci.

Vigor lui adressa un regard qui signifiait : *nous ne sommes pas encore tirés d'affaire.*

Ce que Nasser s'empressa de prouver.

— Annishen, ce parent que tu as choisi. Nous épargnerons sa vie, comme promis à monsignor. Mais nous devons toujours faire en sorte de nous assurer de la coopération pleine et entière du commandant.

Son regard se fixa sur Gray.

— Pour chaque heure qui s'écoulera sans que nous obtenions de résultat probant, coupe un de ses doigts. Et, puisque nous avons dû attendre ici plus d'une heure, en raison de la futile tentative du commandant Pierce, tu peux commencer tout de suite.

Il referma son téléphone avec un claquement sec.

Gray savait qu'il ferait mieux de se taire, mais les mots surgirent de sa bouche avant qu'il ne puisse les retenir :

— Espèce de fumier. Je vous tuerai.

Nullement perturbé, Nasser se dirigea vers la porte.

— Au fait, commandant Pierce, le parent qu'Annishen a choisi… c'est votre mère.

18 h 55

Dès qu'on lui arracha sa capuche, Harriet sut qu'il y avait un problème, un gros problème.

Elle avait été tirée du placard où on l'avait enfermée pour la forcer à s'asseoir sur une chaise en acier. Elle découvrit qu'ils se trouvaient dans un entrepôt abandonné. L'espace était immense, caverneux, avec des murs et un sol en béton. Des poutres et des tuyaux métalliques couraient le long du plafond, des chaînes pendaient de poulies rouillées. L'endroit sentait la graisse moteur et le caoutchouc brûlé.

Harriet regarda autour d'elle.

Pas de fenêtre. La seule lumière provenait de quelques ampoules nues, créant des flaques jaunâtres dans l'obscurité. Un escalier en acier s'élevait dans un coin, à côté d'un vieux monte-charge à la porte ouverte.

L'endroit semblait désert… à l'exception de leurs ravisseurs.

À sa gauche, Annishen était penchée au-dessus d'une table, un téléphone portable collé à l'oreille. Elle écoutait, silencieuse. Sur la table, étaient posés un pistolet, un coupe-boulons et une petite lampe à souder. Trois hommes patrouillaient la salle plongée dans la pénombre.

Juste en face d'Harriet, son mari était affalé sur une chaise identique, les poignets menottés comme elle. Un des trois cerbères montait la garde près de lui, la main sur la crosse de son arme. Mais Jack ne représentait pas une menace. Sa tête pendait, un filet de bave suintant de ses lèvres. Ils lui avaient enlevé son pantalon. Son caleçon trempé révélait qu'il s'était uriné dessus. À partir du genou, sa jambe gauche se prolongeait par sa prothèse. Le vieil accident lui avait enlevé beaucoup de sa fierté. La nature avait pris le reste.

Et pas seulement la nature.

Harriet sentait le poids des pilules inutilisées dans la poche de son gilet.

Annishen termina son appel en claquant son portable. Elle dévisagea Harriet pendant quelques secondes avant de faire signe à l'un des autres hommes.

— Enlève-lui ses menottes.

Harriet n'y voyait pas d'objection. Elle leva les mains pour lui faciliter la tâche. Une fois libérée, elle se massa les poignets.

Que se passait-il ?

Obéissant à un ordre muet d'Annishen, l'homme la traîna sur sa chaise jusqu'à la table. Le grincement de l'acier sur le béton parut réveiller son mari.

— Harriet... marmonna-t-il. Quelle heure est-il ?

— Tout va bien, Jack, dit-elle avec tendresse. Rendors-toi.

Annishen alla vers lui.

— Non, il a assez dormi. Ces petites pilules que vous lui donnez font enfin leur effet. Il est complètement dans les vapes. Mais il est temps qu'il profite un peu de la vie.

Elle lui saisit le menton, le forçant à lever le visage.

— Tiens-le comme ça, ordonna-t-elle au garde. Il ne faut pas qu'il manque le spectacle.

Jack n'offrit aucune résistance quand l'autre lui bloqua la tête.

Annishen revint sur ses pas, essuyant la bave de Jack sur son pantalon. Un geste au garde d'Harriet. Celui-ci lui prit le bras gauche et le tira en travers de la table, immobilisant son poignet sur le bois.

Instinctivement, Harriet se débattit, mais l'homme se contenta de tirer plus fort, étirant son bras jusqu'à ce que son aisselle se trouve coincée contre le rebord. Elle sentit la gueule glacée d'un pistolet contre sa joue. Le troisième garde les avait rejoints.

— Il semble, déclara Annishen sur un ton badin, que votre fils a besoin d'une petite leçon.

Elle alluma le chalumeau. Une flamme bleue jaillit, sifflante.

— Pour cautériser le moignon.

— Que... que faites-vous ?

Sans lui répondre, la femme s'empara du coupe-boulons, en écartant les deux bras.

— Bien, par quel doigt allons-nous commencer ?

6 h 01

Gray était assis à l'arrière d'un van blanc, Seichan pressée contre lui, tous deux encadrés par deux mercenaires armés. Nasser leur faisait face, flanqué d'autres gardes.

Kowalski et Vigor se trouvaient dans le véhicule suivant. Deux autres vans les accompagnaient, l'un devant l'autre en queue de peloton, tous remplis d'hommes en tenue kaki.

Nasser ne prenait aucun risque.

À travers le pare-brise, Gray découvrit les tours d'Angkor Vat qui surgissaient de la brume, cinq édifices massifs en forme d'épi de maïs, éclairés par les premiers rayons du soleil levant. Angkor Vat était le premier des nombreux temples disséminés parmi ces kilomètres carrés de ruines. C'était aussi le plus grand et le mieux préservé, un trésor national cambodgien, avec son immense fouillis de pièces, de murs et de tours sculptés, de statues. Ce temple à lui seul couvrait deux cents hectares, encerclés par de larges douves.

Mais ce n'était pas leur destination.

Ils se rendaient à Angkor Thom, deux kilomètres plus loin au nord. Si elles n'étaient pas aussi grandes que celles d'Angkor Vat, les ruines de Thom abritaient le grand temple Bayon, considéré par beaucoup comme le cœur de tout le complexe.

Le van tressauta sur un nid-de-poule.

Gray surprit son reflet dans le rétroviseur. Ses joues étaient creuses, ses lèvres craquelées, la barbe qui recouvrait ses mâchoires et son menton ressemblait à un hématome noir. Seuls ses yeux gardaient leur éclat, une lueur nourrie par la fureur et le besoin de vengeance. Mais, au plus profond de lui, ne restaient plus que chagrin et remords.

Le sentant peut-être sombrer dans le désespoir, Seichan lui saisit la main. Ce geste n'avait rien de tendre. Elle lui enfonça ses ongles dans la paume, tentant de l'extraire de ce puits de malheur.

Nasser remarqua son geste. L'ombre d'un ricanement apparut un bref instant.

— Et moi qui vous croyais plus intelligent, commandant, marmonna-t-il. Elle vous baise ?

— La ferme, répliqua Gray.

Nasser, amusé, éclata de rire.

— Non ? Dommage. Quitte à vous faire baiser, autant connaître aussi les bons côtés de la chose.

Seichan retira sa main.

— Va te faire foutre, Amen.

— C'est déjà fait, Seichan. Et rappelle-toi, c'est moi qui t'ai chassée du lit.

Il se tourna vers Gray.

— Elle ne vous l'a pas dit ? Qu'autrefois, nous étions amants ?

Gray jeta un coup d'œil vers Seichan. Nasser mentait. Comment aurait-elle pu... avec ce salopard ?

Elle refusa de croiser son regard, fixant Nasser. Elle serrait les poings.

— Mais tout ça, c'est terminé, reprit Nasser. Cette petite pute ambitieuse. Nous voulions tous les deux atteindre l'échelon suivant dans la hiérarchie de la Guilde. Le dernier avant le sommet. Mais nous avons eu une divergence d'opinions. À propos de la façon de vous utiliser.

— Qu'est-ce que c'est que ces conneries ? fit Gray.

— Seichan préférait user de ses charmes pour vous convaincre de nous aider à suivre la piste de Marco. Selon elle, vous seriez plus efficace si vous coopériez de bon gré. Pour ma part, je penchais pour une tactique plus directe. Le sang et la coercition. Une approche d'homme. Quand la Guilde a rejeté son plan au profit du mien, elle a décidé de faire cavalier seul. Elle a assassiné le conservateur vénitien, volé l'obélisque et s'est enfuie aux États-Unis.

Seichan croisa les bras, le regard brillant de mépris.

— Et ça te reste encore en travers de la gorge, pas vrai, Nasser ? Une fois de plus, j'ai été plus rapide que toi.

Gray étudiait Seichan.

Elle qui disait vouloir sauver le monde...

— Je l'ai donc suivie aux États-Unis, continua Nasser. Je savais où elle allait. Il était assez facile de lui tendre un piège.

— Mais tu n'as pas réussi à me tuer, ricana-t-elle, prouvant une fois de plus ton incompétence.

Il écarta à peine son pouce de son index.

— Ça s'est joué à un cheveu. Mais tu t'en es quand même tenue à ta stratégie initiale, n'est-ce pas, Seichan ? Tu as quand même cherché le commandant Pierce. Sauf que, cette fois, tu avais besoin d'un allié. Tu savais qu'il viendrait à ton secours. Lui et toi contre le reste du monde ! fit-il avec un rire moqueur. À moins que tu ne continues à te servir de lui, Seichan ?

Elle se contenta d'émettre un petit bruit méprisant.

Nasser se tourna vers Gray.

— Elle n'est qu'ambition. Et cruauté. Elle marcherait sur le cadavre de sa grand-mère pour parvenir à grappiller un peu d'influence au sein de la Guilde.

Elle se pencha en avant, les yeux brillants.

— Mais, au moins, je ne suis pas restée tranquillement agenouillée tandis qu'on assassinait ma mère sous mes yeux.

Les traits de Nasser se fermèrent.

— Trouillard, fit-elle en ricanant. Tu as assassiné ton père quand il avait le dos tourné. Tu n'as même pas été capable de le regarder en face.

Nasser plongea sur elle, une main cherchant sa gorge.

Sans réfléchir, Gray lui bloqua le bras.

Il n'aurait peut-être pas dû.

Mais déjà, Nasser battait en retraite, les yeux luisant de haine.

— Mieux vaut savoir avec qui on partage son lit, dit-il, furieux, à Gray. On n'est jamais trop prudent avec une chienne pareille.

Chacun des combattants se retira dans son coin. Gray étudiait Seichan, conscient qu'elle n'avait jamais démenti les affirmations de Nasser. Il essaya de passer en revue les événements de ces derniers jours mais il avait du mal à se concentrer avec ce mal de crâne et la peur qui lui rongeait le ventre.

Certaines réalités étaient cependant difficiles à ignorer. Seichan avait assassiné le conservateur vénitien pour obtenir l'obélisque. De sang-froid. Et, à leur première rencontre, deux ans auparavant, elle avait tenté de le tuer.

La phrase de Nasser résonnait dans son crâne.

Mieux vaut savoir avec qui on partage son lit...

Il ne savait plus que croire.

Mais il était certain d'une chose. Il ne pouvait plus se permettre la moindre erreur s'il voulait garder une chance de sauver ses parents.

19 h 05

Harriet se débattait, sanglotant de terreur.

— Je vous en prie, non...

Le garde lui bloquait le poignet et écrasait sa main sous son poing. Le chalumeau sifflait à quelques centimètres de sa tête.

Annishen approcha les mâchoires ouvertes du coupe-boulons.

— Am, stram, gram...

Elle choisit l'annulaire. Le diamant de la bague luisait sous l'ampoule.

— Non...

Un *crac* sonore retentit, les faisant tous sursauter.

Harriet tourna la tête tandis qu'Annishen se redressait. À deux mètres de là, le garde qui tenait le menton de Jack poussa un hurlement et recula en titubant. Du sang giclait de son nez cassé.

Jack, qui venait de lui mettre un coup de boule, jaillit de sa chaise et arracha le pistolet de son holster. Il pivota, l'arme braquée entre ses mains menottées.

— Harriet, baisse-toi !

L'homme qui braquait son arme sur la tête d'Harriet prit la première balle en pleine poitrine. Il s'effondra.

Le deuxième garde la lâcha pour dégainer.

Bang !

Du coin de l'œil, Harriet vit sa joue et son oreille disparaître dans une giclée de sang et de chairs éclatées. Mais elle se concentrait sur Annishen. La femme avait déjà lâché le coupe-boulons pour s'emparer du pistolet qu'elle avait dû poser. À la vitesse de l'éclair, elle fit volte-face vers Jack.

Harriet, le bras toujours sur la table, rafla le chalumeau et projeta la flamme sur la main et le poignet de la femme. Annishen hurla. Le coup de feu partit. La balle perdue ricocha sur le sol de béton. La manche d'Annishen prit feu. Elle lâcha son arme.

Jack tira à nouveau mais la douleur ne faisait qu'accroître les réflexes de la femme.

Elle plongea sur le côté, tout en renversant la table d'un coup de pied, roula à terre dans une traînée de feu pour disparaître derrière une porte.

Jack tira encore deux fois à travers le battant pour l'obliger à fuir avant de se précipiter aux côtés d'Harriet. Il la remit sur pied, la serra maladroitement dans ses bras liés, puis la poussa vers l'escalier.

— Faut filer d'ici. Les coups de feu...

Déjà des cris s'élevaient au-dessus de leur tête. Les détonations avaient été entendues.

— Le monte-charge, dit-il.

Ensemble, ils se ruèrent dans la cabine ouverte, Jack boitant sur sa prothèse. Une fois à l'intérieur, il poussa le bouton du sixième étage, l'avant-dernier.

— Ils doivent surveiller le rez-de-chaussée. Il faut monter. Trouver un escalier d'incendie... un téléphone... ou alors juste un coin où se planquer.

Il attira Harriet dans un des coins de l'ascenseur tandis que celui-ci passait devant le rez-de-chaussée. De nouveaux cris retentissaient. Des rayons de lampe torche fouillaient les ténèbres. Il y avait là au moins vingt hommes. Jack avait raison. Ils devaient chercher une autre issue ou un moyen d'appeler des secours.

La cabine continuait à monter.

Jack la tenait.

Elle s'accrochait à lui.

— Jack... comment... tu étais si... ?

— Taré ? Bon sang, Harriet, tu ne crois tout de même pas que je suis diminué à ce point ? Je sais que j'ai fait une crise à l'hôtel. Pardonne-moi de t'avoir frappée.

Sa voix craqua un peu sur le dernier mot.

Elle se serra contre lui, acceptant ses excuses.

— Quand ils t'ont électrocuté avec le Taser, j'ai cru que ça avait provoqué des dégâts neurologiques.

— Ouais, ça piquait drôlement. Mais, après, quand je me suis rendu compte que tu faisais juste semblant de me donner les pilules, j'ai compris que tu essayais de me dire de jouer les débiles. Ça a marché, ils n'ont plus trop fait attention à moi.

Elle leva les yeux.

— Tu as fait semblant tout le temps ?

— Eh bien, je me suis vraiment pissé dessus, dit-il avec colère. Mais ils voulaient pas me filer cette putain de bouteille.

Le monte-charge s'arrêta.

Jack ouvrit les portes, la fit sortir et renvoya la cabine.

— Pas la peine qu'ils sachent où on est, expliqua-t-il.

Ensemble, ils s'avancèrent dans la pénombre de l'entrepôt. La salle était remplie de vieilles machines.

— Une usine de mise en bouteilles désaffectée, dit Jack. Ça devrait pas être trop difficile de se planquer.

Quelque part à un étage inférieur, un nouveau bruit s'éleva.

— Des chiens, murmura Harriet.

15

Les démons des profondeurs

7 juillet, 4 h 45
Île de Pusat

Traverser le filet leur avait pris longtemps.

Tandis que Monk et son armée rampaient sur le toit du monde, l'œil du cyclone avait quitté l'île pour repartir vers la mer. À l'est, le typhon se levait telle une énorme vague, prête à déferler sur eux.

Les vents se déchaînaient.

Monk s'accrochait aux planches tandis que l'ouvrage entier tanguait dangereusement. Le tonnerre claquait comme un canon, la foudre illuminait le ciel noir de façon permanente. La pluie cinglait comme des milliers de coups de fouet.

Il baissa les yeux.

Le *Mistress of the Seas* flottait sur le lagon, illuminé, accueillant.

Soudain, des cordes tombèrent depuis le filet en direction de l'héliport situé sur le pont-promenade. Monk aurait préféré que les appareils soient encore là mais ils s'étaient envolés avant que le paquebot ne pénètre dans la caldeira.

Ce qui ne leur laissait que le bateau personnel de Ryder.

D'autres cordes se déployaient. Il y en avait maintenant une douzaine, se balançant dans le vent.

Devant, Jessie hurlait des ordres. Il se trouvait à une trentaine de mètres à peine, mais Monk ne l'entendait presque pas. Le jeune infirmier était à cheval sur un câble, les jambes étroitement serrées. Il se retourna pour faire un signe vers le bas.

Les indigènes qui se trouvaient avec lui plongèrent tête la première à travers le camouflage, se laissant glisser le long des cordages à toute allure, tels des pélicans piquant vers la mer. Monk écarta quelques feuilles pour les observer. Ils filaient avec une rapidité inouïe.

L'armée de l'île se déversait dans la nuit. Il rejoignit Jessie au moment où Ryder empoignait une corde et plongeait à son tour. Le milliardaire n'hésita pas.

Monk comprenait sa hâte.

Les éclairs s'abattaient maintenant sur l'armature du filet, là-bas à l'est. Le tonnerre était assourdissant. D'énormes étincelles bleues se propageaient sur l'armature de cette canopée artificielle mais n'arrivaient pas encore jusqu'à eux. Malgré les rafales de vent, l'odeur d'ozone était très présente.

— Que personne ne touche le métal ! hurla Monk.

Jessie acquiesça et répéta le conseil en malais.

À son tour, il se pencha pour attraper une corde. Au même instant, la tempête frappa l'île avec le rugissement d'un train lancé à grande vitesse. Jessie fut éjecté de la passerelle. Il roula sur le tapis de feuillage qui, plus fragile, céda sous son poids. Il disparut.

Monk réagit aussitôt. Sa main se referma autour de la cheville du garçon. Sa prothèse, aussi solide qu'une pince, tint bon mais son épaule hurla de douleur. Soixante kilos à bout de bras… Le jeune homme pendait dans les airs, tête en bas, proférant des jurons dans sa langue maternelle… à moins que ce ne fussent des prières.

— La corde ! hurla Monk.

L'une d'entre elles tourbillonnait à trois mètres de là.

Il se mit à le balancer dans le vide. Jessie, comprenant ce qu'il cherchait à faire, tendit les bras vers la corde. Trop court. D'une trentaine de centimètres.

— Je vais te jeter.

— Quoi ? Non !

Il n'avait pas le choix.

Monk eut l'impression que son épaule se déboîtait quand il lui donna un nouvel élan.

— Maintenant !

Il ouvrit les doigts au moment où le garçon atteignait le sommet de son arc.

Jessie heurta la corde. Il se mit à tomber tout en essayant frénétiquement de la saisir, chose difficile alors qu'il avait la tête en bas. Soudain, il trouva une prise. Il poussa un cri, autant de soulagement que de douleur. Il réussit à freiner sa chute et à se rétablir dans le bon sens avant de s'immobiliser. Il resta un moment ainsi, la joue contre le chanvre tressé. Ses lèvres bougeaient, dans une prière silencieuse de gratitude… ou peut-être pour injurier Monk.

Le garçon en sécurité, celui-ci se retourna sur le dos sur la passerelle. Une rafale de vent la souleva, manquant de l'envoyer à son tour dans le vide. Il rampa à toute allure vers une corde qu'il saisit solidement.

La foudre tomba juste derrière lui.

Monk se recroquevilla sur lui-même tandis que le tonnerre explosait comme une bombe. Il jeta un coup d'œil par-dessus son épaule pour voir, là où l'éclair avait frappé, les planches de la passerelle en feu. Le filet tremblait comme un trampoline… un des indigènes fut éjecté, s'élevant dans les airs, les bras battant comme des ailes affolées. Mais l'acrobate retomba sur ses pieds au beau milieu de ses congénères.

Il avait eu de la chance.

Agrippant la corde, Monk se laissa glisser à travers le filet.

Sous la pluie, il descendit vers l'aire d'atterrissage des hélicoptères sur laquelle il prit pied avec une relative douceur.

Le reste de son armée l'imita.

Plié en deux, il rejoignit les autres qui s'étaient rassemblés près d'une cage d'escalier. Jessie donnait déjà des ordres aux hommes de la tribu, les séparant en deux groupes. Le premier, avec Monk, tenterait de libérer Lisa tandis que l'autre, avec Ryder et Jessie, descendrait dans les entrailles du navire pour ouvrir la voie vers le bateau et préparer celui-ci.

— Prêts ? demanda Monk.

Des pieds nus glissaient sur le pont, les derniers indigènes venant se joindre à eux.

— Toujours, dit le milliardaire.

Monk jeta un coup d'œil à son groupe d'assaut armé de haches en os et d'AK-47. Un éclair jaillit, et avec lui des douzaines d'yeux luisants au milieu de visages couverts de cendres.

À nouveau, il éprouva un sentiment de gêne. Qu'il écarta résolument.

— Finissons-en et barrons-nous d'ici.

5 h 02

Lisa était attachée sur une table d'opération en acier, relevée à quarante-cinq degrés. Elle pendait par les bras, les poignets attachés par des liens en plastique au-dessus de sa tête. Ses jambes libres ne touchaient pas le sol. Elle ne portait que sa chemise d'hôpital. Une sueur froide plaquait le tissu contre son corps. L'acier de la table sur son dos était glacé.

Cela faisait plus d'une heure qu'on l'avait laissée ainsi.

Seule.

Et, elle l'espérait, oubliée.

Contre un mur non loin d'elle, une rangée d'instruments pour autopsies étaient alignés sur un plateau en inox : scies à cartilages, crochets à dissection, aiguilles postmortem, ciseaux à vertèbres.

Le Dr Devesh Patanjali les avait sortis de la sacoche en cuir noir apportée par Surina. Il les avait disposés avec le plus grand soin sur un drap chirurgical vert. Un seau métallique était posé sous la table, prêt à récupérer le sang.

Pendant qu'il exécutait ses préparatifs, Lisa avait tenté de le dissuader de la torturer. Elle avait fait appel à sa raison, expliquant qu'elle pouvait encore leur être utile. Qu'une fois

Susan reprise, elle leur apporterait tout son concours pour trouver un remède à partir de son sang et de ses tissus.

Devesh l'avait ignorée, continuant à étaler ses outils, l'un après l'autre, sur le plateau.

Finalement, ses arguments s'étaient brisés dans un sanglot.

— Je vous en prie... avait-elle imploré.

Exténuée, à bout de nerfs, elle s'était tournée vers Surina. Mais il n'y avait aucun espoir à trouver de ce côté-là. La femme affichait un désintérêt absolu pour son sort. Sur son front, le petit *bindi* couleur rubis faisait penser à une goutte de sang.

C'est alors que Devesh avait reçu un appel qui semblait l'avoir mis en joie. Parlant à toute allure en arabe, il avait entamé une conversation animée. Lisa n'en avait compris qu'un seul mot : *Angkor*. Là-dessus, il avait quitté la pièce, sans un regard derrière lui, mais toujours suivi par Surina.

Depuis, Lisa restait là, ignorant ce qui se passait.

Mais sachant quel sort on lui réservait.

Les instruments luisaient. Quand elle bougeait, le seau raclait le sol. Elle était suspendue là, entre la terreur et l'épuisement, ses bras la faisant atrocement souffrir, au point qu'elle souhaitait presque voir revenir Devesh. Cette attente la déchirait. Au propre comme au figuré.

Pourtant, quand la porte s'ouvrit à nouveau derrière elle, elle tressaillit, affolée. Elle ne pouvait voir qui entrait mais elle entendit des roulettes couiner sur le sol.

Un brancard apparut.

Une petite silhouette y était allongée, attachée, les membres écartés.

— Désolé pour cette attente, docteur Cummings, dit Devesh. Mon appel a duré plus longtemps que prévu. Et il m'a fallu retrouver notre petite amie.

— Docteur Patanjali, supplia Lisa, les yeux fixés sur la civière. Je vous en supplie, ne...

Il se dirigea vers ses instruments. Ayant enlevé sa veste, il avait revêtu un tablier blanc pour protéger ses vêtements.

— Bien, où en étions-nous ?

Surina apparut à son tour, les mains croisées, toujours aussi effacée. Mais, contrairement à l'habitude, ses yeux brillaient. De fureur.

Devesh continuait à parler.

— Docteur Cummings, vous aviez tout à fait raison tout à l'heure. Vos talents pourraient nous être utiles. Cependant, une punition est nécessaire. Quelqu'un doit régler la dette de sang que je ne puis vous soutirer.

Lisa ne pouvait détacher ses yeux du petit corps attaché et bâillonné.

C'était la fillette, celle-là même que Devesh avait déjà menacée – avant de préférer faire assassiner le Dr Lindholm. Mais, cette fois, il n'y aurait pas de victime expiatoire. Il comptait bien mutiler cette enfant sous ses yeux.

Il enfila une paire de gants en latex avant de s'emparer du couteau à cartilages.

— La première coupe est toujours la plus douloureuse.

Au moment où il se penchait, une rafale de fusil-mitrailleur éclata, distante mais forte.

Il s'immobilisa.

Une autre série de coups de feu retentit au niveau inférieur.

— Encore, fit-il avec irritation. Ils ne peuvent donc pas mater ces malades ?

Le combat semblait se muer en véritable fusillade.

Devesh reposa si violemment le couteau sur le plateau qu'il se coupa. Agacé, il porta un doigt ensanglanté à ses lèvres en se dirigeant vers la porte.

— Surina, surveille nos invitées. Je reviens très vite.

La porte claqua.

Aussitôt, Surina fonça vers la table. Elle prit le couteau à cartilages et se tourna vers l'enfant attachée.

— Ne lui faites pas de mal ! s'écria Lisa.

Surina la regarda à peine avant de se pencher vers la fillette. Elle leva le couteau et frappa… les liens tombèrent, tranchés. L'étrange femme prit la petite fille dans ses bras avant de disparaître.

Lisa entendit encore une fois la porte s'ouvrir et se refermer. Elle était seule à nouveau.

Perplexe, elle se souvint de Surina offrant un bonbon à l'enfant, puis de la colère qu'elle avait lue dans ses yeux un peu plus tôt. Une colère féroce, animale. Une lionne qui gardait un peu de compassion pour les plus faibles.

Lisa imagina la rage de Devesh quand il reviendrait. Déjà excédé par cette nouvelle crise, il n'aurait plus qu'une seule personne sur qui passer sa frustration.

L'échange de coups de feu se poursuivait, certains paraissant plus proches. Soudain, elle se rendit compte qu'ils provenaient de directions différentes. Plusieurs accrochages avaient lieu en même temps sur le paquebot.

Des détonations éclatèrent dans la coursive, à quelques mètres à peine. Puis il y eut un bruit de verre brisé. Un étrange cri de guerre ululant s'éleva. La lutte, acharnée, dura une bonne minute.

Derrière elle, la porte s'ouvrit brutalement.

Elle se pétrifia.

Une silhouette à moitié nue surgit devant elle, couverte de cendres, le nez percé par un os, la tête couronnée de plumes émeraude. L'homme brandissait une sorte de coutelas. La lame et son bras étaient couverts de sang.

Terrorisée, Lisa aurait voulu pouvoir s'enfoncer dans la table.

— Par ici ! dit une voix familière.

Henrick.

Des bottes cognèrent le sol derrière elle. Une lame froide s'inséra entre ses poignets. Les liens en plastique furent tranchés. Lisa glissa le long du plan incliné. Quelqu'un la rattrapa.

— Vous en avez pas marre de cette croisière dans les îles ?

Tremblante de soulagement, elle s'effondra dans les bras qui l'accueillaient.

— Monk...

5 h 19

Devesh comprit que la situation était grave quand une autre fusillade éclata deux ponts plus haut. Du côté des labos.

Pour le moment, il était entouré par un groupe de sept mercenaires commandés par leur chef somalien. Du sang maculait la moquette mais ils n'avaient encore trouvé aucun corps.

Et maintenant, cet échange de coups de feu en haut.

Soudain, des sirènes se déclenchèrent, sonnant l'alerte générale à travers tout le navire.

Que se passait-il ?

Et toujours cet affrontement, dans l'aile scientifique.

— On recule ! hurla Devesh en pointant sa canne vers la cage d'escalier située à mi-pont.

Tournant à l'unisson, ses gardes battirent en retraite... mais là-bas, plus loin dans la coursive, une silhouette de petite taille apparut un bref instant à l'intersection de deux couloirs : jambes nues, vêtue de plumes et d'un collier d'ossements, le corps peint en noir.

Un des cannibales de l'île.

Le Somalien poussa un juron.

Des coups de feu éclatèrent derrière eux. Les projectiles déchiquetèrent moquette et parois. Un des gardes tituba comme si on venait de le pousser violemment dans le dos. Du sang gicla de son nez et de sa bouche quand il heurta le sol. Les autres s'aplatirent contre les murs avant de répliquer. Le Somalien attira Devesh derrière lui, tout en déchargeant son pistolet.

Mais il n'y avait plus personne sur qui tirer.

Plus près, une porte s'ouvrit. Une hache en os surgit... avant de s'enfoncer dans le crâne d'un mercenaire. Le garde, la lame plantée en pleine tête, rampa sur un ou deux mètres avant de s'effondrer.

Un autre ouvrit le feu, crevant le battant qui s'était refermé d'impacts de balles.

Devesh lut la pancarte qui y était fixée : RÉSERVÉ AU PERSONNEL. Un couloir de service qui menait à beaucoup d'autres. Le tueur avait dû s'enfuir.

Un cannibale.

Les indigènes de l'île attaquaient le bateau.

Des rafales d'armes automatiques éclatèrent ailleurs, étrangement lointaines. Ils étaient en train de perdre le contrôle du navire. Le grand Somalien se redressa. Ses hommes survivants hésitaient, guettant le couloir dans les deux sens, redoutant chaque porte.

— Monsieur, gronda le Somalien, nous devons vous mettre à l'abri.

— Où ça ? fit Devesh.

Sa voix était presque gémissante.

— Il faut rejoindre le village. Là-bas, je pourrai rassembler des renforts et revenir nettoyer le bateau.

Devesh acquiesça. Jusqu'à ce que cette affaire soit réglée, il préférait ne pas être à bord.

Le Somalien les guida d'un pas rapide vers la cage d'escalier. La plainte lancinante des sirènes d'alerte les accompagnait, parfois entrecoupée par les détonations. Ils se lancèrent dans une descente effrénée, croisant quatre cadavres sur leur chemin. Tous des pirates.

Alors qu'ils atteignaient le niveau du pont d'amarrage, Devesh s'immobilisa.

— Monsieur ?

— Pas encore.

Chaque marche qu'il avait dévalée avait accru sa rage. La perspective d'abandonner le navire sans exercer de représailles le rendait malade et une idée lui était venue… Il savait très précisément ce qu'il devait faire. Il continua à descendre.

Dans les entrailles du bâtiment.

Vers les cales.

Avant de partir, il allait sérieusement compliquer la vie de ceux qui cherchaient à lui voler son bateau. Combattre le feu par le feu.

Ce n'était pas la seule île sur laquelle on trouvait des cannibales.

5 h 22

À la lisière de la jungle, Susan contemplait le *Mistress of the Seas*. Malgré le tumulte de la tempête, elle percevait au loin les sirènes d'alerte et les déflagrations.

L'attaque était en cours.

Effrayée, elle serrait les mains contre son ventre.

Elle entendait aussi des bruits furtifs dans la forêt autour d'elle : le frottement d'une feuille mouillée, le bruit de succion produit par un pied dans la boue. Son escorte se resserrait autour d'elle, afin de la protéger, mais aussi curieuse de ces feux d'artifice.

Un peu plus loin, tiré sur la plage, un canot en caoutchouc devait la transporter à bord du bateau de Ryder.

À condition qu'ils viennent la chercher.

Susan serra les poings.

Je vous en prie, faites qu'ils viennent...

5 h 23

Enfoui dans son poncho, Rakao surveillait son équipe qui achevait de prendre position.

Il ne se demandait plus où étaient passés les autres prisonniers évadés. Quelques minutes plus tôt, un de ses hommes avait repéré des mouvements suspects à bord du paquebot. Rakao avait alors tourné ses lunettes à infrarouge vers celui-ci. S'il n'avait rien vu d'inhabituel sur le pont, il avait discerné des espèces de filaments descendant du filet tendu au-dessus de l'île et qui venaient frôler l'héliport.

Des cordes.

Poussant un juron, il avait aussitôt compris ce qui se passait.

Une attaque venue du ciel...

Rakao vivait sur cette île depuis une bonne décennie, s'élevant au sein de la confrérie des pirates grâce à une succession de coups sanglants. Il était finalement parvenu à la tête d'un clan qui avait plus d'un siècle d'existence derrière lui. Mais il nourrissait de plus vastes ambitions. Qui allaient au-delà du pillage d'un bateau et de la vente d'esclaves. Le monde était immense, doté de richesses inimaginables, et le docteur lui en offrait l'accès, grâce à une organisation tentaculaire dont les origines remontaient, elles, à la nuit des temps. Et au sein de laquelle l'ambition et la violence étaient reconnues et récompensées.

En découvrant cet assaut surprise, Rakao avait fulminé mais il s'était bien gardé de réagir à chaud. Il n'était pas parvenu à son poste en se laissant guider par ses émotions. Les langues séchées de ses prédécesseurs clouées au-dessus de la porte de sa maison au village en étaient la preuve.

Il avait ordonné à son opérateur radio de prévenir le navire. Mais, au moment même où celui-ci avait tenté d'établir la communication, les premiers coups de feu avaient retenti. Son alerte était arrivée trop tard.

Tant pis...

Il n'avait pas bougé.

Si l'attaque sur le paquebot échouait, son ingénieur radio le lui dirait. Sinon, Rakao savait où les vainqueurs viendraient.

L'ultime trophée se trouvait ici.

Il ne le lâchait pas des yeux.

Cela ne devrait plus être très long à présent.

5 h 33

Monk dévala la dernière volée de marches. Lisa le suivait avec un couple de scientifiques de l'OMS : un Hollandais et un Américain.

Au pied de l'escalier, deux pirates gisaient dans une mare de sang. Un cannibale, debout à un mètre de là, leur fit signe de le suivre.

C'était un des petits cailloux que Ryder avait laissés derrière lui pour leur indiquer une route sécurisée à travers le navire en état de siège. Le trajet était tortueux, les obligeant à quitter un escalier pour emprunter un bout de couloir, sortir sur un pont extérieur, parfois même traverser une cuisine, tout cela au milieu de rafales meurtrières dignes d'une guérilla urbaine.

Au moins, les sirènes d'alerte s'étaient tues.

Était-ce une bonne ou une mauvaise nouvelle ?

Monk précéda son groupe sur le palier ensanglanté avant de pénétrer dans une coursive. Ils avaient atteint la ligne de flottaison. L'embarcation de Ryder se trouvait sur ce pont mais elle n'était pas la seule : c'était ici que venaient s'amarrer les hors-bord des pirates. À ce niveau, il y avait aussi une immense salle de cinéma, un centre de thalasso, un salon de jeux vidéo et la discothèque Midgnight Blue. Le hangar personnel de Ryder était situé près de la proue.

— On y va !

Les autres lui emboîtèrent le pas, ainsi que quelques cannibales.

Il repéra soudain un mouvement furtif dans l'une des cages d'escalier situées à mi-pont et reconnut aussitôt les uniformes miséreux.

Des pirates.

Les deux groupes se découvrirent au même moment.

Monk poussa Lisa dans la salle de jeux vidéo.

— À terre !

Les autres s'éparpillèrent comme ils le purent, s'abritant derrière des portes ou des piliers. Un des indigènes prit une balle en pleine tête. Mais Monk et les siens étaient plus nombreux. Leur tir de barrage dressa un véritable mur de plomb dans le corridor. Trois pirates tombèrent. Le plus grand des survivants, un Noir sculptural, poussa un homme plus mince dans l'escalier et s'enfuit.

Monk laissa une poignée de cannibales les pourchasser. L'un d'entre eux arracha son arme, beaucoup plus moderne, à l'un des pirates et jeta son vieux fusil fumant. Un autre pinça la joue du cadavre. Pour apprécier sa consistance.

— C'était Devesh, dit Lisa qui rejoignait Monk en montrant la cage d'escalier par où les deux pirates avaient pris la fuite. Le chef de la Guilde est ici.

Monk jeta un coup d'œil en direction du pont d'amarrage.

— Ils devaient chercher à gagner leur petite île au trésor… sans doute pour y rassembler des renforts.

Mais il était aussi possible, après tout, que ces renforts soient déjà là. Il se mit à courir vers la proue.

Devant eux, le couloir s'incurvait, suivant la forme de la coque vers l'avant du paquebot. Ils ne tardèrent pas à découvrir le hangar privé de Ryder.

Ils avaient réussi.

Soudain, des cris stridents retentirent derrière eux.

Monk se retourna.

De la cage d'escalier qu'ils avaient dépassée, des silhouettes surgissaient, comme vomies par l'ouverture. Vêtues de blouses d'hôpital souillées et déchirées, elles gesticulaient, hurlaient, se battaient entre elles. Les membres de ces malheureux étaient couverts de pustules éclatées ; des rictus déformaient leurs bouches sanguinolentes. Même à cinquante mètres de distance, Monk pouvait voir la lueur de démence dans leurs yeux débordant de pus.

— Les patients, murmura Lisa en le saisissant par le bras pour l'entraîner. Ils sont en proie à une psychose catatonique. Rien ni personne ne les arrêtera. Devesh a dû les libérer.

— L'enfoiré.

Monk se remit à courir en direction du hangar de Ryder. D'autres cris s'élevèrent devant, en provenance de la coursive symétrique sur l'autre flanc du bateau.

Des pieds martelaient le sol, venant vers eux.

Monk leva son arme... mais une silhouette familière apparut. Dès qu'il l'aperçut, Jessie afficha un immense sourire. Il était suivi par sept indigènes. Les deux derniers soutenaient un blessé, saignant abondamment d'une plaie au cou. À en juger par sa tenue, ce devait être un des médecins de l'OMS.

Les deux groupes se réunirent devant la porte du hangar.

— Vous avez réussi ! s'exclama le jeune infirmier.

Ryder, attiré par l'agitation, apparut sur le seuil avec sa propre escorte de cannibales. Il sentait le gasoil et s'essuyait les mains avec un chiffon.

Monk ne lui laissa pas le temps de poser la moindre question.

— Vous avez fait le plein de votre rafiot ?

— Jusqu'à la gueule.

Derrière, Jessie se laissa brièvement étreindre par Lisa avant de saluer les deux autres scientifiques.

— Docteur Barnhardt. Docteur Miller... il faut l'aider, continua-t-il en montrant le blessé.

Les cannibales le posèrent à terre. Du sang, sombre et épais, jaillissait de sa plaie.

Lisa s'agenouilla à ses côtés, tandis que Jessie lui tendait déjà la chemise qu'il avait enlevée. Elle la pressa contre l'ouverture béante.

L'homme se convulsa, toussant du sang. Puis il se figea, les yeux ouverts.

Tenant toujours sa compresse de fortune contre son cou, Lisa vérifia le pouls de l'autre côté de la gorge. Elle secoua la tête. Ils ne pouvaient plus rien pour lui.

— Nous l'avons trouvé, expliqua Jessie, alors qu'il était attaqué par une des patientes que nous avons été forcés d'abattre. Et il y en a plein d'autres qui arrivent. Ils montent des niveaux inférieurs. Par centaines.

Comme pour ponctuer son récit, des hurlements inhumains retentirent dans le couloir.

— C'est le moment d'abandonner le navire, dit Ryder.

— Y a combien de places dans votre bateau ? lui demanda Monk.

— Six... en se tassant on peut ajouter une ou deux autres personnes, répliqua Ryder en considérant tous ceux qui lui faisaient face.

Jessie secoua la tête et recula d'un pas.

— Je ne pars pas.

Lisa le saisit par le coude.

— Jessie...

— Quelqu'un doit défendre les gens, les enfants, qui sont encore à bord. Les indigènes sont leur seul espoir. Et ils me connaissent. Ils m'écouteront.

Le Dr Barnhardt se posta à ses côtés.

— Je reste aussi. Nous allons tenter de sécuriser un coin du navire. Rassembler autant de gens qu'il est possible. En vous attendant.

Le Dr Miller jeta un regard de regret vers le sas ouvert. Puis il baissa les yeux vers le médecin mort et hocha la tête.

— Ce sont nos collègues et nos amis. Nous ne pouvons pas les abandonner.

— Henrick... murmura Lisa.

Le grand Hollandais la serra dans ses bras avant de la pousser vers la porte ouverte.

— Allez chercher Susan. Plus que nos vies, c'est le remède qu'il faut sauver. Empêchez la Guilde de s'en emparer.

Monk entraîna Lisa.

Ils suivirent Ryder dans son hangar privé.

Monk s'immobilisa quand il découvrit le « rafiot » de ce dernier.

— Sainte Mère de Dieu !

5 h 43

Devesh descendait vers la scène. Le rideau rouge était baissé. Il suivait le large dos du Somalien. Après la dernière attaque qui avait décimé tous leurs hommes, ils avaient fui vers les ponts supérieurs.

Pas question de redescendre.

Plus maintenant.

Les cris et les hurlements frénétiques les avaient forcés à remonter. Devesh avait ouvert cinq cales, délivrant les horreurs qu'elles renfermaient. Les déments avaient déjà commencé à s'entredévorer, les plus forts se nourrissant des plus faibles.

Plus de deux cents.

Gardés pour expérimentation.

Dans son esprit, cette folie devait combattre l'ingéniosité de ceux qui avaient attaqué le navire, provoquer une diversion qui lui permettrait d'orchestrer son retour à bord avec des renforts armés de grenades et de mitrailleuses. Il disposait d'assez de pirates au village pour procéder à un nettoyage en règle. Il les massacrerait tous.

Il reprendrait son bateau.

Sauf que, pour le moment, il était pris à son propre piège.

C'était son garde du corps somalien qui avait eu l'idée de ce plan d'évasion. Il avait conduit Devesh au balcon de la salle de cinéma qui occupait une hauteur de trois étages. Ils redescendraient au niveau du pont d'amarrage par l'intérieur du théâtre.

Sur un côté de la scène, une issue de secours donnait dans un corridor menant directement au ponton. Quelques mètres de course et ils quitteraient cet enfer.

Devesh dévala les dernières marches en s'aidant de sa canne.

Le Somalien lui fit signe de s'arrêter.

— Attendez, dit-il en se dirigeant vers la porte. Je veux m'assurer que la voie est libre.

L'arme à la main, il entrouvrit le battant et jeta un coup d'œil à l'extérieur.

— Tout va bien, annonça-t-il en se retournant, soulagé.

Devesh s'apprêta à le rejoindre mais un mouvement derrière le grand Noir le retint. Un indigène emplumé venait de jaillir de sa cachette.

Il tenait un arc bandé.

Le grand Somalien dut percevoir sa présence. Faisant volte-face, il ouvrit le feu à l'aveuglette.

Le cannibale prit trois balles dans le thorax.

Mais il avait eu le temps de lâcher sa flèche.

Celle-ci traversa la gorge du pirate, ressortant par la nuque telle une langue grotesque. Il tituba avant de s'écrouler sur le dos. Mais il continua à garder son arme braquée vers la porte.

Le cannibale ne se releva pas. La coursive semblait déserte.

Devesh comprit qu'il devait tenter sa chance. Il fonça.

— Aidez-moi, supplia le Somalien, grimaçant de douleur.

Il se redressa sur un coude tandis que, de l'autre main, il tenait l'ouverture en joue pour protéger son chef.

D'un coup de pied, Devesh balaya le bras qui le soutenait. Le mercenaire retomba, choqué. La pointe de la flèche gratta le parquet poli. S'agenouillant, Devesh s'empara de son arme.

Mais le grand garde refusa de se laisser faire, ses doigts se crispant sur la crosse.

— Lâche ça, bon Dieu !

Saisissant la hampe de la flèche, Devesh la secoua furieusement dans la plaie.

Un craquement sonore interrompit leur lutte.

On était en train de défoncer les portes à l'autre bout de la salle. Devesh réussit enfin à arracher le pistolet et se retourna. Une silhouette apparut, légère, filant dans une robe de soie maculée de sang.

— Surina !

Mais elle n'était pas seule.

Une horde affamée était à ses trousses. Les malades la pourchassaient avec une rage bestiale. Par chance pour Surina, ils se gênèrent en tentant de franchir la porte tous en même temps. Certains tombèrent, continuant cependant à avancer vers leur proie à quatre pattes. Surina était déjà au milieu de la salle.

Devesh se releva, à la fois horrifié et soulagé de la voir.

Il ne voulait pas être seul.

Surina le rejoignit, récupérant d'un geste souple la canne qu'il avait abandonnée à terre. Le fourreau de bois glissa. La lame apparut.

Devesh montra la porte ouverte.

— Par ici !

Serrant le pistolet à deux mains, il bondit au-dessus du Somalien qui, à peine conscient, poussa un gémissement. Au moins, le corps immense de ce type allait fournir une petite distraction à ces morts de faim.

Au moment où il atterrit, Devesh sentit une morsure aiguë derrière ses genoux.

Surpris, il fit un pas en avant mais ses jambes ne le soutenaient plus. Il s'écroula devant la porte, perdant son pistolet dans sa chute. Du coin de l'œil, il capta la fin du geste de Surina, l'épée achevant son arc en projetant quelques gouttes écarlates.

Il tenta de se relever mais ses jambes avaient perdu toute capacité motrice. Il vit le sang qui imbibait son pantalon à une vitesse impressionnante. Au moment où Surina le dépassait, il comprit ce qui s'était passé. La salope lui avait tranché les tendons.

Elle fila dans le couloir, ne tardant pas à disparaître.

— Surina !

Devesh se mit à ramper, traînant ses jambes derrière lui.

Vers le pistolet.

Mais d'autres mains, affolées par le sang, le saisirent. Des ongles plongèrent dans ses chairs, les déchirant avec difficulté. Il entendit les hurlements d'agonie de son garde du corps avant qu'on ne le traîne en arrière pour le rejoindre. Il se retourna pour implorer une quelconque pitié.

Il n'en trouva aucune.

5 h 45

Tandis que hurlements et coups de feu résonnaient un peu partout, Lisa rejoignit Monk au pied des marches de l'aire de lancement. Le vent et l'humidité la firent frissonner.

Tout entier fait d'acier, le petit hangar privé de Ryder Blunt empestait la graisse et le gasoil. Au centre, une piste formée par deux rails descendait vers un sas ouvert sur la mer. Au-delà, une pluie féroce balayait le lagon.

Mais c'était ce qui se trouvait sur ces rails qui retenait toute l'attention de son partenaire.

— Mais c'est pas un bateau, s'exclama Monk.

Ryder les força à avancer.

— C'est un bateau *volant,* mon pote. Mi-hydravion, mi-hors-bord.

L'engin était impressionnant.

Posé sur son aire de lancement, avec ses ailes repliées, le vaisseau ressemblait à un faucon en piqué. Le cockpit venait ponctuer ses formes effilées tel un œil bridé à la proue. Sur le toit, deux ailes étaient couchées, leurs extrémités s'arrêtant juste avant les turbines de ses deux moteurs propulseurs.

— Il a été construit par Hamilton Jet en Nouvelle-Zélande, dit Ryder en effleurant le carénage tout en les conduisant vers la porte ouverte. Je l'ai baptisé le *Sea Dart,* la Flèche des Mers. Dans l'eau, ses deux V-12 pompent l'eau à l'avant pour l'expulser vers l'arrière grâce aux extracteurs jumeaux. Une fois qu'il atteint la vitesse voulue, il suffit de déclencher le système hydraulique pour déployer les ailes et s'envoler... et là, les moteurs se transforment en hélices. Elle est rapide, cette petite bête, ajouta Ryder en tapotant la coque. Aussi bien sur mer que dans les airs. J'ai failli accrocher un petit cinq cents kilomètres à l'heure.

Il tendit la main à Lisa, l'aidant à monter à bord. Elle pénétra dans la cabine qui n'était pas très différente de celle d'un Cessna : une paire de sièges pour le pilote et le copilote à l'avant et quatre autres à l'arrière.

Ryder s'installa aux commandes. Monk grimpa en dernier, refermant le sas.

— Attachez vos ceintures !

Monk s'assit dans le siège le plus proche de la porte, prêt à récupérer Susan dès qu'ils atteindraient la plage. Lisa prit place aux côtés de Ryder à la place du copilote.

— C'est parti, dit celui-ci en appuyant sur un bouton.

Le *Sea Dart* glissa en douceur sur les rails inclinés pour venir s'échouer dans le lagon avec un petit sursaut.

L'eau recouvrit le pare-brise.

Aussitôt, Lisa entendit le grondement rauque des moteurs à l'arrière et elle sentit leur puissance jusque dans son siège.

Le *Dart* se redressa et commença à glisser. La pluie résonnait contre la coque.

— On y va, marmonna Ryder en actionnant la manette des gaz.

L'engin, digne de son nom, partit comme une flèche sur les eaux battues par l'orage, plaquant Lisa contre le dossier de son siège.

Derrière, elle entendit le sifflement appréciateur émis par Monk.

Ryder vira de bord, dérapant sur les vagues comme sur de la glace. Il contourna le paquebot, un frelon jouant autour d'une baleine.

Lisa leva les yeux vers l'immense navire. Loin des fusillades et des hurlements, toujours illuminé, le *Mistress of the Seas* semblait paisible et inébranlable sous la tempête.

Mais elle savait qu'il était tout sauf calme.

Elle ne pouvait s'empêcher d'éprouver du remords à l'idée de laisser Jessie, Henrick, le Dr Miller et tous les autres derrière eux. Elle avait l'impression d'abandonner le champ de bataille pour sauver sa propre peau.

Mais elle n'avait pas le choix.

Elle se répéta en silence les derniers mots d'Henrick.

Il faut sauver le remède. Empêcher la Guilde de s'en emparer.

Elle se tourna vers la plage et la jungle au-delà.

Ils n'avaient pas le droit d'échouer.

5 h 50

Rakao observait l'étrange embarcation qui venait d'apparaître sur les flots à la proue du paquebot et fonçait droit vers eux. Dans ses optiques à infrarouge, l'engin était une tache écarlate sur les eaux froides.

Il fit signe à ses hommes de se préparer. Tous attendaient son signal.

Il abandonna ses jumelles pour la lunette de visée de son fusil. Il le braqua à nouveau sur sa cible. La femme avait quitté la jungle pour s'avancer sur la plage, ce qui la rendait d'autant plus repérable.

Rakao entendit le grondement de l'embarcation en approche.

La femme leva un bras. Qui brillait, comme illuminé par un éclair de lune.

Sauf qu'il n'y avait pas de lune.

Cette vision le fit frémir. Mais il ne se laissa pas distraire. Il avait une mission à accomplir. Les réponses viendraient plus tard.

Un des cannibales poussa le canot en caoutchouc dans l'eau avant de faire signe à l'étrange femme. Elle s'avança dans l'eau et grimpa maladroitement à bord.

Debout à l'arrière, l'indigène était prêt à la pousser en direction de l'engin qui arrivait. Il n'eut pas à attendre longtemps.

Le *Dart* vira sur l'eau et ralentit dans une gerbe d'écume, exposant son flanc bâbord, à moins de dix mètres de la plage.

La porte était déjà ouverte.

Rakao vit un homme apparaître dans l'ouverture.

Parfait.

Il leva son fusil, visa et tira.

5 h 51

Monk sursauta en entendant la détonation.

Il vit l'indigène debout derrière Susan s'écrouler dans l'eau. En tombant, son corps heurta le canot, le poussant mollement dans leur direction.

La jungle sombre s'illumina de multiples éclats de feu qui se muèrent aussitôt en détonations.

Un autre indigène s'effondra, l'épaule et la poitrine en sang. Il leva un bras vers Susan dans l'espoir que la reine sorcière le sauve. Mais soudain la partie inférieure de sa tête explosa.

Il tomba sur le sable.

Un piège…

Dont l'appât était Susan.

Une volée de balles creva la coque du *Sea Dart,* obligeant Monk à se cacher à l'intérieur. Il se jeta sur le fusil d'assaut posé sur le siège tandis que Ryder lâchait une obscénité.

Mais un ordre aboyé arrêta la fusillade.

Dans le silence soudain, Monk rampa vers l'ouverture.

Un homme au visage tatoué s'était avancé dans l'eau jusqu'aux genoux. Rakao tenait un harpon dans une main et un pistolet Sig Sauer dans l'autre. Le bras tendu, il visait la nuque de Susan affalée dans le canot.

Ses yeux, luisants dans l'obscurité, semblaient projeter leur terreur vers Monk.

— Coupez les moteurs ! hurla Rakao. Jetez vos armes ! Ensuite, l'un après l'autre, vous allez sauter dans l'eau et nager vers moi.

Monk se retourna.

— Lisa, je vais avoir besoin de vous. Ryder, ne coupez pas ces putains de moteurs. Quand je crierai *go,* foncez !

Lisa se libéra de sa ceinture de sécurité pour venir le rejoindre.

Monk retourna le fusil-mitrailleur pour le saisir par le canon et le tendre par l'ouverture. Une balle ricocha sur la coque du *Dart.* Rakao gronda avec colère en direction du tireur. Inutile d'abîmer la marchandise.

Monk se montra, s'exposant complètement dans l'encadrement de la porte ouverte. Il tenait le fusil devant lui, son autre main levée et ouverte.

— Que faites-vous ? murmura Lisa.

— Soyez prête, c'est tout.

— Prête à quoi ?

Il n'avait pas le temps de lui expliquer.

Rakao s'avança un peu plus dans l'eau, le canon de son arme à trente centimètres à peine de Susan. L'avant du canot était pointé vers le *Sea Dart,* légèrement relevé en raison du poids de Susan à l'arrière.

— Nous nous rendons ! cria Monk.

Pour prouver sa sincérité, il jeta vigoureusement le fusil sur sa gauche. L'arme tournoya dans les airs. Comme il l'avait espéré, le regard de Rakao bougea dans cette direction, le réflexe du chasseur face à un mouvement.

Monk bondit dans la même fraction de seconde. Il sauta haut, comme s'il avait l'intention de faire une bombe dans le lagon. Au lieu de cela, il atterrit sur l'avant relevé du canot. Son poids et son élan firent le reste. L'arrière se souleva comme une catapulte.

Susan s'envola au-dessus de lui… projetée droit vers le *Dart.*

Une détonation retentit, mais le rebord du canot avait heurté le poignet de Rakao, lui arrachant son arme.

Monk entendit un *splash* derrière lui.

Puis le canot retomba et il se retrouva en train de ramper sur le fond. Se redressant sur un coude, il aperçut les jambes de Susan tandis que Lisa la hissait à travers l'ouverture.

Bien joué.

Il rugit de toutes ses forces.

— Ryder ! Go !

Mais le *Sea Dart* ne bougea pas.

Monk se préparait à hurler à nouveau quand le canot tangua violemment.

Rakao était en train de grimper à l'intérieur. Il était habile, se retrouvant debout malgré les mouvements désordonnés de l'embarcation. Levant son harpon à deux mains, il l'abattit vers Monk.

Celui-ci réagit d'instinct. Il tenta de bloquer le coup en saisissant la hampe avec sa prothèse.

Erreur.

Une effroyable décharge lui traversa le corps. Il se rappela comment Rakao avait sauvé Lisa quelques heures plus tôt, en frappant le monstre du lagon avec son engin électrique.

Les secousses étaient abominables. Ses muscles se contractaient avec une violence telle qu'il crut que ses os se disloquaient. Pourtant, il entendit les rafales de coups de feu qui déferlaient sur le *Sea Dart*.

Pourquoi Ryder était-il encore là ?

Monk combattit l'électrocution. Avec un tel voltage, il aurait dû déjà être mort. S'il vivait encore, c'était grâce à l'isolation de sa prothèse. Mais il sentait une odeur de plastique fondu.

Ryder... foutez le camp d'ici...

5 h 54

— Attendez ! hurla Lisa pour dominer le fracas des balles sur la coque du *Sea Dart*.

Elle était allongée aux côtés de Susan. De là, elle pouvait voir Rakao, pesant de tout son poids sur le harpon, essayant d'enfoncer sa pointe électrifiée dans la poitrine de Monk. Celui-ci se débattait. De la fumée noire s'élevait de sa main artificielle.

Le canot dérivait, s'approchant... encore... et encore.

— Maintenant !

Une sorte de déflagration retentit au-dessus de sa tête quand le système hydraulique se mit en action. Les ailes du *Sea Dart* se déployèrent tout à coup, aussi tranchantes que des haches. L'une d'elles heurta Rakao à l'épaule, le projetant violemment par-dessus bord.

Le tir de barrage s'interrompit : la manœuvre avait stupéfié les pirates.

Dans le silence, Lisa cria :

— Monk ! Au-dessus de vous !

Groggy, il entendit l'ordre de Lisa.

Il lui fallut un moment pour comprendre son intention. Il y avait quelque chose au-dessus de lui. Une des ailes du *Sea Dart*. Encore tremblant, il s'accroupit et... bondit.

Dans son état, il ne faisait pas confiance à sa vraie main. Des phalanges en plastique fumant se refermèrent autour d'un des étais. Il verrouilla sa saisie, actionnant un contact qui obligeait ses doigts à rester fermés.

Go...

— Go ! rugit Lisa, toujours allongée, en se tenant aux pieds d'un siège.

Sous son ventre, elle sentit les moteurs jumeaux gronder. Le *Sea Dart* bondit, tournant le dos à la plage tandis que les tireurs ouvraient à nouveau le feu.

Elle vit une balle frapper une des jambes pendantes de Monk.

Une gerbe de sang jaillit de son mollet. Un rictus de douleur déforma ses traits. Sa jambe semblait flotter derrière lui. Le projectile avait dû briser l'os.

Dieu merci, il tient bon...

Ryder s'éloignait de la plage, filant sur l'eau, les mettant rapidement hors de portée.

Lisa avait envie de pleurer.

Ils allaient réussir.

5 h 55

Rakao émergea en suffoquant. Ses orteils puis ses talons trouvèrent de la roche et du sable sur lesquels s'appuyer. L'eau lui arrivait à la poitrine. Le rugissement d'un moteur le fit se retourner.

Le bateau ennemi fonçait à travers le lagon, une silhouette accrochée à une de ses ailes. Furieux, il repartit vers la rive. Son bras gauche était en feu et l'eau salée n'arrangeait rien. Il se toucha l'épaule et sentit la pointe d'un os qui avait crevé la peau, fracassé par le coup qui l'avait projeté.

Il serra son harpon dans son autre main.

Heureusement, il n'avait pas perdu son arme.

Il risquait d'en avoir besoin.

Déjà, il remarquait les éclairs sous l'eau, se dirigeant vers lui, attirés par le sang. Tournant le dos à la plage, il battit en retraite pas à pas, l'arme levée, prête à frapper. La décharge allait le secouer mais elle ferait fuir les calmars.

Quand il se retrouva avec de l'eau jusqu'à la taille, il s'autorisa un soupir de soulagement.

Une fois sorti de là, il traquerait ces fuyards.

Quel que soit l'endroit du monde où ils iraient se terrer, il les retrouverait.

Il s'en fit le serment.

Un éclair creva le ciel au-dessus de lui, assez brillant pour illuminer les eaux noires et ce qui s'y cachait. Des bras immenses se déployaient autour de ses jambes. Le plus long clignotait d'une lueur jaunâtre. Le corps du monstre reposait tranquillement sur le sable à un mètre de lui. Puis l'éclair s'éteignit et le lagon redevint un miroir noir, reflétant la terreur sur son propre visage.

Rakao frappa avec le harpon, actionnant la pleine charge.

Une étincelle bleue craqua sur l'eau. La douleur le fit sangloter, comme si un piège en acier refermait ses mâchoires dans sa poitrine. Mais cela ne dura qu'une fraction de seconde... jusqu'à ce que le harpon tressaute dans sa main. Lâchant une dernière secousse et une fumée âcre, il devint inerte, victime d'un court-circuit après la surcharge lors de son combat avec l'Américain.

Rakao pataugea en arrière, malgré la douleur affolante dans son bras brisé.

La décharge avait-elle suffi ?

La réponse lui vint sous la forme d'un trait de feu autour de sa hanche. Des crochets s'enfoncèrent dans sa chair. Il se débattit tandis que la créature l'emportait vers le large. Le gros corps refit surface. Un œil unique se posa sur lui. Indifférent.

Rakao le creva. Son harpon était peut-être déchargé mais il possédait toujours sa pointe. Il sentit la lame s'enfoncer. L'étreinte sur sa jambe mollit puis l'abandonna.

Ricanant de satisfaction, il battit à nouveau en retraite vers la plage.

Mais, soudain, des gerbes de feu explosèrent sur les vagues : bleues, émeraude mais surtout écarlates. Le reste de la meute avait attendu jusque-là, tapie dans les profondeurs. Rakao comprit sa fureur à l'éclat de ses lumières. Les créatures tournoyaient autour de lui, créant un véritable tourbillon.

Quelque chose lui cogna la jambe. Des dents se refermèrent sur ses chevilles.

Il comprit que c'était la fin.

Elles étaient trop nombreuses.

Ses hommes ne l'atteindraient jamais à temps.

Il regarda une dernière fois le bateau qui s'éloignait. Lâchant son harpon désormais inutile, il saisit un étui de cuir accroché à son épaule. Il le gardait toujours sur lui. Celui-ci ne contenait pas une arme. Mais une assurance. Il tira la poignée en forme de T qui en émergeait pour former un petit piston.

Un tentacule hérissé de dents s'enroula autour de sa taille.

Puisqu'il ne s'en sortirait pas, personne d'autre ne quitterait son île.

Il poussa sur le piston tandis que d'innombrables membres caoutchouteux jaillissaient de l'eau comme autant de fouets. Ils le flagellèrent de toutes parts, déchirant ses vêtements et ses chairs, le privant de l'appui de ses jambes. Il sentit son oreille qui s'arrachait au moment où les créatures l'entraînaient sous la surface.

Mais il sentit quand même les premières explosions, pareilles au tonnerre, si puissantes qu'elles l'atteignirent sous l'eau tandis que les monstres l'emportaient.

Boum, boum, boum...

5 h 57

Lisa observait les furieuses gerbes de feu qui illuminaient les hauteurs de l'île. Au début, elle avait cru que c'était la foudre... mais les déflagrations se produisaient de façon trop régulière, séquentielle, se propageant tout autour de l'île.

— Qu'est-ce que c'est que ça ? grommela Ryder.

Des portions entières du toit de l'île commençaient à s'effondrer.

— Ils sont en train de faire sauter le filet ! Il va s'abattre sur nous !

Ryder poussa un juron.

Les explosions continuaient. D'immenses feux s'embrasaient sous le ciel noir. S'ils n'accéléraient pas, ils n'atteindraient jamais la sortie du lagon.

— Il faut qu'on décolle ! cria Ryder.

Ce qui posait un problème.

5 h 57

Des déflagrations successives éclataient sur les sommets de l'île.

Monk comprit aussitôt.

Le filet...

Soudain, le *Sea Dart* bondit pour prendre de vitesse la course des explosions. Le bateau se souleva de quelques centimètres hors de l'eau pour atteindre l'allure de décollage.

Mais le poids de Monk sur une des ailes le déséquilibrait. Ses orteils frôlaient la surface. Ryder dut corriger et ralentir. La coque heurta l'eau, rebondit, retrouva le contact.

Une douleur fulgurante traversa sa jambe brisée. Mais il resta suspendu.

Même s'il l'avait voulu, il ne pouvait plus se détacher. Au cours de sa lutte avec Rakao et son harpon électrique, l'électronique de sa prothèse avait grillé. Un court-circuit s'était produit après le verrouillage sur le support de l'aile. Il était suspendu là comme un quartier de bœuf sur un crochet de boucher.

Il se tordit sur lui-même pour évaluer les dégâts tandis que les déflagrations se poursuivaient avec une régularité imperturbable. Toute la partie arrière du filet était en train de tomber, immense bout de ciel enflammé ajoutant sa rage à celle de la tempête.

Et chaque commotion libérait une nouvelle portion du toit.

Monk se tourna vers la sortie du lagon, la faille étroite entre les volcans. Le *Sea Dart* devait l'atteindre avant que les explosions n'aient achevé le tour de l'île et que le filet ne recouvre tout le lac intérieur. Il calcula leurs chances.

Ils n'y arriveraient jamais... pas avec un quartier de viande accroché à eux.

— Vous ne pouvez pas rétracter les ailes ? demanda Lisa.

Avec un peu de chance, s'ils parvenaient à rapprocher Monk, ils pourraient le ramener à l'intérieur avant de les déployer à nouveau. Tout cela sans ralentir.

Ryder éteignit ce mince espoir.

— Une fois sorties, elles sont verrouillées ! Par sécurité !

C'était compréhensible. Mieux valait éviter qu'elles ne se rétractent en plein vol.

Soudain, elle vit Monk se débattre, tripoter frénétiquement sa prothèse avec sa bonne main. Quc faisait-il ?

Puis elle comprit.

Il s'était rendu compte de la menace qu'il représentait.

— Non ! hurla-t-elle. Monk ! Non !

Elle ne sut s'il l'avait entendue au milieu des explosions et des rafales de vent.

Pourtant, il tourna le visage vers elle. Et montra la plage désormais lointaine. Il cria quelque chose, mais elle ne saisit pas ce qu'il disait.

Il continuait à manipuler sa prothèse.

Monk... je vous en prie, non...

Bon Dieu de bon Dieu... pourquoi ça veut pas lâcher... ?

Ses doigts s'enfonçaient dans son poignet en plastique. Le petit levier qui commandait la libération manuelle de sa prothèse avait fondu. Ses ongles fouillaient dans une bouillie de circuits.

Enfin, le levier bascula.

Ouf...

Il glissa un doigt à l'intérieur.

— Monk !

Lisa.

À nouveau, il montra la plage. Il atteindrait la rive. Ils devaient partir sans lui.

Lisa était agenouillée devant la porte ouverte, le vent fouettant ses cheveux. Il vit son désespoir. Il n'y avait pas d'alternative.

Il tira sur le levier.

Le poignet se détacha de la main.

Il tomba, rebondit sur l'eau comme une pierre faisant des ricochets avant de sombrer. Le choc passé, il utilisa sa jambe valide pour remonter à la surface. Il avait l'impression que l'autre avait été remplacée par un tison incandescent.

Émergeant, il vit le *Sea Dart* foncer à travers le lagon en direction de la faille dans la caldeira.

Ryder n'avait pas hésité. Il avait compris son sacrifice.

Tandis que les dernières explosions retentissaient sur les sommets de l'île, il leva les yeux. Le filet s'effondrait lentement vers lui. Derrière, il tombait tel un gigantesque linceul enflammé sur le *Mistress of the Seas,* se posant d'abord sur la poupe.

En quelques secondes, le paquebot fut entièrement recouvert, prisonnier comme un dauphin dans un filet à thons. Et le toit de feu continuait à s'écrouler en direction de Monk. Plus question pour lui d'atteindre la rive. La plus proche se trouvait à cinq cents mètres.

Dans l'autre direction, le *Sea Dart* s'envolait vers la liberté, décollant enfin pour de bon.

Ils allaient y arriver.

Cette idée lui fit du bien tandis qu'une masse énorme de câblages d'acier, de cordes et de végétation tressées s'abattait sur lui. Le combat était inégal. Monk coula à nouveau, irrésistiblement entraîné vers les profondeurs.

Il essaya de passer à travers les mailles. Mais avec sa jambe brisée, il n'avait aucune chance. D'autant que le filet s'était un peu replié autour de lui. Il ne trouva aucune issue.

Il leva les yeux vers les lumières du paquebot.

Avec un seul regret...

Une promesse non tenue...

Il avait juré à Kat qu'il reviendrait de cette mission et, en embrassant Penelope, il avait fait le même serment silencieux.

Pardonnez-moi...

Il leva un bras, dans l'espoir insensé de trouver une aide quelconque.

Sa main passa à travers un trou dans le filet. Il utilisa son moignon pour l'agrandir. Il nageait maintenant avec ses deux jambes, ignorant la douleur. Se tortillant, il réussit à se glisser dans l'ouverture.

Puis quelque chose s'enroula autour de sa jambe cassée, au niveau de la cheville, et tira fort. L'os brisé déchira la peau. Une douleur effroyable se propagea le long de sa colonne vertébrale. Monk lâcha ses dernières réserves d'air et baissa les yeux.

Les eaux grouillaient d'éclairs multicolores.

Des tentacules grimpèrent le long de son corps, se verrouillant autour de sa taille, de sa poitrine. Un membre visqueux recouvrit son visage, ses lèvres qui avaient autrefois fait une promesse, embrassé une enfant.

Les éclairs brillaient autour de lui tandis qu'il était entraîné vers le fond...

Pourtant, il leva encore les yeux. Une dernière fois.

Tandis que la lueur du paquebot disparaissait derrière un voile de ténèbres, il repensa aux deux femmes qui avaient donné un sens à sa vie.

Kat.

Penelope.

Je vous aime, je vous aime, vous aime...

6 h 05

Lisa, assise à l'arrière du *Sea Dart,* sanglotait.

À ses côtés, Susan, muette, avait posé une main sur son dos.

Pilotant le *Sea Dart,* Ryder devait affronter la tempête. L'île de Pusat s'éloignait derrière eux.

Les vents étaient trop violents. Il ne tentait même pas de les combattre et se laissait porter par eux, en direction du nord.

Ils n'avaient pas de radio. Une balle perdue l'avait démolie.

— Le soleil se lève, déclara soudain Susan en regardant par un des hublots.

Cette phrase parut briser une barrière.

— Il a peut-être réussi à atteindre la plage, dit Ryder.

Lisa se redressa sur son siège. Elle savait que Monk n'avait pas pu regagner l'île. Il s'était sacrifié pour leur permettre de s'échapper. Pour que ceux qui étaient restés à bord du *Mistress of the Seas* aient une chance d'être secourus, pour que le monde garde l'espoir d'un remède.

Mais cela ne l'empêchait pas de se sentir vide et morte.

— Le soleil… dit Susan.

Ryder vira vers l'est. Il distinguait enfin un signe annonciateur de la fin de la tempête. Là-bas, les nuages noirs n'étaient plus aussi denses et laissaient filtrer un peu de lumière… et enfin un rayon de soleil.

Soudain, à travers le pare-brise, la lumière inonda la cabine.

Lisa leva le visage, cherchant dans cette chaleur soudaine une forme d'absolution. Elle avait besoin de cette brillance en elle pour chasser la noirceur qui l'envahissait.

Et cela parut marcher… jusqu'à ce que Susan pousse un cri de terreur.

Lisa sursauta. Susan était assise très droite, les yeux écarquillés en direction du soleil. Mais ceux-ci brillaient avec plus d'éclat encore que l'astre.

— Susan ?

Elle continuait à regarder droit devant elle. Sa bouche remuait. Lisa dut lire sur ses lèvres.

— Ils ne doivent pas y aller.

— Qui ? Où ?

Susan ne répondit pas. Sans baisser le regard, elle posa un doigt sur la carte de navigation posée sur ses cuisses.

Lisa lut le nom sous le doigt.

— Angkor.

16

Bayon

7 juillet, 6 h 35
Angkor Thom, Cambodge

Gray traversait les douves en direction de la porte monumentale dans le rempart entourant le complexe d'Angkor Thom. Le soleil du matin, bas sur l'horizon, projetait des ombres interminables. Des cigales chantaient, accompagnées par un chœur de crapauds.

En dehors d'une poignée de touristes et de deux moines en robe safran, ils avaient le pont quasiment pour eux seuls. L'allée d'accès de plus de cent mètres de long était flanquée de part et d'autre par des statues : cinquante-quatre dieux d'un côté, cinquante-quatre démons de l'autre. Elles dominaient des fossés pratiquement asséchés désormais, mais où autrefois nageaient des crocodiles protégeant la cité royale sise à l'intérieur de ces murs. À présent, seules quelques mares couvertes d'algues et d'herbes d'eau subsistaient.

Tandis qu'ils marchaient, Vigor posa la main sur la tête d'une des statues.

— Du béton, dit-il. Les originales ont pour la plupart été volées, mais on en trouve quelques-unes dans les musées cambodgiens.

— Espérons que ce que nous cherchons n'a pas été volé, fit Seichan, visiblement encore agacée par la discussion avec Nasser dans le van.

Depuis, Gray gardait ses distances avec elle, se demandant lequel des deux agents de la Guilde était le plus dangereux.

Les quarante hommes de Nasser étaient déployés devant et derrière eux, une escorte en tenue kaki et béret noir. Certains touristes les dévisageaient avec curiosité, mais sans plus. Ils étaient venus ici pour voir les ruines.

Au bout de l'allée, un mur de huit mètres de haut en blocs de latérite noire encerclait les neuf kilomètres carrés de l'ancienne cité. Leur destination – le Bayon – se dressait à l'intérieur, au milieu d'une épaisse forêt. Des palmiers géants projetaient leurs ombres sur les remparts et la porte de plus de vingt mètres de haut. Quatre visages géants avaient été sculptés dans chaque tour de pierre disposée aux quatre points cardinaux.

Gray étudia les visages recouverts de lichen et ridés de failles. Malgré l'érosion due à l'âge, ils gardaient une certaine sérénité : des fronts larges sous lesquels des yeux baissés restaient dans l'ombre et des lèvres épaisses à peine recourbées dans un sourire aussi énigmatique que celui de la Joconde.

— Le sourire d'Angkor, dit Vigor. Ce visage est celui de Lokesvara, le bodhisattva de la compassion.

Gray continua à contempler la divinité, priant pour que cette compassion déteigne sur Nasser. Il consulta sa montre. Plus que vingt-cinq minutes avant l'heure prochaine… avant qu'il n'ordonne qu'on coupe un autre doigt à sa mère.

Pour empêcher cela, il fallait prouver à ce salaud qu'ils avaient réalisé un progrès substantiel. Mais lequel ?

En fait, il était écartelé entre deux envies contradictoires : découvrir au plus vite des indices et satisfaire Nasser ou alors le retarder le plus possible, afin de donner plus de temps à Painter Crowe pour retrouver ses parents.

Cette indécision, il en avait terriblement conscience, était dangereuse.

— Regardez... des éléphants ! s'exclama Kowalski avec une joie de gosse en tendant le doigt vers la porte.

Il se mit à courir, son long cache-poussière flottant derrière lui.

Gray aperçut deux éléphants indiens d'un gris blanchâtre, leurs trompes raclant les pierres du sol, les yeux couverts de mouches. Un touriste, encombré par un énorme appareil photo autour du cou et aidé par un cornac, tentait de grimper sur la selle colorée et branlante qui trônait sur le dos de l'animal. Une pancarte écrite à la main sur un piquet cimenté à un pneu annonçait en différentes langues : PROMENADE À DOS D'ÉLÉPHANT JUSQU'AU BAYON.

— Dix dollars seulement, lut Kowalski.

— On marche, répliqua Gray.

— Ouais, pour patauger dans de la merde d'éléphants. Vous allez pas tarder à regretter d'être aussi radin.

Gray leva les yeux au ciel et lui fit signe de suivre Nasser et ses hommes qui traversaient la porte d'entrée d'Angkor Thom.

Au-delà, une allée pavée s'enfonçait sous d'immenses kapokiers dont les racines tordues rampaient sous et sur les blocs de pierre. Des téguments de graines venus des arbres jonchaient l'allée, craquant sous leurs semelles.

La jungle se faisait de plus en plus dense, bouchant la vue.

— C'est loin ? demanda Nasser en les rejoignant, mais en s'arrêtant à un bon mètre d'eux, une main dans la poche de sa veste.

Vigor tendit le bras droit devant eux.

— Le Bayon se trouve à moins de deux kilomètres.

Nasser regarda sa montre avant de lancer un regard éloquent à Gray. La menace était claire.

Gray accéléra le pas.

Kowalski fixa l'épaisse forêt de palmiers et de bambous avec méfiance.

Vigor reprit la parole :

— Autrefois, plus de cent mille personnes vivaient à Angkor Thom.

— Vivaient où ? fit Kowalski. Dans les arbres ?

— La plupart des habitations, et même le palais royal, étaient faites en bambou ou en bois. Elles ont fini par pourrir. La jungle les a dévorées. Seuls les temples étaient en pierre. Mais il y a eu un temps où tout ce que vous voyez là était une métropole grouillante de vie, avec des marchés vendant du poisson, du riz, des fruits et des épices, les maisons débordaient d'enfants et de cochons. Les bâtisseurs de la cité avaient conçu un ingénieux système d'irrigation pour alimenter la population. Il y avait même un zoo royal où l'on donnait des spectacles de cirque très élaborés. Angkor Thom était une ville vibrante, colorée et tapageuse. Des feux d'artifice illuminaient le ciel pendant les célébrations. Il y avait plus de musiciens que de guerriers et ils se servaient de toutes sortes d'instruments : cymbales, clochettes, tambours, harpes, luths et des trompettes taillées dans de la corne ou des conques.

— Et pas de guitares électriques ? marmonna Kowalski.

Contemplant la jungle, Gray tentait de se représenter cette cité.

— Bon, et qu'est-ce qu'il leur est arrivé, à tous ces joyeux joueurs de trompettes ? demanda Kowalski.

Vigor se massa le menton.

— Si nous en savons beaucoup sur la vie quotidienne d'Angkor Thom, son histoire demeure un mystère. Leurs écrits sacrés étaient consignés dans des livres en feuilles de palmiers nommés des *sastras*. Qui, à l'image de leurs maisons, n'ont pas survécu. Ce que nous savons a été rassemblé à partir des études des bas-reliefs des temples. Ce qui explique que nous ignorons encore ce qui leur est arrivé, comment ce peuple a disparu.

— Je croyais, intervint Gray, qu'ils avaient été envahis par les Thaïs qui ont dévasté l'ancienne civilisation khmère ?

— Oui, mais beaucoup d'historiens et d'archéologues pensent que l'invasion thaïe était secondaire, que le peuple khmer était déjà considérablement affaibli par un facteur inconnu. Notre théorie, c'est que la civilisation khmère a vu diminuer sa force armée en raison d'une conversion religieuse à une forme plus paisible de bouddhisme. D'autres soutiennent, quant à eux, que l'immense système d'irrigation et de traitement des eaux qui irriguait l'empire est peu à peu tombé en décrépitude, affaiblissant la ville, la rendant vulnérable aux envahisseurs. Il existe aussi des preuves d'épidémies de pestes répétées et systématiques.

Gray pensa à la Cité des Morts de Marco Polo, désormais absorbée par la jungle. La nature avait repris ses droits, effaçant le travail des hommes.

— Nous savons qu'Angkor a survécu quelque temps encore après le passage de Marco, continua Vigor. Un bon siècle plus tard, un explorateur chinois, Zhou Daguan, a décrit cette région dans un récit brillant. Donc le remède qui a été offert à Marco a permis à l'empire de survivre, mais la source virale a dû subsister elle aussi, déclenchant épidémie sur épidémie, affaiblissant cette civilisation. Après la conquête, les envahisseurs thaïs n'ont pas occupé Angkor. Ils ont laissé cette immense structure à l'abandon et la forêt reprendre le dessus. Pour quelle raison ? Avaient-ils appris quelque chose ? Ont-ils délibérément évité cet endroit parce qu'ils le croyaient maudit ?

— Donc, demanda Seichan qui s'était approchée pendant son exposé, vous pensez que cette source se trouve encore ici ?

Vigor haussa les épaules.

— Les réponses se trouvent au Bayon.

Il montra une trouée dans la forêt.

Une imposante montagne de grès venait d'apparaître à travers la jungle, illuminée par le soleil du matin. Elle avait quelque chose d'irréel, comme si elle avait fondu sur elle-même. La pierre semblait avoir coulé pour se solidifier à nouveau en mottes agrégées les unes aux autres, dissimulant d'innombrables crevasses et replis. Aux yeux de Gray, elle avait quelque chose d'organique, comme une termitière, une masse à la fois grouillante et immobile.

Puis un nuage passa devant le soleil et les ombres se creusèrent, changèrent. Dans cette masse informe, des visages géants surgirent, pétris dans la pierre, révélés par leurs sourires de sphinx, le regard dirigé dans toutes les directions. Ce qui n'avait paru être que des espèces de monts se révéla être en fait des tours, de tailles différentes, coincées les unes contre les autres, chacune offrant aux regards le visage massif de Lokesvara.

— « Éclairée par la plénitude de la lune, une montagne dominait la forêt. Elle était gravée d'un millier de visages de démons », cita Vigor.

Gray frissonna. Il avait reconnu les mots issus du texte de Marco Polo. C'était l'endroit vers lequel son confesseur, frère Agreer, avait été vu se dirigeant quand ils avaient dû l'abandonner : une montagne sculptée de visages. Gray se rendit soudain compte qu'il avait ralenti le pas malgré lui. Il se força à accélérer.

Ils avaient suivi la piste de Marco jusqu'ici... maintenant, ils devaient suivre les traces de son confesseur. Où était allé frère Agreer ?

6 h 53

À mesure que le temple grandissait devant eux, le silence s'imposait au groupe. Tous les regards étant levés vers les ruines, Vigor profita du moment pour étudier ses compagnons. Depuis leur arrivée à Angkor Thom, il sentait une tension entre Gray et Seichan. Bien sûr, ils n'avaient jamais été les meilleurs amis du monde mais, depuis quelques jours, ils s'étaient rapprochés. La distance physique entre eux avait diminué, comme si chacun se sentait plus à l'aise à proximité de l'autre.

Vigor doutait cependant que l'un ou l'autre en soit conscient.

Mais depuis qu'ils étaient sortis des vans, c'était comme si une sorte de polarité interne s'était inversée, les repoussant l'un de l'autre. Pis encore, Gray surveillait Seichan avec méfiance dès qu'elle avait le dos tourné et celle-ci avait retrouvé sa dureté initiale.

Et elle restait le plus près possible de Vigor, comme si elle avait besoin de ce réconfort sans être capable de l'exprimer. Pour le moment, elle contemplait le Bayon. Ils en étaient assez proches pour que son ampleur soit palpable.

Cinquante-quatre tours pressées les unes contre les autres.

Mais le plus impressionnant, c'était le nombre de têtes sculptées.

Bien plus de deux cents.

La lumière changeait avec les nuages, créant l'illusion que ces visages étaient mobiles, vivants, et observaient ceux qui approchaient.

— Pourquoi y en a-t-il autant ? demanda finalement Seichan.

— Personne ne le sait, répondit Vigor. Certains disent qu'ils représentent la vigilance, postés là comme des sentinelles préservant un secret, un mystère caché. On dit aussi que le Bayon a en fait été construit sur une structure initiale. Des archéologues ont découvert des salles murées renfermant d'autres visages, à jamais enfermés dans l'obscurité.

Il fit un geste pour balayer l'ensemble du complexe avant d'ajouter :

— Le Bayon est aussi le dernier temple bâti à Angkor, marquant la fin d'une époque de construction quasi ininterrompue s'étendant sur plusieurs siècles.

— Pourquoi ont-ils arrêté ? s'enquit Gray.

— Peut-être ont-ils mis au jour quelque chose qui les a découragés d'entreprendre toute nouvelle excavation. Quand les architectes khmers ont construit le Bayon, ils ont dû creuser. Profond. Un quart du temple se trouve sous terre.

— Sous terre ?

— Oui. La plupart des édifices d'Angkor sont basés sur le dessin des mandalas. Une série de rectangles successifs représentant l'univers physique qui entourent une tour circulaire. Cette tour représente la montagne magique de la mythologie hindoue, le mont Meru, où résident les dieux. En enfouissant partiellement le temple et donc la tour centrale, on montre que la montagne magique est un lien entre la terre et le ciel. Des légendes parlent de trésors et d'horreurs cachés dans ces niveaux inférieurs du Bayon.

Ils avaient atteint la fin de l'allée qui s'ouvrait sur une esplanade de pierre. La masse imposante du temple se dressait devant eux. Des douzaines de visages gigantesques les toisaient. Et des touristes grimpaient sur les flancs du Bayon.

Ils continuèrent, croisant une file de tuk-tuks garés. L'autre moyen de locomotion très prisé ici : un rickshaw attelé à une petite moto deux temps. Plus loin, des stands proposaient toutes sortes de fruits : mangues, jaques, tamarins, dattes chinoises, et même des melons plus petits qu'un ballon de handball. Des enfants maigres couraient un peu partout, faisant revivre la gloire bruyante de l'antique cité avec leurs rires et leurs cris. Face à ces stands, six moines beaucoup plus solennels dans leur robe safran étaient assis sur des nattes tissées, la tête baissée, priant dans un nuage d'encens.

Vigor les imita en silence, implorant le ciel de leur accorder force, sagesse et protection.

Kowalski s'était arrêté à l'un des stands. Une vieille femme ridée au visage tout rond était penchée sur un brasier en fer, cuisant des brochettes. Poulet, bœuf, mais aussi tortue et lézard. Kowalski se pencha vers l'un des bâtonnets, visiblement intéressé.

— C'est du crabe ?

La brochette empalait un animal pourvu de plusieurs pattes noircies que le feu avait racornies.

La femme hocha vigoureusement la tête avec un large sourire. Elle lui répondit à toute allure en khmer.

Seichan rejoignit Kowalski, lui tapotant l'épaule.

— C'est de la tarentule grillée. Un plat très prisé au Cambodge.

Kowalski frémit.

— Merci. Je préfère le Big Mac.

Un voleur moins difficile – un petit macaque – surgit des ruines pour chaparder un épi de maïs dans le dos de la femme. Il s'enfuit, bondissant juste devant Kowalski. Celui-ci, surpris, sursauta et recula, heurtant Gray.

Sa main fila sous son manteau.

Gray l'arrêta, lui saisissant le coude.

— Ce n'est qu'un singe, dit-il en jetant un coup d'œil en direction de Nasser.

Kowalski se libéra.

— Ouais, ben, j'aime pas les singes. J'ai eu une mauvaise expérience avec des singes dans ma jeunesse. Et je veux pas en parler.

Secouant la tête, Vigor les conduisit vers l'entrée est du Bayon. L'allée de pierre était ici en ruine, défoncée par les racines tortueuses des palmiers et des kapokiers. Ils pénétrèrent les uns derrière les autres dans la première enceinte, passant sous le regard attentif des bodhisattvas.

Ils se retrouvèrent dans une cour intérieure, encadrée de galeries. Les murs étaient entièrement recouverts de bas-reliefs. Vigor jeta un coup d'œil à l'un d'entre eux. Ils dépeignaient des scènes de la vie quotidienne : un pêcheur lançant ses filets, un paysan récoltant du riz, un combat de coqs au milieu d'une foule, une femme cuisant des brochettes de tarentules grillées. Ici, le passé et le présent étaient encore mêlés.

— Par où commençons-nous ? demanda Gray, consterné à l'idée de fouiller un temple aussi vaste.

Vigor le comprenait. Il était évident que le temple était un véritable labyrinthe en trois dimensions avec ses passages, ses galeries, ses escaliers et ses pièces semblables à des grottes. Tout autour d'eux, les tours, les *gopuras,* se dressaient en cônes gigantesques décorés de visages.

Il était assez facile de se perdre ici.

Même Nasser parut le sentir. Il fit signe à certains de ses hommes de s'approcher du groupe de Gray, avant d'envoyer les autres prendre place aux endroits stratégiques dans la cour, couvrant toutes les issues.

Vigor eut l'impression de sentir un nœud coulant se resserrer autour de son cou. Mais ils n'avaient pas le choix.

— D'après le plan que j'ai étudié, dit-il, le niveau suivant en partant d'ici est une autre cour carrée, comme celle-ci. Mais je pense que nous devrions aller tout de suite au troisième niveau. Là où se trouve le sanctuaire central. Nous pouvons y arriver par ici.

Pourtant, quelques instants plus tard, alors qu'ils se trouvaient encore au premier niveau, Vigor s'arrêta devant un bas-relief spectaculaire sur le mur nord : plus grand que les autres, il en couvrait à lui seul une section entière.

Il représentait deux forces antagonistes – les dieux et les démons, les mêmes que les statues du pont. Ici, ils jouaient au tir à la corde à cette différence que la corde était un immense serpent. Entre les deux équipes, le serpent était enroulé autour d'une montagne posée sur le dos d'une tortue.

— Qu'est-ce que c'est ? s'enquit Gray.

— Un des principaux mythes hindous de la création. Le Barattage de l'océan de Lait, dit Vigor en désignant certains détails. De ce côté, se trouvent les *devas,* les dieux... de l'autre, les *asuras* démoniaques. Ils utilisent le dieu serpent Vasuki comme une corde pour faire tourner la grande montagne magique. D'avant en arrière, d'avant en arrière. Ils barattent ainsi l'océan cosmique pour former une écume laiteuse. C'est cette écume qui donnera l'*amrita,* l'élixir d'immortalité. La tortue sous la montagne est une incarnation du dieu Vishnu qui aide les dieux et les démons en tenant la montagne afin qu'elle ne coule pas.

Vigor montra la tour centrale du Bayon.

— Et voici la représentation de cette montagne sur terre.

Gray contempla la tour qui se dressait à une hauteur d'une quinzaine d'étages avant d'examiner à nouveau le bas-relief, le front plissé.

— Que s'est-il passé ? Ont-ils obtenu l'élixir ?

Vigor secoua la tête.

— Selon la légende, il y a eu quelques complications. Le serpent Vasuki en a eu assez de se faire tirer ainsi d'un côté et de l'autre et il a vomi un grand poison qui a rendu malades aussi bien les dieux que les démons, les menant tous aux portes de la mort. Mais Vishnu les a tous sauvés en buvant lui-même le poison pour le rendre inoffensif. Ce faisant, il est devenu tout bleu, c'est pourquoi il est toujours représenté avec la gorge bleue. Grâce à lui, le barattage a pu continuer et a non seulement produit l'élixir mais aussi les fameuses nymphes célestes, les *apsaras*. Tout s'est donc bien terminé.

Vigor s'apprêtait à repartir mais Gray resta planté devant le bas-relief, une étrange expression sur le visage.

Nasser le rejoignit.

— Le délai imparti est écoulé, dit-il en tapotant sa montre avec son téléphone portable. Avez-vous eu une soudaine illumination ?

Il avait prononcé cette question avec autant de dédain que d'amusement, se délectant des souffrances morales qu'il infligeait. Vigor s'interposa entre les deux hommes de peur que Gray ne réagisse mal et lui saute à nouveau à la gorge.

Mais, à sa grande surprise, il entendit Gray déclarer :

— Oui.

Étonné lui aussi, Nasser ouvrit de grands yeux.

Gray montra le bas-relief.

— Cette histoire. Ce n'est pas un mythe de la création. C'est celle de la souche Judas.

— De quoi parlez-vous ? demanda Nasser.

Vigor se posait exactement la même question.

— D'après ce que vous nous avez dit sur l'épidémie qui a frappé l'Indonésie, la maladie a commencé en mer, là où celle-ci s'est mise à luire à cause des bactéries. Une mer bouillonnante et blanche d'écume. Comme du lait qu'on baratte.

Seichan les avait maintenant rejoints. Quant à Kowalski, il étudiait avec la plus extrême attention un bas-relief représentant de superbes femmes nues.

Gray continua :

— Puis un grand poison a été libéré qui a menacé toute vie, bonne ou mauvaise.

Seichan acquiesça.

— Comme les bactéries toxiques, crachant leur poison et répandant un nuage de mort.

Nasser ne semblait pas convaincu.

— Et, enchaîna Gray, selon le mythe, *quelqu'un* a survécu à cette exposition et a sauvé le monde. Vishnu. Il a bu le poison, l'a rendu inoffensif et Vishnu est devenu bleu...

— Comme s'il luisait, marmonna Vigor.

— Comme les survivants décrits par Marco Polo dans son livre. Et comme le patient que vous avez décrit, Nasser. Brillant d'un éclat bleuté.

Vigor hocha lentement la tête.

— La correspondance est trop parfaite pour être une simple coïncidence. De nombreux mythes anciens trouvent leurs racines dans des histoires vraies.

— Si j'ai raison, reprit Gray, voici le premier indice que nous sommes sur la bonne piste. Et que peut-être il y a plus à apprendre.

Nasser plissa les yeux.

— Il est possible que vous ayez raison, commandant Pierce. Très bien. Vous venez juste d'allonger le compte à rebours d'une heure.

Gray tenta de dissimuler son soulagement.

— Continuons, dit Nasser.

Vigor les conduisit vers un escalier sombre. Derrière lui, Gray s'attarda un instant, étudiant le bas-relief. Il tendit le bras pour effleurer la montagne sculptée... avant de se tourner vers la tour centrale.

Son regard croisa celui de Vigor. Celui-ci remarqua son expression avant que Gray ne détourne à nouveau les yeux.

Savait-il autre chose ?

Vigor baissa la tête pour s'engager sur les marches. Il était soudain inquiet car il venait de comprendre ce qu'il avait lu dans les yeux de Gray.

De la peur.

7 h 32
Île de Natuna Besar

— Il ne faut pas qu'ils y aillent... répéta Susan en gémissant.

Elle était allongée en travers des sièges arrière du *Sea Dart,* émergeant parfois de sa stupeur avant d'y replonger. Elle rejeta la couverture de survie que Lisa avait étalée sur elle.

— Calmez-vous, dit celle-ci. Essayez de vous reposer. Ryder ne va pas tarder à revenir.

Le *Sea Dart* tanguait et se cognait mollement au quai. Ils avaient amerri dans la baie d'une petite île, au large de Bornéo. Malgré la pluie qui continuait à tomber, le gros du typhon était passé. Le tonnerre roulait mais il semblait lointain.

Toujours accablée de chagrin à cause de Monk, Lisa fixait le vide droit devant elle. Alors que l'attente se prolongeait, il lui était de plus en plus facile de s'adresser des reproches. Elle aurait dû faire ceci ou cela. Agir plus vite. Trouver une autre solution... En attendant, la prothèse de Monk était toujours accrochée à l'aile. Ryder n'avait pas pu la déloger.

Lisa se tourna vers la porte, attendant le milliardaire avec impatience. Il avait refait le plein de son engin avant de partir à la recherche d'un téléphone avec une belle somme en liquide cachée dans le cockpit en cas d'urgence.

Mais ses chances semblaient limitées. Le village voisin le long de la plage offrait un piteux spectacle : toits arrachés, arbres abattus, sol jonché de débris. La pompe à gasoil n'avait plus d'électricité, Ryder avait dû pomper le carburant à la main, non sans avoir offert une belle poignée de billets à un type en tongs et short. L'homme était parti en compagnie du milliardaire sur une motocyclette, assurant qu'ils trouveraient un téléphone du côté du petit aéroport de l'île.

Natuna Besar était d'ordinaire un paradis pour touristes avec ses récifs de coraux, ses sites de plongée sous-marine et de pêche sportive. Mais elle avait été évacuée en raison du typhon. L'endroit semblait désert.

La plupart des îles qu'ils avaient survolées étaient dans un état de dévastation semblable.

C'est en repérant l'aéroport de Natuna Besar que Ryder avait pris la décision de s'y poser.

— On trouvera sûrement quelqu'un qui possède un téléphone satellite. Ou alors de quoi réparer notre radio.

Ils avaient, de toute manière, besoin de carburant.

Inquiète, Lisa toucha le front moite de Susan. Dans la pénombre de la cabine, son visage luisait de façon plus prononcée, comme si cette lumière était produite par ses os et non par sa peau. Son front était brûlant.

Mais ce n'était pas de la fièvre.

Lisa enleva sa main. La sensation de brûlure persista.

Qu'est-ce que… ?

Elle se lava frénétiquement la paume avec l'eau d'une gourde. La douleur s'atténua.

Elle examina la peau de Susan. Voilà qui était nouveau. Les cyanobactéries devaient produire un élément chimique caustique. Qui brûlait Lisa mais contre lequel Susan semblait immunisée.

Que se passait-il ?

Comme si elle avait lu dans ses pensées, Susan sortit avec difficulté un bras de la couverture pour le tendre vers le maigre rayon de soleil qui s'insinuait par le hublot de la porte. L'éclat de sa peau diminua dans la lumière.

Susan parut apaisée. Elle laissa échapper un long soupir.

La lumière solaire.

Était-ce possible ?

Curieuse, Lisa effleura la main de Susan. Et retira aussitôt ses doigts. C'était comme de toucher un fer chauffé à blanc. Elle se lava à nouveau abondamment à l'eau froide, sa peau se couvrant déjà de cloques.

— Le soleil, dit-elle à haute voix.

Elle repensa à la réaction de Susan quand celle-ci l'avait aperçue pour la première fois à bord du *Sea Dart*, tout en se souvenant d'une des caractéristiques des cyanobactéries. Les précurseurs des plantes actuelles. Elles contenaient des chloroplastes sommaires, des moteurs microscopiques capables de photosynthèse. Les cyanobactéries se chargeaient dès qu'elles étaient exposées, accumulant de l'énergie d'une manière ou d'une autre.

Mais pour quoi faire ?

Elle jeta un coup d'œil à la carte de navigation sur le sol et se rappela l'endroit qu'avait désigné Susan lors de sa crise précédente.

— Angkor, murmura-t-elle.

Elle avait tenté de se convaincre qu'il ne s'agissait que d'une coïncidence. Mais, à présent, elle commençait à douter. Alors qu'elle était attachée sur cette table d'opération, Devesh avait reçu un appel. Elle avait compris un seul mot de sa conversation en arabe.

Un nom.

Angkor.

Et si ce n'était pas un hasard ?

Il y avait un moyen de s'en assurer. Veillant à garder la couverture entre elles, elle aida Susan à s'asseoir, l'amenant sur le trajet du rayon de soleil pénétrant par le pare-brise.

Susan frémit dès que son visage se retrouva dans la lumière. Ses paupières s'ouvrirent, les pupilles noires cherchant le faible éclat. Mais, au lieu de se contracter, elles se dilatèrent, comme pour absorber encore davantage de lumière.

Dans un premier temps, les bactéries avaient envahi sa rétine, se concentrant autour du nerf optique, un conduit menant directement au cerveau.

Susan se raidit. Sa tête roula... avant de se stabiliser.

— Lisa, dit-elle d'une voix pâteuse.

— Je suis là.

— Je dois... il faut m'amener là-bas... avant qu'il ne soit trop tard.

— Où cela ? demanda Lisa.

Mais elle savait déjà.

Angkor.

— Plus le temps, marmonna Susan avant de se tourner vers elle.

Ses paupières clignaient dans la lumière. Elle essayait d'y échapper. Elle avait peur. Peur de ce qui arrivait à son corps. Peur de ce qu'elle ne pouvait pas empêcher.

Lisa l'aida à se rallonger dans l'ombre.

Une main s'accrocha à son poignet. Hors de la lumière directe du soleil, le contact restait brûlant mais pas au point de provoquer une cloque.

— Je... je ne suis *pas* le remède, dit Susan d'une voix qui avait retrouvé un peu d'assurance. Je sais ce que vous pensez tous. Mais je ne le suis pas... Pas encore.

— Que voulez-vous dire ?

— Il faut que j'aille là-bas. Je le sens au plus profond de moi. C'est une certitude. Comme un souvenir enfoui à la lisière de ma mémoire consciente. Je sais que j'ai raison. Mais je ne peux pas expliquer pourquoi.

Lisa songea à leur discussion à bord du navire. À propos de l'ADN poubelle, à propos des anciennes séquences virales présentes dans les gènes, à propos d'une histoire génétique commune. Les bactéries réveillaient-elles quelque chose issu de ce passé ?

Lisa la regarda retirer son autre main du rayon de soleil avant de remonter un bout de la couverture sur son visage. Sa voix devint plus frêle.

— Pas prête...

Mais son autre main restait accrochée au poignet de Lisa.

— Amenez-moi là-bas... répéta Susan, glissant à nouveau vers l'inconscience. Ou le monde sera perdu.

Un coup frappé à la porte de l'engin fit sursauter Lisa.

Le visage mal rasé de Ryder apparut dans le hublot. Lisa lui ouvrit. Il entra, trempé jusqu'aux os, mais affichant un large sourire.

— J'ai trouvé un téléphone satellite ! Il est au trois quarts déchargé et il m'a à peine coûté le prix d'une petite maison sur la plage à Sydney.

Lisa accepta le gros appareil avant de s'installer dans le siège du copilote à ses côtés. Ryder avait la mine réjouie d'un gamin qui vient de faire un tour de grand huit. Mais elle remarqua aussi une certaine gravité chez lui, une dureté au coin des lèvres. Leurs folles aventures l'amusaient peut-être, mais on ne parvenait pas à un tel niveau de réussite sociale sans posséder un très solide sens pratique.

— Le signal satellite devrait être plus fort quand on se sera un peu éloigné de ces falaises, dit-il en lançant les moteurs.

Tandis que le *Sea Dart* filait dans la baie, Lisa réfléchissait à ce qu'avait dit Susan.

Je ne suis pas le remède... Pas encore.

Là-dessus, elle était bien d'accord avec elle.

Ryder récupéra la carte restée par terre pour la poser devant lui sur le volant.

— Angkor se trouve à quatre cent cinquante milles au nord d'ici. Avec ce petit bijou, on peut y être dans une heure et demie.

Lisa leva le téléphone satellite et chercha un signal de réception.

Elle avait encore une personne à convaincre.

20 h 44
Washington DC

— Lisa ! s'écria Painter.

Le signal était faible mais son cri ne devait rien à la mauvaise réception. Il était simplement fou de joie et de soulagement.

— Tu vas bien ?

— Oui... pour l'instant. Je n'ai pas beaucoup de temps, Painter. Il ne reste plus beaucoup de batterie sur ce téléphone.

— Vas-y. Je t'écoute.

Elle lui fit un résumé laconique de tout ce qui s'était passé, s'en tenant strictement aux faits, comme quand elle décrivait l'état clinique d'un patient. Mais il sentait le léger tremblement dans sa voix. Il aurait voulu pouvoir entrer dans le téléphone pour la prendre dans ses bras. La serrer contre lui.

Mais, à mesure qu'elle parlait de maladie, de folie et de cannibalisme, il s'enfonçait dans son siège. Son dos se raidissait. Il posa des questions, remplit certains blancs. Elle lui donna les coordonnées d'une île. Pusat. Il glissa les notes à son aide afin qu'il les faxe à son supérieur, Sean McKnight. Des commandos australiens, basés à Darwin, attendaient depuis plusieurs heures qu'on leur assigne une cible. Ils étaient prêts à lancer une opération de secours. Avant que Painter n'ait fini cette conversation, ils seraient en vol.

Mais le danger ne concernait pas qu'un unique paquebot de croisière.

— La souche Judas ? demanda Lisa. La maladie s'est-elle répandue ?

Il n'avait que de mauvaises nouvelles à lui annoncer. Des cas commençaient à être rapportés à Perth, Londres et Bombay. D'autres allaient sans doute suivre.

— Nous avons besoin de cette femme, conclut Painter. Jennings pense que seul un survivant à la maladie peut nous donner la clé pour un remède.

— Oui, elle est la clé, mais elle n'est pas le remède… pas encore.

— Que veux-tu dire ?

— Il nous manque un élément. Quelque chose qui a un rapport avec une certaine région du Cambodge.

Il sursauta.

— Tu veux parler d'Angkor ?

Un long silence lui répondit.

— Oui, dit-elle enfin, surprise. Comment as-tu… ?

Il lui parla de la piste historique suivie par la Guilde et de l'endroit où elle aboutissait.

— Et Gray est déjà là-bas ? fit Lisa, soudain affolée.

Il l'entendit marmonner, comme si elle citait quelqu'un.

— *Il ne faut pas qu'ils y aillent.* Painter, reprit-elle d'une voix plus ferme, y a-t-il un moyen quelconque de rappeler Gray ?

— Pourquoi ?

Silence. Puis :

— Je ne sais pas.

Les coupures hachaient sa voix. La batterie de son téléphone commençait à donner des signes de faiblesse.

— La bactérie est en train de faire quelque chose au cerveau de Susan. De le remplir d'énergie, grâce à la lumière solaire. Elle est attirée par Angkor comme par un aimant.

— Comme les crabes, dit Painter.

— Quoi ?

Il lui raconta ce qu'il avait appris à propos des crabes de l'île Christmas.

Lisa comprit aussitôt.

— Susan a dû être reprogrammée de la même façon. Une impulsion migratoire induite chimiquement.

— Si c'est le cas, alors elle se trompe peut-être sur la nécessité d'aller là-bas. Il pourrait ne s'agir que d'une sorte d'instinct aveugle. Il n'y a aucune raison que vous preniez le risque de vous y montrer. Pas tant que les choses ne se seront pas un peu calmées. Laissons faire Gray.

Lisa n'était pas convaincue.

— À mon avis, tu as raison en ce qui concerne un instinct biologique sous-jacent. Et chez une forme de vie plus rudimentaire, comme les crabes, il se peut que cela ne soit qu'un besoin aveugle. Les crabes, comme tous les arthropodes, n'ont qu'un...

Elle s'interrompit. Painter craignit un instant d'avoir perdu la connexion. Mais parfois Lisa se comportait de la sorte quand une idée nouvelle lui venait. Elle pouvait se « débrancher » pour mettre toutes ses facultés au service de cette idée.

— Lisa ?

Il lui fallut encore un instant avant de répondre.

— Susan a peut-être raison, grommela-t-elle. Il faut que j'aille là-bas.

Painter parla rapidement, sachant qu'ils étaient sur le point d'être coupés. Il avait compris, au son de sa voix, que Lisa avait pris sa décision et qu'il ne servirait à rien de tenter de la dissuader. Si elle allait à Angkor, il voulait qu'elle y coure le minimum de risques.

— Alors, posez-vous sur le grand lac près des ruines, dit-il. Le lac Tonle Sap. Il y a une sorte de village flottant là-bas. Trouve un téléphone et contacte-moi à nouveau, mais restez cachés. J'aurai des hommes dans le coin.

Il entendit à peine sa réponse, juste un bout de phrase comme quoi elle ferait de son mieux.

— Lisa ?

Ses mots étaient sans cesse hachés.

— … Pas sûre… douves du foie… le virus doit…

Puis plus rien. Painter l'appela encore plusieurs fois en vain.

Un coup à sa porte lui fit lever les yeux.

Kat se rua dans la pièce, les joues rouges.

— J'ai entendu ! Pour le Dr Cummings ! C'est vrai ?

Painter la fixa. Il lut la question dans son regard, dans tout son corps, un besoin déchirant. C'était la première chose que Lisa lui avait dite. Elle avait parlé très vite comme pour se débarrasser d'un fardeau. Pris par l'urgence de la situation, Painter avait évité d'y penser pendant leur conversation.

Mais face à Kat, à son espoir, à son amour, la vérité le frappa. Et elle frappa dur.

Il se leva, contourna la table.

Elle recula devant lui, comme pour échapper à ce qui allait se produire.

— Non…

Elle saisit le bras d'un fauteuil mais celui-ci ne suffit pas à la retenir. Elle tomba à genoux, se couvrant le visage de ses mains.

— Non…

Painter la rejoignit par terre.

Il n'avait aucune parole à lui offrir, rien que ses bras.

Cela ne suffisait pas.

Il l'attira contre lui, se demandant combien de personnes encore allaient mourir avant que tout cela ne soit enfin terminé.

20 h 55

Ils n'avaient plus guère d'endroits où se cacher.

Harriet attendait son mari au pied des marches qui menaient au dernier étage. Elle se tenait sur le seuil de la porte donnant dans la cage d'escalier. Jack était en train de semer quelques fausses pistes pour les chiens qui les traquaient.

Il avait déjà déchiré sa chemise et elle l'avait aidé à en cacher des morceaux aux deux étages inférieurs, les glissant sous les portes de bureaux fermés, les dissimulant sous des monceaux de déchets, les accrochant à des armatures métalliques, faisant de leur mieux pour perturber les bêtes.

Jack avait chassé toute sa vie. Le canard, le faisan, la caille, le daim. Lui aussi avait possédé des chiens avant son amputation. Il les connaissait.

Et il avait encore trois balles dans le pistolet qu'il avait dérobé au garde. Harriet cherchait à se rassurer. Mais elle entendait les aboiements montant des étages inférieurs. Annishen faisait systématiquement fouiller chaque niveau. Elle savait qu'ils s'étaient réfugiés quelque part ici et elle les appelait de temps à autre, pour les provoquer.

Toutes les issues étaient gardées. Même les escaliers d'incendie. Aucun immeuble voisin n'était assez proche pour qu'ils puissent l'atteindre. En fait, tout le quartier semblait abandonné. Aucune lumière ne brillait dehors, sinon à bonne distance. Personne ne les entendrait s'ils appelaient à l'aide. Ils avaient essayé quelques téléphones muraux poussiéreux, sans jamais capter la moindre tonalité.

Comme des désespérés pris au piège dans un immeuble en flammes, ils n'avaient d'autre choix que de monter. Il ne leur restait plus que cet étage. Et le toit.

Un froissement... et son mari surgit de l'obscurité, portant en tout et pour tout son caleçon et le pistolet. Il boita jusqu'à elle.

— Qu'est-ce que tu fais encore ici ? chuchota-t-il.

Son visage brillait de sueur. Elle savait que sa colère masquait sa peur pour elle.

— Je t'avais dit de monter, ajouta-t-il.

— Pas sans toi.

Il soupira avant de nouer son bras au sien.

— Alors, allons-y.

Ils s'engagèrent dans la cage d'escalier. Plus bas, une sorte de benne à ordures avait été poussée sur les marches, bloquant l'accès depuis les niveaux inférieurs.

Ils ne devaient pas risquer grand-chose ici.

Un grondement sourd les détrompa. Suivi par le bruit de griffes sur le sol. Le rayon d'une torche électrique monta vers eux.

Harriet et Jack se plaquèrent contre le mur.

Le grondement se fit plus féroce.

— Vas-y, mon chien, monte voir. Glisse-toi sous ce truc.

Jack poussa Harriet. Ils repartirent le plus silencieusement possible.

En bas, le grondement avait cessé, remplacé par des grattements frénétiques.

— C'est bien, mon chien, dit la voix. Va chercher. Je fais le tour.

La lumière disparut. Le propriétaire de la voix allait emprunter un autre escalier pour monter. Les craquements d'une radio s'éloignèrent avec lui : il faisait son rapport et demandait des renforts. Ils entendirent la réponse.

Ils envoyaient d'autres chiens.

Tandis qu'Harriet et Jack fuyaient vers le dernier étage, un aboiement triomphant retentit derrière eux. Quelque chose de lourd galopait dans l'escalier.

— Cours, Harriet.

Elle se précipita vers le palier suivant, dont la porte se trouvait à un mètre à peine. Derrière, Jack rata une marche et tomba. Le pistolet lui échappa, tombant aux pieds d'Harriet. Elle le ramassa aussitôt tandis que son mari glissait sur les marches. En se redressant, elle aperçut des points lumineux sous la fente de la porte.

Des hommes munis de lampes torches.

— On passe l'étage au crible, dit Annishen. On finira bien par les faire sortir.

Harriet se retourna. Jack, ayant stoppé sa chute, tentait de remonter vers elle. Derrière lui, une forme sombre apparut et bondit. Un grondement sauvage retentit.

Harriet leva le pistolet. Si elle tirait, Annishen entendrait la détonation.

Elle hésita trop longtemps.

L'énorme chien sauta sur son mari.

7 h 58
Angkor Thom

Seichan se tenait en retrait tandis que Gray marchait autour de l'autel central.

Il leur avait fallu près de vingt minutes de recherche pour découvrir l'accès menant au sanctuaire central situé dans la troisième enceinte du Bayon. Le complexe était un labyrinthe de corridors obscurs, de cours inondées de soleil, de passages trop bas de plafond et d'escaliers minuscules et vertigineux. Parfois, ils devaient progresser en file indienne, la tête baissée ; de nombreux couloirs se terminaient en impasses.

Ils étaient en nage et couverts de poussière. La chaleur montait rapidement et l'humidité rendait l'atmosphère pesante. Mais ils avaient atteint leur destination.

— Il n'y a rien ici, grommela Nasser.

Connaissant l'homme, Seichan n'eut aucun mal à interpréter sa réaction. Il commençait à perdre patience. Sans progrès tangible, il n'attendrait pas une heure de plus. Il ordonnerait l'exécution des parents de Gray. Avant de tous les massacrer ici. Pour passer à autre chose.

Un certain sens pratique.

Mais sans aucune imagination.

Ce qui expliquait pourquoi il était un amant aussi lamentable.

Gray contournait l'autel pour la troisième fois. Les traits tirés, les cheveux noirs plaqués sur le front ou bien tombant sur sa nuque en mèches trempées. Du sang séché maculait son col, là où un des sbires de Nasser l'avait giflé avec son pistolet à l'hôtel.

Il refusait toujours de la regarder.

Ce qui la rendait furieuse… surtout parce que cette indifférence lui faisait mal, ce qui était encore bien pis. Elle avait besoin de retrouver sa froideur, celle qui lui avait permis de coucher avec Nasser afin d'obtenir ce qu'elle désirait, comme elle avait été formée à le faire.

Elle se mit à observer leurs gardes, cherchant une faiblesse qu'ils pourraient mettre à profit. Il s'agissait pour la plupart de locaux, d'anciens Khmers rouges sans doute, depuis longtemps recrutés par la Guilde après la chute de Pol Pot. Des individus féroces au combat. Ils gardaient les quatre issues de la salle. D'autres avaient été postés un peu partout dans les ruines, décourageant les touristes de venir les déranger.

— D'après ce que je sais de cet endroit, annonça Vigor, une statue géante de Bouddha se trouvait ici autrefois. Mais quand l'hindouisme est devenu la religion officielle, le Bouddha a été abattu et jeté dans le grand puits que nous avons croisé tout à l'heure.

La pièce était plutôt austère, avec pour uniques décorations quatre autres visages de Lokesvara gravés dans la pierre. Ceux-ci avaient le regard tourné vers l'intérieur, vers l'autel et son Bouddha disparu. Kowalski était adossé à l'un de ces visages, les yeux levés.

La grande tour centrale du Bayon s'élevait juste au-dessus de l'autel à une hauteur de quarante mètres. Creuse en son centre comme une cheminée, elle se dressait vers le ciel. C'était l'unique source de lumière.

— Ça ne peut qu'être ici, dit Gray, s'immobilisant enfin. Il doit y avoir un passage qui mène en bas.

— En bas vers quoi ? demanda Nasser.

— Vigor nous a expliqué comment les fondations de cette tour ont été enfouies. Profondément. Nous devons trouver l'accès à ces niveaux inférieurs. Et je suis prêt à parier qu'on aurait intérêt à regarder sous cet autel.

Vigor le rejoignit.

— Qu'est-ce qui vous fait dire cela ?

Gray chassa une mèche collée sur son front, se demandant visiblement ce qu'il devait révéler.

Nasser comprit lui aussi son hésitation.

— L'heure est écoulée, dit-il en tapotant sa montre. Tic tac, commandant.

— Le bas-relief que nous avons vu, fit Gray avec un soupir. Celui montrant le Barattage du Lait. Chaque détail de l'histoire est important. Le serpent, les mers écumantes, le poison, la menace qui pèse sur le monde, le survivant luisant. Mais un de ces détails reste encore bizarre et inexpliqué. Il ne s'accorde pas avec les autres.

— Lequel ?

Seichan voyait à quel point Gray avait du mal à parler. Comme si on lui arrachait les mots de la bouche l'un après l'autre.

— La tortue, dit-il finalement.

Vigor se gratta le menton.

— La tortue représente le dieu Vishnu. Sous cette forme, il soutient le mont Meru qui est sans cesse tiré d'avant en arrière, afin de l'empêcher de sombrer.

Gray acquiesça.

— Sur le bas-relief, la tortue était sculptée sous la montagne. Pourquoi une tortue ?

Il se mit à dessiner sur la poussière de l'autel, esquissant un schéma assez grossier de la montagne sur la carapace.

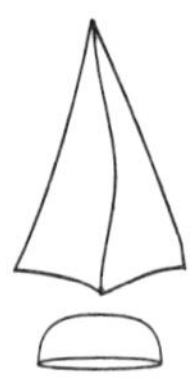

Il montra la carapace.

— À quoi cela vous fait-il penser ?

Vigor lui répondit :

— À une grotte. Enfouie sous la montagne.

Gray leva les yeux vers le puits de lumière.

— Et cette tour représente cette montagne.

Seichan s'approcha.

— Vous pensez qu'il y a une grotte sous la tour ?

Il lui répondit, tournant brièvement les yeux vers elle.

— La seule façon de le savoir est de descendre dans les fondations.

Nasser faisait grise mine.

— En quoi cette grotte a-t-elle une importance quelconque ?

— Ce pourrait être la source de la souche Judas, dit Vigor. Ce n'est qu'une hypothèse mais imaginons que, lorsqu'ils ont creusé les fondations du temple, ils aient pénétré dans cette grotte et y aient trouvé quelque chose qui y était enfoui.

Gray soupira, fatigué.

— De nombreux vecteurs de maladie sont apparus quand l'humanité s'est installée dans des régions jusque-là inexplorées. La fièvre jaune, la malaria, la maladie du sommeil. Le sida a surgi lors de la construction d'une route dans une région reculée d'Afrique, exposant le monde à un virus qui n'affectait jusque-là que quelques singes. Il est possible que, quand les Khmers ont peuplé et cultivé cette région, ils aient du même coup libéré quelque chose.

Il fixait Nasser. Avec calme.

Trop, peut-être.

Seichan sentait qu'il cachait quelque chose. Elle étudia à nouveau son schéma. La montagne et la carapace représentaient la tour et la grotte. Que pouvait-il y avoir d'autre ? Soudain, elle comprit.

La tortue elle-même.

Bien sûr...

Son regard croisa celui de Gray.

Il avait dû sentir son attention. Il la dévisageait, apparemment sans intensité particulière, mais le poids de son intention était bien réel. Il lui demandait de ne rien dire.

Elle recula, les bras croisés.

Il la fixa encore une fraction de seconde... avant de détourner les yeux.

Seichan éprouva un plaisir qui la surprit.

— Nous devons trouver un moyen de descendre, déclara alors Nasser.

— J'espérais qu'il y aurait un passage secret, déclara Gray.

— Peu importe, dit Nasser. Nous allons faire sauter l'autel.

Vigor en resta bouche bée. Mais il ne tarda pas à se ressaisir.

— Je ne pense pas que cela soit bien sage, dit-il. Si c'est bien la source de la souche Judas, l'environnement risque d'être effroyablement toxique là-dessous.

Nasser ne broncha pas.

— C'est bien pourquoi vous descendrez les premiers.

Pour servir de canaris dans une mine de charbon.

À nouveau, les regards de Seichan et de Gray se croisèrent. Il ne protesta pas. Comme elle, il savait qu'il y avait quelque chose de plus important que la souche Judas sous leurs pieds.

La carapace de la tortue représentait peut-être la caverne *mais la tortue elle-même représentait le dieu Vishnu,* ce qui impliquait qu'il n'y avait pas qu'une simple caverne sous le Bayon. Quelque chose d'autre devait les y attendre.

Gray se planta devant Nasser.

— Ai-je été assez coopératif pour que vous accordiez un nouveau sursis d'une heure à ma mère ?

Nasser haussa les épaules pour montrer qu'il acceptait cette concession. Il se dirigea vers le puits de lumière, cherchant une meilleure réception pour son portable.

— Il vaudrait mieux que je me dépêche, dit-il. L'heure est déjà écoulée et Annishen n'est pas la patience même. Qui sait ce qu'elle a déjà fait ?

21 h 20
Washington DC

Harriet était pétrifiée.

Le chien était sur Jack. Dans la pénombre, elle le distinguait à peine mais il était gros et musculeux. Un pitt-bull. Ou un rotweiller. Roulant sur le dos, Jack lui lança un coup de pied. Mais la bête était plus rapide, entraînée à l'attaque. Avec un grondement, elle planta ses crocs dans sa cheville.

Jack tripota son genou tout en frappant de l'autre pied le poitrail de l'animal.

Celui-ci s'envola dans les escaliers et chuta lourdement, la gueule toujours serrée autour de la prothèse de Jack. Il l'avait dégrafée, se libérant.

Harriet l'aida à se hisser sur le palier.

Plus bas, le chien heurta le mur et, au prix d'un effort sauvage, se retrouva sur ses pattes. Il refusait de lâcher la jambe de bois, affolé par l'odeur de Jack. Enragé, désorienté, il agitait sa prise en tous sens, projetant des flots de bave autour de lui.

Un bras sous son épaule, Harriet soutint son mari, le forçant à passer devant la porte close. Elle jeta un coup d'œil par la petite lucarne. Les lampes torches continuaient à fouiller le dernier étage. Ce qui ne leur laissait plus qu'une dernière cachette.

Le toit.

En bas, le chien continuait à s'acharner sur la jambe de bois, son trophée.

Toujours soutenu par Harriet, Jack se hissa à cloche-pied jusqu'à la porte d'accès. Ils étaient déjà venus vérifier cette issue et l'avaient trouvée bloquée par une chaîne. Heureusement, quelqu'un avait forcé le coin inférieur de la porte métallique avec une barre à mine. Il y avait juste la place de passer.

Une fois dehors, Jack se servit d'un bout de tuyau abandonné pour coincer la porte. Il ne tiendrait pas longtemps. Mais cela n'avait aucune importance. Il existait une demi-douzaine d'autres accès au toit. Ils ne pouvaient pas tous les bloquer.

— Par ici, dit-il.

Il avait fait un repérage un peu plus tôt et découvert un vieux bloc de climatisation à moitié vidé de son équipement. Il y avait juste assez de place à l'intérieur pour que deux personnes y logent.

Mais ni l'un ni l'autre ne se faisaient d'illusions.

Ils n'échapperaient pas au flair des chiens.

Ils traversèrent le toit jusqu'au bloc, le contournant pour se cacher derrière lui. Ils s'accroupirent sur le papier goudronné, refusant de s'enfermer tout de suite. Les étoiles brillaient au-dessus d'eux, ainsi qu'un quartier de lune. Un avion passa très haut, clignotant dans la nuit.

Jack prit Harriet par les épaules et la serra contre lui.

— Je t'aime, dit-il.

C'était un aveu rare de sa part, mais elle n'en avait jamais douté. Même en cet instant, il avait prononcé ces mots comme une évidence. Comme de dire que la Terre est ronde.

Elle se blottit contre lui.

— Je t'aime aussi, Jack.

Elle ignorait combien de temps il leur restait. Les autres ne tarderaient pas à achever leurs recherches dans le bâtiment, alors Annishen lâcherait ses hommes et ses chiens sur le toit.

Ils attendaient ensemble, silencieux, après une vie passée côte à côte, partageant joies et peines, tragédies et victoires. Même s'ils ne prononçaient pas le moindre mot, ils savaient tous les deux ce qu'ils étaient en train de faire.

Ils se disaient adieu.

17

Là où les anges refusent d'aller

7 juillet, 9 h 55
Angkor Thom, Cambodge

Gray était adossé au mur de brique de la cellule.

Au-delà de la petite ouverture, une demi-douzaine d'hommes montaient la garde. Les plus proches avaient dégainé leurs armes. Nasser les avait fait enfermer ici le temps que son équipe de démolition effectue ses préparatifs. Il regarda le cadran phosphorescent de sa lampe de plongée.

Ils étaient là depuis près d'une heure.

Il priait le ciel pour que Nasser soit trop occupé et qu'il en oublie ses parents. En tout cas, celui-ci était troublé, et pas uniquement par le délai nécessaire pour se procurer des explosifs. Après avoir donné ses ordres, il avait filé à la hâte, téléphone collé à l'oreille. Gray avait surpris la mention d'un paquebot. Ce qui devait avoir un lien avec l'équipe de scientifiques de la Guilde. Painter lui avait parlé du navire détourné à bord duquel se trouvaient Monk et Lisa.

Il était clair que la Guilde avait un problème de ce côté-là.

Mais cela constituait-il une bonne ou une mauvaise nouvelle pour eux ?

Il se mit à arpenter la cellule. Seichan était assise aux côtés de Vigor sur un banc de pierre.

Kowalski traînait près de l'ouverture. Un des gardes braquait son fusil sur son ventre, mais cela ne semblait guère le perturber. Il se tourna vers Gray.

— Je viens de voir passer un gars avec un marteau-piqueur.

— Ils doivent être presque prêts, dit Vigor en se levant.

— Qu'est-ce qui leur prend si longtemps ? demanda Gray.

Toujours assise, Seichan répondit :

— Ça prend du temps de distribuer des pots-de-vin.

Il la regarda.

Elle expliqua :

— J'ai entendu des cris en khmer. Les hommes de Nasser sont en train de chasser les touristes des ruines. Il semblerait que la Guilde ait loué le Bayon pour le reste de la journée. La région est pauvre. Inutile de débourser une fortune pour inciter les officiels à détourner les yeux pendant quelques heures.

Oui, c'était évident : les gardes ne cherchaient plus à dissimuler leurs armes.

— Nasser a dû convaincre la Guilde de la nécessité de suivre la piste historique, dit Vigor.

Pas seulement, se dit Gray en repensant à l'agitation concernant le paquebot. Si les scientifiques de la Guilde rencontraient un problème, la piste historique devenait d'autant plus importante.

Il en eut la confirmation quelques secondes plus tard.

Nasser se fraya un chemin parmi les mercenaires.

— Nous sommes prêts. Mais avant de continuer... il semble qu'une nouvelle heure soit passée.

Les muscles du ventre de Gray se nouèrent.

Vigor vint à sa rescousse.

— Nous sommes enfermés depuis une heure. Comment aurions-nous pu trouver quoi que ce soit ?

Nasser haussa un sourcil.

— Cela ne me concerne pas. Et Annishen s'impatiente. Elle a besoin d'une petite distraction.

— Je vous en prie, dit Gray.

Les mots lui avaient échappé avant qu'il ne puisse les retenir.

Une lueur d'amusement passa dans le regard de Nasser.

— Arrête de jouer au con, Amen, dit alors Seichan. Si tu veux le faire, alors fais-le.

Gray serra le poing. Il dut se forcer pour ne pas le lui écraser sur la gueule.

La colère crispait les traits de Nasser. Il contempla Seichan, avant de ricaner, refusant de mordre à l'appât. Il fit demi-tour et s'en fut. Sans dire un mot.

— Nasser !

La voix de Gray était trop rauque. Presque brisée.

— Si nous vous accordons une heure de plus, dit Nasser sans se retourner, je veux que les résultats, quand nous pénétrerons dans l'autel, soient spectaculaires. Sinon, j'enlèverai beaucoup plus qu'un simple doigt à votre mère. Il est temps que vous saisissiez les réels enjeux, commandant.

Il leva un bras et les gardes leur firent signe de sortir.

Seichan s'avança, heurtant Gray au passage. Sa voix était sourde, à peine audible.

— Je le testais.

Elle continua à avancer.

Gray la rattrapa.

Elle murmura à nouveau, sans le regarder.

— Il bluffait...

Il ravala une réplique furieuse. C'était la vie de ses parents qu'elle risquait.

Elle lui jeta un petit coup d'œil, indifférente à sa colère.

— Ce que vous devez vous demander, Gray, c'est : *pourquoi ?* Pourquoi bluffait-il ?

Désarçonné, il hésita. C'était une bonne question. Le dos de la main de Seichan frôla la sienne. Il leva un doigt vers son poignet pour indiquer qu'il avait compris. Mais elle s'était déjà éloignée.

On les ramena dans le sanctuaire central. L'équipe de démolition avait bien travaillé. Des trous avaient été percés dans l'autel. Des câbles en sortaient, se réunissant pour former une tresse unique. Aux quatre sorties, des gardes se tenaient prêts avec des extincteurs d'incendie.

Gray fronça les sourcils. Que comptaient-ils brûler ? Il n'y avait que de la pierre ici.

Nasser était en pleine discussion avec un homme de taille minuscule, portant un gilet bourré d'outils et un rouleau de câble sur l'épaule. Sans doute l'expert en démolition. Celui-ci marmonna une phrase, ponctuée d'un hochement de tête.

— Nous sommes prêts, annonça Nasser.

Ils sortirent tous par la porte ouest, s'abritant derrière un coin de mur.

— Une explosion pourrait tout faire s'écrouler sur nous, protesta Vigor.

— Nous en sommes conscients, monsignor, dit Nasser avant de porter une radio à ses lèvres et de donner l'ordre de mise à feu.

Un instant plus tard, un bruit sourd étonnamment puissant retentit, une sorte de roulement de tonnerre. Très bref. Accompagné d'un éclair aveuglant. Puis une forte odeur d'acide se répandit, brûlant nez et gorges.

Vigor toussa.

— Qu'est-ce que c'est c'truc ? demanda Kowalski en crachant dans un coin pour se débarrasser du goût infect.

Nasser l'ignora mais leur fit signe de le suivre dans le couloir

Un de ses hommes muni d'un extincteur l'attendait. Celui-ci baissa le masque qui lui protégeait le visage et appuya sur le déclencheur. Un jet de mousse jaillit, aspergeant sol, murs et plafond. L'étroit passage se remplit d'un nuage de fine poudre, recouvrant chaque surface.

Ils revinrent dans le sanctuaire.

Au travers des nuages de mousse, Gray remarqua que d'autres hommes avec des extincteurs convergeaient eux aussi vers la pièce. Sous leurs jets combinés, il était difficile de voir quoi que ce soit.

Nasser leur fit signe d'arrêter.

Il fallut une bonne demi-minute pour que le brouillard artificiel se dissipe. La pièce réapparut, illuminée par la lueur du soleil coulant dans la cheminée.

Nasser s'avança.

— Une base neutralisante, expliqua-t-il en chassant la poussière résiduelle de son visage.

— Pour neutraliser quoi ? s'enquit Gray.

— L'acide. Le produit de démolition mélange une charge incendiaire avec un acide corrosif. Conçu par les Chinois lors de la construction du barrage des Trois-Gorges. Secousse minimale, destruction maximale.

Gray pénétra dans la pièce sur les talons de Nasser et resta sidéré.

Les murs étaient couverts de poudre blanche, mais le changement était radical. Les traits des quatre bodhisattvas semblaient avoir fondu. Les expressions autrefois béates étaient maintenant des rictus informes, littéralement dégoulinants. Le sol était tout aussi vandalisé, comme si on l'avait passé à la meuleuse.

Au centre, on aurait dit que l'autel avait été soulevé puis relâché. Il était en ruine. Une grande partie avait disparu, tombée dans une salle souterraine.

Indiquant qu'il y avait en effet un espace là-dessous.

Seule la dalle horizontale tenait encore.

Un type de l'équipe de démolition arriva dans la pièce, portant une masse. Un autre le suivait avec un marteau-piqueur.

Au cas où.

Le premier abattit sa masse en plein centre de la dalle. Des étincelles jaillirent au point d'impact juste avant que le grès ne cède.

L'autel s'effondra dans le puits.

10 h 20

Susan hurla, se redressant violemment sur son siège.

Lisa, ceinturée à la place du copilote, se retourna. Elle était en train d'observer le vaste lac sur lequel le *Sea Dart* s'apprêtait à amerrir. En bas, un village flottant semblait dériver le long de la côte… un fouillis de jonques et de péniches reliées les unes aux autres.

C'était ici que Painter leur avait dit de se cacher. Ce village de pêcheurs se trouvait à une trentaine de kilomètres d'Angkor. Assez loin pour qu'ils y soient en sécurité.

Lisa se libéra de son harnais tandis que Susan gémissait. Elle revint vers l'arrière de l'appareil.

Susan se débattait sous la couverture, haletante.

— Trop tard ! Nous arrivons trop tard !

Lisa essaya de la calmer. Elle avait dormi d'un sommeil paisible pendant tout le trajet. Que lui arrivait-il ?

La main de Susan surgit de la couverture pour lui saisir l'avant-bras. Sa poigne était brûlante. Douloureuse.

Lisa se libéra d'un geste plus brusque qu'elle ne l'aurait voulu.

— Susan, qu'y a-t-il ?

Celle-ci parut se reprendre. L'égarement dans son regard se dissipa un peu, mais elle continuait à trembler violemment.

— Il faut aller là-bas.

Elle répétait sa litanie.

— Nous allons bientôt nous poser, dit Lisa sur un ton apaisant.

Le *Sea Dart* s'inclina vers les flots.

— Non !

Susan tendit à nouveau la main vers elle avant d'interrompre son geste en remarquant son réflexe de crainte. Serrant le poing, elle le glissa sous la couverture. Elle prit une profonde inspiration qui la fit frissonner et fixa Lisa droit dans les yeux.

— Nous sommes trop loin. Lisa, je sais que cela peut paraître ridicule. Mais nous n'avons que quelques minutes devant nous. Dix ou quinze tout au plus.

— Pour quoi faire ?

Lisa pensait aux crabes de l'île Christmas, dont lui avait parlé Painter, aux changements neurologiques qu'ils avaient subis, déclenchant une pulsion migratoire irrépressible. Mais dans l'esprit plus complexe d'un humain, quelles sortes de transformations les cyanobactéries pouvaient-elles provoquer ? Devait-on se fier à Susan et à son « instinct » ?

— Si nous n'allons pas là-bas... dit Susan en secouant la tête comme pour essayer de retrouver un souvenir. Ils ont ouvert quelque chose. Je sens le soleil sur ma peau. Comme si j'y étais directement exposée. Tout ce que je sais... et je le sais au plus profond de moi... c'est que, si nous ne parvenons pas là-bas à temps, il n'y aura pas de remède.

Lisa hésita, jetant un coup d'œil vers Ryder.

Le lac emplissait le cockpit tandis que le *Sea Dart* plongeait.

Susan gémit.

— Je n'y suis pour rien.

Lisa sentit sa douleur et sa tristesse infinies. Susan avait tout perdu, son mari, son monde.

Elle se tourna à nouveau vers elle.

Et éprouva un choc en découvrant son visage : il semblait ravagé par la peur, le chagrin, le désespoir et une terrible solitude.

— Je ne suis pas un crabe, dit Susan. Vous vous en rendez compte, n'est-ce pas ?

Oui, Lisa s'en rendait compte.

Elle cria en direction de Ryder :

— Remontez !

— Quoi ? fit celui-ci en se tournant vers elle.

Lisa leva le pouce vers le ciel.

— Ne vous posez pas ! Il faut que nous arrivions plus près des ruines, fit-elle en retournant prendre sa place à ses côtés. Il y a une rivière qui coule à travers la ville de Siem Reap.

Elle se laissa tomber dans le siège. Elle avait étudié la carte de la région. La ville se trouvait à une dizaine de kilomètres d'Angkor. Puis elle se souvint de l'avertissement de Susan.

Dix ou quinze minutes tout au plus.

Serait-ce assez proche ? À son tour, elle était saisie par l'urgence. Et soudain, elle comprit pourquoi. Les derniers mots de Susan.

Je ne suis pas un crabe.

Susan ignorait tout des crabes de l'île Christmas. Lisa n'avait parlé à personne de sa conversation avec Painter, pas même à Ryder.

D'un geste décidé, elle rouvrit la carte de navigation et chercha.

Ils devaient se poser au plus près des ruines.

Un autre lac ou une rivière...

— Ou alors ici, dit-elle en posant un doigt sur la carte.

— Où donc, ma petite ? demanda Ryder.

Lisa lui montra l'endroit sur la carte.

Il ouvrit de grands yeux.

— Vous êtes cinglée, ou quoi ?

Elle ne répondit pas.

Soudain, un large sourire apparut sur le visage de l'Australien.

— Oh et puis, pourquoi pas après tout ? Ça risque d'être assez marrant !

Il lui tapota la cuisse.

— J'aime votre façon de penser. C'est vraiment du sérieux avec votre copain là-bas à Washington ?

Lisa se laissa aller contre le dossier. Quand Painter apprendrait sa décision ?

Elle secoua la tête.

— Je l'espère.

11 h 22
Washington DC

— Monsieur, ce signal GPS que vous m'avez demandé de suivre, il change de cap.

Painter se retourna. Il était en communication avec les forces d'intervention australiennes. Elles étaient arrivées sur site à Pusat depuis quinze minutes grâce aux coordonnées fournies par Lisa. Les premières informations en provenance de l'île restaient confuses. Le *Mistress of the Seas* était en flammes et pris au piège sous une sorte d'énorme filet fait de câbles d'acier. Il gîtait de près de quarante-cinq degrés. Un important combat à l'arme à feu se déroulait à bord.

Kat était assise à ses côtés, écouteurs sur les oreilles, les tenant de ses deux mains. Elle avait refusé de rentrer chez elle. Pas avant d'avoir une certitude. Ses yeux étaient rouges et gonflés, mais elle restait concentrée, s'accrochant à un infime espoir. Monk avait peut-être, Dieu sait comment, survécu.

— Monsieur, dit le technicien en lui montrant un autre écran.

Celui-ci affichait une carte du Cambodge. Un grand lac en occupait le centre. Un petit signal clignotant traversait l'écran, montrant la course du *Sea Dart*.

Alors qu'il suivait la côte quelques secondes auparavant, il s'éloignait désormais du lac.

— Où vont-ils ? marmonna Painter.

Il observa le point clignotant encore un instant avant de deviner son cap : celui-ci menait droit vers Angkor.

Que font-ils ?

La porte du bureau s'ouvrit pour livrer le passage à Brant, son assistant. Celui-ci fonça dans la pièce dans son fauteuil roulant, l'immobilisant brusquement en faisant couiner ses roues en caoutchouc sur le linoléum.

— Monsieur, j'ai essayé de vous joindre, dit-il, hors d'haleine. Mais vous étiez en conférence avec l'Australie.

Painter acquiesça.

Brant saisit un fax posé sur ses cuisses et le lui tendit.

Painter le parcourut une première fois avant de le lire plus attentivement. *Ô Seigneur...*

Il fonça vers la porte, heurtant Brant au passage. Il s'arrêta sur le seuil et se retourna :

— Kat ?

— Allez-y. Je m'occupe de tout ici.

Il jeta un dernier regard vers la carte du Cambodge et le petit point qui se dirigeait vers les ruines d'Angkor.

Lisa, j'espère que tu sais ce que tu fais.

Il partit au pas de course.

Pour le moment, elle allait devoir se débrouiller seule.

10 h 25
Angkor

— Tenez-vous !

L'avertissement de Ryder sonnait plutôt comme un cri de guerre.

Devant, les tours géantes en forme de ruches d'Angkor Vat se dressaient dans le ciel. Mais il ne comptait quand même pas se poser sur le sommet de l'une d'entre elles.

Ryder cabra le *Sea Dart* vers le long ruban vert qui longeait le complexe. Les douves d'Angkor Vat. À la différence d'Angkor Thom, celles-ci étaient encore remplies d'eau. Elles entouraient tout le temple sur une longueur de plus de six kilomètres, ce qui laissait une piste d'amerrissage d'un kilomètre et demi sur chacun des côtés. Le seul problème...

— Le pont ! hurla Lisa.

— Ah, vous le voyez, vous aussi ? commenta Ryder, sarcastique.

Un cigare entre les dents, il exhala un nuage de fumée au coin des lèvres.

C'était son unique cigare, qu'il gardait en cas d'urgence comme celle-ci. Comme il l'avait dit en l'allumant : « Même un condamné à mort a droit à une dernière cigarette. »

Le milliardaire survola le fossé, changeant leur élévation de façon à frôler l'ouvrage.

Lisa retint son souffle tandis que les touristes affolés s'écartaient soudain devant eux.

À l'instant où ils arrivaient au-dessus du pont, Ryder fit plonger le *Sea Dart*, l'amenant au contact de l'eau dans une gerbe d'écume. Ils s'y enfoncèrent, tandis que l'avion se transformait en bateau fonçant toujours à une allure ahurissante. Leur élan les projetait vers l'angle suivant, trop vite pour qu'ils puissent négocier le virage.

La rive de terre battue fonçait vers eux.

Ryder saisit un levier émergeant du plancher.

— Ça s'appelle un virage Hamilton ! Serrez les fesses !

Lâchant une bouffée de fumée, il tira fort tout en tournant le volant.

Le *Sea Dart* se mit en travers et glissa, comme sur une patinoire, avant d'effectuer un demi-tour complet, ses moteurs arrière rugissant et les freinant. L'engin ralentit.

Lisa se recroquevilla sur elle-même, redoutant le choc avec la rive.

Au lieu de cela, Ryder manœuvra à nouveau le volant pour amener le flanc du bateau au contact. Le *Sea Dart* escalada une dernière vague juste avant de heurter délicatement la terre.

Il coupa les moteurs et aspira une bonne bouffée de son cigare.

— Bon Dieu, c'était bon !

Sans perdre une seconde, Lisa déboucla son harnais et rejoignit Susan.

— Vite, dit celle-ci en se débattant avec sa ceinture de sécurité.

Lisa l'aida. Ryder avait déjà ouvert le sas.

— Vous savez quoi faire ? lui demanda Lisa tandis qu'ils débarquaient dans les eaux peu profondes et pataugeaient vers la rive.

Déjà des cris s'élevaient autour d'eux.

— Vous me l'avez répété au moins seize fois, dit Ryder. Trouver un téléphone, appeler votre directeur, lui dire ce que vous comptez faire, où vous allez.

Ils grimpèrent le talus jusqu'à la route qui longeait les douves. Susan restait enveloppée dans la couverture qu'elle serrait autour d'elle, des lunettes noires sur les yeux, dans l'espoir de se prémunir du soleil.

Des gens pointaient du doigt vers eux en criant.

Ryder héla un véhicule qui arrivait en cahotant, une moto tractant une sorte de petit chariot muni d'un dais en toile. Usant d'un langage universel, le milliardaire brandit une poignée de billets. Le conducteur du véhicule le comprit à la perfection. Il se dirigea droit vers eux.

Dès que la moto s'arrêta, Ryder aida les deux femmes à grimper à l'arrière et ferma la petite porte.

— Le tuk-tuk va vous emmener au temple. Soyez prudentes.

— Appelez Painter, répéta Lisa.

Il baissa la main, comme pour donner le signal de départ d'une course.

Obéissant, le chauffeur démarra.

Lisa se retourna. Déjà, des policiers en uniforme, sautant de leurs propres motos, convergeaient vers Ryder. Celui-ci agitait son cigare, attirant leur attention.

Personne ne prit garde à leur petit engin.

Soudain, elle entendit Susan marmonner à ses côtés :

— Vite.

10 h 35

Agenouillé, Gray se pencha au-dessus du rebord de l'autel circulaire. Quinze mètres plus bas, un dieu lui rendit son regard. Un autre bodhisattva de pierre. Il avait été gravé dans un gigantesque bloc de grès posé sur le sol. S'engouffrant dans la cheminée de la tour, un rayon de soleil venait baigner le sombre visage.

Le sourire énigmatique paraissait lui souhaiter la bienvenue.

Près de lui, on jeta une échelle enroulée faite de câbles d'acier et d'échelons en aluminium. Elle se déplia dans un vacarme assourdissant.

Nasser le rejoignit.

— Vous descendez le premier. Un de mes hommes vous suivra. Nous gardons vos amis ici pour l'instant.

Gray chassa la poussière qui maculait ses mains et se redressa. Il enjamba le rebord pour atteindre l'échelle. Vigor se tenait contre un mur, l'air accablé. Un accablement qui n'était pas entièrement dû à leur situation présente, se dit Gray. En tant qu'archéologue, Vigor réprouvait au plus haut point ces destructions, cette profanation.

À ses côtés, Kowalski et Seichan n'avaient d'autre choix que d'attendre.

Gray leur adressa un signe de tête avant d'entamer la descente. Le puits sentait l'humidité. Les dix premiers mètres consistaient en un étroit fourreau de pierres d'environ deux mètres de large. Mais dans la dernière portion, les parois s'évasaient, créant une sorte de caveau en forme de tonneau d'une quinzaine de mètres de large et parfaitement circulaire.

— Restez visible ! cria Nasser.

Gray leva les yeux vers le cercle de fusils braqués sur lui. Un des soldats s'engageait déjà sur l'échelle. Il sauta à terre, tout près du visage du bodhisattva.

Il regarda autour de lui. Quatre piliers massifs et équidistants soutenaient le caveau. Et peut-être la tour au-dessus. Le sol sous ses pieds n'était plus fait de blocs et de dalles de pierre, mais de grès massif. Ils avaient atteint le socle du temple. Les fondations structurelles du Bayon.

Le tintement de l'échelle le fit se retourner. Le soldat était arrivé. Gray envisagea de lui sauter dessus pour lui prendre son arme. Et ensuite ? Ses amis se trouvaient toujours là-haut, ses parents étaient toujours à la merci de Nasser. Il préféra donc se diriger vers la face sculptée qu'il contourna lentement. Elle était gravée dans le grès, comme toutes les autres, à cette différence qu'elle reposait à l'horizontale, regardant vers le haut, et était sculptée dans un unique et énorme bloc qui lui arrivait à la taille.

Le visage ne semblait guère différent des autres : mêmes lèvres aux coins relevés, même front large et mêmes yeux enfoncés et songeurs.

Gray se redressa... avant de saisir un détail curieux.

Il y avait quelque chose de bizarre dans ce visage, dans ces yeux, justement. Des cercles noirs au centre de chacun, comme des pupilles, que même la lumière ne parvenait pas à faire disparaître.

Il dut grimper sur la joue de pierre. Tendant la main, il frôla la pupille noire.

— Que faites-vous ? demanda Nasser.

— Il y a des trous ! Percés dans les yeux, à la place des pupilles. J'ai l'impression qu'on peut regarder à travers.

Il se retourna pour examiner la tour. La lumière du soleil inondait la cheminée et, maintenant que l'autel avait disparu, venait frapper le visage.

Mais continuait-elle son chemin ?

Il se hissa un peu plus haut pour s'allonger carrément sur le visage et regarder à travers l'œil du bodhisattva sculpté. Fermant une paupière, il forma une coupe avec ses paumes autour de l'orbite de grès. Sa vision eut besoin de quelques secondes pour s'ajuster.

Bien plus bas, luisante sous le rayon de soleil filtrant à travers l'autre pupille, il aperçut une eau noire et chatoyante.

Une mare au fond de la caverne. Gray se représenta l'espace dans lequel elle se trouvait, une sorte de dôme qui devait être semblable à la carapace d'une tortue.

— Que voyez-vous ?

Nasser, encore.

Gray roula sur le dos.

— Elle est bien ici ! La caverne ! Sous le visage de pierre !

Comme l'autel au niveau supérieur, le bodhisattva gardait lui aussi une entrée.

Vigor avait donné une explication à propos des centaines de visages de pierre. *On dit qu'ils représentent la vigilance, des visages surveillant l'extérieur, gardant des mystères cachés.* Mais Gray repensa aussi aux paroles d'un autre homme, bien plus anciennes et inquiétantes. La dernière ligne du récit de Marco.

Il ne put réprimer un frisson.

Les portes de l'Enfer ont été ouvertes dans cette cité ; mais j'ignore si elles ont été refermées.

En contemplant l'autel détruit au-dessus de lui, Gray comprit la vérité.

Elles ont été refermées, Marco.

Et aujourd'hui, elles ont été à nouveau ouvertes.

10 h 36

Le tuk-tuk s'arrêta au bout d'une allée pavée.

Lisa sauta de l'engin.

Devant elle, s'étalait une esplanade dont les dalles étaient disloquées par les racines d'arbres géants. Au-delà, se dressait le Bayon dans son écrin de jungle, un amas invraisemblable de tours de grès, couvertes de visages recouverts de lichen, ridés de failles.

Quelques touristes prenaient des photos depuis l'esplanade. Deux Japonais approchèrent de leur tuk-tuk, semblant désireux de l'emprunter dès que Lisa et Susan l'auraient quitté. L'un d'eux salua Lisa en s'inclinant poliment. Il montra le temple en déclarant quelque chose.

Elle lui fit signe qu'elle ne comprenait pas.

L'homme sourit d'un air timide et chercha le mot anglais adéquat.

— Fermé.

Fermé ?

Lisa aida Susan à descendre. Celle-ci était toujours enveloppée de la tête aux pieds dans sa couverture qui ne laissait émerger qu'une paire de lunettes noires. Lisa sentait ses tremblements à travers le tissu.

Le touriste indiqua le tuk-tuk pour demander la permission de l'emprunter. Lisa acquiesça avant de se mettre en route avec Susan sur l'esplanade défoncée. Elle aperçut des hommes dans le temple : adossés aux parois, debout devant les portes, patrouillant aux sommets des murs. Tous portaient des uniformes kaki et des bérets noirs.

Des soldats cambodgiens ? se demanda Lisa.

Désormais, c'était Susan qui l'entraînait, se dirigeant vers la porte est. Deux bérets noirs y montaient la garde, fusil à l'épaule. Lisa ne vit aucun insigne sur leurs tenues. Des cicatrices parallèles ornaient le visage de l'un d'eux, visiblement cambodgien. L'autre, un Blanc, était mal rasé. Les deux avaient le regard dur.

Non, pas l'armée cambodgienne.

Des mercenaires.

— La Guilde, murmura Lisa.

Ils sont déjà là.

Elle tenta d'arrêter Susan mais la femme lui résista, continuant son chemin.

— Susan, nous ne pouvons pas vous remettre aux mains de la Guilde.

Monk a donné sa vie pour vous libérer.

La voix de Susan, étouffée par la couverture, restait très ferme.

— Pas le choix... je dois y aller... sans cela, nous serons *tous* perdus...

Elle secoua la tête avant de poursuivre :

— ... une seule chance. Le remède doit être fabriqué.

Lisa la comprit. Elle se souvenait de l'avertissement de Devesh et de la confirmation de Painter. La pandémie se répandait déjà. Le monde avait besoin de ce remède. Même s'il fallait pour cela que la Guilde s'en empare. Il serait toujours temps de le lui reprendre après.

— Vous êtes sûre qu'il n'y a pas d'autre moyen ? demanda-t-elle néanmoins.

— Je voudrais tant qu'il y en ait un. Nous arrivons peut-être déjà trop tard.

Elle se libéra gentiment de la main de Lisa posée sur son bras et s'avança en titubant. Elle avait bel et bien l'intention d'y aller seule.

Lisa la suivit.

Elles approchaient de l'entrée du temple. Lisa ignorait comment elles allaient convaincre les deux gardes de les laisser passer.

Mais Susan avait un plan.

Elle se débarrassa de la couverture, la laissant choir à ses pieds. Sous la lumière éclatante, elle ne paraissait pas si différente, la peau peut-être un peu trop pâle. Elle enleva aussi ses lunettes noires pour fixer le soleil, les yeux grands ouverts.

Un spasme ébranla son corps. Lisa imagina le parcours de la lumière aveuglante frappant ses pupilles, se propageant le long du nerf optique jusqu'au cerveau.

Mais cela ne suffisait toujours pas.

Susan arracha son chemisier, exposant encore davantage de peau. Elle déboutonna son pantalon qui tomba aussitôt en raison de sa maigreur après ses semaines de quasi-coma. Puis elle se dirigea vers la porte en culotte et soutien-gorge.

La vision de cette femme presque nue désarçonna les gardes, mais ne les empêcha pas de bloquer le passage. Le Cambodgien leur fit signe de reculer en les apostrophant brutalement :

— *D'tay ! Bpel k'raowee !*

Susan l'ignora et continua d'avancer, avec l'intention de passer entre eux.

L'autre garde la saisit par l'épaule. Et le regretta aussitôt. Il hurla de douleur et retira sa main. Sa paume était rouge vif, toute brûlée ; du sang suintait des cloques qui y étaient apparues. Il recula, heurtant le mur.

Le Cambodgien braqua son fusil sur la nuque de Susan qui marchait toujours, imperturbable.

— Non ! cria Lisa.

L'homme lui lança un regard par-dessus son épaule.

— Ne tirez pas ! dit-elle essayant de se souvenir du nom que Painter avait cité. Emmenez-nous à Amen Nasser !

10 h 48

— Venez voir ça ! s'exclama Vigor, incapable de réprimer sa stupéfaction.

Il se tourna vers les autres.

À quelques mètres de là, Gray examinait un des piliers de soutènement. Celui-ci était fait de disques de grès de trente centimètres d'épaisseur sur un bon mètre de diamètre, empilés mais non scellés entre eux. De nombreuses lézardes les cisaillaient, signe d'une fatigue due à l'âge.

Au centre de la pièce, Seichan et Kowalski se tenaient près du visage de pierre, observant les préparatifs de l'équipe de démolition de Nasser.

La plainte stridente d'une pointe au diamant résonna à nouveau dans le caveau. Une autre mèche de trois centimètres d'épaisseur s'enfonça profondément dans le front du bodhisattva. Déjà, les charges avaient été introduites dans les autres trous et étaient reliées. Ils en utilisaient deux fois plus que pour l'autel. Des cordes pendaient dans le puits, acheminant équipement et explosifs.

Un rayon de soleil brillait sur toute cette agitation.

Ne supportant pas de voir cette mutilation, Vigor avait préféré s'éloigner sur le côté et, même maintenant, il refusait de regarder dans cette direction pour mieux examiner le mur qu'il venait d'étudier. À l'écart du puits central, cette zone du caveau était plongée dans l'obscurité. Il s'était vu allouer une lampe torche pour trouver un éventuel accès à la caverne souterraine. Même si aider Nasser le révoltait, il tenait à faire tout son possible pour préserver ces ruines séculaires.

Mais on ne lui avait pas accordé beaucoup de temps.

Dix minutes.

Nasser avait profité de ce délai pour remonter au niveau supérieur. Vigor avait remarqué qu'il ne cessait de surveiller son téléphone portable, attendant de toute évidence un appel. Celui-ci ne venant pas, il était parti, leur ordonnant d'être prêts à son retour.

Gray rejoignit Vigor.

— Qu'y a-t-il ? Vous avez trouvé un accès ?

— Non, admit Vigor qui avait examiné tout le pourtour du caveau sans trouver la moindre porte.

Pour descendre, il semblait que le seul moyen était de passer à travers le visage du bodhisattva.

— Mais j'ai trouvé ceci, reprit-il.

Il attendit que deux gardes s'éloignent pour braquer le rayon de sa lampe vers le mur. Celui-ci était couvert de caractères gravés, un peu à la manière des bas-reliefs du temple. Sauf qu'ici, aucune image n'était représentée. On aurait dit des coulées de caractères.

— Qu'est-ce que c'est ? demanda Gray en effleurant du bout des doigts ce que la lumière venait de révéler.

Seichan et Kowalski les avaient rejoints.

— Au début, dit Vigor, j'ai cru qu'il ne s'agissait que d'une volute décorative. Elle recouvre entièrement tous les murs.

D'un geste, il engloba toute la chambre.

— Le moindre centimètre carré.

— Un boulot d'enfer, marmonna Kowalski. C'est quoi ?

— Pas d'*enfer*, monsieur Kowalski. Mais angélique.

Vigor approcha la lampe de la paroi pour éclairer une petite portion de gravure.

— Regardez mieux.

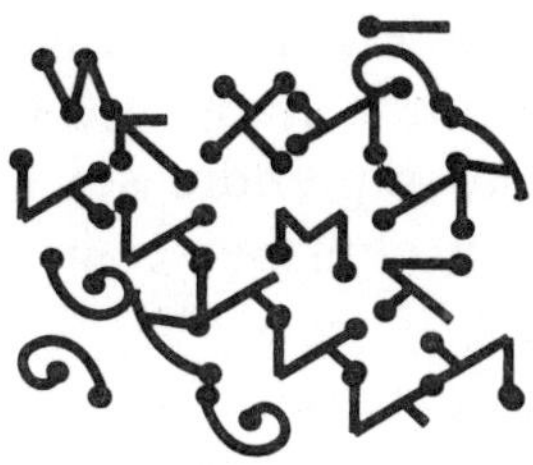

Gray se pencha vers le mur et ne tarda pas à comprendre.

— Ce sont des symboles angéliques, placés sens dessus dessous.

Seichan s'approcha.

— C'est impossible. Ne disiez-vous pas que l'écriture angélique a été conçue au XVIIe siècle ?

— Oui, dit Vigor. Par Johannes Trithemius.

— Comment peut-elle se retrouver ici ? demanda Gray.

— Je n'en sais rien, dit Vigor. Le Vatican a peut-être envoyé quelqu'un au Cambodge pour suivre la piste de Marco Polo comme nous l'avons fait. Peut-être que cette ou ces personnes sont revenues avec des reproductions de ces signes et que Trithemius a réussi à mettre la main dessus. Et conçu son écriture d'après eux. Et s'il connaissait le récit de Marco Polo et ses descriptions d'êtres angéliques lumineux, cela explique peut-être pourquoi il a affirmé qu'il s'agissait de l'écriture des anges.

Gray se tourna vers lui.

— Mais vous n'y croyez pas, n'est-ce pas ?

Vigor regarda Gray reculer de quelques pas pour mieux examiner le mur.

Il voit, lui aussi.

Vigor prit une profonde inspiration avant de se lancer :

— Trithemius prétendait avoir reçu la connaissance de ce langage après des semaines de jeûne et de profonde méditation. Je crois que c'est exactement ce qui s'est produit.

Seichan ricana.

— Il a juste rêvé de son écriture qui s'est trouvée être identique à celle-ci. Une écriture vieille de plusieurs siècles et qu'il n'avait jamais vue.

Vigor hocha la tête.

— C'est bien ce que je pense. Souvenez-vous, je vous ai déjà expliqué la similitude frappante entre l'écriture angélique et l'hébreu. Pour reprendre ses termes, Trithemius a même affirmé que son alphabet était la distillation la plus pure de l'hébreu.

Seichan haussa les épaules.

— Que savez-vous de la Kabbale juive ? demanda Vigor.

— Juste qu'il s'agit d'études mystiques.

— C'est cela. Les pratiquants de la Kabbale cherchent à pénétrer les mystères de l'univers en étudiant la Torah. Puisqu'il s'agit, selon eux, d'un livre sacré donc d'origine divine, rien ne peut y être dû au hasard. Y compris la forme même des caractères de l'alphabet hébreu. Et, c'est en méditant sur ces mêmes caractères que l'on peut comprendre la nature du monde, que l'on peut mieux saisir qui nous sommes au niveau le plus élémentaire.

Seichan secoua la tête.

— Donc, selon vous, ce Trithemius s'est mis à méditer et il a trouvé cet hébreu le plus pur ? Il serait tombé sur ce langage… celui-ci, précisément, dit-elle en tapotant le mur. Un langage qui donnerait accès à une plus grande sagesse intérieure.

Gray s'éclaircit la gorge.

— Oui, je pense qu'*intérieure* est le mot clé ici.

Il fit signe à la jeune femme de reculer, de venir près de lui.

— Que voyez-vous ? reprit-il. Regardez le motif dans son ensemble. Ne vous paraît-il pas familier ?

Seichan jeta un bref regard à la paroi avant de rétorquer :

— Je ne sais pas. Que suis-je censée voir ?

Gray poussa un soupir et revint près du mur. Du doigt, il montra un des rouleaux.

— Regardez comme les caractères semblent s'enrouler pour former des spirales en hélices brisées. Ne considérez que cette partie.

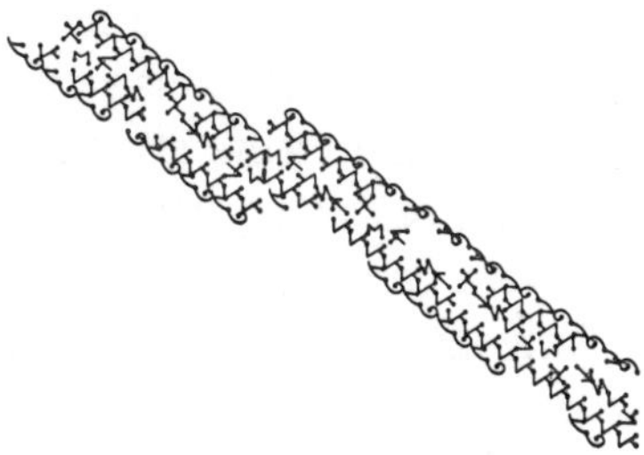

Seichan plissa les yeux.

— Cela semble presque biologique.

Gray acquiesça.

— Suivez les brins. Ne ressemblent-ils pas aux doubles hélices de l'ADN ? Ne dirait-on pas une sorte de carte génétique ?

Seichan restait dubitative.

— Dessinée dans le langage des anges ?

— Peut-être, dit Gray en s'écartant à nouveau du mur. En fait, cela me fait penser à une étude scientifique qui cherchait à comparer certains motifs du code de l'ADN avec d'autres que l'on retrouve dans des langues humaines. Selon une loi de Zipf – un outil statistique –, toutes les langues humaines partagent certaines spécificités, comme la répétition de certains termes. La fréquence des mots *le* ou *un.* Ou bien la rareté d'autres, comme *oryctérope* ou bien *elliptique.* Quand vous effectuez un graphique, comparant la popularité des mots à la fréquence de leur usage, vous obtenez une ligne droite. C'est la même chose en anglais, en russe ou en chinois. Tous les idiomes humains obéissent au même schéma linéaire.

— Et le code ADN ? s'enquit Vigor.

— Il produit *exactement* la même courbe. Même avec notre ADN poubelle, que la plupart des scientifiques considèrent comme du déchet biologique. L'étude a été répétée et vérifiée. Pour une raison quelconque, il y a un langage enfoui dans notre code génétique. Nous ne savons pas ce qu'il dit. Mais... ceci, conclut Gray en montrant le mur, pourrait bien être la forme écrite de ce langage.

Impressionné, Vigor passa sa paume sur les symboles.

— Ce qui conduit à s'interroger. Trithemius a-t-il pu accéder à ce langage durant ses méditations ? Et songez à l'ancien hébreu, à sa similarité avec l'écriture angélique. Se peut-il que les premières langues écrites aient dérivé de cela, émergeant d'une espèce de mémoire génétique inhérente ? En fait, c'est à se demander si ce langage n'est pas la Parole de Dieu, révélant quelque chose de plus grand en chacun de nous.

Vigor braqua sa torche de façon à englober l'ensemble de la caverne.

— Quoi qu'il en soit, tout cela, toutes ces inscriptions angéliques, que nous disent-elles ?

— Je crois que c'est un croquis ou une ébauche génétique, dit Gray.

— L'ébauche de quoi ? fit Seichan.

— Probablement d'une tortue, marmonna Kowalski.

Vigor n'apprécia guère cette plaisanterie mais Seichan et Gray sursautèrent, dévisageant le quartier-maître avec incrédulité.

— Quoi ? fit Vigor.

Gray s'approcha et baissa la voix.

— J'ai l'impression qu'il a raison.

— Sans blague ? dit Kowalski. Ça devient une habitude.

Gray développa sa théorie sur la caverne souterraine.

— La carapace de la tortue représente la grotte. Mais où est la tortue elle-même ? Selon la légende, elle serait une incarnation de Vishnu, un être divin ou... *angélique*, dit-il en montrant le mur. Et voici la preuve d'un processus biologique bizarre, d'un savoir secret. Qui va au-delà d'une maladie virale. Je pense que ce code gravé ici est une sorte de journal de ce processus. Peut-être encore incomplet.

Vigor étudia le mur, l'ébauche.

Soudain, des cris retentirent au-dessus d'eux.

Ils revinrent tous vers le centre de la caverne. L'équipe de démolition semblait sur le point de terminer son travail. Leur chef avait relié tous les câbles à un gros détonateur électronique pour qu'ils puissent tout faire sauter depuis le niveau supérieur.

Levant les yeux, Vigor vit une femme descendre à l'échelle. Dans le soleil aveuglant, il était difficile de voir ses traits.

Pourtant, Gray la reconnut.

— Lisa... ?

Plus haut encore, près du rebord du puits, Nasser apparut, accompagné d'une autre femme, à demi nue celle-là. Elle se pencha en avant comme pour se jeter dans le vide mais elle en fut empêchée par les quatre fusils braqués sur sa poitrine.

Vigor la fixa, éberlué.

Seigneur Dieu...

Elle *brillait.*

Sa peau luisait dans la pénombre.

Impossible.

— Couvrez les yeux ! leur hurla-t-elle en tendant le bras vers le puits. Couvrez les yeux !

Vigor ne comprit pas de quoi elle parlait.

À la différence de Gray. Le commandant s'empara d'une bâche utilisée par l'équipe de démolition et la jeta sur les yeux de la sculpture couchée comme pour l'aveugler, coupant le flux de lumière qui tombait dans la caverne souterraine.

Nasser se tourna vers la femme.

Arrivée au pied de l'échelle, Lisa les rejoignit. Elle regardait toujours en haut mais ce fut à eux qu'elle s'adressa :

— Je suis désolée.

11 h 05

Dix minutes plus tard, Gray regardait les derniers hommes de Nasser grimper à l'échelle. En haut, le cercle de fusils les tenait toujours en joue.

— Pourquoi nous laissent-ils ici ? demanda Lisa.

Gray se tourna vers le visage de grès.

— Je crois que nous sommes devenus inutiles, marmonna-t-il.

— Je suis désolée, répéta-t-elle après un petit silence.

Elle leur avait déjà expliqué sa soudaine apparition. Un geste désespéré, né de la nécessité de trouver un remède. Même si cela impliquait que la Guilde s'en empare.

— Et Monk, reprit-elle. Il a donné sa vie... pour rien.

— Non, dit Gray en la prenant dans ses bras. Non. C'est grâce à Monk que vous êtes toutes les deux ici. Rien n'est terminé. Il y a encore de l'espoir.

Nasser revint au bord du puits.

— Nous avons presque terminé, annonça-t-il, moins pour jubiler que pour énoncer un état de fait. Monsignor, vous nous avez expliqué comment les pistes scientifiques et historiques se rejoignaient dans ces ruines. Il semble que vous aviez tout à fait raison. Voici que les deux équipes de Sigma se trouvent réunies...

Il fit un geste vers le bas avant de montrer Susan qui semblait toujours plongée dans un état de stupeur, la tête baissée sur la poitrine.

— Et il semble que les efforts de la Guilde n'aient pas été vains. La survivante des essais scientifiques ici... et la source de la souche Judas là en bas.

Gray s'avança.

— Vous aurez encore besoin de nous, dit-il.

— Je suis sûr que nous saurons nous débrouiller. La Guilde ne manque pas de ressources. Nous sommes arrivés jusqu'ici à partir de quelques mots perdus dans un ancien texte. Un texte, si j'ai bien compris, qui est arrivé entre nos mains grâce à vous, commandant.

Gray serra le poing. Il aurait dû brûler la bibliothèque de la Cour du Dragon quand il en avait eu l'occasion.

— Bien sûr, après cela, c'est la Guilde qui, en faisant appel à des archéologues et des images satellites a découvert un des navires naufragés de Marco Polo au large de Sumatra.

Il fallut un moment à Gray pour comprendre ce que cette révélation impliquait.

— Vous avez trouvé un des vaisseaux de Polo ?

— Et nous avons eu de la chance. Une des poutres de la quille, prise dans une gangue d'argile, montrait encore des signes d'activité biologique. Mais il nous était impossible de comprendre la portée de cette découverte sans procéder à un essai *in vivo*.

Gray sentit son sang se glacer. Si Nasser disait la vérité, ce qui s'était passé sur l'île Christmas n'était pas dû au simple hasard.

— Vous... vous avez volontairement contaminé cette île.

Il jeta un regard vers Seichan pour en obtenir confirmation.

Elle détourna les yeux.

Nasser continuait :

— Une étude des courants marins et des marées nous a permis de comprendre qu'il suffisait d'abandonner ce bout d'épave près des côtes et d'observer la suite des événements. En fait, nous étions en train de récolter quelques échantillons quand notre patiente ici présente a fait irruption en plein milieu de notre test. Elle et ses amis. Les premiers sujets humains. Bien sûr, les courants ont fini par emporter les bactéries vers l'île. Comme prévu. Une zone d'examen localisée et maîtrisable.

— Et ensuite, marmonna Lisa, avec le paquebot, la Guilde a saisi l'occasion de récolter ce qu'elle avait semé.

Gray était sidéré.

Derrière lui, il entendit la voix de Seichan.

— Vous comprenez maintenant pourquoi il fallait que je les arrête.

Mais elle avait échoué... ils avaient tous échoué.

11 h 11

Susan avait l'impression de vivre un rêve éveillé.

Des flammes dansaient dans son cerveau.

Depuis qu'elle s'était dénudée face au soleil, elle avait franchi un cap. Elle le sentait à l'intérieur de son crâne. Elle n'était plus tout à fait elle-même… ou alors, plus qu'elle ne l'avait jamais été.

Les souvenirs de toute une vie affluaient, surgissant d'abîmes qu'elle croyait perdus ou inaccessibles. Les années, les jours et les heures se nouaient les uns aux autres pour former un tout uniforme. Son passé redevenait vivant, non par morceaux ou par instants, mais dans un immense panorama. Elle baignait dans cette mer dont elle-même était l'eau.

Et elle pouvait se souvenir, revivre, chaque moment : depuis le surgissement de son crâne quand on l'avait tirée du ventre de sa mère… jusqu'au dernier battement de son cœur à l'instant. Elle sentait les caresses de l'air sur sa peau nue, le moindre souffle, inscrit dans sa mémoire, indélébile, s'ajoutant à tout le reste.

Tout cela était contenu, retenu dans une bulle luisante.

Et au-delà de la surface de cette bulle… Bien plus encore.

Mais elle n'était pas encore prête à s'aventurer là-bas.

Elle devait d'abord franchir des étapes.

Ici.

En bas.

Maintenant qu'elle fermait les yeux, la panique qui l'avait saisie s'apaisait.

Flottant entre passé et présent, s'enrichissant de morceaux d'existence à chaque souffle, elle capta de nouvelles paroles, des paroles qui tombaient dans la mer qu'était sa vie, des paroles prononcées à un mètre d'elle.

… qu'il suffisait d'abandonner ce bout d'épave près des côtes et d'observer la suite des événements… quand notre patiente ici présente a fait irruption en plein milieu de notre test. Elle et ses amis. Les premiers sujets humains…

NON.

Sa vie suspendue dans ce moment infini entre un souffle et le suivant, elle se retrouva à nouveau sous l'eau, en apesanteur. Elle vit la poutre de bois noircie par l'âge émergeant du sable et se souvint de ce qu'elle avait pensé à ce moment-là :

que les tremblements de terre, ou peut-être même le récent tsunami, avaient libéré l'épave des fonds marins.

Maintenant, elle savait la vérité.

La poutre avait été placée là.

Pour tuer.

Elle revécut sa joie et son excitation quand elle l'avait annoncé à son mari qui aimait tant plonger parmi des épaves.

Gregg.

Maintenant, elle connaissait la vérité.

La raison de sa mort.

Et la vérité était une flamme.

11 h 12

Lisa se laissa aller contre Gray qui la tenait toujours par les épaules. Elle fixait les fusils. Nasser disait quelque chose mais elle ne l'entendait pas, perdue dans ses remords.

Soudain, Gray tressaillit.

Cela suffit à la faire revenir au moment présent.

Au bord du puits, Susan relevait lentement la tête, ses cheveux blonds s'écartant, révélant sa fureur. Les gardes continuaient à regarder leur chef. Derrière l'épaule de Nasser, Lisa vit la peau de Susan changer, se mettre à briller d'un éclat inouï.

Dans ses yeux, brûlait le même feu.

Sentant quelque chose, Nasser commença à se retourner.

Lisa ne vit pas Susan bouger.

Celle-ci était assise sur un bout d'autel effondré... et, l'instant suivant, elle était accrochée à Nasser, le serrant dans ses bras, joue contre joue, dans une étreinte intime.

Il hurla... un râle qui lui déchirait la gorge.

De la fumée s'éleva entre eux.

Un des gardes réagit, assénant un coup de crosse sur le crâne de Susan.

Elle lâcha Nasser.

Toujours hurlant, celui-ci la repoussa.

Par-dessus le rebord du puits.

— Susan ! s'écria Lisa.

Celle-ci s'emmêla dans une des cordes abandonnées par l'équipe de démolition. Par pur réflexe, elle tendit la main pour se retenir. Mais elle n'en avait pas la force. Elle se mit à glisser, trop vite. Sous la lumière directe du soleil, la réaction chimique qui se produisait sur sa peau s'accélérait. La corde synthétique se mit à fondre et à fumer. Susan tournoya sur elle-même, quasiment en chute libre.

Personne n'osait tenter de la recueillir.

Gray se rua vers le visage de pierre pour en arracher la bâche qui le recouvrait. Il en jeta une extrémité à Kowalski qui comprit son intention.

Au-dessus d'eux, la corde se rompit, entièrement brûlée là où Susan l'avait saisie.

Elle tomba.

Inconsciente.

Au dernier moment, Gray et Kowalski réussirent à tendre la bâche mais pas assez. La toile s'enfonça sous le poids de Susan et celle-ci heurta durement le sol. Tirant sur la bâche, Gray éloigna la femme de la lumière directe du soleil. Il s'agenouilla à ses côtés.

Nasser, à quatre pattes, se pencha pour hurler :

— Je veux cette salope !

Sa joue fumait encore, la chair noircie. Ses bras nus ressemblaient à des bouts de viande passés au barbecue.

Gray revint vers le puits, là où Nasser pouvait le voir.

— Elle s'est brisé le cou ! Elle est morte !

— Alors, vous allez tous brûler ! Faites tout sauter ! ordonna Nasser, fou de rage et de douleur.

Gray se tourna vers les autres.

— Reculez.

Lisa obéit, passant de la lumière du puits à l'ombre du caveau. Quelques balles ricochèrent sur le sol.

Le détonateur électronique se trouvait sur le visage. S'ils tentaient de l'atteindre, ils se feraient hacher par les rafales des mercenaires postés en haut.

Gray traînait la bâche – et Susan – derrière lui.

— Derrière les piliers ! Protégez-vous ! Restez le plus proche possible du sol et essayez de vous couvrir la tête et le visage !

Ils s'éparpillèrent.

Quatre piliers, six personnes.

Gray prit Susan avec lui.

Lisa se retrouva en compagnie de Vigor qui l'attira sous lui, lui faisant un rempart avec son corps.

Elle toucha l'empilement de disques de pierre.

— Mon père, vous croyez que cela suffira à nous protéger ?

Vigor la dévisagea mais ne répondit pas.

Lisa aurait préféré que, pour une fois, un prêtre lui mente.

18

La Porte de l'enfer

7 juillet, 11 h 17
Angkor Thom, Cambodge

Gray serrait Susan contre lui, se servant de la bâche comme isolant.

Elle gémissait et s'agitait. En heurtant le sol, elle avait reçu un nouveau choc sur la tête mais il avait menti en prétendant qu'elle s'était brisé le cou. Nasser, tout à sa souffrance, n'avait pas mis sa parole en doute.

En ce moment même, il continuait à hurler et à crier. À en juger par l'aspect de sa peau, il avait subi des brûlures au troisième degré et il voulait leur faire connaître le même sort. Œil pour œil. Sauf que l'équipe de démolition ne s'était pas préparée à cela. Il régnait une certaine agitation là-haut, tandis que les techniciens tentaient de satisfaire leur chef. Ce qui laissait à Gray et ses amis une ou deux minutes de répit.

Il essaya de mieux installer Susan derrière le pilier. Si elle était l'antivirus potentiel, elle devait être préservée. Il manipula la bâche pour lui couvrir entièrement la tête. Celle-ci s'écarta un instant, révélant l'éclat de sa peau. Maintenant qu'elle n'était plus exposée au soleil, celui-ci s'atténuait. Il s'immobilisa un instant, sidéré par l'étrange spectacle.

Comme il allait refermer la bâche, il remarqua le mur devant lui.

Les volutes d'écriture angélique brillaient comme si la lueur émise par Susan les rendait phosphorescentes. La lumière diffusée par les cyanobactéries devait aussi rayonner dans les ultraviolets, provoquant une réaction dans un composé fluorescent présent dans les gravures.

Gray pensa aussitôt à l'obélisque égyptien, une réplique miniature et rudimentaire de ce qu'il voyait ici. Johannes Trithemius avait-il eu d'autres révélations durant ses méditations ? Une vision de tout cela ?

Il ouvrit plus largement la bâche. D'autres lignes d'écriture s'illuminèrent sur le mur, filant en tous sens dans la pénombre, comme s'il venait de mettre le feu à de l'essence.

Gray se redressa et remarqua une tache sombre vers la gauche, à peine discernable, au bord de la zone fluorescente. Une roche noire prise au milieu des grilles illuminées. Mais sa symétrie le frappa...

Se peut-il...

Il prit Susan sous les épaules, veillant à se protéger avec la bâche, et la tourna dans cette direction. Mais cela ne suffisait pas, son rayonnement n'arrivait pas aussi loin. Il devait la rapprocher. Plus simple à dire qu'à faire. Il devait se montrer extrêmement prudent avec cette femme malade et blessée, tout en se préservant de tout contact direct avec elle.

Il avait besoin d'aide.

— Kowalski ? Où êtes-vous ?

Une voix lui répondit du pilier à sa droite.

— Je me cache ! C'est vous qui l'avez dit !

— Venez ! J'ai besoin de vous !

— Et la bombe ?

— Au diable, la bombe ! Ramenez-vous !

Kowalski poussa un juron mais se leva.

Soudain, il se mit à courir à toute allure avant de se jeter à terre et d'achever le reste de son parcours en glissade. Un peu comme s'il disputait un match de base-ball.

Gray hocha le menton vers la gauche.

— Aidez-moi à déplacer Susan par là.

Cette fois, ils se servirent de la bâche comme d'un brancard. Ils longèrent la paroi. À mesure qu'ils passaient devant les caractères, ceux-ci s'illuminaient... pour s'éteindre dès qu'ils les laissaient derrière eux.

Seichan se trouvait derrière le pilier suivant. Elle les rejoignit, étonnée de les voir arriver et surprise par le jeu de lumières qu'ils provoquaient.

— Qu'est-ce... Ô bon Dieu !

Gray posa Susan à terre, la laissant découverte, afin qu'elle continue à éclairer le mur, à mettre le feu aux lettres... à l'exception d'une partie à la forme très reconnaissable.

— Vigor !

— J'arrive !

Gray entendit deux séries de pas. Lisa suivait Vigor.

Tous contemplèrent le mur, ébahis par ce qu'ils y voyaient.

Pas par ce qui brillait, mais par ce qui ne brillait *pas*.

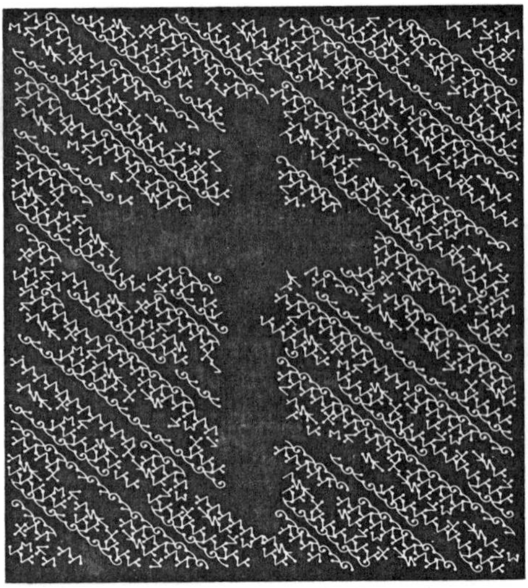

— Frère Agreer, dit Vigor. C'est lui qui a dû faire cette marque, en grattant le mur. Il voulait nous laisser un signe.

— Un signe de quoi ? demanda Seichan.

— De l'existence d'une porte dérobée, dit Gray. Il doit y avoir un autre moyen de descendre dans la caverne.

— Mais lequel ? demanda Vigor.

Gray secoua la tête, sachant qu'ils n'avaient plus guère de temps devant eux. S'ils ne trouvaient pas cette porte, s'ils ne parvenaient pas à transporter Susan dans un endroit sûr, hors de portée de la Guilde… ce n'étaient pas leurs seules vies qui étaient en jeu. À en croire Lisa, la pandémie se répandait déjà.

Nasser beugla dans le puits.

— Faites vos prières !

— Et merde ! s'exclama Kowalski en réponse.

Il bouscula Gray et Vigor, s'avança vers le mur et poussa fort au centre de la croix.

La porte de pierre glissa sur un pivot central, révélant un corridor.

Kowalski se retourna.

— Faut pas toujours être prix Nobel, les gars. Une porte, c'est une porte. Pas besoin d'aller chercher plus loin.

Ils s'engouffrèrent dans l'ouverture, Gray et Kowalski portant à nouveau Susan. Une fois qu'ils furent tous passés, Seichan et Lisa repoussèrent le pan de mur derrière eux.

Un escalier taillé dans le grès descendait.

Tous savaient où il menait.

Comme ils s'engageaient sur les marches, une explosion étouffée retentit, un unique coup de tonnerre. Gray adressa une prière de remerciements à frère Agreer.

Autrefois, il avait sauvé Marco.

Et aujourd'hui, eux tous.

Mais ce sauvetage quasi miraculeux lui donnait un autre sujet d'angoisse. S'il était libre, ses parents ne l'étaient pas. Quand Nasser se rendrait compte que leurs cadavres ne se trouvaient pas dans le caveau, il n'hésiterait pas à ordonner leur exécution.

22 h 28
Washington DC

Sur le toit de l'entrepôt, blottie dans les bras de son mari, Harriet rouvrit les yeux. C'était une belle soirée. Au-dessus d'eux, la lune montait imperceptiblement dans le ciel sans nuage. Malgré la terreur, l'épuisement avait repris le dessus. Pendant plus d'une heure, elle avait tendu l'oreille, écoutant les cris et les ordres qui s'approchaient ou s'éloignaient. Puis elle avait cessé de s'y intéresser. Le temps s'étirait, immuable, au point qu'elle avait fini par somnoler. Un bruit sur le toit venait de la réveiller.

— Ils sont là, dit Jack.

Il semblait presque soulagé.

Il s'écarta, lui faisant signe de pénétrer dans le bloc de climatisation derrière eux. Il y avait tout juste la place pour deux. Quand elle fut à l'intérieur, Harriet tendit la main vers lui.

Au lieu de la prendre, il s'empara de la grille posée par terre.

— Jack ? chuchota-t-elle.

Il mit la grille en place, les séparant.

— Non... gémit-elle.

— Je t'en prie, Harriet. Je peux faire diversion, les attirer ailleurs. Gagner un peu de temps pour toi. Laisse-moi au moins ça.

Leurs regards se trouvèrent à travers le grillage.

Elle comprenait. Même si à ses yeux il ne l'avait jamais été, Jack s'était trop longtemps cru diminué, moins qu'un homme. Il ne voulait pas mourir ainsi.

Elle ne pouvait pas lui enlever cela.

C'était le dernier cadeau qu'elle pouvait lui faire.

Elle posa les doigts sur la grille, les larmes ruisselant sur son visage. Ils se touchèrent. Il la remerciait. Il l'aimait.

Les cris approchaient.

Ils n'avaient plus de temps.

Jack se mit à ramper vers le muret bordant le toit. Quand il l'atteignit, il se redressa et s'en servit pour se soutenir, s'éloignant en sautillant.

Harriet le suivit du regard tant qu'elle le put, mais il ne tarda pas à disparaître.

Elle se couvrit le visage.

Un cri retentit. Quelqu'un avait aperçu Jack. Un coup de feu claqua. Le cri cessa aussitôt.

Machinalement, elle se dit qu'il ne lui restait plus que deux balles.

Des rafales d'armes automatiques éclatèrent, semant des miaulements sur du métal. Il avait dû trouver un abri. Une autre détonation retentit de l'endroit où il devait se trouver.

Plus qu'une balle.

Soudain, la voix de Jack retentit, dominant la fusillade.

— Vous ne retrouverez jamais ma femme.

Une autre voix s'éleva, à quelques mètres à peine de la cachette d'Harriet, la faisant sursauter.

Annishen.

— Si les chiens ne la reniflent pas, je ferai en sorte que vos hurlements la fassent sortir de son trou.

Les jambes de la femme apparurent de l'autre côté de la grille. Portant une radio à ses lèvres, elle ordonna à ses hommes de se déployer pour encercler Jack.

Soudain, Annishen se raidit et se retourna.

Un nouveau bruit venait de faire intrusion.

Comme le grondement d'un vent violent.

Un hélicoptère bondit au-dessus du toit. Noir, anguleux, effilé : une machine de guerre. Qui ouvrit le feu, lâchant un véritable déluge de plomb. Des hommes hurlèrent. L'un d'eux, passant devant la grille, se fit littéralement scier les jambes. Il s'écroula, face contre terre.

Des sirènes retentissaient dans les rues menant à l'entrepôt.

Un mégaphone rugit, ordonnant qu'on jette les armes.

Annishen s'accroupit à côté de l'unité de climatisation, se préparant à franchir au pas de course les quelques mètres qui la séparaient de la cage d'escalier la plus proche. D'instinct, Harriet s'éloigna d'elle ; son coude heurta la paroi.

Annishen tressaillit... avant de pencher la tête pour regarder derrière la grille.

— Tiens donc... Mme Pierce.

Elle leva son arme pour la braquer quasiment à bout portant.

— Il est temps de se dire ad…

Le coup de feu éclata, assourdissant.

Le corps d'Annishen s'écrasa contre la grille avant de s'effondrer sur le papier goudronné.

Jack apparut, sautant à cloche-pied. Il jeta son pistolet fumant.

Sa dernière balle.

Harriet décrocha la grille. À quatre pattes, elle contourna le corps de la femme avant de se précipiter dans les bras de son mari en sanglotant.

— Ne me quitte plus jamais, Jack.

Il la serra très fort.

— Plus jamais, promit-il.

Des hommes en uniforme glissèrent le long de cordes tombant de l'hélicoptère. Aussitôt, ils entourèrent les deux rescapés, dressant un véritable mur de protection autour d'eux jusqu'à ce que le toit soit nettoyé. Les sirènes beuglaient toujours en bas. Des coups de feu et des cris épars retentissaient dans l'entrepôt.

Une silhouette les rejoignit. L'homme portant un baudrier de rappel s'agenouilla auprès d'eux.

— Monsieur Crowe ! s'exclama Harriet.

— Quand vous déciderez-vous à m'appeler Painter, madame Pierce ?

— Comment nous avez-vous…

— Il semble que quelqu'un se soit donné en spectacle devant une certaine boucherie abandonnée, expliqua-t-il avec un sourire fatigué.

Harriet serra la main de son mari.

— Nous patrouillions le quartier depuis ce matin et, il y a trois quarts d'heure, un de nos agents est tombé sur un certain gentleman qui poussait un chariot de supermarché. Il vous a reconnus d'après photo et la scène à laquelle il avait assisté l'avait rendu si méfiant qu'il avait noté le numéro des plaques du van. Il ne nous a pas fallu longtemps pour retrouver le signal GPS de ce véhicule. Je suis désolé que nous n'ayons pas pu intervenir plus tôt.

Jack s'essuya un œil, le visage tourné pour que personne ne voie ses larmes.

— Vous êtes arrivé au meilleur moment. Je vous dois une caisse de ce pur malt qui vous plaît tant.

Harriet esquissa un sourire. Jack avait peut-être du mal à se souvenir des gens, mais il n'oubliait jamais ce qu'ils buvaient.

— On la boira ensemble un de ces jours, déclara Painter en se relevant. Pour le moment, j'ai un appel important à passer.

11 h 22

Lisa suivait monsignor Verona avec précaution dans les ténèbres. L'escalier était étroit et elle devait rester baissée pour ne pas se cogner la tête contre le plafond. Dans l'air, flottait une odeur de décomposition, un peu comme celle des feuilles mouillées dans une forêt. Ce n'était pas déplaisant, sauf la légère sensation de brûlure aux narines.

En bas, une faible lueur semblait les appeler.

Leur but.

Au pied des marches, ils arrivèrent dans une vaste caverne où l'écho de leurs pas résonnait. Au-dessus de leurs têtes, le dôme culminant à une quinzaine de mètres s'ornait de stalactites. La grotte était de forme ovoïde, s'étendant sur près de soixante-dix mètres dans sa plus grande largeur. À l'entrée, le plafond s'évasait, formant une voûte naturelle. Une arche similaire se trouvait à l'autre extrémité.

— On dirait bien une carapace de tortue, murmura Vigor dont la voix retentit étrangement. Regardez ces deux voûtes, on dirait les ouvertures à l'avant et à l'arrière d'une carapace.

Kowalski l'entendit alors qu'il arrivait en compagnie de Gray. Les deux hommes portaient Susan.

— Et on arrive par où, là ? Par la gorge ou par le cul ?

Mais, en regardant autour de lui, il poussa un sifflement admiratif.

Il y avait de quoi être impressionné, se dit Lisa.

Devant eux, un lac circulaire s'étalait, aussi lisse qu'un miroir et encadré par un rebord de pierre. Deux rayons de soleil parallèles venaient en frapper le centre, après avoir traversé les yeux de l'idole en haut.

Là où la lumière touchait l'eau noire, une écume laiteuse et étincelante se formait, comme si les rayons de soleil se liquéfiaient.

L'écume brillait, bouillonnait.

Elle semblait vivante.

Ce qu'elle était.

— La lumière provoque une réaction des cyanobactéries présentes dans l'eau, dit Lisa.

Quelques gouttes coulaient des yeux de l'idole. Là où elles venaient heurter la mare, la lueur laiteuse s'assombrissait.

— L'acide, dit Gray leur rappelant le danger qui les guettait. Celui contenu dans la bombe. Il coule à travers les yeux. Je ne sais combien de temps il faudra pour neutraliser le caveau. Pour le moment, le bloc de pierre tient encore, mais ils ne vont pas tarder à l'attaquer à la masse et au marteau-piqueur et ils finiront bien par le démolir.

— Alors, que faisons-nous ? demanda Seichan.

Kowalski ricana.

— On fout le camp d'ici.

Gray se tourna vers Lisa :

— Allez vérifier cette arche là-bas au fond. Voyez s'il n'existe pas une autre issue. Comme le rappelait Vigor, il y a deux ouvertures dans une carapace, une pour la tête et une pour la queue. C'est notre seul espoir.

— Gray, protesta Lisa, je crois que je devrais rester avec Susan. Je suis la seule qui possède une formation médicale…

Un gémissement s'éleva de la bâche. Un bras faible se leva.

Lisa s'approcha de Susan, veillant à ne pas la toucher.

— Elle est notre seul espoir de trouver un remède.

— Je peux y aller, proposa Seichan.

Lisa remarqua une lueur de méfiance dans le regard de Gray.

Mais il hocha la tête.

— Trouvez la sortie.

Elle partit sans un mot.

Le groupe se dirigea vers le rebord de pierre.

— On dirait un de ces gouffres qu'on trouve parfois dans les cavernes souterraines, remarqua Gray. Comme les *cenotes* au Mexique. Le bloc de grès a dû boucher le trou qui autrefois devait se trouver à l'air libre.

Lisa se pencha vers le mur pour gratter un peu de matière séchée. Elle s'émietta sous ses doigts.

— Du guano de chauve-souris, dit-elle, confirmant son hypothèse. Cette caverne a bien été à ciel ouvert à un moment ou à un autre.

Elle se tourna vers Susan. Ses intuitions commençaient à se vérifier.

Vigor fit un geste pour englober la caverne.

— Les anciens Khmers ont dû tomber sur ce gouffre. En découvrant son étrange lueur, ils ont dû croire qu'il s'agissait de la demeure d'un dieu et ils ont tenté de l'incorporer au temple.

— Mais ils ne savaient pas ce qu'ils faisaient, ajouta Lisa. Ils se sont introduits là où ils n'auraient jamais dû. En interférant avec cet écosystème très fragile, ils ont libéré le virus. Quand l'homme agit, parfois la nature réagit.

Ils continuaient à contourner le lac.

Un peu plus loin, une sorte de ponton de pierre s'avançait dans l'eau, à peine discernable dans l'obscurité. Seuls les remous d'eau laiteuse révélaient la petite péninsule.

Et pas seulement.

— C'est des os ? demanda Kowalski, incrédule.

Ils s'immobilisèrent.

Lisa s'approcha du rebord. Ici, la lumière plus douce révélait des eaux cristallines. Depuis la rive, le lit de la mare s'enfonçait peu à peu sur une dizaine de mètres avant de disparaître brutalement pour former un véritable gouffre.

Dans ces hauts-fonds, tout autour du lac, gisaient des montages d'ossements : minuscules os d'oiseaux, petites cages thoraciques de singes, carcasses pourvues de paires de cornes recourbées et, pas très loin du bord, un énorme crâne d'éléphant, reposant tel un gros rocher blanc d'où saillait une unique défense brisée. Mais il y avait aussi des fémurs, des tibias, des côtes, de taille plus familière. Et des crânes. Une multitude de crânes.

Tous humains.

Ce lac était un cimetière.

Interloqués, ils continuèrent leur exploration.

La réaction à l'œuvre dans l'eau se faisait de plus en plus forte. La brûlure dans les narines que Lisa avait remarquée un peu plus tôt devenait plus intense. Elle se souvint de l'île Christmas, des effluves toxiques sur la côte exposée au vent.

Des biotoxines.

Kowalski grimaçait.

Agissant comme des sels, cette odeur réveilla Susan. Ses yeux s'ouvrirent, brillant dans l'obscurité d'une lueur semblable à celle du lac. Elle semblait hébétée mais elle reconnut Lisa.

Elle essaya de s'asseoir.

Gray et Kowalski la posèrent sur le sol avec précaution. Ils avaient besoin d'une pause de toute façon.

Lisa s'accroupit aux côtés de Susan, remontant la bâche sur ses épaules pour l'aider.

Susan eut un mouvement de recul en découvrant Kowalski.

— Tout va bien, affirma Lisa. Nous sommes tous vos amis.

Elle présenta les autres pour tenter de la rassurer. La panique dans le regard de Susan finit par s'effacer. Elle parut retrouver un peu de sérénité… jusqu'à ce qu'elle aperçoive le lac luisant derrière Lisa.

Elle recula précipitamment, jusqu'à ce que son dos heurte la paroi.

— Vous ne devriez pas être ici, fit-elle d'une voix aiguë.

— Sans blague, répliqua Kowalski.

Susan l'ignora, les yeux braqués sur l'eau.

— Ce sera comme sur l'île Christmas. Mais cent fois pire… Enfermés dans cette caverne. Vous serez tous exposés.

Lisa n'en doutait pas. Déjà, sa peau la démangeait.

— Vous devez partir, continua Susan en utilisant le mur comme support pour se mettre debout avec difficulté. Moi seule peux rester. Il faut que je reste.

Lisa vit la peur dans son regard mais aussi la certitude.

— Pour le remède ? demanda-t-elle.

— Oui. Il faut que j'y sois exposée encore une fois, par la source elle-même. Je ne saurais dire comment je le sais, mais je le sais.

Elle posa une main sur sa tempe.

— C'est... comme si j'avais un pied dans le passé et un autre dans le présent. J'ai du mal à rester ici, maintenant. Tout me remplit, chaque pensée, chaque sensation. Je ne peux rien y faire. Je ne peux pas l'arrêter. Et je... je sens que ça augmente.

À nouveau, la peur dans ses yeux.

Pour Lisa, cette description évoquait l'autisme, une incapacité à filtrer le flot sensoriel. Mais parfois, les autistes se révèlent être aussi des *idiots savants*[1], des génies dans un domaine donné, brillants en raison justement de leur « obsession ». Lisa essaya d'imaginer ce qui se passait dans le cerveau de Susan submergé par d'étranges biotoxines et alimenté par les bactéries à l'origine de ces toxines. Les humains ne peuvent utiliser qu'une fraction de leurs capacités neurologiques. Un électroencéphalogramme de Susan en cet instant révélerait des courbes complètement folles.

Susan tituba vers le bord du lac.

— Nous n'avons qu'une seule chance.

— Pourquoi ? demanda Gray en venant à ses côtés.

— Quand le lac atteindra sa masse critique, il entrera en éruption et se videra de toute sa charge toxique. Il faudra attendre trois ans avant qu'il soit prêt à nouveau.

— Comment le savez-vous ?

Susan se tourna vers Lisa, quêtant son aide.

1. En français dans le texte

— Elle le sait, c'est tout, dit celle-ci. J'ignore de quelle façon, mais elle est connectée à cet endroit. Susan, c'est pour cette raison que vous teniez tant à venir ici ?

Celle-ci acquiesça.

— Une fois exposé au soleil, le lac va « exploser ». Si je n'avais pas été ici...

— ... le monde se serait retrouvé sans défense pendant trois ans. Pas de remède. La pandémie se serait répandue partout sur le globe.

Lisa pensa à ce qui s'était passé à bord du paquebot... et qui risquait de déferler sur la Terre entière.

Cette perspective horrible fut brisée par le retour de Seichan. Hors d'haleine, en nage, elle annonça :

— J'ai trouvé une porte.

— Alors, partez, dit Susan. Tout de suite.

Seichan secoua la tête.

— Je n'ai pas réussi à l'ouvrir.

— Vous avez essayé de pousser fort ? se moqua Kowalski.

Seichan leva les yeux au ciel mais acquiesça.

— Oui, j'ai poussé de toutes mes forces.

— Alors, je renonce, dit Kowalski.

— Mais il y a une croix gravée au-dessus de l'arche, ajouta Seichan. Et une inscription. Il fait trop sombre pour la lire mais c'est peut-être un indice.

Gray se tourna vers Vigor.

— J'ai toujours ma lampe torche, dit celui-ci. Je la prends avec moi.

— Dépêchez-vous, les pressa Gray.

Déjà, l'air devenait difficile à respirer. La lueur dans le lac s'étendait, léchant l'éperon rocheux sur toute sa longueur.

Susan le montra.

— Je dois m'avancer vers le centre.

Ils revinrent vers la péninsule.

Gray se tourna vers Lisa.

— Vous avez parlé d'un écosystème tout à l'heure. Ça ne vous ennuierait pas de me dire ce qui se passe ici ?

Il désigna le lac luisant et Susan.

— Je ne sais pas tout, mais je pense connaître tous les acteurs essentiels.

Gray lui fit signe de continuer.

Lisa montra l'eau phosphorescente.

— Tout a démarré avec le plus vieil organisme de l'histoire. Les cyanobactéries. Les précurseurs de nos plantes actuelles. Elles ont envahi toutes les niches environnementales : la roche, le sable, l'eau et même d'autres êtres vivants, ajouta-t-elle en montrant Susan. Mais commençons par le commencement.

— Cette caverne.

— Oui. Les cyanobactéries ont envahi ce gouffre, mais rappelez-vous qu'elles ont besoin de la lumière du soleil et la caverne était en grande partie plongée dans l'obscurité. Le trou là-haut devait être plus petit à l'origine. Pour se développer, elles avaient donc besoin d'une source d'énergie supplémentaire et ces petites bestioles savent faire preuve d'innovation pour s'adapter. Avec la jungle, elles disposaient d'une source de nourriture toute proche... il leur fallait juste un moyen d'y accéder. La nature est très ingénieuse quand il s'agit d'établir des relations bizarres entre les espèces.

Lisa raconta l'histoire qu'elle avait déjà narrée au Dr Patanjali à propos de la douve du foie : comment son cycle de vie utilisait *trois* hôtes : le bétail, les escargots et les fourmis.

— À un certain moment, la douve du foie détourne son hôte fourmi. Exactement comme lors d'un détournement d'avion. Elle oblige la fourmi à grimper au sommet d'un brin d'herbe, à y verrouiller ses mandibules pour attendre d'être mangée par une vache. Oui, la nature est étrange. Et ce qui s'est passé ici ne l'est pas moins.

Pour Lisa, le fait de parler lui permettait de mettre de l'ordre dans ses idées. Elle prit le temps d'expliquer l'évaluation d'Henrick Barhnardt de la souche Judas, comment il avait classifié le virus comme faisant partie de la famille des *Bunyaviridae*. Elle se souvenait du diagramme d'Henrick, décrivant une relation linéaire humains ⟶ arthropodes ⟶ humains.

Humain ⟶ Insecte (arthropode) ⟶ Humain

— Mais nous nous trompions, dit-elle. Pour ce virus, il faut *trois* hôtes.

— Si les cyanobactéries sont le premier hôte, dit Gray, quel est le deuxième ?

Lisa leva les yeux vers les deux orifices percés dans l'idole avant de donner un petit coup de pied à une motte de guano séché.

— Les cyanobactéries avaient besoin de s'envoler de cette cage. Comme il se trouve qu'elles la partageaient avec des chauves-souris, elles se sont servies de leurs ailes.

— Attendez. Comment savez-vous qu'elles ont utilisé les chauves-souris ?

— Les *Bunyaviridae*. Ils adorent les arthropodes, ce qui inclut les insectes et les crustacés. Mais on en retrouve aussi certaines souches sur des souris et... des *chauves-souris*.

— Vous pensez donc que la souche Judas est un virus de chauve-souris qui aurait muté ?

— Oui. Qui a été muté par les neurotoxines des cyanobactéries.

— Mais pourquoi ?

— Pour affoler les chauves-souris, les obliger à s'éparpiller et à propager le virus dans la biosphère locale en envahissant ses bactéries. Transformant en gros chaque chauve-souris en petite bombe biologique. Déposant ses déchets partout où elle se posait. Si Susan a raison, ce bassin devait envoyer ces bombes tous les *trois* ans, laissant l'environnement se remettre de l'agression entretemps.

— Mais en quoi cela peut-il être utile aux cyanobactéries si cette maladie tue tous les oiseaux et tous les animaux *à l'extérieur* de la caverne ?

— Parce qu'elles se servent d'un troisième hôte, un autre complice. Les *arthropodes*. Rappelez-vous, les arthropodes sont les hôtes préférés des *Bunyaviridae*. Des insectes et des crustacés. Il se trouve aussi que ce sont les meilleurs charognards du monde. Ils nettoient les cadavres. C'est ce que le virus les oblige à faire. En les rendant d'abord littéralement affamés...

Sa voix faiblit tandis qu'elle repensait aux scènes de cannibalisme à bord du bateau. Elle se ressaisit, se forçant à rester concentrée.

— Après avoir stimulé leur appétit, s'être assuré d'un nettoyage méticuleux, le virus reprogramme son hôte pour qu'il revienne ici, dans la caverne, ramenant ainsi sa prise pour nourrir le bain de bactéries. Ils n'ont pas le choix. Comme la douve du foie et la fourmi. Une compulsion neurologique, un besoin migratoire.

— Comme Susan, dit Gray.

La comparaison fit grimacer Lisa. Elle se représenta le cycle de vie qu'elle venait de décrire. Triangulaire, plutôt que linéaire : cyanobactéries, chauves-souris et arthropodes. Tous unis par la souche Judas.

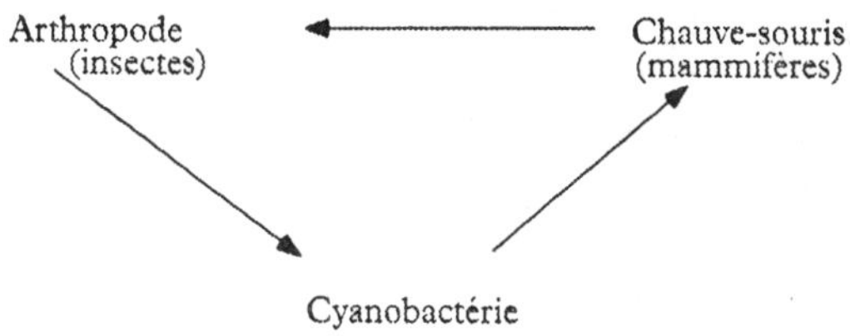

— Susan est différente, dit-elle. L'homme n'était pas censé faire son apparition dans ce cycle de vie. Mais, étant des mammifères, comme la chauve-souris, nous sommes vulnérables aux toxines, aux virus. Donc, quand les Khmers ont découvert cette caverne, ils ont sans le savoir intégré ce cycle de vie, prenant la place des chauves-souris. La maladie a frappé les populations tous les trois ans. Des épidémies d'ampleur variable se sont déclenchées de façon cyclique.

Gray baissa les yeux vers Susan.

— Et elle ? Pourquoi a-t-elle survécu ?

— Comme je le disais, je ne connais pas toutes les réponses, mais notre système neurologique est mille fois plus complexe que celui d'une chauve-souris ou d'un crabe. Et, tout comme les cyanobactéries, les humains possèdent aussi de formidables capacités d'adaptation. Jetez ces toxines dans un système nerveux si évolué, et qui sait quel miracle peut se produire ?

Lisa s'interrompit : ils venaient d'atteindre le début de la péninsule.

Comme elle se retournait, elle remarqua quelque chose d'étrange au-dessus d'eux. Des bouffées de fumée, illuminées par les rayons de soleil, sortaient des yeux de l'idole.

— La poudre neutralisante, dit Gray. Nasser doit être en train d'achever la décontamination du caveau. Nous n'avons plus beaucoup de temps.

11 h 39

Vigor s'agenouilla devant la petite porte. Seichan lui tenait la lampe. Une arche de calcaire surplombait la tranche de grès taillée qui servait de battant : un mélange d'architecture naturelle et humaine.

Au-dessus de la porte, serti dans le linteau de calcaire, se trouvait un médaillon de bronze sur lequel était gravé un impeccable crucifix. Vigor l'examina, pressentant l'intervention de frère Agreer dans cet assemblage.

Intuition qui fut confirmée par ce qu'il lut en dessous.

Du bout des doigts, il frôla le grès. Celui-ci était couvert d'inscriptions. Pas en langue des anges. Mais en italien. Le dernier testament de frère Agreer.

En l'an de l'incarnation du Fils du Seigneur 1296, je confie cette ultime prière à la pierre. La malédiction m'a frappé dès mon arrivée et m'a fait endurer de sombres souffrances, mais tel Lazare, je me suis relevé d'un sommeil mortel. Je ne comprends pas l'enchantement qui s'est emparé de moi, mais j'ai été préservé, marqué d'une façon extraordinaire, une brillance fiévreuse illuminant ma peau. Ainsi secouru, j'ai pu à mon tour venir en aide aux rares qui avaient survécu à la pestilence. À présent, un étrange besoin me submerge. Les feux de l'Enfer font déjà bouillir les eaux. Je sais que c'est vers la mort que je suis conduit. Avec de grands efforts, j'ai pu convaincre de la nécessité de ce sceau, j'ai veillé à sa construction. Et je pars avec une seule prière sur les lèvres. Plus que pour le salut de mon âme, je prie que cette porte reste à jamais scellée par la Croix du Seigneur. Que seul celui qu'habite l'esprit du Sauveur ose l'ouvrir.

Vigor toucha la signature gravée au bas de ces lignes.

Frère Antonio Agreer.

— Donc, dit Seichan derrière lui, après le départ de Marco Polo, ils ont exposé le frère à la maladie, mais au lieu de mourir, il a survécu. Comme cette femme.

— Les païens à la peau luisante qui ont offert le remède à Marco et aux siens ont dû deviner que frère Agreer survivrait. C'est pour cela qu'ils l'ont choisi. Mais remarquez la date : 1296. Il a vécu ici trois ans. Soit l'intervalle de temps que Susan a donné entre les éruptions. Elle avait raison, dit Vigor en jetant un regard derrière lui.

— Il y a d'autres inscriptions sous le nom.

Vigor acquiesça.

— C'est une citation de la Bible, livre de Matthieu, chapitre vingt-huit, concernant la résurrection du Christ. « Et voici, il y eut un grand tremblement de terre ; car un ange du Seigneur descendit du ciel pour faire rouler la pierre et s'asseoir dessus. »

— Voilà qui nous aide beaucoup.

Oui, cela les aidait énormément.

Vigor contempla le crucifix gravé dans le médaillon de bronze. Il prononça une prière silencieuse avant de se signer.

Il avait à peine terminé qu'il sentit le sol trembler sous ses genoux. Un fracas effroyable retentit derrière eux, provoqué par un éboulement rocheux, comme si la caverne s'effondrait.

Seichan battit en retraite avec la lampe.

— Restez ici !

Les ténèbres tombèrent. Même s'il ne pouvait plus lire les mots, des lettres de feu brillaient dans son esprit.

Et voici, il y eut un grand tremblement de terre...

11 h 52

Gray s'agenouilla au-dessus de Lisa tandis que l'onde de choc ébranlait la caverne. Kowalski la protégeait de l'autre côté. Un des stalactites se sépara du toit et plongea dans les profondeurs du bassin. À l'endroit où il s'était brisé, de profondes lézardes apparurent, serpentant sur le bloc de grès.

Susan était accroupie à mi-chemin de l'éperon rocheux qui s'avançait dans le lac brillant. Tout autour, les eaux vibraient, venant éclabousser la langue de roche. Toute cette agitation décuplait les bouffées acides, rendant l'air irrespirable.

Et chargé de souche Judas.

D'autres déflagrations moins importantes se succédaient, résonnant comme des coups de canon contre le toit de la caverne.

— Que se passe-t-il ? hurla Lisa.

— Nasser et sa bombe, répondit-il, les oreilles douloureuses, le souffle court.

Plus tôt, quand il avait examiné les piliers de soutènement du Bayon, il les avait trouvés rongés de failles, des fractures dues à l'ancienneté et aux mouvements périodiques du sous-sol. L'explosion de la bombe avait dû élargir ces fissures. Ensuite, l'acide se répandant au cœur de la roche avait parachevé la destruction.

— Un des piliers a dû céder, dit-il, et provoquer l'effondrement d'une partie du temple.

Il leva les yeux.

L'éboulement avait cessé… mais pour combien de temps ? Il fit volte-face vers Susan. Elle se relevait, lentement, péniblement. Elle regarda derrière elle. À l'évidence, elle aurait préféré revenir vers eux. Mais, au lieu de cela, elle continua à avancer sur le piton.

Devant elle, les deux rayons jumeaux brillaient de façon de plus en plus éclatante à mesure que le soleil approchait de son zénith.

— La caverne va-t-elle tenir assez longtemps ? demanda Lisa en regardant Susan.

— Il le faudra bien.

Si jamais un autre pilier cédait, Gray en était certain, le poids du temple écraserait cette bulle de grès comme une crêpe. Il aida Lisa à se remettre debout. Ils ne pouvaient pas rester ici. Même si les piliers tenaient, le lac était proche de l'éruption.

Tout le bassin brillait à présent, d'une rive à l'autre. À l'endroit où les rayons de soleil frappaient l'eau, celle-ci bouillonnait furieusement, relâchant encore plus de toxines dans l'air, plus de souche Judas.

Ils devaient partir.

Là-bas, Susan atteignait l'extrémité de l'éperon. Elle s'assit, serrant un genou contre sa poitrine. Elle leur tournait le dos, préférant sans doute ne pas les voir pour ne pas perdre sa détermination. Elle semblait si seule, si effrayée.

Une quinte de toux saisit Gray. Ses poumons le brûlaient. Il sentait le goût du poison dans sa bouche. Ils ne pouvaient plus attendre.

Lisa s'en rendait compte, elle aussi. Ses yeux étaient injectés de sang et de larmes. Elle pleurait à cause de la pestilence qui emplissait l'air mais aussi pour son amie.

Susan n'avait pas le choix et eux non plus.

Ils reculèrent vers l'arche du fond. Une lumière tremblotante annonça Seichan qui revenait vers eux en courant. Seule.

Où était Vigor ?

Un autre craquement dans la pierre retentit au-dessus d'eux.

Gray raidit les épaules, redoutant une nouvelle avalanche.

La réalité fut pire.

L'immense bouchon de grès se disloqua et des blocs de pierre se mirent à pleuvoir. Le soleil éclatant envahit la caverne. Un gros morceau de roche portant un coin de lèvres relevées dans un sourire énigmatique tomba dans l'eau, éclaboussant Susan. D'autres la suivirent comme autant de bombes.

Des voix triomphantes retentirent en haut.

Gray entendit Nasser.

— Ils doivent être là-dessous !

Mais pour le moment, l'assassin de la Guilde n'était pas le pire des dangers.

Le soleil à son zénith frappait le lac, faisant entrer l'eau en ébullition. Déjà proche de son point critique, le bouillonnement devint frénétique, crachant des jets de gaz et de vapeur.

La mare était en train d'exploser.

Ils n'arriveraient jamais aux escaliers.

Gray battit en retraite, entraînant Kowalski et Lisa avec lui. Il hurla vers Seichan :

— À terre ! Vite !

Il obéit à son propre conseil, faisant signe à Lisa et Kowalski de l'imiter. Il s'empara de la bâche dont ils s'étaient servis pour transporter Susan et la tira sur eux trois, essayant d'emprisonner autant d'air que possible sous la toile.

— Plaquez vos rebords contre la pierre ! ordonna-t-il.

Sous la bâche, il entendait les crépitements de l'eau qui bouillait, furieuse, sifflante... puis il y eut une formidable secousse comme si le lac entier avait sauté en l'air avant de retomber. De l'eau baigna ses chevilles puis se retira.

L'air sous la bâche se transforma en feu gazeux.

Ils se tassèrent les uns contre les autres, étouffant, toussant, suffoquant.

— Susan, gémit Lisa.

12 h

Susan hurla.

Elle ne cria pas avec ses poumons, ni avec ses cordes vocales. C'était le cœur de son être qui se révoltait.

Elle ne pouvait échapper à la souffrance. Son esprit, toujours nourri de lumière, continuait son enregistrement méticuleux de chaque sensation : le feu dans ses poumons, dans ses yeux, sa peau qui s'écorchait. Elle brûlait de l'intérieur, lançant son cri vers le ciel.

Y avait-il quelqu'un pour l'entendre ?

Comme son âme relâchait un dernier soupir, elle trouva enfin un répit.

Elle s'effondra sur la pierre.

Son cœur se contracta une ultime fois.

Puis, rien.

12 h 01

— Et Susan ? s'étrangla Lisa.

Gray risqua un regard au-delà de la bâche. Le lac bouillait toujours sous le soleil accablant. Au-dessus du bassin, l'air avait une consistance épaisse et visqueuse.

Mais l'essentiel des volutes de gaz montait, vers l'ouverture, conduisant le flux à travers la tour centrale du Bayon, comme dans un haut fourneau.

C'était la seule raison pour laquelle ils étaient encore en vie, il en était convaincu.

Si la caverne était restée scellée...

Mais un des membres de leur groupe avait davantage souffert. Susan gisait sur le dos, rigide comme une statue. Impossible de voir si elle respirait encore. En fait, il avait du mal à la distinguer tant la luminosité était forte à présent.

Et c'est alors qu'il se rendit compte d'un détail stupéfiant.

L'éperon rocheux n'était pas entièrement baigné de lumière.

Susan se trouvait dans l'ombre... mais elle ne luisait plus ! La lueur qui était en elle avait disparu, soufflée comme une bougie.

Qu'est-ce que cela voulait dire ?

Au-dessus, des hurlements retentissaient dans le temple maintenant imprégné d'exhalaisons toxiques. Gray entendit aussi de nouveaux frottements de pierre dans le toit de la caverne. Le gaz libéré par le lac avait encore affaibli l'équilibre précaire des roches.

— Il faut partir, dit-il.

— Et Susan ? protesta Lisa.

— Espérons qu'elle a été assez exposée. Que ce qu'elle attendait s'est en effet produit, dit Gray en s'agenouillant et en toussant violemment.

Désormais, ils avaient tous besoin du remède. Il se tourna vers Kowalski :

— Emmenez Lisa à l'escalier.

— Pas la peine de me le dire deux fois.

Lisa saisit le poignet de Gray tandis qu'il se relevait, gardant la bâche sur leurs têtes.

— Qu'allez-vous faire ?

— Chercher Susan.

Lisa jeta un coup d'œil à l'extérieur... et se couvrit la bouche. D'énormes bulles éclataient toujours à la surface du bassin, lâchant d'impressionnantes quantités de gaz.

— Vous n'y arriverez jamais.

— Il faudra bien pourtant.

— Mais elle ne bouge plus. Cette dernière exposition a dû l'achever.

Gray pensa au récit de Marco Polo, au cannibalisme forcé, comment il avait dû boire le sang et mangé la chair d'un autre homme pour survivre.

— Qu'elle soit morte ou vivante n'a pas d'importance. Il nous faut son corps, c'est tout.

Cette brutalité fit frémir Lisa, mais elle ne protesta pas.

— Je vais avoir besoin de la bâche, dit Gray.

Kowalski hocha la tête en saisissant Lisa par le bras.

— J'ai rien contre. Je prends la fille.

Gray leur fit signe de partir avant de s'envelopper dans la toile, ne laissant qu'une mince fente par laquelle regarder. Il entendit Kowalski et Lisa courir.

Un autre rocher se disloqua dans le temple pour venir s'écraser sur le sol de la caverne.

Un signal qui en valait un autre.

Tête baissée, il sprinta vers l'éperon.

Trente mètres.

C'est tout.

Aller et retour.

À quelques mètres du bassin, il pénétra dans les miasmes. Il retint son souffle mais eut néanmoins l'impression de heurter un mur de feu. Ses yeux brûlèrent aussitôt ; des larmes en jaillirent. Il ferma les paupières, pressa les deux pans de la bâche l'un contre l'autre et continua à courir en aveugle, comptant les pas.

À trente, il se risqua à jeter un coup d'œil. L'enfer l'accueillit.

Mais, à travers la douleur, il trouva un bras tendu. À un pas de lui. Il fit ce pas, se pencha et saisit le bras. Heureusement, elle ne luisait plus, ne brûlait plus. Mais il fut incapable de la soulever. Il dut la traîner. La bâche se prenait dans ses pieds, le ralentissant. Il se décida enfin à s'en débarrasser, prenant une dernière inspiration avant de la jeter.

Il tomba sur un genou.

Sa poitrine se contracta, sa gorge se serra, refusant ce qu'il exigeait d'elles.

Avaler des flammes.

Il se releva, tirant en aveugle, titubant, se précipitant.

Sa peau n'était plus qu'une immense brûlure, comme si on le fouettait après l'avoir écorché vif.

Vais pas y arriver.

Feu.

Flammes.

Brûlure.

Il trébucha, tombant encore une fois à genoux.

Non.

Puis il se releva… mais pas grâce à ses jambes.

— Je vous tiens, lui dit-elle dans l'oreille.

Seichan.

Elle avait passé un bras sous ses aisselles et le soutenait, ou plutôt le traînait : ses orteils raclaient le sol.

Il émit un râle suffocant.

Elle comprit.

— Kowalski s'occupe de Susan.

— J'suis là, chef, dit l'homme derrière lui. C'était un sacré sprint. Vous avez failli réussir. Heureusement qu'on est une équipe.

Tandis qu'ils fuyaient autour du lac, s'éloignant de la tempête centrale, la vision de Gray s'éclaircit. Il réussit enfin à reprendre appui sur ses pieds.

Seichan supportait encore l'essentiel de son poids.

— Merci, lui murmura-t-il à l'oreille d'une voix cassée.

Elle avait la joue couverte de cloques et un de ses yeux était enflé et fermé.

— Tirons-nous de cet enfer, dit-elle, plus irritée que soulagée.

— Amen, ma sœur, renchérit Kowalski.

Gray se retourna vers le bassin. Il vit quelque chose tomber dans le toit depuis le trou, pendant au bout d'une corde tel un appât au bout d'une ligne.

Un sac, lourd et épais.

— Bombe... murmura-t-il.

— Quoi ? fit Kowalski, incrédule.

— Une bombe, dit-il plus fort.

Nasser n'en avait toujours pas fini avec eux.

Assurant Susan sur son épaule, Kowalski se mit à courir, essayant de les dépasser.

— Mais, merde... c'est quoi cette manie de faire sauter les gens ?

12 h 10

Des cris éclatèrent en bas dans la caverne.

Lisa aurait voulu redescendre. Elle aurait préféré ne pas abandonner les autres mais Vigor avait, lui aussi, besoin de son aide.

— Continuez à tourner ! dit-il, la sueur ruisselant sur son visage.

Il jeta un regard vers la caverne avant de dévisager Lisa.

— J'ai l'impression qu'on ferait bien de se dépêcher.

À eux deux, ils dévissaient un énorme écrou en bronze. Sur sa tête, était gravé un crucifix de la taille d'une assiette dont ils se servaient pour faire tourner la vis. Pour le moment, la tige saillait d'une bonne soixantaine de centimètres de son logement au-dessus de la porte.

Quelle taille faisait-elle en tout ?

Ils tournèrent plus vite.

Tandis qu'ils travaillaient, Vigor cita l'inscription en bas de la porte.

— « Un ange du Seigneur descendit du ciel, et il roula la pierre. » Au début, j'ai essayé de rouler la porte elle-même mais j'ai vite abandonné. Puis je me suis souvenu de la dernière phrase : « Que seul celui qu'habite l'esprit du Sauveur ose l'ouvrir. » C'était à l'évidence une allusion au crucifix. J'aurais dû y penser sur-le-champ.

Des pieds cognaient dans l'escalier, montant vers eux.

Kowalski hurla :

— Bombe... porte... vite !

— Un homme de peu de mots, notre Kowalski.

Soudain, l'écrou tomba de son logement. Son poids les surprit et la tige de bronze leur échappa des mains, roulant bruyamment sur les marches.

Kowalski surgit, portant Susan inconsciente sur son épaule. Son visage se décomposa quand il vit la porte toujours fermée.

— Qu'est-ce que vous avez foutu ?

— Nous vous attendions, dit Vigor en poussant sur la plaque de pierre.

Libérée de son écrou, la porte tomba, s'écroulant sur le sol. Le soleil se rua par l'ouverture, se réfléchissant sur les parois rocheuses. Aveuglée, Lisa se précipita en avant avec Vigor pour céder la place à Kowalski et Susan.

— J'croyais que Seichan avait dit qu'elle avait poussé, grommela celui-ci. Cette fille n'a rien dans les bras.

Se redressant, Lisa regarda autour d'elle. Ils se trouvaient à présent au fond d'un puits de trois mètres de large. Les murs nus étaient très hauts. Aucun moyen de monter par là.

Kowalski déposa Susan à côté de la porte.

— Doc, j'ai l'impression qu'elle respire plus.

Rappelée à son devoir, Lisa se précipita auprès de la femme. Elle chercha son pouls. En vain. Mais elle refusait d'abandonner.

— Aidez-moi, dit-elle.

Gray et Seichan traversaient la porte, se soutenant mutuellement. Gray la vit penchée sur Susan.

— Lisa… elle est morte.

— Non. Pas sans combattre d'abord.

— Je vais vous aider, marmonna Seichan.

Comme elle s'avançait en titubant, Lisa remarqua le sang qui imbibait sa chemise, son pantalon. Frais et humide.

Seichan vit son regard.

— Je vais bien.

Gray les prévint de faire le moins de bruit possible… au cas où un des hommes de Nasser rôderait dans les parages. Il fit aussi signe à tout le monde de s'éloigner du seuil. Son visage et ses bras étaient couverts de cloques ou bien à vif. Le blanc de ses yeux était rouge vif.

Lisa commença un massage cardiaque pendant que Seichan pratiquait le bouche-à-bouche. Vigor se tenait près d'elles.

La bombe éclata comme un coup de tonnerre, ébranlant le sol sous leurs pieds. Un courant d'air vicié s'engouffra par la porte défoncée, un souffle empoisonné et brûlant chargé de miasmes.

Lisa se pencha au-dessus de Susan.

La vapeur monta le long du puits et se dissipa.

— C'était pas trop terrible, dit Kowalski.

Gray continuait à regarder en haut.

— Attention.

Lisa jeta un coup d'œil en l'air tout en continuant à pomper sur la poitrine de Susan.

Sur la gauche, on pouvait distinguer la partie supérieure de la tour centrale du Bayon. Les visages de pierre les toisaient. Et tremblaient.

— Elle va s'effondrer !

12 h 16

Nasser s'enfuyait avec six de ses hommes, courant à travers la cour de la seconde enceinte. Chaque foulée était une souffrance. Son corps n'était plus qu'une immense brûlure, comme si cette maudite femme était encore accrochée à lui. Mais il avait des soucis plus immédiats.

Il lança un regard derrière lui tout en se réfugiant sous une galerie.

La tour du Bayon chancelait... et soudain, elle s'effondra curieusement sur elle-même, comme si elle se rétractait d'un quart de sa hauteur. Une centaine de bodhisattvas se désagrégèrent. De la poussière de pierre s'envola, formant un nuage impénétrable. Des bouts de roche rebondirent et roulèrent le long de l'édifice.

Son expert en démolition l'avait prévenu contre la force de la charge, du fait que cela risquait de se produire. Mais Nasser ne pouvait prendre le risque de voir le commandant Pierce s'enfuir avec son trophée.

Au moment où il allait repartir, il remarqua un deuxième panache de fumée, s'élevant des profondeurs. On aurait dit un signal.

Il plissa les yeux.

Y aurait-il une autre issue à la caverne ?

12 h 17

Gray suffoquait dans la fumée, discernant à peine les autres malgré leur proximité dans cet espace confiné. La tour s'était effondrée, écrasant la caverne. Une colonne de poussière chargée d'émanations toxiques remontait en spirales le long du puits.

Il s'essuya les yeux. D'énormes rochers bloquaient l'entrée qu'ils avaient empruntée.

S'adossant au mur, il regarda en haut. L'une des parois du puits s'inclinait dangereusement. Ils avaient eu de la chance qu'elle ne se soit pas écroulée, elle aussi. Quelques blocs de pierre saillaient, en équilibre précaire.

D'autres quintes de toux résonnaient dans le puits.

La poussière se leva enfin, révélant l'une de celles qui suffoquait ainsi.

Lisa aidait Susan à s'asseoir. La femme se couvrit la bouche avec le poing tout en continuant à tousser douloureusement.

Bienvenue parmi nous.

La chance tournait peut-être enfin en leur faveur.

Une voix, venue du ciel, le détrompa.

— Tiens, tiens, mais qui avons-nous là ? cria Nasser.

Des fusils entouraient le rebord du puits, les tenant tous en joue.

Gray glissa le long du mur vers Kowalski.

— Et maintenant, chef ?

Avant que Gray ne puisse répondre, un téléphone portable sonna. La petite sonnerie était aussi incongrue que familière. Fouillant dans une de ses poches, Nasser en sortit l'appareil de Vigor. Il le lui avait confisqué à l'hôtel. Ils avaient tous été fouillés avant leur entrevue à l'Elephant Bar.

Nasser vérifia l'identité de l'appelant.

— Rachel Verona, dit-il en tendant le téléphone au-dessus du vide. Votre nièce, monsignor. Vous voulez lui dire adieu ?

L'engin sonna une dernière fois puis se tut.

— Dommage, dit Nasser. Quelle honte.

Gray ferma les yeux et retint son souffle.

Nasser continuait :

— Ou peut-être, commandant Pierce, préféreriez-vous appeler ma partenaire, Annishen ? Je vous ai promis que vous entendriez les hurlements de vos parents avant de mourir.

Gray l'ignora. Sa main glissa sous le manteau de Kowalski, dans son dos. L'appel interrompu de la nièce de Vigor était le signal convenu avec Painter. Ses parents étaient sains et saufs.

Ou morts.

D'une façon ou d'une autre... ils n'étaient plus à la merci de Nasser.

Les doigts de Gray s'enroulèrent autour de la crosse du pistolet coincé dans le creux des reins de Kowalski. Celui-ci avait failli le dégainer un peu plus tôt quand un singe l'avait effrayé. Heureusement, Gray l'en avait empêché.

Il libéra l'arme, la cachant le long de son corps.

— À moins que je ne vous laisse en plein mystère, sans vous dire ce qu'il est advenu de vos parents, continuait Nasser. Un mystère que vous emporterez à jamais dans la tombe.

— Et si t'y allais le premier...

Gray s'avança, leva son arme et tira deux fois.

Il toucha sa cible à l'épaule et à la poitrine. Les impacts firent tournoyer Nasser sur lui-même. Il heurta le rebord du puits et bascula dans le vide. Ses bras battirent l'air, projetant du sang sur les murs.

Gray pivota sur lui-même, arrosant le bord du puits. Il blessa trois mercenaires tandis que les autres se mettaient à l'abri. Derrière lui, Nasser s'écrasa sur le sol de pierre dans un craquement d'os. Un cri retentit. Faible, déjà.

Gray continuait à braquer son arme. Le Metal Storm 9 mm de conception australienne était ce qui se faisait de mieux dans le genre. Doté d'un système de mise à feu électronique, il pouvait tirer plusieurs balles en quelques fractions de seconde.

— Lisa, récupérez le téléphone de Vigor sur Nasser ! Appelez Painter !

Il l'entendit s'activer derrière lui.

Tandis qu'il tournait lentement sur lui-même, surveillant les abords du puits, il aperçut Nasser du coin de l'œil. Celui-ci gisait sur le dos, un bras tordu sous lui, brisé au niveau de l'épaule. Des bulles de sang crevaient sur ses lèvres. Côtes fracturées. Mais il était encore vivant. Suivant Gray du regard, perdu et désorienté.

Crève sans savoir, salopard.

Nasser lui obéit, rendant son dernier soupir, les yeux vitreux.

Seichan posa la question qui avait dû torturer ses derniers instants.

— D'où sort cette arme ?

— Un petit arrangement avec Painter. Quand nous étions à Ormuz. Je ne voulais pas qu'il mobilise des troupes d'assaut ici, mais je lui ai demandé une petite concession. Un pistolet, caché dans les toilettes de l'Elephant Bar avant notre arrivée, scotché derrière la cuvette. Je savais que Nasser se méfierait, qu'il me fouillerait plusieurs fois, mais Kowalski...

Gray haussa les épaules.

— Oui, au bar, je me souviens, dit Seichan. Kowalski a dit qu'il « devait pisser ».

— Je savais que nous serions fouillés. C'était le seul moyen d'avoir une arme.

— Ce connard aurait dû revoir *Le Parrain*, grommela Kowalski.

— J'ai Painter en ligne, annonça Lisa.

Les doigts de Gray se crispèrent sur le pistolet.

— Mes parents ? Comment...

— J'ai déjà demandé. Ils vont bien. Ils sont sains et saufs. Et indemnes.

Dieu merci.

Gray s'éclaircit la gorge.

— Dites à Painter d'établir un périmètre de quarantaine, au moins quinze kilomètres autour des ruines.

Il pensait au nuage toxique chargé de souche Judas. L'émanation n'avait duré qu'une douzaine de minutes avant que la bombe de Nasser ne scelle à nouveau la caverne. Un mal pour un petit bien, en l'occurrence. Mais quelle quantité de virus avait été relâchée ?

Il se tourna vers Susan. Elle était blottie sous l'arche de la porte et Kowalski veillait sur elle. Avait-elle réussi ? Toutes les personnes présentes dans ce puits avaient contribué de façon décisive à ce qu'ils en arrivent là. Tous ces efforts avaient-ils été consentis en vain ?

— Le périmètre est en train d'être établi, annonça Lisa.

Gray continuait à surveiller le sommet du puits. Il y avait encore une armée de la Guilde là-haut.

— Alors, dites à Painter qu'on aurait bien besoin d'un petit coup de main ici.

Elle relaya le message… avant de baisser le téléphone.

— Il a dit : *Pas de souci, levez la tête.*

Ce que fit Gray. Une nuée de rapaces planaient dans le ciel bleu. Des vautours aux ailes rigides qui convergeaient tous vers le temple… et portaient des fusils d'assaut.

Gray tendit la main vers le téléphone.

Lisa le lui donna.

— Je croyais qu'on était d'accord pour *ne pas* mobiliser une force d'assaut locale.

— Commandant, une force d'assaut lâchée à douze mille mètres d'altitude n'est pas exactement *locale.* Par ailleurs, de nous deux, c'est moi le chef.

Gray continuait à observer le ciel.

Les commandos en Deltaplane plongeaient vers les ruines, se déployant en formation d'attaque. La vision de ces dizaines d'engin tombant en spirale était impressionnante.

Soudain, dans une manœuvre synchronisée à la perfection, les hommes tirèrent sur leur poignée d'ouverture, se débarrassant de leurs ailes portantes qui furent remplacées par des parapentes. Dans un ballet impeccable, ils fondirent sur le temple, venant de toutes parts.

Leur approche remarquable fut remarquée. Gray entendit des bottes cogner le sol au-dessus de leurs têtes, la plupart semblant s'éloigner. Les mercenaires de la Guilde s'enfuyaient.

Mais pas assez vite.

Quelques rafales retentirent. Éparses, d'abord, puis plus fournies. La fusillade fit rage pendant une bonne minute. Un des parapentes apparut au-dessus du puits, son pilote mitraillant la cour tout en volant. Un autre le suivit. Les soldats atterrissaient tout autour du puits, probablement guidés par le signal du téléphone que Gray tenait dans sa main.

Un homme se pencha tout à coup par-dessus le rebord.

Un peu trop vite : Gray faillit le descendre.

Par chance, il reconnut sa combinaison de vol.
De l'U.S. Air Force.
— Ça va, les gars ?
L'accent australien était prononcé.
Lisa s'avança, ébahie.
— Ryder ?
Il lui sourit.
— Votre petit copain… ce Painter… génial, ce mec ! Il m'a laissé sauter. Bon, ça vaut pas une petite balade sur un filet électrifié avec une bande de cannibales… mais faut savoir se contenter de ce qu'on a.
Quelqu'un cria.
Ryder leva un bras pour signaler que tout allait bien avant de se tourner à nouveau vers eux.
— Faites gaffe ! On envoie les échelles !
Il disparut.
Gray montait toujours la garde, son arme à la main.
Il commençait à se sentir inutile.
Il parla à nouveau dans le téléphone.
— Monsieur le directeur ?
— Oui ?
— Merci de ne pas m'avoir écouté.
— C'est mon rôle.

19

Traîtrise

14 juillet, 10 h 34
Bangkok, Thaïlande

Une semaine plus tard, Lisa était debout à la fenêtre d'une clinique privée non loin de Bangkok. De hauts murs entouraient le bâtiment à un étage et son luxuriant jardin peuplé de papayers, de lotus en fleur, de fontaines jaillissantes et de quelques statues de Bouddha autour desquelles fumaient encore des bâtons d'encens.

Elle-même avait prié ce matin à l'aube.

Seule.

Pour Monk.

La fenêtre était ouverte, les volets ouverts pour la première fois depuis une semaine. Leur quarantaine était terminée. Elle prit une profonde inspiration, inhalant la senteur des jasmins et des orangers. Au-delà du mur d'enceinte, elle entendait les bruits du petit village : les meuglements des bœufs, le bavardage de deux vieilles dames passant devant la grille, le pas lourd d'un éléphant traînant une poutre et, mieux que tout, aussi vibrants que les rayons du soleil, les rires d'enfants.

La vie.

Tout ce qu'ils avaient failli perdre.

— Tu sais, dit une voix derrière elle, que le soleil passe à travers ta robe d'hôpital ? Ce qui ne laisse que très peu de place à l'imagination. Cela dit, je ne m'en plains pas.

Elle se retourna, folle de joie.

Painter était adossé au chambranle de la porte, un bouquet de roses jaunes – ses préférées – à la main. Il portait un costume sans cravate et était rasé de près. Après une semaine sous les tropiques, ayant enfin abandonné son antre dans les sous-sols de Sigma, il avait un teint bronzé qui soulignait le noir de sa chevelure et le bleu de ses yeux.

— Je croyais que tu ne devais pas revenir avant ce soir, dit-elle.

Il s'avança dans la chambre. La clinique privée offrait à ses résidants le meilleur confort : mobilier en teck, nombreux et odorants bouquets et même un bocal à poissons rouges où barbotaient de minuscules spécimens orange et pourpres.

— Le rendez-vous avec le Premier Ministre cambodgien a été repoussé à la semaine prochaine. Et ne sera peut-être pas nécessaire. La quarantaine là-bas devrait être levée d'ici quelques jours.

Lisa acquiesça. Des avions avaient épandu une solution désinfectante à faible dosage sur toute la région. Les ruines d'Angkor Thom avaient quant à elles été méticuleusement aspergées. On avait relevé quelques cas dans les camps sanitaires, mais tous répondaient bien au traitement.

Le remède était efficace.

Susan se trouvait dans une autre aile de la clinique, sous la plus stricte surveillance, mais même cette précaution se révélait inutile. Elle avait effectivement produit l'antivirus, traversant les flammes pour y parvenir. Après cela, il ne restait plus aucune trace du virus en elle. *Cis* ou *trans,* tout avait disparu.

Sauf le remède lui-même.

Qui n'était ni un anticorps, ni un enzyme, ni même un globule blanc. Mais une bactérie. La même cyanobactérie qui l'avait contaminée.

La seconde exposition l'avait à nouveau altérée, faisant effectuer un tour complet au cycle de la vie. Comme le lactobacille bienfaisant du yaourt, le micro-organisme, une fois ingéré ou inoculé, produisait des composés bénéfiques qui détruisaient toutes les bactéries toxiques générées par la souche Judas et finissait par éradiquer toute trace du virus lui-même en le digérant.

La cure produisait des symptômes semblables à une petite grippe pour déboucher sur une immunité totale, y compris à une future infection. La bactérie semblait aussi agir comme un vaccin sur des sujets sains, offrant une protection contre toute exposition, semblable en cela au vaccin de Salk contre la polio. Mais, mieux que tout, elle s'avérait facile à cultiver. Des échantillons en avaient été expédiés à de nombreux laboratoires un peu partout sur la planète. On en produisait maintenant d'énormes quantités, que l'on stockait un peu partout dans le monde de manière à stopper la pandémie sur-le-champ et à protéger les populations de toute future résurgence.

Les organisations de santé restaient vigilantes.

— Quelle est la situation sur l'île Christmas ? demanda-t-elle en s'asseyant sur le rebord du lit.

— Elle paraît bonne. J'ai lu certains des papiers que ton ami Jessie a cru bon de voler à bord du paquebot avant qu'il ne coule. Apparemment, avant de quitter l'île, la Guilde a déversé un tanker d'eau de Javel le long des côtes. Pas par altruisme, mais simplement pour tenter d'effacer ses traces et éviter qu'un éventuel concurrent ne s'intéresse à sa découverte.

— Crois-tu que cela empêchera le phénomène de se reproduire ?

Painter haussa les épaules en venant la rejoindre sur le lit. Il lui prit la main… non dans une intention quelconque mais par pur réflexe. C'était pour des gestes tels que celui-ci qu'elle l'aimait autant.

— Difficile à dire, répondit-il. Le typhon a balayé l'île. Des équipes de chercheurs de plusieurs pays sont déjà en train d'étudier les eaux voisines… sous la direction du

Dr Richard Graff. Après ce qu'il a trouvé avec ces crabes, je me suis dit qu'il méritait le poste.

Elle lui serra la main. La mention de Graff lui fit penser à Monk. Elle soupira.

Il l'attira doucement contre lui. Il avait compris ce qui la troublait.

— Nous avons interrogé tous les survivants du *Mistress of the Seas*...

Elle ne dit rien, sachant que les nouvelles qu'il allait annoncer ne seraient pas bonnes.

L'île était encore maintenue sous quarantaine par les forces australiennes et américaines. Les commandos australiens avaient été en mesure d'organiser une évacuation massive du paquebot alors qu'il était en train de brûler et de couler. L'essentiel des travaux de la Guilde reposait maintenant par trois cents mètres de fond, au milieu des calmars prédateurs. Plonger vers l'épave restait une entreprise plutôt périlleuse. On avait décrété que les créatures appartenaient à une nouvelle espèce de *Taningia,* les *Taningia tunis* en hommage au mari de Susan.

La veille, Lisa avait parlé au téléphone avec Henrick et Jessie qui se trouvaient au camp de réfugiés de Pusat. Ils avaient survécu, après être parvenus à protéger la plupart des patients et du personnel de l'OMS, avec l'aide des cannibales. Tout le monde était sous traitement et, pour l'instant, réagissait bien. Les seules exceptions étaient ceux qui avaient complètement perdu l'esprit, leur cerveau ayant subi des dommages irréparables. La plupart de ceux-là étaient morts au moment où le navire avait sombré. Pas un seul membre de l'équipe de la Guilde du navire n'en avait réchappé.

À une exception.

Peut-être.

Jessie avait fait à Lisa le récit de l'évacuation. Il était tombé sur un certain nombre de salles verrouillées. Entendant des enfants pleurer à l'intérieur, il avait brisé les serrures à temps pour tous les sauver. Les gamins lui avaient alors raconté l'étrange histoire d'un ange qui les avait tous rassemblés ici et les avait enfermés pour éviter qu'il leur arrive le moindre mal. Cet ange avait ensuite entraîné un groupe de patients déments derrière lui, leur servant d'appât.

Les enfants avaient décrit leur ange.

De longs cheveux noirs, vêtu de soie, muet comme une tombe.

Surina.

Elle avait disparu.

— Et nous avons aussi interrogé toutes les personnes présentes dans le camp, continuait Painter.

Au sujet de Monk, se dit-elle.

— Un des médecins de l'OMS s'était caché sur le pont du bateau. Il avait des jumelles. Il a assisté à votre évasion à bord du *Sea Dart.* Il a vu Monk tomber dans le lagon, puis le filet s'effondrer sur lui, l'entraînant au fond.

Un petit silence.

— Il n'a pas refait surface.

Lisa ferma les yeux. Elle sentit quelque chose céder en elle et répandre un liquide glacé dans ses veines. Jusqu'à présent, elle espérait encore... une chance infime... un miracle... C'était pour cela qu'elle s'était agenouillée ce matin devant un des bouddhas.

Elle avait prié pour lui, pour sa survie.

— Il est parti, murmura-t-elle, admettant enfin la vérité.

Oh Monk...

Elle se blottit contre Painter, mouillant sa chemise avec ses larmes. Elle avait besoin de le tenir, de s'accrocher à lui comme pour s'assurer de sa présence.

— Tu l'as dit à Kat ?

Il resta silencieux.

Mais elle le sentit trembler.

Il le lui avait dit.

Quand il parla, ce fut d'une voix sourde, méconnaissable.

— Ne me quitte plus jamais.

Lisa repensa aux raisons pour lesquelles elle avait voulu effectuer cette mission. Évaluer sa vie quand elle ne se trouvait pas dans l'ombre de Painter. Prendre un peu de distance au moment où leurs existences se mêlaient, d'un point de vue professionnel aussi bien que personnel.

Elle avait eu sa réponse.

Les cannibales et les fous s'étaient chargés de la lui donner.

Elle savait qu'elle était assez forte pour tenir seule.

Mais...

Elle l'embrassa et murmura :

— Ma place est ici auprès de toi.

12 h 02

Gray traversait le jardin. Il s'était changé : boots et chemise bariolée qui flottait sur son jean. C'était bon de remettre des vêtements normaux, d'enlever ces fringues d'hôpital. Autant que de sortir à l'air libre, même s'il avait encore un peu de mal à respirer et si la lumière du jour lui paraissait trop éclatante. Il était encore convalescent, mais après une semaine passée entre quatre murs à ne rien faire, il en avait marre.

Il accéléra le pas. Il avait fait le tour complet du bâtiment. Pour éviter toute mauvaise surprise.

Il complotait cela depuis trois jours. Le portail apparut.

Ils avaient le droit de quitter la clinique mais uniquement pour le village voisin.

Au coin d'une grande haie, Gray arriva devant une petite alcôve abritant un Bouddha drapé de soie rouge. Quelques bâtons d'encens gisaient sur le sol, mais ils ne fumaient plus.

À la différence de Kowalski, négligemment adossé à la statue, qui retira le cigare de sa bouche, lâchant un épais nuage.

— Rhaaa, que c'est bon...

— Où avez-vous dé... oh, peu importe, fit Gray en tendant la main. Vous avez trouvé ce que je vous ai demandé ?

Kowalski écrasa son mégot sur l'épaule du Bouddha.

Le sacrilège fit grimacer Gray.

— Ouais, mais à quoi ça va vous servir ? fit Kowalski en brandissant un sac en papier qu'il avait caché dans son dos. J'ai dû soudoyer mon infirmière pendant qu'elle me donnait le bain. Sauf que c'était pas une infirmière mais un infirmier.

Un mec pour me frotter le dos ! Ça va pas la tête ! Mais il a dégotté tout ce que vous vouliez.

Gray prit le paquet et s'apprêta à tourner les talons.

Kowalski lâcha un soupir excédé.

— Quoi ? fit Gray.

Le grand gaillard ouvrit la bouche… et la referma.

— Qu'y a-t-il ?

Il leva les mains au ciel.

— D'abord… pendant toute cette histoire, j'ai pas tiré un seul coup de pétard. J'ai traversé la terre entière, j'ai manqué de me faire exploser la tête dans des tas de coins pas possibles et pas une seule fois j'ai eu l'occasion de sortir un malheureux flingue ! J'aurais aussi bien pu rester au pays à faire le poireau devant des planques désertes. Et, pour finir, en guise de récompense, tout ce que je récolte, c'est un tas de piqûres dans le cul.

Gray resta là un moment à le dévisager. C'était la première fois que le bonhomme prononçait un discours aussi articulé.

— Tout ce que je veux dire… enchaîna Kowalski avant de s'arrêter subitement, l'air peiné.

Gray soupira.

— D'accord. Suivez-moi.

Il repartit en direction du portail. Il avait une dette envers lui.

— On va où ?

Les gardes de service les saluèrent. Ils quittèrent l'enceinte de la clinique. Gray sortit un billet de son portefeuille qu'il tendit à Kowalski.

— Qu'est-ce que vous voulez que je foute avec dix dollars ?

Gray lui montra la route où s'activait une équipe de terrassiers. À la thaïlandaise. Quatre hommes et deux bêtes de trait.

— Regardez…

Kowalski contempla la piste de terre battue, le billet dans sa main puis… les éléphants. Un immense sourire scia son gros visage.

— Waouh, génial ! Depuis l'autre jour, je crève d'envie de faire un tour sur une de ces bestioles, fit-il en se mettant à courir vers les ouvriers. Hé, vous, les Chinetoques !

Gray rentra dans l'enceinte de la clinique.

Pauvre éléphant.

12 h 15

Vigor se reposait sur son lit, une paire de lunettes perchée sur le nez. Une pile de livres était en équilibre sur sa table de nuit, disputant la place à un bocal à poissons rouges. À ses côtés, s'étalaient de nombreux articles qu'il avait fait imprimer : sur l'écriture angélique, sur Marco Polo, sur l'histoire des Khmers et sur les ruines d'Angkor.

Pour le moment, il relisait pour la quatrième fois le rapport scientifique que Gray avait cité, un papier publié dans *Science* en 1994, établissant un lien entre les langues et le code ADN.

Fascinant...

Un mouvement devant la porte ouverte de sa chambre lui fit lever les yeux.

— Commandant Pierce !

Gray s'immobilisa sur le seuil en consultant sa montre.

— Oui, monsignor ?

Vigor fut surpris par ce ton formel. Gray était sur les nerfs. Pour quelle raison ?

— Entrez un moment.

— Un moment, seulement. Comment allez-vous ?

— Bien, répondit Vigor qui ne se souciait guère de sa santé. J'ai lu cet article. Je ne m'étais jamais rendu compte que seuls trois pour cent de notre génome sont actifs. Ce qui implique que les quatre-vingt-dix-sept autres pour cent ne codent strictement rien. Pourtant, quand cet ADN poubelle est soumis à un programme de cryptographie, il révèle les mêmes caractéristiques qu'un langage. Stupéfiant.

Il enleva ses lunettes.

— Gray, imaginez que nous puissions comprendre ce langage ?

— Je crains que certaines choses dépassent toujours notre entendement.

— Et je suis persuadé du contraire. Dieu ne nous a pas donné ces gros cerveaux pour que nous ne nous en servions pas. Nous sommes nés pour questionner, pour chercher, pour nous efforcer de parvenir à une meilleure compréhension de l'univers.

Gray regarda à nouveau sa montre à la dérobée. Un léger coup d'œil vers son poignet. Il ne voulait pas se montrer impoli.

Vigor décida de cesser de le torturer : il avait visiblement une tâche importante à accomplir.

— Laissez-moi vous dire où je veux en venir. Rappelez-vous, dans le caveau sous le Bayon, j'ai mentionné comment l'écriture angélique – l'éventuelle forme écrite de ce langage génétique inconnu – pouvait être la Parole de Dieu révélant quelque chose de plus grand en nous, quelque chose qui serait enfoui dans ces quatre-vingt-dix-sept pour cent de code génétique considérés comme *poubelle.* Et s'il ne s'agissait pas de déchets génétiques ? Et si ce n'était pas une poubelle ? Il est même possible que nous ayons assisté à la manifestation de cette part plus grande en nous.

— De quoi parlez-vous ?

— De Susan. Sa transformation pourrait être un aperçu de ce que révélerait la traduction de l'écriture angélique.

Vigor vit l'incrédulité s'inscrire sur le visage du commandant.

— J'ai parlé à Lisa ce matin, reprit-il. Selon elle, l'énergie des bactéries stimulait le cerveau de Susan quand elle était directement exposée à la lumière du soleil ; ce qui a eu pour effet de réveiller ces parties qui, d'ordinaire, sont dormantes. Il me paraît intéressant que seul un très faible pourcentage de notre code génétique soit actif et qu'en même temps nous n'utilisions qu'une infime partie de notre cerveau. Ne trouvez-vous pas cela bizarre ?

Gray haussa les épaules.

— Oui, j'imagine.

Vigor continua.

— Et si toute cette écriture angélique ne faisait que révéler notre *véritable* potentiel, celui qui reste caché en nous, attendant d'être réveillé ? Selon la Genèse, Dieu nous a créés à son image. Et si cette image ne s'était pas encore complètement développée ? Si elle restait encore enfouie dans les sections dormantes de notre cerveau, cachée dans le langage angélique de notre ADN poubelle ? Peut-être que toutes ces inscriptions gravées sur les murs du Bayon et qui brillaient dans le noir… peut-être que cette ancienne écriture tentait de révéler ce potentiel. Vous avez vous-même mentionné comment elles étaient incomplètes, comment certaines parties manquaient.

— C'est vrai, concéda Gray. Et vous soulevez des hypothèses qui valent la peine d'être explorées, mais j'ignore si nous saurons jamais la vérité. Susan est redevenue normale et Painter m'a dit qu'une équipe d'excavation est parvenue jusqu'au caveau sous le Bayon. Certains murs sont encore intacts mais la bombe à l'acide de Nasser en a rongé la surface. Il ne reste rien de l'écriture angélique.

Accablé, Vigor secoua la tête.

— Quelle honte. Mais je continue à m'interroger à propos de quelque chose que nous n'avons pas trouvé dans la caverne.

— Quoi donc ?

— Votre tortue. Vous pensiez que la caverne pouvait receler un mystère plus grand, quelque chose qui serait l'incarnation de Vishnu.

— C'était peut-être tout simplement la souche Judas. La mare luisante. Vous-même avez expliqué comment les anciens Khmers ont dû tomber dessus et croire qu'il s'agissait de la demeure d'un dieu. Pourquoi pas Vishnu ?

Vigor le fixa droit dans les yeux.

— Ou peut-être que Susan était un aperçu de ce plus grand mystère, du potentiel divin ou angélique caché en chacun de nous.

Gray haussa une nouvelle fois les épaules, préférant à l'évidence ne plus songer à cela. Vigor remarqua cependant ses sourcils froncés : comme il l'avait espéré, il avait aiguisé sa curiosité. Il voulait que ce garçon garde l'esprit ouvert.

Mais il sentait aussi qu'une affaire plus urgente lui accaparait l'esprit. De la main, il lui fit un petit signe, le libérant enfin. Quand Gray fut à la porte, il ajouta :

— Saluez Seichan pour moi.

Gray faillit trébucher.

Vigor remit ses lunettes.

Ah, la jeunesse…

12 h 20

Gray tendit la tasse de café au garde posté devant la porte de Seichan.

— Elle est réveillée ?

L'enseigne haussa les épaules.

— Je sais pas.

Gray poussa la porte. C'était une mission ennuyeuse pour un jeune militaire. Depuis sa seconde opération, la patiente était la plupart du temps sous sédatif. Seichan avait rouvert sa blessure, ce qui avait provoqué une hémorragie interne.

En lui sauvant la vie.

Il se souvenait de ses bras le portant, du rictus de douleur sur son visage couvert de cloques, de son œil enflé. Sur le moment, il ne s'était pas rendu compte qu'en revenant le chercher, elle avait failli mourir.

Il pénétra dans la chambre.

Elle gisait sur le lit, les bras écartés et menottés aux montants.

Vêtue d'une chemise d'hôpital, elle était recouverte d'un drap.

La chambre, conçue pour des malades mentaux, était stérile et froide, meublée en tout et pour tout du lit et d'une petite table roulante. L'étroite fenêtre était garnie de volets en acier.

Seichan s'étira à son entrée. Elle tourna la tête. Ses traits se durcirent tandis que ses paupières se baissaient pendant une fraction de seconde. Son immobilisation était pour elle une humiliation. Mais la colère reprit vite le dessus. Elle tira sur un de ses poignets.

Gray vint s'asseoir sur le lit.

— Même si mes parents sont vivants, cela ne veut pas dire que je vous pardonne. Ni que je vous pardonnerai un jour. Mais j'ai une dette envers vous. Je ne vous laisserai pas mourir. Pas comme ça.

Il sortit la clé des menottes de sa poche et saisit un de ses bras. Il sentit le pouls de Seichan s'accélérer sous ses doigts.

— Ils vous envoient à Guantanamo demain matin, dit-il.

— Je sais.

Et, comme Gray, elle savait aussi que cela valait une sentence de mort. Si elle n'était pas exécutée à son arrivée, la Guilde la ferait assassiner pour la réduire au silence.

Il glissa la clé dans la serrure. Le bracelet s'ouvrit.

Elle s'assit, l'air toujours méfiant.

Elle tendit la main.

Il lui donna la clé. Comme elle se libérait, il posa le sac de Kowalski sur le lit.

— Il y a trois tenues là-dedans : un uniforme d'infirmière, des vêtements locaux et des trucs plus passe-partout. Il y a aussi de l'argent. Je n'ai rien pu faire pour des papiers, pas en si peu de temps.

Libérée, elle se frottait les poignets.

Un choc mou retentit derrière la porte : celui d'un corps heurtant le sol.

— Oh, et puis j'ai drogué le garde.

Elle le fixait, les yeux étincelants. Avant qu'il ne puisse réagir, elle se jeta sur lui, l'attrapa par le col et l'embrassa furieusement. Sa bouche avait un goût un peu sucré, dû aux médicaments.

D'instinct, il voulut reculer. Il n'était pas venu pour...

Oh, et puis merde...

Posant la main au creux de ses reins, il l'attira contre lui. Sans jamais rompre leur étreinte, elle lui grimpa dessus. Il vacilla et tomba en arrière.

Avant d'entendre le *clic* des menottes.

Elle le repoussa et sauta en arrière.

Il avait le poignet droit attaché au lit.

Il releva les yeux juste à temps pour voir un coude arriver.

Sa tête partit violemment en arrière. Ses lèvres éclatèrent.

Elle lui bondit dessus, le clouant au lit, assise sur sa poitrine, le poing prêt. Il leva son bras libre pour se protéger. Elle pencha la tête sur le côté.

— Il faut que ça ait l'air convaincant, ou c'est vous qui allez vous retrouver à Guantanamo pour trahison.

Elle avait raison.

Il baissa le bras.

Elle frappa, fort. Cette fois, ce fut sa pommette qui céda. Le coup fit résonner tout son crâne. Elle secoua la main… avant de lever à nouveau le poing.

— Et ça, c'est pour ne pas me faire confiance, dit-elle avant de cogner à nouveau.

Du sang jaillit de son nez. Il se sentit partir dans les vapes, puis revenir.

Elle se pencha, tout près de son oreille.

— Vous vous souvenez de cette petite promesse que je vous ai faite au tout début de cette histoire ?

— Laquelle ?

Il se tourna pour cracher du sang.

— Que je vous révélerais le nom de la taupe quand tout serait terminé.

— Il n'y a pas de taupe.

— Vous en êtes certain ?

Le regard de Seichan planait au-dessus de lui. Soudain, il n'en était plus aussi sûr.

Elle se redressa et lui envoya une gifle du coude. Dans l'œil.

— Bon Dieu !

— Ça va faire un beau coquard.

Elle se frotta les lèvres, l'examinant, tel un artiste devant sa toile. Soudain, elle dit :

— C'est moi, la taupe, Gray.

— Qu'est-ce... ?

— Une taupe implantée dans la Guilde.

Elle lui écrasa le poing sur son autre œil. Pendant un instant, il ne vit que du noir.

— Je suis du côté des gentils, Gray. Vous ne l'aviez pas encore compris ?

Il gisait, hébété, par ses coups, par ses mots.

— Un agent double ? grogna-t-il, incrédule. Il y a deux ans, vous m'avez tiré dessus ! À bout portant dans la poitrine.

Elle se prépara à nouveau.

— Je savais que vous portiez une armure liquide. Vous ne vous êtes jamais demandé pourquoi j'en portais une identique ?

Le poing tomba, lui expédiant la tête en arrière. Puis elle lui pinça le nez, se demandant visiblement si elle devait le casser.

— Et la bombe d'anthrax, dit-il. À Fort Detrick ?

— Déjà stérilisée. Un leurre. Je comptais accuser le concepteur de la bombe.

— Mais... le conservateur à Venise ? Vous l'avez tué de sang-froid.

Elle lui planta ses ongles dans la joue et le griffa, semant quatre traits de feu.

— Si je ne l'avais pas fait, toute sa famille aurait été massacrée. Sa femme et sa petite fille.

Grimaçant, il la regarda. Elle avait réponse à tout.

Pour le moment, elle levait une paume ouverte, lorgnant vers son nez.

— Et je ne vais pas m'arrêter... pas après cinq ans. Pas quand je suis si proche de savoir qui dirige la Guilde.

Elle frappa, mais cette fois il lui saisit le bras.

Elle pesa de tout son poids, luttant contre lui.

— Seichan...

Elle le fixait, les muscles tendus, une curieuse expression dans les yeux : comme si elle avait mal. Elle fouillait son visage, y cherchant quelque chose. Elle ne parut pas le trouver. Pendant une fraction de seconde, il surprit une lueur de déception dans son regard. De regret aussi... et peut-être de solitude. Puis, cela disparut.

Elle le frappa avec son autre coude, un coup à l'oreille, qui lui fit voir des étoiles. Il la lâcha. Elle rampa en arrière et l'abandonna.

— Ça devrait suffire, dit-elle.

Elle s'empara des vêtements, se débarrassant de sa robe d'hôpital pour enfiler rapidement l'uniforme d'infirmière, qui comprenait aussi un foulard pour cacher son visage encore marqué. Elle gardait le dos tourné.

— Seichan ?

Une fois habillée, elle ne prononça pas le moindre mot et se dirigea vers la porte. Elle ne se retourna même pas pour lui demander une dernière chose.

— Faites-moi confiance, Gray... j'ai au moins mérité ça.

Avant qu'il ne puisse répondre, elle était partie. La porte se referma derrière elle.

Faites-moi confiance...

Que le ciel lui vienne en aide, s'il le faisait.

Il se redressa sur le lit, groggy, un de ses yeux suintant.

Quinze minutes passèrent. Assez pour être certain qu'elle s'était enfuie.

Finalement, Painter entra.

— Vous avez tout eu ? demanda Gray.

— Tout, et en détail.

— Est-il possible qu'elle dise la vérité ?

Painter fronça les sourcils, fixant la porte.

— C'est une menteuse professionnelle.

— Professionnelle, oui... Il faut ça pour survivre au sein de la Guilde.

Painter ouvrit la menotte.

— Quoi qu'il en soit, la puce que nous lui avons implantée dans le ventre pendant l'opération nous permettra de la suivre.

— Et si la Guilde la trouve ?

— C'est un polymère en plastique, invisible aux rayons X. Ils ne la détecteront jamais.

Sauf s'ils lui ouvrent le ventre.

Gray se leva.

— Nous avons tort. Vous le savez.

— Il n'y avait pas d'autre choix. Le gouvernement ne nous aurait jamais autorisés à la libérer.

Gray revit le regard de Seichan au-dessus de lui.

Il était sûr de deux choses.

Elle n'avait pas menti.

Et, même maintenant, elle était très loin d'être libre.

Épilogue

11 août, 8 h 32
Takoma Park, Maryland

— Ça a l'air superbe, dit Gray.

Son père passait un chiffon imbibé de cire sur le capot immaculé de la Thunderbird. Ils avaient récupéré la voiture à la fourrière, la ramenant avec une remorque. Painter avait veillé à ce qu'elle soit restaurée chez le meilleur spécialiste de Washington. Elle était revenue depuis une semaine, mais c'était la première fois que Gray la voyait.

Son père recula, mains sur les hanches. Il portait un maillot de corps couvert de graisse et un short montrant sa nouvelle jambe, un autre petit cadeau de Sigma, conçue par le DARPA, exceptionnellement réaliste. Mais pour le moment il se moquait bien de sa jambe flambant neuve.

— Qu'est-ce que tu penses de ces nouvelles jantes ? Pas aussi jolies que mes vieilles Kelsey, hein ?

Gray le rejoignit. À ses yeux, il n'y avait aucune différence.

— Tu as raison. Elles sont moches.

— Hum, fit son père sans se mouiller. Mais elles m'ont pas coûté cher. Ce gars, Painter, est plutôt généreux.

Gray commençait à deviner où cela allait les mener.

— Papa...

— Ta mère et moi avons discuté hier soir, dit-il en contemplant toujours les roues. Nous pensons que tu devrais rester chez Sigma.

Gray se gratta la tête. Sa lettre de démission se trouvait déjà dans sa poche. En revenant du Cambodge, il avait retrouvé son père à l'hôpital, la poitrine brûlée par des impacts de Taser. Et sa mère avec une fracture du poignet. Mais le pire, c'était son œil au beurre noir.

Tout cela à cause de lui.

Il avait failli craquer à l'hôpital.

Quelle sécurité pouvait-il offrir à ses parents s'il continuait ? La Guilde le connaissait, elle savait où les trouver. Il n'y avait qu'un moyen de les protéger : démissionner. Painter avait tenté de le rassurer. La Guilde ne ferait rien. La vengeance et les représailles ne faisaient pas partie de ses méthodes. Elle visait uniquement des objectifs rentables. Et s'il devait repartir en mission, il ferait en sorte que ses parents soient sous surveillance constante.

Mais certaines missions déboulent chez vous à moto.

Il n'y avait aucun moyen de se protéger contre ça.

— Gray, insista son père, ce que tu fais est important. Tu ne peux pas arrêter pour la simple raison que tu as peur pour nous.

— Papa…

Celui-ci leva la main.

— J'ai dit ce que j'avais à dire. À toi de prendre ta décision. Moi aussi, j'ai une grave décision à prendre : est-ce que, oui ou non, j'aime ces jantes.

Gray resta planté là.

Son père le saisit alors par l'épaule et l'attira contre lui. Il le serra une seule fois avec un seul bras avant de le repousser.

— Va voir ce que ta mère est en train de cramer pour le p'tit dej'.

Il la croisa alors qu'elle sortait par la porte de derrière.

— Ah, Gray, je viens d'avoir Kat. Elle m'a dit que tu passais la voir ce matin.

— Avant d'aller au bureau. Je lui rapporte quelques affaires que Monk a laissées chez moi. P'pa me passe la T-Bird pour faire des courses avec elle cet après-midi.

— Je sais que les obsèques ne sont que dans deux jours, mais j'ai deux ou trois tartes pour elle. Tu peux les lui amener ?

— Des tartes ?

— Ne t'inquiète pas. Je les ai achetées dans une vraie pâtisserie. Oh, et puis j'ai des jouets pour Penelope. J'ai aussi retrouvé un joli pull avec des éléphants et...

Il resta là à hocher la tête de temps à autre, sachant qu'elle finirait bien par s'arrêter.

— Comment va Kat ? demanda-t-elle finalement.

— Elle a des hauts et des bas.

Surtout des bas.

Sa mère soupira.

— Attends, je vais chercher ces tartes. La dernière fois que j'ai vu Kat, elle était maigre comme un clou, la pauvre fille.

Gray ne tarda pas à se retrouver avec un grand sac rempli de boîtes de tartes empilées.

Hormis les quelques cartons qu'il avait préparés et qui contenaient les affaires de Monk, il avait encore un autre objet à amener au salon funéraire. Ryder Blunt avait renvoyé la prothèse, après avoir dû scier le montant de l'aile du *Sea Dart.* Kat n'avait même pas voulu la voir, mais elle avait demandé à ce qu'elle soit introduite dans le cercueil vide qui allait être mis en terre au Arlington National Cemetery. Chacun était aussi censé ramener un souvenir qui y serait inclus, un objet qui serait un hommage à Monk.

Gray avait trouvé une copie de son film préféré. Monk l'avait oubliée chez lui après une soirée pizza-pop-corn. *La Mélodie du bonheur.* Il en connaissait par cœur toutes les chansons, qu'il fredonnait en berçant Penelope sur ses genoux. Monk avait un cœur immense.

Il aurait fait un père génial.

Tous ces cartons étaient maintenant empilés sur le porche de la maison. Gray s'assit sur une marche pour sortir la lettre de démission de sa poche. Celle-ci était un peu froissée.

Machinalement, il la lissa entre son pouce et son index. Il aurait aimé pouvoir en parler avec son ami.

Au bout de quelques secondes, il prit conscience d'un bruit étrange, une sorte de grattement.

Les écureuils du coin étaient plutôt intrépides.

Oh, bon sang, les tartes...

Il se leva et revint vers le sac. Mais le bruit ne provenait pas de là. Perplexe, il se tourna vers les autres cartons, jusqu'à ce qu'il trouve.

Qu'est-ce que c'est que ça ?

Il souleva le couvercle de la boîte.

Painter ne s'était pas seulement occupé de la jambe de son père et de la T-Bird. Il avait fait restaurer la main de Monk, ne voulant pas qu'elle soit glissée dans le cercueil dans un état aussi lamentable. La prothèse avait donc été refaite avec le plus grand soin. Elle reposait sur un écrin de mousse.

Et un des doigts grattait cette mousse.

Il souleva la prothèse. L'index continua à se tortiller. Gray sentit un frisson lui parcourir le dos. Heureusement que Kat n'avait pas vu ça...

Un court-circuit, sans doute.

Il posa la main sur la chaise du porche. Le doigt bougeait toujours, tapant sur le bois. Dégoûté, Gray se détourna. Il sortit son portable, prêt à engueuler le technicien responsable de cette sinistre blague.

Mais, tout en attendant la connexion, il ne pouvait s'empêcher, de façon morbide, d'écouter le tapotement. Soudain, le rythme lui parut familier.

...

Du morse.

Un appel de détresse.

S.O.S.

Il fit volte-face, fixant la main.

Impossible !

— Monk... ?

14 h 45
Massif des Cardamomes, Cambodge

Susan Tunis gravissait le sentier abrupt dans la jungle, le long d'une cascade. Une fine brume flottait dans l'air, scintillante sous le soleil. Un gibbon couina à son passage, protestant de se voir ainsi dérangé. Il pendait à une branche d'arbre, suspendue par une seule main, son visage noir encadré de fourrure grise.

Elle continua, s'enfonçant dans la forêt tropicale. Le massif des Cardamomes forme la frontière entre le Cambodge et la Thaïlande, une zone inhospitalière de jungles et de montagnes inaccessibles. Au quatrième jour de marche, elle avait repéré un tigre d'Asie, une espèce en voie d'extinction. Il avait disparu dans la végétation, grondant sourdement.

Sinon, elle n'avait rien vu de plus grand que le gibbon.

Et, en tout cas, aucun humain.

En raison de leur isolement et du terrain difficile, ces monts avaient autrefois servi de dernier refuge aux Khmers rouges. Les mines antipersonnel représentaient un réel danger.

Mais Susan pensait avoir depuis longtemps dépassé les zones où les rebelles avaient osé s'aventurer. Elle atteignit la crête et suivit le cours d'eau sur un plateau boisé. Quelques petites silhouettes glissèrent dans l'eau à son approche.

Batagur baska.

Des tortues de rivière. Une autre espèce menacée.

Aussi connues sous le nom de tortues royales, elles étaient révérées en tant que gardiennes des dieux.

C'était ici qu'elles s'étaient établies.

Juste après leurs nids de boue et leurs terriers d'hibernation, Susan découvrit plusieurs jarres près de la rivière, des pots d'argile cylindriques d'un mètre de haut, couverts de lichen et gravés de motifs complexes. Des jarres funéraires antiques. Elles contenaient les ossements de rois et de reines. On trouvait plusieurs sites similaires un peu partout dans ces montagnes. Ils étaient sacrés.

Mais personne ne visitait plus celui-ci, le plus ancien de tous.

Susan quitta la rivière pour traverser le cimetière. Les jarres se firent de plus en plus rares pour finalement céder la place à la jungle au pied d'une falaise escarpée.

Elle savait où elle devait se rendre, elle le savait depuis le moment où elle avait été réanimée par le Dr Cummings. Elle avait gagné bien plus que le remède qui allait sauver le monde. Mais elle n'en avait rien dit à personne.

Le moment n'était pas venu.

Au pied de la falaise, elle se glissa dans une faille d'à peine soixante centimètres de large. Elle enleva son sac à dos et se tortilla de profil pour s'engager dans la fissure. Elle avançait à petits pas, s'enfonçant de plus en plus au cœur de la montagne. Ici, le soleil pénétrait difficilement. La pénombre grandissait.

Bientôt, l'obscurité régna.

Elle continua à avancer, la main tendue devant elle. Une lueur éclatante illumina le bout de ses doigts avant de remonter le long du bras jusqu'à l'épaule. Elle le leva comme une torche.

Encore un autre secret qu'elle avait gardé.

Mais pas le plus important.

S'éclairant, elle poursuivit son chemin.

Elle n'aurait su dire combien de temps elle marcha ainsi, perdant au fur et à mesure la notion du temps. Mais la nuit avait dû tomber depuis longtemps.

Une lumière apparut enfin, lui rendant son signal.

Lui souhaitant la bienvenue.

Elle continua au même rythme, ne voyant aucune nécessité à se dépêcher.

Enfin, elle pénétra dans l'immense caverne. La source de la lumière devint claire. S'étalant loin, très loin devant elle, de petits feux brillaient comme autant d'étoiles jonchant le sol. Des centaines et des centaines. Elle s'engagea dans la caverne, passant entre les feux.

Chacun était un corps, allongé par terre, brillant d'une lueur intérieure, les chairs prenant une texture translucide, cristalline. Elle contempla l'un d'entre eux. Seul le système nerveux restait visible : le cerveau, la moelle épinière et l'immense réseau de nerfs périphériques. Les bras étalés, parcourus de filaments, évoquaient des ailes non déployées.

Des anges dans les ténèbres.

Endormis.

Attendant.

Susan continua à avancer. Elle aperçut une silhouette qui n'était pas aussi consumée, dans laquelle le battement du cœur et le flot sanguin étaient encore perceptibles, où les os semblaient garder forme et fonction.

Elle s'approcha d'elle et s'allongea à ses côtés. Elle tendit les bras. Ses doigts frôlèrent ceux de son voisin.

Les mots la pénétrèrent dans un vieux dialecte italien, mais elle les comprit.

Est-ce fait ?

Elle soupira.

Oui. Je suis la dernière. La source a été détruite.

Alors, repose-toi, mon enfant.

Combien de temps encore ? Quand le monde sera-t-il prêt ?

Il lui répondit. Cela allait être un très long sommeil.

Que dois-je faire ?

Rentre chez toi, mon enfant... pour le moment, rentre chez toi.

Susan ferma les yeux et laissa s'endormir ce qui le devait. Tout le reste, elle le glissa dans la bulle qui composait la totalité de son existence avant de s'avancer vers ce qui se trouvait au-delà.

La lumière l'aveugla comme si elle regardait le soleil en face. Elle baissa les paupières devant tant d'éclat. Le monde revint autour d'elle. Le tangage lent du bateau sous ses pieds nus. Le cri d'une mouette solitaire, le clapotis des vagues contre la coque, la caresse du vent sur sa peau.

Était-ce un rêve, un souvenir... ou autre chose ?

Elle inspira une gorgée d'air salé. Une belle journée.

Elle s'avança vers le bastingage pour contempler l'immensité bleue. Des îles vertes tachaient l'horizon. Quelques nuages dérivaient. Elle entendit les bruits de pas dans l'écoutille.

Quand elle se retourna, il était là, se hissant sur le pont, en short et tee-shirt Ocean Pacific. Il la découvrit et sursauta.

Puis il sourit.

— Ah, tu es là.

Elle se rua dans les bras de Gregg.

En bas, Oscar aboya. Une voix grincheuse répliqua au vieux chien.

Susan se blottit contre son mari, écoutant les battements de son cœur.

Il la serra.

— Qu'est-ce qu'il y a, Susan ?

Elle leva les yeux vers son visage, toucha sa barbe de trois jours, puis se haussa sur la pointe des pieds pour atteindre ses lèvres.

Il se pencha pour la rencontrer.

Et elle sut qu'elle était chez elle.

Notes de l'auteur

Vérité ou fiction

Une fois de plus, merci de m'avoir accompagné dans ce voyage ! Comme d'habitude, je vais me servir de ces dernières pages pour faire la part de la réalité et de la fiction.

Marco Polo : L'avant-propos de ce roman évoque l'énigme du retour des Polo à Venise. Le sort des navires et des hommes reste à ce jour un mystère. Quant à l'histoire d'amour potentielle entre Marco et Kokejin, des rumeurs persistent, d'autant plus qu'il est mort en ayant gardé en sa possession le diadème de la princesse. Le cadavre de Marco a bien disparu de l'église de San Lorenzo. On ignore ce qu'il est devenu.

Écriture angélique et autres problèmes de langage : L'écriture angélique a d'abord été développée par Johannes Trithemius et Heinrich Agrippa qui prétendaient qu'en étudiant ces symboles, il était possible de communiquer avec les anges. L'écriture dérive des anciens caractères hébreux. De façon similaire, les adeptes de la Kabbale croient que des voies vers une sagesse intérieure peuvent être ouvertes en étudiant la forme même de ces caractères. En fin de compte, en revenant à une époque moderne, nous posons la question : un langage se cache-t-il dans notre code génétique ? Selon un article de *Science* (1994), la réponse est un oui tonitruant. Même si ce qui pourrait y être écrit demeure un mystère.

Pestes : Eyam, un village d'Angleterre, a en effet connu un taux de survie inhabituel durant la peste noire, résultat d'une anomalie génétique présente chez la moitié de sa population. Étrange mais vrai. Quant à l'anthrax, l'unique différence entre la forme mortelle de cette bactérie et son paisible cousin, résidant de nos jardins, sont deux anneaux de code génétique, des *plasmides.* Ce qui soulève cette question : d'où viennent ces *plasmides* ?

Faune : Les crabes rouges de l'île Christmas effectuent bien une spectaculaire migration chaque année, voyage pendant lequel des millions de gros crabes vont vers la mer. Leurs pinces sont capables de déchirer des pneus de voiture. Par ailleurs, la description du mode de vie étrange et troublant de la douve du foie est exacte. Quant à nos calamars prédateurs, je les ai « conçus » sur le modèle des *Taningia danae,* qui atteignent un mètre quatre-vingts de long, chassent en meute, font étalage de manifestations lumineuses et dont les ventouses s'ornent de griffes. Un agréable compagnon de baignade.

Cannibales et pirates : En Indonésie, la piraterie est une industrie de plus en plus florissante. On trouve encore des tribus cannibales sur certaines îles de l'archipel mais c'est à vous d'apporter votre assaisonnement. L'affection de Prader-Willi (provoquant un appétit insatiable) est une maladie génétique réelle et horrible, mais en aucune façon liée au cannibalisme. Avons-nous tous été un jour cannibales ? Des recherches en génétique moléculaire révèlent que les humains possèdent une série de gènes spécifiques pour lutter contre des maladies uniquement provoquées par l'absorption de chair humaine.

Angkor : Tous les détails des ruines – depuis le mythe du Barattage du Lait aux deux cents visages de pierre des bodhisattvas – sont exacts. Les temples ont bien été bâtis selon un motif copiant celui de la constellation du Dragon.

Tout ce qui concerne les bactéries : Les mers laiteuses formées d'algues phosphorescentes existent bel et bien. Et selon une série troublante d'articles du *Los Angeles Times*, nos océans sont de plus en plus menacés par la résurgence d'anciennes mousses, de méduses venimeuses, d'algues brûlantes et par les nuages toxiques produits par la floraison de ces algues. Quant à la plus étrange affirmation de ce roman selon laquelle seuls dix pour cent des cellules de notre corps sont humaines, les autres étant des bactéries et des parasites : eh bien c'est vrai ! Un livre merveilleux, aussi horrible que drôle, explore ce sujet : *Human Wildlife* du Dr Robert Buckman. Évitez de le lire avant de passer à table.

Cet ouvrage a été imprimé en France par

CPI
Bussière

à Saint-Amand-Montrond (Cher)
en décembre 2009

Composé par Nord Compo Multimédia
7, rue de Fives, 59650 Villeneuve-d'Ascq

FLEUVE NOIR
12, avenue d'Italie
75627 Paris Cedex 13

— N° d'imp. : 093672/1. —
Dépôt légal : janvier 2010.